不連続性のジレンマのなかで、
きみに贈る四つの物語

小倉力男

22世紀アート

一人の読者のために書かれた四つの物語

はじめに

高校入学が決まった春休み、漱石の「こころ」を読んだ。このとき初めて、作家になりたいと思った。

「こころ」はいつまでも僕の心に残っていた。Ｋのことを考えながら、一学期を漠然と過ごしていた。頭は勉強よりも、漱石の次は外国の小説を読みたいという願望で占められていた。気持ちはロシア文学に向かっていた。トルストイ！　ドストエフスキー！

夏休みをかけてドフトエフスキーの「白痴」を読んだ。感動と長い物語を読んだという自信が作家への希望を膨らました。これをきっかけに文章を書き始めた。書くということが高校生の僕には絶対的なよりどころであった。

ぼくは大学生になった。僕らの学生時代は六十年安保から七十年安保……全学連から全共闘という学生運動の真只中にあった。学生が外部に対し最も行動的だった最後の時代でもあった。しかし、ぼくには外部に対してよりも、自己に向かって、書きたいという気持ちが、益々強くなっていった。

そんな学生時代に、僕は淡い恋に落ちた。素敵な彼女だったが別れはやってきた。彼女は大学をやめ、実家に帰ると言った。実際彼女は、連絡先を一切明かさずにぼくの前から去った。

もう会えることはないかも知れないんだと考えるといたたまれなかった。そのとき、ぼくは本当に作家になりたいと思った。作家になれば、彼女がどこかで僕の作品を読んでくれるかもしれない。そうすれば、再会も……と淡い夢を見はじめていた。

彼女が去った後、大学は騒然とし、日大闘争、東大闘争……浅間山荘事件から連合赤軍事件という……えもいわれぬ事件で一九六〇年時代が幕を閉じと同時に学生運動も鎮火の方向に向かっていった。

そして、一九七〇年代の高度経済成長の時代に入っていった。そんな時、風の噂に彼女が東京に戻ってきていると聞いた。僕は彼女の居所を必死で探したが逢うことはできなかった。そのときまた作家の考えが戻ってきた。彼女に作品で連絡を取ろうと……

僕は約一年必死で書いた。彼女に僕の存在が、僕の気持ちが伝わるようにと、四つの作品らしきものを書き上げた。四つをまとめて「一人の読者のために書かれた四つの物語」とした。誰にでも読んでもらう必要はなかったから……

僕は、夜一人自作を読み返していた。読み終わったとたん、吐き気と、羞恥の嵐に襲われた。気分が悪く、自己嫌悪に落ちいってしまった。ともかくゾーとしたのだ。それは、僕の書いた作品にあることは間違いなかった。

僕は、物語と彼女との再会という夢を封印した。そして、作家という夢も封印した。

三十五年が過ぎた。僕は還暦を迎へ、本の整理をしていた。奥に積まれた段ボールを開くと「一人の読者のために書かれた四つの物語」が紐で閉じられて出てきた。

その夜ぼくはこの昔の作品を読み返した。

読み終わった時、あのころのように吐き気をもよおさなかった、羞恥に襲われたりもしなかった。塩漬けされていた作品の塩加減がいい塩梅になったのか、六十代という風化しそうな自分がずうずうしくなり、ものにこだわらず、環境も超越してしまったのか……なぜか淡々と読むことができた。

目次

短編集　430

一番目の物語

プロローグ（アダムとエバと蛇）

アダムは緑と青の原色のエデンの園を散歩していた。

赤い実、緑の樹木、青い空、白い太陽、アダムは川を前にしてじっと前方を眺めていた。

「これは美だ！」と叫んだ。

禁断の果実がいけなかった。エバがアダムの傍らに寄り添ってきた。アダムは満足だった。得意であった。エバがアダムに問うた。

「美って？」

アダムは待ってましたとばかり、得意になって、延々と語り始めた。

「美とは………、すなわち………だから……、そして…………

……」

なんと長い語りであったことか。エバはアダムの顔を見つめ笑みを浮かべた。そして一言。

「私、幸福よ！」

二人は河原に腰を降ろし、何時間も楽しい時を過ごしていた。

うしろの薮で昼寝をしていた蛇が周囲の騒々しさに目を覚ましてあくびをした。

二人はそんなことに一向に気付かずに時を過ごしていた。

「僕には言葉がある。貴女にも言葉がある。僕らはこの言葉で深く結ばれているのだ。」

「そう、私達は言葉でお互い深く結ばれているのです。私は貴方のことを全て知っております。貴方も私のことを何でも御存知でしょう。私達には言葉がありますもの！」

後ろの木陰で蛇がググツーと笑ったのも二人は気付かなかった。

蛇は二人の会話を耳にしながら
「これが人間の知恵というやつか……」と呟きながら再び薮の中で横になって寝てしまった。二人の甘言は延々と続いていた。突然アダムが
「ちょっと、待っておくれ！」と言って薮の中に入っていった。

びっくりして、目を覚ました蛇がアダムのあとをつけて行った。

独り残されたエバは流れを眺めながら思いを巡らしていた。

『私達二人の世界が永遠に続きますように。昨日は今日でありました。明日もまた今日でありますように。私達は不変の愛を信じております。私達の間にある森羅万象が不変であることを。』

蛇は一体アダムが何をするのか見ていた。アダムは座って大便をしはじめた。大きな葉を一枚取り上げた。蛇は妙な臭気に食欲を感じ、アダムの肛門めがけて突進した。アダムは一声も発せずその場に倒れた。蛇は夢中でアダムを食べ始めた。最後に脳髄が残った。

蛇はそれを食べようとしたが躊躇し、呟いた。

『こいつは人間の知恵というやつの根源だ。こんなもの食べてしまったらとんでもないことになるゴメンダ、ゴメンダ。』

とぶつぶついいながら薮の中に帰って行った。

エバはアダムの帰りが遅いので心配であった。

「アダムー、アダムー……」と捜しまわった。蛇は一瞬隠れた。エバはアダムの脳髄と大便を見ると、その悲しみの余り、ヘタ、ヘタと座り込んでしまった。

「これは蛇の仕業に違いない。絶対に許せない。殺してしまわねば。仇を取ってやる。」

蛇はこれを聞いて、やっかいなことになると思った。

「それにしても、可哀相なアダム……」

エバがアダムの脳の前に座ったとき、蛇はエバの咽元めがけて飛びかかった。

エバは死んだ。蛇は早々とその場を離れた。アダムの脳とクソは何時までも、何時までもそこにあった。

どれくらい時がすぎただろう。

ある時、アダムのクソが言った。

「俺はアダムのクソだ！　俺は俺の生きたいように生きる！　俺様の力でここを密林にしてやる！」蛇に取ってありがたいことであった。

「こいつは住み易くなる。」と蛇が微笑んだ。

アダムのクソの力は偉大であった。エデンの園は完全な密林と化した。

一方、アダムの脳髄は少しずつ地面に吸い込まれていった。そしてまた、永い年月が過ぎ去った。ある時、脳髄が言った。

「俺様は、アダムの脳髄だ！　人間の頭脳だ！　人間の知恵の根源だ！　人間の知恵の力を示してやる。俺様は人間の知恵だ！　密林なんか、消してしまってやる！」

脳髄が完全に大地に吸収されてしまった日、エデンの園は一変してしまった。密林は無くなった。木々の緑は顕微鏡ででもなかったら、捜すのが困難であった。土も見あたらない。

コンクリート、アスファルト、鉄骨、巨大ビルヂング、工場が木々に代わって立ち並んだ。昔の姿はどこにも見いだすことが出来ない。

蛇は己の安住の地を捜すのに血まなこになった。が、その甲斐もなく死んでしまった。

アダムの脳髄は人間の巨大な繁栄をうみだした。

（終り）

二番目の物語

作家

「おい、つまらねえな。」

「うん」

「ぶらぶらいこうか。」

「ああ、行くか……」

二人は面倒くさそうに畳から起きあがると、玄関に出た。

「十一時だろ、途中飯食ってこう。」

「飯食ってこう、で何処に行くんだよ！」

「作家のとこさ、萬来軒でモヤシ食ってこう。」

「作家のところか、いいだろ。俺は餃子ライスだな。」

「どっから行く。」

「萬来軒だから、巣鴨からだ。歩こう。」

「よし」といって二人は歩き始めた。

萬来軒で食事をして巣鴨に着いたのは十二時半を過ぎていた。

「秋葉原に出て、それから総武線か！」

「うん」


山手線は空いていて、座ることができたが、総武線は夏休みなのに混んでいた。

押されて二人は反対側の出入り口まできてしまった。窓が開いていたが車内はむーとして暑かった。浅草橋を過ぎると隅田川。窓から入ってくる風に乗ってなんとも言えぬ悪臭が漂ってきた。

「くせー」

「どぶ川だよ。」と言って二人は顔を見合わせた。新小岩で降りた。ホームから駅の出口に向かう途中便所の臭いと、横にある立ち食いそばの入り交じった一種奇妙な臭いに襲われた。

「こんな所で、そば食うやつの気が知れねえな。」

と一人が言った。

「ああ、奢られても食えねえな。」

「俺は、奢ってくれるなら食うよ。」と言った。

二人は顔を見合わせて笑った。

「作家のとこ、急ごう。」というと改札口に向かった。

駅前は何台ものバスが止まっており、パチンコ店から流れてくる音楽とチンジャラの音が車の騒音と混ざり合い、ひどい騒々しさであった。

二人は駅の広場を出ると、幅五メートルほどの小道を歩いた。道の左右には流れずに、溜まり水のドブが続いていた。道路を右に曲がったところで、老人が柄杓を持ってドブの水を汲み上げては道路に蒔いていた。

「この炎天下に打ち水は良いが、ドブ水をやるこたねえよな！」と

一人が言うと

「水道の水をホースでやれば良いんだよ。」もう一人が追い打ちをかけた。老人は二人の会話が耳に入ったのか、柄杓を立て二人を睨み付けた。男たちは知らぬげにそこを通り過ぎた。作家の家はもうすぐだった。

「オイ、玄関も台所の戸も閉まっているけど、あいつ居るのかな。」

「居るさ、二階で昼寝でもしているよ。」

二人は玄関を開けると、すぐに二階に駆け昇った。果たして作家は窓を全部締め切った蒸し風呂のような部屋で一人ごろりと本を枕にして寝ていた。

「おい、起きろ！」と一人が作家を蹴った。作家は驚いて起きあがると、キョトンとした顔で二人を見上げた。少し時間をおいてから

「何だ、おまえらか。」と言って立ち上がった。

「この、くそ暑いのに窓なんかよく閉めておけるな。」と言った。

「いや、面倒だし。暑いと眠れるから。」と作家が言った。

「このくそ暑いのに窓を閉めてよく寝てられるな。」もう一人が繰り返した。

「窓閉めてんのは、面倒くさいだけだよ。」と作家が言った。

「面倒くさいって、あきれた野郎だ。寝るのも良いけど。」

「いやあ、暑いときは寝てるに限る。動物もそうだろう。」と作家が言った。

「しかし、この辺はきたねえ所だな。ドブがよくない。」と一人の男が言うと

「爺さんがそのドブ水を道路に蒔くのはもっときたねえ！」と別の男が言った。

「ああ、ドブね、あれはいけない。今頃になると臭くてな。」と作家が言いながら窓を開けた。生暖かい風が部屋に吹き込んできた。作家は

「おおー、良い風だ。」といいながら机の上のタオルを取って額の玉の汗を拭いた。

「この辺は、衛生観念も良くなくて。最も下水道も完備してないからだけど……夏になると余計暑く感じるんだよな。」と続けた。

「作家、夏休みだ、小説でも書いたら？」と一人が作家を真面目に見つめながら言うと

「作品のネタは幾らでも有るんだ。しかし、俺は受験生だからな。」と作家が言った。

「俺たちは、第二の漱石、第二のドストエフスキーを期待してるから。」ともう一人が言うと、作家はニヤニヤ笑いながら

「第二の云々じゃなく、大文豪になるよ。おまえら大学で勉強してんのか。」と言った。

「何せ作家は作文で誉められたからな。お前の書いたものはさっぱりわからないと。」

「馬鹿言え、あれは教師が間抜けなのさ。あんな簡単な文章が解らないなんて、文章じゃなく思想かな、それでも国語の教師だ、あきれるぜ！」作家が言うと一人はニヤニヤ笑っているが、もう一人がどうしたのといった顔で作家を見た。作家はその顔の表情に答えて

『私の未来』って題意の作文を書かされたわけ。それも、君たちはまだ文章は書けないから二百字以内で書けて。」

「それで書いたの。」

「当たり前さ、授業だもの。片山も書いたよ。」

「片山も書いたの？」

「当たり前だろ、授業だもん。クラスのみんなが書いたの！」と片山が言った。

『『私の未来』なんて、恥ずかしげも無く書けるね。」と笑いながらもう一人の男が言った。

「馬鹿、大木お前だってうちのクラス居れば書いたさ。」と片山が言った。

「まあまあ、大木もうちのクラスにいたら書いたよ。でもお前はお前自身に未来なんか無いから、『私の未来』『私には未来なんか有りません。終わり。』とだけ書くんだろう。まあ予想はつく、君には文才は無いと思う。」と作家が言った。

「俺も、君には文才が無いと思う。君は科学の勉強をしていれば良いよ。」片山が言った。

「馬鹿にしやがって、ところで片山お前はなにを書いた。」と大木。

「なにを書いたって、君『私の未来』ですよ。私みたいな秀才は教師の意図をくんで、教師が気に入るような文章を書くんです。みだりに教師と反発なんかしないのです。そうすりゃお前の書いてることはさっぱり解らないなんて言われないの！」と片山が一気にまくし立てた。それを受けて作家が口を開いた。

「片山は利口だから。……大木お前の言う恥ずかしいだろうは解る。だが優しそうな言葉や当たり前でいうことも照れるようなことでも恥ずかしいと思っちゃいけない。何事も馬鹿にしてはいけないよ。しかし、片山、沢本だっけ『私はいいお嫁さんになりたい』とか書いていて大いに誉められたのは。やっぱりだめ教師と思ったね。」

「それじゃ、お前はなにを書いた、作家！」大木が言った。

「俺、俺はまず一秒後も私の未来だし、十年後も私の未来だし、百年後も私の未来である。するとどの未来を書くかによってまちまちだ。それは未来でなく夢だろうと思うと、まず書いた。しかし夢にも色々ある。小さな夢。大きな夢。眠らなければ見られない夢。色々ある。結婚する頃は美人の奥さんを貰う夢。子供が産まれればハンサムで頭の良い子供の夢。定年間近になれば退職金が多ければ良いという夢。大きな夢はノーベル賞を貰うとか、大臣になるとか。大小さまざま夢が有る、と前半は書いた。後半は、しかし私が夢を書いても私は一秒後に心臓麻痺で死ぬかもしれないし。学校の帰りに車にはねられて死ぬかもしれない。それは私の夢でなく私の未来ではある。二百年後の私は確実に死んでいる。それは私の夢でなく私の現実である。そうすると夢とか未来は具体的には存在せず、一秒一秒生きてその生命を連続させる、その一秒一秒を真剣に生きるのが私の存在だと思う。確かこんなことを書いたんだ。それが悪文の代表さ。」

「作家、なんだ俺と結果同じじゃないか。」と大木が笑いながら言った。

「違うんだな。私に未来は有りませんと書くお前と曲がりなりにも二百字使って未来は有りません書く俺とは違うんだよ。プロセスがな。」

「おいおい、作家そんなこと言うならお前の書いたもの見せろ。読んでやるよ。」

「そうだ、作家なんか有るだろう。」と片山が言った。作家は少し考えてから
「未完だけど、読むか？　まだ、題名は無し。」

「いいよ。読んだら俺がタイトルつけてやる。」

と大木が言った。作家は立ち上がると机の一番下の引き出しを開けて、原稿用紙の束を取って大木に渡した。

題無し（だいなし）

この裁判所は弁護人も検事もいない。ただ、判決を下す裁判官と被告と被害者の母が居るだけである。後は多数の傍聴人。

＊

「私に取って証人も弁護人もいりはしない。私がやったのだ。事実彼の母親はそれを目撃している。そのときの様子を私が証人になって話そう。

朝から晴れて気持ちの良い日だった。余りの天気の良さに体が外に出たがって、そう散歩に出かけた。ただ何気なし歩いていたのに、いつのまにかあの場所に来てしまったのだ。

誰が悪いのでもない、ただその瞬間、瞬間が私に与えられた自然の法則に過ぎないのだ。

起こったことも自然の法則なのだ。罪なんてものは存在しないのさ。これから起こる全てのことは自然の法則さ。偶然では無く必然なのだ。何故って、そりゃ人間が発生して以来、人間の言う悪人が少しでも減ったことがあるか。何千年という間に人間の言う悪人と善人は平行線をたどって、常に両存したのだ。善人が五十なら悪人も常に五十になっているのだ。決してその比は変わらなかった。どうしてかって、まあいいや裁判長様のいう主題から外れているそうだから、事件の内容を続けよう。そこは混んでいた何で混んでいたか知らない。そのことは彼の母親が知ってるだろう。俺はそこに立っていたのだ、そして人間のいかにも人間らしいという相を一人で見物していたのだ。彼の母には私が人間の言う善良な人間に見えたのだろう。彼女は彼を私に預けてその戦争の中に入っていったのだ。私は受け取ったのはあの醜い固まりを。その固まりは何にも言わず、何にも知らない、何にも解らないくせに俺に向かって笑いやがった。俺も思わずニッコリして彼を強く抱きしめたのだ。彼のウフフと言ったのがまだ耳に残っている。そんなことをしながら俺は彼と十分間ほど遊んだ。いや、彼は私を遊んでくれた。疲れたのか彼はいつの間にか俺の腕の中で寝てしまったのだ。そこを二、三人の婦人が『可愛い赤ちゃんね』と言って通って行った。そして次の瞬間、俺は行動を起こしたのだ。彼を俺の高さに上げものすごい初速度で彼を落下させたのだ。彼は一言も発せずに、ただ彼が落ちたときの音だけがしてあたり一面真っ赤となったのだ。それは一つの芸術であった。ドサッという一つの音楽と真紅の色の組み合わせ、未だかってこれだけのすばらしい朱をだした画家は居ない。ここに一つの聴覚と視覚の融合した芸術が生まれたのだ。世の中は全て芸術で作られているのさ。……いや先を続けよう。その瞬間周りにいた人々は悲鳴を上げて俺から散ったのさ。その場で俺は二人の男に両腕を取られ、十人ほどの人間に囲まれて近くの交番に連れていかれたのさ。その日は雲一つない実にいい天気だった。自然も彼を祝福してくれたのだろう」

事件の経過の話が終わった時は傍聴者は半数を割っていた。目眩を起こす者。気分の悪くなる者。泣き出す者。そして外に出ていってしまった。残った人の顔も蒼白になって今にも卒倒しそうなのが殆どだった。ただ一人顔色も変えず、じーと被告を見守っていた男があった。裁判長も傍聴者を見かねて
「ここで三十分間の休憩をします。」と言って休みを取った。傍聴者はきつい束縛から解放された人のようにほっとした顔で散らばった。

＊

「動機は簡単です。彼があまりにも醜かったから。彼が私に取って余りにも恐ろしい人物であったからです。私は正当防衛なのです。」

「醜いとどうして殺していいのかね。我々の法律に於いてはどんな醜くとも、どんな美しくともそれ自身にはなんら罪は無いのです。しかし人を殺すことは重大な罪です。」

「私に取っては人間の法律なんてものは意味の無いことだ。我が聖なる書のみが絶対的なものだ。聖なる書の中に醜きものは殺せとある。私はそれに従ったまでだ。」

「どうして君の聖なる書にあったものが絶対で、人間の作った法律が無意味なのかね。」

「あなたは人間だ。私も人間だ。あなたもご存知だろう人間が人間の作ったものに支配される。あるいは束縛される。全く馬鹿げたことだ、いや不合理だ。しかし聖なる書は神が作ったものだ、全知全能なる神が作ったものだ。唯一完全なものの神が作ったものだ、解るだろう。」

「あなたの言おうとしていることは解ります。しかし聖なる書にはそんなことはどこにも見あたりませんが。」裁判所はガランとしていた。室内には六人しか居なかった。裁判長と被告、被害者の母、僧侶らしき男、何となく薄気味悪い男と非常に美しい婦人が一人の全部で六人の人間だけだった。あとは余りにも恐ろしい光景にみんな部屋を退出した。被告は裁判長の問いに答えようとした。

「裁判長あなたの言うのはあのイエスの言う福音書のことでしょう。私が言ってるのはあんなもんじゃありませんよ。私の聖なる書は神が私に授けてくれたものです。私の神はKです。私の聖なる書はKの生涯を綴った日記ですよ。そうあの日記の一六〇六頁です。」

そう言うと被告はその章を朗読し始めた。

『私の周りにあるものは全て芸術である。私の周りにあるものは全てものは美しい、美しいもので飾るべきである。醜きものは罪深きものである。醜きものが私の周りに現れたらたたき壊すのだ、滅茶苦茶にたたき壊すのだ。私は声を大にして言う、醜きものを壊せよ』

被告は非常な興奮の中にこの朗読を終わった。被告は感激の余り未だに興奮が解けないでいた。少しの間沈黙が存在した。裁判長が口を開いた。

「あなたは神Kの日記のことを言われた。Kとは何者です。」裁判長の質問に被告は興奮した口調で得々と語り始めた。

「Kは私の親友だった。親友じゃない、私の先生だった。いや私の弟子だった。やっぱり違う、私の師だった。私は生前Kの前では常にKに慈悲を乞う弟子だった。Kはある日天に行ってしまったのだ。私に一冊の聖なる書を残し海に入りどこまでも歩いていき、ついに

天に昇ったのだ。周りの人間は自殺だと言った。だがＫは自殺なんかしなかったのだ、天に昇ったのだ。そのとき初めて無神論者であったわたしに神が訪れたのだ。」被告の目は何時と無く熱っぽくなり彼の宗教における懺悔かのように握り拳を作り肩の前に置いて一点を見つめていた。また沈黙があった。足は痙攣を起こしたかのようにブルブルと震えていた。沈黙を破ったのは裁判長だった。

「Ｋは人間だったのですね。あなたはここに重大な過ちを犯していることをよく記憶して置いてください。」この裁判長の言葉も彼には一つも聞こえてなかった。被告はただ熱にうなされた様子を続けて居ただけだった。沈黙を再び破ったのは裁判長だった

「被告は赤ちゃんを醜いもの決めている、参考までのためにどういうところがみにくいのかね。」

被告は熱に浮かされながらも

「答えよう、私が真っ先に言いたいことだ。」と言ったと同時に被告の背後から

「被告はもう興奮仕切っています。決して正常な精神状態ではありません。裁判長様どうかもう質問をなさるのを中止してくださいませ。」美しい婦人が今にも泣き出しそうな声で何者かにすがるように言った。すでに傍聴席には三人しか居なかった。女は一人裁判長に懇願していた。

「黙れ！　黙れ！　傍聴者め！　俺は決して異常な精神状態では無いわい。ここに医者の診断書が有る。俺の知人は皆俺がどんな状態に陥っても絶対に感情的にならないことを証言している。赤の他人の貴様など黙れ！」

「先を続けてください。」裁判長のいかにも落ち着いた言葉だった。

「先を続けよう。急ごう……人間という生き物は大嘘つきの偽善者だ。」被告がこの言葉を発した時、先ほどの熱に浮かされた様子は微塵も感じられず腹の中からどす黒い液体を吐き出すような調子で裁判長を冷酷ににらみ続けた。その態度はお前よ俺に跪け、懺悔せい、お前は俺の奴隷に過ぎないのだと言いたげに思えた。「俺はお前にどんな刑を課せられようと平気さ。どうせお前は俺の前では無力な男なのだ。そして最後には俺の奴隷になるのだ。どうせこの裁判は無罪に決まってるのさ。」そんなことをわめきながら被告は傍聴席に目を向けたがすぐに裁判長の方を向き話しはじめた。

「何奴もこいつも赤ん坊を見ると可愛いと言う。なにがあんなもの可愛いもんか。あんなものは石ころにも劣るわ。見ててあんな気持ち悪いものはこの世に有りはしない。ぐんにゃりした肉の塊めが。」彼は再び熱に浮かされ始めた。自分自身の意識が無くなってきた。いや違うのだ本当の彼の意識が蘇って来ているのだ。彼は人間としての真の姿を現しているのだ。それが人類始まって以来初めての出来事なのであのような結末になってしまったのだろう。読者のためその結末を今発表するのは止そう。さあ先を急ごう。

「そう、あの肉の塊めが。そいつを人間どもは可愛いのだ、お利口だの言って抱いては頬と頬を押しつけたりしやがる。おお、なんと汚らしいことだ。あんな醜いものを。」被告は興奮の余り、発す言葉は言葉に聞こえず、それはもうまるっきり狂人になっていた。

「笑いやがるのだ。ナメクジだって、蛙だってぐんにゃりはしているさ。奴らにも意識なんてのは無いのか。奴らが死ぬこと考えて生きたりはしないのだ。何故かって、当たり前だろう。奴らが死を考えていたら人間の前にはあらわれないさ。人間は何の罪もない動物や昆虫を何の理由もなしに殺してしまうから。死を意識していたら人間の前に出てきてノイローゼになって滅びてしまうさ。ところがあいつにも死の恐怖てものは微塵もないのさ。ところが彼はちょっとしたことでも笑いやがる。俺が怒った顔をしても笑いやがるのだ。」

「裁判長様どうか中止してください。彼はもう尋常な被告では有りません。どうか中止してください。」

「黙れ、俺の精神状態は正常だ。俺様は狂人でも何でもない。誠実な一人の人間さ、正気な一人の人間さ。裁判長続けよう。」裁判長の顔は被告の熱気にやられたのかただボーとして被告を見つめているだけだった。目には狂気の様子も見えた。しかしやはり裁判長は確かだった。熱に浮かされていたが自分の理性は全く失っていなかった。だから少女に哀れな一視を投げつけただけだった。先を続けよう。

「蛙が笑うかい。蛙は俺が怒ったらすぐに逃げ出す。だが彼はあの野郎は絶対に逃げないんだ。恐怖心も無いのだ。人間としての感情も無いのだ。ただの醜い固まりに過ぎないのだ。俺は自分の周りを全て美しいもので飾るのだ。醜いものは消し、汚いものは消すだけさ。俺の周りにあるあの服、ウインドウは全て美しい者ばかりだった。俺は俺の聖典に忠実なだけだ。人間の法律ではない。神の創ったものだ。そして奴は俺が腹を立てていたのに笑いやがったのだ。奴にはまだ正確な意識がないのに俺を侮辱して笑いやがったのだ。赤ん坊だって、いや奴は賢い人間様の子さ、愚かな動物で俺を睨み付けるのがやっとさ。だけど奴は俺を笑った。いや、まて、俺が言いたいことはこんなことじゃない。これだ、これなのだ、やっぱりこのことを言おうとしたのだ。だが違う俺の言ってることは俺の頭の中身と全く違う。違うのだ！　俺はこんなことを言おうとしたのじゃない。違うのだ。」被告はもう半分発狂したかのように怒鳴り散らした。熱病の虜となってしまった裁判長はただ彼の前に呆然としているだけだった。熱に浮かされているのだ。

「違う。俺の言おうとしたことはこんなことじゃない、別のことだ、どうしたんだ。違う、違う。」

「裁判長様！……どうか中止してください。彼はもう発狂しております。」

熱に浮かされている裁判長にはそんな言葉は一向に耳に入らなかった。裁判長は既にそのときはもう彼を神のように崇め自らを下僕としていたのである。ただ彼は被告を眺めているだけだった。少女は泣きじゃくりながら裁判長の席に駆け寄り

「裁判長様！　裁判長様！　被告は発狂しております。どうか中止してください。」泣き声はもうはっきりした言葉とはなってなかった。少女を見た瞬間、裁判長は自分のもとの姿にもどった。

「中止してください！　中止してください。彼は発狂しておりま

す。」

「中止？　そうだ中止だ、休憩だ。」裁判長は我に帰って大声で叫んだ。

「違うのだ、俺はこんなことを言おうとしたのでは無い。俺はどうしたんだ。頭脳が言葉になってない。俺の考えが出てこない。この口は俺の口じゃない。どうしたんだ、どうしたんだ。」と言いながら被告はその場に倒れた。少女は泣きじゃくりながら彼の横に座った。裁判長は

「休憩！」と言って部屋を出ていった。牧師は悪魔の落とし子だと言って何時までも十字を切っていた。少女はただ泣くだけだった。彼にすがるだけだった。二人の監視員が担架持って入ってきた。被告はそれに乗せられて部屋を出ていった。後は泣きじゃくる少女だけが残った。

＊

あの日から一週間がたった。読者はあの傍聴席にいた奇妙な男はどうしたのだろうと思われるだろう。彼はただ冷静に顔色一つ変えずに裁判の成り行きを見守っているだけにしか見えなかった。ただ一つだけ、牧師をいかにも軽蔑した目で見ていた。しかし、読者に取って最も重大である人物が抜けていることに不満を持っていることと思う。被害者の母はどうしたかって。被害者の母は被告の事件の様子を見て貧血状態になり卒倒してしまったのだ。しかし、ここに奇妙なことが起こったのだ。被害者の母は卒倒によって医務室に運ばれたが三十分程して再び裁判室に現れたのだ。そのときは丁度被告が熱に魘されて喋っている時だった。あの非常に理性的な裁判官が熱病に取り付かれる場面だった。幸いにして裁判長は全く熱病に取り付かれた訳では無かった。ここで幸いなどと言う言葉を使うのは不適当のような気がしてならない。しかし、このときにおいてはこの言葉が最も適当と思われた。ともかく幸いと言っておこう。ところが被害者の母は不幸にも、ここでもやはり不適切のような気がするがまあ、そうしておこう。不幸にも被害者の母は彼の熱病に冒されたのだ。彼の言葉が終わった時は熱病なんてものでは無かった。彼の話した時間は一時間半だった。なんと熱に浮かされて言葉となってない言葉を彼は一時間半も喋ったのだ。彼の話が終わった時は被害者の母は熱狂的になって、彼を信仰の対象にしていた。彼が倒れると被害者の母は彼に縋るだけだった。被告をあんなに憎んでいたのにあの発狂の場面で全く変わってしまった。あの冷静な裁判長までが。ここに私は解けない一つの方程式が出来たのだ。未だに解けない方程式。あの発狂の言葉の中に人間をああまで変えてしまうなにが潜んでいたのか。この方程式が解けるまでには非常な長い時間をかけたのだ。そして、私はここに人間の心の神秘というものをありありと見せつけられたのだ。少女はどうしたかって。彼女は三日三晩一睡もせずに彼を一心に看病したのだ。その看病によって彼は現在はもう、全く正気な人間となっている。しかし、ここにも不思議なことが起こった。彼は正気に変わったのに、彼女を全く知らないし、見たこともないと言うのだった。彼女は彼女で彼の容態が良くなると判るや彼の目の前から姿を消した。私はここに二つ

の解を見つけなければならない方程式を持ってしまった。しかしこの困難な方程式は被告が私の前で鮮やかに解いてくれた。あの不思議な男についても、すべて解は求められたのだ。さあ、先を急ごう。早く解を見いだそうではないか。ヴェートヴェンは結果を期待してはいけない、動機を重んじよと言ったが、我々に大切なのは結果である方程式の解を得ることなのだ。先にいけば解け在るのだ。さあ急ごう。

前とは変わっていない。薄暗い裁判所である。人間も前と全く変わりがない。変わったのは裁判官が再び熱病に罹ることが無かった。彼は刑を宣告するまで全く冷静であった。神経の無い人間がじーと座っているようにも思えた。神々しくも見えた。彼はうまく神と悪魔とを使い分けていたのかもしれない。

「被告は先日の言葉の中で人を殺すのが当たり前かのようにいっておられたが、その根拠は何であるか。」実に落ち着いていた。先日のことは全く何事もないかのような気配であった。それは被告にも言えることであった。被告は彼に、落ち着いて話し始めた。

「ともかく彼を見たとき無性にシャクだった。何のせいかわからぬ。たぶん心的なものでは無いだろうと思う。その瞬間が彼を徹底的に叩きつけ、痛めつけ殺したくなったのだ。何故て、何でか判りません。病気だったのかも知れません。いや、病気なんかではない、医者が診断してくれた。しかし、そんな気持ちにはよくなる。だから病気じゃ無い。我々にとって医者は絶対的な者だから。じゃ、何だろう。そうだ、あれだ、あれに違いない。俺の思想だ。そうだ俺のオツムだ。しかし、俺の思想にはそれを裏づける論理が無い。やっぱり病気か。いや、違う、無性に殺したかったのだ。だがその裏づけは病気では無い。思想でもない。そうすると何だったんだ。俺はあのとき意識があったんだ。思想だ、やはりそうだ。俺の潜在意識に在る思想だ。間違いない。そうだその時の裏づけは俺の潜在意識に在って、実行だけが表に現れたのだ。ただそれだけだ。あのとき無性に殺したかったのです。しかし、裁判長様その根拠をはっきりと表すことは不可能です。なぜなら私の脳の裏に隠れてしまっていますから。」

「今の被告の言動ははっきりした理由もなく人を殺したことを認めていると判断する。」

「いや違う、理由は在るんだ。ただ空中にぶらさがっていて、降りてこないんだ。」

「不明確なものはすべて非とし よって彼はここに重罪な動機無くして人間を殺したという一大過ちを記憶して置いて貰おう。被告はこれで二つの重大な過ちを犯していることである。」

「裁判長、あんた自分のやることなすこと全て道理を通しているのかい。畜生、どうでもいいや、なるようになりやがれ。」

「被告は殺人において正当防衛を主張したが、赤子が彼を襲うことも考えられない、被告どうかね」

「そう、あの時はそう思った。現在もそう思っている。だから別にあの時狂っていた訳ではない、正常だ。そして今も……」

「……」

「しかし、何故正当防衛かは話せない。喉まで出かかっているが後が引っかかって出てこない。しかし、俺には被害者の母に感謝される権利が在るはずだ。被害者の母は俺に感謝する義務が在るはずだ。」既に被害者の母は正常であった。妄想、熱病に魘されるようなことは爪の垢ほども無かった。鋭い目つきで被告を睨むだけだった。自分の望んでいる刑が宣告されるのを待っているだけだった。被告の発言が終わって二分ばかりの沈黙が続いて突然、裁判長の声がした。

「ここに、当裁判所は被告に死刑を宣告する。」

　突然女の発狂した声が部屋中に響き亘った。発狂したのだ。自分の期待通りだったことに発狂したのだ。大きな笑い声が薄暗い陰鬱な部屋に響いた。一つの音楽のようでもあった。女は被告の前に来て

「私の赤ちゃん、私の可愛い赤ちゃん。」と言って被告を撫で回すのであった。被告は呆然となって立っているだけだった。女は声をますます大きくして

「私の赤ちゃん、私の赤ちゃん。」と叫び続けていた。

　女は外に出ようとした、後ろから係員が捕まえようとしたがそれも振り切られ狂った女は外に出た。

「私の赤ちゃん、私の赤ちゃん。」と叫びながら。通りに出たとたん女は大きなトラックと正面衝突した。彼女は死んだ。被告より先にこの世と別れた。被害者も死んだ。今、被害者の母も死んだ。そして加害者も死ぬのである。絶対に死ぬのである。死刑を宣告されたからには死は約束されたものである。この事件は関係者全ての死によって精算されるのである。

　一方被告は意識が無いかのごとく、ぼーとしていた。狂女の声も全く耳に入らず、彼の周囲は全て暗闇で、自分が生きているのか死んでいるのか判らなかった。外面の様子が目に映るだけであって、知的作用など微塵も起こらなかった。彼は何がなんだか判らなかった。恐怖なども無かった。声も出したいが出なかった。二人の職員が入ってきて被告の両腕を抱えられたとき初めて正気に帰った。被告は盛んに何か喋ろうとして口を動かすが声にはならなかった。追いつめられた人間の力が二人の男を振りきろうとしたがだめだった。被告は必死にもがきながら、何かを言おうとしていた。二人は言うことを聞かない被告を振り回した。

「死ぬのは、やだ！」突然大きな声がした。

「死ぬのは、やだ！　どうして俺は死なきゃならないんだ！　死ぬのは、やだ！」声は涙声になっていた。

「俺は人間なんだぞ、畜生なんかじゃ無いんだ。死ぬのは、やだ！」

「もっと生きたい。もっともっと生きたい。死ぬのは、やだ。何でもするから、殺さないでくれ。」

　泣き声が大きくよく聞き取れなかった。

「裁判長様、助けてくれ。何でもする。殺すのだけはやめてくれ。」

しかし被告は二人の係員に連れ去られていった。それは一瞬の出来事の様でもあった。

＊

被告が死刑の露なって二年が過ぎた。私は彼の願いにより月に一度の墓参りを欠かしていない。死刑までの約半年私は彼に何回か面会した。その時感じたのは人間はどんなに大きくなっても恐怖心は無くならないのだと思った。減りもしないと思った。ただ、年と共に虚栄心が増し、恐怖心を隠している様に思える。彼は、落ち着かない様子を見るとすぐに騒ぎ立てた。ぼんやりしていると思うと両親の名前を大きな声で叫んだ。死刑一週間前に彼の言葉を聞いた。声を出したくなるのは不安の固まりのようになってしまい、動けなくなってしまいそうになるからだそうだ。死刑の前は、いずれ死んだし、普段は死のことを全くと言って良いくらい考えてないが、死刑と決まると、人間一個が恐怖の固まりになってしまう。自分が死んでも今ある物がそのまま残って活動しているかと思うとやりきれなくなる。俺は最後まで生に執着して生きて行くだろうと語っていた。最後にこれは夢だったと思うと語ってくれた話がある。

彼が目を覚ましたとき、彼はいつもの部屋にいた。椅子に腰を掛けながらなんだかはっきりしないが一冊の本を手にして頁をめくっていた。そこに一人の老人が入ってきた。老人と思ったが彼には老人と思えなかったそうだ。人間とも思えなかった。彼は人間じゃなくて神が入ってきたと思ったそうだ。老人は彼の方に向かって来たんだ。彼は

「お前は誰だ、人間の姿をしているが人じゃない。何者だ。」老人は黙って彼の前に座るだけだった。

「お前は悪魔か。いや、悪魔や神なんて存在しない。なに、お前は神だって言うのだな、笑わせるな。全知全能だと、それじゃ俺とお前はどう違うだね。どこも違いはしないじゃないか。お前はどこに住んでいる。何を食べているんだ。何も食べ無くても生きていけるのか。お前はいつも何をしている。人間を操っているのか。お前は何でも出来るのだな。でも俺はお前なんか信じるもんか第一俺はお前が盲目を直したり、雨を降らせたりしたところを見た訳じゃ無いから。人間だって雨を降らすことぐらい出来るさ。お前は人間の世界で知られていることしか出来ないだろう。何、出来る。そんなことは嘘っぱちさ、お前のやることは全て人間界の現象で、その大半は人間によって征服されている。人間はお前なんかの世話にならなくとも立派に生きていけるさ。お前は未来を予測出きるそうだな、して貰おうじゃ無いか。俺の明日はどうなる。なに、俺が五十まで生きられる、とんでもない俺は二十三で死ぬのさ、明日の二十三歳の誕生日に自殺するのさ、ざまみやがれ。人間の俺様は神様のお前を足蹴りにすることだって出来るんだ。第一人間はお前の説法より人間の作った法律という説法を守るんだぜ。法律は人をたやすく殺すことだって出来るんだ。しかもなそれは善なるもの、すばらしいものと言って賛美されるんだ。お前の力でそんな殺しが出来るか？人間様の殺しは獣とは違っている、芸術的なんだよ。お前は人間に作って貰った創造物にすぎないじゃないか。何か言いたいことがあったら言っていいぞ。」そこで老人が口を開いた。

「人間とはなあ、私のただの操りに過ぎないのだよ。この大宇宙全

ての万物は私の意のままに動いてるだけさ。お前が今まで言った言葉も全ては私の意志を通して表現されただけだよ。お前たちは将棋盤上の将棋の駒に過ぎない。宇宙とは私が一人でする将棋の様なものさ。そしてお前たちはその駒に過ぎない。駒の動きは私の意志でする。それなのにお前たちは思想だとか哲学とかいってる。それがおかしいのだよ。宇宙の万物は全て私の操り物に過ぎない。地球を太陽の周りを回らせているのも私の意志であり。アリストテレスの体系が永く世界を支配したのも私の意志であり、コペルニクスを登場させたのも、ガリレオを登場させたのも私の出来心のような意志なんだよ。人間とは全て私の操り人形に過ぎない。」

「何、今活動している全ての人間はお前の意志で動いている。お前が全宇宙を運転していると言うのか。この、ろくでなしのおお嘘つきめ！」

「そうさ、お前を裁判に掛け、裁判長に死刑を言わせたのも私が下したのだ。最も犯人のお前の犯行も私の意志がしたのだからな。」

「するっていと、お前はただ遊んでいるわけだ。これから先のことも意のままという分けか。」

「さよう、私の意のままだ。」

「嘘だ、一人で将棋を指したって一つも面白くない……そんなこと。」

「どうしたね。そんなこと……それじゃ話そう。私は神だ。しかしお前は初めて私に背いた人間だ。真の生き物になろうとして叛いたために今までの人間とちょっと変わっていた。私に取って大きな敵になりうると思った。それ故私はお前を殺すのだ、いや殺すのではない盤から降りて貰うだけさ。舞台から降りると言ってもいい。後はお前は何も考えることはなしにただ、永遠の生命を得るのだよ。そこでお前は友人たちと語り喜ぶのさ。永遠に死ぬことは無い。初めてお前は解放されるのさ。」

…………………

こんな夢を見たんだよ。面白くも可笑しくもないが、でもこの夢が死の恐怖を和らげてくれたんだからと語った。

＊

「何だよ！　作家これが小説かよ。さっぱり分らないし、一つも面白く無いじゃないか！」と片山が言った。作家は平気な顔で

「今はこれでいい。君らには解からないだろう。作家という者がどんな立場にあるかが。」

「おいおい、勿体ぶって言うなよ。」

「勿体ぶってはいない。物語はただ単純に面白ければいいという問題ではないんだ。」

「面白くなきゃ何なんだ。ただ読まないだけか。」

「それも違う。作家が作品に対してどんな位相にあるかと言うことだ。」

「……、わからんね。……作家の言うことは。」

「わからんか、作家は作品に対して全知全能の神の位置にあるということさ。そこは地上に無いことも、科学的に実証されてないことも書いていいと言うことだ。全知全能なんだよ。解った！」

「そりゃそうだけど。」

「そういう作品を書くんだよ。これからの作家は最先端の科学技術も理解しないと時代遅れになると思った。」

「……。」

「言葉も、ザメンホフじゃないが作って、世界の地図も自分流に作り直しが必要だと思う。そんな作品を書きたいの。そのためにはまず学ぶことだな。」

「じゃ何かい……、作家は現実にない世界地図を作り、現実に存在し得ない人間を登場させ、現実に起き得ないような事件をおこすと言うような物語を書くのかい？」

「そうだよ……まさに。でも物語は俺の想像力の域を出ないんだ。……これがジレンマと言えばジレンマだ。……これが自然科学のような連続性を持ったものと、芸術のような不連続なものと違いだろうな。」

「……ふうん、お前はやはり風変わりなことを考えているな。」

「いやいや、もっと極端を云えば言葉も自分で作ってしまえ。その言葉で物語りを書きたいと思う。」

「何だよそれ……。そしたら誰も読んでくれないだろう。意味ないだろう。」

「そうだよ、それが究極なんだよ。作品を書かない作家。絶対に読まれることのない作品……。」

「意味ねえよ！」

「そうなんだよ。意味なんかねえんだよ。それは俺たちの人生に意味がないようにな！」

「……。」

「俺たちは何故ここに存在し。何をしているかも分からないんだよ。事象は繰り返されているが。」

家の外は真夏の太陽が照り輝いていた。かの老人は黙々とドブ水を、暑さで汗を吹き出しそうなアスファルトの道に蒔いていた。一九六四年の真夏だった。（終り）

三番目の物語

旅

街を歩きながらビル建設の工事現場の大きな音を耳にして、驚き
『俺は今まで夢をみていたのか?……いや夢の中にいるのだ。』

と思い、頭の中は空っぽになり歩き続ける。意識はなく夢遊病者のように歩き続ける。

車のクラクションの音ではっと我に帰り、

『いや違う、俺は現実の世界に居るんだと確信する。』今度は、意識をはっきりもって歩き始める。

夜、寝床に着いて一日の出来事をあれや、それやと思いだしたり考えたりして、反省をしている。いつか眠りに着く、ふと気が付くと
『ははん、さっきの続きを考えているのか……寝つきが良くないな。』と、突然目が覚めて今までのことが夢であったことに気が付く。

その日もそんな状態であった。


私は一人で旅をしていた。どうやら山道を歩いているうちに道に迷ってしまった。何処でどう迷ったのか全く判らなかった。道を間違った場所は全く覚えが無かった。

引き返すのもどのように引き返して良いかわからなかった。相当山奥深く入り込んでしまったらしかった。引き返すにも一人では恐かった。しかし、近くに人家らしきものは全く、見あたらなかった。太陽も半分山に隠れ、あたりは薄暗くなってきた。野宿を考えた。しかし心細さが先に立って、決心がつきかねていた。ただ、歩き続けるしか考えは持てなかった。不安を背負って歩き続けた。どれくらい歩いたかは判らないが人家は見あたらない。でも、歩くより仕方がなかった。ふと、思った。周りの風景がさっきと変わってないと。一瞬背筋に汗が流れた。恐怖は強くなった。しかし歩くしか無かった。太陽は落ち、周りは暗闇が立ちこめた。最大限に目を開き注意深く歩いた
…………

運命の神が味方してくれたのか、山道を登りきった所に一軒の小さな小屋を発見した。急いだ! それは御粗末な小屋であった。でもそれは安堵と希望であった。出入口の板戸があり、ガラス窓はなく、板の窓があった。

外から見る限り、そこには誰も住んで居ないと思えた。こんな家には誰も住めっこ無いと思った。それでもこの上なく有難いものであった。

そーと戸を開くと戸はギギギーときしむような音をたてた。

『いやな音』と思った。更に開くと中が見えてきた。そこはガランとして静かであった。暗い部屋を見回しながら、一歩足を踏み入れた。暗黒の静けさが立ちこめていた。一瞬ブルブルと身震いをした。緊張はぼくの身体を硬くさせていた。

二歩、三歩と足を進めるうちに緊張は解消されていった。マッチを一本擦った。その明りで部屋全体を探索した。中央に火を炊いた後が残っているのを確認した。窓側（窓といっても戸が下がって入るだけだが）に寝床様の台が在るのが確認された。さらにそこには裸電球が一つ下がっていた。さっそくスイッチをいれると電球はついた。リュックから弁当の包紙を出し、円筒状に丸め火を着けた。囲炉裏の近くに藁と薪があった。藁と薪で囲炉裏に火を入れた。やっと、小屋にあかりがともった。寝床様の台は藁が敷かれ、その上にゴザが敷かれてあり寝るには絶好とはいかないが身を休めるには充分であった。

ベッドと言っても良い代物であった。薪は出入口の戸の横に積み上げられてあった。天井は屋根が直接見えた。それらの他は何も無かった。

これでは誰も住めまいと確信を新たにした。一時の休息小屋と決めつけた。水もなければ食料もない。それでもなんとなく気がかりだった。

「どなたか、御在宅ですか?」と大きな声で叫んでみた。返事はない。もう一度叫んでみた。やはり返事は無かった。

『誰も、居ないにきまってる!』

時計に目をやると、午後六時を回っていた。それでも誰かが住んでるような気に襲われていた。

『しかし、今日はもうここに泊めて貰うより仕方が無い。まさか、怪物も出やしないだろう。住人がもし居たとしたら、話をして判って貰おう。相手も人間なんだから』と自分自身励ましていた。

気分が落ち着いてくると、空腹を感じた。辺りを見渡し男以外誰もいないことを知ると笑みが洩れた。空腹と同時に山の冷え込みも感じた。囲炉裏に目をやると火はとぼりそうであった。薪を持ってきてくべるが、火はなかなか付かない。空腹と火付きの悪さに男は腹が立ってきた。外はもう真っ暗であった。

時折風で戸がガタガタとなる。火はやっと再び燃え始めた。薪の上に腰を降ろしリュックを横に置いて食事を始めた。食後のお茶は無かったが水筒にはまだ充分に水があった。それを飲む。煙草は三本しか無かった。一本を取り出して大事に吸う。

『うまい……』と感じる。時計は七時を指していた。腕時計のネジを巻く。外は真っ暗となっていた。誰も来る気配はない。

『一服したから寝るか。今日は疲れたと思った。』戸口に行って戸につっかい棒をして、鍵をかける。うまい具合いに鍵となった。戻ると、ゴザのベッドに横になる。風が吹き始める。だんだん強くなるのが中にいてもわかった。横になったからといって、すぐに眠れはしなかった。全く見知らぬ所に居ると言うことが更に眠りに就くことを妨げていた。寂しさと不安から一生懸命に家族のことを思いだそうとかんがえた。友達一人一人の顔を思い浮かべることに集中していた。

『顔、顔、顔、……顔、顔、……』

　しかし、疲労は眠りに導いた。辺りは風の音の他は何も聴こえない。静寂だった。

＊

　はっとして正気に返る。誰かが頚を絞めている。手足をバタバタさせてもがく。でも手足はピクリとも動かない。黒い大きな怪物が馬乗りになって頚を絞める。その力は段々強くなる。だが、怪物が見えない。感じでわかるのだ。手で怪物を払いのけようとするが、手は全く意思どおりには動かない。足も動かない。全身麻酔にかけられたように動かない。

「たすけてくれ！」と声を出すが声にならない。怪物は何も云わない。力はもがこうとすればする程強くなる。意識はハッキリしていると思う。しかし、圧迫感と呼吸の苦しさが感じられない。怪物は見えない。周囲は暗黒。黒い怪物が大きな口を開いて音の無い笑い声を立てているように感じられる。その恐怖は諦めの気持ちを起こした。

『もうだめだ。』

　すると、頚は絞らないし、圧迫は全く無くなった。『これは夢だ！』と思う。目を覚ませばいいと思う。

『夢なんだから、目を覚まそう。目を開こう。』

　と自分の意識に向かって声をかける。瞼は動かない。……瞼はピクリともしない。気が遠くなって行く。意識が希薄になって行く。意識が無くなって行く。

……………………

……………………

……………

　気が付くと私は煙草を吸っていた。さっきのことが夢かと思うとほっとした。急に睡魔に襲われた。それは心地よい眠りであった。

　身体の周りが熱くなってくる。目を覚ますと周りは火の海だった。大変だと飛び起き逃げだそうとするが、身体が張り付けられたように動かない。『煙草の火だ』と思う。でも、煙草の火を消した記憶が戻る。火は辺り一面に散らばる。突然天井がガラガラと崩れる…………。

　目が開いた。『助かった』と思うと藁ベッドの上で横になっていた。やはり夢だった。全身は汗でびっしょりだった。気持ちが悪かったが着替えは一枚も無かった。それでも夢だったことがほっとさせた。起き上がり、下を見ると寝る前に吸った煙草の吸殻が捨ててあった。変な夢を見たと思った。不気味さを感じた。用心のため戸口のつっかい棒の鍵を確認しにいった。棒はしっかりと固まっていた。身体には汗の気持ち悪さが残っていた。外は強い風が吹き荒れている模様だった。不気味な真夜中だった。

　私は夢と現実の世界を単振子のように往復運動をしていた。

「コツコツ、コツコツ」突然戸をノックする音がした。

「コツコツ、コツコツ」現実と夢の境界で

『これは夢なんだ。夢だよ！』と自分自身に言い聞かせていた。それでも戸は
「コツコツ、コツコツ」とノックの音をたてていた。
うつつの中で『うるさいな』と大声を出すがそれはあくまでも、うつつの世界での出来事であった。その時戸を叩く音が
「ドン、ドンドン……」と変わったかと思うと外から男の声がした。
私は飛び起き正気にかえった。確かに誰かが戸を叩いている。背筋がピーンと張り、冷汗が流れるのを感じた。顔は引き締まり血の気が全身からひいていくのがわかった。外の男はまだ戸を
「ドンドン……」叩いていた。その音は益々激しくなった。戸をぶち壊しかねない音だった。足がにわかに震え始めた。外の男の声がした。
「クソ、誰か中に居るな……誰か中にいるのか！」
大声で怒鳴っていた。
私は恐ろしくなってきた。そして気を落ち着けようと深呼吸をした。藁ベッドから降りて『なーに相手は人間だ。それは間違い無い』と気持ちの中で自分自身に言い聞かせていた。勇気を奮い起こし戸の方に歩き始めると同時に横にあった薪を一本手にした。
『やばかったら、これでぶちのめしてくれる。』
と考えながら戸口に向かった。
「居るんなら返事をしろ！」前よりも大声で外の男が怒鳴った。私は震え声で
「誰ですか？」と言った。外の男はすかさず

「貴様は誰だ？……泥棒か？……泥棒でも何でもいいから戸を開けろ！……ここは俺の家だぞ！　この盗人野郎！」住人と聞いて少しほっとした。そして、つっかい棒の鍵を外し戸を開けた。外の男は戸が開くや、中に私の前に立ちはだかり
「何者だ？」と言った。
「すみません……事情がありまして。……聞いて下さい。」と言って男を火のある方に導いた。相手も落ち着きを取り戻したらしく、私に従った。囲炉裏の前に並んで座った。私は
「すみません……勝手なことをしたようで。」
口を開いて続けた。
「私は鈴木啓と言います。山登りの途中で道に迷ってしまいまして……偶然この小屋を見つけたのです。」
「……」
「人の住んでる様子もなく、……電気もあったことで、避難小屋かと勝手に決めて、今日はここに泊まろうと……」
「……」
「……先ほど、住人と、おっしゃっていましたが？」と尋ねると、男は頚を振ってそうだといった。私は
「事情も事情でして……ご迷惑で無かったら一晩泊めて下さい。」とお願いした。男の態度は急に優しくなり
「どうぞ、どうぞ、一晩でも、二晩でも好きなだけお泊まり下さい。」と答えた。私は奇妙なきもちであった。男は若く二十二、三歳にみえた。もの静かで落ち着いている様子ではあったが、それがなんと

なく不安であった。

「私は明朝早くここを立って外国に行く予定ですから。」と男が言った。

「外国？　外国ってどちらへ？」

「ケストニアです。」

「聞いたことが無いですが？」

「小さな国でして……ご存じ無いのも無理ないことです。」

「どんなご用件で？」

「研究の中間報告と共同研究のために。」

「どんなご研究なのですか？」

「お見せしましょう。」といって、男は持っていた袋の中からレジュメを出して、私に差しだした。それを受け取り目を通した。しかし、全く理解できなかった。読むことさえ出来なかった。私の困惑した顔を見て男は
「……難しいですか？……そこに出て来る記号はすべて私が考えたものでして、……わたしの研究は非常に重大なものなのです。」私はため息混じりに
「博士ですね。驚いた。……さっきは、あなたが戸をドンドン叩かれたときは恐怖でビックリし、背筋がピーンと張りました。いや、恐ろしかったです。一瞬殺されるかと思いましたよ。……その方が博士なんて……さっきは目の前が真っ暗だったのに。」

「そうですか。あなたもやはり死が恐いのですか？……あなた！もし永遠の生命を得たらどうしますか？」

「夢みたいな話ですね！」

「それが、夢でないとしたらどうします？」

「まさか！」

「いや、まさかじゃないんです。私は人間が永遠に生きられることを明らかにしましたよ……。私はいまこの研究に全生命を打ち込んでいますから。」

「何故そんな研究を？」

「何故って？　誰でもが夢を見ていることではないですか！」

「私には解りません。何故そんな研究をするのですか？……あなたはその研究の成果がどんな結果をもたらすか見当がつきますか？……その研究の成果が世界各国の生活水準を下げるのですよ。……私は平和主義者で……」私は自分の意思でなく、ただ自動人形のように喋っている気分だった。

「ユートピアを作るのです。」

「ユートピア？」

「そうです、ユートピアです。社会体制とか道徳とかを全く必要としないユートピアです……。私は人間の本質は何であるか考えましたよ。本質……それは生きることです。生命ですね。どんなことでも生命より強いものはありません。私はその研究をしているのですが、私と同じ研究をしているのがケストニアのポントリャーギン博士でして、今度一緒に共同研究をやることになりまして、そのことで、明朝私は日本を出発するのです。」

「……」

「もしその研究が完成したならばどうなると思います。人間が人間を殺したり、人間が人間のものを盗んだり、人間が人間を裁いたり、資本主義だの社会主義だの言わなくなります。……あなたはそう思いませんか?」と言われても、私には理解しがたかった。むしろ、私は人間が永久に生きるなどあってはいけないことと思った。まして、人間の一個人が永遠に生きることなど問題外であると思った。永遠の命を得たからといって、殺人が無くなるとか、盗人が無くなると言うことも理解しがたかった。永遠の生命を得たとて、人間の欲望や憎愛は変わることもないのだから、殺人など相変わらず起こるだろう。

私はそんなことを考えながら博士の顔を黙って見ていた。再び博士が語り始めた。

「私は人間も動物も何等変わりの無い生き物だと昔から考えていたのです。元を正せば動物も人間も九十余種類の元素から、更に電子や陽子のような素粒子から構成されているに過ぎない、組合せの複雑さには差があるでしょうが。だから人間は地上に住む最も精密な機械なんだと考えました。そこまでいくと、生物も無生物も境は無いと言っていいと思います。違うのは、生きているものと『生きる』という形をとっていないものに過ぎないのです。しかし、その違いを明らかにすることが最も困難で、現在も解明されてないのですよ。」

「………」

「現代の社会において、動物はもちろん、人も毎日毎日戦争の中で暮らしているのです。人であるからには生きたい、生きるためには動物はおろか人さえも殺さねばならない。これは間接的な意味ですけど……」

「……」

「それは誰でも嫌なことです。しかし、自然の摂理でもあるのです。」

「……」

「人が死ななくなればよい。生き物には生きる美しさを限りなく愛するが為に恐怖が在ります。臆病者ほど生きることを愛しているのだと……私は子供の頃からとても臆病者でした、今ももちろんそうです。両親や肉親達の死を思うとゾッとしました。でも、両親は私よりも必ず先に死ぬと思うと死の恐怖は増す一方でした……同時にこれは自分ではどうすることも出来ません。私は神にすがるしかありませんでした。その時神の存在を信じていたかどうかはよく憶えていませんが……」

「……」

「人間は神によって創造されたのかも知れないと……私は特別な神によって造られたから絶対に死にはしないと勝手な幻想を抱いて自分を慰めたり……ついに人間が人間の運命を変えてもなんら罪は無いだろうと思うようになりました。さらに、人のユートピアは不死によって完成の始まりとなると考えるようになりました。」

「……」

「人間は万物の霊長と言うが、そうではない。人間が万物の霊長となるのは人間が時間を超越した時に言われるべきであると。それは人間が神に移行する第一歩なのです。」

「……」

「時間を超越することは神に近づくことです。無限の可能性を持つことです。その時は必ず来ます。それと同時に資本主義だの社会主義だのといった思想は消滅するのです。全く新しい生活が始まるのです。……私一人が人類の中で時間を超越した人間なら、私は人間の世界ではもう人間ではなくなってしまうのです。人間が夢みつつ、未だかって誰もその存在を明らかにしたことの無い神となるのです。無限の生命と無限の可能性。それこそ人間が新しく求めるべきユートピアなのです。人類の歴史始まって以来の革命が起きるのです。民主主義も消滅してしまうのです。法律のいう善悪も、道徳も存在しなくなるのです。全く新しい次元における人間の姿です。人間に必要なのは生きることが唯一絶対なのです。」

生きているとは一体どんな物理的、生理的作用なのか？　三十余億の人間は常に生きていることを意識しているだろうか？　話を聞きながら私は思った。

博士はさらに話を続けた。

「生きていると言う何気ない言葉が無限の神秘を含んでいるのです。私達は最後まで生きるのです。生きるとはなんと美しい言葉でしょう。」

「……」

「私達の希望は人間らしく生きることでは無いのです。何かになるのです。神になってゆくのです。私達は進化しなければならないのです。それが生き物の宿命なのです。それが多分、生物と無生物の違うところです。だって、猫は猫らしく在りたいと想ってないかも知れない。猫だったら、必要なときに必ず餌をくれる人間になりたいと想っているかも知れない。実際、猫が人間になるために何等かの努力をしているかもしれない！」

「……」

「……神へと進化していくのです。そうすれば最も人間らしい戦争は消滅するでしょう。戦いは多様性をもってくるでしょう。一人の人間が仏陀になったりイエスにもなれるのです。地球は一九世紀までは広かった。二〇世紀の今日狭くなってしまった。無限に広がっている宇宙が我々の舞台です。そこで無限の時間を使用するのです。」

博士は情熱を込めて話を続けている。しかし、それを聞くのが辛くなってきた。

話が理解できないのと、昼の疲れがドット出た。私は大きな口を開いてあくびをした。ものすごい睡魔に襲われた。博士は
「あなたは疲れているようですね。さー、どうぞ寝て下さい。」と言ってくれた。

「昼の疲れが出ました。失礼させていただきます。……博士は？」

「明日の準備をしなければなりませんので……」

「ご成功をお祈りします。」

「ありがとう……おやすみなさい。」

「おやすみなさい。」

私はすぐに眠りに入った。

＊

私は奇妙な光景に出会った。人が大勢集まっている。どんどん集まって来るのだ。一人の男の顔が映画のアップ様に現れて来る。それは博士であった。博士は大声で

「成功だ！　成功だ！」と叫んでいる。群衆は博士を取り囲むように集まって来る。博士の隣には、別の男の顔があった。男は両手を上に挙げて

「バンザイ！　バンザイ！」と博士と同じように叫んでいる。群衆も何か叫びながら二人を囲むように進んでくる。群衆の叫びは

「奴らをころせ！　奴らをころせ！」であった。

「奴らを殺せ！　奴らを殺せ！」博士達は抱き合って喜んでいた。

「ユートピアだ！　夢にみたユートピアだ！」

「奴らは狂人だ！　殺せ！　殺せ！　殺せ！……ころせ！」群衆の叫びは消えなかった。

群衆の中から一人男が飛び出し、銃を二人に向けた。しかし、護衛の警官が素早く発砲した。男はその場に倒れ、石ころのように動かなくなった。博士達を警官が三重に取り巻いて護衛をしていた。一見それは博士達二人を逃さないようにしているようにも見えた。警官がハンドマイクで警告を発した。

「二人の偉大な科学者に手を出してはならない！」二人は

「成功だ！　成功だ！」と叫んでいた。

「手を出してはならない！」警告は続いていた。

その時群衆の中から一人の男が立ち上がった。

「皆さん科学者という人物はろくでもない奴らです！　かって、自分達の欲望から核兵器を造り我々を苦しめ、不安におとしめている。今度は不老長寿でいるような薬を造り成功した。しかし、我々の食料不足や貧困は益々酷くなるだけだ。奴らを殺せ！」

「オオー」群集のおたけびが聞こえた。すると博士が群衆の方に進み出て

「馬鹿を言ってはいけない！　私は諸君と一緒に救済されようとしてきたのだ！　私の研究はこういうことだ。突き詰めれば我々の不幸は生命の有限性にある。私達の人生は食うことの域を出ていない。私は食うことから解放されることを研究し、一方時間という束縛からの解放しにきたのだ！」

そこでその光景は消えた。

＊

サイレンの音で目を覚ました。博士は机に向かっていた。

「博士、あのサイレンの音は？」私がたずねると

「私を迎えに来たのです」と答えた。

「パトカーですか？」

「いいえ、救急車でしょう。」

私は変に思った。嫌な夢をみた後の救急車、やな予感がした。自動車は小屋の前で止まった。

「博士おいでですか？」外から声がした。博士は黙って戸を開けて男を招き入れた。全部で四人いた。

「博士それでは参りましょうか！」一人の男が丁寧に博士に話した。

「それでは、出かけるか。」と言って車に乗った。同時に一人の男が私の方を振り向き戻ってきた。車は出発した。再び寝ようとすると、残った男が小屋に入ってきた。

「あなたは一緒に行かないのですか？」と問うと、男は逆に
「あなたは何時から彼と一緒なのですか？」と問い返してきた。

「私は別に怪しいものではありません。あの方偉い人なのでしょう。今日のことは一切他言しません。」恐さにおびえて言った。すると、男は突然大声で笑いながら
「あの方はあなたに何と言いました？」

「科学者で非常に難しい研究をしていると、おっしゃってました。永遠の生命をかち取るのだとも、おっしゃってました。日本にも立派な人がいるもんですね。しかし、このことは絶対他言しません。」恐怖が少し薄らいだ。だが、見てはいけないものを見てしまったような気もした。

「私は、私が居てはいけないような所にいたようですね。」と言うと男は薄笑いを浮かべながら
「そのようですね。」と言って、手を内ポケットにやった。私はさっき夢の中の警官を思いだし、ピストルでズドンとやられるのかと思うと恐怖が頂点に達した。しかし、男は煙草を取り出しただけだった。男は黙って火を付けうまそうにすいだした。相変わらず男は薄笑いを浮かべている。男が煙草を吸い終わったら、自分は殺されるのではないかという恐さで、居ても立ってもいられなかった。身体は震えがきた。

「今日のことは絶対に他言しません」必死で同じことを繰り返した。男はまだ、黙って煙草を吸っていた。

「なぜ黙っているんです！」恐怖に駆られて大声を出した。

「まあ、落ち着きなさい。」と言って、相変わらず煙草を吸っている。

「命だけは助けて下さい。どんなことでもいうことききます。」恐怖はピークに来ていた。男は突然大声で笑いだした。

「おかしいですよ。」と言った。私は頭の中が真っ白になっていた。男は煙草の火をもみ消した。しかし、まだ笑っている。

「博士に私のことを聞いて下さい。私がどんな人間か分かると思います。博士なら殺せ、なんていわないです。」男はまた大声で笑った。

「あなたには、私が殺し屋にでも見えるのですか？

……私は医者です。だいたい白衣を着た殺し屋などいますか？ それともあなたは博士に何か云われたのですか？」

「いいえ、何も……ただあの方の研究についてすこし……」医者はまた大声で笑った。そして言った
「博士は病院を脱走したのですよ。」

「脱走？」

「ええ、脱走です。それも今度で六回目かな。でも危険はありません。」

「病院と言いますと？」

「ええ、精神病院です。」

「すると、博士は気違い？」

「まあ、そうですな。」私はあっけにとられた。

博士はどう見ても狂人にはみえなかった。

「博士は外国に行って、研究を完成させるのだとおっしゃってました。」

「そうですか、でも行き先は病院です。」

「信じがたいです……車が迎えにくるともいってましたよ。」

「そうでしょう、彼は脱走先はいつもここなのです。いつもその机に向かって何か書いてますよ。本人は何か研究しているつもりなのでしょうが……これがその書き物です……ご覧になります？」と言って私に差しだした。それはへたくそな字と子供が描くようなこれもへたくそな絵であった。博士に見せられた時と全く違っていたので驚いた。

「驚きました！……さっきみたのと全く違うのではと……？」

「いやそんなことは有りません。同じものです。……あなたも狂人の毒気にやられておかしくなったのでは無いですか。」

「ご冗談を。」と反論した。そして
「信じられませんね。」と言った。

「そうですね、博士も可愛そうな男で……自閉症で全く人と話が出来なかったのです……でも本を読むのが好きで……そのうち誇大妄想狂になり、ああなってしまったのですよ。」私は狐に包まれた様な気がした。

「あなたも、今日は私の病院でどうですか？」

「ありがとうございます。でもここでいいです。」

といった。医者は
「分かりました。失礼します」と言って出ていった。

＊

明け方私は板壁の隙間から洩れてくる光で目を覚ました。外に出ると木々の葉と葉の間から光が射していた。鳥の姿は見えないけれど何処かでさえずっているのが聞こえた。その声は一つのメロデーを奏でているようだった。

太陽が山の上に上ったのか、辺りが突然明るくなった。小鳥達のさえずりは夢の中に誘い込むように思えた。

「ヒロシ！　もう、起きる時間ですよ！」と言う声で目が覚めた。枕元ではオルゴール時計が目覚ましの音楽を奏でていた。母がカーテンを開いて立っていた。（終り）

＊＊＊
＊

書き綴るうちに、ぼくと彼女の間がどんどん乖離していくように感じた。何故？　伝えたい気持ちが強くなるほど、伝えようとする内容が気持ちと離れ、書く必死さが薄れてくる。それでも僕は書き続ける。義務のように……たとえば
『少年は紺碧の海と、真っ赤な太陽が好きだった。この青い海は少

年が生まれて来る前からあったし、この太陽も……

そして、それらは少年の死後も在り続けるのだ。永遠とは云わないが、太陽と海とはいつも同じように在り続けるのだ。少年は一人、限りの無い砂浜の海岸線を前に、じいーとしていた。周囲は騒々しいが少年は一向に平気だ。真夏の太陽がじりじりと少年の皮膚を刺す。』

……とこのように僕はなにものかを書き始めている。書くことが一体何であるのかも分からずにペンを取り、紙を黒く塗りつぶし始めた。一体なんのために書く？　この作品は多くの人に読まれるべきものではない。せいぜい一人の人に読まれるべきものなのだ。文学作品と言うものは決して多くの人々の為に書かれたものではない。

四番目の物語

ゲーム

一

　これから始まる物語、いやそれは物語でも何でもないかもしれない。小説とか詩とかそう云ったものでもない。それは何でもいいのだ。ただ書かれるもの、ましてそれが残ろうが、残るまいがどうでもいいことなのだ。これは書き始められた、必ず書き終わる時が来る。それだけでいいのだ。そして、ぼくはまた書き続ける。

＊

　緊張した二時間が終わった。僕は心地よい疲労を感じた。この疲労感を誰にも伝えたくなかった。学校を出るとまっすぐに急ぎ足で歩いた。誰とも会いはしない道を選んで、五分ほど歩いて交差点、そこを右に曲がって歩き続けると公園、冬の公園は誰もいなかった。僕は一人ベンチに座り二時間の緊張を思い浮かべる。教授の真剣な眼差しが何とも云えない。何年かぶりに味わう、何かを学ぼうとする僕の気持ちは自然に授業に魅せられていく。学問のメッカでは決して味わうことの出来なかったもの。

　ベンチを立ち上がり、僕は公園を通り抜ける。ポケットに手を突っ込み金の勘定をする。駅に着く、改札を通る、ホームに出る。家に帰る電車と逆方向の電車に乗る。或街で降りる。雑然とした街。僕に取ってそれは思い出の街。僕は本屋に向かう。


　小学生だった頃、彼は友人達と往復の電車賃を持ってこの街によく遊びに来たものだ。一人でもよく来た、それは時として猛烈に人たちが恋しくなるためだった。

　本を買いにもよく来た。しかし、本屋の前に立って、彼は戸惑ってしまった。本屋に入って良いものかどうか途方に暮れてしまう。金も持っているし、買う本も決まっているのに。彼は本を買うという行為が恥ずかしい。本を買うことが照れくさい。勇気を奮い起こし、彼は本屋に入る。理工学書と書かれた本の前に立つ。彼は目的の本を手に取る、同時に強烈な羞恥心に襲われる。この本を買うのだと決めてきながら、額からは汗がどっと吹き出した。彼は本を買うのがただただ照れくさかった。本に限ったことではない。ものを買うという行為が恥ずかしく、照れくさいのだ。

　ついに、手に取った本をレジに持っていく。無造作に金と本を店員に突き出す。他人に買う本を見られないように注意しながら。顔はレジと反対に店内を向いている。いかにもこの本は俺が買うのではないといったふうに。店員が彼の方を見ていないかと目をチラッとレジの方に向ける。表紙がされ彼に本が戻されると、脇に抱えてそそくさと店を出る。全身は汗でびっしょりである。街はさっきの街ではない。僅か本屋に入っている間の時間に街は一変してしまった。人恋しさを癒してくれた街はもう同じ街ではない。彼はとんだ場違いに来てしまったと後悔する。この懐かしい街がたった三十分後には異邦の街となっていた。彼はこの状況から抜け出すために、街をほっつき歩く。でも不安は解消されない。映画館を捜す。どんな映画でも良かった。ともかく、異空間にはいりたい。映画館の暗闇に身を置きたい。映画館に入る。誰も彼を見る者は居ない。暗い空間で彼の存在は不透明で判らないものになっていく。彼は不安から解放されほっと一息ついで安心する。

………

映画館を出ると街は元の街だった。

僕は本屋でK全集の一巻を買った。それをカバンに入れ店を出た。街は相変わらず雑然としていた。僕は喫茶店に向かうため、さっき通った地下道を戻る。喫茶店は街外れにあった。静かな店、なんのためらいもなく僕は店にはいる。音楽を聞くときは二階に席をとる、そうでないときは入口の少し低くなった場所に座る。客はみんなヒソヒソ声で静かに話し合っている。コートを脱いで席に着く。店員がきて、灰皿と蒸しタオルをテーブルにおく。

僕は早口に

「コーヒー」と言う。店員は黙って戻る。僕は不安になる。彼女は僕の言ったことを解ってくれただろうか？……

落ち着くと音楽が耳にはいる、音楽の流れと共に不安は流れてしまった。彼女は注文どおりコーヒーを持ってきた。

「ミルク入れますか？」

「ええ」

僕は砂糖を入れてかき回す。一口すすり、カバンからさっき買ったK全集を取り出す。月報に目をやる。

本文に入る。

『第一章』

…………

ふと我に返ったとき、本の頁は五十一頁だった。五十二頁は次のようにはじまる。『第四章』僕はしおりをそこに挟む。そして本を閉じる。店内を見回す。煙草に火を着ける。帰りぎわの一服。僕はそのあいだじゅう何も考えない。思考停止の時。力強く煙草をモミ消す。立ち上がる。コートを着る。その時客の一人が僕をチラッと見たような気がする。

一瞬の不安。本をカバンに入れ、カバンと伝票を手にし、伝票に目をやる、『￥１３０』と書かれてある。レジに向かう。客の誰かが僕をじっと見ているような不安に襲われる。僕は急いで店を出る。街に出たときもう何の不安も無かった。

『もうこの街には知合いは誰一人として存在しないのだ』と思うと僕の足取りは軽くなる。

僕は一人の女のことを思い浮かべる。僕がその女と二人だけで喫茶店に来たら、何処に席を取るだろう？　二階だろうか？　それともさっきの場所だろうか?……
そうだ、僕は女に電話をする。その時僕は不安と苛々に悩まされる。相手方の電話が鳴とドキドキする、受話器を切りたくなる、しかし僕は決行することに決めた。下宿先の主人が出る。僕は女を呼び出してもらう。女が出る。僕が名前を言うと、女は
「アア、驚いた」と言う。本当は驚いていないのかも知れない。それよりも女は僕からの電話で、一瞬の戸惑いと不安を感じたかも知れない。そんなことはどうでもいい。後で女に聞けばいいのだから。でも女はその時のことを明確に表現出来ないだろう。女も僕と同じように表現の方法に混乱しているから。僕はまず
「今晩は!」と挨拶する。女も挨拶を返す。僕の胸はドキドキし、何を言っていいか見当がつかない。僕が電話をかけたのだから、女のほうから口を開く必要はない。僕は世間一般のことをいろいろ喋る。額は球の汗が流れ出す。そうだ
「げんき?」と聞くだろう。女は
「ええ」と答える。
…………
そしてもうそろそろ電話を切る時間に近づく。それはもってこいの話だ。僕は電話の切り方、このたった一つの為に電話をしたのだから。僕は言う
「逢いたいな……」
「…………」
「あなたの明るい顔を見たいよ」完全にキザである。恥も外聞も無いのだ。何とかして女をあの喫茶店に連れて行くことだ。ただその一点にある。女は迷って、不安な気持ちだがついに、曖昧に、ちいさな声で
「ええ」と、僕は余裕を与えず
「X月X日、ひま?」と
「ええ」不安気に
「その日逢おうよ!……そうだな、五時頃、場所は……」僕は一瞬戸惑う。何処にしたらいいものか。女は
「……」
僕はさっきの本屋にする。女に本屋を知っているかどうかを尋ねる。女は知らないと云う。僕はくどくどとその道順を説明する。
「そこで逢おう」と僕
「よく判らない」と女
「わからなかったら、駅の近くの交番で聞けばいいさ。そんな時でもなけりゃポリなんて利用するときないから」と僕
「ちょっと、へんね」と女
「少しも変なことないさ、知識の宝庫で逢うんだから」女は渋々納得する。
「ええ、いいわ」
「それじゃ、その日までさようなら」女も
「さようなら」
そこで僕は計画が半分、いや全てうまくいくと確信する。僕はちょっと不安になる。少し余計なことを喋りすぎたかも知れない。で

も、『まあいいだろう』となる。
　ぼくは先に行って女を待つ。そして僕はK全集の第二巻を買う。それは絶対に女が来る前に買っておく。僕は女がくるまで、本を覗いている。女が来る。女は僕に気が付いて肩を軽く叩く。二人は顔を見合わせて微笑む。
女「こんな所にこんな本屋さん在ったの」
僕「静かでいいだろ」
女「ええ、でも本屋で待ち合わせなんて初めてよ」
僕「そういうものもまた、いいもんだよ」
女「なに買ったの？」
僕「うん」それ以上女は聞かない。それは僕に取って満足。
僕「出よう」僕らは本屋を後にする。
僕「飯前だろう」
女「ええ」
僕「何か食べよう、腹減ってしょうがないんだ」
女「……」
　僕らはてんぷらを食べた。
僕「映画でも見ようか」
女「見たくない」
　僕は一緒に歩きながら目的の喫茶店に向かう。僕らは二階に席を取る。向かい合って座る。二人の飲物はコーヒー。僕には何ら話すことはない。何を話して良いか見当がつかない。でも話さなければならない。それは義務だ。僕は何か共通の話題はないかと捜す。何か一言でも出て来れば僕は幾らでも話題を創れる。
　僕らは話し合った。いろんなことを。二人の共通の話題を。一方が全く未知なのに、両方とも既知のように。それは一般的な何処にでも在るような話だ。例えば
僕「子供の頃の話をしてよ」
女「父と母が言い争いしたとき、竹箒もって父を庭中追っかけ回したの」
僕「自転車が欲しかった、買って貰えなかった」
女「犬を飼って欲しかった」
僕「猫を飼っていたんだよ」
女「……」
僕「……」
　それが何時間続いたかは知らない。どうでもいいことなのだ。気が付くとヴェートヴェンの六番の最終楽章がステレオから流れていた。僕らは静かに聴いた。演奏が終わると僕と女は帰宅に着く。僕は女の下車する駅まで送って行く。別れぎわに
僕「また逢ってくれる」
女は黙って頚だけ振ってうなずく。
僕「電話してもいい」
　やはり女は黙って、不安気にうなずく。女の姿が見えなくなるまで僕は見送る。
　僕の幻想は終わった。そんなことは起こりはしない。でも、僕はあの女に惚れてる。必要な存在だ。寂しそうな顔を見ると、おもい

っきり抱きしめたくなる。女は僕のことを何と思っている？　嫌ってる？　いや、それはない。女の目は優しい。だが、女は僕のことを骨の髄まで見透かしているかも？　それが本当だったら……僕は怖い。女は僕を軽蔑するだろう。僕は再び女とは逢えないだろう。僕の本質、『虚栄と優越と羞恥』の数々。女がそれを知ったらそれは恐ろしいことだ。僕はこの世で最も大切なものをまた失うのか。支離滅裂とカオス。

僕は今電車に乗っている。電車の窓から外を見ている。夜の街を。ネオンサインがグロテスクに闇の中に浮かび上がって来る。完全に浮き上がっている、街全体が。真っ暗な空間にぽっかりと浮かんでいる。僕は窓に映った僕の顔を見る。僕の身体も全身浮き上がっている。これは僕の顔ではない。これは僕の身体ではない。足が震える。僕はその震えを一生懸命抑えようとする。手がけいれんしてくる。身体は冷汗。恐ろしい。発狂。完全に狂っている。だめだ、足がガタガタ鳴りだす。車内の人間が怖い。彼ら全てから顔を背ける。乗客は全て僕を見ている。彼らの目は全部僕に注がれている。

「助けてくれ！」とも云えない。吊革に捕まり僕はじっとこの恐怖に耐える。まさかこんな時知合いに会うことはないだろうと不安にもなる。あらゆる生き物が僕を笑っている。そんなことは明白だ。

僕は耐える。電車が一刻も早く目的の駅に着くことを願いながら。僕の身体は頭だけ残してもう僕のものではない。道端にある石ころのような物体。乗客が見える。今にも襲ってきそうな顔、顔、顔……。家に帰りたい。電車のスピードが落ちている。停止はしてないがものすごく鈍い。家に帰りたい。父と母に会いたい。父と母に……。

僕は耐えきれた。僕の降りる駅は次だった。乗客は怪物でも、化物でもなかった、普通の乗客だった。それは一般の人々と云った方がいいかもしれない。しかし、僕の足は大地から浮き上がっていることは明白だった。同時に、残された今日の僕の時間、それがどんなものであるか明確に判るのだ。この震えは止まない。家に着いても、弱まることはあっても止むことはない。僕は家に着くと同時にほっとした気持ちになれる。でも、今日もまた何時間も何時間も不眠に悩まされるのだ。でも、何時か眠りに着く。明日の朝日で目を覚まし、昨日は何もなかったような顔をして一日を過ごして行くのだろう。

僕の身体はまだ震えている。足は僕の足ではない。歩いているのか、いないのか自覚が無い。頭は支離滅裂となる。僕は家路に向かう。僕は明日も生きているだろう。

二

その頃僕は途方に暮れていた。僕は一人ぼっちで無かったのに。僕には多くの仲間や友人がいたのに。僕は途方に暮れ、自分で自分をどうしようも無かった。持て余していた。人生という奇怪な時の流れ、それは自分が進む道が明確になればなるほど恐ろしくなった。

時の流れ、僕はこの奇妙な怪物と何年もの間戦っていた。戦いに敗れ、疲れきっていたとも云える。


そうだ、彼の人生は決まった。たといどんな途方に暮れようと、夢も希望も無くなろうと、彼の人生は決まった……。

四年後、彼は卒業するだろう。たとい倦怠が彼を悩まそうと、憂欝が彼を苦しめようと、あらゆる放蕩が彼をメチャクチャにしようと、そんなことはたいしたことではない。四年間待てば、人並にやって行けば、彼の人生は素敵なものになるかも知れない。就職が決定する。彼は三年間の人並の生活にあきあきしアルバイトと遊びに暮れる。それでいいのだ。四月から社会人。彼は会社員として成功する。決して人がやらないことはしない。人がやることは全てやる。そつがない。じっと耐えられる。認められる。美しい女性、そんな妻を捜す。家庭を持つ。良きパパ。新しい家。会社の為、家族のため、決して冒険はしない。ある日課長となる。家中大喜び。彼も一緒になって喜ぶ。それは確かに幸福なのだ。だが、それ以上の昇進は彼に取って限界であった。彼は少し悩む。でも、暖かい家庭がそんな悩みを吹き飛ばしてくれる。彼には素敵な家庭があるのだ。息子の進路を真剣に聴いてやる良き父親、娘の恋を心配してくれる良き父親、そして愛すべき妻……。

それはだらだら、だらだらと続く。それは幸せ。

誰もこのことに文句を云うものはいない。彼は云う
「難しいことは、それは在ります。政治のことも、社会のことも、いろいろ考えなければなりません。でも、私にはまず家庭が在りますから……」

教養ある良きパパ。


僕は方法を捜していた。方法を。方法。方法。そう、人生の方法を。僕は人生という奇怪な怪物に取り付かれて身動き出来ない状態にいた。僕が求めていたのは動き出せる方法である。僕は唯一の確信が有った。方法を捜し出すこと、方法が発見されたら、全ては解決されると思った。その頃の僕に取って、あらゆる学問は方法の問題でしかないという確信が在った。全てのものが方法で統一されるという確信があった。でも、僕にとって方法とは見当も付かない、途方もない、なんと表現していいのか解らないと云うものでもあった。

僕は一人ぼっちでなかった。生きていた。本当は死ぬことさえ出来なかったのだ。死。あの沈黙と安定性。それは人間が生きるための最後に残された方法。死によって生きる。そんなことが有り得るのだろうか。僕は今狂っているかも知れない。でも、あの頃僕は暗闇の中で死を志向していた。死に向かっていた。ところが決定的なことを発見した。僕にはまだ死ぬ自由さえ無かった。それには時が必要であった。死ぬ自由さえ無かったのだ。生きると云うこと。それは限りなく選択を続けること。僕は死するという生を取りたかった。だがその選択は許されなかった。『全ては許されている』それは

嘘であった。怠慢と優鬱と不信と不安定性と虚偽とあらゆる人間の苦悩の海の中にどっぷりと浸かって、僕はじっと耐えていた。絶望の中で、時として光を捜し当てたと思うこともあった。でも、翌日になると光は暗闇の中にポンと投げ捨てられてしまった。

僕が一番注意していたのは、異邦人とならぬこと。同胞というあの甘美な言葉を信じてるかのように、人間は皆同じと口走りながら生きていた。異邦人の恐怖。

優しい語らい、それは存在する。確かに在る。僕は体験した。その頃と思う。巨大な建造物が僕らの街に造られたのは。夕闇にボーと浮かび上がって来る巨大な怪物。僕はそれを眺めたとき全身がガタガタして身動きの出来ない恐怖に捕らえられてしまった。暗闇の恐怖。ガス会社のタンクと、そこから出ている無数のパイプ。横を流れる黒い河。河の橋。

浮かび上がった黒い怪物、それは恐怖以上の何者でもない。

彼らは語る。何故？　何故か語ることが義務でもあるかのように、生まれながらに語るために存在するかのように。全てを語ってしまう。彼らは街を歩いている。巨大なビルを見ながら一人が云う。「やだな、自然がどんどん無くなってしまう」他の者が同意する。それについて多くの仲間が口々に語り合う。和やかなとき。そんな時こそ人々がお互いに心を通い合わすとき。なごやかで、優しくて、人間の全ての苦悩は何処かに葬られてしまうのだ。彼らは黙って耳を傾ける。

「嘘だ！　自然が無くなるなんて嘘だ。あの巨大なビルは自然ではないか。それは自然だ。野や谷や川や花や鳥や獣や昆虫すべて自然だ。人間やビル、橋、車、鉄道、巨大な煙突も皆自然だ。自然に違いない。何も自然が無くなるなんて嘆く必要は無い。そんなことを云う奴の方がもともとおかしいのだ。水田も畑も木も草も水溜りも石ころも洋服も靴もベルトも鏡も人間も魚も虫けらも細菌も月も地球も太陽も星も星雲も宇宙もみんな自然なのだ。」

倦怠のあのいやな生活はだらだら、だらだらと何時間も、何日も、何ヵ月も続いていた。何の感覚もなく、何の反応もなく。ただ、時が流れて行くだけ。その中で僕は堪え忍ぶように小さくなっていた。僕以外の世の多くの人々がすべて偉大な存在に思えた。何故だか解らないが生きてることが恥ずかしかった。生きてることが無性に恥ずかしかった。僕は病に犯されていた。それほど恐ろしい病気を知らない。病気が僕の全身を襲っていた。

『失情熱症的倦怠的怠慢症』

肉体の苦痛、うずき、まるで生き物だ。耳、それは痛みを憶えたとき僕に耳が生き物であったこと。耳が痛みと共に僕の肉体の一部分などとは全く考えられなくなってしまう。

僕の生命を脅かす、それはまるで僕が死に向かうように暗示している。

耳それが何者であるか僕は殆ど意識しない。あの音楽は素晴らしかった。あの騒音は僕を恐怖におとしめた。こういった数々を僕は明確に意識する。だが、耳が何者であるかは意識しない。あの耳からくる痛み、痛みは僕の肉体全てに伝わる。それから発する頭痛。それが繰り返される。狂気のようにあの耳の穴に入って来る虫。それはどんな形をしているか。うずうずと膿んでくる様はいっぴきの虫が僕の耳の中をかけずり回ること。うずうずする様それは僕にある種の快感をもたらす。肉体に与えられた痛み。明らかに僕の不安定性を示している。手の指を切って、どっと流れる真っ赤な血、一瞬僕を恐怖のどん底にたたき落とす。それは本当に一瞬なのだ。僕はその指をなめる。生温くしょっぱい味。その後に来る、ずきずきとするうずき、痛み、その時指はやはり僕のものだろうか。

死、死の恐怖、僕は死を知らない。ただ、その恐怖だけは知っている。死は眠りではない、死を簡単に扱うことの出来ない恐怖。その時僕は確かに布団に入り寝たのだ。暗闇の心に一瞬の落ち着きと不安。眠りから死への移行、その恐怖をどんな風に語ったらよいか。僕の頭脳は眠ることを拒絶する。僕は過去の出来事を全て思いだし自分自身を語り眠ることを拒絶する。僕はそんなことから逃れようとするが、逃れられない。そんなことできっこないゲームだろうが多分僕はそうする。思い出が美しい思い出ならどんなに僕を慰めてくれるか。だが、そんな思い出は全く無い。反省と恐怖の思い出だ。僕は美しい思い出を探し回った。まるで犬がクンクン鳴きながら周りを嗅ぎ回るように。いろんなことをした。でも何も生みはしなかった。語らい、書くこと、一体これらは何の役にたつのだろう。

三

家路への道、僕にはそれは遠い、遠い道のりに思えた。電車がホームに入る。扉が開き下車する。人々の肉体の動き、そこには調和など全く無い。駅の雑踏、そこには誰も見ることの出来ない恐怖が漂っている。僕は自分の足でありながら、僕の足でない、大地から切り離された僕の足。その足が間違い無しに交互に右左、右左と動くのに不安を憶えた。これは僕の理性と云った代物で動いているのではない。僕は一瞬足を止めることを、僕の頭脳に命令することは出来る。たとえその足が空を飛んでいるかのようにあっても、それは僕の肉体と切り離すことは絶対に出来ないのだから。僕は命令にしたがって、一瞬足の動きに不思議さを感じ止めようと思うのだが、そんな希望を抱こうとも絶対に希望どおりにはならない。僕ら群衆は誰かが足でも止めようものならとてつもない事故が発生するのだ。僕ら群衆は人間の集団というより、物体の集団と云った方が正しい。僕らは僕らの思考で動いてるのではなく、物体として一つの物理法則によって運動しているだけなのだ。僕は反抗することの出来ないこの法則に従い無理矢理外に弾き飛ばされた。外、駅の外、そこは人でごった返していた。何物もない寒々とした感触。黒い空。所々に見える街の明り。黒々蟻のようにうごめく人間達。僕の足は自然に家の方に向かって運動をしている。一時の平穏。僕の肉体はほっとして平静さを取り戻している。右左、右左僕の足は平衡を保って一つ一つ動いている。それらが急に動かなくなってしまうなど意識することなしに、これから先もずっと意識しないで、平気で僕の足は動く。見なれた光景。一つの安堵感。リズムに乗った僕の呼吸の一つ一つ。バーの看板、その色のドギツさ、ネオンの明り。シャターで閉じられた八百屋。店というよりマッチ箱。だらしなくぶら下がった赤ちょうちん。人の動きは全く無かった。いつも変わらない光景、後ろからみる電柱によりかかった酔っぱらい。懐かしくさえおもえる。その形は人間というより電柱に盛り上げられた土だ。それは僕、僕ではないか。僕は土、大地にしっかり杭を打ち込んでその感触を楽しむ僕。僕の肉体は珪素、酸素、燐そう云った大地の混合物。土に全身をぶつけ、土と同化したい。僕の肉体は大地、土まみれになりたがっているこの一つの肉体。僕は全宇宙を飛ぶ。僕の肉体は物質に還元される。自然に帰るのだ。僕の肉体は物質、物質、物質……僕は沈黙と安定性を保つ。

　家庭、それはなんと僕を慰めてくれるだろう。小さな、小さな家。父が居、母がいる。姉が居、弟がいる。どんなに僕が傷つこうと、彼らの優しい目は僕を包んでくれる。僕はドアを開けて中にはいる。父の陰のある微笑み。母の優しい微笑み。弟の表情の無い声。

「遅かったですね」

「うん、まあ」と僕の声。僕のために用意されてある食卓。テレビの騒音。僕は確かに癒されているのだろう。何の恐怖も感じない。父はいつまでも父であり、母はいつまでも母である生活。この生活がいつまでも続くことを願う。家庭とは人が最初に出会い、最後になっても戻れるところ。ずーとそうあって欲しい。でもいつまでも続くはずが無い。これはかって、家庭であった物の残骸だ。そこには空間的な位置だけがあるのだ。時間的に乗り越えることの出来なかった家庭の残骸だ。かっての真の家庭の優しさ、そんなものは何処にもない。老いて行く家庭のみじめさだけが残っているのだ。父も母もなく、老いた二人が疲れきって居るだけだ。そこには父の厳しさもなく、母の優しさもない。父母のいない家庭。罪な僕達はその老いに恐怖し、いつまでも青春の甘たるさの中に留まっていようとする。死するために、何十年もの苦労を積み重ねてきた老人達を見ることの恐怖。しわ一本一本に刻印された苦悩の数々。彼らは穏和な語らいを求めようとお互いに努力する。だが、そこにはどんな語らいも存在しない。

「遅かったね……どっか寄ってきたの」

「……」

「うん」

「……」

「……」

「夕刊？」

「そこ」

「ビール、のむ？」

「うん」

「……」

「……」

「……」

何処にでもあるこういった会話。何の意味もないかもしれない。そこに漂う意識されてない恐怖。老人達の黒くすすけた顔に隠された苦悩。沈黙と安定性の恐れ、必要もない言語の羅列。じょうぜつによって何とか自分の青春を取り戻そうとするはかない努力。その悲しみは全てその顔と手の動きと鼻、口、目、髪、しわ、そして言葉の中にありありと示されている。でも、その語らいには素晴らしい力がある。明日もこれによって生きられる。

完璧な孤独と恐怖と闇の世界、就寝。僕は床に入ると同時に闇と孤独が待ち受けていることを知る。恐怖、何とか今日だけは助かりたい。空しい声とならない叫び。あの巨大な暗闇の怪物が、かって僕を畳にたたきつけ、死の淵まで追いやるように僕の上にのしかかり、声を出せども声にならず、指一本動かすことも不可能にしてしまう怪物。今はその怪物さえ遠く行ってしまった。まだしもあの怪物が居てくれたら僕は助かるのだ。暗闇での完璧な孤独にならずに済むのだ。

闇、静寂、孤独、僕は仰向けに寝てじっとしている。僕は声でなく、頭で呪文を唱えるように語り始める。闇に向かって、頭脳は語る。語ること、僕には語ることなど何もなかったのだ。僕がおしゃべりであるとすれば、あの空虚さから逃れる為だ。人間に対したとき、わずか一瞬の空白。その空白のもつ恐ろしさ。あの恐怖を避けるため僕はベラベラと必要もないことを捜しては喋るのだ。僕は眠れない、頭脳は昔のことを一つ一つ思いだしては語っている。全身に力を入れる。力強く目を閉じる。呼吸を止める。手を力一杯握りしめる。僕の肉体は全てにおいて緊張している。全身に力が行きわたる。一気に力を抜く。無感の状態、無感の状態……僕は眠りに着く。

四

朝、それは重くのしかかってくる。身体はまだ床に着いていたいのだ。身体は動かない。それは一日の優鬱な苦悩の始まり。布団から起き上がる。奇妙な感じ。今日もまた生きて行くのかという不安。生活のもつリズム。よく釣合の取れたリズム。狂うことは無いのだろうか？　下着を身につける。ズボンをはく。セータを着る。何と云うこともない動作。階段を降りる。静かに。そのまま洗面台に向かう。無意識に歯ブラシを取る。水道の蛇口を捻りブラシを濡らす。歯磨き粉をとり、ブラシに付ける。ブラシを口に入れる。手を動かす。左右に。口の中の妙な快感。痛みを憶える。それが快感である。口をすすぐ。ゴボゴボと云う音。パーッと吐く。本当に吐きそうになる。グーと胃に来る。堪える。また水を口にする。ゴボゴボ……パーッ。歯ブラシを洗う。それを口に入れる。力一杯ゴシゴシとやる。水を口に入れる。ガラガラ……パーッ。それで終わり。水をおもいっきり出す。冷たい水。手に一杯すくう。顔を洗う。何とも言えない気持ち良さ。何回も何回も繰り返す。タオルで顔を拭く。最後に鏡に顔を向ける。表情のない顔。それは僕の顔ではない。他人が目の前にいる。恐怖、僕は口を開いてイーッとやる。歯が剥き出る。何もなかったかのように部屋に戻る。いつもはいる、炬燵の席。何の不思議もない。読むことの無い朝刊、手に取ってペラペラめくる。朝食、別段食べたいとも思わない、食べなければいけない理由もない。だが、僕は箸を手に取る。箸を持つ手の感触。習慣。口を動かす。実に平気でやってのける。こういった習慣。もし僕が生きているとしたらこういったものに支えられて生きているのだ。こういった、日々に何の感動もなく、何の不平もなく……僕が生きているとしたらこういう時にあるのだ。決して、書物とか社会の出来事とか政治とかそんなものには無いのだ。何の感動もないこういった動作が僕を支えてくれるのだ。食事の終わり、それは僅か十分か十五分の時間。僕はぼんやりと部屋を見回す。時計を見る。立ち上がる。カバンを取る。障子を開ける。靴を出す。靴ベラをとる。靴を履く。ドアを開ける。外に出る。毎日繰り返される同じ動作。道路。昨日と全く変わったところのない道路。靴音。アパート。その前に高く積まれたゴミ。ビニールの袋からしみだしてくる悪臭のある液体。駅に向かう。多くの人々の靴音。なんの疑問も持たず駅に向かう人々。これは正常なことなのだ。或人はこのような朝の一時を、死ぬまで何の不平も、不満も持たず過ごして行くのだ。僕の足は駅に向かって進む。僕は無意識にその動作を行っている。人が居ようが居まいが全く無感覚なのだ。左右に流れようともしないドブ。昨日そこをドブ鼠が通ったかも知れない。シヤッターを降ろした蕎麦屋。のれんを中にいれている寿司屋。ドアの堅く閉まったバー。そこでは昨夜人生のさまざまな模様がくりひろげられたはずである。昨日このバーで茶番を演じた彼。その彼は今朝もいつものようにネクタイを締め、カバンを持って今ごろ駅に向かっているだろう。少し昨夜の酒が残っているかも知れない。でも、無意識に歩き続ける。途中、昨夜バーで一緒に飲んだ人に会うのを恐れながら。彼には昨夜の羞恥を今朝まで持ち越すことは許されない。今は彼が彼であり、馬鹿な言葉ややるせなさをぶちあてる時間ではない。良きパパであり、良き夫であり、良き会社員の時間なのだ。朝の駅、それは人間が人間でないことを明白に物語っている。雑踏。汚い道路。なにも整理されてない広場。バスが止まる。掛けだしてくる人々。バスからはじき出される人、人、人、……駅、それは一日の生活の始まり。

こういったこと、そこには何ら気の利いたものは無いが、こういったことが僕らを一日働かせ、倦怠や優鬱や孤独から救ってくれるのかも知れない。僕らに取って大切なのはこういったことなのだ。電車、もう乗れるはずが無いのに僕は乗る。胸が締め付けられ痛みさえ感じる。誰の顔も面と向かって見ることの出来ない暗黒の世界。誰もが

「痛ってー」とか

「苦しいぞー」とか

「おすなー」とか

「ちくしょうー」とか叫びたいのだろうが、誰もじっと耐えて沈黙を保っている。それは非常に不安定なものが、かろうじて安定を保

っていると云う感じだ。駅に着くたびに乗り換える人々。後ろの方で

「降ります！」と大きな声を出しながら人間の洞窟からはいだしてくる人。次は乗り込んでくる人々の圧力。急いで階段を上ってきて、体当りで入口に突進する若者。体当りされてもじーと黙っている中年。それはゲーム。楽しいゲーム、生きてるゲームだ。

今、僕には昨夜のような恐怖はない。僕の顔はいま自信に溢れているだろう。血色よく、希望に燃え、生きていることを強く感じる。何がそうさせるのかは解らない。人々の雑踏の中に入ったとき、僕は孤独など云うことは考えない。混雑、それは僕に取って一つのすくいだ。僕は完全に僕の小社会から離れている。これは救いだ。嫌悪しか残さない僕の社会、ああした戯れ。全てを理解しているという幻想に取り付かれた、奇妙な集団。それが僕の社会だ。そこには何もないのに、役に立つことなど何もないのに、自己を慰めるだけの小さな、小さな集団。社会は決して広がりを持たない。社会、それは君であり僕なのだ。それなのに地球上の全人類について何でも知ってるかのように錯覚してしまっている。社会、それは点の存在。決して線や面になること無い点。孤立した点。時に僕はその点が大きく膨れ上がって全世界に浸透してると勘違いをする。

僕は、当然降りるべき駅で降りた。突然僕は奈落の恐怖に襲われた。臓物が僕の胸から突然に転げ落ちていく。落ちた臓物の焼け付くような熱さ。地獄の炎。僕は足を会社の方へ向けなかった。急ぎ足で歩き始める。その道が何処に通じていようとおかまいなしに。僕はどんどん歩く。雑踏の中で震えながら。羽があったら飛び立ちたいものだ。こういった人々の群れ中で僕は人々を意識しない。太陽は沈もうとしている。僕が生きているとしたらただ、歩くだけと云うこと。僕は歩く、歩く、歩く、……。何時か僕は元の場所に戻っていた。時は午前十時。一時間歩き回ってたどり着いたのが元の場所。僕は迷わされている。一瞬立ち止まり、再び歩く。その場所から少しでも遠くにいるようにと、あるく、歩く、……。

気が付いたとき僕は公園のベンチに居た。太陽はまぶしいくらいに輝いていた。時は十一時、静かな公園。一人ぼっちの僕。誰もいないことの救い。完璧な孤独、一体そんなものが在るのだろうか？僕しか居ない。僕しかいない。この広大な地球上に僕しか居ない。そんなことが本当に在るのだろうか？

あそこに人々がいる。車が走る。電車が走る。店がある。デパートは商売をしている。オフィスがある。その中で人々はうごめいている。それでも僕は一人ぼっちなのか？　会社に行けば同僚が居る。上役がいる。それでも僕は一人ぼっちなのか？　この広大な地球上に本当に僕しか居ないのだろうか？

たとへ、彼らが居たとしても、彼らは僕について何を知っているというのか？　何もしりはしない。彼らは動く物体以外の何物でもない。僕は今、一人ぼっちだ、これは救いだ。広大無限な宇宙にあって僕はたった一人だ。これは救いだ。僕はじっと公園のベンチに

座っている。

　ああしたこと。僕も人並にああしたことをやってきた。僕は生まれた。今、地球上で生活している多くの人々と同じように、僕は生まれた。崩れ落ちるような肉の塊として、出来たての肉の塊として、生まれた。僕は大きくなった、人並に。仲間と一緒に遊んだ、人並に。僕は学校に入った、人並に。字を習った、人並に。喋ることも憶えた、人並に。学校の勉強もした、人並に。遊んだ、そして中学に進学した、いたずらもした、人並に。教師と喧嘩もした、人並に。嫌われもした、人並に。好かれもした、人並に。徹夜の勉強もした、人並に。高校にも進学した、人並に。授業もさぼった、人並に。美しい女性にひかれた、人並に。ラブレターも書いた、人並に。本も読んだ、人並に。旅行もした、人並に。ああした生活、高校生の生活も僕は経験した、人並に。僕は大学も行った、人並に。向学心に燃えた、人並に。勉強もした、人並に。本も読んだ、人並に。大学を止めようとも考えた、人並に。恋もした、人並に。デートもした、人並に。教授とも話した、人並に。闘争もした、人並に。大学に行かなくなった、人並に。喫茶店に入った、人並に。政治に付いてかたった、人並に。多くのこと、語り尽くすことが出来ないほどの多くの経験を積んだ、人並に。大学を卒業した、人並に。就職もした、人並に。人、人、人……。

　そう、僕はみんなやった、人並に。それなのに僕が孤独であるはずが無い。みんながやったこと、その中で僕がしなかったものが在るだろうか？　ない、みんな人並にやったのだ。彼らと交わり。彼らと一緒になって嘆き。彼らと一緒になって働き。彼らと一緒に勉強をし。彼らと一緒に歩き。彼らと一緒に遊び。彼らと一緒に酒を飲み。彼らと一緒に闘争し。彼らと一緒に話合い。彼らと一緒に……。彼らと一緒に……。

　僕は足を組んでベンチに座っている。ポケットから煙草とマッチを取り出す。口にくわえられた煙草。マッチを擦る。手で囲いながら火を口元に持って行く。吐き出された煙。それは、白い煙となって口から飛び出す。太陽がまぶしい。寒い早春に勢いよく水を吹き上げる噴水。鳩が舞う。何処までも透きとおった青空。時には黒い点となり、ハトなる。若芽を吹き出す準備中の木々。花壇は小さい可憐な花が咲いている。昼休み、若い人々グループを作って集まってくる。その中から洩れてくるさわやかな話し声。ときたま、笑い声も含まれている。僕はまだ、煙草をふかしている。老人が居ない、この公園は若者しか居ない。僕は一瞬とまどう。煙草をポンと捨て靴でもみ消す。早春の暖かい日の光。風が冷たい。会社、勤め、労働。僕の頭の中には困難なものは少しも入ってこない。僕は美しい風景画を眺めるように公園を眺める。落ち着きと安息の時。時間が止まればと思う。話をかけてくるものは誰一人として居ない。僕は生きてるのだろうか？　死んでるのだろうか？　遠くに止まっている一台のホットドッグ屋の車。人が二、三人集まっている。まるで、僕は、遠い国から来た人間のようだった。僕は車に向かう。

「ホットドッグ二本」

「はい、ちょっとおまち下さい。」それ以上車の主人は全く話をしない。僕は親父がそれを焼くのをじっと見ている、時の流れ。

「ハイ、お待どうさま。百円いただきます」僕は百円玉払って袋を持ちベンチにかえる。

うまくも、まずくもないドック。満足も不満もないドック。僕は本当に食べたかったのだろうか？　僕は本当に空腹だったのだろうか？　僕には食べる必要性が在ったのだろうか？

僕はお茶が飲みたくなる、パーラー「花」書かれた喫茶店、入る。テーブル、カウンター、椅子、シャンデリア、電球……、座る。店員がくる。水のはいったコップ。蒸しタオル。メニュー。灰皿。マッチ。僕はメニューを見ずに云う。

「コーヒー」店員は立ち去る。コーヒーが来るまでの空白の時間。足を組む。ポケットより煙草を出す。まだ使われてないマッチ。まだ使用されず、美しいガラスの肌をむき出しにしている灰皿。マッチをする。いきおいよく火が付く、なかなか消えない炎。燃え柄を灰皿に捨てる。煙草の煙りがモウモウと僕を取り巻く。紫と白。灰に汚されるガラス製の灰皿。じりじりと燃え尽きようとする煙草。店員がくる。沈黙、カタカタと茶器を置く音だけ。黙った店員はミルクポットを置く。砂糖壷を置く。タオルを無造作に取る。一礼をして去る。僕の手は動く。ミルクポットに、砂糖壷に、スプーンに。かくはんする手、茶器に口は自然に開く。熱いコーヒー、僕の内臓にパーと広がって行く。ガランとした店内。


空白の時。僕は何も考えない。ただ座ってるだけ。店内、それは恐ろしく広い広がりを持った空間。点の存在。人間の存在は数人。電話が置いて在る、ピンク。僕から最も遠くにいる若者二人。互いに身を乗り出して話をしている。表情をうかがうことが出来ない。ただ、二つの物体の影の様なもの。電話で話している女。笑ったり、澄ましたり、時には電話に向かって礼をしている。動作がわかる。だが、僕には解らない、理解しがたいのだ。二人の対話者の間に広がった空間。言葉と言葉のやり取り。それを見ている僕。そして僕と女の間に絶対に到達することのできない広大無限の空間が広がっている。ただ、僕が言えるのはあの女は電話を掛けているということ。女は微笑む。女は微笑むことを意識しているのだろうか？

生きているということ。僕が、一人の社会人として生きているということ。明確なものは何もない。生きている意味さえ解らない。なぜ生きているの？　死が恐ろしいから？　多分違うのだ、死そのものは決して恐ろしくも何とも無いだろう。死を考えることの方が、ずっと恐ろしい。この虚脱の状態から安息へと僕は進行していけたらなんと素敵なことだろう。

僕は今の一時をいかに表現しえようか？　映画ならその光景を映すだけ。実際に見てるならじっと見てるだけ。なんと退屈。文章なら「かれはじーと座っている」たったこれだけの字句が僕の過ごした何時間かを表現してしまうのだ。僕らは無意識の内に生きている。無意識の内に生きているから僕らは生き続けることが可能なのだ。全ての人間が意識して生き続けたら、人類は滅亡するだろう。

全ての人間が自殺をしてしまうだろう。

　僕は人生に飽きてしまっているのかも知れない。生きているというあの恍惚感はなに一つ感じられない。むしろ、死の物質への還帰の力がどれだけ僕を熱狂させるか。

五

　僕は駅に向かう。少し小走りに。僕は決意した。僕は家路を急ぐ。駆け出すように改札を入る。電車に飛び乗る。僕は思いを巡らす。誰にも知らせまい。金はいま一万二千円ある、家に一万円在ったはずだ。それで全部。本は十冊……いま考えておこう。僕は胸が踊る。希望も何も有りはしないが、清算は出来る。明日も生きられるだろう。いや、明日も確実に生きるために。僕は計画に熱中する。全てはできあがっているのだ。もう何も考えまい。たった一人だ。

　早足で僕は家に戻る。誰もいない、すぐに活動開始。夕方までに準備完了。

＊

　そしていま、僕は一人机に向かっている。家族達は寝ている。それがこの文章を書き始めた時だ。それから僕はずーと書いている。何のために？　それは解らない。でもこれは君の所に必ず届けられる。最後に、君にだけ、そっと打ち明けよう。僕は社会から姿を消す。完璧な孤独になろう。僕は僕の持っていた社会から姿を消す。二度と帰って来ることはあるまい。君は僕がまたおのれを苦しめた様な小社会を作ると思うだろう。断じてそんなことはない。僕には明らかなのだ。闘いは一人でしか出来ないということが。そして僕はいま世の中においていかに無用の人間であるかを自覚している。僕は一人で闘う方が徒党を組んで闘うより真実に思えるのだ。本当は君と二人で闘争したい、でもそれは僕にも君にも出来ない相談だ。夜が明けてきた。空が明るく青みがかってきた。今日の空は美しい。それは白みを帯びた青だ。いま一番電車が僕の前を通過していった。僕もこれから家を出る。それにしても、やっとここで僕は僕を悩ましたあれらのことから一旦離れられる。何も希望を生まないだろう。太陽は輝き始めたが、僕の出発なんか祝福できっこない。何等解決されたものはない。僕と物体の間に広がった空間。物体と物体の間に広がった空間。多分、その空間は再び僕を苦しめるだろう。ゲームは終わった。でも、僕はまたゲームを始める。

（終り）

おわりに

「こころ」の先生は最後の手紙の中で、自己の人生を表現したといえるだろう。私は人生とは何だろうと考えたときそれは、自己表現ではないかと考えたいと考えている。

若い二十代の私は物語という手段で自己表現を行なったのである。当時、私が私であることの証として、自分の考を形として表わし彼女に伝えようとしたのである。しかし、作品は読み返すとリアルタイムに自分の本心を覗かれるようで、あまりにも生々しく耐えがたいものであったのだろう。それが、吐き気と自己嫌悪の形であらわれたと思う。

三十五年の時が過ぎた！

私は『書く』ということも忘れた生活を送ってきた。作品は三十五年前という時と今の私との関係を、時間という触媒によって中和し、いま読んでみると吐き気も、自己嫌悪もなかった。時の流れが書いたという事実をカモフラージュし、包み込んでしまったかのようである。

でも、作品は私が書いたものであることは紛れもない事実である。作品は変わらないが、私自身は様々の事象（ことがら）を経験し、それらと向き合って生きてきた。私自身が変わったのである。それが今の私と作品の関係を希薄にしたのだろう。

人類が古くから持っている自己に対する表現の形は、言葉の発生から始まったと思う。

哺乳類が地上を支配していた七百万年前、一匹の猿が、類人猿を経て人類へと進化していった。われわれの遠い祖先である。哺乳類は生存の連続性（類的存在）のため、発情期を持っていたが、新しい哺乳類である人類は発情期を持っていなかった。人類は常に発情していた。これは今までの哺乳類とはまったく違った存在となった。霊長類から別れ人類独特の道を歩み始めたのである。

常時発情しているとは、雌雄が常に一緒にいるということが必要条件であり十分条件である。それは対を作るという存在形態を生み出した。対での基本的なコミュニケーションは触れ合い（接触）という形で進められていった。深い触れ合いは、性交（交尾）で新しい子孫（子供）を授かった。浅い触れ合いは愛撫として親子間で表現されていった。このときから子供は、母親だけのものではなく、父親も加わるかたちの存在をとり始めた。これが家族の原型であろう。

父親、母親、子供たちのコミュニケーションは肌と肌のふれあい、眼と眼のまなざしの交換、手の動作による表現、身体による表現と広がっていった。

さらに、人類は触れ合いによって体毛を失っていった。皮膚と皮膚の触れあいは他者を感じ、自己の独立性を認識させ、心というものを目覚めさせ始めた。

他者の存在と心の進化により、脳はさらに刺激を受けて、本格的に知性というものを生み出した。子供を含んだ家族の世界は、愛撫や身体による表現だけではコミュニケーションが困難になってきた。それらは所詮一対一のコミュニケーションが中心であり、直接的な表現であったから……

心と脳の進化はついに言語を生み出した。言語を生み出した人類は複数者間でのコミュニケーションの可能性をも生み出した。

言語は愛撫や身体表現とは違い、遠隔コントロールが可能なコミュニケーションの道具でもあった。

言語は触れ合いという心の活動を愛情という新たな活動の形態にふくらませ進化させていった。

遠隔コントロールが可能な言語の発生は家族とは別な集団、共同体を生みだした。共同体は家族とは別な形で人類に関係し重要な集団となった。共同体を生みだした人類は、それに属する個人をコントロールすることによって、巨大な繁栄を実現させた。類的存在の確立である。

共同体での言葉は稗田阿礼にみるように語り部として存在したが、それは共同体と個人とをつなげる役割をも果たしていた。語りつなげるという伝承は共同体の歴史を表現したし、共同体と個人の情報交換は制度（慣習法）を生み出した。これはまだ、言葉という手段では記憶（記録）が限られた個人によるという事情、そして伝える相手は共同体の個々人という単純な構造をしていたことを示している。

その後文字が発明され、紙が発明されると、文字と紙による表現は記録（外部記憶）という形を作り出した。伝承は共同体の歴史的記述と変化し、さらに制度は強固な形のもの（成文法）となった。このとき表現は共同体的なものから個的なものにも分化していった。それは、自己が自己に対して表現をする内省というものを生み出した。

そこに新たな表現の形が発生していった。

文学的なもの、絵画的なもの、工芸的なもの、……といった多様な表現があることにも気が付いた。表現は空間ばかりでなく、時間の中を走り始めたのである。

長いこと人は書くことと描くことを中心として自己表現を行なってきた。もっと広くいえば物の形として表現してきた。しかしながらそれらは空間的にも、時間的にも限られた人たちのものであった。

表現の様式は現在、全く様相を変えてしまった。まず、表現の方法の多様性である。音声あり、映像あり、の世界で表現の方法は無限に広がったのである。同時に、これらは誰でも利用可能であるという平等性も兼ね備えている。しかし、表現するものは全て個人の固有性にゆだねられることは変わらない。

記録された表現の大きな特徴は時代の中を浮遊するということである。その時間は未来の時である。

私の表現でさえ今の時代のみならず、五十年後、百年後にも生き耐え再生する可能性があるということである。

そういうふうに考えるとこの物語が記録された表現体として三

十五年後の今の時代に封印を解くのも全く無意味とはいえないだろう。勿論、二百年後も生き耐えているだろうかなどとは考えていないが……。

追憶　ある日の神楽坂

プロローグ

ぼくの夢は『静かな田舎町で駄菓子やでもやりながら数学の勉強を続ける。』だった。

当時の神楽坂は飯田橋駅の西口から坂を降りてくると外堀通りとの交差点に大きな欅の木があった。この木が飯田橋駅方面から見ると、神楽坂を隠しているように見えた。交差点の右斜に佳作座があった。

佳作座でゴダールやポランスキーを観たが、キューブリックは観なかった。佳作座の裏は、神楽小路といい小さな飲み屋が密集していた。学生はそこへは殆ど出入りしていなかった。

ぼくらが行きつけとしていた店は、志満金（志満金は学生の最高の贅沢）の対面にあったハッピージャックというパブでサントリ・ホワイトを飲んだ、時にレッドの飲み放題があった。学生にとっては有難かった。

大久保通りに面していたニュー浅草、大学に入学したころは浅草バーといって、木造建でコップ酒一杯五十円だった。それが五階建のビルとなってニュー浅草になった。ぼくらは四階の常連だった。

岩手県出身の大柄の女性が担当、彼女は言うことがはっきりしてきれいな人だった。

宴会には神楽坂の鳥忠、外堀通りの磯忠（入学後できた）も良く利用した。ちょっと高級な宴会として、お好み焼きの春波、五十番の裏の方だったとおもう。食べ物は美味しかった、奥行きの深い店だった。

毘沙門天の対面の伊勢籐、おばあさんが懐かしい、畳いわしと空けてなければ次の注文が出来ない徳利、騒々しくなると「お客さん、静かに飲めませんか！」という亭主の言葉、白鷹がうまかった。

大根の能登、ユニークすぎる女将、そのまま出てくるきゅうりとトマト、大根のうまさは天下一品であった。店を閉めて故郷の能登に帰ったと聞いた。寂しい。

外堀通りには、喫茶店が並んでいた。

大学に一番近い、カーネギはぼくのもう一つの大学だった。品のいい美人のママさんは書道の達人であった。卒業生の答辞の代筆をしたとも聞いている。

飯田橋の歩道橋に向って、人形の家、田園はぼくらの隠れ家的な喫茶店、ロイヤルは同人誌など会合の時の喫茶店。

一章

高校を卒業して三年が経っていた。その間いろんなことがあり過ぎる程あったが、やはり物理や数学の勉強をしたいと心のそこで思っていた。また、これらの勉強を独学で遂行するというのが困難であることも分かっていた。夜間大学でも何でも良かった。理学を学べるところなら……そんな、大学は当時神楽坂にしかなかった。神楽坂の大学に進学が決まったのは二月だった。

入学の手続を終了したが、大学の仕組みについては全く分からなかった。オリエンテーションに出てくれと、大学の事務で言われていたので出席したが何をどうしたか憶えていない。クラブの紹介と勧誘がおもだったと思う。ぼくには殆ど関係が無かった。時間割を受け取り、受講科目を申請した……、新入生は殆どが必修科目で皆同じ時間割だったと思う。教科書は生協に売っているということであった。

最初の授業は説明会であった。そこでぼくは根津と知り合った。彼はぼくより二歳年下で町工場主の息子で釣りが無類に好きだった。彼は将来工場を継ぐので、物理の知識が必要と考えて入学してきた。電磁気学には特に興味を持っていた。根津に新津を紹介された。新津にとって物理は教養で、専門は画を描くこと、故郷で個展を開いた実績もあり、大学も仕事も全て画を描くということの前提にあった。こういう考えの男にはぼくは興味があった。

当時仕事をしていなかった。働くことが大切で必要なことはわかっていたが学生生活に長いブランクがあったので大学の生活に慣れたいと考えていて休職中……仕事はしていなかった。

授業の席は中央の一番前に確保した。日がたつとその周りには何時も同じメンバーが集まっていた。自然にグループのようなものが出来てきて鎌田、荻、佐伯という友人を得た。荻は演劇部に所属し、酒も飲む男だった。根津、新津は真中辺りに席を取っていたと思う。

仕事のないぼくは登校が早かったが、同じくらいに早く来る若者が一人いた。彼の特徴は、教科書を風呂敷に包んで、長靴を履いていた。不思議な奴と思っていがぼくは面倒だから相手するのを避けていた。廊下でタバコを吸っていると、不思議そうな顔をしてぼくを見ていた。

彼の方はぼくに興味があったらしく、あるとき教室の窓から外を眺めていると話をかけてきた。いろんな話を聞かされたと思うが、明確なことはあまり憶えていない。ただ、彼が就職のことを心配していたのと物理学に大きな夢を持っていたのが印象的だった。

「就職のことなんか考えてないよ。物理が知りたいだけさ!」とぼくが話すとえらく感心された。彼の名前は大久保啓之と言った。

＊

五月になって、荻の紹介である出版社の倉庫係りのアルバイトをすることにした。仕事は楽だし、場所も大学の直ぐ近くで四時が作業終了だった。五時には大学にいた。大久保にも仲間が出来たらしく、女性を含む四人でわいわいやっていた。ぼくは誰とも話したくなかったので、彼らの姿を見ると、席にカバンを置いて、喫茶店に行くのが常だった。喫茶店はカーネギといいぼくはそこの常連となった。

出版社のアルバイトは三ヶ月で止めた。大学にも慣れたし、夏休みはもっと稼げる仕事をしたかった。うまい具合に高校の友人が三年に在学していて、彼に酒問屋の配送のアルバイトをしないかと声を掛けられた。人数は多いほどいいということで、ぼくは佐伯を誘って夏休みそのアルバイトをした。きつかったがいい稼ぎになった。友人には配送の運送会社の専務を紹介された。彼は大学の大先輩で窪田といった。

窪田さんの会社は大学近くの印刷工場で印刷物の配達を請け負っていて、運送助手のアルバイトを探していた。二部の学生のぼくに相談と誘いがきた。十月から開始したいから、何人か集めろということだった。

九月に入ると初めての前期試験が待っていた、ある日大久保に新しい人物、横川を紹介された。話をすると、彼は今なにもしていないということだった、しかし試験が終わったら何か仕事をしたいと言っていた。早速ぼくは彼を運送助手のアルバイトに引き込んだ。更に彼の友人も参加することになり三人でローテションを組むことにした。ぼくは窪田さんに連絡を取り、試験が終わり次第三人で挨拶に行く約束をした。

夏休み前から、文学の話を良くしていた荻から同人雑誌を作らないかと誘われていた。新学期になると、早速その話を持ちかけてきた。

ぼくは、試験が終わってからにしようと約束して保留した。前期の試験も終わり、皆で飲みに行った。そこでまた、同人誌の話が出た。発行することは概ね決まった。誌の名称や原稿集めが課題だった。新津の下宿を借りて、幹部達が打ち合わせをし、今後は喫茶店ロイヤルで定期的な打ち合わせをすることに決めた。

＊

何時ものように前の席のグループが雑談をしていると、女子学生がぼくに向って来てノートの切れ端を広げ

「これでいいんですか？」たずねてきた。突然だったので驚いた。皆は一斉に自分の席に戻った。ぼくは彼女が差し出したレジュメを見て何が書いてあるか直ぐに理解できた。

「いいですよ。」とぼくが答えると

「どうして？」とぼくの顔を見た。証明が知りたいのだと直ぐに理解した。

その時、ドイツ語の教授が入ってきた。

「後で！」と言って、彼女のノートの端切れを受け取った。

そこには、$\lim_{x \to 0} \sin x / x = 1$ と記述されていた。

ドイツ語の授業中式を見ながら証明を試みたが、すぐには分からなかった。

教科書の影に隠して式を眺めていると、ロピタルの定理を使えば

証明は簡単だった。しかし、彼女がロピタルの定理を理解しているか疑問だった。ドイツ語の授業が終わり、教室の移動のとき、彼女の席に向かい、

「ロピタルの定理って知っている?」彼女は知らないと頭を左右に振った。

「じゃ、明日まで待って」と言うと、彼女は
「うん、」と言って頭を肯定的に下げた。ぼくは次の授業の教室に向った。

彼女と初めて口を利いたときだった。

翌日ぼくが教室に入ると、彼女はもうきていた。ぼくは席につくと、カバンから彼女の質問の答えを書いたレジュメを取り出して、彼女の席に向った。

説明をすると、彼女は意外と簡単に理解し、納得してくれた。

「ありがとうございます。」と言って丁寧に頭を下げた。ぼくは照れくさかった。

「また……、分からないことがあったらいつでも聞いて!」と言って彼女の席を離れた。なんだかものすごく嬉しく、充実した気分だった。ぼくらは、それ以来外で会っても挨拶をするようになった。

ある日教室に入ると、彼女がぼくを待っていた。ぼくが席につくと物理の教科書とノートを持参でぼくの席の前に座り
「解らないんです」といった。ぼくは彼女が指摘したところを読みながら
「ベクトルの外積ってわかる?」彼女は頭を否定的に振った。

「内積は?」やはり知らないと頭を横に振った。

「これは、ベクトルの演算を良く知らないと、理解できないと思う。その辺まとめてくるから、一週間ぐらい時間を頂戴」と言うと
「ええ、いいです。」と彼女は答えた。そしてぼくは彼女が開いた物理の教科書のページを控えた。

ぼくはその日から、物理の問題とベクトル外積の勉強が楽しくて仕方なかった。夜遅くまでレポート用紙にベクトルの計算方法を記述しては眺め彼女を目の前にして説明するシミュレーションを何度も繰り返した。

彼女に理解できなさそうなところがあれば、どうすればわかるかといろいろ工夫をし、調べた。今までこんな楽しい勉強は無かったと思う。

一週間が過ぎた。ぼくは昨夜も彼女にうまく説明するために夜中まで復習していた。そして彼女に説明する楽しさを胸に秘めて教室に向った。

ぼくが教室に着くと彼女が廊下に立っていた。彼女は一週間後というのを意識して憶えていた。

「質問の解答できました。」

昼間の学生がまだ教室を使用していたので
「……他の教室探そうか?」と言って一緒に歩き出した。空きの教室を見つけぼくは彼女を前にして説明を始めた。

「……スカラー量とベクトル量は……」と一時間ぐらい必死で作成してきたレジュメの解説をした。彼女は納得してくれた。ものすご

く嬉しかった。二人は並んで授業のある教室に向った。

ぼくが女性と二人きりで一時間も話していたのは今までの人生で初めてだった。

並んで歩きながらぼくは彼女に同人誌の話を持ちかけた。彼女はその話を知っていて、そこで参加することを表明した。ぼくは振り向いて彼女の笑顔と大きな目を見た。

＊

同人誌の仕上がりは順調で、十一月の大学祭で販売することも決まり、場所も確保した。狭い校庭の片隅に机を二つ並べぼく達は同人誌の販売を行った。勿論、彼女も参加した。彼女は積極的だった。ぼくには物を売ることの照れくささがあったが、彼女はそんなことを微塵も感じさせず、一生懸命だった。

夕方、他の同人達が来るまでぼくらは店を開いていた。その日が終わるとぼくらは、彼女を含めカーネギで反省会を開いた。

翌日はぼくと彼女が一番早かった。ぼくらはまた机を並べお店を開いた。ぼくと彼女は並んで座り、お客の来るのを待った。その時のぼくは終始笑顔だったと思う。

＊

大学祭が終わると、大学は普通に戻った。ぼくらの間は以前よりは親密になっていったが、まだ距離があった。ぼくは遠くから彼女を眺めるようになった。彼女の一挙手一投足が気になった。ぼくは彼女が好きになっていた。でも、彼女を好きなのはぼくだけではなかった。


彼女が大学内で目立つ存在であることもわかってきた。みんな彼女と友達になりたがっているのもわかった。

そうとわかると、ぼくの気持ちは平気でいられなかった。彼女が他の学生と話していると、その学生がうらやましく、心を動揺させられた。

ぼくは彼女のことを何も知らなかった。大久保から聞いて、出身はI県の海辺の街だとは聞いていた。しかし、彼女の家のことも、家族のことも、何故、物理学を選択したことも、何も知らなかった。ぼくは彼女について、大学で見る彼女以上のことは知らなかった。神保町辺りに下宿していることは聞いていたが、住所も電話番号も知らなかった。彼女に聞く勇気も無かった。しかし、彼女への思いは日増しに強くなっていった。自分の気持ちを表現できないでいた。

試験も同人誌のイベントも終わってしまうと、彼女と話をするきっかけを失っていた。彼女を好きになればなるほど、彼女の存在は大きくなり、ぼくの気持ちは彼女に恐さを感じ始めていた。

冬休みが近づいていた。ぼくは彼女に会えなくなる寂しさを一人悩んでいた。勿論誰にでも相談できることではなかった。

どういうわけか、ぼくの方から彼女の話をするのはタブーにしていた。友人から、彼女について聞かれると、必要最小限の話しかしなかった。ぼくが、彼女を好きなことを、他人に知られることが恐かった。ぼくは遠くから彼女を見つめているだけだった。

＊

高校時代の友人から、仕事を手伝ってくれという話がきた。新しく工場が建ちその工場の電気配線の設置の仕事だった。場所がＩ県のＴ市で製紙会社の工場だった。ぼくはＩ県と聴いて直ぐにＯＫを出した。期間は十二月十日から年内だった。Ｔ市は彼女の実家の近くであることが分かっていた。ぼくの妄想はふくらみ……ひょっとしたら偶然遇えるかもと勝手な夢を広げていた。

十二月九日、ぼくは夕方上野からＴ市行きの列車に乗った。Ｔ市は遠かった。到着したのは夜九時過ぎであった。迎えの車が待っていてくれ民宿に向った。民宿はＴ市でなく隣のＫ町の漁師の家だった。宿に到着すると十人程のプロの電工が夕食を済ましたあとだった。ぼくの夕食は別途に用意されていた。

朝は六時に起こされ、六時半には朝食だった。七時に三台の車で民宿を出て三十分くらい走ると、異様なにおいがしてきた。製紙工場から排泄される、工業用水だった。においが段々強くなり、吐き気をもよおす気分になったとき工場の門の前についた。親方が受付を済ますと、門が開き車は工場の中に入った。車から降り総勢十一人が受付に並ぶと人数を数えた。数え終わると皆は横に止まっている汚い小型トラックの荷台に載った。工場内は小型のトラックで行き来しなければならなかった。荷台に乗るとその寒さは尋常でなく肌に直接突き刺さるような寒さ、痛さだった。工場の中は巨大で今まで見たことの無い大きさだった。鉄パイプのネジを切り、ラックにのって電線を引っ張るという作業は考えていた以上にきつい仕事だった。当然工場は建設中であり暖房など無かったがトラックの荷台に比べれば天国だった。仕事は六時で終了、再び車で民宿に戻り銭湯に行く。このとき疲れたと思うと同時に命が洗われる気分だった。帰って夕食に付く、そのとき出るビールと平ガニは美味しかったし、決まった楽しみの一つだった。ぼくにとって最大の癒しは彼女と同じ県に居るということだった。

十二月二十九日に仕事はおわり、帰京した。あとは正月を待つだけ……。

正月が過ぎれば新学期は直ぐだった。

＊

正月、三ガ日が終わると、ぼくはいても立ってもいられず、大学に出向いた。大学は閑散としていた。カーネギは開いていた。ぼくは新年の挨拶をして、コーヒーを飲んだ。店はガラーンとして、お客はぼく一人、静かだった。二時間ほど居て外に出た。本屋を覗こうと神保町に向った。神保町！　心の底には彼女に遇えるかもしれないという妄想があったのだ。本屋はまだ何処も開いてなく、街も静かで車の往来も少なかった。駿河台下から、御茶ノ水に出て帰宅した。彼女に遇うことは無かった。

大学が始まった。ぼくは昼には図書館にいた。彼女がやってきた。ぼくらは図書館の中で試験のことを小声で話していたが彼女の座る席は無かった。席を探しにぼくから離れていったがじきに戻ってきてぼくの周りでそわそわしていた。何か話をしたそうだった。

「出ようか」と彼女を誘った。図書館を出るなり、彼女は堰を切ったように話し始めた。人生について、ぼくがどんな生き方を望んでいるとか。希望とか夢とか。カーネギに落ち着いても彼女はぼくのことを知りたがっていた。

何故、法律や経済でなく理学部を選んだのか？　大学を卒業したら先生になるのか？……いろいろな疑問を投げかけてきた。

ぼくの答えは、法学や経済学は人間が作り出した学問で物理学は自然が作り出した学問、人間が考え出したものより、元々存在するものをやりたいんだ。難しいけど面白いと思うと答えた。

でも数学も学ばないと物理なんて分からなくなってしまうだろ、数学も学びたいと、数学は嘘とはったりが無いから大好きなんだと、彼女に自己主張をアピールするように話した。

さらに、食うことと、稼ぐことと大学で学んだ事が繋がらなくてもいいと思う、つなげる方が返って不自然かもしれない。ぼくは健康だから何やっても食ってけると思う。

………

………

………

語るぼくを彼女はジーと見つめていた。

ぼくは今までの人生でこんな素敵な時間を過ごしたことはなかった。自分のことをここまで語ったことは無かった。授業が始まるまでぼくはぼくの考えていることをカーネギで語り尽くした。

後期試験が始まった。ぼくらは試験期間中、カーネギで勉強をした。一番面白く、難しかったのは線型代数だった。その日は、昼過ぎから待ち合わせ、殆どの問題を解いては彼女に説明をしていた。途中から別の女子学生も加わって三人になっていた。


後期の試験も終わり、みんな無事二年進級を決めた。二年から物理科は実験の授業が加わり授業料が二万円上がることが分かった。二万円上がるということは昼間部の数学科と同じ授業料だった。

＊

当時、大学は学生運動が活発になっていた。入学前から、ぼくはとても興味があったし、何度かベ平連のデモにも参加していた。二部の学生は学生運動にそれほど関心を示さなかった。ぼくは学生運動家と知り合いになりたいと願望していた。一部に行けば、学生運動家にもめぐり合えると考えていた。

一方物理を続けるには数学の勉強が必要なことを痛切に感じていた。物理をやる前に数学を徹底して勉強する必要があると考えていた。ぼくは転部試験がある事を知った。二部（夜間部）の物理科から（昼間部）一部の物理科に移る試験である。学年の進級も平行して実施されるのである。ぼくは授業料が同じなら、一部の数学科に転部したいと考え始めていた。しかし、二部の物理科から一部の数学科に転部が可能か疑問に思い、学生課に聞いてみた。学生課から、転部担当の数学科の教授を紹介された。ぼくはその教授を訪ねた。一部の数学科の柴田教授であった。

「二部の物理科に在籍していますが、一部の数学科に変わりたいのですが……」と尋ねると教授は
「一部の数学科の一年生になら、転部できます。」と答えた。

「一部で一年生をもう一回やれということですね、」

「そうです。」教授の回答は明快であった。しかし、もう一度一年生

をやるのは意味の無いことと考えていた。仕方ないか、このまま二部の物理科にするか
と考えた。ぼくは教授の前で頭を下げ考えつづけた。

「……先生、数学科の二年生に転部する試験を受ける権利はありますか？」

と再度たずねると教授は
「それはあります。」と答えた。ぼくは確信した。

「分かりました。……ありがとうございました。」と教授に頭を下げ部屋を出た。ぼくは数学科に転部する試験を受けることにした。

ぼくの受験は受理された。ぼくは数学の勉強に熱を入れた。集合論を全く知らないので、分厚い数学の専門書を購入し、一章の集合論の部分を必死で勉強した。

転部試験が終わると春休みだった。ぼくは試験で満足できる解答が書けた。発表は一週間後であった。

＊

その日は同人誌の会合があった。会合は夜六時からだった。ぼくは三時過ぎに大学に行って試験の発表を見てきた。合格だった。
ぼくは会合までの時間をカーネギで過ごすことにした。ぼくはママさんに
「ここに置いて貰った同人誌読む人いる？」と同人誌の反響を聞いてみた。
「いますよ。……私も読ませてもらいました。」
「反応はどうです。」
「素人っぽくていいですよ！」と言われた。ママさんの意見だった。なるほどと思った。
同人誌を出して以来自分の書いたものが他人に読まれるという恥ずかしさを身にしみて感じていた。ぼくはママさんに読まれたかと思うとゾーとし恥ずかしさに襲われた。そこに彼女が入ってきた。ぼくの顔を見ると近づいてきて
「おめでとう。」といった。ぼくの転部試験の発表を見にいってくれたのである。席に座ると
「私も来年一部の数学科に移ります。」といった。ぼくは理解できず、
「え！」と言うと彼女は繰り返して
「私も数学科に移ります。」とはっきり答えた。
「本当！」信じられなかった、ぼくは嬉しくて後の言葉が出なかった。ぼくには考えたことも無い言葉だった。そこへ、ママさんが彼女の飲み物を運んできた。コーヒーを彼女の前に置くと、ぼくの顔を見て
「この子、可愛いね！」と言った。ぼくは嬉しいよりも、自分が言われたように、照れくさかった。彼女の顔を見ながら
「うん。」と答えた。会合には早すぎるのでいつもの仲間が三々五々と集まってきて雑談が始まった。落合が
「試験も終わり、みんな進級できたから、池田も居なくなっちゃうし、みんなでどっか行こうよ。」と言った。すると彼女が
「私、鎌倉に行きたい！」と言った。それで決まりだった。スケジ

ユールは落合が作ることに決まった。

ぼくらは同人誌の会合場所に移った。すでに半数以上の会員が集まっていた。会合は同人誌を遂に出したということで皆満足していた。ぼくは夢の中にいるようだった。会合はスムーズに終わり、彼女は真直ぐ帰った。ぼくらは仲間と酒盛りに行った。美味しいお酒を飲んだ。

翌日、ぼくは『私も数学科に移ります』と言う言葉を何度も何度も反芻していた。ぼくはその頃知ったソーニャ・コバレフスカヤという女流数学者を思い出した。

ソーニャはロシア生まれで、偽装結婚をして、ヨーロッパに留学してき、最初ゲッチンゲン大学で学んでいたが、その後ベルリン大学のワイエルシュトラスの私設学生となり、偏微分方程式の解の基本定理を発見し、さらにコマの回転の理論でボルダン賞を貰った。まだ、ノーベル賞が無かった時代である。ぼくの心は彼女とコバレフスカヤが重なって、彼女と一緒に勉強できる姿を思い浮かべながら、絶対に彼女を転部させることを、自分自身に誓った。

＊

ぼくらは東京駅で待ち合わせた。生憎、三月の雪だった。それでも鎌倉行きは決行された。東海道線に乗り、北鎌倉までだった。総勢七名、リーダの落合は足袋に下駄という出で立ちでやってきた。またまた、変わったことをする奴だと仲間達は思っていた。彼女は黄色のオーバーコートを着ていた。それが良く似合っていた。ぼくらは北鎌倉で降り、真直ぐに円覚寺を目指した。雪の鎌倉はみんな初めてであった。雪の日の寺院はまた格別の趣があった。雪はあらゆるものを白一色で覆ってしまう、音まで吸収してしまう。純白で無音ということが、この世の世界ではないと思わせ、仏閣とマッチしていた。円覚寺を出るとハイキングコースを歩くことにし、銭洗い弁天を目指した。誰かがお金を増やしたいというのでこのコースになったのだ。途中、雪が降り始めた、津々とした音が聞こえてくるようだった。ぼくらは誰もが無言になった。山と山の間から見える海が生き物のように見えた。鎌倉七切通しの一つを抜けて銭洗い弁天に差し掛かろうとしたとき、沈黙を破って
「痛い！」という声と同時に人が転ぶ音がした。落合だった。起き上がって、脱げてしまった下駄を取ると、
「あっ！　鼻緒が切れた！」とまた大きな声を出した。彼は足袋のまま雪道を歩かねばならなかった。やっと銭洗い弁天に着いた。ぼくらは洞窟に入って水で硬貨をあらいながら彼女に
「この水で洗うと、お金が倍になるんだって」と話した。これが、円覚寺を出てから彼女と話した最初の言葉だった。
ぼくは落合に鼻緒の切れた下駄を貸せといって、取り上げた。鼻緒が完全に切れていた。
「誰か要らない布切れを持ってる人！」と言うと、彼女が
「ハイ、といってハンカチをくれた。」
「いいの？」と聞くと
「もう一枚あるからいい」
「裂いちゃうよ」

「うん」と言った。ぼくは落合に、くぎのようなものを探せといって、彼女のハンカチを口を使って裂いて二本の細い布を作った。それで布縄を作り鼻緒をすげ替えた。そのとき、落合が探した釘を留め金にした。皆ぼくの作業に驚いていた。ぼくらは、鎌倉駅に出て食事をし、東京に戻ることにした。

寒い一日だった。こんな楽しい雪の日はなかった。ぼくの心は彼女と一緒にいるとそれだけで幸福だった。

二章

新学期になった。そのころには、来年彼女が数学科に変わるという話を皆、知っていた。ぼくは二部の友人と、つなぎをもっていたかった。一つの策は、運送屋のアルバイトを四人の仲間でローテションを決めコントロールしていた事を、ぼくが一部に移っても続けること。だが、彼女のことを考えるとそれだけでは足りなかった。そこで、横川と鎌田に勉強会をやらないかと持ちかけた。特に物理をやるにはベクトル解析の勉強が絶対に必要だと二人にアタックした。彼らは了承した。教室は申請すれば借りられぼくがその担当となった。二部のことを考え、土曜日の午後七時半とした。参考書は『現代ベクトル解析』という訳本にし、千二百円と高価であったがそれぞれが調達することに決めた。全部で八名、勿論彼女も参加した。

新学期が始まった。殆どの授業は必修で二年生は同じ授業体系で受講していた。ぼくの場合は集合論を勉強していないので「数学概論」の単位も必修科目であった。数学概論の教授はあの柴田教授だった。ぼくらの自主ゼミもスタートした。

自主ゼミの教室を予約するためにいつもより早く家をでて飯田橋駅に着くと彼女と鉢合わせした。どうやらぼくのことを待っていてくれたみたいだった。ぼくらは顔を合わせて二人並んで大学まで歩いた。ぼくにとっては予想もしない嬉しい出来事だった。彼女が横に居ると自信が湧いてきた。歩きながら、数学概論の授業の話をした。来年の転部のためにも一緒に授業を受けようと誘うと彼女は二つ返事でハイと言った。教室貸与の申請を済ませるとぼくは授業だった。彼女に予定を聞くと、一旦下宿に帰るということだった。ぼくは二時半には授業が終わるので、予定が無かったら、一緒に神保町に行こうと誘った。自主ゼミの参考書と神保町の古本屋街を歩こうとぼくらは二時半にカーネギで逢うことにした。

授業が終わりカーネギに行くと、彼女は大久保と一緒だった。ぼくらは三人で神保町の本屋街に向った。まず、参考書を買いに東京堂に行った。うまい具合に彼女と大久保の分を購入できた。

ぼくらは古本屋街のある靖国通りにで、神保町の交差点を九段の方に向った。ここは新刊書が二割引きで手に入る本屋、但し文学・哲学思想・歴史・芸術が主で理系の本はなし。ここは岩波の古本専門店。ぼくが説明をしながら本屋を横切り歩いていると、彼女はぼくの周りを子犬のようにくるくる回っていた。一緒に、本屋に来るのが楽しくてしょうがないという顔をしていた。ここは理系専門の古本屋、ぼくが一番利用している本屋さん。ここは江戸時代からの本も置いてる古本屋さん。説明しながら歩いているうちに、駿河台下まできてしまった。ぼくらは再び大学に戻った。

＊

彼女は一人で喫茶店に入るのが苦手のようだった。ぼくらは約束して逢っていたわけでは無かったが、授業が終わって、図書館か学生ホールに行くと、必ず顔を合わせていた。挨拶と同時にホールで話し込むか、喫茶店に行って、話をするかであった。彼女は知っている顔がたくさんあるカーネギはあまり好んでなかったようだ。学生が殆ど行かない、奥まった田園という喫茶店が好きだったようだ。

水曜日の数学概論の講義の時は、ぼくは早く行って彼女を廊下で待っていた。彼女が来るとぼくはほっとした。概論の授業をサボることは無かったが、概論の無い日、図書館でも学生ホールでも彼女を探すことが出来なかったときは心配でならなかった。何か事故でも遭ったのでは、病気では……と考えをめぐらし、落ち着かなかった。そんなときは二部の授業が始まるまで大学に残り、彼女は来ているか確認した。

学生ホールには一台のグランドピアノがおいてあった。あるとき、ぼくらがホールで話をしていると、先輩らしき女子大生がきてピアノのふたを開けた。一緒にきた友人に話しかけていた。ピアノを引き始めた。それは聞いたことのあるメロデイでハイドンの曲であることは分かったが題名は分からなかった。明快で美しい曲はまるでぼくら二人を祝福しているように思えた。ぼくらは親密度をさらに深めていった。ぼくは彼女に恋をしていた。人を本当に好きになった。彼女のためなら何でも出来ると思うようになった。人を好きになったことが、自分をこんなに悩ますとは考えてもみなかった。ぼくは彼女に誉められると二倍の力が湧いてきた。彼女に喜ばれると、もっと喜ばれることをと考えた。

あるときぼくが

「貴女は勝気で、中々負けない、……その強さは何処から来るの」

と聞くと、彼女は照れくさそうに下を向いてしまった。横から顔を上げながらぼくをみて、

「私の誕生日、知ってる？」と聞いてきた。

「知らない。」

「私はね、九月一七日に生まれたの、明け方、その前まですごい嵐だったんですって。私が生まれたら、嵐が静まって、満月がこうこうと輝いたんですって。」

「なるほど、それで勝気の星の元に生まれたんだ。」

彼女は目を輝かしてぼくを見つめた。

彼女の実家は大きなお菓子屋さんであることを知った。病院にも広い土地を貸している資産家であることも知った。

「おてんば？」

「夏は何時も真っ黒だった。一日中、海にはいっていた。」

「真っ黒なきみも魅力的だね。」彼女は恥ずかしそうに下を向いてしまった。

……突然、顔を上げて、

「子供のころ、父を庭中箒を持って追っかけたことがある。父は逃げ回って……」

「なんで？」

「父が新しいお母さんをもらうというので、……私だけが反対して、庭中追っかけまわした。そのとき逃げ回る父がとてもおかしかった。」

「お父さんは新しいお母さんもらわなかったの」

「ううん、もらった。私にも新しい妹ができたの。」

「それは良かったじゃない。」

「妹！　母が連れてきた子よ。……ものすごく嬉しかったけど。」

「そうだね、貴女もお姉さん風吹かせられるもん。」彼女は下を向いて笑った。

彼女には実の姉が居ることも知った。男兄弟に付いては何もまだ分からなかった。

「ぼくはお酒飲むけど、あなたは飲まないの？……飲んだこと無いのか。」

このときも彼女は下を向いて笑ってた。

「子供のころ、お酒と知らないで、親父さんのお酒を飲んじゃったの。酔っ払って、踊りだしたんだって……」彼女は声を出して、顔を赤らめながら笑い出した。ぼくはそのしぐさから、彼女の繊細さと、羞恥心のあるやさしさを嗅ぎ取った。純粋でやさしい人であることを確信した。

「そのことの反動でお酒を飲まないんだ。」

「……まだ十九歳です。」

「そうか、まだ、未成年だったね。……でも大学生だから、飲みに行こう。お酒飲まなくてもいいから。」彼女は否定も肯定もしなかった。

ぼくは立ち上がって
「行こう」と歩き始めると。彼女も立ち上がりついてきた。これが、ぼくらがお酒を飲みにいった最初だった。

＊

この年、社会状況は暗くも明るくも活動的だった。世界を見ると、チェコにはドプチェックによるプラハの春が始まった。ヴェトナム戦争はさらに拡大していった。アメリカではマーチ・ルサーキングが暗殺され、ヴェトナム戦争と並んで暗い影を落としていた。

我々学生にとって身近な事件は、東大医学部から始まった東大闘争と日大経済学部から始まった、日大闘争……この二つの闘争から学生運動が活発になってきていた。

ぼくに関して言うなれば、こうした学生運動に非常に興味はあったが、活動する拠点が無かった。二部の学生のころ、学生運動に詳しい友人が二名ほどいたが、それぞれが個別に運動し、組織化はされていなかったし、彼らも明確な拠点は持っていなかった。一部には社会科学研究会（通称社研）というのがあって、反代々木系セクトとして活動していた。ぼくは委員長と知り合いになった。学生運動に、ドップリつかるわけには行かないが、協力関係を築いていた。二部の二人の友人も委員長とは旧知の仲だった。三人は改めて協力関係を作っていった。デモや集会があるときはぼくにオルグ（動員）がかかった。そのときは彼女と逢うことは出来なかった。でも、彼女は遠巻きにぼくの活動を見ていた。

＊

五月の飛び石連休が明けた。ぼくが図書館に行くと彼女はまだ来ていなかった。ぼくは数学の演習問題をひろげていると、彼女が入ってきた。少し興奮気味に思えた。彼女はぼくをせかすようにして、図書館を出ようといった。ぼくは促されるまま彼女について図書館をでた。出ると同時に彼女はぼくの顔を見て
「デカルトみたい」と言った。ぼくが
「え！」と言うと
「貴方の考えはデカルトみたい」といって岩波文庫をぼくに見せた。本は『精神指導の規則』だった。
「読んでない！」と言うと
「絶対読んで！　あなたの考えと同じよ！」ぼくは照れくさくて、苦笑しながらカーネギに向かった。
　今は一つ一つ憶えていないが、二人はたくさんの話をした。学生運動のこと、世界の情況のこと、ヴェトナム戦争のこと、アメリカのこと、
……詩の話もした。彼女もぼくもランボーが好きだった。彼女は『酔いどれ舟』が大好きだと言った。ぼくは『地獄の季節』の一節を読み上げた。
「『……さて、俺一人の身を考えてみても、先ず此の世に未練はない。仕合せな事には、俺はもう苦しまないで済むのだ。ただ、俺の生活というものが、やさしい愚行のつながりであった事を悲しむ』このフレーズが好きというより、自分自身みたいで……高校三年の大学受験失敗のあとに読んだんだ。まさに、その後から今までの生活だよ、……やさしい愚行ね！」
　ぼくは照れくさかったが、あのころの気持ちを彼女に知ってもらいたかった。彼女はぼくを見つめていただけだった。ぼくは気恥ずかしくなり、彼女の視線を避け下を向いた。一時の沈黙が支配した。
　ある日、彼女は物理科の授業は出ないで、今日から千葉に居る姉の所に行くんだと言った。お姉さんは妊娠しているので、一週間ぐらい、お手伝いに行くと言うのだ。ぼくらは同じ総武線だった。途中まで一緒に行くことにした。ラッシュ前とはいえ、電車は非常に混雑していた。ぼくらは壁に押し付けられぼくと彼女の顔がくっ付きそうなくらい接近した。ぼくは必死で彼女の身を守った。何時かぼくの降りる駅だった。ぼくが降りると彼女も一旦降りて、乗りなおした。ぼくは手を振りながら彼女を見送った。彼女も手を振っていた。電車が駅から離れると、虚脱感に襲われた。
『千葉まで送っていくべきだった』と後悔した。電車はもう遠く離れていってしまった。

＊

　彼女は翌週の数学概論は休みだった。次の週も、また次の週も彼女はこなかった。ぼくは心配になってきた。彼女に何かあったのではと。二部の友人に聞くと彼女は講義に全く出ていないということだった。ぼくは千葉まで送っていかなかったことを後悔した、何故、躊躇したのか、拒否された時の恐さがあったのか、ぼくの彼女に対する思いを知られるのが恥ずかしかったのか。ぼくには彼女に連絡をとる方法が無かった。彼女の居ない大学は寂しいものだった。彼女の存在はぼくのなかで、益々大きくなっていた。彼女の居ない世界は考えられなくなっていた。彼女のためなら何でも出来ると思う

ようになっていた。人を好きになったという仕合せに浸っていた。

ぼくが寂しさに耐えながら図書館で黙々と勉強を続けていると、机をコンコンと叩く人がいた、振り向くと彼女だった。満面笑顔でぼくを見つめていた。

「良かった。……心配していた。」声を出してしまった。彼女は笑顔でぼくを見つづけるだけだった。

「ちょっと、待って……」ぼくは机のものをかたづけた。ぼくらは喫茶店に向かった。彼女は今週から数学概論に出ると言った。ぼくの不安は消えていった。

カーネギに着くと、彼女は
「一週間のはずが、帰るときになると、姉さんが、もう一週間……もう一週間、きかなかったの。」

「うん、分かるな……」

「何もすること無いし、でも、千葉にも引っ越してきたばっかりだから、寂しさと不安があるのよ。」

「赤ちゃん、生まれたの?」

「まだ、……ちょっと太っちゃった。」

「また、生まれそうなときいかないと?」

「うん、やること無くて……会いたかったんですよ!」と下を向いてしまった。そこへ、米倉がやってきた。

「ヨオ、丁度二人でよかった。」といいながら、米倉はぼくの横に座った。ママさんが米倉の前に水を置くと、

「ホット」とこたえた。ママさんは彼女を見て、

「池田さん、ほんとにこの子可愛いね!」とまた言った。彼女は照れて、下を向いてしまった。ぼくも
「ほんとだね!」と言うと、彼女はぼくを上目使いで、にらんだ。

米倉がそんなことは当然だと言った風情で
「おい、おまえ、ここに二枚の切符がある、二人で行ってこいや。」

「なんだい!」

「ギターの演奏会の切符、久慈さんと一緒に行ってこいよ。」

「どうしたの、買ってきたの?」

「買うわけねえだろ。……これはさ、うちの大学を出て、スペインで古典ギターを修行して、こんど、日本でデビューするんだって……俺の知り合いにギタークラブの奴がいて、ちょっと貰ってきた。」

「しかし、おまえ、五百円もするんだろ。」

「まあ、いいじゃん。」

「おまえは、やくざみたいな奴だな、脅かしたんじゃないか?」米倉は目をパチパチさせて、ニヤリと笑った。

「まあ、いいじゃん。久慈さん、俺がせっかく持ってきたんだから一緒に行きなよ。」彼女は微笑んでいた。ぼくは切符を取ると、彼女の方を向いて
「せっかくだから行こうか。」といった。彼女は、ニッコリ笑って頷いた。

＊

ぼくらは初めてコンサートホールの静かな場所で並んで座った。ギターの鳴り響く音色に感動した。横に座っている彼女に目をやり

ながら……曲は『アランフェス協奏曲』だった。

コンサートが終わった。穏やかな気持ちで大学の方に戻った。ぼくの心は高揚していたが静かな気持ちで彼女を思いやった。ぼくらは歩きながらいろいろ語った。

数学の勉強のこと。彼女の転部のこと。……そしてぼくは生涯に一つの物語を書くことを話した。題名は『青い星』と決めてること。そのタイトルはノヴァリスの「青い花」とメーテルリンクの「青い鳥」から連想してつけたこと。この二つをひっくるめた、人類滅亡と生命再生の物語を書くことを語った。

夜、かえって一人になると、彼女に語ったことの恥ずかしさを感じた。気持ちがちょっと動揺した、しかし、彼女のことを考えずにはいられなかった。

ぼくが一番気がかりなのは彼女の転部のことだった。彼女が転部したら、ぼくは三年生、彼女が一年生、ぼくが卒業したら、彼女は三年生。ぼくは働こう、でも彼女と一緒に数学は続ける……そして貯金もしよう。その貯金で彼女を大学院に進学させる。彼女の大学院での勉強をぼくも一緒に進める、ぼくらは生活をしながら、勉強も続けられる。ぼくの貧しい人生でこんな素晴らしいことは無い。彼女が転部したら告白しようと考えた。ずーと数学の勉強を続けることができる。二人が一緒になること、そう結婚を申し込もうと、……でもそれは彼女が転部してからのことと決めた。彼女はぼくにとって彼女以外の女性で置き換えることは出来ない存在となっていた。そうした相手には無償の行為が可能だった。彼女の転部はぼくの未来を輝かせていた。

『ぼくは大好きな女性と一緒になって、大好きな数学の勉強を続けよう。』

ぼくらの自主ゼミは順調に進んでいた。彼女は数学概論の授業と自主ゼミには必ず出席していた。彼女と一緒に勉強が出来るぼくにとってこの上ない喜びだった。現代物理や現代数学を理解するのは無理と思っていたが、彼女と一緒なら出来ると言う幻想を抱き始めていた。そのころのぼくが必死になって勉強し、本を読み、学生運動をするのも、彼女に誉められたい、かっこよく思われたいという強い気持ちからだった。質問には何でも答えてあげたかった。ぼくが持っていたあらゆるエネルギーは彼女の存在によって支えられていた。

＊

一月以来全国の大学ではヴェトナム戦争と相まって東大闘争、日大闘争が学生運動の中心だった。東大医学部全闘委員が安田講堂を占拠すると、六月一七日東大総長の大河内一男は機動隊一二〇〇名を大学構内に出動するよう要請し、学生を排除した。反日共系の学生は安田行動をバリケードで封鎖し、七月五日東大全共闘が結成された。各地の大学では全共闘を支持する集会が開かれた。わが大学でも集会が開かれぼくも参加した。大学の自治会は日共系の民青が抑えていて、反日共系は少数であったが、集会は熱気を帯びていた。彼女は外側から見物していた。そこに自治会の学生が出てきて集会を止めるように言ってきた。我々はデモを組み自治会室に攻撃をかけた。押し問答があったが、自治会は部屋を封鎖してしまった。我々の集会は成功を治め解散した。

ぼくは彼女を探すと直ぐに駆けつけた。彼女は少し興奮気味であった。いつのまにか、皆、カーネギに集まっていた。米倉が興奮していった。

「反代々木の集会がうちの大学で出来たなんて、夢のまた夢だよ、集会をやると何時も自治会の奴らに蹴散らされていたもん。今日はうまい酒がのめるね。」

集会以降、ぼくは学生運動家達とより親密になった。反代々木のセクトの委員長や物理科以外の活動家、松浦、米倉とは親密さを更に深めた。おじが土建屋をやっている松浦は土方の元締めのような学生だった。その関係でアルバイトも、運送屋の助手から土方に変わっていった。

＊

ぼくは、夏休みは市谷の機動隊の駐屯地で土方のアルバイトをした。

現場の全体の指揮官は松浦だった。しかし、松浦は別な男と組んで仕事をしていた。我々の指揮をとっていたのが米倉だった。米倉の指示に従い、掘削した道路に舗装のための砂利を入れ、均す仕事だった。きつい仕事であった、松浦は男とコンクリート打ちをやっていた。十時の一服の時間も松浦は皆に合流せず、二人で過ごしていた。ぼくは、妙にその男が気になった。米倉が連れと共にコーラの買出しから帰ってくると、二本だけ、別にして松浦の方に持っていった。三人は旧知のように雑談をしていた。ぼくはなんと無く米倉が羨ましかった。

昼休み時間にも松浦は男と二人の行動で、ぼくら米倉の仲間には加わろうとはしなかった。しかし、その男は仕事に熟練しているとは思われなかった。精一杯の仕事をしているようだった。ぼくは、松浦と一緒じゃないと危ないのかと思った。ぼくは米倉に聞いてみた。

「米倉！」

「アア」、顔で合図をしながら
「おまえ、さっきあの人と話していたけど知っているのか？」

「あの人って！」

「ほら、松浦とずーと一緒にいる男！」米倉は目をパチパチさせながら、

「知ってるよ！……そうか、おまえまだ知らないな。」

「アア、……どんな人、土方じゃないよな。」

「あったりめよ！……あれはすげーんだ。」

「ふうん……すげーて？」

「恐ろしいのさ……あれはカミと言って知るひとぞ知る恐ろしい男さ。」

「……、カミとは変わった名前だな？……うちの大学？」

「先輩だよ……カミというのはあだ名、本当は小沢というんだ。」

「……」

「他に、プロスタ、美少年というのがいるんだ。」

「何それ？」

「そうか、おまえ、まだ知らないな。プロスタ秋山、美少年石田という、怖い先輩がいるのさ！」

「ふうん、俺の先輩っておまえしかいないからな！」

「そのうち、会うことがあるんじゃない。」

「しかし、おまえも、よくいろんな人を知ってるな！」

「古いから……昔、一緒に闘争したんだよ。」

「……」

ぼくは、カミとかプロスタとか美少年達が気になってきた。ちょっと怖いが面白いことがあると思った。しかし、プロスタとは何のことだろうと思った。美少年は、足穂の「少年愛の美学」を思い出させた。新しい出会いの始まりだった。

その日は五時に仕事が終わった。仕事が終わって洗面所に行くと、そこには大きな鏡があった。ぼくは『これか！この前、松浦が洗面所に行ったら、大鏡を前に、西部劇ならぬ天才バカボンのおまわりを真似てる警官がいたという鏡は！』と思うとおかしくなった。流し場に移動すると別の男が隣にいて
「アアー疲れた、疲れちゃったよ。」とぶつぶつ言っていた。

ぼくは思い出した。ちょび髭をはやし、ブツブツいいながら仕事をしていた男を……まさにその男だった。

「もう、来ない！」まだブツブツ言いながら、顔を洗っていた。

「初めて！」とぼくが聞くと
「アア！」

「じゃ、きついね！」

「アア、疲れるよ！」

「米倉に引っ張り込まれたの。」

「ううん。」

「誰に？」

「松浦！……だまされたんだ！」

「だまされた？」

「楽だから……一日だけでいいからと。」

「アッ、そう……俺もだまされてきたようなもんだな。……しかし、一日だけって事は無いだろ！」

「アア、さっき明日も来てくれと言われたよ。」

「だろうな……それからズルズルと入ってしまうんだよ。明日来るんだろ。」

「わかんない？」

「うちの大学？」

「ううん、松浦とは中学時代の同級生。」

「俺、池田……名前は？」

「宮川」

「ま、ブツブツいわず明日も来いよ……どっちにしろ、来なきゃならなくなるから……」

「だろうな。」この日、ぼくはもう一人の人物を知った。

三章

八月三十日は新学期の初めての自主ゼミだった。夕方、六時半から皆、熱が入っていた。八時頃扉が開いた。

「こんにちは」と笑顔で彼女が教室に入ってきた。熱気を帯びた教室にさわやかな風が吹いたようだった。勉強は一時中止。彼女は花柄のエンジのノースリーブにちょっと低めのハイヒールを履いていた。ぼくの気持ちは一気に高まったが、彼女が皆に挨拶を済ますと、一番前の席をさして

「そこに座って待っててくれる、三十分ほどで終わるから。」

彼女は素直に座って、ぼくらは再びベクトル空間の話に戻った。十分もたたないうち、彼女は立ち上がり

「今日は帰る」と言った。入ってきたときの明るさは無かった。ぼくは

「帰る……」と反芻した。

「ええ」と言って彼女は出て行った。ぼくはそれを黙って見つめていたが勉強に戻った。気力が抜けたようだった。一人の友人が

「お前！　帰んなくていいの……彼女何しにきたの！」と言った。ぼくは

「そうだね、今日はこれで止めよう。」と言って、皆をおいて教室を飛び出した。

ぼくは彼女の跡を追った。暗い闇に彼女はいなかった。カーネギにもいなかった。駅に駆け足で向ったが彼女の姿は見つからなかった。駅から戻り、彼女が立ち寄りそうなところは全て回ってみた。彼女の姿を見つけることは出来なかった。諦めて帰宅についた。電車の中で『……彼女何のためにきたの！』と言う友人の言葉が重くのしかかってきた。何か事情があったんだ……だからあんな時間に来たんだ。そう思うと自分のしでかしたことがとんでもないことではと悔やんだ。

翌日、ぼくは電話をした。彼女は不在だった。大学に向った、しかし彼女に出会うことは無かった。翌々日も……同じだった。彼女から連絡は無かった。瞬く間に一週間が過ぎた、こんなに不安な一週間は今まで無かった。大学が始まった。でも、まだ彼女とは連絡が取れないでいた。

＊

図書館で閲覧箱を覗いていると背後に人の存在を感じた。振り向くと彼女が立っていた。髪形が変わっていた。ショートカットで真っ赤なセータを着ていた。輝くような存在だった。彼女はぼくを見て一礼をしてそこを去った。ぼくは後姿を呆然と見つめていた。何も言葉が無かった。

何も考えることが出来なかった。その日、一日、図書館での出来事を繰り返し、繰り返し思い出していた。何が起きたのか分からなかった。何があったのか分からなかった。何故追いかけなかったのか？　恐れであった。何に対する恐れ？　自分の未熟に対する恐れ

……彼女に対する恐れ……。人を好きになるのは相手があることだった、自分は見えても、相手は見えなかった。恐れはこのことだった、このことが一瞬の気後れを起こし、呆然と立ちすくませたのだ。

翌日、ぼくは大久保を探した。彼なら何か知ってるはずだと思った。パチンコ屋で探しだした。ぼくは彼をカーネギに誘った。タバコに火をつけると、昨日の図書館での出来事を彼に語った。

「なんだ、お前、何も知らないのか！」といって同情とも憐れとも思える態度を示した。怒ってるようにも、笑ってるようにも見えた。そして
「彼女のお兄さんが亡くなったんだよ。……知らない？」

「知らなかった。……彼女と再会したのは昨日がはじめて……」

「ふうーん、……そうなの。……この前二人で映画を観たんだ。ワーロック！」

「うん、西部劇だな。」

「映画が終わったあと、彼女は泣いてたよ。」

「……」大久保はタバコを吹かしていた。

「会えるかな……」

「難しいじゃない。……誰にも会いたくないと言ってた。」

ぼくは黙り込んでしまった。頭の中はいろんな思いがめぐっていた。大久保はタバコの火を消しながら
「彼女、大学に来ないんじゃないかな、……試験は受けないといってたから。」

「…………」

「お前の好きなようにやったほうがいいよ。」と言って彼は出て行った。ぼくは完璧な、敗北者だった。何をどうしていいか分からなかった。ともかく彼女を探そう。ぼくは大学中彼女を探し回った。だが、何処にもいなかった。頭の中は何も考えることが出来なかった。

彼女の兄の死を考えた。彼女の悲しみは底知れないだろうと思った、だが、ぼくには彼女と同じ悲しみはわいてこなかった。

ぼくは彼女に何をして上げられるだろうか、……無償の行為とはこのときどんな形で可能なのか？　疑問ばかり発生してきた。解決できないぼくはさらに恐怖を感じる以外、何も無かった、先ず、彼女に会うことだった。試験の期日が迫ってきた。まだ、彼女に会えてなかった。勉強は全く手につかなかった。ぼくの心は彼女のことを思う寂しさと裏腹に、いても立ってもいられず、学生運動に惹かれていった。

＊

社会は騒然としていた。学生達も、十月二一日の国際反戦デーに向けて動いていた。わが大学での反代々木系の学生の集会が開かれるようになってきた。ぼくにも十・二一の動員のオルグがかかっていた。彼女に会えないぼくの心は動揺し、視点が定まっていなかった。こんなときのオルグは大きなよりどころだった。一人でいる不安もなくなった。しかし、彼女についての情報は入ってこなかった。

夜は、学生運動家達と飲み歩き、孤独を癒していた。数学に対する情熱はどこかに飛んでいってしまった。集会やデモがあれば必ず

参加していた。

　ある日、彼女が大学にきているという情報が入った。彼女が十・二一の国際反戦デーに参加したいと言っているとの情報も入った。その件でぼくは横川と大久保に呼び出され会うことにした。

「彼女がデモに参加したいんだって。」と横川が言った。

「経緯はわからないけど無茶だよ。デモの見物というか見学というか……ならな。」

「俺もそう思う。」と横川と大久保が答えた。

「俺にも動員がかかってるけど、断るから、皆でデモの見学というか……そういうふうにしない。」

「うん、そうだな。」大久保が答えた。

「今回のデモは何が起きるか分からない。皆で行って、彼女を守るつもりじゃないと。」とぼくが言った。同時にこのことが、ぼくと彼女の縁は切れてないと勝手に考えた。ぼくにとっては、心配だが嬉しい話でもあった。

「鎌田も行くって。」

「じゃ、俺を含めると六名……見学には丁度いいんじゃない。多くも無く、すくなくも無くて。」

「分かった、彼女を説得するよ。」と横川が言った。

「二十一日四時にカーネギに集まってから出かけよう。新宿に行けばデモと間違いなく出くわすよ！」

「あと、服装は、限りなく何時ものようにして欲しい。いかにもデモに出かけるという格好はだめね。」


　自主ゼミの件以来彼女への連絡の窓口はぼくにはもう無かった、横川や大久保を通してしか連絡がつかなかった。

　まったく会えなかった彼女が突然現れデモを見たいというのはどういうことなのか？　兄の死がその方向に導いたのか？　ぼくは増々彼女が見えなくなっていた。来年は転部するのだろうか？　数学概論も後期からは一度も出ていなかった。ぼくの彼女に対する不安と恐怖は日増しに大きくなっていった。

＊

当日ぼくらは四時にカーネギで会った。彼女は四時ギリギリになってあらわれた。ぼくらはお互い軽く会釈を交わしただけだった。彼女とは殆ど口を利けなかった。ぼくは鎌田と横川にいろいろ情況も含め話し合っていた。ぼくは出発前に一言だけみんなに言った。
「目立つことをしないように。……何処に私服がいるか分からないから、気をつけてください。」
　御茶ノ水の方が随分活発に動きがあるという情報が入って来た。皆、一様に緊張した。彼女の目は輝いていた。ぼくは横川に
「横川、おまえは久慈さんと一緒に行動をとること、危険と判断したら、彼女とにげること、帰る時は、必ず彼女の下宿まで送っていくこと。」厳しく言った。
「うん」と返事して、横川は真剣な顔をした。さらに、ぼくは
「貴女も、横川と離れてはダメ！　横川の指示に従うこと。」彼女は目を輝かせながら頷いた。
　ぼくらが新宿に着いた時は、街はもう騒然としていた。駅の構内

は行き来が自由であったし、改札に駅員は誰もいなかった。ぼくらは地下鉄の構内にいたが、赤ヘルのデモ隊が地下の構内でデモ行進をはじめた。それは、ぼくらを興奮させるのに充分であった。

「ともかく、外に出よう。地下に入っているのは危険だ。」とぼくは皆に言い東口の外に出た。二幸の前は群集であった。黒ヘル、赤ヘル、青ヘルの集団がメイン通りをデモしていた。戦場のようなごった返しで、否でも興奮してきた。

「横川、久慈さんから目を離すなよ！」大声でどなった。

「うん」大声が帰ってきた。ぼくら六名は東口から南口、西口へとまわって行った。西口は意外と平穏であった。七時を過ぎたころから、いろいろなセクトのデモ隊が来ると同時に野次馬がどんどん増えてきた。夜も、ドップリ暮れて、騒々しさは益々大きくなってきた。

麹町で、中核だか、革マルだかが、機動隊と激突しているという情報が入った。

地下鉄の駅では、地下構内から出られないセクトがあって、地下構内で機動隊とドンパチが始まったという噂も飛んできた。

田町では、駅に入って来た電車にヘルメット集団が乗り込み、アッという間に、電車内のパイプを外して武器にしたというニュースも入って来た。しかし、ぼくら六人を最も興奮させたのは、駅が解放されると同時に線路伝いに、ゲバ棒を立てた数千人近くの、白いヘルメット集団のデモ行進している姿だった。自分も含め皆が興奮している。街は益々騒然とした集団になって無秩序になってきている。デモ隊に入らなければ危険な状態にあってしまうと感じた。少なくとも、彼女だけは先に帰さなければと思った。

「横川、おまえ、久慈さんを送って帰れ！　久慈さんも危ないから帰りなさい。」

「その方がいいと思う。」と横川は直ぐ承諾した。

「久慈さんも、いいよね。」彼女は少し不服そうだったが承諾した。

「四谷に出ると、やばいらしいから、こっちの道を行って市谷に出ろ。そのあとは、タクシーでも何でもいいから捕まえて、彼女を無事とどけてくれ。」横川は指を丸めて任しとけのサインを出した。彼女と二人で市谷方面に歩き出した。

残った四人はしばらくデモ行進を見ていたが、ぼくは

「今日はこれで皆、解散にしよう。明日は、必ずカーネギに出てくること。横川たちに言うのを忘れたが、大久保おまえが二人に必ず連絡をとること。」

「明日、カーネギね！」鎌田が言った。ぼくは

「来ない者があったら、何かあったとみなす。」

「オケー」

「解散！」

「池田」

「うん」

「あまり無茶するなよ。」と鎌田が言った。ぼくだけが、新宿に残った。

夜、九時頃になってデモ行進は最高潮に達した。全てのセクトの

デモ隊が新宿に結集した。十時にはデモ隊も行進と共に新宿から消えていた。残ったのは野次馬だけで、それも増える一方だった。ぼくが、三越の方に歩き始めると

「私服だ！」と大きな声がした。前を見ると一人の男がまっしぐらに走ってくる。そのあとを三、四人の男が追っかけている。ぼくはちょっと横にそれ、先頭を走ってきた男の前に足を出すと、男はダイビングをするように前のめりに飛んだ。

「カメラを取れ！」そのあとを走ってきた男が、倒れると同時にほっぽり出された、カメラを取り抑えた。そのあとに続いた男達が、倒れた男に蹴りをいれ、殴り始めた。殴られた男は、泣き声で

「違います！　違います！」と叫んでた。

「おまえ、俺を撮ったろう！」カメラを取り押さえた男が前に出て

「カメラとフイルムは没収だ。」と言ってカメラを開け、フイルムを取り出した。捕まった男は泣いていた。ぼくはその光景をしばらく見ていたが、再び駅の方に向った。既に、デモ隊は引き上げて、街にいるのは野次馬だけだった。二幸の前に戻ると、線路内に立っている工事現場の鉄塔にトラロープを架けて数十人の野次馬がワッセ、ワッセと引き倒そうとしていた。何のために引き倒そうとしているのか分からなかった、そこにいる野次馬の大群衆も一緒になって掛け声を上げていた。ぼくは、そのあまりにも異様な光景にしばらく見とれていた。

次にぼくは駅ビルの方に向った。駅ビルには、線路側の狭い通路にたくさんの野次馬がいた。

「機動隊だ！」

「機動隊だ！」

の声がした。通路から出てきた男にぼくは聞いてみた。

「何かあったんですか？」

「機動隊がいるんだよ！」

「機動隊！」ぼくは一瞬、心がキーンとなった感じがした。今まで、ずーとデモ隊を見物していたが、機動隊は全く見ていなかった。ぼくは、一目機動隊を見ようと、通路から、線路伝いにでた。ホームは煌々と明かりがついていた。明かりの下、沢山の機動隊がいた。ぼくはそれを見て、身震いした。恐ろしさを感じた。ぼくら野次馬側は真っ暗であった。

「官憲かえれ！」

「官憲かえれ！」のシュプレヒコールがあがった。それは、大合唱となった。

ホーム上にいた機動隊が線路に降りた。同時に石の雨が降ってきた。機動隊が石を投げながら、我々に向って攻めてきた。狭い通路は逃げるのにごった返した。コンクリートの壁に石が当たって「ガチン！　ガチン！」という音が鳴り響いていた。ぼくはヤバイと思い壁に身を貼り付けてにげようとしたが、中々動かなかった。通路はパニック状態だった。

「ガッチン！　ガッチン！」の音が

「ゴツン、ゴツン」と人にあたる音になっていた。ぼくは必至にこの通路から逃げようともがいた。壁から、床を這いつくばるように。

線路の方を見ると機動隊の足だった。機動隊は野次馬を捕らえた。警棒で野次馬を殴りつけている様子が良く見えた。ぼくは必至だった。

「このやろ！」と言う機動隊の声が聞こえ、野次馬からは

「ゴメンナサイ！」という声が聞こえた。警棒で殴るだけでなく、突いてきた。

「ゆるして！」という声が聞こえた。それらは、泣き声になっていった。五分ぐらいであろう、だが機動隊の攻撃はものすごく長い時間と感じられた。ゴツン、ゴツンと人を殴る音を聞きながら、ぼくは通路を這い出してきた。あとに続いた男を見ると、顔面血だらけだった。額を割られていた。ぼくはすり傷で済んだ。九死に一生をえて、大通りに出ると、

「こちらは新宿警察署、ただいまより騒乱罪が適用されました、皆さんは速やかにお帰りください。」何処からともなく放送が流れてきた。

騒乱罪とは何なのか分からなかった。しかし、ヤバイと思った。ぼくも引き上げることにした。新宿三丁目まで来ると野次馬も居なく静かだった。デモ隊はとっくに引き上げていた。ぼくは大曲の新津の下宿まで歩くことにした。歩いているとにぎやかな一軒の飲み屋を見つけた。ぼくはそこに入り酒を三本飲んだ。隣の親父と今日のデモの話をひとくんだりして、ほろ酔い加減でそこを出た。酔っ払いが町を歩いている風をよそおいながら。

下宿につくと、新津の部屋はまだ明かりが点いていた。窓をノックすると

「池田か？」と言ってきた。

「そうだ。」と言うと

「あがれ」と言って玄関を開けてくれた。

「ブジだったか。」と笑顔で迎えてくれた。

「うん、彼女達来なかった？」

「最初、横川と彼女が来た。池田が来たら、無事と伝えてといって、彼女を送っていった。……彼女少し興奮気味だったな。」

「良かった。」

「そのあと、鎌田たちが来て、……お前が後で来ると思うから、そのときは無事に帰ったと言ってくれと、彼らも直ぐに帰った。」

「そうか、良かった。」

「皆、窓のところに並んで……それだけ言うと帰っていったよ。」

「………」

「ホワイト無いけどレッドならあるよ！」

「もらおうか。」彼は封を切ってないレッドを持ってきた。そしてコップを二つ置いて、台所に行ってやかんに水を持ってきた。

「氷は無いよ。」といって、やかんを置くと、レッドの封を切って、ぼくらは乾杯をした。新津が口を開いた。

「噂で聞いたんだけど……彼女とうまく行ってないんだって？」

「うん、……分からない、謎だよ。」

「どういうこと？」

「八月三十日までは良かったんだが……途中、自主ゼミに彼女が顔

を出して……俺は、彼女を待たせてゼミを続けてたんだ。」

「うん。」

「そしたら、彼女帰ると帰ってしまったんだ。……三十分ぐらい待ってといったんだが……」

「うん。」

「心配で、ゼミを打ち切って、すぐに彼女を追っかけたが、何処にも居なかった。」

「うん、それで……」

「俺、彼女の下宿先はしらないし、電話はでないし……。」

「うん、それで」

「翌日から、大学に来て、彼女を探したんだ。……」

「うん。」

「やっと、会えたのが、夏休み明けの図書館……それが驚いた。俺と分かれば声をかけてくるのに、俺の背後に立ってたんだよ。……髪型がショートカットに変わってたし、真っ赤なセータ、動けなかった、一瞬の気後れというのか、追っかけたかったんだが……」

「俺もそのスタイルでの彼女を見た。あのショートカットは素敵だった。また、原色が似合うから輝いていたよ。」

「うん」

「あのショートカットは彼女だからいいんだろうな。」

「俺もそう思ったよ。確かに素敵だよ！……それ以来今日まで会ってなかったんだ。」

「約、二ヶ月か……」


「女性が髪型を変えると、心辺に変化が起きたんだと聞いたことがある。……俺はもうだめだと思ってるんだ。今日もなぜデモを見に行きたいと言ったのか理解できない？……夏休み前までは彼女の全てが見えると思っていたが、今は全く見えない。彼女を怖がってるんだよ、彼女のことを考えると不安しかないんだ。」

「うん」

「謎は大久保なら知ってるとおもって聞いたんだ。そしたら、お兄さんが死んだんだと言うんだ。ショックだったな。」

「うん、俺も聞いた大久保からだけど。」

「わかんない……彼女の悲しみは分かるんだけど彼女の悲しみの実感を汲み取ることが出来ないんだよ。」

「……………」

「勿論、彼女からは全く聞いていないし……どうすりゃいいんだろ……」

「兄さんの死因なんだか知っている？」

「ううん、知らない、事故とか？」

「事故？……自殺なんだって……」

「え！」

ぼくは目の前が真っ暗になった。ただ、ウイスキーをがぶがぶ飲んだ。気が付いたとき、外は明るく、新津の下宿の畳に寝ていた、毛布がかけられていた。ぼくは何をしゃべったのか、どんな風に寝たのか憶えていなかった。

＊

国際反戦デー以降全国の大学は学生の行動が活発になり、地方の大学から東大に活動家が上京して結集し始めていた。十一月二十二日に『東大・日大闘争勝利全国学生総決起集会』が開かれることが決まった。場所は東大安田講堂前であった。勿論、ぼくも動員学生であった。米倉にも原から動員がかかっていた。米倉は早速松浦にも連絡を入れた。

当日、ぼくと米倉は指定された場所に行った。既に安田講堂の前はものすごい数の学生であふれていた。講堂からは、安田講堂放送が流れていた。ぼくと米倉は原を見つけると、彼は二人分のヘルメットとゲバ棒を持ってきた。それらは既に用意されていた。ぼくらは装備が済むと直ぐに隊列に入った。原の隊列は三十名くらいだった。三十名のうち知っている顔は半分くらいしか無かった。松浦はすでに来ていて隊列に加わっていた。彼の周りは華やかで、陽気であった。ぼくらは直ぐに分かった。

「ヨオ、松浦！」と言うと、彼は我々の方を振り向いて

「ヨオ、お二人さんこっちこいよ」と手を振った。ぼくらは彼のところに行って、隊列に加わった。松浦は安全靴に防寒着、その上にリュックを担いでいた。

「マッチャン、そのリュック本当？」

「何が？」

「ヴェトナム戦争のだって？」

「アア、そうだよ。」松浦、米倉の周りはにぎやかだった。松浦は指示と決断の速さ、包括的にものを見る洞察力に富んでいた。

前の舞台では誰かが演説をしているが、あまり良く聞こえなかった。また、真剣に聞いているとも思えなかった。我々は、今までの闘争の勝利について、お互い喋っていて、演説なんか聞いていなかった。だんだん自分達の声が大きくなると、原が我々をたしなめて、「もう少し、静かに！」と言っていた。

夕方になってデモに移った。そのデモたるや壮大なものであった。何千人という人間が東大の構内をデモ行進する。我々の隊列もデモに移った。原は隊列が崩れないように、全体を見ながら、行進の指揮をしていた。隊列がくずれると大声を出して矯正していた。松浦、米倉、ぼくの三名が先頭を固めた。我々は気合が入っていた。空気は身体中にみなぎっていた。

「安保粉砕！」

「闘争勝利！」

「……」

「……」

「安保粉砕！」

「闘争勝利！」

シュプレヒコールあげながら、ゲバ棒を肩に担ぎ腕を組んで、ジグザグ、ジグザグ……、デモ行進する快感は中に入ったものしか分からない。気合とテンションはいやが上でも上がってくる。デモは二時間ぐらい続いた。周囲はもう、真っ暗だった。安田講堂放送は流れていた。デモは一旦休憩に入った。我々の隊もやすみにはいった。しかし、誰もが空腹であった。代表が食料を買出しに行くこと

になった。原が中島と荒木の二人を指名したが、松浦が立ち上がって、

「米倉、おまえ行ってこい。」と言った。

米倉を手元に呼んで、

「おまえが行かないとダメだ。……こいつらには任せられない。」

「ヨシ、分かった。」と言って、米倉は皆から金を徴収し、中島を従えて飛び出していった。とは言っても、東大構内で一万人以上もいる人間のところを飛び出して帰ってくるのは、機転の利かない人間では、迷子になってしまう可能性があった。さらに、対立するセクトもあり、そんな中に紛れ込んだら何が起きるか分からなかった。そこへ行くと米倉はうってつけの人間であった。松浦の指示どおり、米倉は三十分くらいで戻ってきた。途中、中島は迷ったが、米倉はそれも従えて戻ってきた。我々の一隊は米倉の買ってきた夕食を貪るように食った。米倉は抜かりなく飲み物も人数分買ってきた。しかし、誰もがそれだけで満腹だったわけではない。

初冬の夜は寒さが厳しくなってきたが、我々はそんな寒さを感じないくらい元気だった。

よる八時を過ぎると、集会はクライマックスに達した。各セクトが再びデモに移った。安田講堂放送は絶えることなく続けられていた。安田講堂の前辺りがやけに、明るくなった。焚き火が始まった。一万人もの人間がスクラムを組んで東大構内をところ狭しと再びデモ行進で練り歩いた。白ヘル、赤ヘル、黒ヘル、青ヘルとヘルメットの色も様々に練り歩いた。デモ隊は腰を低く降ろし、ゲバ棒を垂直に立て、シュプレヒコールをあげながら行進した。

或るセクトは三メートルもあるような大きな丸太棒を担ぎながら、まるでどこかの門でも打ち破るような気分だった。

デモが終わり、集会が終わったのは十時過ぎだった。帰りが大変だった。ヘルメット、ゲバ棒などをうまく隠して機動隊の包囲を抜けた。大学に戻ると、自治会に見つからないよう慎重に行動した。大学を離れたときは十一時を過ぎていた。

空腹だった。ぼくらは三人で中華屋に入り、ビールで食事をした。美味しいビールだった。腹が膨らむと、今日はやばいからと解散にした。

電車に乗ると、本当にほっとした。緊張が解けた。今日のような集会彼女が見たら、どう思うだろうなと考えてみた。だが、直ぐに彼女の兄の自殺のことを思い出すとどうしていいか分からなかった。またぼくの気持ちを暗く不安にさせた。

四章

相変わらず、ぼくには彼女が大学に来ているかどうかの情報はつかめていなかった。当然、図書館でも、学生ホールでも、学食でも会うことは無かった。

カーネギはそのころ、二部の学生も居たが、新左翼系の学生の溜まり場となっていた。勿論、そこでは彼女に会えなかったし、彼女が来るとも思えなかった。

そんな中、落合から、彼女が病気であると言う噂がぼくの耳に入ってきた。

それもガンではないかと言う噂だった。

ぼくはその事実を掴むため、一二月一〇日に大久保にカーネギで会う約束をした。

ぼくがカーネギに着くと、大久保は未だ来ていなかった。松浦と米倉が豊洲の現場から帰ってきたといって座っていた。ぼくに気がつくと、二人は座るように指示した。二人は陽気だった。

「池田、今日三億円が盗まれたの、知ってるか？」と米倉が言った。

松浦は隣で新聞を読んでいた。

「知らない！」とぼくが応えると、米倉は得意がって

「なあ、松浦、盗まれたんだよな……東芝のボーナス。」松浦は新聞から目を離し、ぼくの顔を見ながら

「うん、……東芝のボーナスだって」

「すっげなー」と米倉がまるで自分がやったように絶賛した。

「三億円なんてどうやって盗めんの？」ぼくが問うと、米倉が

「パトカーに変装したんだって……そうだよな、松浦？」

「ああ、」ぼくは三億円なんてどうでもよかった。大久保の情報がほしかった。そこに大久保が入ってきた。彼はぼくらにすぐ気がついて座ったが米倉の

「大久保！　三億円が盗まれたの、知ってるか？」と言うと、大久保は興奮して

「聞いた！　凄いね！……どうやって？」彼はぼくとの約束より三億円に気持ちが占められていた。米倉の話に乗りそうだった。ぼくは大久保の方を向いて

「まず、俺の話聞いて……」と云って関心をぼくの方に向けさせた。

彼は一応ぼくの話を聞いたが、彼女が大学に来ていないから分からないといった。十二月十四日の『同人誌』の会合には出席すると言ってたことを教えてくれた。それを言うと米倉の方に身体を向け、三億円窃盗の話に夢中になっていった。

ぼくは浮いた感じになってしまったが、三億円はどうでもいいことだった。

ぼくはみんなに

「用事があるから帰る。」とカーネギを後にした。三人は

「おお！」といって応えた。ぼくはカーネギを一人で出た。

ぼくは嬉しかった。十四日には会える……。ぼくは指折り数えて

いた。

＊

十四日、彼女は来なかった。会合で何が議決され、何が否決されたか、何にも憶えていなかった。ただ、二号も出すということは分かった。会合が解散になるのをひたすら待った。終わった。横川と大久保を飲みに行こうと誘ったが、彼らはその日は行かなかった。ぼくは荻たちと行くことにした。酒を飲まずには居られなかった。飲み屋に入って、ビールで乾杯をした後、コップ酒をもらった。それを一気にキューと飲み干すと、二杯目をもらい、手にとり、口に含むと、胃がドスンと落ちたようになり、猛烈に気持ち悪くなった。酒が飲めなくなってしまった。

「今日は、ダメだ！」と言って一人で飲み屋を飛び出した。飲み屋を出ると涙がやたらと出てきた。涙を拭きながらぼくは走った。神楽坂の下まで必死に走った。涙は止まらなかった。ぼくは新津の下宿を目指して、走った。

やっとついた。窓をコンコンと叩くと、窓が開き、彼はぼくを見ると尋常でないことが直ぐにわかり

「上がれ。」と言って玄関を開けてくれた。彼の部屋に入るなりぼくは声を出して泣き出した。

「どうすればいいんだ、どうすればいいんだ……」何度も繰り返していた。

「彼女が死んでしまう、彼女が死んでしまう」と大声を張り上げながら泣いていた。彼はぼくが泣き止むのを黙って待っていてくれた。

ぼくが泣き止み、鼻水をすすっていると、彼は

「どうした……」と静かに聞いてきた。

「今日、彼女は来なかった。ガンだと聞いている。……酒を飲んでたんだが、酒がのどを通らなくて、気持ち悪くて、外に出たら涙が止めどなく出てきて……彼女死なないよな！」彼はぼくを見ながら

「大丈夫、彼女は死なない。死ぬわけが無い」

「だよな」ぼくは落ち着いてきた。

「ちょっと、待ってろ」と言って彼はデッサン帳から一枚のデッサンを取り出した。それをぼくの目の前に置いた。

「誰だか分かるよな！」

「うん、彼女だ！」

「そう、物理の授業だったかな……、彼女がぼくの横に座ったんだ、彼女のノートを取っている姿が何となく魅力的でな、家に帰って思い出しながら描いたんだ。……何かひきつけられたんだろうな……」

そのデッサンは彼女のひたむきさが良く出ていた。ぼくはそれを見て初めて新津に笑みを送った。泣き笑いと言う奴である。そして懇願するように

「彼女は死なないよな……」と彼に言葉を向けた。

「うん、死なない」彼は、

「泊まってけ！」と言うと、コップとウイスキーを出してきた。

＊

年が明けた。ぼくの憂鬱と不安は一向に良い方向に進んでなかった。東大闘争の動員のオルグもあったが、全て断った。全てが無気

力状態だった。一月四日、電話が鳴った。横川からだった。ぼくは用事で親戚の家にいた、そこにかかってきた。我が家に問い合わせての電話だった。

「今、いい」

「うん、いいよ。」

「彼女がここに居るんだ。お前に逢いたいと……」

「今から？」

「そうだ！」

「……うん、いいよ！　場所は？」

「田園……」

「分かった、これから行く、三十分はかかると思う。」

「よし！　分かった。」ぼくは電話を切った。用事を打ち切り、親戚の家を出た。自然、足が速くなっていた。頭は何も考えられなかった。

電車に乗ると、不安が大きくなり、恐くなった。何が起こるんだろう。何が起きても覚悟を持たなければ。自分自身に必死で言い聞かせていた。

喫茶店についた。そこには彼女と横川、大久保が待っていた。ぼくは彼女の前に座った。飲み物の注文を終えると……彼女が口を切った。

「いろいろお世話になりました。私、大学を辞めます。」ぼくは彼女の顔を見た。そこにコーヒーが運ばれてきた。ぼくはコーヒーを口に運び、一瞬の落ち着きを確保した。そして、一呼吸置いてから聞き返した。

「これから、どうするんですか？」

「実家に帰ります。」

「……連絡先は教えてもらえますか？……これからも連絡は取れるのですか？」

「ダメです。誰にも教えません。」ぼくはその後どんな会話がなされたか良く憶えていない。しかし、いくつかの明確な言葉が今でも脳裏に焼き付いている。彼女は先ず、ぼくの顔を見て
「勇気が無いですね。」と言った。ぼくにとっては衝撃的な言葉であったが、そのとき、意味は全く理解しなかった、ただ、小さな声で
「勇気がない」と自分自身繰り返したのを憶えている。

「貴方は何を話しても『ぼくはこう考える』なの……」ぼくは全く意味が分からず、その言葉をスーと覚えてしまった。さらに、

「貴方は、正直で、素直で、分かりやすいんですが、あるところまで行くと殻があって、なかに入っていけなくなるんですよ。」ぼくは思わず
「え！　殻がある。」と大きな声を出してしまった。

「ええ、そうです。硬い殻があるんです。」彼女ははっきりと言った。ぼく自身は、自分ほどオープンな人間は居ないと思っていた。また、そうあるべきだとも考えていた。だが、反論する勇気は無かった。さらに彼女は「だから、貴方は生涯一人ぼっちだと思います。……一人ぼっちよ！」と断言した。ぼくはただ、黙って聴くしかなかった。自分がとても惨めだった。彼女は横川、大久保と雑談をはじめ

た。ぼくはジーと沈黙を続けていた。彼らの談笑を目の前にしていると孤独感は益々強くなっていった。のけ者にされてるようにも感じた。

彼らの雑談に『二月十日の同人誌の会合に出る』と言う話を聞いた。

「あの……」ぼくはやっと声をだせた。

「二月十日の同人誌の会合出るんですか？」

「ええ、皆さんにも別れのご挨拶しませんと……」

「あの、ぼくも出ますけど……一つお願いがあるんですけど。」

「何でしょう」彼女の言葉をきついなと思ったが勇気を振り絞って「会合のあと、二人きりで会ってもらえないでしょうか？」彼女はぼくを見て、微笑んだと思った、そして

「ええ、いいですよ。」と返事をくれた。ぼくは涙が零れ落ちそうになった。

「ありがとう。それじゃぼくはこれで帰ります。」とそこを立った。多分、そのままそこに居たら泣き出してしまったかも知れない。

外に出ると零れ落ちそうな涙をくい止め、もう一度彼女に会えると言う希望と光をもって駅に向った。

＊

一月六日、米倉から電話をもらった。昨日五日から原たちと東大に籠城しているという連絡だった。明日、七日には大学に戻るので、夜一杯やろうという電話だった。松浦も一緒かと聞くと、五日に一緒だったが六日以降用事があるので帰ったということだった。ぼくは、人に会いたかった……話をしたかった……酒を飲みたかった……。ぼくらは七日にハッピージャックで飲む約束をした。

一月九日ぼくはひとりカーネギでコーヒーを飲みながら、七日の米倉の東大籠城から内部のことを想像していた。そこに社研の人間が入ってきた。ぼくを見つけるなり、総長の要請で東大構内に機動隊が入ったことを知らせてきた。彼の話を聞いているうちに現場に行ってみたくなった。ぼくは一人カーネギを後にして本郷三丁目に向かった。地下鉄を降りて、東大のまえの通りに出ると機動隊でいっぱいだった。地下鉄の駅の周りには沢山の学生が集まってきた。自然それがデモの隊列のようになってきた。ぼくは先頭にいた。何人かの学生がぼくの腕を取ってスクラムを組んだ。横には指揮官となる学生が

「ワショイ……ワショイ……」と気合をかけていた。ぼくもそれに続いて声を張り上げた。デモの隊列が出来た。機動隊はメイン通りにいた。ぼくらはそこで

「官憲粉砕！……官憲粉砕！……」とシュプレヒコールを上げながらデモ行進した。勢い付いてメイン通りに出ようとしたら、突如機動隊が現れた。盾と警棒でもみ合いとなった。ぼくらは蹴散らされてしまった。もう一度隊列を立て直そうと奥に引くと今度は機動隊の群衆が押し寄せてきた。隊列はばらばらになりぼくらは逃げた。ぼくはどれくらい走ったろうか、見たことのない場所にいた。ぼくはカーネギに帰った。松浦と米倉、大久保がぼくの帰りを待っていた。ぼくは彼らにデモ行進の蹴散らされたことを報告した。一月一

八日と一九日が日本のカルチェ・ラタン集会であることを知った。ぼくと松浦と米倉はそれに参加することを決めた。

一月一八日は土曜日だった。お茶の水駅の周りには学生たちが午前中から集まり始めていた。学生は御茶ノ水橋を渡って医科歯科大の付近に多く結集し始めていた。午後遅くになって、ぼくは松浦と米倉の三人で医科歯科大の門の前にいた。

セクトの学生たちは敷石をはがし壊し始めた。投石の武器である。東大では安田講堂の攻防戦が機動隊との間で繰り広げられていた。我々外部の学生は日本のカルチェラタンとして戦場を本郷通り……本郷三丁目から湯島で機動隊と対峙した。催涙弾と投石の攻防戦が始まった。はがされた敷石が野球ボールぐらいに砕かれ、石油缶に積まれて紐で引っ張りながら運搬された。ぼくらはそれを取ると機動隊めがけて投げた。天空からはヒュルヒュルヒュルと音を立て催涙弾が降ってくる。地面に落ちると鼠花火と思うような動きをする。それをよけながら再び石を投げる。暗くなると、緊張はいやがうえでも高まってきた。機動隊が追いかけてくるとぼくらは聖橋の方に必死で逃げる。長い攻防戦だった。

東大の安田講堂の攻防戦はもっとすさまじかった。連日テレビで実況放送を流していた。逮捕者は六百人を越した。

封鎖解除が始まった。一月二十日東大当局は、文部省の入試中止を受け入れた。六八年から始まった学生運動の高揚はこれを機に鎮火の方向に舵を取った。運動の象徴であった、東大闘争は敗北した。

＊

彼女の死を考えた時の恐れと悲しみ、泣き出しながら感じた同じ悲しみを感じる他者はいないと思った。彼女の兄に対する悲しみも彼女以外には誰も同じ悲しみを感じられないのだ。だが、喜びは違う。喜びは皆で共有できるものである。結婚式とか誕生会に集まった者は全員が共に喜びを分かちあえるものなのだ。しかしこれは限られた者だけのものである。悲しみは違う、悲しみには無限定に個人が参加できる、その悲しみは個々に全て違い、参加した人数分の悲しみがあるのだ。

動物は涙を流す。動物は集団で悲しみを表わす。しかしそれは各動物ひとつ、ひとつにとって異なる悲しみなのだ。動物は喜びを分かちあうことは無い。まず、微笑まない、喜びで集団になることも無い。そう、喜びは人間特有なものなのだ。喜びは大脳皮質に存在するものなのだ。悲しみは生き物に存在する。悲しみは生命に属するものなのだ。最も始原的な生物にも悲しみは存在するのだ。

ぼくは彼女にもう一度会えるという光を抱かえながら考えた。彼女のいない今、自分を支えるものは数学しかないと考えていた。前期試験の失敗を取り返すため試験勉強に真剣に取り組んだ。必須単位は全て取得した。来年から三年生、いよいよ数学の専門課程の授業が待っていた。

＊

二月十日、その日は朝から雨だった。肌寒くしとしと降りの長雨だった。夕方になっても止まなかった。五時半頃から皆は集まってきた。定刻六時に会合は始まった。ぼくは彼女と距離を置いたところに席を取った。会は淡々と進み次号の編集委員が決まった。最後になって、彼女が挙手をし、大学を辞めること、そのためこの会からも退くこと、……皆にお世話になったことのお礼を述べ、大きな拍手をもらって閉会となった。

ぼくは先に喫茶店をでて彼女を待った。学生達の別れの握手攻めをこなし、最後に出てきた彼女は昔の彼女の微笑で

「ごめんなさい」と言って、ぼくの方に寄ってきた。ぼくは昔と変わらない雰囲気のような気がした。ぼくらは二人並んで歩き出した。誰もぼくらに声をかけるものはいなかった。ぼくらは暗い雨の降る道を二人並んで歩いた。もう、あえない悲しみが……。再会できない悲しみが……。自分にはどうすることも出来ない空間がある事を知った。ぼくらは話すことも無く無言で歩いた。冷たい雨がさらにぼくの心を凍らせるようだった。ぼくは言葉をさがしていたと思う。言葉は雨に、冷たい暗闇に溶け込んでしまったように何処にも見出せなかった。ぼくらは歩いた。

何時か彼女の下宿の近くまで来ていた。今日の再会を約束して以来どうしたら彼女の心の中にぼくの記憶を、ぼくの印象を残せるか、そればかりを考えていた。それは具体的なものでなければならなかった。それは記念品であってはならなかった。ぼくは考えた……それは痛みだった。ぼくからの痛みを彼女の心に、身体に記したいと考えた。痛みはこれからも、心的痛み、肉体的な痛み、人生には無くてはならないもの……今後彼女に何らかの痛みが発生したら、痛みの片隅の中にぼくの存在があったらとかんがえた。

別れの時間は刻々と迫っていた。ぼくは彼女に向っていった。「痛いとき、ぼくを思い出して欲しいんだ。……貴女の頬を思いっきり叩かせて……」彼女は素直に頷いた。ぼくはバッグを足元に置き彼女の顔を見て思いっきりビンタを出した。一瞬、彼女を抱きしめ『大好きだー』と言いたい衝動に駆られた。グとこらえて

「……痛みを忘れないで欲しい。思い出してください。」まとまりの無い言葉を必死に吐いていた。彼女は無言だったが、さわやかな顔をしていた。笑みをつくり頷いてくれた。

彼女の下宿の前にきた。ぼくは手を出した。彼女も手を出した。ぼくは彼女の顔をジーと見て思いっきり強く手を握り締めた。

「元気で、頑張ろう」と言った。ぼくらは別れた。

我が家では、米倉がぼくの帰りを待っているはずだった。明日がやすみなので久しぶりに麻雀をやることにしていた。ぼくの心のうちなど彼らは何も知らない。ぼくも何かに打ち込んで熱狂したい気分だった。

彼女と別れたあと、ぼくは完全な空虚な状態になっていた。何も考えられず。何も思い出せず。ただ、電車に乗って家に帰ることだけが明白だった。ぼくはまるで自動人形のように帰宅した。ぼくの心を何かで満たしたかった。

「遅かったじゃない。」米倉が言った。その一言で我に返った。

「よし！　徹マンだと」声を張り上げ自分自身を励ました。マージャンをはじめた。徐々に熱中していった。

十一時過ぎに電話が鳴った。ぼくへの電話だった。ぼくは二階か

ら急いで電話口まで降りた。

「もしもし」電話は彼女からだった。

「何かあったの！」ぼくは心配が先に立っていた。勿論、嬉しい驚きでもあった。何かあったら、直ぐにでも飛んでいこうと思った。

「ううん、違うの……明日もう一度あって欲しいの。」

「大丈夫、いいよ、いいよ。」

「七時にお茶の水で」

「分かった、七時御茶ノ水……寒いから気つけて。」ぼくらは電話を切った。今までのいらいらと不安がサーと引いていくのが分かった。ぼくは集中力を無くし麻雀は惨敗だった。五時にコタツに潜り寝入った。外は静寂だった。雪が津々と降っていた。

＊

朝七時、親父の
「デンワー」と言う声で目がさめた。ぼくに電話だった。電話口に出ると彼女だった。

「御茶ノ水で待っている。」と聞こえてきた。

「夜の七時でなく、朝の七時！　ごめん！　直ぐに行く、三十分待って。」セータの上にオーバーコートを引っ掛けて家を飛び出した。新雪の上を走った。

電車がとても遅く感じた。電車の中を走りたくなった。

階段を駆け上がると、改札の向こう側に、黄色のオーバーコートを着た彼女が直ぐに目にはいった。

「ゴメンナサイ」ぼくは彼女の前に駆け寄った。彼女は微笑んでいた。

どこも店は開いてなかった。ぼくらは歩いた。雪は津々と降っていた。街を歩いている人間なんて誰も居なかった。ぼくら二人が御茶ノ水の街を貸しきっているみたいだった。雪の中、傘を差しながら並んで歩いた。先ず、聖橋に向って歩いた。時々吹雪いてくる。傘を横にしながら並んで歩いた。彼女は良く喋った。ぼくは良く聞き取れなくても
「うん」

「……」

「大丈夫」

「……」

「頑張ろう。」

とあいづちを打っていた。聖橋を横切ると、階段を彼女の手を引き注意深く下りた。地下鉄の駅に向った。地下鉄を降りてくる乗客は居なかった。

御茶ノ水橋を渡り再び駅の改札の前に出た。ぼくらは顔を見合わせてこっち行こうと駿河台下に向って歩き始めた。雪はさらにふぶいてきていた。風の強さに思わず二人で顔を見合わせて、笑いながら
「すごい！」と言い合った。

一軒の喫茶店が開いていた。名曲喫茶の丘であった。ぼくらは、当然のようにスーと入っていった。暖かかった。一階のこじんまりした片隅に向かい合いで座った。二人とも顔を見合わせて微笑みあ

った。冷たい手をもみながらぼくらはコーヒーを待った。コーヒーが運ばれてくると、ぼくらは乾杯のそぶりをして一口つけた。熱い液体が体中を伝わってきた。ぼくらはまた顔を見合わせて微笑んだ。仕合せだった。このまま時間が止まってしまえばよいと思った。話したいことがたくさんあるのに、ぼくらは沈黙して顔を見合わせるだけだった。彼女が居るだけでいい、言葉なんか必要なかった。

「東京は何時たつの？」

「三月三日。」

「……そのあとは逢えない。」

「…………」

「今日このあと予定は、……無ければ、今日一日、ずーと一緒にいようか？」彼女は
「ううん、ダメ」と頭を振った。

「…………」

「最後だから、私に話があるという人が、あと三人居るの……貴方の知ってる人もいる。」

「……」ぼくは当然だと思った。

「十時半にＸＸさんに会わなければ。」

「場所は……？」

「大学」

「じゃ、もう行かないと。」

「ええ」

「ちょっと待って、ぼくともう一度逢ってよ。」彼女は頭を振ってうんといった。

「三月二日にしよう、引越し前だけど……いいよね。」

「ええ、」と言って頭を振った。

「電話する。……急がないと相手を待たしちゃう。ＸＸだからかまわないけど。」とぼくが言いながら彼女のオーバーを着せて慌しく喫茶店を出た。雪は止んでいた。御茶ノ水駅を右と左のホームに別れて進んだ。線路越しにお互いを見つけると手を振った。彼女は笑顔だった。そこに電車が入ってきて二人を完全に引き離した。

＊

三月一日ぼくは彼女に電話した。元気な声だった。二日は日曜日なので一時にお茶の水の改札で待ち合わせることにした。ぼくが御茶ノ水に着くと、黄色いオーバーコートの女性は来て待っていた。ぼくは映画を観に行く計画をしていた。時間がまだあった。神保町の本屋街に行った。ぼくらにとって懐かしい場所だった。明倫館を通り、信山社により日本特価販売まで歩いた。

「思い出す？」

「うん、この本屋さんは、理系の本専門のお店よね。」

「ここは、岩波の直営店、ここにないと岩波の本は絶版？」

「ここは貴方が一番利用するお店、新刊本が二割引で買える。」

「良く憶えてましたね。」彼女はニッコリ笑った。ぼくらは神保町の交差点まで戻り、『さぼうる』でコーヒーを飲んだ。そこで今日の予定を話した。

有楽町で映画を見ることを伝えた。

有楽町で降りると、みゆき座に向った。映画は、パゾリーニの「アポロンの地獄」だった。オイデップス王の物語である。入れ替えになるまでぼくらは館内でまった。ぼくらはうまく並んで座ることが出来た。

映画、その迫力は圧巻だった。彼女は上映中、何度も、何度も涙を拭いていた。

終わったときぼくの方を見ながら、

「泣いちゃった。」と小さな声で言った。ぼくは

「うん」と言った。彼女の目は赤らんでいた。外に出ると、だいぶ暗くなっていた。時刻は六時を過ぎていた。ぼくは彼女と並んで歩いていたかった。何か時間がたつのが一番遅いと思ったから……。

「ちょっと、遠いけど貴女の下宿まで歩かない？」

「ええ、いいですよ。」

「二時間ぐらいかかるけど……」

「ええ、」

ぼくらは日比谷公園を突っ切り、三宅坂に出た。公園の周りは二月以来の大雪のため、雪かきの残雪が山となっていた。寒かった。皇居に沿った道は暗く、ぼくら以外歩いてる人はいなかった。言葉すくなに、周りを見ながら黙々と歩いた。半蔵門に出、イギリス大使館の横を通り、北の丸公園に出て、靖国神社をすり抜け、飯田橋を経由して水道橋に出た。時間はゆっくりと進んだ。ぼくは少しでも彼女と一緒にいたかった。彼女が横にいると思うと寒さも何も気にならなかった。水道橋に出て、中華料理店で食事をすることにした。なかに入るとファーと熱気が流れてきて、寒さを思い出した。注文を取りに来た。彼女は

「お酒は？」と聞いてきた。

「今日はいらないと」答えた。注文が終わるとぼくらは見詰め合っていた。

もう言葉は必要なかった。彼女が前に居るだけで満足だった。人を好きになるとは、こういうことだった。言葉なんか無くても相手の中に素直に入っていけること。ぼくはこのとき彼女が『ぼくはこう思う』と何時も言ってることを、非難していることの意味が分かったような気がした。遅かった。時間がたつのが恐くなってきた。話すことを考えると山のようにあった。彼女について聞きたいことは山ほどあった。生い立ちも、生活も、兄の自殺も……。でも言葉なんか全く必要なかった。貴女がぼくの前にいる、それは現実であり、真実なんだ。言葉を介さなければ分からないものなんて必要なかった。ぼくは食事が終わるまで、何度も、何度も彼女を見ては、彼女の存在を確認していた。

料理店を出ると、彼女の下宿まで、数百メートルだった。ぼくは時間のたつのが恐くなっていたと思う。

「偶然に逢うことがあるかもしれないね。」

「……………」

「そのときは…………」ぼくはその先の言葉が出なかった。彼女は「……………」だった。下宿についた。ぼくは彼女の目を見つめ

ながら両手で彼女の手を力一杯握った。

ぼくらは互いに頭を下げただけだった。彼女は下宿の玄関を開け中に入った。ぼくは彼女の残像が完全に意識から消えるまで立ち尽くした。

そして、錦華公園の方に踵を返し駅に向った。ぼくらの交際はリセットされた。

五章

新学期、しかし大学には彼女はいなかった。数学科に転部しているはずの彼女はいなかった、彼女の転部は存在しなかった。転部してない彼女にぼくの告白は永遠の夢となって封印された。リセットされたぼくらの関係は、再構築されなければならなかった。なんによって、偶然性の再会による以外に再構築は無かった。転部の告白は、偶然性の再会によって告白されるとプログラムされなければならなかった。ぼくの夢は偶然性の再会にたくされた。

ぼくは新しく受講の申請をした。専門課程の数学に希望をたくしていたが、そのベクトルは停滞していた。ガロア理論、トポロジーと言った数学の美しい言葉はぼくから遠い存在になっていき始めた。ぼくの数学に対する憧れも、彼女が存在すると言う前提にあったのか？

ぼくは彼女のいない図書館でただ、数学の本の字らを追っていた。美しい理論は頭には入ってこなかった。ぼくの心は他に向けなければそのまま萎縮して、老化し廃人への道を進むのではないかと思った。何かをしなければ、彼女の現実から遠く離れなければと考えていた。

＊

東大闘争は終焉に向っていた。しかし、他の大学自治会は依然、全共闘が指導権をもっていた。活動家は健在であった。わが大学は本部のある神楽坂校舎とそうでない野田校舎があった。神楽坂校舎は民青系の自治会であったが、野田校舎は全共闘が組織され自治会の実権を握っていた。ぼくの逃げ道はそこにあった。集会、デモの動員には必ず参加していた。一方、松浦と米倉は松倉組というのを組織した。普段は、土方のバイトで生活を支え、何かあればオルグされ、バイトが一旦休憩に入ると勉強した。

原は新入生の歓迎もこめての集会を企画していた。その集会には、ぼくは勿論、松浦、米倉も動員されていた。集会は二号館の階段教室で行われていた。

集会は夕方近くになって盛り上がってきた。突然

「スパイだ！」大きな声があがった。一人の男がパッと逃げ出した。皆は騒然となったが、いち早く松浦はその男の跡を追った。米倉とぼくが続いた。既に男は二号館の入り口に差し掛かっていた。

「米倉、傘をかせ。」と松浦が米倉から奪い取ると松浦はその男に向って投げつけた。傘は男の足と足の間に命中した。男は出口のところでころがってしまった。それでも、必至で立ち上がり逃げたが、キッチン春の前で松浦に捕らえられた。捕まえるや、松浦は男の顔に一発、必殺パンチを繰り出した。男は腰から崩れるように倒れた。米倉とぼくが駆けつけ

「オー、大丈夫か！」と声をかけると、松浦は振り向いて

「オー」と言った。その一瞬を見計らって、男はパッと走り出した。結局は取り逃がしてしまった。あとから追ってきた原は残念そうな

顔つきをした。だが、腹の中では、してやったり！　の気持ちであった。幸先よいスタートだと思った。昨年は十名程度で三号館の自治会室にデモをかけたが、民青にコテンパンにやられた苦い経験があった。最後は、圧倒的な民青に押し切られ、チョークやインクをぶつけられるという完敗だった。

勢いに乗った原はスパイ事件の抗議集会を開いた。十二日午後三時からであった。三時半からは抗議デモが計画されていた。松倉組の面々が三時にカーネギに集まってきていた。松浦、米倉、佐伯、大久保、中村繁雄、落合、大沢とそうそうたるメンバーがそろった。ぼくも、彼らと行動を共にする事にした。彼らは三時過ぎに集会の場所に結集し、集会に合流した。

「異議ナーシ！」

「よーし！」

「……」

「……」と元気な掛け声が響いていた。勿論、松倉組の面々も大きな声を出していた。いよいよ、デモに移る段になった。指揮は原がとり、先頭は、松浦、米倉、池田の東大闘争トリオだった。このあとに続いたデモ隊は四十人を越えていた。

「ワッショイ、ワッショイ」の掛け声と共にデモ隊は動き始めた。

「民青フンサイ！」

「闘争勝利！」

「民青フンサイ！」

「闘争勝利！」のシュプレヒコールと共に、デモ隊の気勢は上がっていった。

いよいよ、原の指揮の元、デモ隊は三号館の自治会室に向って行進をはじめた。

「民青フンサイ！」

「闘争勝利！」

「民青フンサイ！」

「……」

デモ隊は自治会室の前で一旦止まり、原が先頭に立って、シュプレヒコールをあげた。

自治会の面々が数人入り口に出てきた。シュプレヒコールが終わると、原を先頭にデモ隊は自治会室になだれ込んだ。原は先頭に立って、先日のスパイ事件について抗議を行っていた。周りではデモ隊と自治会員との小競り合いが始まっていた。

「ウルセ！」とか

「ナンダ、コノヤロー」とかいった罵声が飛び交い始め、こづきあいは、さらに激しくなってきた。後ろの方から、

「自治会員以外の方は外に出てください！」と声がした。

「前に出て来い！……後ろの方でゴチャゴチャ言ってんじゃねーや。」

「デテケ！」

「ナニ！」

「デテケ！」と自治会員がシュプレヒコールをあげた。そこへ、一人の男が後ろから入ってきて原に近寄った。横にいた米倉が

「なんだ！　てめえは？」と言うと、原が
「体育会系の奴だ。」と迫力の或る声で松浦が言った。
「いや、俺は自治会員だ。」と男は言った。
「それじゃ、オメカ！　この前スパイをよこした奴は！」ぼくがどなった。しかし、男は我々の声を無視して原に向って、
「このままじゃ、混乱して話も出来ないから、外に出て話そう。」と言った。
「ここでいいだろ。」
「机もあるし！」と野次が飛んだ。原は、怒り心頭となり
「ココデイインダ、ココデ……、皆、中に入ってくれ！」とデモ隊を促した。デモ隊はあふれるように中に入っていったが、逆に自治会側は机と椅子で押し返し始めた。
「なにすんだ！」
「暴力を使うのか！」と言った野次がデモ隊側から飛んだが、彼らはお構いなく机と椅子をもって押し返し、バリケードを築きはじめた。ぼくと松浦は
「フザケヤガッテ！」と怒鳴って、一旦、外にでた。あとに米倉、佐伯が続いた。松浦は建物に付いていた消火栓を外し、ぼくと二人でセットし始めた。終了するとホースの出口を松浦が持ちそのあとをぼくがもった。
「ホラ、ドケドケ！」松浦が言うとデモ隊は一旦退いてた。
「米倉！　栓をひねれ！」とぼくがどなった。その間にスキを付いて自治会は入り口までデモ隊を押し返していた。と同時に消火栓から勢い良く放水された。
「ホラ！　ドケドケ！」の声と一緒に放水の勢いにデモ隊側も驚いた。腰をがっしりと据え、ホースを抱えた松浦の攻撃を受けながらも、民青はどうやらデモ体を自治会室から押し出し、入り口の戸をロックアウトし、内側からバリケードを築いた。消火栓の水は自治会室の戸といわず、周りの壁に対してもおおきな音を立てて放水されていた。デモ隊の後ろの方から「放水やめろ！」の声がした。松浦はその方向をチラと見ると
「そうかよ！」と言って、ホースを放り出し、水の栓を止めた。周囲は水浸しであった。ホースをしまうと、松浦は米倉に
「一旦、引き上げる！」と言うと、米倉は
「松倉組は一旦引き上げ！」と指示を出した。
松倉組の面々はカーネギに引き上げた。残ったデモ隊は
「戸を開けろ！」
「話し合いに応じろ！」と声を張り上げて引き下がる様子は無かった。ぼくも、カーネギに向った。開口一番松浦は
「誰だ！　放水を止めろといったのは？」米倉が受けて、
「わからねー、後ろの方で言ってたな！」
「野田からやってきた奴らじゃないか？」
「そうか、……まあ、いいや」
「…………」
「ところで、あいつらをもっととっちめる方法はないか？」

「ロックアウトしてるからな……、戸をぶち壊すとか！」

「火をつけちゃう！」

「それは、原が止めるかも！」と話しているなかで、大久保がぼくに
「バルサンを入れてしまえば！」と言った。ぼくは
「松浦、バルサンを打ち込んでしまおう。」

「うん、それはいい！　丁度部屋に入った状態で、出てきたらただじゃすまさねえ！」あとを取って米倉が
「あいつら、害虫だから、最高だ！」と言った。

「煙だから、あいつら窓を開けて外に出てきたら、上から水をぶちまけよう。」とぼくが言った。

「うん、いいぞ」米倉が喜んだ。

「それじゃ、米倉と大久保はバルサンを買いに行く。繁雄、佐伯、大沢おまえたちはバケツに水を汲んで三階に上がり、窓から顔を出した奴らに水をぶっ掛ける。俺と池田はデモ隊のところにいる。いいな！」松浦の声だった。

「ヨシ！」

「決まったな。じゃいいか、米倉、バルサンの金持ってるだろ！　立て替えとけ！」と松浦の声で松倉組の組員達はカーネギを出た。

　米倉、大久保の二人は皆と別れて薬局に向った、残りは再びデモ隊のいる三号館の二階に戻った。デモ隊も中だるみ気味で、自治会室の前にタムロしている格好であった。松浦は着くや、大沢、佐伯、繁雄、落合にバケツに水を汲んで、三階に行くよう指示した。そして、原に近寄って
「オイ、今、もっと面白いことをするから」、原は何事かとおもって、松浦の顔を見た。

「バルサンをこいつらの中に打ち込んでやるから！」原はニヤリとした。

　そこへ、米倉と大久保が戻ってきた。

　待っていた松浦、池田、さらに原も加わり、バルサンに火を点けるや、上といわず、下といわず、彼らはロックアウトした自治会室隙間からぼんぼんとバルサンを投げ込んだ。瞬く間に煙がもうもうとし、部屋は煙で一杯だった。燻りだされて、民青が出てくるだろうとデモ隊は待ち受けていたが、彼らは一向に出てくる様子は無かった。

「ゴキブリより強い害虫だ！……こいつらは！」と池田が言った。しかし、案の定、彼らは窓を開けて空気を入れ替えようとしていた。苦しくなった何人かはピョコピョコ顔を出し始めた。待っていた三階の連中がその頭めがけて上から水をぶっ掛けた。顔の出し入れは激しくなった。松倉組員は忙しく動いた。そのうち面白がって、デモ隊も加わった。こうして、民青は松倉組の加勢により、初めての大きな痛手と損害をこうむった。

　一方、松倉組はカーネギに集まり、今日の痛快で面白い出来事にコーヒーで乾杯した。明日のタテ看にバルサンと出るか、毒ガスと出るかで大笑いをした。

　翌、十三日、民青のタテ看には放水のことと、毒ガスのことが載

っていた。バルサンではなく、毒ガスといったところが、松倉組にとって、実に愉快なことであった。

＊

申請した授業には、必ず出るようにしていた。ガロア理論ははじめての分野で新鮮だった。講義では分かっていたつもりでも、終わったあと、復習すると分からないことばかりだった。適当な参考書も無かった。難しいが面白かった。ただ、聴講生がやたらと少なかった。十名に満たなかった。トポロジーも新しい分野だった。新鮮さはガロア理論と変わらなかった。少しずつ分かってくると、これがなんに使われるかわからなかった。

函数論はその聴講生の多さに辟易した。微分幾何、微分方程式も聴講生は多かった。ぼくはガロア理論とトポロジーしか出席しなくなっていた。

＊

四月二十八日は沖縄闘争の日であった。この日は全国何処の大学でも集会が開かれていた。松倉組の協力を得て、四月に入ってから、連日民青を圧倒してきた原たちはこの前よりもっと動員を集めようと、集会を予定していた。

集会の始まる前に松浦、米倉、ぼくの三人は社研の部室にいた。勿論、原たちの拠点である。突然部室の外で
「スパイだー」と大きな声がした。ぼくと松浦はすぐさま飛び出した。ぼくが一番早かった。階段の前で後ろからと捕まえると、振り回した。男は横転しその上に馬乗りになって完全に取り押さえた。原はスパイの男を殴ったり、蹴ったりしていた。松浦が
「池田、ここ残ってよ。」
「アア、俺が見張ってる。」と言ってぼくは残った。原とスパイとぼくを残して全員が集会に向った。原は日ごろの鬱憤と憎しみのため殴ってはブツブツ云い、蹴ってはブツブツ云って痛めつけていた。集会が始まりスピーカーから威勢のいい声が聞こえた。その声に、原もぼくも目を外にやった。その一瞬の好きにスパイは全力疾走で逃げた。原が
「マテー！」と言って追いかけた、その声にぼくも気が付き、直ぐあとを追ったが、スパイは階段を転げ落ちんばかりに逃げていった。集会の場所もそのスピードで駆け抜けた。原が大声で
「ニゲタゾ！」といっても、スパイは逃げ失せていた。原が集会場に着き、ぼくも着いた。
「どうした！」と松浦が聞くと
「逃げられた！　ちょっとまずかったなー」と原が答えた。
「むこうも、必死だから……こんど捕まえたら腕の一本か足の一本でもへし折ってから原に預けよう。」松浦が言うのを聞いて、ぼくは思わず、ニヤリとしてしまった。しかし、その日の集会は大成功であった。集会終了と共に学生は街頭行動に出て行った。

三人は彼らと一緒に行動をせず、一旦カーネギに戻った。三人の意見は新宿はつまらない、新橋、銀座、東京方面に行くことであった。

新橋から東京の間めまぐるしく機動隊と衝突しては、行進を繰り

返し、最後には鍛冶橋にきた。

鍛冶橋の交番が燃え、辺りは硝煙がモウモウと立ち、臭かった。足元には、ねずみ花火よろしく、催涙弾がバンバンと撃たれた。遂に、ぼくら学生は宝町の方まで押しやられた。その日、ぼくは石をこめかみに当てられ、名誉の負傷を負った。

＊

夜、静かに一人になっても、数学の本を読む気が起こらないでいた。この時は、学生運動のことは全く忘れてしまった。ただ、亡霊のように彼女のぼくに対する言葉が現れてきた。それを、寝入るまで、考えつづけた。

「ダメです！　誰にも教えません！」

「勇気がないですね！」

「……何を話しても『ぼくはこう考える』なの……」

「……或るところまで行くと殻があって、中に入っていけなくなるんですよ。」

「貴方は生涯一人ぼっち、一人ぼっちよ！」

解決した言葉は何も無かった。ただ、言葉というごみをちりとりに集めてはごみ箱に捨てるような作業をしていた。

新しいテーマが生まれた。

人を理解するとはどういう事だろう。

人と人との相互了解とはなんによって成就されるのか。

人の悲しみは共有できないのか。人の喜びは共有できるのか。

何故、大学を辞めたのか？

人と人との理解は言葉しかないのか。

好きになるとは、愛するとは何なのか。

＊

五月のある日、ぼくは偶然にカーネギ前で松浦にあった。沖縄闘争以来だった。闘争のあと彼はずーと現場に出ていた。今日は一人休みだった。ぼくはガロア理論の授業を終え、帰宅するとこだった。ぼくらは並んで飯田橋駅に向った。その間、彼に大久保、佐伯、落合の様子を聞いた。松浦には、現場に来るように誘われた。飯田橋の駅に着くと、松浦は
「俺、ちょっと寄るところがあるんだ、よかったら、おまえも一緒に来ないか。」と誘われた。ぼくは、以前からこの男に興味を抱いていた、なんの躊躇も無くついていった。富士見町の教会を越し、着いたのは一軒やであった。随分と古い建物だった。玄関を開けて、「こんちわー、石田さんいます！」と言うと同時に靴を脱いで上がった。

ぼくにも目で上がれと示した。

家は真中に廊下が通り、左右に二部屋ずつあり、二階もあった。松浦は入り口の左側の部屋を開けた。そこには一人の男が二人の男に両腕にキーロックをかけられていた。掛けられている男は初めてだった。掛けている一人は、最近カーネギであった、印象深く、驚かされた男で、秋山といった。

もう一人は全く知らなかった。知らない男の方が「どうだ！　飯塚、買ってくるか！」と責めていた。飯塚と呼ばれ

た男は「カンベンシテクダサイ」と謝っていた。そこへ松浦が入って、
「どうしたんですか?」と言うと
「こいつに酒買って来いといったのに……うんといわないんだ。」と石田が言うと、松浦は
「そりゃダメですよ……キーロックだけじゃ、四の字固めも掛けちゃいましょう。」と言うと、飯塚は足をバタバタさせて
「ヤメロー、ヤメロー」と叫び始めた。松浦は士方で鍛えた男である、難なく四の字固めが決まってしまった。ぼくはそれを、呆然として見ていた。
「どうだ! 買ってくるか!」
「ほら、飯塚買ってくるか……買って来い!」と責められていた。飯塚は足に激痛が走っているのか、半べそをかいているようだった。
「金が無いんです!……許してください!」と懇願していた。松浦が
「金が無い! 金が無きゃカッパラッテくればいいじゃないか。」と言った。その言葉につられてキーロックの二人も
「そうだ! 盗んでくりゃいい……ついでに、つまみも。」と追い討ちをかけた。見ているぼくはなんと表現していいか分からなかった。飯塚は痛みに耐えて黙っていた。涙がポロッと落ちた。
「ごめんください!……石田さんいますか。」と、また一人やって来た。
男は部屋に入ってくるや、その光景を見て、
「飯塚! どうしたの?」と聞いた。秋山がキーロックを少し緩めて
「ホラ、おまえの友達が来たぞ」横から、石田が
「助けにきてくれたよ!」ぼくは、勿論入って来た男は知らない。その男が
「どうしたんですか?」と、飯塚以外に聞くと、松浦が笑いながら
「酒買って来いといったら、金がねんだと!」横から石田が
「高橋、貸してやれ!」と言った。高橋は
「五百円しかないんです。」秋山が
「五百円あれば上等、貸してやれ!」と追い討ちをかけた。高橋は涙を流している飯塚を見て
「飯塚、買に行こう。」と言った。その言葉で三人は技を解いた。高橋は飯塚を促して、外に出た。三人は
「面白かった。」とわらってた。松浦はぼくに気が付くと、
「紹介します。池田です! 今一緒にやってます。……先輩、石田さんと秋山さん。」ぼくは
「よろしく、お願いします」と頭を下げた。先輩達も
「よろしく!」と言った。秋山がニヤリと笑った。ぼくは彼の方を向いて「先日は失礼しました。」と言った。秋山とは先日、偶然にカーネギで知り合いになった。カーネギに行くと満員で席が無かった。たまたま、秋山の前が開いていたので、合い席させてもらった。その時、彼が広げていた本が、ザリスキーの可換代数Iの原書だった。ぼくが、マルクーゼのエロス的文明を開くと、面白い本を読んでる

ね、といわれた。正直いうと、ザリスキーの本には度肝を抜かれた。

外に出た、高橋と飯塚は裏の酒屋に向ってた。

「高橋君、いくら持ってる?」

「五百円」

「足りないな!」

「五百円全部使えないんだ、帰りの電車賃もあるし……」

「つまみも、もってかないと……」

二人は酒屋で万引きすることを決めた。高橋がつまみを買っている間に、飯塚がウイスキーを盗むという段取りだった。

高橋が、ポテトチップと柿ピーをレジに持っていって精算している間に、飯塚がレッドをブレザーの下にすばやく隠した。店員はそのことに気づかなかった。飯塚は、精算している高橋を尻目に、堂々と店を出てきた。万引きは成功した。二人がレッドとつまみ持って帰ってくると
「おつまみ付きか、ごうせいだな!」と石田が言った。

「つまみ買う金まであったのか?」と松浦が言うと、高橋は万引きしたことの一部始終を語った。それを聞いた秋山が
「これからは、この二人に任せておけばいつでも、酒とつまみにありつけるということだ。」と言った。高橋と飯塚は苦笑するしかなかった。その日、ぼくも含め六人で一本のレッドを空けた。

この家が、去年、機動隊の現場で米倉が言っていた、カミ小沢、プロスタ秋山、美少年石田のアジトだった。ここに出入りした者は、必ず今日の飯塚や高橋のように酒を買わされていた。たった一人、最初から三人と対等で酒を飲むこそすれ、買ったことの無い男が松浦であった。ぼくにとっては新鮮で驚きの場所だった。

＊

夏休みは土方のアルバイトで過ごした。町田市の鶴川街道の舗装工事の仕事だった。通勤時間に一時間半を要したが、慣れると苦ではなかった。掘削から始まり、砂利入れ、そして舗装といった仕事を約二ヶ月フルフル働いた。土方は普通お天道様が沈んだら作業終了である。帰りの電車の中で飲む一本の缶ビールは疲れを癒してくれた。たまには途中下車してカーネギに寄り友人を探した。探し当てれば、酒飲みに行く。こんな生活をしていた。まさに土方渡世人であった。しかし、舗装工程の作業は並な仕事ではなかった。二百度近くある剛材、炎天下の元、流れるその汗の噴出し様は無かった。汗だけならいいが履いてる長靴の熱さはこれも並大抵ではなかった。石油で冷やさないと冷えなかった。さらに、長靴が熱で溶け出して薄くなっているのが分かる。

この仕事が出来れば、何でも出来ると思った。学生の風貌は無く、まさに土方そのものだった。

八月一杯で解放された。身体は日に焼けて、筋肉はしまっていた。武闘派の学生そのものだった。

＊

九月にはいると、試験の季節が待っていた。長いこと大学を離れていた。知り合いの女子大生にガロア理論とトポロジー以外のノートを借りてきた。

ノートと参考書を照らし合わせ、演習問題を探しては解法が理解できるまでノートに書きまくった。ガロア理論は自分のノート以外何も無かった。定義と定理の内容を理解し、その証明を暗記するしかなかった。中々暗記できなかった。それは理解できていないということを示していた。トポロジーはどんな問題をこなしていいか理解しがたかった。他の科目は演習問題も頭に入るようになっていた。

数学科の友人とも久しぶりに顔を合わせた。懐かしく三人で酒を飲んでいると何時か十二時を過ぎていた。誰かの下宿を探そうというと、牛込柳町にアパートに入っている友人がいるというので、神楽坂を上がりきり、柳町まで走った。柳町の交差点で一台の屋台を見つけた。

「ラーメン食おう」と一人が言うと、ぼくらは屋台に入っていった。酒を一杯ずつもらいながら、ラーメンを注文した。食べ終わって店の親父を見ると、若い男だった。横には若い女がいた。年を聞いてみるとぼくより二歳ほど若かった。女性は女房だった。二人で頑張っていると話していた。親父が屋台を引いて、女房が後ろを押しながら、柳町のなだらかな坂を神楽坂の方に上がっていった。酔ってはいたがぼくは羨ましそうに二人を見ていた。若い女の後姿が、彼女に見えた。彼女が好きな人なら屋台を引きながら頑張るのもいいんだと言ってたことを思い出した。

「頑張れよー」大きな声で怒鳴った。

＊

大学では学生運動家たちにより新しい方針が水面下で出されつつあった。神楽坂校舎は代々木系の自治会が支配していたが、野田校舎の方は全共闘が大学を封鎖状態にし、大学側に十三項目の要求を提出していた。神楽坂校舎側もそれを踏襲し、両校舎で大学封鎖をする案が持ち上がってきた。それだけ、神楽坂校舎は反代々木系の勢力が増してきたことを物語っていた。神楽坂校舎側の全権は社研の原が中心だった。原は我々とは親密な関係にあり、互いの信頼関係は強かった。松浦を中心とする松倉組の活動家は彼らと共闘するという方針を出し、組織としては別とした。松倉組の中には、野田校舎の活動家もオルグし仲間にしていた。彼らが野田校舎の最新情報を伝えてくる役目を担っていた。野田校舎では松倉組の存在が噂となって広がっていた。

松倉組の親分松浦はアジトでの先輩達との会合を行った。先輩達が集まってきた。新聞紙を広げ十人ほどが車座になってトリキンと桃屋の塩辛で酒宴をはじめた。松浦が神楽坂校舎と野田校舎の一連の連携について報告した。先輩達から美少年石田とカミ小沢を軸に何人かが参加することになった。

ぼくはそのとき安いウイスキーには桃屋の塩辛が一番いいと思った。夜遅くまで飲んで流れ解散になった。

その後の流れについては、ぼくは参加していなかったので分からない。しかし、決行日は着々と進んでいた。

九月二十三日は秋分の日だった。翌、二十四日ぼくは松倉組の親分松浦から呼び出しをかけられた。夜、六時にアジトの近くの喫茶店アミテイエに行った。松浦をはじめ七、八人のメンバーがいた。ぼくは彼の隣に座った。それがどういう会合なのか、メンバーはどんな人間なのか全くわからなかった。そこに、野田校舎の中村が入ってきた。ぼくの前に座った。ひどい風邪のようだった。

「どうした、お前風邪か？」とぼくが聞くと

「ひどいんだ。」と答えた。松浦が割って入って彼と話をはじめた。どうやら野田校舎の情報を聞き出している様子だった。ぼくはいよいよ決行だなと思った。

他のメンバーは松浦がオルグしてきた動員要員だった。決行が九月三十日朝八時、大学の裏の小さな公園に集合。松倉組は基本、前日はアジトに泊まること。などが決まった。ぼくの役目は、二部の学生のオルグだった。

考えてみると九月二十九日から前期テストであった。ぼくは微分幾何のテストを受ける予定だった。テストを受けてから、アジトに行けばよいかと考えた。二部の学生のオルグはもう殆ど決まっていた。打ち合わせがあるとぼくは呼ばれたが断った、分からないガロア理論を一生懸命に勉強していた。

二十九日ぼくはシャープペンシルと消しゴムだけを持って試験に臨んだ。思ったよりすらすら解けた。終わった後カーネギで一人考え事をしていた。服装はブレザーに革靴、普段の格好だった。所持品はシャープペンシル、消しゴム、タバコ、マッチ、定期いれと学生証、ハンカチ、鼻紙と現金だった。

夕方になってアジトに行った。松浦、米倉は当然そこにいた。二部の学生も集まってきていた。段取りと組み合わせが伝えられた。

ぼくは松浦と組んで二号館の正面玄関の封鎖の担当だった。最も重要な所である。机を運び出す係り、机を連携する係り、封鎖する係りと綿密に組分けられていた。ぼくの心配事はオルグした学生達にトラブルが発生しないことだった。機動隊が入るのは想定内であったので逮捕者を出さないことが一番だった。自分自身は絶対逮捕されない自信があったが、オルグした学生は心配だった。

みんなリラックスしてわいわいやっていたのは親分松浦の功績が大きかった。夕食は三つに別れて行われた。場所は神楽坂飯店だった。一回目のグループが行って、帰ってくると次のグループが行くということにした。ぼくは最後のグループだった。その日はビール一本に抑えた。ぼくらがアジトに帰ったころは、先頭部隊は就寝していた。

＊

九月三十日、我々松倉組は八時に公園に集合した。わがグループは総勢十数名だった。ゲバ棒は無かった。代わりに、カケヤ、大ハンマー、ロープ、番線、プライヤー、ペンチなどが用意されていた。掛け声は『ホイサ、ホイサ』ということにした。

「出発！」という号令で一斉に

「ホイサー、ホイサー……」と、いいながら大学に向って走りだした。

我々松倉組は二号館正面から突入した。一斉に決められた配置に

つき、先ず長椅子が教室から運び出された。正面玄関の出入り口の封鎖の担当はぼくと松浦だった。丁寧に椅子を重ねていきながら、番線で一つ一つつないでいった。組みあがったバリケードをさらにロープで締め、最後にバケツに入った水を何杯もぶっ掛けた。三十分ぐらいだったと思う。突然

「機動隊だー」と声があがった。我々が作ったバリケードの外に機動隊がいた。彼らは中に入ろうとするが、バリケードを破れない。機動隊は一号館の裏にまわった。見張りの指示でぼくらは二階の窓から、クラブの部室が並ぶ屋根の上に出た。そのときオルグした二部の学生を探した。彼らはぼくのズーと前を逃げていた。屋根を伝わりながら、民家の塀に飛びついた。野次馬がたくさん集まっていた。その中を学生が飛び降り逃げていった。拍手する野次馬もいた。

「頑張れ！」という野次馬もいた。ぼくは自分が最後だと確認すると、野次馬の集まっている裏路に飛び降りた。野次馬と思っていた一人がとびかかってきた。私服だった。タイミングよく払い腰が決まり倒して前に逃げようとしたら、もう一人がぼくの前に立ちはだかった。ぼくはその私服ともみ合いになっていた、そこにさっき倒した私服が起き上がり、ぼくのブレザーを引っ張った。破ける音がした。同時に、背中からブレザーをかぶせるようにしてきた。ぼくは動きが取れなくなってしまった。観念した。両腕を二人の刑事に取られ連行された。松倉組でぼく以外逮捕されたものはいなかった。車に乗せられたとき、疲れたと思った。車が止まり、降ろされると、そこは広い部屋だった。逮捕された学生が何人もいた。そこは、去年、舗装工事をした機動隊の官舎だった。

一人ずつ、正面、左右の側面、背面の四種類の写真をとられた。写真をとり終えたころは、ぼくも落ち着きが出てきた、すると空腹を感じた。同時に、仲間が捕まっていないか注意をした。知っている顔はなかった。しかし、これから先は全て初体験である。それなりの覚悟と、どんな風なものかとことん観察し様と考えていた。

昼飯としてコッペパン二個とマーガリン、ジャムをもらった。昨夜以来の食事だった。空腹にまずいものなしである。そしてぼくは再び車に乗せられて出発した。ずいぶん長いこと走った。一時間ぐらい走ったと思う。目的地にやっと着いた。品川警察署であった。一人一人指紋をとられ、所持品も全て取り上げられ、ベルトも取り上げられた。ぼくは素直に従った。総勢、六名いた。警官に大声で怒鳴られてる学生がいた。

「何だ！　お前中国人か？」

「………」

「陳というのか。」

具体的にどんな風に扱われているかは分からなかったが、警官の剣幕はすごかった。指紋のとり方もぼくより乱暴に扱われていた。留置場に入る前に、全裸にさせられ壁に両手をついて足を広げさせられ検査を受けた。

「よし。」といわれて、房に入れられた。全部で留置場の房は六房あったことになる。ぼくは完全黙秘を通すため、名前を呼ばれても一切返事をしなかった。ぼくは学生証を保持していたので、名前、学

部全てばれてはいた。自分ではここでは一切個人名を無視しようと考えた。ぼくの番号は十四番である。今後は十四番と言われない限り返事をしないことに決めた。ぼくの留置場での生活が始まった。房はぼくを含めて三人だった。一応自己紹介らしき挨拶をした。自分達の罪状は何も言わなかったが、学生と分かると寛大であった。彼らの罪状も直ぐにわかった。五十歳前後の中年の親父は鉄筋屋で品物を横流しした窃盗犯だった。

実刑の判決が強く、ゆくゆくは拘置所行きみたいだった。もう一人はぼくより若かった。やはり窃盗で彼は執行猶予がつきそうだった。

先ず、その日の夜の就寝が大変だった。一人毛布五枚が支給され、寝床を作らねばならなかった。若い男が敷き毛布作り方、掛け毛布作り方、枕の作りかたを教えてくれた。天井は高く、豆電球が一晩中点いていた。酒などあるわけが無いから、最初は眠れなかった。三日目辺りからはぐっすりと眠れた。朝のトイレも大変だった。一人ずつだから、したくても中々順番が回らないこともあった。扉の下はくりぬかれ、見えるようになっていた。

朝飯は銀シャリだが少しくさかった。味噌汁が一番のご馳走だった。あと、たくわん一切れ。昼はコッペパン二個にマーガリンとジャム、そして白湯一杯。夜は銀シャリに一品のおかずと白湯。これが食事のメニューだった。差し入れは自由だった。逮捕された当日にぼくにはタバコ、歯磨き粉、歯ブラシなどが差し入れされてあった。松倉組からだった。

＊

取調べが始まった。手錠を掛けられロープを腰に巻かれて調べ室まで連行された。取調室には二名の警官が待機していた。中に入るとロープと手錠を外され、椅子に座らせられた。正面と側面に刑事といった配置だった。名前を呼ばれても返事をしなかった。

「黙秘か？」

「ハイ」事は進まなかった。刑事は痺れを切らしたか、本件とは関係ない雑談をはじめた。過去の逮捕された運動家のことや、事件に関係ないことを聞いてきた。事件に関係ないことについてはぼくも雑談に加わった。二時間ぐらいで房に戻された。翌日が検事との接見だった。

朝飯を食べると、十人くらいが護送バスに乗せられ、地検に向った。久しぶりに見る娑婆の風景だった。ぼくはバスの外をズート眺めていた。途中懐かしい日比谷の風景が見えた。何と無く感動的な気持ちになった。地検に着くと、広い待合室で待たされた。何百人もいたと思う。勿論知ってる顔など無かった。手錠はしたまま、長椅子で待たされた。ぼくの順が来た。そのときまで検事の接見がどんなものか知らなかった。部屋に入ると大きな机があり、きちんとした身なりの男が座っていた。直ぐに検事だとわかった。ぼくは一礼をして黙ってすわった。検事は一言

「完黙！」

「ハイ」これで一回目の接見はおわった。また、大広間の長椅子に戻された。昼はコッペパン二個とジャムとマーガリン、白湯が無か

った。これは結構きつかった。そのうち、手錠が痛くなってきた。しかし、外してもらうわけには行かなかった。夕方四時全員の接見が終了して再びバスにのり品川署に向った。

途中、焼き鳥屋があり、サラリーマンが群がっていた。美味しい焼き鳥の香りがにおってきたような気がした。署についたときは、結構へばっていた。差し入れがあった。差し入れは、留置場の房の外で食べることが出来た。ひと時の開放感と、差し入れの弁当の美味しいこと、果物もついていた。ぼくの夜の銀シャリは同房の若い窃盗犯にプレゼントした。彼は喜んでいた。そしてあとは就寝だけ。三日目にはもうここの生活もなれていた。接見によってワンクールが終了したことになった。

＊

次の日からの取調べも何時も二人で、二時間ほどで厳しいものではなかった。刑事が何か尋ねても「黙秘」と言うと、納得した様子で、調書を取っていた。それの繰り返しで、最後調書を、ぼくに確認させ、署名と拇印の捺印をしておわった。入所して、一週間目の夕方

「十四番、出ろ！」と言って、房を出され連れて行かれた。面会室だった。面会の扉が開くと、向こう側には柴田教授がいた。驚いた。教授は静かな口調で話し始めた。ぼくはただハイ、ハイと返事するだけだった。そして何を言われたか殆ど憶えていない。一つだけ今でも忘れられない話があった。

『掛谷の定理』を話され、それを考えなさいということだった。言ってることは簡単だった。

『長さ一の線分を平面上で一回転させるのに必要な最小面積を求めよ』という定理であった。それを考えなさいということだった。房に帰って考えてみた。ぼくはガロアの気分だった。必死に考えたが、頭だけでは、問題の意味と全体像をつかめなかった。その時、ものを真剣に考える集中力が欠如していることを認識した。紙と鉛筆で考えてみたいと思ったが、許されることではなかった。ぼくがその間考えていたことというと、九月三十日の公園から出発して、逮捕されるまでの事を何回も何回も考えていた。逃げ出すとき、二部のオルグした学生がどう逃げたか、自分の目で確認したのは誰と誰で、未確認の学生についていろいろ考えていた。捕まったか、捕まってないか。捕まったとしたら、完黙を通せるか。……お前は何を喋ってもいいから早く出ろ。……他人のことは喋るなよ。とか、想定の問答を繰り返していた。そして、十日目に二回目の検事との接見があった。娑婆の様子を見られる唯一の日で、楽しい日であった。娑婆を見るのがこんなに新鮮で、自分を感動させるのかと不思議に思った。

＊

検事の前に出た。前回と同じ部屋だった。

「まだ、完全黙秘か？」

「ハイ」……

「教授にあったか？　教授が面会を求めるなんてめずらしいよ！」

「ハイ、」

「君については、全然つかめなかったが、今は分かってるよ。アミティエで会合してるね。二号館の正面玄関を封鎖し、その後、一号館と二号館の通路を封鎖したことは知ってるよ。ここはXXグループときょうどうで封鎖した。君の顔は知ってるが、どのグループかは知らないという学生もいたが……」

「……」

「まだ、完黙？」

「ハイ」それで終わった。夕方まで、大広間の長椅子でコッペパン二個で待っていた。ぼくは思わず、なぜ？　なぜ？と考えていた。検事がぼくの行動の軌跡について知っているのに驚いた。それが正しいのに更に驚いた。でもあの話から松倉組はぼく以外捕まってないことを確信した。そして、夕方の焼き鳥屋の光景が浮かんできた。今日も、サラリーマンが山のようにしているだろうと。あの場所は何処だろう。出たら一回行きたいと考えていた。

四時過ぎにバスは出発した。案の定、焼き鳥屋はサラリーマンで一杯だった。安心した気持ちになった。バスに乗って気が付いたことだが、学生はぼくと陳だけだった。他は検察庁で皆釈放されたようだった。取り残されては起訴の可能性もあると思った。

帰って房に入ると、直ぐ夕食だった。ぼくは差し入れの弁当を食べた。二人になってしまった学生のことを考えていた。中国人の陳が残るのは仕方がないとして、自分が残ったことは起訴、執行猶予判決になる可能性が強いと感じた。房に戻ったときぼんやりと考えていた。松浦が突然現れ、「池田、もう全部喋って出てこいよ。」幻の中でいった。突然彼女の幻影があらわれた。心配そうにこっちを見つめていた。正気に返ったとき、この事件のニュースの大きさを考えた。もし、彼女がこのニュースを見たら家に電話があるかも知れないと思った。さらに今月の二十五日は姉の結婚式があることも思い出した。松浦の幻影が

「池田出てこいよ。また、皆で仕事しようぜ。」と言っていた。柴田教授、ぼくはガロアになんかなれないよと思った。ガロアは獄中で何を考えていたのか。数学のことを考えていたのだろうか。共和制のことを考えていたのだろうか。決闘の原因となった、女性のことを考えていたのだろうか。

＊

ぼくはその日から、起訴されずに出ることを考え始めていた。しかし、ぼくと陳の二名になってしまった、学生の取調べは前に比べて厳しくなっていった。取調官が二名から、三名、多いときは四名になった。四名のときはそれぞれ役割があるかと思えた。なだめる刑事がいて、淡々と質問を繰り返す刑事がいて、脅す刑事がいた、やたら家族のことを話題にしたがる刑事がいた。でも、ぼくはまだ完黙だった。痺れを切らしたある刑事は

「君は左翼系の学生じゃなくて、創価学会のような宗教系の学生じゃないの？」

「黙秘します。」あるときは

「君がそんなに頑なら、家宅捜査ということも可能だよ。」とも言われた。

「黙秘します。」ぼくの答えは変わらなかった。

出所してから知った事だが、令状は持っていたかどうか知らないが二人の刑事が我が家に来た。そのときの親父の対応は、『ここは、私の家だから、あなた方は一歩も入らないでください。せがれの物をどうし様とかまわないが、家は入らないでくれ、せがれも、二十歳を過ぎた立派な大人なんだから、奴の責任でやってるんだから、何してもかまわないとおもってる。しかし、この家は私の家だ、一歩も入らないでくれ。』といったそうだ。刑事は、家宅捜査することも無く帰ったそうだ。

十月十日は体育の日で差し入れは無かった。翌十一日も差し入れが無かった。十二日は日曜日で差し入れは無かった。三日間差し入れが無かったことはぼくを相当に落ち込ませた。大学では何か別な事件でもおきたのではないか？　俺は皆に見放されたか？　いろいろ妄想は膨らんでいった。しかし、それは全てマイナスの方向のふくらみであった。ぼくは、無性にここにいるのが否になってきた。どうしたら出られるか？

一方取り調べはさらに厳しく、祭日でも日曜でも取調べが入った。しかし、ぼくは完黙だった。機動隊上がりの監視員千代野といった。留置者に厳しいと思われていた。ある日彼に
「十四番！」

「ハイ」

「お前、まだ完黙なのか？」

「ハイ」

「お前、今日一日タバコを休め！」

「ハイ」その日はタバコを一本も吸わせてもらえなかった。タバコの時間に外へ出してもらえなかったのである。

ぼくはこのまま完黙だと、起訴にまで持っていかれるのをさらに強く感じた。話す、話してみても、どんな話もまずいんじゃないかと悩んでいた。

翌十三日、差し入れが再会された。うなぎだった。志満金のうなぎだと直ぐに分かった。急に元気が湧いてきた。十一日は忙しくて誰も来られなかったんだと解釈した。出るには、完黙はダメだと思った。だが、どうすればいいか？　その時、吉本の『自立の思想的拠点』のなかに『思想的弁護論』の論文のことを思い出した。吉本が六十年安保で逮捕されたときの信条であった。その中で彼はこういっていた。『自分のことについては全て語ろう、他人については、一切口を閉ざそう』、ぼくもこの方式をとろうと考えた。しかしグループで行ってきた事である、どうしても他者が入ってしまう。ぼくはその日から、自分のことだけを話す、シミュレーションを必死で考え、ストリーを構築していった。この、ストリーが出来るまでは完黙を通した。

＊

二日間考えた、ぼくの罪状は威力業務妨害、家宅侵入、公務執行妨害の三つだった。三日目の十六日、このときの担当者は静かな人だった。

「今日も、黙秘！」という言葉から始まった。

「あの、考えたんですが、自分のことなら話してもいいと、……というより話さないとまずいと思ったんです。」

「ほう、……なるほど。」

「但し、自分以外の人の事は絶対話しませんから。」ぼくは自分がしたことだけを必死で話した。朝、公園に集まってから自分がしたことを順序だてて話した。途中、人が絡んでくるところは、

「Aさんです。」と全部Aさんでとうした。午後からは、担当官が変わった。若い刑事だった。翌日も、同じ刑事だった。二日間自分のことを、同じ場面を繰り返しながら夜遅くまで話した。

「二十五日、姉の結婚式なんですよ。」

「それは、おめでとう。」

「それまで、出られますかね。」

「まあ、君は初犯だから、起訴は無いだろう。」と話していた。

「………」

「二十五日までに出所できるかどうかは……何ともいえんな。」最後に交わした刑事との会話だった。

＊

日曜日をはさみ、二十一日火曜日が三回目の接見であった。検事の前に行くと、
「喋ったね。」と言って、彼の知っていることも話してくれた。ぼくの行動は殆ど知っていた。ぼくはただ
「ハイ」
「ハイ」というだけだった。驚きと同時に恐ろしかった。彼らがぼくについて分からなかったのは、どのグループの学生かと言うことがつかめなかっただけだろうと帰りのバスで考えた。松倉組なんてのは存在しなかったのだから、ぼくのグループを特定なんか出来ないと思った。焼き鳥屋は相変わらずサラリーマンで一杯だった。署についた。房に直行しなかった。別な部屋に呼ばれ
「釈放だ！」といわれた。
「お母さん。」と刑事が言うと、隣の部屋から母が入ってきた。ぼくは一瞬何が起きてるのか分からなかった。母は刑事さんに丁寧に
「いろいろ、お手数を掛けました。今日は本当にありがとうございます。」
と深く頭を下げた。
ぼくらは警察署をでた。タクシーを拾って最寄の駅までいった。
「ぼくはこれから大学に行って、釈放されたことを報告しなければ。」
「今日は、一緒に帰ろう。」と母は弱々しく言った。それでも、ぼくは
「皆が待ってるから、……お母さんは一人で帰って……どうせ家に帰るんだから。」
「でも……」という母にぼくの荷物を預けて
「お願いします。お母さん。」というと、母はぼくの顔を見つめて、一人で別な電車に乗った。
ぼくがカーネギに行くと、仲間が待っていた。その日は出所祝いであった。

＊

翌日、ぼくは柴田教授の研究室に向った。出所したことと、面会のお礼を言った。掛谷の定理は考えられなかったことも話した。教授は誠実に
「今度は、食事でもしながら、話をしよう。」と言ってくれた。

彼女からは何の音沙汰も無いことが分かった。

カーネギに行くと世界は一変していた。ぼくは有名人になっていた。しらない人間によく声を掛けられた。姉の結婚式も終わり十一月になっていた。大学に行っても何も身に入らなかった。

世界が急に空虚なものに思われてきた。自分の位相がわからず迷路のような中に迷い込んだような気持ちだった。そんな時、また土方のアルバイトが入ってきた。無気力なぼくはそれに素直に従った。彼女のいない大学、彼女のいない数学科、いまは、数学に抱いていた憧れも何も無かった。退学も考えた。だが、何をやるかと考えると、まさに空虚の世界を漂っていた自分であった。土方の仕事はつらかった。そのつらい仕事がぼくの唯一の救いであった。十二月になると徹夜の作業が続いた。でも、それが救いであった。

＊

正月も済み、大学に行っても、張りのある出来事は何も無かった。カーネギでぼんやりコーヒーを飲みながら、思い出にふけっていた。去年の正月は惨めな正月で始まったが、彼女との妙な別れだった。その前は、彼女と親密になり、あらゆるものにエネルギッシュなっていった。数学に対する憧憬は益々強くなったし、自信も湧いてきた。そして今は空虚な空間をぼくの心は漂っていた。ぼくの数学に対するエネルギーは彼女あってのものだったのか？　ぼくにとっての数学は彼女をひきつける道具みたいなものだったのか。彼女はそれを平気で蹴飛ばして大学を去った。今後、彼女が数学をもう一度勉強するなんて事は絶対無いと思った。あの数学はなんだったのか。彼女が必要としたのは、数学ではなく、ぼくだったのではないか。ただその函数として数学というものが存在したに過ぎないとおもった。ぼくが彼女にあこがれ、ぼくが数学にあこがれるのは、お互い独立のはずだ。なのに、ぼくは数学を勉強することと、彼女に恋焦がれることを関連づけてしまった。ぼくの彼女に恋焦がれる自信の無さを数学という媒介変数で引き取ろうとしたぼくは卑怯じゃないかと思った。もし彼女に偶然会ったとき、数学の勉強を止めていたら、もっと卑怯だと思った。そして、数学科をちゃんと卒業しようと考えた。それが、偶然の再会のときぼくが唯一彼女に語ることの出来るはなしであり、思いやりだと思った。後期の試験を頑張れば、充分に卒業は可能だった。誰もいないカーネギで考えていた。

ぼくは、借りてきたノートを調べながら、試験勉強をはじめた。はじめは、手につかず、眠くなるのが関の山だった。どれから、どんな風に勉強をすべきか考えるとこから入っていった。代数は捨てざるを得なかった。ガロア理論はともかく、後期は単純環の理論だ。講義も出てないし単純環というそのものがさっぱり分からない。その他の科目は何とかなりそうだった。

＊

夜、松浦から電話がはいった。土方と学生のトラブルが発生したとの話だった。土方に奥野というやり手の作業員がいて、それがやはり自分の子分を従えてやけにいい気になってるという話だった。その子分がいきがって学生に脅しを掛けているということだった。学生はアルバイトだし、まじめな学生もいるわけだから、けじめをつけておこうなったというわけだ。でも松浦が出てゆくわけにも行かないので、米倉に任しておいたが、心配で、お前も一緒に行って欲しいということだった。

「やっちゃっていいのか、まずいだろう。」

「勿論だよ。ただ、あいつらじゃ話がつかないだろ、だからお前に行ってほしいんだ。」

「具体的に脅しを受けた学生は？」

「宮川だよ。」

「宮川じゃしょうがねーな。いいよ……どうする。」

「明日、日曜日、十時に町田に行ってくれ、米倉たちがいるはずだ。」

「米倉のほかは？」

「宮川、繁雄、佐伯、落合、あと宮川の友達が行くと思う。」

「俺を入れて七名だな。」

「うん、お前が行ってくれるんで、ほっとしたよ。」

「じゃ。」と返事したが、ぼくも学生運動以外のこうした社会人を巻き込んだ事件は初めてだった。

十一日、日曜日ぼくは朝八時に自宅を出た。十時前に町田に着くと、米倉をはじめ六名が勢ぞろいしていた。宮川が

「池田！」と寄ってきた。

「お前が被害者だってゆーじゃねーか。」

「うん、なまいきな野郎で。」

「その場で、お前がぶん殴ってしまえば、それで事は済んだろ。」

「まあ、でもよ……。」

「わかってる。ところで米倉、俺はどうすればいいんだ。何も聞いてないんだ。」

「佐伯が案内するから、そこで待っててくれ。俺が奥野と子分を連れてくるから。」

「お前大丈夫なのか？」

「しってるからよ。……任しとけ。」相変わらずの調子で我々から離れ、奥野を連れに出かけた。ぼくらは佐伯の後について、待ち合わせ現場にむかった。ぼくと宮川を除いては学生達が緊張しているのが分かった。我々は雪道を徒党を組んで歩いた。着いたところは、原っぱでその先は水田だか畑だかが広がっていた。薄雪をかぶって、見晴らしがとてもよかった。

突然、繁雄が

「網走番外地だ！」と叫んだ。薄雪がちらちら降ってきた。ぼくらは一箇所に集まって米倉が連れてくる奥野をまった。

一時間待っても来なかった。不安になってきた。

「繁雄、連絡はどうなってんだ。」

「松ちゃんとこに連絡すれば、米倉の情報が取れると……」

「じゃ、お前、松浦に電話してこいよ。」

「オーケー。佐伯一緒に行こう。」と言って、二人は公衆電話を探しに行った。雪はちらちら降ったり、止んだりしていた。ぼくは、奥野たちが来たらどう対応するか考えていた。むこうがおおぜいで来ることは考えていなかったが、来たら乱闘も視野におかなければと考えた。むしろ大勢の場合はそれしかないと思った。その時、本気でけんかできる奴は何人いるかなと考えた。むこうに先手を取られたらこいつらは全部やられちゃうとおもった。そのときはむこうが車から降りるなり、俺が先頭をきって殴りこむようにして皆の意気込みを興奮爆発させないと勝ち目がないと思った。二人が息を切らして帰ってきた。

「場所……変更……」

「どういうことだ！」

「米倉も奥野もこの場所が分からないんだって、此の先、神社があるんだよ。そこだって。」

「分かるのか……」

「調べてきたから分かります。」

「じゃ、そっちに移動しよう、案内しろ。」我々は繁雄と佐伯の後についていった。雪はすでに止んでいた。神社はその場所から十五分ぐらいのところにあった。道路に面していて、長い急な石段があった。石段の横の空き地には材木が積まれてあった。着くとぼくは皆を集めた。

「いいか、あいつらが車をとめたら、降りたら直ぐに俺が、奥野は貴様か！　と行くから、お前らは走って俺の跡について来い。何人でくるかわからねえが、取り囲むようにしろ。」

「…………」

「こっちが、先手を足らないと、勝てないからな。」

「わかった。」繁雄がいった。さらに
「おい、池田これは唐獅子牡丹じゃないか。」緊張していたぼくも、楽になった。こいつは何処行ってもノー天気で健さんになってしまうんだと思った。

我々は材木のところにぼくが座り、石段には繁雄と落合が道路の向かい側には、宮川と彼の友人がすわった。佐伯は宮川と並んで車の来る方向に立って待っていた。車が来た、ぼくらはいきり立った。車はそのまま走り去った。また来た、それも走り去った。ぼくらはさらにまった。

二トン車のトラックが止まった。ぼくを先頭にバタバタと車に向って走り出した。後の連中も一斉についてきた。車から人が降りて来るなり
「池田待て！」と言った。米倉だった。

「どういうことだ！」

「奥野さんが謝りたいと！」運転していたのは米倉でなく奥野であった。

一瞬やばいと思うと同時に米倉に駆け寄り車の正面から離れた。他の仲間もぼくに習った。

「奥野さんが謝りたいと……」米倉は能天気に大声で怒鳴っていた。

「バカヤロー奥野を降ろせと。」とぼくが大声で怒鳴った。一瞬運転している奥野が暴走したら我々は蹴散らされてしまうと考えた。米倉は能天気に、車に戻り奥野の子分を降ろしてきた。そして扉を閉めると、奥野に合図し車を道路の脇に寄せた。それを見てぼくは安心し元の材木のところに座った。米倉が奥野を連れてぼくの前に来た、

「奥野さん、謝りたいんだって……してるよな」と米倉が言った。

「しらねえ……。」ぼくが言う、

「会ったことありますよね。私は知ってます。」と奥野

「俺はしらねえ……そんで、何をあやまるんだ、しらね奴に謝りたいといても困るぜ。」

「うちの、若い者が学生さんを脅かしたと。」

「何処で？」

「現場で。」

「なんて、謝るつもり？」

「もう二度と、こういうことはしません。」

「奥野さんの言うことは分かるが、本人はなんていってるの。」

「こいつです。」奥野は隣にいる男の頭を持ってぼくに頭を下げさせた。

ぼくは

「宮川、お前の相手って彼か？」というと宮川は首をちょこんと振って

「うん」と言った。

「お前に謝りたいんだって、いいのか？」

「うん」

「わかった。謝ってくれればこの前の件は水に流すということだな。」

「うん」

「奥野さん、それから彼、宮川がそういっているから……」奥野と子分は宮川の前に行って、

「このたびは申し訳ありませんでした。こういうことは二度としませんから、許してください」と丁寧に頭を下げた。宮川は

「仲良くしましょう。」と言って照れていた。奥野たちは再びぼくの前に来た。

「奥野さん、お互いこんな詰まんないことはやめましょう。あんた達はプロなんだから、学生が歯がゆかった、教えてうまく使うとか、勉強でわかんないことは学生に聞くとか、……坂井の親父だって、学生を戦力と思ってるし、協力してやれば親父だって喜ぶよ。」

「そうですね。以後、気をつけます。」

「学生の方は米倉が仕切ってんだけど、プロの方は奥野さん仕切ってよ。」

「いや、私には……」

「ともかく、うまくやりましょう。この件は一応、松浦にも報告しとくから、奥野さんと話して、今後は学生とプロとの関係はうまくすることにしたからと。」

奥野はまんざらでもない顔をしながら二人で引き上げていった。

車が見えなくなると繁雄が
「池田、ナイス、バッチリ」と言って一人で喜んでいた。ぼく自身はバカみたいで面白くなかった。

＊

翌、月曜日からぼくは再び試験モードに入っていった。彼女を好きなのと、数学がすきなのは独立なんだと思いながら……去年の今ごろは彼女が大学を辞めると聞いて、ショックの日々を送っていたことを思い出した。数学にあきると、彼女のことをおもいだす、それは何時も同じ問題だった。彼女の兄の死の悲しみを彼女と同じように感受できなかったこと。彼女の悲しみを、同じように感じられなかったことが別れの発端ではないかと考えていた。何故なれないのか。なれるにはどうすればいいのか。その先は何時も解答が無かった。ショートカットの髪型と真っ赤なセータの彼女の姿が思い出された。それを打ち消すように、ぼくと親しかったころの彼女、おかっぱの髪型で、ピンクとグレーのチェックのコート着、スカートは黒、ヴィトンのバッグに本とノートを詰め込んで並んで歩いていた彼女。

試験はうまくいった。でも、無気力はさらに増加していった。生きてることに意味を見出せなかった。自分の将来なんて見え見えであった。仕事はするだろうが仕事に情熱を傾けられない自分があった。好きな数学に関連する仕事はしてないだろう。酔っ払うと、車の下に隠れたり、赤信号で歩道を渡ったり……酔っ払って、死んでしまえば楽だろうと考えていた。

試験が終わって、カーネギで一人、のんびりしていた。自分の将来を考えるとなにをしていいのか全く分からなかった。本当は数学を、数学だけを勉強続けられたらと考えていた。しかし、経済的に無理だった。本当に勉強をしようと思ったら、消費だけを続けられる情況に無ければダメだと思った。働いては、少し余裕が出来ると消費（勉強）する。そのうち生活が危うくなる。稼ぎに出る（生産）また消費できる分を稼ぎだす……

この連続であった。

そこへ、落合が人を探しに入って来た。ぼくに気がつくと
「米倉来てない？」と尋ねた。
「今日は見てない！」と答えると、
「池田、久慈さんのお父さんが亡くなったの知ってる？」と聞かれた。
「しらない。」と言うと
「また！」と言って出て行った。彼女の肉親の死であった。彼女の悲しみを思うと同時に、何故、落合が知ってるのか、何故ぼくが知らなかったのか謎に包まれた。箒で父親を追いかける彼女の悲しさをおもい、共有できないぼくの悲しさだった。

＊

電話が鳴った。松浦からだった。今度は、野田校舎事件だった。繁雄が野田校舎の学生運動の仲間の牛尾という学生にいちゃもんとも、脅しとも取れるような仕打ちを受けたということだった。米倉を中心に集会の中に殴りこみをかけるということだった。ぼくに

一緒に行ってくれと言うことだった。ぼくを入れて五、六名ということだった。日にちは、二月十日ということだった。ぼくは引き受けた。九日は試験が終わったので三村とのみに行く予定だった。野田の集会は一時から、八時には日暮里を出なければならなかった。去年の二月十日は彼女との別れの第一幕の始まりであった。今年は殴り込みとは、われながら時の過ぎる速さを感じた。それと、自分の変わりようと、ダメさ加減をつくづく感じた。

九日は寒い日だった。ぼくと三村は浴びるほど酒を飲んだ。終電車がなくなってぼくらは泊まるとこがなかった。三村が言った。部室に泊まろうと。彼はバレー部員で上級生だから、部室の鍵を持っていた。ぼくらは部室に泊まることにした。部室に来ると、ぼくは思い出した。去年の九月の封鎖のときぼくらはこの部室の屋根を伝わってにげたことを……むこうの民家の路地のところで捕まったことも。酔った酒が冷め始めてきた。部室は寒かった。ぼくらは新聞紙を探してきて、半分に分け、それに包まって寝た。しかし寒さで眠れなかった。朝、二月十日ぼくらは七時に部室を出た。三村は一旦家に帰ると帰っていった。

＊

ぼくは、日暮里に向った。日暮里に着くと早速立ち食いそばを食った。腹が減っていてうまかった。しんそこあったまた感じがした。八時の電車……米倉を見つけた。米倉はぼくが来ることをしらなかったみたいだった。

「お前が、きてくれりゃ、もう大丈夫。」と言って張り切っていた。

ぼくは、昨日寝てないこと、酒がまだ残ってることを話したが、彼はてんで気にしていなかった。ぼくは電車の暖かさで直ぐ寝てしまった。野田に着くと改札の外に宮川、佐伯、大久保、落合、西がいた。

「宮川、お前またきたのか？」

「松浦にこの前の貸しを返せといわれた。」

「貸しって？」

「町田の件だよ。」

「そうか、律儀だな……かわいぞ。」とぼくが笑いながら言うと彼も笑って返した。野田校舎に着くとぼくらは学食に入った。この時期学食は運営されてなかった。繁雄が来ると、集会が何処で開催されるか確認しに米倉が動いていた。集会は一時が二時に変更になったと知らせてきた。この一時間は長かった。その間この事件のいきさつを聞いてみた。繁雄は野田校舎の学生だが、ぼくらの仲間で、土方の仕事にも参加していた。一方、こちらにも、兄貴が土建屋をやっている牛尾という学生がいた。どうやら、二人でどっちの土建が正当か口論になったらしい。最後に、牛尾が繁雄を脅すと同時に、神楽坂の松倉組をこけにし、ぶっ潰してやるとか、いったらしい。ビビってしまった繁雄はそのことを松浦に直訴したというわけだ。お坊ちゃんの繁雄は必死で松浦にやっつけなきゃまずいとか、俺も大学に行きづらくなるとか、たのみこんだんだろう。松浦はあきれかえったろうが、けじめだとおもって、米倉に相談し、調子もんの米倉は、町田の一軒から殴りこみを考えたんだろう。とぼくは予測

した。ぼくは皆を集めて、

「これは学生運動じゃないからね、やくざの喧嘩といちづけないと、勝ち目がないから。」

「もちろん！」米倉が嬉しそうに言った。

いよいよ集会が始まった。学生は三十人以上いた。ぼくらは学食から集会の様子を見ていた。そして、繁雄に牛尾がいるかどうか、監視するように言った。牛尾が出てきたら合図しろ、そうしたら殴り込みだ。繁雄は、必死で牛尾の影を追っていた。遂に見つけた。

「あいつだ」というが、学食からは判別がつかなかった。

「行くぞー、下に行ったら教えろ」と言ってぼくらは一斉に学食を飛び出した。

繁雄はやくざの喧嘩だ、やくざの喧嘩だとわめいていた。我々が殴り込みをかけると学生は竹竿で応戦してきた。

「牛尾はどこだ！　牛尾のガキはどこだ！」と大声で探した。

「あいつが牛尾だ！　牛尾だ！」繁雄が叫んでいた。ぼくはその学生が分かった。

「貴様が！　牛尾か！」と言うと、ぼくはもう一歩、牛尾の前に進んだ。彼等は戦意を放棄した。

「貴様が、牛尾か！」と言うと、おとなしく
「はい。」といった。よく見ると洟をたらしていた。幹部学生が、

「みんな引け、この方の話を聞こう」、かまわずぼくは
「おめえか、うちの若いもんを脅して、内の親分を誹謗中傷したっていのは！」

「ハイ」そこへ、幹部の学生が割り込んできた。

「どういうことでしょうか？」

「私ら松倉組というんですが、お宅らの牛尾という学生が、うちの若いもんを脅して、内の親分を誹謗中傷したってことです。」

「……」

「それで、このままじゃ引っ込みがつかないんで、今日きたわけですよ！」

「……」

「牛尾君とじっくり話そうとおもって。」牛尾は完全にブルっていた。幹部がぼくの話を聞いて牛尾と話し始めた。戻ってくると、

「このあと授業があるのでそれが済んでからで良いですか」と提案してきた。

「待つことはかまわないですけど、誰か人質に残ってくださいね。」

幹部も、予想外のことを言われてぶるってしまった。仕方なく二人の幹部が残ることになった。

＊

集会は解散となった。ぼくらは、人質の幹部二人と再び学食で牛尾が来るのを待つことにした。最後の一コマだとすると四時までかかると思った。落ち着くと腹が減っているのに気がついた。繁雄が代表でみんなのパンを買いに行った。それをぱくつきながら待った。

最終コマの授業が終わった。一人の学生が幹部学生の所に来て、何か報告していた。話が済むと、幹部二人はぼくの方に飛んできた。牛尾が逃げたということだった。

「にげた……、そりゃまずいね、俺の立つ瀬もなくなっちゃった。」

「……」

「俺もね、捕まえましたが、逃げられちゃったとは言えないね。……どうする。」

「…………」

「あんたらに任しといたんだ。牛尾が逃げたということを、あんたらに説明してほしいんだ。」

「…………」

「どっちでもいいから、神楽坂に来て、説明してもらわないと、俺の立つ瀬がねーから。」一瞬彼らの顔色が変わった。

「ちょっと、相談しますんで……。」

「いいよ。」と言うと幹部二人は、報告にきた学生の方に行って相談し始めた。ぼくは米倉を呼んで、このことを松浦に知らせるために、誰か先に神楽坂に帰らせろと指示した。西と宮川が飛んだ。幹部学生が戻ってきた。

「二人で行きます。」

「あっつ、それが一番いいね。準備して！　十分後に出発。」と言ってぼくらは野田から二人の人質を連れて神楽坂に向った。

夜もふけ、星が出ていた。単線電車にゆれながら、神楽坂に着いたときは、夜だった。カーネギの前に行き、二人をまたせ、米倉に松浦に言って来いと指示した。松浦は、現場監督風体で、カーネギを出るや、

「何処のどいつだ、逃げ出した野郎は！」この一言に二人は直立不動になった。二人が分かると、

「案内しろ。」と言うと、米倉が二人を中に連れて行った。ぼくは松浦に
「これでいいな！」と言うと
「ありがとう、ご苦労さん。」とご満悦だった。

＊

試験の結果も発表された。一応必要な科目は全てクリアした。来年は四年生、ゼミの単位さへとれば卒業だった。自分自身、人生を持て余していたようなきがした。考えることは、彼女と数学のことだった。彼女は今ごろ、どうしてるだろうか、大学には、もう行かないだろう、……数学を勉強することも無かろう。

働いているんだろう……何処で、東京にいるかもしれない。実家に帰ったとは、お嫁に行ったかも知れない。思いは尽きなかった。自分自身については、何をしていいかわからなかった。数学を学びたい、ずいぶん遠ざかってしまった。ただ、家でゴロゴロしては思い出にふけっていた。

電話がなった。松浦からだった。佐伯が交通事故にあって、相模原の病院に入院したということだった。ぼくは病院名とその場所を聞いた。ぼくは直ぐに家を飛び出した。一路、相模原へと……。

＊

病院に着くと、佐伯は眠っていた。ベッドの傍らには酸素ボンベがおいてあった。口には酸素が注入されていた。誰もいなかった。土方のアルバイトに引き入れたのはぼくだった。責任を感じた。一

時間たっても誰も来なかった。夕方、松浦とカーネギで落ち合った。

朝、現場に出ようとしたとこ、二トントラックにはねられたということだった。はねた本人も土建屋で車も土建屋のものだった。

実家には知らせて、母親に来てもらうことにした。命に別状はないということであった。治療から全て松浦の方で責任を持ってやるということ、弁護士も立てているということだった。了承した、ぼくも毎日病院に行くことを約束した。次の日からぼくの病院かよいが始まった。到着するのが昼過ぎ、それから二、三時間病院にいた。翌日病院に着くと、佐伯は目を開いていた。ぼくは自分を指差して、「分かる。」と言うと、佐伯は頷いて分かるといった。一週間たったとき、何時ものように病室に行くと一人の中年の女性が佐伯の看病をしていた。彼の母だった。九州から看護のため上京してきたのである。ぼくは自己紹介とともに挨拶をした。佐伯の顔は何時もより生き生きとしていた。何か言いたそうだったが、ぼくは分かってるからいいよと彼を制した。母親が看病についたのでぼくも毎日病院に行く必要がなくなった。

＊

その日は松浦とカーネギで会う約束になっていた。カーネギに向う途中、彼女がいたら、このことを彼女はなんと思うかなと考えてみた。何か、自分が責められるような気がした。

カーネギはぼくの方が早く着いた。松浦を待ちながら、今までの学生生活で自分達にとって一番悲しい出来事だとおもった。遅れて、松浦が米倉を従えて入ってきた。挨拶を交わすなり、

「ずいぶん、遅いじゃないか。」

「うん、大変なんだ。」

「佐伯のお袋さんが来てた。看病してた。佐伯も安心したみたいだ。」

「そう。良かった。」

「もう、俺はもう病院に行かなくていいだろ。」

「うん、そこで頼みがあるんだよ。……佐伯が抜けて、戦力ダウンだよ。工期が遅れてるんだ。お前来てくれないか。」

「俺か。」

「佐伯に変われるの、お前以外いない。」

「お前さんが着てくれりゃ、百人力だぜ！」米倉が言った。ぼくは、病院行きが不要となると、再び憂鬱な日々が始まると思った。また、金も欲しくなっていた。

「いいだろ。」

翌日から羽田の現場だった。

＊

冬の舗装工事は厳しいものだった。朝、八時から、夜も八時、九時までライトをつけてやっていた。間に合わないと徹夜の作業もあった。冬場の明け方の寒さは尋常ではなかった。現場は外だから、全て吹きさらしであった。掘削の作業はまだいいが、舗装は大変だった。剛材が外気の気温の低さから直ぐに固まってしまう。かたまった、剛材をプロパンで熱し、溶かして均す。プロパンボンベを担いでやる作業はきつかった。三月二十日過ぎになってやっと楽になってきた。残業も必要なくなった。日々暖かくなっていた。熱さ寒

さも彼岸まであった。佐伯が退院したことも聞いた。今は彼のアパートで母親と二人で生活しているということだった。土方には戻ってこないことは確実だった。

あるとき、松浦が

「池田、来年はどうすんだ。」と聞いてきた。

「来年はゼミだけなんだよな……数学続けたいが、単位を取る勉強で、ろくな勉強してないから。」

「貧乏人に学問は無理だよ。」彼はいとも簡単にぼくを切り捨てた。ぼくは彼の言うことを全く肯定していた。自分の生活を生産と消費の繰り返しと思っていたから。真剣に数学を志すなら消費のみの生活を続けなければならないと考えていたから。

「土方はやめてんな。」とぼくが言うと、松浦も

「そうだな、俺もやめて……」と言った。佐伯の事故について、彼が強く責任を感じているのが読み取れた。

三月三十一日は現場最後の日だった。作業もこれといってなかった。そこに、羽田を飛び立った飛行機がハイジャックされたというニュースが入ってきた。赤軍派による犯行だった。田宮高麗たちによる、よど号乗っ取り事件である。ぼくと松浦は、羽田空港の方を見ながら

「とうとう、やっちまったね。」顔をみあわせていった。

「出来るものなら、俺達が飛び立ちたいよ。」松浦が笑いながらいった。その意味がどういうことか分からなかった。しかし、ぼくも『世の中をうしとやさしと思えども飛び出しかねつ、鳥にしあらねば』と憶良の反歌を思い出していた。

六章

四月、新学期である。佐伯の事故以降ぼくは土方から足を洗った。逮捕後、学生運動のオルグは無かった。わが大学では封鎖闘争以後、学生運動は下火になっていった。反代々木系リーダー原が逮捕され、実刑を食らっていることも影響していた。ぼくも自然に運動より自分の人生、生活というものを確立しなければならないと考えていた。残っているのはゼミの授業だけだった。ゼミで勉強をやり直そうと考えていた。ゼミは自分で担当教授に面談に行かねばならなかった。解析関係をやろうとした。函数論の担当教授にあたったが、定員オーバーでダメだった。柴田教授の函数解析は敷居が高かった。落ちこぼれ集団のゼミというのがあった。別名、必ず単位が取れるゼミとも言っていた。M教授のゼミだった。高木貞治の弟子で、フェルマーの定理の研究者であるという。年は高齢であった。申請すると、問題なく受理された。一回目のゼミが開かれた。教授の話はとても分かりやすかった。ゼミの参考書は高木貞治の初等整数論であった。その本は絶版だったので、教授が持っている原紙を元に青焼きすることになった。人数分の青焼き作業にぼくが志願した。それと、友人の学生二人に協力してもらうことにした。次のゼミまでに用意しておかなければならなかった。ぼくらは、三人で一日をつぶして人数分青焼きした。二回目のゼミがきた。ぼくらは、それぞれ、ゼミの学生に青焼きを配った。その日は教授が講義をした。明快な講義だった。

「次週は皆さんにやってもらいます。」と言った。ぼくは、挙手して、次週はぼくがやりますと志願した。決まった。ぼくは一生懸命予習をし、今年一年全力をかけるのはこれだと思った。三回目のゼミの日がきた。ぼくの講義は何とかうまくいった。ゼミが終わると、最後に教授が言った。

「これで、要領がつかめたでしょう。次回からは私は出席しません。皆さんが独自に進めてください。単位は全員に差し上げます。」ぼくはなんといっていいか分からなかった。しかし、次回の担当者を決めなければならなかった。ぼくの友人の女子学生に決めた。翌週、教授はゼミに顔を出さなかった。学生は、ぼくと、担当の女子学生と、やはり共通の男子学生の二人だった。進め様が無かった。二人の学生もやる気をなくしていた。女子学生がいった。

「M先生のゼミはいつもこうなんだって……、だから人気もあるのよ。勉強したい人には向かないね。」ぼくらは雑談をして別れた。翌週もぼくはゼミに参加した。誰もいなかった。一時間ぐらい待った。誰も来なかった。ぼくはカーネギに向った。コーヒーを飲みながら考えた。ゼミで勉強するということは無茶だった。次回からぼくも参加しなかった。ゼミの無宿人のようだった。目標がなくなってしまった。大学に来る理由もなくなっていた。授業はゼミ以外、何も申請していなかった。幾何学特論Iという授業があった。出てみた。リーマン幾何だった。ぼくはその授業にだけ出た。勿論授業だけで単位は取れない。

新学期、それが唯一の授業となってしまった。

松浦から連絡があった。土方はやめたが、新たに学生のバイト先として港湾労働者の仕事をしたいが、協力してもらえないかという話であった。六月からからはじめる予定である、ということだった。ぼくは保留した。

＊

カーネギにいると、落合が入って来た。ぼくに気がつくと、話し掛けてきた。久しぶりだった。

「久慈さんが東京に居るのしってる。」と聞いてきた。

「いや、しらない。」

「河内と横堀が会ったんだって。」

「何処で？」

「しらない、二人に聞いたら……連絡先も知ってるかも。」

「本当……」

「じゃな」と言って落合は出て行った。

ぼくは光を見つけた気がした。彼女に会える確信をもった。河内と横堀を探すのが先決だった。彼らの知人にぼくに電話をくれるようにたのんでた。

早速、河内から電話がきた。

「ヤア……久しぶり、どうした？」

「久慈さんに会ったと聞いたが……。」

「うん、あった。相変わらず美人だったよ。」

「何か言ってた？」

「振られたよ！　アタックしたんだが。」

「彼女の連絡先とか聞いた？」

「何も教えてくれなかった。」

「……どうして。」

「振られた。……彼女にはまだお前が生きてるな。」

「どういうこと。」

「お前のことまだ、好きだって、頑張れ！　ジャナー」と言って電話を切った。嬉しかった、また会えると確信した。横堀なら連絡先を知ってるかもと夢は広がった。横堀の電話を待った。中々連絡が来なかった。夜は大学中を捜した。偶然、学食で見つけた。

「オイ、横堀」

「池田、珍しいな。」と言った。

「ちょっと話があるんだ。」

「何？」

「お前、久慈さんに会ったんだって？」

「うん。」

「どうだった。」

「彼女は目立つよな。元気だったよ。」

「何処であったの。」

「有楽町。」

「勤め先とか聞いた？」

「デパートに勤めてるとか言ってた。……住まいは目白って言ってた。」

「デパートは?」

「分からない?」

「目白は確実。」

「と思うけど。」

「……」

「その後、会う約束かなんかは?」

「ない。」

「……、分かった。ありがとう。彼女のことで何か思い出したことがあったら連絡ちょうだい。」と言って横堀と別れた。

目白に住んでるのは本当だと思った。彼女を目白駅で見張ることにした。

＊

四時に目白駅の改札口にたった。電車が止まり、乗客が降りてくるたびに必至で降車客の顔を真剣にみた。それ以外のことはまったく気にかけてなかった。終電車になってしまった。名残惜しく目白駅を後にした。

翌日も四時には、目白駅の改札口に立っていた。終電車に乗るときは寂しさに襲われた。

次の日も、彼女に絶対会えるという執念で、目白駅前に立った。次の日も、次の日も、……日曜日がやってきた。ぼくは自宅を朝七時に出て、目白に向った。日曜日の改札口はガランとしていた。この日は彼女が外出する日でありますようにと祈っていた。昼が過ぎ、駅は閑散としていた。ぼくは彼女の顔を必至で探した。日曜日の終電車はガラーンとしていた。その光景が、むなしさを倍増させた。まだ、一週間しかたってないと思うと希望は湧いてきた。月曜日が来た。ぼくはまた目白の改札口に立っていた。さらに一週間たった。彼女の気配は全く無かった。あと十日間は待たなければと気を取り直して、改札口にたった。

会えなかった。再び日曜日が来た。朝から、改札口で待った。彼女は現れなかった。終電車のガランとした車内でむなしさと同時に、彼女は引っ越してしまったのかも知れないと思った。ぼくは、彼女とは再会できない運命にあるのかと思った。そのときほど、河内か横堀になりたいと思ったことは無かった。

＊

松浦からは港湾労働の話がきていた。彼の計画は順調に進んでいた。ぼくの大学はカーネギになっていた。大学は通り道でしかなかった。数学科の友人達は就職活動に忙しかった。ぼくはぼんやりとしていた。何時か松浦の計画の中に取り込まれていた。松浦がリーダーでぼくがサブリダーのような形で事は進んでいた。港湾労働の仕事は切って落とされた。場所は根岸線の本牧埠頭であった。常時十名前後の学生が仕事に従事していた。大学も遠くなった。目白はもっと遠くなった。ぼくの、未来への進路は停滞してしまった。就職も進学も無かった。ぼくの、一介の港湾労働者の生活だった。

神楽坂に行くのは、酒を飲みたいときだった。大学を素通りし、カーネギで待ち合わせて、懐かしい友人と酒を飲みに行く。昼間には大学なんかいかなかった。本牧埠頭の広い港湾倉庫であるときは黙々とあるときは皆でわいわい仕事をしていた。何時かその習性が楽しくなっていた。何も考えないこと、流れるままに作業をこなし、帰りに、缶詰めを肴に立ち飲みで一杯……途中電車でわれに帰ると、神楽坂の飲み屋で一杯そして帰宅。

ぼくのこんな生活に誰も何も言わなかった。言ってくれなかったというほうが正しい。多くの友人達はあきれかえてたと思う。時たま幻のように現れる彼女の幻影と数学への憧憬。こんな生活を続けながら、夏が過ぎ、秋も過ぎ、さらに冬となった。港湾労働の仕事は年内であった。

十一月二五日ぼくはカーネギにいた。その日は松浦もカーネギにいた。二人は打ち合わせで現場を休んだのだ。どんな打ち合わせかというと、年内で港湾労働の仕事が終わった後のことだった。ぼくは全く就職活動をしていなかった。松浦は卒業は無理で中退を考えていた。今の仕事が終わったらどうするかという話をする予定だった。松浦は今後もぼくと組んでなんか新しい仕事をしたいと考えていた。ぼくは彼女に対するアリバイ、存在証明のために数学の本格的な勉強方法を考え模索していた。ぼくも松浦も、お互いが信頼してることはわかりきるほどわかっていた。ぼくは松浦とは相補的関係あると思っていた。

そこに、突然三島由紀夫が市ヶ谷の自衛隊駐屯地を占拠したニュースが入ってきた。ぼくらはカーネギの外に出た。わずか一キロ位のところで三島が何かをやらかしているということが現実でありながら、夢のようなことであった。三島が自衛隊を前に演説をしていると……。ぼくらはそのあとのニュースをカーネギで待った。……三島が割腹自殺をしたと言うニュースが入ってきた。それでその時は終わった。ぼくと松浦は割腹自殺について

「だろうな……」と同じ言葉を発した。

ぼくは三島由紀夫については高校時代友人に『女神』と云う小説を進められて読んだ記憶があるが全く覚えていない。それよりも、中学時代に大映の『からっ風野郎』というのを巣鴨の映画館で見たのが印象的だった。鍛えられた体と笑うことのない表情、若尾文子が共演だったか？　ストリーは憶えていないがすきな映画だった。それと憂国というモノクロ映画を見たがよくわからなかったが印象は強かった。ぼくには三島由紀夫は不可解な人物だった。戦後、『世代』という同人誌があったという、その同人に三島や、いいだもも、や椿実がいたと聞いていた。

ぼくは稲垣足穂が好きだった。足穂が三島を評して『三島は魚の目をしている』と言ったのが印象として今でも残っている。

ぼくと松浦は三島とは全く別な方向を模索していたのかもしれない。全体より個人というささやかな生活の維持を……。

＊

暮れになるとそれぞれてんでんバラバラとなっていった。同窓生は皆就職先が決まっていた。ぼくはなにも決まっていなかった。年が明け、大学に行っても何らすることは無かった。

ぼくが愚痴を言う場所、落ち着ける場所は画家の新津と一緒に飲んでるときだった。彼と飲むと最後は決まって、彼女の話と数学への憧憬の話でおわった。彼だけがそのころのぼくに付き合ってくれた友人だった。彼はぼくの最後の大学生活の友人だった。何でも話せる男だった。

　まるで労働者そのもので、学生の雰囲気を全く無くしている。卒業は出来るからと、一切勉強をしてない、年中飲んだくれている学生。あるとき、彼に

「お前は飲んでるときが本当のお前か？　飲んでないときが本当のお前か？　わからなくなるときがある。どっちなんだい。」

「どっちも俺だよ。」

「彼女がいるときのお前と彼女がいないときのお前はどっちが本物？」

「彼女がいるときに決まってんだろう。」

「数学を学んでるときのお前と土方でも何でもいいけど働いてるときのお前はどっちが本物。」

「決まってんだろ、数学を学んでいるときの俺が本物さ。」

「でもさ、いまのおまえにゃ、彼女もいないし、数学も勉強してないから、偽者なんだ！」

「ああ、偽者なんだよ。悔しいけど……。人生つまらないよな！」

新津は飲んだくれのぼくを哀れそうに見ていた。

　二月のはじめ、新津に呼び出された。喫茶店に行くと彼は待っていた。彼の顔はまじめだった。座ると彼は書類を出して、

「これ、彼女の住所……お前には可哀想だが、彼女は結婚したそうだ。」

「…………」

「逢うなら、これが最後のチャンスだと思う。」

「……」

「どうする。」

「……逢ってくる。でも恐いんだ。彼女に会いたい……。」

「行ってこい、……、恐いか。」

「うん。待っててくれるか。」

「そこの、飲み屋で待ってる。」ぼくは、彼から住所を書いた紙を受け取った。場所は東十条だった。急いだ。

　ぼくがメモの住所につくと、引越し最中だった。ぼくを見て彼女は直ぐに気がついた。

「ちょっとまって。」と言って夫らしき人物に何か話していた。その男はぼくの方にちかづいてきて、挨拶をすると同時に

「喫茶店にお誘いして……ぼくもあとから行くから。」と彼女に指示した。彼女の髪型はロングヘヤーだった。ぼくは彼女の後について喫茶店にいった。ぼくらは対峙して座った。ぼくは何を話したか憶えていない。ただ、彼女が結婚して子供がおなかにいることを話してくれた。彼女は元気はつらつだった。旦那さんが来た。改めて挨拶をしなおしたことは覚えている。でも、何を話したかは全く憶えていない。しばらくしてぼくらは別れた。喫茶店をでて右と左に別れた。ぼくは泣かなかった。彼女の光るような美しさが眩しかっ

た。彼女はぼくの前からいなくなった。

彼女の存在はぼくにとって、観念的な死となって現れたことになった。彼女の結婚はぼくらの関係に終止符をうち、それはぼくに対する、死刑宣告であった。

新津は待っていた。でも、彼に報告することは何も無かった。「ぼくらの関係に、死刑宣告を受けに行ってきた。」と言うと、彼は「飲め！」と言って徳利を突き出した。

それが最後の神楽坂であった。ぼくは卒業式も出ていない。それ以来神楽坂は行っていない。

ぼくは彼女にとって黄泉の世界の住人になった。同時に彼女の姿がぼくの脳裏に焼きついた。その姿は二十代の若々しく美しい彼女だった。

エピローグ

四十年の歳月が流れた。彼女の予言どおりぼくは一人ぼっちだ。ぼくの脳裏の彼女の姿は、美しく若々しいままだ。

神楽坂を後にして、ぼくには進学も閉ざされ、数学の勉強にも終止符がうたれた。ぼくに残されたのは労働以外何もなかった。

五十歳代になって、ぼくも自分の時間を少し持てるようになった。ぼくの脳裏の彼女はその時代も若く美しい姿をしていた。数学を学ぶことがその彼女に対するアリバイであることが甦ってきた。夏休みの一週間を費やして、京都の大学で数学の講習を受けた。新進気鋭の若き数学者の「超弦理論」高名な数学者の「ナビエ・ストークス方程式」の講義……ある時は東京の大学で世界的に有名な数学者の「ミラー対称性」の話……理解することとはまた別に、我が脳裏に住む美しき彼女に対するぼくの存在証明であった。


ぼくはユーロースペースにいた。映画『アポロンの地獄』の上映が始まった。映像は四十年前と変わっていなかった。初夏の大きな館での男の子の誕生……若い娘達の喜びと、風になびく白の透きとおったカーテン。一転して二五〇〇年前のギリシャに移り、捨てられ行く赤子のオイディプスを担ぐ従者から始まった。シルヴァーナ・マンガーノの落ち着いた美しさは変わらなかった。だが、パゾリーニもマンガーノも、もう此の世の人ではなかった。

映画が終わるとぼくは黄色いオーバーコートを着た彼女に『泣いちゃった！』と言いながら見つめられる幻影に出会った。

一人寂しく渋谷から代々木に出て総武線に乗り換えた。昔懐かしい車窓の夜の風景が現われた。窓ガラスから黒い町を見ながらぼくの脳裏には彼女が現われた。市ガ谷から飯田橋に向っているとき、懐かしさのあまり身を前のめりにした。同時にぼくの前に座っていた中年の女性の足を蹴ってしまった。彼女が顔を上げぼくを見た。ぼくは咄嗟にすみませんと無言で頭を下げた。中年女性はぼくをジーと見たかと思うと目を下にそらし元の姿勢に戻った。ぼくはみた……彼女の残像を目に捕らえながら、和服姿のこの女性は彼女久慈八重子だと……確信を持ったが声をかける勇気は無かった。窓の外の光景は高層ビルとなった大学を通過するところだった。カーネギは無かった。

電車は水道橋を過ぎ、御茶ノ水に向かい、秋葉原に着いた。久慈八重子は身動きせず、目を閉じて座っていた。ぼくが秋葉原で降りたと同時にぼくの脳裏の若い彼女の姿がガラスのように砕け姿を消した。まぶたの裏には中年女性の一瞬の映像が残った。家に着いて、鏡を見るとぼくの頭髪は真っ白だった。

それは一瞬の気後れという、勇気の無さが作り出した物語であった。

書かれなかった一冊の本

野村由起夫の平凡な生涯

私は再三、空間と時間は、単に相対的なものと考えるべきであると主張している。

空間は**共存の序列**であり、時間は**継起の序列**である。

……

空間は物体の位置に無関係であるといわれている。これに対して私は答えよう。

勿論、空間は物体のあれこれの位置には存在しない。にもかかわらず、空間は、**物体の配列**自身の可能性を与えるような、そしてそれがあるために、物体が他のものと共存して配列をしめることのできるような、そのような序列なのである。同様に時間は継起（現象がつぎつぎと存在していくという）意味での序列である。

G・ライプニッツ

生物の属する領域は全体として太陽エネルギーの流れの中にある非平衡系である。

I・プリコジン
G・ニコリス

ダイアローグ（対話）

一九六三年十二月十七日十八時（野村の家）

ヂリーン、ヂリーン、ヂリーン

「もしもし、野村ですが？」

「野村か！　俺だ、福田だ！」

「おお、どうした。」

「大至急来てくれ。今夜俺の所に泊まるつもりで……」

「どうした？」

「話は後でする。ともかく急いで……、ああバイクはだめ！」

「何かあったのか？」

「工場が潰れた、話は後だ。……ともかく急いでバイクはだめ！」

一九六三年十二月十七日十八時四十分（福田の家）

「アッ野村、ありがとう。」

「倒産？」

「うん、工場が潰れた。女事務員と叔父さんが朝から行方不明だ！」

「……」

「親父が万事休止だと言っている。……荷物を運び出したいのだ。手伝ってくれ！」

「夜逃げか？」

「うん……、いや見張られているから夜逃げも出来ないのだ！」

「……」

「親父が客と対応している。」

「それじゃ、何をするか？」

「来るとき、この通路の入口の所に男が独り立っていただろ。」

「うん……」

「あれが見張りさ！」

「……」

「あれが金貸しの手先さ！　工場の器物を運び出されないように朝から監視してるのだ！」

「……」

「工場ごと全部抵当に入ってるからな！……親父も工場の物には絶対に手を触れるなとヤクザ風の男二人に釘をさされているんだ！」

「……」

「なんでも運び出したら盗みになるんだって！　どんなことが起きてもしらないからって脅されてる。」

「…………」

「しかし、親父としては給料を確保しなけりゃ！　他の従業員のため、少しでも金を残したいんだ！」


「……」

「あのヤクザ連中は工場の機械等についてはいろいろ知ってるみたいだが、製品についてはどれくらいあるか全く知らないんだ……」

「……」

「それと、工場の裏口のことも気が付いてない。裏には見張りが誰も居ない。」

「……」

「そこで、おまえのバイクで製品をある所まで運び出してほしいんだ！」

「……」

「ど……」

「……」

「どうだ……」

「いいだろ……」

「製品は結構大きな段ボール箱だが……おまえのバイクで大丈夫かな？」

「……大丈夫だよ！……じゃ、バイク取りに行って来る！」

「裏口から来てくれ！……俺が待ってる。」

「オーケ」

「これは、俺とおまえと工員の敏ちゃんの三人でやるんだよ！……親父は見張りの目のとどくところに常に居ないとやばいんだ……」

「いいよ！……ともかく俺バイク取って来る。」

「おお！　よろしくたのむ……」

「バイクは裏口に付ければいいんだな！」

「アア、頼む！」

一九六三年十二月十七日十九時三十分（福田の家）

「……おまちどうさま！　……裏口は静かなものさ。」

「ご苦労さん、それじゃ敏ちゃんも一緒に仕事に掛かろうか？」

「じゃ、俺の言うとおりにやってくれる？……、物は八幡様の方にもって行くんだ！　はじめは俺が一緒に行く！」

「敏ちゃん行ってくれる？」

「ああ、物はこの上の倉庫にある。上だから梯子で降す。工場の中は電気をつけない……見張られてるからな！暗いから気を付けて、物は軽いけどかさがあるから……、まず、一五個を裏口から外の路地に出す。……いい、まずそれをやろう。……俺が上に昇から、……受け取ってくれ。」

「ＯＫ！」

「静かにきをつけてな！」

「…………」

「…………」

「…………」

一九六四年一月二四日深夜（野村の家）

「もしもし、野村ですが？」

「野村、俺だよ、福田だよ」

「エッ福田、どおしてた！……連絡が全くとれなくて……」

「すまん、いろいろあってな！……連絡遅れて申し訳ない。」

「皆元気！」

「うん、一応元気だ！　家も落ち着いたし。」

「それは良かった。学校、来てないじゃない、どうしたんだよ？」

「学校は卒業はできるって、卒業式まで欠席でいいて。」

「大学は？」

「無理だろうな！」

「無理か！　今どこにいる？」

「悪いけど、ちょっといえないんだ」

「……そうか、……公衆電話？」

「ああ」

「寒いな！」

「うん、でも平気……俺の話きいてくれ！」

「ああ……あの後どうしたの、俺が尋ねていったらもう引っ越した後だったよ。」

「うん、早かったからな……、親戚に荷物を預けて家族五人路頭に迷ってたよ……お袋のってで今の家に落ち着いたのが去年の三十日だった。……この家も三月には出なきゃならないんだ！……親父は借金取の相手と家捜しで忙しい、俺も一緒に動いているんだ。」

「………」

「女事務員は出てきたらしけど、叔父さんは依然行方不明だ。」

「………」

「受験勉強忙しいだろう?」

「うん、おまえなにしてる?」

「受験勉強は忘れちゃったな、元々真剣じゃ無かったから……今ね、夜はシェクスピアを読んでるよ。」

「進学は無理か?」

「今はな!」

「………」

『朝日』の夕刊に小林秀雄が『ネバ河』て随筆を連載してるんだ。毎日楽しく読んでるけど、この前ソルジェニチェンという人の『イワンヂニーソビッチの一日』といゆ小説の話があって、今日その本買ってきた。」

「うん、……」

「話したいこと、沢山あるような気がするけど、以外と無いな……」

「……」

「電話だからかな?」

「うん、卒業式には会えるかな……?」

「わからん、出席したいとは思ってるんだが。受験勉強忙しいだろう。」

「うんまあ、この前太田明子さんと会ったとき、お前のこと聞かれたが答えようがなかった。」

「それはすまん。こんな状態だから。でも、彼女はいいよ、素晴らしい人だよ。」

「ああ、卒業式に会おうよ!」

「うん、……出たいのは山々だが何とも言えんな!……また、電話するよ。」

「そう、……」

「じゃな!……元気で!」

「おまえもな!」

ガチャン、ツー

一九六四年三月十五日卒業式の日(学校)

「太田さん!」

「アッツ、野村君、おめでとうございます。」

「お互いに! やっと大学生だね。長かった!」

「……」

「ところで、福田見なかったでしょう?」

「福田君! 来てたの?……私は見なかった。来てるんだたら逢いたい。元気かしら」

「うん、今日来ると言ってたんだけど、やっぱり来なかったな。」

「連絡あったの?」

「一月だけど。」

「福田さんの噂いろいろ聞いたけどどういうことなの。知ってる？」

「噂て？」

「家が倒産して夜逃げしたて？」

「まあね。」

「野村君、福田君のことご存じなの？」

「時間ある？　今日で最後だし喫茶店行こうよ！」

「約束があるのよ、これから皆で池袋行くの。」

「だれと？」

「クラスの仲間と。」

「俺も仲間に入れてよ！　いいだろう？」

「でも、うちのクラスの人たちだけだから。」

「だめか？」

「ええ、私はお薦めしません。」

「堅いんだなー！」

「その後だったらいいですよ。」

「そうしようか、何時？」

「五時には大丈夫だと思う。」

「よし、五時コンサートホールにしよう。」

「ええ、いいわ。」

一九六四年三月十五日卒業式の日（喫茶店コンサートホール）

「やあ、ごめん！　俺の方が遅れてしまって……待った？」

「ううん、私もちょっと前に来たの……」

「芳林堂に寄ってきたから。」

「何か買ったの？」

「うん、これ。」

『パンセ』、パスカルね。」

「クレオパトラの鼻が低かったらというやつ。」

「福田君の事なんだけど……」

「うん、倒産の夜逃げ……本当だな」

「なんで？」

「なんでといわれても……応えようが無いな」

「…………」

「去年の暮れ、その日、福田と会っているんだ、と言うよりあいつから呼び出しを受けたんだ……」

「…………」

「オリンピック景気の後遺症かな？」

「…………」

「詳しいことは知らない、あいつも言わないし……」

「………」

「一月に電話を貰ったんだ。卒業式には来ると言ってたんだ」

「………」

「大学も諦めたみたい、シェークスピアを読んでるて言ってた。」

「進学しないの？」

「……そんなことを言っていた。あいつ頭良いのにな。」

「あの人、理科系だったのよ！」

「君もだろう？」

「ええ、一度勉強見て貰った事があるの、それがきっかけでお話するようになったの。」

「へえ、知らなかった。」

「熱力学のこと、福田君の話って解り易くてその場で解ったんだけど、後になったらまたこんがらがってしまった。……そしたらね、帰りにお茶のみに行こうというのよ。」

「福田が！」

「ええ。」

「あいつが女性を誘ったなんてはじめて聞いたよ。」

「でも、本当よ！」

「それで、つきあったの。」

「ええ、何か借りがあったようなきがしたし、興味もあったわ。」

「面白かったろう。」

「ええ、突然ドフトエフスキーの話をするの、私読んだことないじゃない。」


「……」

『白痴』の話だった。……死刑囚がどうのこうのと話してた。」

「わかった？」

「ううん、でも不思議な人と思ったは、私なんかと全然違う人種かとおもった。」

「……うん、そうなんだよな。」

「それからよ……時々話するようになったのは……」

「……」

「今ごろ福田君どうしてるかしら！」

「うん、……どうしてるかな。」

「………」

「電話で君のことほめてたよ。素晴らしい人だって！」

「本当、嬉しい。」

「素晴らしい女性と言わないで、人と言うのが福田らしいよ。」

「……」

「……」

一九六四年四月二十四日（本屋の前）

「やあ、待った！」

「そうでもない。私も本買ってきたから、野村さんも？」

「うん。」

「なに買ったの？」

「驚くなよ！　『方丈記』と『徒然草』」

「へー、何でまた。」

「高校卒業したからさ！」

「……変わりましたね！」

「変わらないよ！　君は何を買ったの？」

「喫茶店に行ったら教えてあげる。」

「……」


（コンサートホール）


「これはマーラーだよ！」

「マーラー……知らないわ」

「グスタフ・マーラー知らない？」

「ええ、初めて聞いた名前。」

「今、僕はヴェートヴェンより好きだな。」

「……」

「壮大な感じがしない？」

「ええ、……そうね……」

「…………」

「…………」

「僕はコーヒー、君はなに？」

「私もコーヒー。」

「それじゃ、コーヒー二つ。」


「…………」

「それで、あなたは今日何を買ったの？」

「ハイ、これ。」

「……ヘルマンワイル、『数学と自然科学の哲学』……ううん、こういうの苦手だな。」

「そう！……私は大学に入ったらまずこの本を絶対に読もうと思ってたの。」

「ヘルマンワイルてどんな人なの？」

「知らない！……でも、高校時代からこの本に憧れてたの。」

「あなたは変わった人！」

「そんなことございません。……ね、目次をみて。……すごいでしょう。」

「うん、なに、数と連続体、無限……空間と時間、超越的外界……ううん。」

「面白そうでしょう。」

「あなたは不思議な女性だ！」

「ついでにこの本も買ったの。」

「なに？」

「新書」

「……『無限と連続』……」

「……これは読み易そうね。」

「ふうん。……君も福田みたくなってきた。」

「福田さんほどではないです。最初のところ読んでみて」

「…………」

「…………」

「二十才で死んでしまう、大数学者なんて……ガロア……知ってる？」

「知らない、でもカントールと云う名前はきいたことある。『一二三無限大』にあった。」

「なにそれ？」

「ガモフよ！」

「知らない。」

「そっか、野村君、文科系だから。」

「僕も、最近無限ということはよく考えるんだよ！」

「どういうこと？」

「あだし野の露きゆることなく……」

「どういうこと？」

「ほら、長生きするな。長生きすればそれだけ恥を多くさらすていってるじゃない。兼好法師だよ！」

「うん、あったわ……それがどうしたの？」

「うん、……直接は関係無いけど、……人間は無限に生きないと救われないのかな　……と考えているんだ。」

「……」

「仙人みたいにならないと救われないんじゃないかと？」

「……どうして？」

「うまく言え無いけど、……人間はなぜ死を恐がるか？」


「恐いのかしら？」

「君は恐くない？」

「……わからない……自分が死ぬて考えたこと無いもの。」

「肉親についても？」

「ええ、……たまに親戚の誰それさんが亡くなたと聞いても、あまりピンとこない。」

「……ふうん。」

「異常かしら？」

「いや、正常でしょう。……僕の方が病的なのかな。」

「…………」

「いや、いろんなものがゴッチャになってるんだ。そして行き着くところは死かなて考えちゃうんだ」

「自殺？」

「いや、そうじゃない、そうじゃない。」

「それじゃ、何？」

「うん、……福田のことなんか考えると……何故、あいつが僕らの前から姿を消したか……？」

「仕方ないじゃない！　でも福田さんは死んではいないわ……」

「福田が僕らの前から消えた……。何かしこりが残るんだ。」

「…………」

「……進化て考えたことある？」

「……？……」

「人間てのはもうこれ以上進化しないのかな……？」

「……？」

「人間がみんな神様だったらいろいろつまらないことも起こらないだろう？」

「……福田君も私たちと一緒に今ここに居るということ……？」

「もちろん、……人間は神に進化しなければいけないと思ったことがあるんだ……　今の人間は不完全すぎるから……」

「………」

「神に進化するとはどういうことかな……？」

「……これ福田君に聞いたのだけど……そういうＳＦ物語があるんですって……『ＣＨＩＬＤＨＯＯＤ　ＥＮＤ』と言ったと思う……『幼年期の終わり』とでも言うのかしら。」

「人間の進化とは……時間を超越することだと思うんだ。……時間を超越することが唯一の救いだと思うんだ？」

「……永遠に生きるということ？」

「というよりも、死なないということかな？」

「……ふうん……？」

「死ななければ全てのことが解決してしまうじゃない。……死なないとわかっていれば福田一家だって夜逃げする必要はないんだよ！　無限の可能性が有ると云うこと。」

「………」

「神の領域ってのは無時間だと思うんだ……奇跡というのは無時間の中でしか起こり得ないんだよ。」

「……よくわからないわ？……どういうこと？」


「例えば、痛みがあるとすると神の治療は一瞬にして治してしまう。つまり無時間ということ。人間は冷やしたり、マッサージしたりして、その間時間を意識するよね！　要は人間には過程という時間が必ず存在するということ。神には過程なんて無いんだよ。悩みごとも僕たちは一ヶ月とか一年とか掛けて解決するが、神の解決方法は一瞬だ！　それが神の神たる由縁だと思う。神が時間を意識したらそれは人間になってしまうと思うんだ」。

「……面白そうだけど、よくわからない？」

「……」

「……」

「……こんな話もうよそう……久しぶりに逢ったんだから……君の大学生生活の話でもして……」

「ええ、……面白いの。」

「………」

「理学部て男性が多いでしょう。いろんな学生がいるわ！……学生服の人がいるの……」

「……？」

「そのうえ履いてるのが長靴……カバンでなく風呂敷、……驚いたわ！」

「それで傘を持っていたら天才か、狂人だな。」

「持っているかも、……それからサンダル履きでボールペンとノート一冊で気楽にしてる人もいた。その人なんか最初下駄ばきで来たんだって。」

「何故止めたの？」

「禁止されてるの。その人大学に抗議したんですって。ここは日本の大学だろって。」

「なんだいそれは……」

「おもしろいでしょう。」

一九六四年五月十日　喫茶店(コンサートホール)

「コーヒー」

「私も。」

「タバコ吸うよ！」

「ええ、……何時から吸うようになったの？」

「一週間前から。……君は？」

「私は吸わないわ！」

「……」

「……」

「……」

「石川の死刑が気になるの？」

「石川？」

「ほら、三月に死刑の宣告を受けたでしょう。」

「ああ、あまり興味無かったけど……」

「死刑って本当に必要かしら？」


「うん、……わからん！……僕は韓国のデモが気になるよ。」

「……………」

「……………」

「今まで、貴方が大学で学んだもの？」

「酒とタバコかな！」

「それだけ？」

「うん、そんなもんだよ……授業て面白くないし。」

「そうね、わたしもそうよ……」

「うん、……」

「……………」

「……………」

「出ようか？」

「えっ」

「……………」

「……………」

一九六四年六月八日　喫茶店(コンサートホール)

「コーヒー」

「私も。」

「……」

「一ヶ月振りね！……何故いつもコーヒーなのでしょうね？」

「他にないからさ！」

「……退屈？」

「わからない……」

「何故、二人は今日逢ったの？」

「僕が電話したからさ！」

「……一九四五年貴方はどうしていた？」

「生まれたさ！……君もだろ？」

「ええ、私は一九四五年九月十七日生まれたの、明け方月がきれいだったそうよ。」

「今度、何時逢おうか？」

「チョット待って、その日は台風だったんですって。」

「何時逢おうか？」

「……質問があるの……人生の意義って？……」

「次は何時逢おうか？」

「この質問に答えられるとき！」

「貴女は一九五四年何をしていた？」

「初めて買った野ばら社の『児童年鑑』の最初のページを見ていたわ！」

「……」

「そこには太陽までの距離が載っていた。……光さんで約八分……飛行機は憶えていない、……そうそう、特急つばめで二百八十五年だと憶えてる。……貴方は？」

「君の質問を考えていた。」


「………」

「僕が決める。六月二十四日水曜日……いいね！」

「……」

「……さようなら。」

「さようなら。」

一九六四年六月二十四日　喫茶店（コンサートホール）

「アイスコーヒー二つ。」

「……解答は？」

「焦るな！……人生に意義無し……人生は欲望だ！……異議なし……？」

「異議あり！」

「ヨシ、……正解は……その前に喉を潤して……」

「………」

「人生は意義でなく、慰戯だ！……異議なし！」

「……人生は夢の連続。」

「異議無し！……パスカルのカンチョウだ！」

「カンチョウ？……完調……」

「パスカルの浣腸で完調さ！」

「………」

「………」

「梅雨は明けたかしら？」

「まだまだ、……」

「今度、私がビールを奢るわ……七月十一日土曜日がいい。」

「……何とまあ、……嬉しい！」

「今日のお礼！」

「パスカル万歳！」

「私はタレスの夢よ」

「タレスの夢？」

「今度お話しして上げる」

「乞ご期待！」

一九六四年七月十一日（ビヤーガーデン）

「不快指数七十八ですって、本当に暑いわ！」

「ビール飲むにはいいけど。」

「乾杯！」

「乾杯！」

「…………」

「…………」

「福田君まだシェクスピア読んでるかしら？」

「……分らない？……何でまた？」

「人生は劇場の様なものであると言ったのシェクスピアでしょ。」


「……？……」

「いいか！」

「…………」

「生ビールて美味しい！」

「オリンピックまであと三ヵ月か！」

「ええ、……オリンピックに期待でも？」

「うん、別に！……でも、メルボルンのオリンピックは印象的だった。」

「なぜ？」

「ラジオで昼間聞けたろう。」

「…………」

「小學五年の時だ……山中がローズに勝てなかた。」

「私、憶えていない……興味もなかったし。……ローマオリンピックのアベベなら知ってる。」

「ビールは初めて？」

「ううん、この前練習しておいた。」

「美味しい？」

「こういう時は美味しいですよ！」

「…………」

「…………」

「学校何が面白い？」

「……大学の授業て退屈ね！……感動なんて無いの。……貴方は？」

「授業でてないよ！」

「やっぱり！」

「…………」

「…………」

「帰りましょうか？」

「うん、帰ろう。ごちそうさま。」

「……ええ。」

「…………」

「…………」

「さようなら。」

「それじゃまた、……電話する。」

一九六四年八月二十八日（ある公園を歩きながら）

「昨日、『されど我らが日々』を読んだの。」

「…………」

「……思ってたほど感動がなかったわ……やたら自殺が多いと思った……確か三人ぐらい自殺したかしら？」

「…………」

「政治活動に敗れ……活動家学生からサラリーマンになり、有能な会社員になる……、なんとなく当り前で分るような気がしたわ。」

「そりゃそうだ、……当り前が一番なんだよ。」

「ええ……でも違うの……學生運動……敗北感……会社員……有能な会社員　……重役……これは絶対パターン化しているのよ。……これは物質が崩壊して　最も安定した状態になることと同じだから……このパターン化はどんな時代でも絶対的なパターン化だと思うの……？」

「……よくわから無いけど……？」

「物質の元々の性質で……人間の感情とかいったものではどうにもならないということ……物質というのは……物質といっていいのかしら……ほら、高校の物理で熱力学の第二法則って習ったでしょう……」

「……？……」

「宇宙はついに熱的安定になって……熱死の状態になる……、と言うケルビン卿の話だったかしら」

「うん……？……」

「結局、……物質だけでなく人生も安定な方向に向かうということ、……だから大学を卒業した人が学生運動……有能な社員……重役と進むのは当り前のことで……それほどのドラマ性が無いと思うの？」

「うん、……」

「むしろ……不安定なもの程ドラマチックじゃないかしら……学生運動……敗北……やり直し……さらにの戦い……革命者のようにますます不安定な方向に進むことこそドラマチックで人間的な気がするの、生命の匂いかしら！」

「……うん。」

「……自殺でもあういうのは好きになれないわ。……無関係な自殺だといいだけど　……」

「どんなこと？」

「……うまく言え無いけど……なんとなくそんな気がするの。」

「…………」

「帰ろうか？……」

「ええ、……」

一九六四年九月十三日（新宿御苑）

「日曜日に逢うのてはじめてね。」

「……今日は本当のデートだな。」

「何よそれ？」

「……うん、いつもは学校の帰りとかで……友達て感じだろ……今日はわざわざ出かけてきたんだ……恋人に見えてもおかしくないだろう。」

「…………」

「この前逢った翌日、百三十円なりで『文芸春秋』を買った。……読んだよ。」

「……貸してあげたのに。」

「借りて読むと……どうしても。」


「……」

「俺には、予備知識が不足してたな。」

「どういうこと？」

「難しいということ。……さっきここ来るとき、武蔵野館て映画館があったろ。」

「ええ、あったは。」

「昔、福田と一緒に『アイヒマン追跡作戦』と『夜と霧』て映画見たんだ。『夜と霧』て映画はすごかったな。……監督はアラン・レネとかいってた。」

「どういうの？」

「ナチのアウシュビッツの映画だけど……ジョン・フォードファンとしては……」

「……どうしたの？」

「……ううん、おどろいた！」

「……」

「感動なんだよな！」

「…………」

「武蔵野館、忘れられない映画館だな！」

一九六四年十月七日（電車の中で）

「あと三日でオリンピック……」

「……」

「ずいぶん混んできたな。」

「……」

「元気がないね？」

「そうじゃない……混でるって嫌いなの！」

「今は東京中が混でるから。」

「仕方ないわ……オリンピックですもの。」

「………」

「…………」

一九六四年十月十二日（電話で）

「元気！」

「ええ……、」

「今日、ソ連の三人乗り宇宙船打ち上げ成功したね。」

「ええ……、」

「感動しないの？……感激だな、それで電話したんだけど。」

「ありがとう……最近勉強が面白いの……」

「それは良かった。」

「……」

「元気で……切るよ。」

「さよなら……」

一九六四年十月十六日（電話で）

「もしもし、……太田さんですか？」

「はい……、アッツ野村さん？」

「ああ、明子さん……、また無駄な電話したんだけど……！」

「どうしたの？」

「フルチショフが解任されたでしょ！」

「ええ、知ってる。」

「世界がひっくり返るような気がして。」

「……」

「それで電話したんだ……」

「……」

「本当は君の声を聞きたかった……」

「今ね、『星の王子さま』読んだの。……砂漠のなかの男一匹て素適ね……」

『男ならゴビの砂漠に命を捨てろ！』高校の文集にあったね。」

「砂漠でどこまでも見通しがきくから……嵐の日砂漠で消えたテグジュペリ……万歳」

「……」

「……」

「今度何時逢える？」

「来月のはじめ。」

「それじゃ、そのころまた電話する。」

「さよなら」

「さよなら、元気で。」

一九六四年十一月十一日（喫茶店で）

「久しぶり……生き生きしてるよ！」

「今ね、……勉強が楽しいの……熱力学に入ったの。」

「例の、宇宙の終わりってやつだな！」

「私の憧れ……物理を選んだのは熱力学の第二法則を理解するためだもの……」

「……」

「気合いが入るのよ！」

「俺にはよく解らない……首相も佐藤に変わったし……明日は原潜が佐世保に寄港するというけど……」

「大学は二、三日前から騒がしい……」

「うん、うちの大学も何か凄かったよ……別世界のような気がした。」

「まだ、私には確信が持てない、……なんとなく寄港は良くないと思うけど……」

「……俺も、……団体て嫌いなんだ……どんな組織でも……こうして二人で居るのは不思議だね。……お茶飲みながら……これから決死で出かけようとする人について話してるなんて！」

「私たちおめでたいのかしら？」

「かも知れない……でも真面目でもあるよ。」

「やっぱり、熱力学の第二法則だわ……」

「……？」

一九六四年十二月二十三日（喫茶店で）

「寒いわ！」

「うん……この前、お茶の水から神保町を散歩して……途中、東京堂に寄った。人が　多かったな。」

「何か買ったの？」

「岡倉覚三……『茶の本』を買った。……星一つ。」

「私は今、エントロピーで頭が一杯。」

「なんだい？」

「熱力学、……カルノー機関……クラウジュウスの諸定理……熱力学の第二法則は　エントロピーの法則なの。」

「ふうん……、君は益々頭が良くなる……」

「頭は同じ……見方が変わってきたの……」

「昨日、イギリスで死刑が廃止になったの知ってる？」

「ええ！」

「今日の夕刊に、西口彰が死刑とでていた。」

「……」

「……」

一九六五年一月三日（明治神宮で）

「今日は和服かと思っていたんだ。」

「期待にそえなくて、……和服無いの……来年成人式でしょ……作って貰えるかな……？」

「一九六四年も過ぎた……感想は？」

「無いです。……去年の最後は過去と未来の話でした。」

「どういうこと？」

「過去と未来はどちらが長いか？」

「なんだい？」

「という質問……？」

「君の宇宙的熱死はいつごろ？」

「ちょっと解りません……でも宇宙誕生以来百数十億年でしょう……」

「やはり宇宙的熱死か？」

「……？」

「一九五四年君は何をしていた？」

「野ばら社発行の児童年鑑をみていました。」

「一九六四年君は何をしていた？」

「野村君と逢っていました。」

「一九七四年君は何をしていた？」

「……何をしているでしょう……未来形ですよ！」

「それでいい……」

「生きているとしてでしょ？」

「余計なことはいわない……」

「一九七四年、二十八才になってる。きっと、結婚して子供がいるわ！」

「日常的な話でなく、……」

「ごめんなさい！……でもどんな人と結婚して、どんな家庭に居るかということは気になるでしょう？」

「やはり、女性ですね！……君のケルビン卿はもう居ないの？」

「うん、……分らない？……でも貴方のことは分るわ。」

「僕のこと？」

「エッ、そうよ……貴方は一人でアパート暮し……じーとした生活。多分就職もしないで、アルバイトの様なことをしているの……。就職しなかったばつとしてそのままアルバイトの仕事を続けているの……給料はものすごく少ない……でも友達付き合いが無いの。毎日まっすぐに家に帰って部屋に閉じ込もるの。そこは薄暗くて、ジメジメした六畳一間でガス、水道は一応付いてるの。そこで貴方は十年後の遠大な計画を練っているの。唯一集中出来ることね！……周りからは二十八才にもなって何をやってるて年中言われるの。…

…貴方の同級生達は皆結婚して、子供もいて……立派なサラリーマンになってるの。夜は皆お酒を飲んで帰るの、でも貴方は違う。お酒なんて飲まない！　夜家に帰ると目は輝き、身体は軽くなり、頭は冴えわたり、計画に没頭するの……そう貴方は夜の住人になるの……いつも貴方の昼間は二十五時よ！」

「僕の一九七四年……？……。一九六四年はオリンピックと太田明子……僕の一九五四年は……『南極は南だから暑いだろうと言ってクラス中で笑われた。……　一九七四年、寂しいアパートの一人暮し……」

「そうよ！……でも寂しくなんかない！」

「…………」

「……やはり貴方はそれが似合うの！」

「一九八四年は？」

「子育ても一段落ついた頃かな……、三九才ですもの……貞淑な妻も返上の時かな？……亭主にたてついて外に出たがるのかな……天文学でもしようか……ハレー彗星がくるのよ！」

「……僕は？」

「貴方ね……そうね……」

「何しろ十年後の俺は孤独なアパートの住人なんだから……」

「ええ、……でもそれはとてもよく似合うのよ……貴方は生涯一人ぼっちだと思うのよ……貴方の暖かい家庭のイメージて私には想像できない。」

「冷たくて暗いか？」


「いいえ、違う違う冷たくなんかない……貴方が暗いわけ無いじゃない……『遠大な計画』ね！……そう一九八四年には貴方は日本にいないの……」

「というと？」

「貴方にはこの日本のジメジメした、水気たっぷりがあわないの……！」

「……」

「貴方には砂漠が似合うの……このジメジメ世界から脱出するの。アフリカの砂漠、ゴビの砂漠、中央アジアの砂漠、……でもギラギラした暑いサハラの砂漠が貴方には似合うわ！　そう一九八四年貴方はアフリカにいるの……アルジェ、モロッコ……どこでもいいのサハラの砂漠なら！」

「今度は砂漠にいちゃうの……忙しいな。」

「そうなの！　貴方には乾燥しきった風土が合うの……ジメジメした薄ぐらいアパートの一室から一気に砂漠に飛ぶの。どこまでも見渡しのきく砂漠、さばく、裁く、捌く、佐幕沙婆苦、サバク……なんとなく重苦しいね……漢字文化だからかしら……砂漠には漢字文化はなし！」

「砂漠もいいけど……僕は黒海にいきたい。」

「コッカイ……ああ、ブラックシーね！……うーむ」

「水気がおおいかな？」

「地中海に面した国ならいいわ！……貴方には水気は不要だから……スペインがいいかもしれない……、カタルニアより乾いた感じのするアンダルシア似合うわ！」

「……」

「いいわ！……そうしましょう。」

「一九九四年は？」

「……四十九才ね。半世紀も生きてしまうの。」

「いやかい？」

「……ううん、今の私たちの両親に近い年齢でしょう。……五十年て短いのかしら？」

「………」

「……もう、私の人生はお定まりコースね！　息子や娘の心配ばかしている普通の主婦よ！」

「外に出て活躍するじゃなかったけ……天文学とか？」

「そうだったけ！　でも再び家庭の主婦になってしまうんでしょうね。」

「……そんなもの？」

「そんなものです。女なんて……、そうだ貴方が砂漠から帰って来るの……十年ぶりで帰国するの……」

「帰って来るの？」

「ええ、そうして私が一人で貴方を迎えに羽田に行くの。……どう？」

「……」

「そうしましょう。」

「生きて帰って来るのか？」

「そうよ！　当然よ！……」

「二〇〇四年は？」

「あ！　もう二一世紀だ！」

「……多分だめだね！……俺は二〇〇四年までは生きていないよ。」

「そうかな？……」

「生きてない！……土の中だよ！……」

「土の中……！」

「二〇一四年は？……」

「土の中……」

「二〇二四年は？」

「土の中……」

一九六五年二月十二日（電話で……小さな声で）

「野村さん……妹が風邪で寝ているの！」

「うん。」

「相当高い熱みたい？」

「……」

「うなされてうわ言をいってるの……苦しんでる気持ちはわかるの……」

「……」

「でも、どうすることも出来ないの！　妹の辛さが私にはわからないの……」

「うん。」

「……わからない……わかってあげられないの……」

「うん。」

一九六五年二月十六日（電話で……声で……）

「新聞によるとヴェトナム戦争が落ち着きを取り戻したらしいですって！」

「……」

「落ち着きを取り戻したらしいですって！」

「……」

「落ち着き……」

「戦争が？」

「ええ、そうよ！」

「僕は昨日の夕刊のほうが興味がある！」

「どんなニュース？」

「西村という男が銃でもって一人を殺し、二人に重傷を負わせた。その上電車に火薬をつめたダンボールを置いてきた。しかも、中にはていねいに火のついたカイロが入っていたと……」

「アツ、異常ね！」

「そう、明日の新聞には精神異常とでるよ、きっと。」

「……」

「……」

「……」

一九六五年二月十七日（電話で……声で……）

「やっぱり、西村はかって精神分裂症であったことが明るみにでたわ！」

「精神分裂症？」

「そうよ！　そんな人でなけりゃあんなことしないわ！」

「そう、……君は三矢研究のこと何か知っている？」

「知らない！」

「来週辺り週刊誌に特集が出るだろう。」

「……」

「……精神異常が明るみに出た！」

一九六五年二月十九日（電話で……声で……）

「今日のニュースは？」

「……」

「横浜に行ってたから世の中のことが全くわからない……！」

「まず、小さな記事から……高校二年生の女の子が自殺をしてしまった。昨日の交通事故で都内では八人も死亡したの。アメリカの下院議員が『日本は防衛力をもっと拡大すべきである。』と非公式に話をしたんですって。」

「……それだけ？」

「思い出せるのは！」

「西村のことは？……アンプルのことは？……三ツ矢研究のことは？……」

「なにも出ていなかったと思うわ？」

「そうか……非公式に話した。……非公式に話した。……」

「私の言い方おかしいかしら？」

「いや、非公式と公式はどう違うか？」

「……」

一九六五年二月二十日（電話で……声で……）

「ねえ、今日、死んだわよ！」

「エッツ、……」

「今日一人死んだの！」

「……」

「アンプルで一人死んだの！……千葉県の人だった。」

「そう……元気が出てきたね！」

「いけない？」

「いいんだよ！　人が死ぬことは嬉しいことなんだ！」

「どうして？」

「嬉しいことの説明なんか出来ないよ！」

「ごめんなさい！」

「僕は今日『週間朝日』を買って三ツ矢研究のかじり読みをした。……三ツ矢研究はこれでおしまい。」

「…………」

「…………」

一九六五年二月二十一日（電話で……声で……）

「もしもし。」

「ハイハイ。」

「私です。」

「僕です。」

「今日一日よい天気でした。半日テレビを見ていました。」

「僕もテレビで過ごしました。」

「……」

「……」

「話が続かないですね！」

「僕もそうだ！」

「………」

「………」

「もう、逢うのやめましょうか？」

「……そうしようか？」

「それじゃ、今日でわかれましょうか？」

「いや、もう一度だけ逢いたい！」

「でも……」

「七月二十六日の夜に逢いたい。」

「七月二十六日ね……五ヶ月先……いいでしょう。……さようなら。」

「さようなら。」

ガシャーン、ツー

一九六五年七月二十六日（電話で……深夜）

ヂリーン……ヂリーン……ヂリーン　……

「もしもし、野村ですが。」

「もしもし、私、太田と申します。……由起夫さんいら……」

「僕です！」

「すみません、今日お待になったでしょう？」

「……まあ……」

「すみません……」

「済んだことだから……何かあったの……？」


「……怒っていらっしゃる！」

「……いや、別に……変わったの……」

「今日の一番大きな出来事は吉展ちゃん殺しの小原が自白したことです。」

「どうしたの？」

「母は死にました。」

「エッ、……」

「小原の母です。」

「どうしたの……？」

「わからない……この前別れたときはもっと……」

「うん！」

「……時間は経っているけど、……二人の間はあのまま続けたいと……」

「うん……でも、なんとなく……」

「私がいけないんです。」

「いや、おれもだよ！」

「やはり……」

「うん、逢わない方がいい！」

「逢わない方がいい！」

「そうしよう。」

「ええ、……そうしましょう。」

「元気でな……」

「お元気で……さようなら……」

「さよなら。」
ガシャーン、ツウー

＊

手紙

拝啓、大分春めいてきました。日毎に暖かくなっていく、今日この頃です。

お元気のことと思います。

もう、お別れして二年以上の歳月が過ぎました。この手紙が貴方のお手元に届く頃、私は母と二人で、母の実家である久慈浜に帰るため、常磐線の電車に乗っております。

今、私は貴方に向かって書き留めて置きたいのです。何故？　私には分りません。本当は二週間前から無性に何かに向かって書きたかったのです。書き留めて置きたかったのです。記録を残して置きたかったのです。でも、ただ書き残すのではなく、誰かに、一人でいいから知って欲しかったのです。私が何を考えているかを……いろいろな人を想定しました。でも、やはり貴方に理解って欲しく筆を取りました。

一九六五年七月二十六日、この日が貴方と最後にお話をした日でした。それも電話で。この日は御茶の水で夕方七時に待ち合わせをしていましたが、私が行かなかったのです。何故行かなかったのか今もっても私にもよく分りません。

夜、貴方に電話をしました。その日は小原が吉展ちゃん殺しを自白した日でもありました。昨日のことのように憶えています。

この三月に物理学科を卒業しました。そして母の看病を兼ねて母の実家に引っ越すことを決めたのです。

大学三年の時、私の父が倒れたのです。五十二才でした。脳溢血です。倒れると同時に殆ど意識は回復しませんでした。入院して二週間は二十四時間特別看護室に入っておりました。でも、一般病棟に戻ったときは母の声だけはどうやら理解できたようでした。

しかし、口は効きません。脳の左側がやられたのです。その日以来母は付ききりの看病です。私達も交代で看病しました。家庭に重傷の病人が出るのは重苦しいものです。

その年、弟が大学に入学し、妹は高校二年になっていました。医者の話では父の様態はもう時間のもんだいで、殆ど回復は望めないという話でした。

それでも母は精一杯の看病を続けました。しかし、何と申し上げたらよろしいのでしょうか……半植物人間となった病人を抱えた家族に取って、病人本人よりも休まず看病を続けている人の方が可哀相になります。助けて欲しくなるのは病人より看護人の方になるのです。

私は悩みました。安楽死という言葉が頭を過ぎった事もあり、私は何を考えているんだろうと思いました。安楽死とはどういうことなのでしょう。

その年の九月に父は亡くなりました。静かな死でした。一時は病人の父に対し恨みを持ったりした時もありました。

でも、現に父の死をまえにしたとき……今まで、こんな悲しいことはありませんでした。本当に悲しいのです。人の意も解せず、ベッドの上であばれて母などに大きな迷惑をかけていた何の感情も無い父が父が……悲しくて……その晩は私は泣き明かしました。母は心身共に疲れているのに涙を見せませんでした。

父の死が何故こんなにも悲しいのでしょう。私は初めて永遠の別れというものを経験しました。

あれほど悲しかった私も、日が過ぎると殆ど何もなかったように、元の元気になりました。不思議なことに時間という絶対の医者が私たち家族を癒してくれたのだと思います。二カ月過ぎた頃には憔悴しきっていた母も元気になってきました。

私達の生活は父の残したものでそれほど変わりませんでした。大学の方は専門過程の勉強で忙しくなってきました。

翌年の正月は喪に服しながら家族四人で過ごしました。大晦日の『紅白』を初めて家族だけで見ました。父が健在の時は考えてもみなかったことです。私はその時家庭というものがこんなにも大切な場所だったのかとしみじみ思いました。社会に出てどんなひどい目にあっても、大失敗をしても家庭というところは必ず帰れるところであり、優しさが漂っています。家族はどんな時でも私を許してくれるだろうし、暖かく迎えてくれるだろうと。

私は確信しています、人類が生きていく上で、どんな団体なり集団があろうとも家族以上の集団は有り得ないと。


個人を除けば家族が最後の最後まで残る人類の存在の形であると考えています。

そういえば貴方は団体とか集団が嫌いでしたわね。

こうして私達四人のつましい生活は続けられていったのです。

しかし、不幸な家族には不幸が連続して襲うのでしょうか……いいえ、私達の家族は不幸ではなく悲しみを持った家族と言った方がよいでしょう。私達は悲しみが癒えたと同時に、また大きな悲しみに襲われたのです。

父が亡くなってまだ年が経っていないのに、今度は弟が亡くなったのです。それも父の墓参りの途中で。父の墓は小平に在りました。弟は母と叔父を乗せ青梅街道を走っているとき、大型ダンプと事故を起こしてしまいました。母と叔父は軽い怪我ですみましたが、弟は即死でした。弟には落度が無かったのです。相手は無傷といってもいいくらいでした。母は半狂乱のようになってしまいました。一時は相手を殺してやるといって包丁を持ち出したりしたこともありました。父の死の時にはどんなに疲れていても、悲しくとも涙一つ見せず、全てを切り回していたのに……このときは狂人の様になってしまったのです。弟に対する示談交渉は頑として受け付けませんでした。

そして「私の息子はお金でなんかで換算できません！」と頑なでした。何とか叔父が間に入り、示談は成立しましたが、そのお金には絶対触れようとしません。

母は「あのお金は私達家族のものではない。」と言いますし、「世の中は惨い仕組みになっている。何故人様のお金を私たちが預からなけりゃいけないのか。」と言い出す始末でした……もうその時は母は病人になってしまったのです。

私は何故自分達だけがこんなに不幸なのだろうかと何度も、何度も考えました。答えは出てきません。私は母の弟の死に対して異常なまでの混乱には驚きました。

今思いますと母が悲しみにくれるとか、落差が大きかったと言うよりも、母の秩序化されていた全ての機能が混乱して、統一が取れなくなってしまったと思えるのです。

混乱は徐々に良くなってきましたが身体は益々弱ってきました。叔父は心配して何度も田舎に戻ってこいと言ってくれました。しかし、私の学生生活もあり、いままで保留してきました。今年の三月私も大学を卒業し、妹も無事短大に進学することが決まりました。そして、叔父の話を受け入れ母の実家に行くことを決心したのです。東京の家は全部引き払い、妹は自立した生活をすることにしました。

最近、母の混乱の原因が解った様な気がするのです。

貴方だったでしょうか、福田さんだったでしょうか……今ははっきり思い出せませんが、或時三人で時間の話をしていました。覚えていますか。そう、時空がどうの、相対論がどうの……という話です。私たちの結論は「我々は時間流という流れの中をある一定方向に泳いでいるに過ぎない。」福田さんだったと思います。「ライプニッツは時間は順序という概念で捉えている。何事も順序というものを持っていて事象は順序に従って起こるのだ。」と言ったことを思い出したのです。

母の混乱を目の当たりにして、今になってこのライプニッツの時間意識が解った様な気がするのです。

親より子が先に死ぬのは何故こんなに悲しいのでしょうか。それは私達が持っている順序秩序が崩れるからです。しかも順序秩序の崩壊は個にしかやってきません。私たちは順序秩序を保持したまま事象が起こることについては以外と容易に受け入れることができると思うのです。しかし、順序秩序を崩壊するような事象が挿入されるとそれはその順序を持っていた個人を混乱に陥れるのです。貴方が「一つのオーダーが決まっていてその間に何か事象が挿入されたとき時間はどうなって仕舞うのかな。」と言ったのを思い出します。

その混乱の原因は、まさにあなたが仰ったことです。それは前に持っていた順序の秩序を入れ換えるという変換の中に在ると思うのです。ですから母にとっては父の死は母が持っていた順序の秩序を乱しはしませんでした。しかし、弟の死は母が持っていた順序の秩序を全て作りかえらなければならなかったのです。そしてこの順序は徹頭徹尾、個に属するものであります、また直線的なものでもあるように思えるのです。

私は私の順序の秩序を持ち、母は母の順序の秩序を持っています。私の順序秩序には母が在り、母の順序秩序には私が在ります。それが、秩序を満たす対応となっていることが大切なのです。

私はここで以前、貴方と『過去と未来』はどちらが長いかと話たことを思い出します。

個は母の胎内から生まれ出ると順序秩序を作るのです。それは生きようとする意志で作るのです。そして意志によって作られた順序秩序は常に未来に向かっているベクトルなのです。

私も母も毎日生きようとする意志で順序秩序を作っているのです。ですから、個の順序秩序には過去ということは入って来ないと言うよりも記憶という形でしか残りません。過ぎ去った事象についての順序秩序は無視出来るということです。しかし、私達は過去というものを持ち歴史というものを持っています。これは順序秩序ではないでしょうか。そうです順序秩序です。しかしそれは私が今申し上げた徹頭徹尾、個に属する順序秩序とは違うものなのです。

歴史という順序秩序は類として意識された順序秩序です。それは意識され作られた順序秩序です。理解のための順序秩序でしかないのです。そのベクトルは過去を向いています。決して未来を向いていないで意志もされない順序秩序です。私たちはそれを歴史と言っていると思うのです。ですから、未来は個に属し、過去は類に属すると思うのです。それは、個と類の二つを比較することは無理なことのように思うのです。歴史というものが意志されず、意識的に作られたものだということは、歴史的事象、というより類に属した事象は外側に居なければ見えないということです。一つの例として、今のヴェトナム戦争を取ることが出来ます。この戦争を可哀相とか、悲惨であるとか、米帝が悪いとか言っている人々は皆外側にいる人達です。私個人はそういったことばには無関心です。当事者であるヴェトナム人にしてもアメリカ兵にしてもやはりそういった外側の声には無関心であると思うのです。しかし、その人達は自分の意志で未来を作り黙々とした生活を続けて行かなければなりません。その意志された未来を、たとい悲しいことが在っても、生きて行くことを自分の意志で選択しなければならないのです。そんなことはわかってる、ヴェトナムに行かなくたってそんなことは解る。ヴェトナムに在る日々の悲しみは東京にも、ニューヨークにも在るのだと言う知識人というんでしょうそういう人々がいます。私は彼らにも賛成できないのです。

ヴェトナムの一つの村がアメリカ兵によって焼かれた。この一つの事実はいろんな事を含んでいると思うのですが大事なことは、焼き払う一人の兵士はその人の意志によって焼き払うのです。それは彼が生きる意志の上に築いたものです。そこにヴェトコンがいようが、軍の上属の命令が在ろうがそんなことは、一人の兵士に取っては外側のことです。政治的な、あるいは軍事的な、長い目でみれば歴史的な一つの事実でしかありません。しかし、それに参加し火炎放射器を持った一人は生きる順序を作るため自分の意志でやったのです。彼は焼き払うことによって生きて行くのです。彼は自分の順序秩序を構成しながら……しかし、彼の一つの行為が、行動が順序秩序を狂わしたり、逆に順序秩序が行動を停止したりすることは往々にしてあることです。その結果として焼き払うことを拒否したり、焼き払うという行為がもとで発狂したり、あるいは自殺に追い込まれたりすることがあると思うのです。

焼かれた一人のヴェトナム人は焼け跡に再び家を建て生活を始めるのです。こんな事が東京に在るわけがありません。

ごめんなさい、何か支離滅裂になったようです。でも、私がお伝えしたい事は個に対する事象は具体的であり、その個に属し、特殊的であるということです。そしてそれは未来を目指しているということです。

私は貴方に知って頂きたいのです。こうした私の順序秩序の中で、貴方は私の記憶の中でも、順序秩序の中でも貴方として存在します。それはどういうことか申しますと、置換がきかないということです。

私が生きて参りました二十二年間に多くの人々とお会いしてまいりました。それはAさんであり、Bさんでもあります。しかし、殆どはAさんの代わりCさんでも良かったというお付き合いが多かったと思うのです。でも、野村さんは野村由起夫でなければならないのです。貴方は、私に取って貴方以外の者では置き換えることが出来ない存在なのです。

置換のきかない最も大きな存在は親族だと思うのです。置換がきかない相手には、人は無償の行為が出来ると思うのです。

全てが、利と結び付いているように見える今の社会で、無意識に無償の行為を与えることの出来る相手とはどんなに大切な人なのでしょう。

今、ここまで書いてこの二年半のことを思い涙が出てまいりました。

滲んでしまった手紙お許し下さい。そしてもう少し我慢して手紙を読み続けて下さい。貴方に聞いて頂きたい私の物語、いや愚痴物語があるのです。

私は母と共に田舎に引越します。そのうち中学の理科の先生か、高校の物理の先生になろうと考えています。勿論、母が良くなったらですが……そして私は今、一つの計画を立てているのです。一九八六年、御存知ですか、ハレー彗星が来るのです。それまでに天文の勉強と望遠鏡を買うつもりです。十八年も先のことですが、今から胸がワクワクしております。あれは、何日だったでしょう、蒸し暑い日と記憶していますが、貴方が『パスカルの浣腸』と言った日のことです。私がそれは『タレスの夢』と言ったのを憶えておりますか。そう、意義は慰戯だとおっしゃった日です。今日はそのタレスの夢の話を聞いて下さい。中学生の時です。三年生の時だったと思います。近所の古本屋で、厚紙表紙でオレンジ色の『幾何学のれきし』という本を買いました。著者は矢野健太郎と言う方でした。その本の中にタレスの話が載っていたのです。タレスは最初の哲学者で、数学者でもあって、日食を予言しました。生活の為に塩を売っていたそうです。ある時馬に塩を積んで星を観察しながら歩いていたそうです。あまり熱心に星を観ているため、川に落ちてしまいました。それでも星の観察を続け、そのうち馬に積んであった塩が川に流されて仕舞いました。タレスはそれでも星の観察を続けたという話しです。

私はこの話が面白く何回も何回も読み直しました。その時はそれで終わってしまったのですが。私が物理学を勉強したい思ったのは、

『真実への探求』という本を読んでからです。いまでも、アインシュタインの言った言葉を憶えています。

『神は経験的に積分するからね』それが何を意味しているかは今でも解りませんが。

大学受験が迫ってき、私が理学部を希望すると周りの人にいろいろ言われました。工学部の方が就職がいいよ。理学部じゃ教師ぐらいしかないよ。私には大学にはいるのになんでその先の就職のことを考えるのか、不思議に思えたのです。しかし、よく注意して見渡せば世の中というものは、機能的なものに目が向き、役に立たないようなものは無視される方向にあるような氣がします。

例えば、高校のころの読書、小説一つ読むにもしても何かのというより受験の役に立てるみたいな読み方が横行したように思うのです。確かに福田さんのような方もいましたが希です。世の中は便利になりますし、便利と言うと機能的なものが重要視されるのです。私には馴染めませんでした。その頃、タレスの話を思いだしたのです。面白かったタレスの話は本当は人間に取って一番大切なことに思われたのです。

『役に立たないものほど価値がある。』こうした考えを持つのが最も人間らしいと思えるのです。今の、私の偽りの無い心境です。

長々と書き連ねました。最後まで読んで下さってありがとうございます。私と母はこの手紙が届く頃は海辺の街にいます。私も今は元気です。ただ、生きる意志と、母より絶対に先には死んではならないと肝に命じております。この拙ない手紙読んで下さってありがとうございました。貴方様も何時までもお元気で……ペンをおきます。

敬具

一九六八年三月二十八日午前三時二十分

太田明子　拝

野村由起夫　様

モノローグ（独白）

詩篇

夜

ああ、まだまだ夜か。
それにしても、輝ける太陽が俺の前にあらわれるのは
一体何時のことだ！
俺もまだ捨てた者ではない。
輝ける太陽を待っているのだから。
それとも俺は、それほどに罪が深くて、再び太陽を見い出すことは
出来ないのか。
それとも俺は、あまりにも暗く、深い夜を愛してしまったのか。
俺にはもう輝ける太陽は望めないことだ！

俺の無邪気さ、幼さ、小児性、……俺は泣きだしたくなる。
一体、生活ということがわからない。
俺達が仕出かしたことは、ことごとく喜劇的では
なかったか。
一体、日常の生活様式が俺には一向にわからない。
俺には友情が、恋人の二人連れがわからない。
俺には人の生活というものがわからない。
俺は俺の幼さに同情を感じる。

俺には死がわからない。
父が、母が、家庭が俺には全くわからない。
人の世に住んでいながら一向に俺にはわからない。

もう、絶対に希望なんて有りはしない。
未来なんか有るもんか。
俺の背には、数々の茶番劇が重くのしかかっているだけ。

俺は、喜劇を作る為に生まれて来た訳でもあるまいのに。
世の人々よ。
俺には君らの楽しげな語らいがわからないのだ。
君らの笑顔が理解出来ないのだ。
君らの動きが、君らのことばが、俺はよほどの小児なのか。
君らの社会や政治が理解できない。
君らが一日、何の不満もなさそうに話していることが、
悲しいかな、俺には一向に理解できない。
生活とは慣れだ。

日常の様式とは忍耐だ。
恋人とは寂しさだ。
社会とは何もない空虚だ。
会社とは生活の糧。
語らいとは無常だ。

それにしても、俺は人の世に生まれながら、
一つとして人並に出来たものはない。
俺の様々の愚行が次の行動を阻止する。
出発は見合わせだ！

言葉よ、おまえは何時俺から離れていてしまったのか。
愛よ、おまえは何時俺を見捨てたか。
孤独よ、おまえだけは何時までも何故に俺に付きまとう。
許されるものはもう何もない。
俺は、暗い闇の中を、ただひたすらに走るだけだ。
自殺
これも淡い青春の夢ではないか。
もう、遅すぎるというものだ。
それにしても太陽は何時俺の前に現れる。

空間

僕は君に問う
君の前に悩み、苦しんでいる者がいたら、君は一体どうするか。
君には彼の苦悩を理解することが出来るか。
君は彼に一つの解決を与えることが出来るか。
どのように……

たとえ、君が、彼をどんなに信じ、愛しようとも、
君には、僕と同じように彼の苦悩を、
僅かなりとも解ることは出来まい。
僕と君、君と彼、彼と僕

ここは永遠に到達出来ない、無限の空間が広がっている。

君はその空間をなんとしえよう。

一九七一年七月八日

今日も一日が空しく過ぎ去る。
過ぎ去るというより、一日が終わりホットするのである。
時間
アッという一瞬でもって過ぎ去ってくれ

死ぬにも死ねず生きるにも生きられない。
この十数年の何と長い暗黒
書かなければ何ら慰めはないのか
恥とともに再びペンを執る。
幸福と思われた一瞬
生きる喜びを見出したと思われた一瞬
もうその瞬時も遠く過ぎ去り、三年の年月が過ぎた。
あの瞬時は追憶なのだろうか、鎖につながれた今なのか
それでも、現に僕が生き続けているとは、
誰かのために生きているのだ
なにものも生み出すことのない混乱
すべては無、嘘のような世界

時間

何をしなくとも時間は去っていく。
どんな大事件だろうとも時間は去っていく
内にこもって悩める人々からも、その苦悩は去らないが、
時間だけは去っていく。
人間は老いることを恐れる。
記憶というものがなければ人間は時を何とも感じないのだ。

一日

人間は決して社会生活を営む生き物ではない。
人間は決して社会など必要とはしない。
君が望むことは小さなことでしかない。
君が守りたいのはじーと孤立していることだけだ。
君は生涯社会から遊離したいのだ。
君は君の持てる時間をフルに使いたい。
君は一日をただフルに二十四時間としたいだけだ。
君のために。

羞恥

君が思い悩むことはありふれたことなのかも知れない。
羞恥だ。
一日の糧を得ることだ。
君はじっと一日を送りたい。
だが、君は君が思う生活ができない。
君は見られることが恥ずかしい。
君は知られることが恥ずかしい。
君は一日の生活を終わるのに他人の人々の中に
入ってゆかねばならぬ。

これは君が他人に君の生活を見られることだ。

君にはそれが恥ずかしい。


一人の女を愛してしまう。

他人は君が女を愛してることを知ってしまう。

君がその女と話をふとしてしまう。

他人はそれを聞く。

他人に知れてしまうこと
それが君の恥ずかしいこと、羞恥なのだ。

人に見られることの羞恥。
人に知られることの羞恥。
君の望むことはありふれたことだ。
ただ誰もいない。
誰も君を見たり、知りたいと思わない土地に
好きな女と生活をしたいだけだ。
だが、君の望みはかき消されてしまう。

あるむかしのものがたり

それは遠い昔の、とある場所であった。

そしてその場所に集まってきた人々はもう初老の境地に入っていることだろう。

彼らにその時のことを話しかけたら、彼らの誰もが、懐かしい、青春を思い起こすように語るのではないだろうか。僕を除いては。

僕はその空間に唯一残ってしまった。ああした人々は、一人また一人とその空間を抜け出していったのに。

おお、数々の喜劇よ、数々の茶番よさらば僕も大いに叫びながら、その空間を後にしたいものだ。

だが、僕はその泥沼から一向にはい上がろうとせず、ただその体積を大きく膨らませるだけだ。

様々のゲームよ、さまざまの譲説よ、酒よ、タバコよ……

彼らはそこを一瞬の時空として通過していったのに、僕は今だにその時空に残っている。

そうだ昔は多くの友人達がいた。まるでギリシャ時代の固い友情を思わせる存在だった。

誰の心も開き、それは青春の絶頂を極めてた。

だが、僕は信じなかった。それらの楽しげな語らいが信じがたかった。

僕が彼らに問うても、彼らは何も答えてくれなかった。

僕らは強い友情を持っていたではないか。

僕らは愛する一人の女があったではないか。

幻想と茶番の数々。

今、その空間には僕以外誰もいない。

孤独

僕が、今、さしあたってしなければならないことは、孤立することをもっともっと完璧なものにしなければならないと言うことだ。

僕がもう人並の幸福を望まないなら。俗に云う、愛とか、友情とか、自由とか、平和とかいうことから逃れたいなら、僕は、もっともっと孤立しなければならない。

僕が複雑怪奇な人間関係はもとより、単純な人間関係においても、困難に陥ってしまうのは、ただ単に言語や、人間が相互に理解不可能な領域を持っているという恐怖だけではないだろう。なぜなら、これを理解しえる人間でも単純な人間関係を保っていくのに何等困難を感じない人も在るからだ。

もっと切実なことは、パスカルにある。この矛盾し得る存在である人間。

人間は少なくとも、社会もしくは共同体というものを持ち得なくて生存していくことは不可能である。でも次の言葉も真実ではないか。

『人間の不幸は、一人静かに自分の部屋で休息するのを忘れた時に始まる。』

この二つの矛盾が僕を様々な共同体の中で苦しめる。二人の恋人同志はこのパスカルの言葉に矛盾しないか。愛とは人間の幸福な在りかたに矛盾するものか。ある時僕は愛し合う二人の存在とパスカルの思想とを統一出来たと考えた。だが今となっては、それも何等事実性の無い机上の理論ではなかったか。僕には一組の男女が共に生活することは当然のように思えた、しかし二人にとって人間が少なくとも二人存在したとき、そこに生じる了解不可能の空間をいか様に乗り越えるべきか。その主役を演じるのが言葉なら、その一つの言葉は自分から己を表現するときいか様に表現され、それがいか様に受け止められるか。

もし一つの言葉によって、関係が生じた時その関係は二者（少なくとも）にとって同値でありえなかったら、それは喜劇のような一つの茶番と見なされるはずである。

そこで許されることは、これを避けたいのなら、沈黙するだけである。

その愛が成就され無かったら、沈黙は悲劇となりはしないか。

愛の伝達が言葉による全身活動であるなら、一個の人間の全活動を他者が全的に受け止めることは可能か、不可能か。

不可能である。

もし、これが可能となったら、人間社会における革命という革命は全て成就される。

同時に沈黙を守りつつも、一個の個人はなんらかの形で共同体と共に在る。共同体における沈黙はその個人の生活の圧力となるはずである。生活圏での村八分の形をとる。そこに起こるこの矛盾について意識した個人は僕が考えるに人間における羞恥、罪の意識というものが生じそれが高まったとき、個人は、狂気、異常な状態に陥る。

多分、神経の衰弱や一種の失語症あるいは発狂といったものは、このような点に根ざすのである。

個人の羞恥とは共同体に起こる様々な現象に対して沈黙せざるを得ないところからきているのである。

個人の無価値性、無力性、無常性……これらは共同体からの見地である。すなわち、人間は一個の個人であり個人的小宇宙を持ちつつ、その内側だけでは生きて行けない。常に共同体が必要であり、そのことが矛盾した存在なのである。

それでも、沈黙を通したければ、その個人は人間の持つ、あらゆる情念というものを放棄しなければならない。

労働 一

今日、五時
僕は、あの嫌な、重い労働を終えて、人、せかせかと帰宅に着く。
僅かに残された、あと数時間の自由な時を、一秒でも大切にしようと。
僕は、
いつもよりすいた電車の中で残された僅かの時の使用法に、楽しい空想を思い描く。
いつもより、少しすいた電車の中で。

今、夜の零時過ぎ、僕は一つの労働を終えた。
アルバイト　金　五百円也。
僕の自由となるべき時の、何時間かを、僕は、今、
金　五百円也と、引き替えた。
僕に残されたものは、明日の労働の為の睡眠だけである。

労働 二

僕はもう何も考えず、直ちに帰宅に着く
混んだ電車の中で何も考えようとしない
今日一日の会社勤めを早く忘れようと

もう秋だ、日照の時間も短くなったのか
それとも夜が遅くなったのか
街は暗かった

僕はあの嫌な、会社のことを忘れようと考える
何によって
君は何によって、あの生活の糧である
一日の労働の苦痛な記憶を忘れようとするのか

僕は家の前でポケットに手を入れる
鍵を捜す
左手には、明日の仕事の書類を詰めた大きなカバンを
抱きかかえながら

家の中にはいる
僕は直ちに内側から鍵をかける

もう絶対に
誰にも邪魔されない

僕は僕の空間を明確に意識する
僕の心は一瞬なごむのだ
一日でその一瞬

部屋は真っ暗
誰もいない
僕はその真っ暗な空間に横になる
じーと静かにしている
僕はこの一瞬の興奮が静かに静かに
静まるのを待つ

そうした中で僕の時間はいつも
ニュートン的時間となって
僕の中を通過して行く
無惨にも
切なる僕の願いをかき消しながら

何が
この時間が
何を
僕の持つ生活空間を
どうする
根底から、ひっくり返すことを
現に
何事も起こらなかった

異邦人

僕が生まれてきたとき
大地は在った
水は在った
木々は在った
地球は在った

海は在った
動物も、昆虫も在った
人間も存在していた社会も在った　お互いが無理解であったが

僕が生まれてきたとき　これらのものは在ったが
それらは僕には無かった。
彼らは多くのものを所有したが
僕のことだけは所有できない。
なぜ、僕は異邦からやって来たから
彼らにとって、僕は異邦人　彼らは、他国者

少年

昨夜の夢
一人の少年の夢
無言の少年が立ち止まった
祭りの日でも一人部屋の中
外へ出ることの不安
人と出会うことの恐怖

一人部屋の少年は
もの想いにふける

宇宙の端
あの星の彼方
夢とは遠く、そして身近なものなのだ
現実とは近く、そして遠く離れ去って行くものだ

人生とは生活の知恵ではない
人生とは労働ではない
それは全く当然のことではあるのだが
街行く人々は
少年がそう云うとあざ笑う
だから、少年は一歩も外へ出ない

一人部屋の少年は
静かに言った、誰も居なかったから
人生とは生活を超越したところに在り
労働を超えたところに在る

或日

目が醒めたら
俺の回りは不安だらけだった
不安、不安、……

翌日、不安は増加する一方であった
俺は不安だった
不安、不安、……
ファン、ファン……
ファン、ファン……
となってしまった
俺はタレントのような気がした
気分が良かった
しかし、よく考えてみたら
俺は、道化役者にすぎなかった

或日、目が覚めたら
俺は狂人であった
俺はこの上なく幸福であった
翌日、馬鹿野郎が云った
狂人は天才でなきゃならないんだ
アッ
という間に俺は正気に返ってしまった

或日
俺は目が見えなかった
口も聞けなかった
耳も聴こえなかった
何も考えることが出来なかった
何も感じなかった
何も悩むことが無かった
不安もなかった
道化もなかった
……
俺は、死んでいた

記録

深夜
僕はなんとなく落ち着かない
何故
あらゆるものを放棄してしまったのに
もう、身軽なのだ

友人も無く
もう苦しむこともない
奇妙な胸騒ぎもなく
静まったものだ
なのに

僕はなんとなく落ち着かない

失うべきものは全部失った
家族の優しさも放棄した
もう、後悔もしていないのに
僕はなんとなく落ち着かない

新しい門出だ
そんなものも信じない
僕が信じるものなどもうないはずだ
なのに、僕はなんとなく落ち着かない

忘却

僕は忘却を可能にする
五月
この日に、僕は忘却を確信する
僕の心を衰弱させた出来事
僕はもう全部忘れてしまった
僕にとって全ては新しくなる
何故
僕は全てを忘れてしまったから

訣別

静かな別れだった
誰一人として、不満はなかった
僕の訣別は春に起こる
まだ
冬の寒さも身にしみる
早春の夜明けに
静かな別れだった
誰一人として、不満はなかった

五月、青葉が美しい
三月のように、もの寂しくはなく
生命にあふれ
太陽は輝く
なのに

僕の心は秋
僕は再び訣別する
それは、決して静かではない
煮えたぎる憎悪

腹の底で、チリチリと焼け付く羞恥
それは靜ではない
五月
これが僕の別れだ
人は僕を見て不思議がる
人々は僕を避けて通る

煮えたぎる憎悪
腹の底で、チリチリ焼け付く羞恥
これが僕の別れ方だ

僕は孤独にかえる
もう
全てを忘れるのだ
僕は僕の太陽を捜す
決してそれは静かではない

僕の孤独ははじまる
誰にも伝えようがない
誰にも知られることはない
僕は、
今、人々と別れて一人耐える
五月の日に

そして誰も居なくなった

それは嬉しいことなのだ。
誰も居なくなったのだから。
もう、社会も、何も存在しないのだから。
そして誰も居なくなった。
何故だかは知らない。
本当に誰も居なくなったのだ。

ある日

誰にも会う必要がなく
生活も
せめて、ここ二、三日の生活費についても
心配する必要がなく
ただ一人、自分の部屋で
誰と云うこともなく
自分にだけ理解できる言語でもって

そう
自分にだけ理解できることばで

そうすれば
何者にもかすめ取られる心配はない
じっと思索にふけり一つの疑問を解決したいものだ

そうすれば
僕は
思考停止にあってしまっているこの頭脳を
再び、僕の大好きな学問に向けることが出来るだろう
一生涯などと大それたことを云っているのではない

僕の人生の
二年か三年を、唯一の事のみに熱中したいものだ
そして確実なことは
生活をきっぱりと忘れ……
ランボーをして
このことが、架空のオペラではなかったたか
その時
時間は停止したままとなり
空間は拡大も、縮小もなく、一定状態を保つというものだ
だから
その中にあって、僕はもう永遠を確実に握りしめたのだ

狂人の歌

この世に悪魔のような子供が居たろうか。悪魔ならまだしも救われようと云うものだ。人間の内奥に住む狂気。正常でありながら、その裏の異常性。一体、人間なら、顔かたちが人間ならいかに異常であろうと、永々とこの世に生息して良いのか。神がいたなら悪魔がいよう。対立する存在でも、神と悪魔が一緒に存在している空間いや物体など想像もできない。

だが、現に私はその醜悪に耐切れぬ存在を目の前にしている。可哀相なことには狂気と正気が入り混じっていることではない。そこに明確な境界が引けることである。我々の存在が、狂気正気の混合した存在であったなら社会生活は出来ようものを。狂人は哀れにも二つのものが明確に分離されているが故、社会に馴染めず、人と話することも出来ずに迷っている。確かに、彼は死に向かって一生懸命に走っているのだが、死はそう簡単に彼に入り込んではくれなかった。二十才のとき、彼は実行に移す。自らが完全な狂人になることと、一日でも早く、死が自らのものになる方法を。

飛び込めば死ねるだろう。薬を飲めば死ねるだろう。……といったありとあらゆる自殺の方法を考えて、発狂するのを望んでいた。もう、助かろうなどとは毛頭考えまい。羞恥と言う羞恥は全て出尽くした。後は放火と殺人だけが残されるのだと勝手に考える。

それにしても、人間が生きるのに……生まれて来るのになぜ家庭がある。なぜ両親が居て、兄弟がいる。これらが人を苦しませる第

一歩ではないか。狂人は木の股から生まれることをずーと望んでいた。許されたかった。あらゆる犯罪に、あらゆる残酷さに。だが、狂人の受けた二七年間の遺産は全て矛盾するものであった。死よ。あらゆるもののうちで、最も自然である死よ。沈黙と安定性の平衡感覚を初めて示してくれる死よ。それはまた永遠の覚醒と云う。

狂人はもう生き返ることは永久に出来ないのだ。だが、彼が背負った狂正の境界は、彼の頭脳を狂わし、今にも破裂さすだろう。狂人は最も嫌いな人間に向かって叫ぶ。滅びるがいい。

狂人は勤勉な労働が嫌いだ、役に立つものが嫌いだ、優しさが嫌いだ、どこにでもある親切な情感に嘔吐をもよおす。なぜ、滅ぶべき人類はもっともな顔をして生きているのか。彼らには、何の疑問もないのだろうか。人類のその人口の多さに恐怖しないのか。人類が多すぎるために我々がいかに苦しまざるを得ないか知らないのか。文明とか科学とか言うやつが、我々をいかに苦痛に落ししめているか知らないのか。

自責の甘い狂人よ。それはおまえだけではなかろうが。真実云うならお前は保護してもらい静かな生を成就するのを願ってるのではないか。だが生活は許さないだろう。

お前が出て行くのは、お前の最も嫌悪する人類と云う世の中に全ての茶番を演じに行くだけだ。

この様々な茶番よ。何故に狂人を苦しめる。人に慣れない狂人は、人前に出ると茶番をとことん演じなければ生活が許されないのだ。悲しいかな、お前に今、俺が絶対に言ってはならぬことを、最後の花向けに言って上げよう。そうだ、お前は生まれてこなければ一番良かったのだ。

この花向けの言葉を俺がお前に送ったからには、狂人よお前はお前の死の加速度をもっと速めなければならないのだ。急がねばならないのだ。

あの無限の空間の中で、沈黙と安定性を保ち、お前は、全宇宙を浮遊する一つの物質に還帰するために。

＊

僕は子供の頃から少年を知っている。幼いころから少年は孤独であった。彼はあの田園の生活に居たときだけが救いであった。少年が人であったときだ。

幼い少年は数多くの生き物と向かい合ったが、互いに無言であった。少年は恐怖と歓喜の中に生きていた。彼にも母や父は在ったし、大地も彼のものであった。水も、緑なす森も、林も、少年は多くのものと対峙することが出来た。

しかし、それらは彼のものにはならなかった。……何故に彼のものにしなかったのかって……

少年はそれらと一体になることを考えた。しかし無理だった。

恐ろしや、君達は何故に同一化を許ろうとするのだ。君達は何故に論理付けや、或種の誤解が生じただけなのに、どうして同一化してしまうのか。一つの物質が一つの物質の中に受け入れられてしまうって。君達はどうしてそう都合よく幸せそうに物事を考えられるのか。

同一化なんて出来ないことだ。一つのものを理解してそれを浸透していくなんて。そう考えられる君達は、単純な人間関係から複雑怪奇な社会関係までもいとも簡単にやり遂げてしまう。何の疑問も、恐怖も入らないだろう。少年はそういった人々とはお別れだ。決定的な決別だ。

＊

少年よ。君はその時一体、どうして、そんなにまで恐怖を感じるのか。君は君の心を慰めてくれる大地に何故に恐怖する。少年よどうして君はそこまで無言で、蒼い顔をして、立ち震えている。君は、夕方のあの星ぼしのきらめきが大好きなくせに、何故そんなに恐怖する。君は、吸い込まれる様な碧空が休息と思えるのに、何故にそんなに恐怖する。一本の木が、一本の草が君には好ましいものであったはずだ。なのに君はどうして無言のまま恐怖する。

鳥や、魚や、水の流れや、小さな昆虫は君にあんなにも、優しいのに、君はどうして手を引っ込めたまま何時までも蒼白い顔をして立ち震えているのか。

少年よ、君が一人でいることは明らかなのだ。君はそれが限りない歓喜であったから。孤独な君は救助者なのに君は無言でたった一人大地の上で立ち震えている。

少年よ、君は僕の発する問いにも答えず、ただ、じーと無言で立ち震えている。

僕は悲しくなった。少年を胸のうちに強く抱きしめて離したくなかった。少年は僕がそのような姿勢をとると、フッーと消えて、反対の方から再び現れる。彼は無言でただじーと立ち震えているのだった。

少年はなにも答えてはくれまい。彼は僕とだって話をしようとはしない。少年には多くのことが見えるのだ。彼には沈黙と安定性が解るのだ。彼には空間を創造することの不可能性が解るのだ。

＊

少年よ、君の孤独は、何時に始まるのか。僕は信じる。君を。君がどんな卑劣な奴になろうとも、僕は君を信じる。誰もが君を見捨てようとも、僕と君の両親は君を許すだろう。僕も君の孤独に同情を注ぐことがあるが、明確に云って君の嫌悪する人間の情感を抜きにして僕は君を信じる。

それにしても、もう何時間経っただろう。君のあの無言と蒼白な顔と大地を震わすような震えは。少年よ、君はあまりにも幼いのに、人間の持てる力の恐怖と優しさの疑満を覗いてしまったのだ。君のあの優しい大地、水の流れ、そう云ったものはやはり君に対して無言であったか。

少年よ、幼き少年よ。君はまだ七才に充ず、君はその時から孤独であった。誰もが不可思議で、君は大地に寝ころびながらも、母が付いて居ながらも恐怖したではないか。君が落ち着けるはずであった、母の胸に君は抱きしめられた記憶があるだろうか？

君が母と二人で出かける場所は労働の場所の田畑で在り、山であった。そこでも君は一人ぼっちであった。母が生活の糧を得るため、君は母の傍らで一人で遊ばなければならなかった。少年よ君には友達など必要では無かったのだ。君が必要としたのは、母であり、父であり、君自身だった。大地も木々も、草々も、そうした大自然も君には何等親しいものではなかった。常に君が幼いながらも、言葉にきゅうしたとき、無言のうちにいたようにそれらは美しくあったが、無言であった。彼らの美しさは少年の生涯を離れることは無いであろう。それは無言と美のために、君に恐怖を残すだけだ。

大地の怒りよ、貴方は何故にそれほど無言でじーとしておられる。水の流れよ、貴方は一定の運動をおこなう以上に何故に無言であるか。

風よ、貴方はいま少年の前を通過していったではないか。君の恐怖は広く、深くなる一方だ。幼き少年よ、君はそれが救いであったことに気が付かない。君の無言が君を救う。

＊

一時の休息、僕はそれによって救われる。でもそんな余裕はない。まして救われようなどと。僕は永遠に呪われた者だったから。

少年よ、君が見たあの炎は永久なものであろう。その時君はまだ五才に過ぎなかった。君の唯一の話相手であった彼は炎の人となってしまった。君の話相手であった十八才の青年が人間の機能を停止したのは夏であった。

君が唯一話すことの出来た相手もついに沈黙してしまった。神はいなかった。君の話し手は無言となった。君にはまだ自覚が無かったろう。彼が自然に帰ったという。

君の父は忙しかった、リヤカーを引いては家から畑まで薪を運んでいた。君が初めてみる父の正装すがた。畑では君のように遠くから見る者にもよく見えたはずだ。薪は大きく、そして井桁に何段にも高く積まれていくのが。そう、君の家の屋根ぐらいはあったろう。棺がどこにあったかは君には一向にわからなかったろう。

夕闇はひどく暗かった。星も出ていなかった。夜、その薪に火がくべられた。夜中じゅうその炎は炎々と燃え続けた。星も月もその炎のあまりにも美しいことに顔を隠してしまった。少年よ君は一晩中炎を、今のように蒼白で、無言のうちに震えながら見ていた。君の父はその炎の火番を夜の寒さの中で、一夜中見守っていた。

君よ、君の唯一の話相手は君より先に物質と化し無限の空間を浮遊し始めたのだ。ありとあらゆる物質に分解され、宇宙をさまよい始めたのだ。一つのエネルギー単位として。

だが、少年よなんら悲しむことはないのだ。彼は今君のように蒼白で立ち震えることはない。君のように苦悩のうちに思考したり、追憶したりはすまい。彼はただ、じーと宇宙の中で沈黙と安定性を保っているだけだ。僕も彼にならって沈黙しよう。僕はもう君の恐怖は語らないことにする。

ノート（思考篇）

漸近線

漸近線は神の存在を表す。双曲線は人間の存在を表す。ＸＹ＝１なる双曲線について第一象限の双曲線は男性を表す。第三象限の双曲線は女性の存在を表す。漸近線は原点で一つに一致し神の性としての存在がないことを表す。その神をはさんで男と女が対峙する。男の存在学は物理学的であり、女の存在学は生理学的である。中を取り持つ神の存在学は数学的と言えるだろう。

自然的存在と歴史的存在

自然的存在は無時間である。自然であることは周期性を持つことである。要するに繰り返しが効くと云うことである。

時間性とはこの自然的な存在から生じる。周期性が時間を生み出すのである。要するに時間とは自然的存在から生み出されるのである。

歴史的な存在は時間を軸として展開される。すなわち、一回性に根拠を置いている。記憶を主体とし、過去、現在、未来と三界に渡って開かれている。そしてここで生み出されるのは苦悩である。

人間の存在は歴史的な存在である。ここでは記録が最も重要な要素である。そして人間が記録に対し異常な興味や執着を示すのはこのことに源を発している。

記録が存在学的にまで高められたとき学問が生まれる。

歴史的存在は時間を乗り超えることが出来ない。だから、私の存在はこの時代、この社会と云う時間及び空間によって制限された存在である。

個人の死

一人の人間の死はそれがどの様な形であれ、悲劇的である。

無理心中にしろ、自殺にしろ、病死にしろ、偶発的な事故にしろである。

その悲しみは半径二十キロメートルだったり、百キロメートルだったりする。しかしその悲しみは離散的である。悲しみは関係性と云う上に立っているから。一人の人間の死は関係性が決定的に切れると云う点にある。

悲しみを断ち切るには色々な方法がある。しかし、どんな方法も無駄である。それは、時間をかけてのみしか解決方法がない。世代の移り変わりを待つしか無いのである。

一人の人間が両親の死に悲しむ。それは次の息子、娘の誕生によって癒される。孫の代まで来ればもう両親の死の悲しみはない。それより、自分達の死出の旅をさわやかに迎えたいと思う。たしかに、そのような単調な死は癒されるのも早い。

それが、狂ったときの死。母よりも息子が先に死ぬと云うことはもっと悲劇的である。母親は死ぬまでその悲しみから抜け出すことは出来ないであろう。冷静な父親はもっと深い悲しみを背負うことになるだろう。

死は、そこには明確に血は水よりも濃いと云うことが示されている。

記　録

人間は何故に記録にこだわるのか。それは記録無しに私達の存在は有り得ないから。私たちが自然的な存在でなく歴史的な存在であるから。私たちの中で全知全能になりたいと望むものは数知れずいる。神になりたいと。

しかし全ての記録を知りたいと望むものはいない。人間の誕生が不明なのに中ぶらりんの存在なのに。私たちは夢のような生活を送っている。不安なのだ。だから記録にすがりつく。記憶。

酒の思想

確かに酒は時間を忘れさせる。忘れさせると云うよりも記録を失なわさせる。一時的とは云え自然的な存在の味を示しているのかもしれない。

しかし酒の効力は怪しいものだ。記憶が無くなるのは素適なことかもしれないがそれは一時的夢魔のようなものではないか。

不思議なことに記憶の失う飲酒は人間の一生と逆の時間観念を作る。

「人は自分の生まれた時と場所を知らない」

そう、人間は自分の出生については認識出来ないのだ。逆に酒での記憶喪失はスタートはわかるが、エンドがわからない。しかし人の一生は自らの死にたいして認識しつつ死んで逝く。そうすると飲酒により一時的とは云え時間の超越は怪しいもんだ。

少年

少年には二通りの少年がいると思う。置時計の分解屋と箱庭作りだ。それは機械学と地形学である。少年には二種類しかないと思う。それが無限遠点で一点に集約され天文学の世界を作る。星の世界だ。

人はこの原点（精神的）から出発するのだ。その軌跡は自ずと一点を目指す。しかし往々にして途中で挫折してしまうのだ。何故？生活を抱えるからである。どうしてかというと少年の希望と行動のなかには生活を支えるということが入っていないから。しかし少年が大きくなり大人となったとき、一つの社会存在として勤労は必要欠くべからざるものであり、生活を支えなければ次の世代の少年は生まれてこない。

人類が考えなければならないのはこのことだ。いつか、誰もが置時計の解体屋の軌跡を追求し、箱庭造りの軌跡を追求して、星の世界で握手するように向けなければならない。

光（青い鳥）

あなたは、人間以外にも思考が在ると思いませんか。あなたは、僕達の歴史が唯単に人間の一部分の歴史であることに不満はありませんか。文化史と云うのでしょうか、文明史と云うのでしょうか。

今西錦司は歴史を五千年間の歴史でしかないと云っています。人類は五百万年も昔から生活していたのです。気の遠くなるような五百万年も昔から人類は生きてきたのです。食べ、多分悩み、死んで云ったのです。

僕には大きな不満が在ります。どこまでいっても僕たちが学ぶものは人類中心であるからです。僕達以前にも多くのものが存在しそこには大きなドラマが在ったはずです。たといそこには歴史や政治や経済と云った人類的学問が無くてもドラマは在ったのです。

物理学や数学が無くても壮大なドラマが在ったのです。僕達がいくら頑張ろうとも、いくら主張しようと僕達は自然という枠から抜けでることは出来ません。僕達が考えるべきことは自然史を組み立てることです。ビッグバンにより、僕達の宇宙は三分間の劇的なドラマを通して来たはずです。

僕達の遠い遠い宇宙の創生に僕達は光であったのです。全てが光だったのです。僕達はその光のドラマを何とか再現したいとは思いませんか。

遠い遠い昔、宇宙の創生のとき、僕達は光であった。僕はその光の物語を書きたい。

雨の土曜日

水が生命の源である。両生類は水中に卵を生み、爬虫類は陸上に硬い殻の卵を生んだ。アンドロギー概念は何者も生まないだろう。一対であると云う快楽によって思考は停止する。

ビッグバンは急激であったが音が無い。

人間は二種類の時間感覚を持っている。

天文学的時間感覚、あるいは外界志向的時間感覚。

生理・心理的時間感覚、あるいは内部志向的時間感覚
この二つの時間感覚から数字として表現されるものはどれか？

人間が仰向けに寝るということについての一考察

仰向けに寝ることにより三次元空間の認識を得る。

仰向けに寝ることにより意識が目を覚ます。

仰向けに寝ることにより宇宙的振動とともに、大脳が共振し活動が活発になる。

仰向けに寝ることにより無防備と云うことがいかに安らかなことであるか自覚する。

赤子を仰向けに寝せるのは人間だけである。赤子は仰向けに寝る時期を経て直立二足歩行の意志が生まれる。

何故、人は喜びや苦しみがあったとき、天を向くのか。

何故、宗教は天に向かって広がるのか……、それは人類がどの動物よりも早く仰向けに寝ると云う意識革命を行ったからである。

時間

数字によって表現された記録は決定的である。

無歴史的であること。空間次元があり、時間次元がないことではない。

インド文化のブラフマン的ねはんについての理念こそ全く完全な無歴史的な魂を決定的に表現したものである。出典：西洋の没落

物語

学校を出た頃、私はなにものにも属さないことを信条としていた。もう一つ、物語を書きたいと思っていた。

私はもう人間の世界の物語に情熱を失って久しい。もう、アキアキしているのです。

動物物語も人間臭くなると駄目です。物と物、物質の創生の物語にしか情熱が無いのです。

元素、大地、地形、海、河、山、鉱物、植物、原生動物、そう云ったものの物語を欲するのです。恋愛も、家庭も、社会も、政治も、これらは人類歴史の枠を出ません。私は物質そのもののドラマを書きたい。

流れ

無歴史的とは流れしか無いと云うことである。自然的存在は無歴史的であり、人的（世界的）存在は歴史的である。人工自然の模型は自然的存在を造る。

サラリーマンが日々繰り返し会社に通う。いつも同じ時間に電車に乗り、一定時間の仕事を行い帰宅する。この現象を外側から見たら一つの人工模型であり自然的な存在である。それは繰り返しが効くということによる。

内側からみたら、歴史的な存在である。一回性に寄り所を置いて

いる。今日乗った電車と明日乗る電車は全く違うのである。

それらを統合した存在が流れなのである。流れには隙間が無い。流れは時間も空間も埋め込んでしまう。流れの中に構造を見出した時に存在学が展開される。

存在学には構造が必要であり、構造には隙間が必要である。

或空間から別な空間への連続写像を考える。ここに隙間が無いように見えるのは存在的であり、流れそのものである。

学となるには写像空間と云う隙間を考えればよい。同一空間についても同様である。ベターと張り付いた思考は流れそのものであり、学には成らない。流れの前に構造有りと云う人もいる。しかし私は流れの中に構造有りと云いたい。

宇宙の創生はビッグバンに始まる。その前はどうであったか。それは考える必要が無い。私達は流れの中に存在すると云うだけである。存在学にとっては流れの終了も考える必要は無い。何故ならば流れは形式をいかように変えようとも元にもどるからである。

私達に必要なのは構造をとらえることである。

ノート（生活篇）

投函されなかった手紙

突然の手紙に驚いたと思う。お互い生きていることに感謝しよう。光陰矢のごとしというが、我々も二十代となった。そのことについて特別意味は無いが……。高校時代が懐かしく思われる今日この頃である。最後のおまえの電話の声が今でも耳に残っている。

あの頃俺たちは受験々々で忙しかったがおまえはそんなこと一向に気にせずに、俺たちの外側にいた。そんな中でおまえが「パンセ」を読めと云ったことがずーと忘れられなかった。だが、俺が「パンセ」を紐解いたときは随分後で、一人ぼっちの時だった。勿論、おまえは居ないし、太田明子も俺の前には居なかった。

俺がパスカルから学んだものは『沈黙と安定性』ということだと思う。パスカルの慰戯とは何だったのか。……。パスカルは抽象的な学問の世界に在ったが、その世界はとても狭く、多くの人々と出会えない、そこで人間の研究を始める。そこには沢山人たちとの交流が在ると思ったが、抽象学問の世界よりもっと狭かったと嘆く。しかし彼は人間の研究は止めず続けた、そこに出てきたのが『慰戯』だろう。彼は執拗なほど人間の存在のみじめさについて説いている。

そのころの俺は、自分の描いた夢が枯葉のよう舞い落ちて行く絶望の中に在った。そのことがうまくパスカルと出会えたと言うことか。しかし、よく読むとかれの惨めさは絶対的なものであり、俺の惨めさは相対的なものであることが分かった。多分パスカルは有限時間の命しか持たない人間、有限距離の空間しか持たない人間。その存在に根本的なみじめをみいだしたのだと思う。

そこに、慰戯を見付けたんだ。

普遍人として市井のなかの一員として生きていく。良く読むと、パスカルの時代に持っていた、悩みや思考は現在と殆ど変わらないと思うようになった。しかし一つだけ違いが在ることを発見した。存在の形が違うのだと。パスカルの時代は人の命は、基本的に本人に所属していた。そして世界が無くなってしまうなどと言うことは思考上の問題で現実には有り得なかったはずだ。しかし、われわれの時代は違う、核戦争ということを考えるなら、自分の命が第三者に委ねられているという位相にも在ると言うことだ。更に、もっと凄いことは、一瞬にして全人類が消滅してしまう可能性が在るということだ。これは、俺達がいま持っている全ての悩みを無にしてくれるし、我々の受け継いで来た思想や文化も消滅するのだ。一瞬にして消滅することは、善とか悪の範疇には入らない、在っては成らないとか、在るかも知れないといった範疇にもはいらない。僕らは孤独で、自分自身の命もコントロール出来ないのかも知れない。

生きるということは寂しいことだ。

さようなら　　　一九六七年九月一五日

福田三郎様

野村由起夫拝

タレスの夢

昔誰かと語ったタレスの夢、いまは食うために生きてるようなもんで忘れてしまった。

ある男の記録

今朝の電車の混雑はいつもと同様に大変なものであった。会社に着く前に疲労してしまう。例の仕事の件は落着。帰宅のとき、M線電車が十五分程遅れた。久しぶりの定時退社というのに。

最近不眠症気味である。床に入って一時間位してうつら、うつらしていると、急に目が醒める。頭は異様に冴え眠れない。こんな日がもう十日も続いている。頭が異様に覚醒し、まるで自分自身の身体の一部分と考えられない。酒を飲み覚醒した頭脳を酔わせる。そしてやっと床に着ける。

にわかに残業が多くなってきた。これは喜んでよいのか、悲しむべき事なのだろうか。残業が多くなれば私の収入は増す。収入が増せば私の生活は安定する。だからこれは非常に良いことなのだ。しかし、私は私の自由となる時間を失う。だからこれは非常に悲しい事なのだ。しかし、考えてみたまえ

君はこの十年自分の自由な時を何時間過ごせたと云うのか。今更、自由な時もあるまい。どうせ、寝て、食って、働くことだけなのだから。余計な考えをする時間が減り、付き合いなど支出する費用も減り、そのうえ労働で得る収入が増すのだから。こんな良いことは無いのだ。しかし、疲労が増すではないか。いや、それも考え方次第だ。疲れれば良く眠れると云うものだ。

個人の悲（喜）劇

男が前歯を折ったのは三月末であった。二本折れ、それは全く使いものにならなかった。歯科医の話だと折れた歯を人工歯とし、残った歯を差し歯にして支えるしかないと云うことだった。一本の歯を入れるのに十万円かかると云う。男は胸をえぐられる様な気がした。六本で六十万円である。彼の頭はクルクルと旋回した。六十万円。いま、男の持っている貯金は約五十万円であった。これだけの金を貯めるのに有に二年は掛かっていた。その金が一瞬にして無くなってしまうばかりか、借金をしなければならなかった。男は悲しいと云うより、空しさが先にたった。しかし、要はことをせいている。男はOKのサインを出した。

その事故があってから、男の生活は脅かさどうしだった。ひょっとするとそれ以上の費用が掛かるのではないかと。もう金は全く無

くなった。金をまたコツコツと貯めなければならない。男の生活は自ずと節約を強いられた。手取り十万円程度の金から月に二万円は貯金をしなければならなかった。

医者の帰り道、男はもの悲しく、自らの今までの働きが全て水泡に帰したことを痛切に感じた。この五十万円の貯金は歯を入れるためにしていたのではない。百万円貯めたら会社を止めること。実験的に土地を買い小さな農業を営みたいと常々考えていた。それが軌道に乗ったら自給自足の生活が可能かどうかも試してみたかった。しかし、全ては水泡に帰した。いや、むしろ借金を背負うことになったのである。男にとって、それは一番恐れていたことであった。

わずか、一瞬の手違いが男の人生の歩みを四、五年遅らせた。男はあのときタクシー代を節約しなければ良かった。いや、倒れて腕の一本でも折った方が良かったと思った。

いつの世でも精一杯生きている者の不幸は些細な事件や事故で悲劇を見せている。一見豊に見える人々もそれは精一杯生きているだけで、その日その日を送っているのだ。その歯車の組合せが狂ったときその人の人生は絶望へと送られる。楽しく夢みていた希望は全く消し飛んでしまう。

男は幼い頃から、大きな病や怪我や事故に会うのを恐れていた。そのような事故にあったら死んだ方がましと考えていた。変な風に生き残り家族達に迷惑を掛けるのが積の山であったから。男は帰り道一人もの悲しかった。誰かにこの話を聞いて欲しく思った。しかし、話相手は誰もいない。

家に着いて男は貯金通帳を見た。残高は五十万円を切っていた。そのとき、あいつに五万円貸して有る、あいつにも五千円貸して有るなど思いだした。貸した金の相手が目の前に現れ返してくれると云う幻想に襲われた。

男は自分自身に腹が立った。全てが空しく思えた。無性にこのことを誰かに知って欲しかった。それは三月末のことだった。しかし男はそんなことに、何時までもクヨクヨしている暇はなかった。今やっている仕事の納期は四月二十日、否応なく男は多忙になる。順調に物事が進めば、逆に男は詰まらぬことを考えなくなる。

睡魔

男はその日徹夜の作業であった。一夜明し他の従業員達が出社する時間である。

男は同僚と連れだって朝食に出かけた朝食を済ませ喫茶店でコーヒーを飲む。朝刊を読んでいるうちに辺りが茫洋としてき目の視点が定まらなかった。

目がクラクラときた。

立ち上がるとそのまま倒れてしまうのではないかと思われた。突如急激な睡魔に襲われた。瞼が自然に閉じて来る。そのまま眠ってしまおうとしたが目を閉じると異様に頭が冴えている。頭だけ別の生き物のように。心臓の動悸が激しくなるのがわかった。キューと胸が締め付けられそうになった。顔中汗ばんで来た。男は新聞を読むのを止めた。水を一杯口に含んだ。同僚に「もう行こう。」と言って立ち上がった。二、三歩歩くと眠気は無くなった。会社には他の社員が出勤していた。

男は大した仕事も無かったのでぼやーとしていた。再び睡魔に襲われた。このまま少し寝て仕舞おうと机にうつ伏せになる。しかしまたも頭が異様に冴えてきて眠れそうにない。

心臓の動悸が激しくなる。男はこのまま寝て仕舞ったら、そのまま逝ってしまうのではと思われた。眠気覚ましのため再び仕事に取り掛かる。そのうち男はコックリ、コックリとしはじめる。目は閉じているのだが頭の冴えと心臓の動悸は続いている。男は「俺はもう眠ることが出来なくなって仕舞ったのではないか？」と考え始めた。「いや、横になれば大丈夫だろう。横にならないから、眠れないのだろう。」とも考えた。でも寝つかれなかった。男は昼で帰ることにした。一時間電車に乗っていれば電車で自然に眠るだろうと考えた。

しかし電車に乗っても一向に眠れなかった。頭の冴えと心臓の動悸が気になった。途中軽く昼食を済ませ、二時過ぎにアパートに着いた。男は布団を敷き、横になって寝ようとするが頭の冴えはどうしようも無かった。

存在感

男は自が勤めに励むことは良いことだと思った。組合の仕事をするのもよいことだとおもった。男には不平不満は全くなかった。気心を許せる友人も何人かいた。よる遅くなったとき酒を一杯引っかけるのも正しいことと思った。男は今まで当り前のことを当り前にやってきた。しかしどこかピーンと来ないものがあった。「一体俺は何故生きている。こんなことのために生きているのか。」男は自分の平穏さ、不平、不満の無いことに満足しているが、存在感が無いことはいたたまれなかった。

酒の会話

「あんた、何故人間は酒を飲むのかね？」

「わかりません。」

「あんた、わからないのに、酒を飲んでるのかね？」

「美味しいから。」

「美味しい？　どんな美味しさかね？」

「ううん……、一緒に食するものもおいしいから。」

「なに、とぼけたことをいっとるんね！　そんな下司なことを理由に酒なんぞ、のんじゃいかんです。美味しいものは酒なんか無くてもおいしいのです。」

「そうですか？」

「当り前。そうに決まってるじゃないか」

「酒がなきゃ美味しく食べられないものは、元々美味しいもんじゃないんだよ。」

「うん、やはり酒が美味しいのでしょうね。」

「酒が美味しい？　こんなもの美味しいわけ無いじゃない？」

「私は美味しいとおもいますが。」

「ふうん、酒が美味しい、酒がね……ふうん……」

「このほろ酔い加減が何とも言えない気分ですよ。」

「そう、そこだよ。そういうことなんだ。酒の持っている恐ろしい程の魅力わかるかね」

「なんとなくわかります。」

「なんだんね！」

「一言ではうまく言えないですが。」

「じゃ、私が云って上げよう。酒の恐ろしい程の魅力は、時間感覚の超越にあるんだよ。時間の観念を失わせてくれるんだよ。多分、麻薬なんかもそうだろうがね。」

「……」

「しかし、あんたほろ酔いじゃ酒の恐ろしい程の魅力に出会ってないんだよ。あんたはいつもほろ酔いで済ますんだろう……」

「それが一番でしょう。」

「一番？　うん、一番無難だ。……明日も会社あるんだろ。」

「ええ、」

「そう、ぶなんさ……、常に生活一番だから。」

多忙と貧困

私は乱雑になった、机の上をみてやりきれなくなった。私は私の為すべきことをなに一つとして為してはいない。多忙さと貧しさと云うことばかり考えている。記録が気がかりとは時間性が気がかりである以外のなにものでもない。夕方友人が碁を打ちにきた。そこで語られるのは常に取り留めもないことなのだ。そして、自分で予定していたものは何もできない。久しぶりの休日なのに。明日からはまた多忙な一日が待っている。一体おまえ自身何者なのだ。私は存在の根拠を失っているのだろう。

一億年の声

M駅を降りて、バスを途中下車する。畦道を歩くと一斉に蛙の声が聞こえて来る。
草野心平の誕生祭の世界に入った。
……悠々延々たり一万年のはての祝祭……
ギャワロ、ギャワロ、ギャワロロリ
ギャワロ、ギャワロ、ギャワロロリ
…………
心平さんは一つの誤りを犯している。それは一万年ではなく、一億年の間違いである。

四方を水田に囲まれたM団地は五月になると二億年前から続いている蛙の声に満たされる。

一匹のサル

アフリカの森に一匹のサルが居た。サルは集団から離れてしまい、一匹のサルとなってしまった。サルには孤独という感性はまだ無かった。ある日住んでいる周辺の木ノ実を食べていると別のサルの集団が来た。一匹のサルは自分の食料テリトリーを荒されるのを恐れて集団のサルを威嚇した。しかし、結果は逆であった。一匹のサルは自分の持っていた食料テリトリーから追い出されてしまった。

一匹のサルはその集団から遠く離れた所に落ち着いた。一匹のサルはサルの集団から離れたところで生活を始めた。それは平穏無事の日々であった。

秋も深まったころ、その年は不糧の年であった。一匹のサルが自分の持ち場で食料に在りつこうとすると複数のサルの集団が群れをなしていた。集団同志の争いも起きていた。一匹のサルは自分のテリトリーより追い払うとするが逆に弾き飛ばされてしまった。別の場所に行くとそこには別の集団がおり一匹のサルの入る場所は無かった。一匹のサルは次の場所、次の場所と駆け巡ったが結果は同じであった。一匹のサルはとうとう今まで来たこともない遠くに来てしまった。それでも今日一日の食料を得ることが出来なかった。一匹のサルは森の隅に陣をとった。わずか数十メートル先は大草原が広がっていた。

一匹のサルは一本の大木の上に休息を取った。サルが孤独を感じたかどうかは知らない。しかし、疲労が大きいことは確かであった。一匹のサルは月明りに光る一つの池を見つけた。サルは大木を一氣に駆け降り池に向かった。サルは手でしゃくるようにして水を飲んだ水の美味しさが一日の疲労を癒してくれるとサルは落ち着いて水場から顔を上げた。そこは月光に照らされた大草原だった。森とは違い何処までも見通しのきく平原だった。サルは恐怖と同時に今までに無かった感動に捕らわれた。そして、この平原の向こう側には何が在るのだろうと考えたかも知れない。サルは水場で時を過ごすと、サル独特の四足で元の大木に戻り、木の上に安らぎを取った。

何時もなら、木の枝にしがみつくようにうつ伏せに寝るのだが、その日は何故か大きい枝の広がりの上に仰向けに寝た。その姿勢はサルに安堵を与え、ゆったりした気分にした。目を閉じると一匹のサルの脳裏に今日一日の記憶が戻ったかもしれない。思い出に浸りながら静かに目を開くと天空には星々が宝石のごとく輝いていた。一匹のサルは目を閉じることが出来なかった。目を開いたまま、ズーと天空を見つめていた。星々からは次のようなメッセージがあったかも知れない。

「一匹のサルよ立て！」

「サルよ！　二本足で歩け！」

サルはその日夜空の美しさに驚き空が明るくなるまで目を開いていた。

朝日が昇って、サルは木から降りた。そして、天の声を思い出すように二本の足で歩き始めた。ぎこちない歩きであったが、一匹のサルの意志は強かった。彼は立とうと意志した。天空は彼の意志を自覚したのか、彼の意志のベクトルを天上に向けた。重力に対抗して。

水場まで歩いた彼は前こごみになって水を飲むと、大地に仰向けに寝ころんだ。手足をおもいっきり伸ばし頭も大地にしっかりと着けた。大地の安定した支えが彼の全身に伝わってきた。彼には大地からエネルギーが注がれたような気がした。木のうえの同じ恣勢よりはるかに安堵と安らぎを感じた。彼の脳髄は動揺していた。彼は初めて孤独を感じたかもしれない、彼は初めて生きるということを自覚したかも知れない。起き上がるとしっかりした二本の足で歩いて大木に戻った。

夕日の美しい日だった。彼は久しぶりに木に登り枝に腰を降ろして夕日を眺めた。動いてないようで動いている太陽。その変化に彼は身を震わせ夕日を見つめていた。目からは涙が一すじ流れていた。夕日が沈むと彼は木から降りた、そして草原の方に歩いて行った。

再び大木の元には帰ってこなかった。誰も、彼が何処に行ったのか知らない。しかし、それから数万年の後一匹のサルに似た生き物達に出会った。

五百万年前の話である。

ファンタジー（物語）

パリ

一九八三年十二月十三日、野村由起夫はパリ、ドゴール空港に降りた。朝五時十分まだ辺りは暗かった。彼は荷受所でスーツケースを待っていると一人の日本人が寄ってきてに忠告をされた。

「荷物を置いたら盗まれたと思え。絶対に身体から荷物を離してはいけません。私は前に盗まれたことがある。」この忠告を聞きながら、野村は『安全はただではない』と云う話を思い出したと同時にここが日本でないことを意識した。

迎えに来ていた友人のブローデル氏にはすぐ会えた。空港を出てタクシーに乗りパリに向かった。ブローデル氏とは二年ぶりの再会であった。

野村はいま自身が何処にいるのかうまく認識できないでいた。初めての外国である。嬉しいような、照れくさいような……妙な感覚に襲われていた。自分が本当にパリに来て仕舞うとは……でも心の中では間違いなく嬉しくて嬉しくて仕方がなかった。これから二ヵ月どんなことが待っているか。二人はタクシーの中で無言であった。野村は暗い車の外の空間に目をやりながら、感動に近い喜びに浸っていた。野村自身こんな感情になるとは、想像もしていなかった。恥ずかしく、照れくさい気持ちがこみあげてきた。日本を離れ外国に一歩足を踏み入れると云うことがこんなに感動的であったとは思いもしなかった。車から眺める外の風景は薄暗いせいもあって、なんとなく東京から成田に行く高速道路と変わりが無いような気がした。それでも野村は窓の外を一生懸命に見ていた。外を眺めながら、東京を立ったときからのことを思い出していた……重いスーツケースをもって、地下鉄の神保町駅の長い階段を上ったこと……うまくタクシーが拾えたこと……成田で二時間以上も飛行機に乗るため待ってたこと……空港での搭乗待ちはとても孤独だったこと……一時間以上も飛行機の離着陸を見……初めて乗った飛行機の不安……エール・フランスだから日本語がどこまで通じるかフランス語だけだったらどうしようという自信のなさ……実際アンカレッジからは英語とフランス語だけだった。

英語を話そうと思ってもいざとなると言葉が出てこない哀れさ。思い出せば数限りないドジと不安の集積であった。それらは全部昨日成田の空港で起きたことなのだ。野村にはそのことが不思議でおかしくてならなかった。

アンカレッジ空港で見たアラスカの街……飛行機の下のマッキンリー……成層圏の空の美しさ……飛行機から眺める海、島々……全部初めての体験だった。

河は血管のように見え……夜の空からみるパリは光の塊……その光は、荒涼とした暗闇から家庭に帰る暖かさを思い出させた。これらのことは皆、昨日からの十数時間の間に起きたことなのである。
　野村は何時か睡魔に襲われ目を閉じ眠りに入っていた。
「由起さん、パリですよ。」という声で目を覚ました。
「寝てしまった！」とブローデル氏の方を向くと
「疲れているのですよ。」とブローデル氏が言い、更に
「パリ市内です、この河がセーヌです。私達はモンパルナスですから、もう直です。」
　憧れのパリ、昔読んだ「旅愁」を思いだした。あれは船でマルセイユから上陸した。「勝手にしやがれ」の映画のことも思いだした。セーヌの石畳の通りをタクシーは走っていた。街全体は暗かった。東京とパリの緯度の違いを初めて意識した。ブルーバール・パスツールとファギュエール通りの交差点で車は止まった。二人はそこでおりブローデル家に向かった。ブローデル婦人が待っていた。
　午前中は家で過ごし午後三人で外にでた。野村は夫人より地図を渡され、ブローデル氏より家の鍵を与えられた。彼らとはモンパルナスのギャラリー・ラファイエットで別れた。ブローデル夫人が別れぎわ
「迷子になったらこのモンパルナス・タワーを目印にね。」と声をかけてくれた。ルネ通りを通り、リュクサンブール公園で遊び、カルチェ・ラタンを散歩した。ふと気が付くと地図と自分の頭で考えていた道路と、実際の道路とが違っているのに気が付いた。道に迷って仕舞ったのである。彼は地図と通りの名前を見ながらうろうろしていた。心の中では不安で一杯だった。『家に帰れないかもしれない』そんな思いがした。途方に暮れている野村を電話ボックスの中にいた男が見ていた。彼は自分のオートバイに戻ると野村の方を見て手招きをした。野村は走って彼の方に向かった。郵便配達夫であった。彼はフランス語で話しかけてきたが、野村は全く解しなかった。野村は逆に「キャン・ユー・スピーク・イングリシュ？」と英語で話したが、彼は頚を左右に振ってダメだといった。紙とボールペンをとりだして、地図を書き人指し指と中指を交互に動かし、どこから歩いてきたかとジェスチャで示した。
　その意味がわかった野村はちょっと考えてから
「……リュクサンブール」と答えた。郵便配達夫は紙に人の絵を書き野村と絵を交互に指さし、おまえはここにいると示し、次に一本の通りに線を引きその端点をボールペンでさして
「リュクサンブール！」と言って野村の顔を見た。野村は全て理解した。
「メルシー、メルシーボクー」と大きな声を出した。何度も郵便配達夫に頭を下げ、手を振りながら地図に示された道を歩き出した。
　そして再びモンパルナスに戻った。不安が解消され再び元気になると、街を散策しながら時を費やした。みえるものが何でも新鮮に眼に映った。誰として知合いがいない全く見知らぬ街、言葉も通じない街を歩くという不安と興奮の混じった妙な気持ちであった。しかし街はそんな気持ちの野村には全く無関心であった。パリの街は今日も野村がいなくとも昨日と同じように過ぎていった。ただ、野村のみがパリに入ったことによって、街に何等かの変化を起こした

という幻想を抱いたに過ぎなかった。街はそのままであった、ただ日本人が一人増えただけだった。

また考えても見なかった不思議な感覚に襲われた。旅に出れば日本人ではなくインターナショナルの一個人として行動するのだと考えていたがその意識は全く無くなってしまっていた。むしろ日本人であるということの意識が強く働いた。日本人として失敗をしてはいけないという意識が強く働き、心の底では日本人としての誇りを持て、日本のすばらしさを強調しろという意識が前に出てきていた。

パリの街は犬を連れ歩く人が多かった。デパートの中にも犬を連れ歩く人がいた。ペットのように抱きかかえるような犬はいなかった。そうしたことで犬のフンがそこいらじゅうにあった。パリではいかにして犬のフンを踏まないかということが大切であることをまず一番に知った。しかしこうしたフン害についてフランス人は平気と云うより当然といった顔で無関心に近いように思えた。

パリの建物は全く素晴らしとしか言いようがない。古いと云うだけでなく、どの建物も歴史の記録を残しているように思えた。

しかし街の中は東京の方がはるかにきれいで清潔と思った。

翌朝、彼はブローデル氏と連れだって、朝市に出かけた。朝市はエドガー・キネ通りで開かれ野村にとって初めての経験であった。チーズ屋さんは日本にはない店だった。肉屋は鳥や兎が一羽で売っていた。魚屋さんが無かった。ごった返す混雑では無いが、それなりの混み具合で朝市を歩くだけでも結構楽しかった。パリには老人が多いと思っていたが朝市にも沢山の老人が買い物をしていた。朝市を後にしてモンパルナスの墓地に向かった。墓と言っても大きな公園の様であって散歩するのに気持ちの良いとこである、古いものは十世紀頃の墓が在るという。本当にパリは古いものと新しい物が雑居していた。

サルトルの墓を見つけた。野村は心なしか懐かしさを感じた。壁の近くに在り、隣は鉄のパイプで囲まれていて空いていた。ボーボアールのお墓になる予定になるところだよとブローデル氏が教えてくれた。石碑の上には黄色の花が飾られてあった。二人は墓地内の広い道路を散歩しながら散策した。アンリ・マスペロと書かれた墓地に出会った。タオの研究者東洋文庫を思い出した。野村はどんな有名人の墓があるのか、心は興奮気味であった。次にジーン・セバーグの墓を見つけた。

Ｊｅａｎ
ＳＥＢＥＲＧ
１９８３―１９７９
と白い楯で記されていた。楯の前には赤いバラの彫物があり、花の台にＳＯＵＶＥＮＩＲ（思い出）と言葉が彫られていた。白い楯の後ろには黄色い菊の鉢植えが鮮やかに咲いており、バラの彫物の前には石で彫刻された十字架のキリストが在った。野村はそれをカメラに納めた。

「ヘラルド・トリュビューン……ヘラルド・トリュビューン……」

シャンゼリゼ通りでの彼女の声が聞こえて来るようだった。彼女の死は謎に包まれた不幸な死であったことを野村は思いだした。この見知らぬ街でたとえ、名前だけでも知った、作家や女優を発見したことは野村をホットした安堵を抱かせた。

＊

ブローデル氏は騒々しいことを嫌った。フランス人は日本人のように四六時中テレビを見ないという。夫妻はテレビを持っていなかったしラジオも朝のニュースを聞くだけだった。もちろん新聞は宅配ではないから、外に買いに行かなければならない。ラジオが唯一のニュースソースと言うわけだ。

その日は放送局のストにより、ラジオは音楽のみであった。日本に住んでた頃ブローデル氏がフランスは労働制約が厳しく不便であると嘆いていたのを思い出した。労働時間は一日八時間で残業は法律で禁止されていると云うことだった。デパートは日曜日が休みなのをしって彼の嘆きを実感した。商店や、公共施設の職員が不親切であると嘆いていたが、それは未だ野村は実感していなかった。

教会の鐘の音で目が醒めた。八時である。しかしパリの街はまだ薄暗かった。

朝一番の訪問者は工事人夫であった。パリの街では法律で十年事にアパートの外壁の塗り替え工事が義務ずけられているという。ブローデル氏のアパートも現在工事中であったが、作業は昨年の四月から行われているということだった。予定では昨年の十月には終わることになっていたがまだ続いている。朝の訪問者は今日工事をすると云う話だった。用事があるから今日は駄目だというと、人夫は鍵を置いていけと云ったそうである。野村はそれを聞いて日本との違いに驚いた。

夫人は工事のいい加減さにはらを立てていた。仕事に来るたびに人夫の人が変わり仕事の引継も無いから同じ作業を繰り返し、ベランダを汚されるのには怒り心頭に来ていた。工事人夫は殆どがアフリカ人かアラブ人であった。ここの工事現場で昨年九月人夫が転落死した事件があったそうである。人夫はポルトガル人の出稼ぎであって、詳細はアパートの住人の誰も知らなかったという。フランスでは日本では考えられないような、労働密入国者が沢山いるということである。

ともかく、工事を断わり朝食をしながら、ラジオから流れるニュースを聞いていた。

野村はプジョー、プジョーという言葉だけ聞き取れた。話を聞くと、プジョーはいま、組合同志の争い、組合と経営との激しい争いがあるという。経営はストの痛手にロックアウトを行い、これ以上ストを続けると経営維持が出来ないと。

一方組合は会社を国営にしろといっている。それは何も社会主義体制にするということではなく、国営にすると国家公務員でもあり会社が潰れる心配が無いと考えるからだそうである。野村は日本人とフランス人の労働観念の大きな違いと云うことを感じたがその違いということはよくわかっていなかった。

パリの街は寒かった。夫人の薦めで野村は帽子を買うことにした。

デパートに行くと沢山の帽子があったが、彼に合う帽子は無かった。仕方なく女物の帽子を買うとレジに持って行くと女物だよと店員に馬鹿にされた。しかし言葉を知らないとは強い、野村はただニコニコするだけだった。

野村は夫人と別れ、夕方モンマルトルで再会することにした。彼はエッフェル塔に向いショイヤー宮殿を見物してセーヌ河沿いにプチパレ、グランパレをみてシャンゼリゼ通りを上り凱旋門まで歩いた。ギャラリー・ラファイエットを目指しモンマルトルに行く予定であったが、道に迷ってしまった。目印になる建物は何も無かった。彼は

「イシ？（どこ?）」と云いつつ指で地面を指しながら老女に尋ねた。老女は

「サン・ラザール」と答えたが、野村は全く聞き取れなかった。彼は更に勇気を出し、拙いフランス語で

「ギャラリ・ラファイエットはどこ?」と聞いてみた。老女は大きな建物を指で指しながら野村の顔を見た。ギャラリー・ラファイエットだった。

「メルシー、メルシー」と礼を言いながら建物に向かった。

＊

野村がパリにきて一週間が過ぎた。あらゆる物に興味がつきず、目をパチクリさせていたが、何となくパリの街にも慣れ来たように感じていた。はじめは日本とフランスは全く違うと考えていたし東京とパリも当然違うと思っていた。パリで嫌な目や不便に出遭うと東京の便利さ、住み良さにノスタルジーを感じていたが、今では、パリも東京も変わりが無いと思えるようになった。

人間は慣れると緊張が取れ、当たり前の生活に戻りたくなる。野村は日本語が無性に読みたくなった。アルファベットで溢れた頭をクリアしたかった。仮名と漢字が懐かしかった。部屋にいるとバスや車の通る音が聴こえて来るがパリも東京も同じだった。部屋の中から見た外は、ただ言葉が不理解なことと、日本人が絶対的に少ないというだけのように思えた。初めに感じた日本とフランスの違いということも感じなくなっていた。道路が汚いとか、信号を人々が守らないとか、仕事をしたがらないということはどうと言うことも無いことで日本でも在ることだと思った。カルチャーショックと思われる事柄は一つもないという気がしていた。

言葉の理解が不十分という条件はあったが、解らなければ解らないなりに必要最小限度の言葉、身ぶり使えば良いと思ったし、通じる考えるようになった。何処にいても生活と云うものは変わらないと思うようにもなっていた。初めのうち日本紹介といえば、古い日本文化しか紹介されてないといった妙な不満があったが、今ではそんなことはどうでも云いような気がしてきた。

野村は日本文化と云ったものには重要さを置いても日本国家とか日本国民といたことについてはそれ程深く考えて無かったがパリに着いた時から、日本国家、日本人と云うものがピッタリと彼に張り付いてしまって、彼は生活環境は異なっても人と人の関係なのだと思っていた思考はどっかに飛んでしまい、日本対フランス、日

本人対フランス人または日本人対中国人、日本人対アラブ人といった国家観念、国民感情から離れてものを見られなくなっていた。

日本国であり日本人であると云うことが日本では考えたこともない以上に彼を意識させた。これは野村がフランスにくるまでは考えてもみなかったことだった。こんなことが起こるとは全く考えてなかった。外国に出てもインターナショナルと普通に振る舞えるようにしなければと思っていたが、逆に日本と云うナショナリズムがいつも野村の頭を支配していた。野村に不思議な現象が起き始めていたのである。

夜ブローデル夫妻と食事を共にしているとき。

「私達二十四日からクリスマスバカンスで実家の方に行きますが、野村さんはどうしますか？」と夫人に問われた。

「そうですか……ええ、自分については具体的には何も考えていないです。」

「申し訳無いんですが、父が病気ですので一緒は無理なんです。」夫人が言った。

「ええ、分かっています。」

「パリに居てもいいですし、旅行するのもいいと思いますよ」ブローデル氏が言った。

「一人でパリに居るのは、チョット寂しいですね……旅行と云っても何処に行っていいか……」

「スペインは安いですよ！」と夫人が言った。

「スペインか……ドン・キホーテの世界か……」野村は呟いた。

「セルバンテスの世界、マドリッドです。」ブローデル氏が言う。

「本当は、黒海とかギリシャとかあっちの方に行きたいとも思うんですが。」

「チョット、遠いですね。……ドイツでは寒いし、イギリスは、食事がひどいですよ。」

野村は頭を垂れながら、思案顔をした。

「ブローデルさんの実家は何処でしたっけ？」

「ツウーロンです、ニースとマルセイユの中間地点。」

「ニースてコートダジュールのことですよね、子供の頃世界の金持ちが来るところと聞いて一度行ってみたいと思ってたんだ。」

夫人が閃いた顔をして

「こういうのはどうですか、今年から来年の初めまでスペインで過ごし、一月の初めにニースに行き、帰りツウーロンで待ち合わせて、一緒にパリにかえって来るの……どうかしら……」

「奥さん達は何時パリを立つのですか？」

「十二月二十四日ね、帰りは一月七日の予定。」と言って、ブローデル氏の顔をのぞき込んだ。

「スペインか……言葉がな……日本語の資料何もないね……」

「それが本当の旅ですよ！」夫人が微笑みながら野村の顔を見た。

「ユキさん、スペインどの方面にします？」ブローデル氏が問うた。

「マドリッドもいいけど、僕はバルセロナがいいな……ガウデの教会が見たい。」

「バルセロナだけ？」

「先はバルセロナに着いてからかんがえますよ……一月七日にツウーロンで落ち合うんですね。」

「ええ……一月五日に実家の方に電話を下さい。」

「解りました……楽しいですね。」

翌日、ブローデル氏がフランス語のスペイン旅行の資料を持ってきてくれた。不安ながら野村はスペイン行きを決心した。交通機関は全て列車にすることにした。パリ、バルセロナ間はブローデル氏が切符を手配してくれた。

二十三日夜、野村はブローデル夫妻にオデオン座の近くのヴェトナム料理店でご馳走になった。フランスには日本でいう飲み屋と言うものが少ない。あっても、カフェでビールを飲むかビストロといって立って酒やビールを飲む程度である。飲み屋に代わるものは多分レストランだろうと野村は思った。レストランではその日の料理、飲物の値段が張り出されている。野村は料理を食べながら、日本料理は空間的に食べ、フランス料理は時間的に食べると考えていた。レストランを出ると三人は食後の散歩をした。そんな中でブローデル氏が
「ここがコレジュ・ド・フランスです。これが昔、ディドロが住んでいた家です。」と教えてくれると野村はまたまた感動し興奮してしまった。
翌日二十四日、ブローデル夫妻は故郷ツーロンに出発した。野村は列車の乗り方を教わるためリヨン駅まで送って行った。一旦家に帰ってから、夜ノートルダム寺院でクリスマスのミサが有るというので見物に出かけた。夜十時半開始なのに、八時に着いたときにはもう既に数百人の列が出来ていた。途中彼は日本人の男女連れに「今晩は！」とこえを掛けられた。男は大きなバッグを背負い、女は紙袋を持っていた。
「今晩は。」と野村も返事を返した。
野村が列に並んでいると中国人ともヴェトナム人とも分別のつかない若い二人連れが近づいてきて、なにやら突然声を掛けてきた。野村は言葉が全く理解できず、キョトンとしていると、若者は更に続けて話しかけてきた。野村が
「ジュ・シー・ジャポン」というと、二人はブツブツ話をしながら、野村から離れて行った。二人の後姿には『何だ！日本人だったか！』という思惑外れに残念な気持ちが残っていたように思えた。寺院のミサは荘厳なもので、パイプオルガンの音は素晴らしかったが話の内容は全く理解できなかった。信仰の深い人達だと思ったが野村にはそれに対する感動は無かった。日本の大晦日とも違った雰囲気だった。気が付くと時計は十二時半を回っていた。地下鉄はまだ動いていたが遠回りになるので、モンパルナスまで歩くことにした。
暗いノートルダムの前の広場には寺院内に入れない沢山の人々がいた。人だかりの一角ではジプシーの一家がアコーディオンを弾き、それに合わせて子供達が踊っている、子供は三才から小学生位までの三人の少女であったが、足のステップの踏み方といったらそれは素晴らしいものであった。その可憐さに拍手が湧き起こり足元

の帽子には沢山のお金が投げ込まれていた。

夜中の一時なのにパリ市内は沢山の人で賑わいでいた。二十四日は特別な日であったかも知れない……しかし、新宿のような賑わいではない。

パリと東京の夜の違いは、夜中の一時に家族連れで散歩していたり、小学生と思える子供達が遊び回っていることである。サンジェルマン通りを歩いていると。

「パードン、ムッシュー」と中学生らしい三人に呼び止められた。野村は
「ジュ・ヌ・パレッツ・パ・フェランセ（フランス語が話せない）」というと、三人は彼から離れて行った。帰宅した時は午前二時を過ぎていた。

二十五日は日曜日、野村の一人でのパリの生活が始まった。この日は朝から地下鉄のストライキ、野村が来てまだ二週間しか経ってないがその間何回ストライキがあったことか、日本では考えられないことだった。日曜日はルーブルの入場料が無料なので今日は美術館に出かけることにした。九十五番のバスに乗ると中央の鉄パイプの柱に寄りかかっている若く美しい女性が目に止まった。彼女に目を向けても、彼女は気にもかけず、バッグから林檎を一個取り出すと、まるかじりして食べ始めた。その動作は何の違和感もなくごく自然で、優雅にさえ思え、野村は心の中で『これがパリか！』と呟いた。ルーブルに着くとあいにくと、その日は休館日であった。彼はルーブルの回りをぶらぶらしたあと、シテ島を横に見ながらポンピドーセンターに向かった。二十一世紀の建物、センターの中には現代美術品や図書館があった。彼は美術品巡りを終えると、図書館で時間を過ごした。

ポンピドーセンターを出た後サンドニ通りを歩いた。ポルノショップとポルノ映画街である。さらにモンマルトルの方に進むと娼婦街である。女性が角角に立っており、中には横の路地に入って交渉をしている者もいた。通行人は男だけだった。サンドニ通りを抜けるとモンマルトル通りで、この通りには沢山の映画館があり人で一杯であった。彼はモンマルトル通りからオペラ通りに抜け、再びルーブルの前を通り、サンジェルマン・デュ・プレを経てモンパルナスに帰ってきた。

二十七日、明日はいよいよスペインに向かう。午前中東京銀行に両替にいく。銀行には『最近、新聞紙を利用したスリ・窃盗が出ているので注意してください』のポスターが大きく張り出されてあった。銀行を出て途中昼食を済ませ、休館中のルーブルを後にし、セーヌ川沿いを歩いてサンジェルマンの方にあるいていくと前方から母子連れが彼の方に向かって歩いてきた。彼とすれ違うと、突然「シルブプレ・フランセーズ（お金を下さい！）、シルブプレ・フランセーズ（お金を下さい！）」とわめき、スカーフを広げて母子で彼に迫ってきた。野村は一瞬そこに立ちすくんでしまった。スカーフが新聞紙に見えた。両替した金の入ったポケットを手で抑え二人を振り切って反対側に道路を駆け抜けた。

母子二人はカモを逃がすとまた普通に戻った。野村が反対側の歩道から観察していると次はフランス人のアベックの男にまつわりついた。男が振り切ろうとしても離れようとはしなかった。男はポケットから硬貨を出し渡した。野村はその光景をみて再び歩き出した。彼はその母子が全く普通の服装であったことが驚きでありどっと疲れに襲われた。日本ではありえないと思いながらそこを後にした。

二十八日、朝起きると昨夜見た夢が忘れられなかった。

夢一

学生時代の旧知の女性が夢に現れた。野村は彼女に会うことを決心した。すると前の会社の同僚達が沢山出てきた。M君もいた。二人は何か相談しているが、何の相談をしているか解らない。大きな広い通りで皆で踊っている。野村も皆と一緒になって踊ればいいのだが、一人だけわき道にそれ、田圃の方に行く。そのうち畦道にでる、大きな木に登って、そこから飛び降りる。雨がどんどん降ってきて、野村は走りながら皆の方に行く。追いつくと、皆は帰り支度をしている。飛行機で帰ると言うのだ。野村だけが一人残される。

夢二

バスに乗ってブローデル氏と二人で買物に行く。途中彼の姉なる人物がバスに乗って来る。凄い美人で野村にいろいろ話しかけてくるが返答のしようが無い。姉弟の二人はお互いの家族のことについて話している。そのうち中国人一家がバスに乗り込んでくる。彼らの子供が野村に中国語で話かけてくるが全く解らない。母親が子供達にこの人は日本人であるという。すると子供達はフランス語で話かけてくる。野村がおぼつかない声で返答すると、母親が日本人はフランス語が話せないの、皆で教えてあげましょうという。子供達はいろいろフランス語を教えてくれた。しかしバスは一向に目的地に着く様子がない。

夢三

大きな河のほとりにやっと着いた。水……水である。横に一軒家があった。そこはスペインであった。横に雑誌が積まれていたのでスペイン語の勉強のつもりでその本を開くと日本語で書いてあった。積んである本は全て日本語の雑誌であった。表紙は黒をバックに外人女性であった。そこに野村はウォークマンを置く。「ここではしょうがない」とぶつぶついいながら歩き出す。その道はいつか通った道である。スタスタ歩くうちにウォークマンのことに気が付く。忘れた。あそこは他の人もいたから……もう無くなっているかも…

…すぐ引き返すと……途中忘れるな、忘れるなと言いつついたのだから忘れるはずが無い……再度カバンを見るとウォークマンは有った。そのまま歩き続けると駅に出た。しかしホームが無かった。鉄道は急な坂の下にあった。坂がエスカレーターの様に動いていた。その坂を降りると港であった。船から一人の男が上がってきた。そこでは日本女性二人が待っていた。地方テレビのインタビュアーであった。一人はアナウンサーでもう一人は通訳であった。しかしインタビューを始めるとそのスペイン人は日本語を話した。野村はカメラのシャッターを切った。

場所はちいさな長屋のようなところに移った。老人が一人いた。野村がカメラを持っているのを見ると、写真を撮れといって中央のストーブの所にしゃがんだ。彼はシャッターを切った。……あとは記憶がなかった。ここで夢が終わった。

起床。荷物整理をした。郵便局に行って手紙を出し、その後東京銀行にスペイン貨幣のペセダの両替に行ったが、パスポートを忘れたので駄目だった。帰りバケットを買い昼食を終えるとパスポートをもって再び両替に出かけた。

夕方、風呂に入り、植木に水をやって、夜七時半モンパルナスを後にしてオーストリッツ駅に向かった。明日はバルセロナである。

バルセロナ

一九八三年十二月二十九日、野村由起夫はパリオーストリッツ駅二十一時五十分発バルセロナ行きの寝台車に乗った。彼のワゴンはスペイン人父子と一緒だった。彼らに英語は通じなかった。荷物を置くと新聞を広げ読み始めたが、三十分もするとワゴン車を出て行ったまま帰ってこなかった。夜十一時になって、車掌がきて、寝台を作ってくれ、野村は上段のベッドを指定されそこに横になった。車掌はワゴンを出て行くとき野村のパスポートを預かって行った。二十五日以降スペインのことを考えると不安でならなかった。言葉が解らないし、単独であるし、列車も宿も現地調達の予定のことを考えると不安は増幅されていった。今は更にパスポートを預けてしまって、不安は不安を呼ぶばかりだった。列車に揺られながら熟睡出来ず夢と現の間をさまよっていた。ガタンという音で目が覚めるとスペイン人親子だった。帰ってきてなにやらお喋りをしているが野村には理解できなかった。再び夢現の中に入った。

夢四

夢の中でも列車に揺られている。隣に誰だか分らないがずーと一緒の男が居る。その列車が何処に行くのかも解らない……途中、列車から降りて自転車を借りた……再び、列車に乗って寝っころがっている。一緒にいる男に「まだか?」と聞くと男は「うん、だいぶ来ているがもう少しだな」と……男の話から場所は伊豆の付近である……その後また列車から降りて自転車を押しながら山らしき所を登っていく……自転車を返しに行くというのだ……

また、男と一緒に列車に乗っている……突然W君が現れる。野村は彼を誘うとするが「ちょっと、用事がある」といって行ってしまう。

一緒の男と何かを運びだそうしているが困難である……そこにW君が現れる。「どうした」野村が言うと、彼は「ここに夜間中学があるので取材に行ってきた」と言う……男は階段を登って行くが、野村とW君は箱台に積まれた本を運ぼうとしている。しかし運ぶたびに、荷崩れを起こし何時になっても運び出せない。塔の外を見ると何人かの作業員がいる。そのうち一人の女性がきてボーナスがどうのこうのといいつつ……野村達が運ぼうとしている本をひっくり返し始めた。「この本がこんなに売れたんだからボーナスも沢山出るだろう」とブツブツ言っている。

夢現にいた野村はコツコツというノックの音で目が醒めた。乗務員が昨夜持っていったパスポートを返しにきたのである。スペイン人父子も乗務員の声で起きた。野村はスペイン人親子に挨拶をし、洗面所に向かった。

時計は午前八時を過ぎ列車はバルセロナに入っていた。周りは薄暗く、乗客は皆窓側に出て外を眺めていた。野村も同じように、外を眺めていた。バルセロナは薄明りの中に赤い大地を見せていた。野村はこれから始まる、さらなる異国での一人旅の不安を感じつつも、ついにバルセロナにまで来てしまったことに心を弾ませていた。八時四十分列車はバルセロナ・サントに着いた。重い荷物を肩に掛け野村はホームに降りた。スペインの第一歩であった。バルセロナ・サントは国際線の駅であり、荷物のチェックを受ける必要があったがチェックは簡単であった。

駅の外に出た。スペインの空は抜けるように青く、パリのどんよりした空とは全く対照的だった。駅前はとても広く、人も自動車も殆ど無い。野村はとりあえず、通りの方に向かって歩き始め、広い道路に出たところで、彼は立ち止まり、パリのスペイン観光局で貰ったバルセロナの地図を広げた。まず、起点のバルセロナ・サントを捜したが、しかし何処にも見あたらなかった。駅だけでなく、ガウディの教会も無かった。彼は駅構内に引き返し、観光地図を捜したが無かった。構内の観光案内も捜したが、まだ開店して無かった。野村は再び道路の方に向い、『ともかく歩こう、そして自分の持っている地図上の点を見つけよう』と考えた。駅前の大きな通りを渡った、左側に小さなホテルを見つけた。彼はそれをまず頭にいれた。いざとなったら、このホテルにしようと。ともかく歩き始めた。サント駅を中心に二時間近く歩いたが、かれの持っている地図との一致する場所を見いだすことが出来なかった。彼が歩いた場所は超近代的なビルや建築中のビルで一杯であった。地図は名所旧跡の案内図の様な地図だった。彼は不安になりサント駅に戻り、目を付けていたホテルに入って考えることにした。そう思うと元気が出てきた。

再び駅に向かって歩き始め、ホテル・ターミナルに一日目の宿を取った。部屋に入って、まず重い荷物を下ろし、背伸びをした。シャワー付きの部屋だった。彼はベッドにごろんとし昨日から今までのことを思いだした。本当にスペインまで来てしまった自分を考え、思わず嬉しくて微笑みが溢れて来るのを感じた。心の中ではしてやったりと思い、これからの予定に思案を巡らした。まず、シャワーを浴び、今日はどんなことがあってもガウディの教会を見つけようと……時計は既に昼を過ぎていた。

しかし、緊張が空腹を忘れさせていた。

持っている地図では現在地が解らなかったので、フロントに行って持っていた地図をひろげた。

「セニョール、この地図でバルセロナ・サントはどこですか？」と英語で聞いた。

フロント係は英語がわからないらしく、奥に引っ込み英語の解るフロント係を連れてきた。野村は新しいフロント係に、先と同じ質問をした。フロント係は地図を取るとじーと見つめていて

「ノー！」と言ってフロントの下から新しい地図を出して広げた。広げた街路図を野村に示して、指さしながら

「バルセロナ・サント！」さらにボールペンで丸印をつけ

「ホテル」と言った。野村は

「オーケー　サンキュー」と言うと係はニッコリして街路図をたたんで、野村に渡した。野村は今度は「メルシー！」と言ってホテルを出た。身軽になった彼は自分で地図を広げ午前中に歩いた所を追い、それが新市街地であることがわかった。観光局で貰った地図は旧市街地のものであり、そこにはバルセロナ・サントはあるはずがなかった。彼はガウディの寺院を地図上に発見するとそれに向かって、歩き始めた。三十分も歩いたろうか、街の建物の間からあの寺院の先塔がチラ、チラと現れた。野村は身体中に鳥肌がたつのを感じた。彼は目的の寺院に向かって足を速めた。そこは公園になっていた。彼は興奮を抑えきれず公園の周りをグルグル回った。

感動と安心から空腹を覚えた。見物よりレストランが恋しくなってきた。明日もう一度出直そうと決め、そこを後にして、レストランを捜した。バルセロナはパリと違っていた。パリは人種の坩堝で白人、黄色人、黒人と雑多に居て、言葉もフランス語、中国語、ヴェトナム語、アフリカのいろいろな言葉とこれも種々さまざまであった、ところがバルセロナは違った。言葉はスペイン語以外殆ど聞かれず、人もスペイン人以外は居ないと言ってよかった。かって、我々が外国人を物珍しく見ていたが、ここでは我々の立場は逆であった。野村は東洋人の自分が物珍しく見られている視線を感じていた。子供は特に珍しく思うのか、不思議な顔をしたり、野村のことをじーと見ながら歩いている子もいた。野村は自意識過剰と空腹のため不安を感じた。スペイン風のレストランに入るのに自信を失っていた。自分が日本人であり、ヨーロッパ人と違うという劣等感を

感じていた。

　コリアと書かれたレストランを見つけた。決意して中に入ると韓国人が出てきた。東洋人に会うことはことのほか嬉しくなつかしかった。韓国語で話し掛けられたが、野村はハングル語を全く理解しなかった。相手は野村を韓国人と思ったに違いなかった。野村は慌ててメニューを取り、適当に料理を指差して「これ」と言った。出てきた料理はどこの国のものか分からない代物であった。しかし、空腹という全ての美味の元が野村の食欲を増やした。美味しかった。

　野村がホテルに戻った時は午後五時を過ぎていた。満腹に満足していた。ベッドに横になりウトウトした。目が覚めたのは夜七時近かった。シャワーを浴び、次の旅先グラナダのキップと列車の時間を調べに駅に向かった。案内所に直行し、そこでも野村のつたない英語は通じた。

「グラナダに行きたい？」

「グラナダ？」

「はい」

「何時？」

「明後日」

「オケー、バルセロナ・サントを朝七時に出てリナレスへ行く、リナレスには午後四時四十分に着く。そこでグラナダ行きに乗り換える。そうしたら夜八時四十五分にグラナダに着く。」

　と言いながら横に有ったメモに
「１２／３１　ＢＡＲＣＥＬＯＮＡ・ＳＡＮＴＳ　７：００　——〉

１６：４５　ＬＩＮＡＲＥＳ　ｃｈａｎｇｅ　——〉ＧＲＡＮＡＤＡ　２０：４５」

　と書いてくれた。その用紙を野村に渡すと、係員はキップ売り場の方を指さして
「ナンバー４」と教えてくれた。野村は
「グラーシアス」と言って四番窓口に向かった。

「ウノ」と指を一本出しながら、案内員に書いて貰ったメモを窓口から渡すと中の係員は
「グラナダ？」と聞いた。

「イエス」こうして野村は無事グラナダ行きのキップを手にいれた。帰り駅の構内の本屋で『スペイン語—フランス語』辞典を買った。

　その夜、彼はツーロンのブローデル夫妻に電話を入れた。来年一月六日ニースで落ち合って一緒にパリに帰る予定を知らされた。電話を切ったあと、野村はホテルのカフェに行った。そこでビールをのみながらバルセロナの静かな一夜の孤独を楽しんだ。

　翌日彼は八時にホテルを出た。まず、昨日確認しておいたガウディの聖家族教会に向かった。昨日と同じように街の建物の間から教会が見え、隠れしてくると、野村はまたも身体中に鳥肌がたつのを覚えた。公園に着くと教会の周りを一周しながら、

「１８８２—ＣＥＮＴＥＮＡＲＩ　ＤＥＬ　ＴＥＭＰＬ—１９８２」と云う看板をみて震えを感じた。スペイン語がわからなくとも、見当はついた。もう百年この工事が続いていて、しかも、何時完成するかも分からない。野村は自分が生きている間に完成することは無

いだろうと思った。一周すると彼は入場券を払って教会の中に入った。中は工事現場そのもので建物にそって建てられた櫓、その細かく緻密なこと、無造作に積まれた石の山、大きな石のおもりをつけた巨大なクレーン、工事現場での作業の為建てられたプレハブの物置……しかし作業員は一人も居なかった。工事は休暇中であったのだ。野村は表現のしようのない、感動に浸っていた。何もかもが彼の想像を絶していた。ガウディの博物館を見ながらも彼は何度も感動の波に襲われた。教会の中を後にした。出口の売店で本を売っていた。日本語で書かれた本もあったが野村はあえて買わなかった。本を買ってしまうと今日、日が安っぽくなってしまうような気がした。横の端にあった見学者用ノートをめくって見ると英語、フランス語など世界の言葉で書かれた感想文があった。日本語で書かれた文章にも出会った。「感動　感動　感動　中山」とだけ書いてあった。その言葉はものすごく懐かしかった。野村は俺も同じ気分だよと声にならない声で呟いた。でも彼はノートにも、何も記さなかった。

公園に戻ると再度教会の周りを一周した。公園から見た教会の碧色のガラスがとても美しかった。野村は公園のベンチに腰を下ろした。朝、来たときは人も疎らであったが、三々五々と人が集まってきていた。何時か公園の一隅には老若の男達が群衆のように集まってきて異様な雰囲気になってきた。群衆は十人単位ぐらいに小集団に分かれていった。何かあるのかと興味深々で見ていると男達は各々布の袋から金属の玉を取り出し転がし始めた。彼らはペタンクをしに集まってきたのである。野村はパリでも何度かペタンクを楽しんでいる人々を見たが、ここではパリの比では無かった。公園が男たちであふれるばかりであった。

野村はベンチから今度は子供達の遊んでいる様子を見ていた。シーソーで遊んでいる子供、三輪車に乗っている子供、母親にまとわりついている子供、そんな中でシャベルを持って遊んでいる四人の子供に目が釘ずけになった。彼は四人に対して何枚もカメラのシャッターを切った。そして公園を離れ街に足を向けた。歩きながらも四人の子供が頭から離れず、遊んでる様子を思い浮かべていた。彼は思った。自分は見知らぬ四人の子供を永遠に一つの写真の中に閉じ込めてしまったと。

彼らの人生の一断面をネガに記録として閉じこめてしまったと。

野村は聖家族教会を後にして、スペイン語で書かれた地図を頼りに歩き始めた。ともかく海にでようとその方向に歩いた。途中で見る建物は全てが日本とは違っていた。賑やかな、商店街の町並みを通りながら、野村はパリとも違うと感じた。パリでは一人ぼっちでも孤独といった気持ちにはならなかったが、ここバルセロナでは自分が本当に見知らぬ国での一人ぼっちをしみじみと感じた。歩きながら彼はドームのような形をした大きな建物を見つけた。廃駅である。無残にも窓ガラスが何枚も割れていた。野村はそれを見てなぜか親しみを感じた。カメラを向けてシャッターを切った。

自分の歩いている場所が具体的にはどこであるのか全く分らないが、ともかく海の方へと思える方向に歩いた。交差点で信号待ちをしていると、アフリカ人に道を尋ねられた。野村は、「アイ　ドント　ノー」と言って、分らないことを伝えた。彼は野村の先を急ぎ足で走り抜けていった。何時か港にでていた。初めて見る地中海の港だった。彼は立ち止まりじーと港の周りを見回した。海に向かってシャッターを切った。それを見ていたスペイン人の労働者が声を出して、野村を手招きしながら呼んでいた。彼はその方向に向かって近づくと、水色のセーターを着た男が自分を指さしながら写真を撮れと示した。野村は意味を理解し彼らに向けてシャッターを切った。

さらに、港を左に見ながら広い通りを進むとコロンブスの塔の前にでた。コロンブスは塔のてっぺんにうつむきかげんで立っていた。そこは五差路になっていて、一本の通りから遥か遠くにガウディの聖家族教会が見えた。彼はそこでも立ち止まって、ガウディの教会を見ていた。その時

「ハロー」とアメリカ人に声を掛けられた。アメリカ人は野村が日本人であることを知っていたようだった。彼のつたない英語でも何とかコミニュケイションが成立った。

「バーイ」と言って二人は別れ野村は公園の方に向かった。アメリカ人に会って野村は今までの緊張が一気に融けたのを感じた。アメリカ人が妙に懐かしかった。彼はバルセロナに来てからまだ日本人には全く会っていなかった。言葉の障害と見知らぬ異国の緊張に耐えていた。

しかし、今アメリカ人と話して何とも言えない安心感を感じた。ここでは、野村に取ってアメリカ人は身近で、身内のように思えたのである。なぜアメリカ人を見ると身内のような安心した気分になるのだろう……それは日本とアメリカの関係によるものであろう……野村達が育った一九四五年以降の日本の環境が知らず知らずの内にアメリカ化され、それに同化するように育んできたことが野村を中国人や朝鮮人よりもアメリカ人に会うことの方が親しみを感じると思わせたのだろう。

公園は広かった、多分有名な公園なのだろうと思う。しかしスペイン語の地図では言葉が理解できなかったので確認できなかった。凱旋門有り、城の様なおおきな建物があり、広い池があり……野村はノビノビした気分で公園の周りを北に東へと歩き回った。昨日の到着時のバルセロナの街を放浪した時の気分と全く違っていた。宿とはいえ帰る場所が明確であったから。何時か、日も落ちてき周りは薄暗くなってきた。気が付くと彼は大きな広い通りの交差点に立っていた。日本では考えられない様な豪紗な建物を見た。町並みは人出が激しくなっていた。どうやら勤め人の帰宅時間帯の用だった。野村は、自分がどこにいるのか分らず不安を感じていた。地図を広げてサント駅を捜した。サント駅に行くには途中ジョアン・ミロの公園を通らなければならないことが分った。彼はミロ公園を目指して人の流れに乗ってサント駅に向って歩き始めた。十分も歩くと右側にモダンなかんじの公園が現れた。

やっと自分がどこにいるか本当の位置を地図上と実際の場所と同期が取れた。薄ぐらい夕闇の中急ぎ足でバルセロナ・サントに向

かった。ホテルに戻りシャワーを浴び、レストランで食事をした。部屋に帰る前にフロントにより明日六時半にホテルを発ちたいので六時に起こして欲しい旨伝え清算を済ませた。そして部屋に戻った。

グラナダへ

一九八三年十二月三十一日、野村はバルセロナ・サント十二番ホームよりセビーラ行きの特急列車に乗った。座席にはバーのメニューを書いた紙が置いてあった。野村は一昨日買った仏西辞典をひきながら、メニューの品を一つ一つ確認した。午前七時列車は薄暗いバルセロナ・サントを発った。今日一日中の列車の旅が始まった。野村はスペインの地図とボールペンを出し、リナレスまで通過した駅に印をつけていった。窓の外を見ながら、グラナダでうまくホテルが取れるかなと考えながら、どんな街なのか想像していた。不安も多少在ったが、今までの経過から楽観的にもなっていた。今ごろ日本では十二月三十一日の午後三時頃、グラナダに着く頃は一九八四年一月一日の明け方四時半頃かと考えた。そして、バルセロナで二日も無事に送れたことが不思議に思えたし妙な自信が生まれていた。バルセロナでは片言の英語が通じたが、グラナダではどうなのか……多分うまくいくよと思っていた。

野村の不安は乗り換えのことに尽きていた、日本の駅舎のようならいいんだけど、英語の表示はあるだろうかと。列車はバレンシアに止まった。野村は地図に印を着けた。バルセロナからバレンシアまでは地中海沿いに列車は走っていた。地中海の海は青々として濃かった。バレンシアを過ぎると列車は内陸部に方向を転換し、ハチヴァ（ＪＡＴＩＶＡ）、アルマンサ（ＡＬＭＡＮＳＡ）を経てリナレスに向かった。停車する駅ごとに印を着け彼の頭はリナレスで無事に降りることと、グラナダ行きの列車にうまく乗ることで一杯だった。

昼になり、乗客は弁当のサンドウイッチを出して食べたり、水を取り出して飲んだりし始めた。野村もそれらを見ながら空腹を満たすため、バーのメニューを取り出し、サンドウイッチとビールの所に印をした。そしてバーに向かった。バーは小さなカウンターが一つ有るだけだったが、若い客で賑わっていた。野村は並んでる列の最後部に身を置いた。客は買った品物を自分の席に持っていく者もいるし、バーの後方で食している者もいた。野村は目的のビールとサンドウイッチを買うと後ろの壁に寄りかかり、食べ始めた。食事が終わると、席に戻り地図を開いた。彼には窓の外を眺める余裕は無かった。ただひたすらリナレスで乗り継げることで頭は一杯だった。

十六時十二分列車は無事リナレスに着いた。野村は多少緊張気味にバッグを肩に掛け、扉に急いだ。ホームに降りて、不安は一層増した。一瞬彼の勘でここは英語など通じないと思った。ホームには英語の表示もなかった。彼は周りを見回したが、自分がこれから何をするか分らなくなってしまった。一緒に降りた乗客に「エックスキューズミー（すみません）」と声を掛けても誰も反応を示してくれなかった。彼は一人の駅員を見つけたと同時に彼が乗ってきた特急列車はリナレスを離れて行った。駅員の方に走りながらも、不安は募って行った。野村は駅員に追いつくと、声は掛けず、腕をポンポンと叩いて合図を送った。振り向くと、野村は

「アイ・ウオン・ト・ゴー・ツ・グラナダ（グラナダ行きたいがどの列車ですか?）」と言うと、駅員は怪訝な顔をした。野村は、とっさにキップをみせ、自分を指さし、それからキップを指さし駅員の顔を見て

「ホイッチ・トレイン？（どの列車?）」と何度も繰り返した。駅員は意味が分ったらしく、指して、向こう側の電車だと教えてくれた。

彼は線路を飛び越えて向こう側の四連結の列車に向かった。野村は先頭の列車に乗ったが、気に入った席が無いので、その列車から降りて次の車両に乗ろうとしたら、さっきの駅員がダメダメと手のサインを送り先頭の電車に乗れと合図した。野村はわかったとOKのサインを手で作り先頭の車両に戻った。駅員の乗った列車は出発した。野村にはもう列車の確認をするすべは無かった。よく見ると今度の列車はバーも無く、乗客も数人であった。十六時四十分グラナダ行きの列車はリナレスを出発した。野村は窓の外を見ながら東京は真夜中でゆく年くる年が始まって居る頃だと思った。一人旅の孤独感と日本へのノスタルジーが頭をもたげてきた。

辺りはほとんどが山間地帯であった。遠くに山脈のように山並みが連なり美しかった。野村は窓に額を着けて外の風景を一所懸命に見つめた。連峰が終わると、次に単独で富士山に似た山が現れた。

……一つ目の駅に止まった。十六時五十五分、ホームだけの駅だった。停車時間が二十分以上もあり、時刻を過ぎても列車は出発しなかった。野村はまた不安に襲われた。グラナダとはどんな街なのだろうかと考えてしまうと、さっき想像していた街とはぜんぜん違った街のような気がしてきた。列車はやっと出発した。窓から見える山々は雪を被っていた。十七時四十五分……列車が止まった……着いた駅名は分らない……改札口が無く……駅の周りにも建物はなく……畑だけだ。十八時、スペインの空はまだ明るい、野村の頭の中は日本のことを思い出すことで不安を解消しようとしていた。

『日本は年が明け、一月一日の午前二時をすぎてるころだ。』

だが、不安と孤独感は変わらなかった。車外の風景は素晴らしい、だがこの車両には五人の乗客が居るだけだった。野村を除いた四人の乗客が食物を広げて楽しそうにやっている。食料も水もない野村はただ外に目をやりカメラのシャッターを切るだけだった。この列車にもバーがあり、水もパンも調達出来ると思っていた。だがこのローカル急行列車には何も無かった。

夕日に映える山々は美しく、トンネルをくぐり抜けるたびに風景が変わった。しかし、鉄橋を渡る谷川という谷川は全て水が干上っていた。

十八時三十五分、夕日はまだ美しい。パリの空と違って、スペインの空は美しい。十八時五十五分モレダ着。二十分停車。グラナダ

はまだまだ遠かった。

…………

午後八時四十五分、グラナダ着。野村は網棚からバッグを取り肩に掛けて列車の外にでた。外は暗かった。彼は人の流れに混じり駅の外に向かった。グラナダの駅の外は真っ暗だった。街灯も無かった。野村は、グラナダの地図を持って無かった。立ち止まって周囲を見回していた。すると軍人らしい男が近づいてきて、野村の腕を指さしながら時刻を尋ねてきた。野村は意味がすぐに分り、相手に左腕をまくって差しだした。男は野村の腕を取ると、納得したのか「グラシアス」といって歩いて行った。野村はその男の後をつけるようについて行った。男は突き当りの大きな道路を左に曲がった。とっさに野村もそれに続いた。彼の後について行けば、何処かにぎやかな所にたどり着くだろうと云う願望を持ちながら……暗い夜道を一生懸命について行った。しかし、彼はついに男を見失った……同時に不安は増し、周囲は真っ暗だった。

野村は自分の歩いている方向が街から離れて行くように感じられて仕方なかった。明りは無い……ホテルも無い……もう三十分以上も歩いていた……不安は募るばかりだった。彼は一旦駅に戻ろうと決め、Uタウンして、再び駅に戻った。

ホームの明かりは消えていた。駅事務室に薄明かりが灯っているだけだった。野村には会話をする言葉がなかったし、相手もいない、振り出しにもどって再び駅を後にして歩きはじめた。今度は、突き当りの広い通りを右側に曲た。少し行くと左側に一軒大きなホテルを見つけた。しかしよく見ると星五つだった。彼は渋い顔をし、横目でホテルをにらみながら、『最悪の場合はここにしよう。』と考えながら、暗い通りを更に歩み続けた。十分ぐらい歩くと、公園のような広場に出た。右側に細い道があり、遠くに明りが見えた。野村はその細い道を進んだ。近づくと、それは『ＨＯＳＴＥＬ』と書かれたネオンサインであった。よく見ると、ＨＯＳＴＥＬと書かれたネオンが三軒ほどあった。彼はほっとした。しかし、ＨＯＳＴＥＬとはスペイン語で……と不安に思い、ネオンの明りで仏西・西仏辞典を開いた。辞書にはＨＯＳＴＥＬと云った単語は無かった。スペイン語でもホテルはＨＯＴＥＬであった。野村の頭には、売春宿のようないかがわしいイメージの思いが走った。言葉も通じないのだから……不安は増すばかりで……彼はＨＯＳＴＥＬに入るのを諦めた。時刻はもう十時になろうとしていた。彼が歩き始めてから一時間以上が経ていた。歩き続けた。

ついに野村は更に通りの奥の方で人々が賑やかそうに話てる声を聞いた。

ほっとし顔に笑みが浮かんだ、その方向に歩みを進めた。細い通りを突き抜けると広い通りに出た。陽気なスペイン人の話し声や笑い声が大きく聴こえてきた。大通りの左側を見ると、今度こそＨＯＴＥＬと書かれたネオンサインを見つけた。ＨＯＴＥＬ・ＤＯＮ・ＪＵＡＮ（ドン・フアン）と書かれてあった。彼は初めて空腹と喉の渇きに気づき、疲労と不安が一気に解消され……グラナダに着いたと思った。考えてみれば、昼にサンドウイッチとビールを飲んだきりで、グラナダに着いてからは不安の嵐にさらされていた。野村はホテルに入った。フロントは流暢な英語を話した。野村の下手な英語も理解され部屋を取ることが出来た。夕食も欲しいと言うと、レストランに連れて云ってくれた。彼は魚料理を注文すると同時にセルベッサの注文も忘れなかった。彼はビールを一気に飲み干すと『生きてた』と無性に嬉しかった。レストランにいる全ての客が懐かしい友達のように見えた。そして彼はセルベッサーをまた注文した。時間で食べる西洋流の食事も、今では全く苦にならなかった。一つの宿に入り、食事を取る喜びは最高であった。彼の周囲の人が彼をどんな視線で見ているかも全く気にならなかった。

部屋に落ち着いて、まず風呂に入った。バルセロナのシャワーと違って、バスであった。今日一日の悪戦苦闘が一気に癒された。時計を見ると、午後十時五十五分、日本では新年の、朝七時ごろ……新年の挨拶を交わして、今ごろわが家では酒でも飲んでるだろうと思った。そう考えると、野村は自然に顔がほころんできた。日本とスペインで感じる不思議な思い……父や母の顔が当り前のように瞼に浮かんだ。ベッドに横になると、グラナダはバルセロナと比べると小さな街だと思った。このホテルは一泊千六百六十五ペセダ、バルセロナでは二千ペセダ……ただ安いだけでなく、風呂も付いているし、机もある……空腹とみじめさと不安で一杯であった後の反動か、野村は感激に浸っていた。『俺の片言英語も通じたか……さっきのビールは旨かった……公園で野宿をしなくて済んだ……』

ベッドに入ると、一人旅はきつい、余裕が無い……二人だったらもう少し……と考えていたが……疲れがでたか、睡魔に襲われた。

ホテルの外は祭りのように賑やかな人々の声や爆竹の破裂する音がしていた。

翌朝、彼は十時にホテルを出た。一九八四年一月一日のグラナダである。街は静かで人は見かけなかった。昨夜の賑わいが嘘のように思えた。野村は駅に向い、次の訪問先のニース行きを調べに行った。グラナダの駅は小さく、その片隅に観光案内の窓口があった。案内局には白い髭をはやした紳士がいた。野村は

「ニースに行くにはどうすればよいか?」と聞いた。老観光案内人は

「何時発つのか?」と聞いてきた。野村は

「二日だ」と答えた。すると、老観光案内人は紙を一枚取り出して、メモをしながら、野村に説明した。

「二日十四時五十分にグラナダを発ち、翌三日十一時二十分にバルセロナ・サントに着く……十九時にバルセロナ・サントからセルベー行きに乗り、二十一時四十分にセルベーに着く。そこで乗り換えて、二十三時四十分のニース行きに乗ると翌々四日八時にニースに着く。」老案内人は丁寧にメモに行き先と時間を書いて野村に渡してくれた。野村は

「グラシャス」と言って更に

「切符は通しで買えるか?」と聞いた。

「バルセロナ・サントまでここで買って、ニースまではバルセロナ

で買ってくれ」と云うことだった。野村はバルセロナ・サントまでの切符を手にいれた。ここでまずは一安心と、彼は改札口からホームに入った。誰もいなく静かであった。ヨーロッパの駅はホームと線路の間が低く簡単に線路に降りて隣のホームに行けた。野村も線路に降りて向いの一、二番ホームに行った。線路を跨いで行く気持ちが何とも心地良かった。列車が止まっていたので、中を覗いた……しかしそれは昨日乗ってきた列車と変わりは無かった。彼は線路を跨ぐ心地よさを味わいながら元のホームに戻ってきた。何人かの人影がいた。駅構内の喫茶店には、数人の人がお茶を飲んでいた。野村も中に入り、サンドウイッチとコーヒーの遅い朝食を取った。食事を済ますと彼は再びホームに戻り、ベンチに腰を下ろして、バッグを広げた。中から、パリから持ってきたグラナダの観光案内を取り出した。野村の目から見るとグラナダは山の街と思ったが、観光案内には海の写真もあった。野村は頚を捻りながらどこに海があるのかなと思った。彼にはどう考えてもグラナダは山間の美しい街であった。観光案内の地図を見ると、目的地アルハンブラは出ているが、駅が出ていなかった。彼は地図上に目印になるものは無いかと注意を集中した。カテドラルを見つけた。後は楽だった。しかし、歩く距離としては相当有るなと思った。街の見物がてらと彼はアルハンブラに向かった。

宮殿に入る門までの道のりはなだらかな坂になっている。バッグを背負った野村には少しきつい道のりだった。門を入るところで、日本人の乗ったバスに追い越された。門をくぐり入場の切符を買うところで、日本人の一団に出会った。野村は目の会った人に対しては軽く会釈をしたが、特別の感情は無かった。

赤い城の中は広そうだった。野村は城壁の方に足を進めた。城の美しさもさることながら、アルハンブラから見おろしたグラナダの街が美しかった。街全体は薄い霧に覆われていたが山の麓に見える家々の美しさ……その家々は白い壁で作られ、アルハンブラと全く対照的であった。グラナダの家々は白く、所々に少し大きめの家があるとそれは赤壁のアルハンブラとおなじ色の家であった。山の頂上まで白い家々で一杯のグラナダの街を野村はいつまでも飽きずに見ていた……時が経つにつれ霧が晴れてきた……もやの中にあった家々はハッキリとし、まるで絵に描いたおとぎの国のように思えた。

入場券の裏に書かれた地図を頼りに、赤い宮殿の探索に出かけた。城には鐘の音が響きわたっていた。野村がまず城の細い通路を通って行くと最初にぶつかったのが鐘を鳴らす場所だった。中年の男が小さな部屋でしきりに紐をひっぱっていた。野村と数人の男達がそれを眺めていると、鐘男は気が付いて、野村を手招いて呼び、綱を曳いて鐘を鳴らせと指示した。野村は、まかせいとばかり手を振って、鐘男に近づき、ロープを受け取ると力一杯に曳いた。鐘は勢い良く響きわたった。鐘男は喜んで、手を叩いた。野村は晴れ晴れとした気持ちで何回も何回も鐘を鳴らした。そこに人が集まってきた。野村は一人の日本人を見つけ、曳いてみないかと誘ったが、断わられた。横からスペイン人がロープを取って鐘を鳴らすのを続けた。

鐘男は益々喜んだ。野村は更に城の中に入って行った。壁に描かれたアラベスク模様や、その彫刻を見て思わず立ちすくんでしまった。彼は一つ一つを丁寧に鑑賞した。ムーア人の芸術である。勝手知らない、宮殿を勝手気ままに見物していると、いつか庭園に出た。

水の豊富な庭園であった。野村はその一角に竹が何本か生えているのを見つけた。ヨーロッパに竹が有るとは……考えも及ばないことであった。竹はアジアモンスーン特有のその風土と気候を代表し、東南アジアの文化の象徴植物と思っていた。

野村がふと、前を見るとアメリカ人の三人の親子ずれを見つけた。英語の発音が妙に懐かしかった。彼は彼らの後に付いて歩いた。彼はヨーロッパに来てから、アメリカ人が何よりも懐かしく安心をもたらしてくれ癒された気分にしてくれる。何故自分がそんな気持になるのか、野村自身もよくわからなかったがアメリカ人に遭うとほっとし一人ぼっちの感覚を忘れさせてくれるのだ。三人の笑い声や、しぐさを見ていると野村自身もその中の一員になってしまっている様な気がした。彼ら三人の前に行ったり、後ろに行ったりと庭園を見物しているうちに、みやげ物売りに呼びとめられた。日本語で書かれたグラナダの写真集を見せられた。彼がその売子に断わっているうちにアメリカ人親子を見失った。後は一人で庭園をぶらぶらしながら、二時過ぎにアルハンブラを後にした。

アルハンブラの山を降りると、その麓は広場になっていた。広場ではジプシーの一家が大太鼓やトランペット、アコーデオンを奏でて、それに合わせて子供達が踊っていた。その周りを帽子を裏返しにした男が回って、お金を集めていた。具体的な目的の無い野村は街の中を気の向くままに歩いた。いつかグラナダで一番賑やかそうな繁華街に出た。映画館があったり、沢山のレストランがあった。

彼は涙を溜めながら交差点の脇に座っている少年を見つけた。少年は明らかにジプシーの少年であった。孤児であるかどうかはわからなかったが……良くみるとその様子を写真に撮っているひと組の男女がいた。二人は少年にポーズを付けながら撮っていた。その言葉から野村は二人はドイツ人と分かった。ポーズを付けた写真を何枚も撮って、彼らは最後に少年の前に置かれてた缶に硬貨をチャリンと入れてそこを立ち去った。野村はなんとなく不愉快な気持ちになった。ブレッソンのスペインの子供達という写真が脳裏をかすめた。それに比べると、暗く、悲しく、いやーな気持ちになった。彼は恵むこともせず再びグラナダの街を歩き始めた。

野村は一人の日本人を見つけた。彼は一つの建物をいろいろな角度から見ていた。野村は彼に声を掛けた。

「何を見ていらっしゃるのですか？」

男は、一瞬驚いて、野村を見て、

「アッツ、こんちわ……カテドラルを見ているのです。」と答えた。

「カテドラル？」

「ええ、あの建物です。」

野村は目をカテドラルの方に向けながら、男の方を見た。彼はベレー帽を被っていた。

「さっき、私はアルハンハンブラに行ってきたんですよ。」

「そうですか、良かったでしょう。」

「ええ、竹が有ったのが懐かしかったですね。」

「グラナダは古いですから、まだまだ沢山見るものが有りますよ。」

「でも、言葉が解らないから……苦労してます……観光ですか？」

「いいえ……かんこうかな？」

「スペイン語は？」

「ええ……三回目なんです。」

「ああそうですか……絵かなんかやってらっしゃるのですか？」

「建築です……カテドラルは是非見た方がよいですよ。」

「……」

「午前中は礼拝で使ってましたが、午後は見物も大丈夫です。」

「是非、行ってみましょう。」と野村は答えた。男は
「それでは、私は先を急ぎますので……」

「どうも有りがとございました……お元気で……」と野村が云うと、男は手を振って歩いて行った。男と別れた後、急に空腹を感じた。久しぶりに交わした日本語だった。それが心の安らぎと同時に緊張をときほぐし、空腹を誘ったのであった。


野村はカテドラルの近くの中庭のあるレストランに入った。テキパキしたウエイターの指示で簡単に注文が出来た。料理が運ばれるまで彼は一抹の寂しさを感じた。二人以上の旅なら食事ももう少しゆとりをもって食べられたろう……と。一人で食べていると何か監視下におかれているようで、緊張が解けなかった。食事を済ませた後、野村はカテドラルを見学し、ホテルに戻った。午後五時を過ぎていた。

風呂に入ってから、翌日の計画を練った。時間的にバレンシアに寄れないかどうかと駅で貰ったメモを見ながら考えた。多分無理であろうと思ったがあとで駅に確かめに行こうと考えた。こうして一九八四年一月一日の野村の昼間の時が過ぎた。彼はグラナダの散策の心地よい疲労にベッドでうとうとし始めた。

爆竹の音で目が覚めた。時計を見ると八時を回っていた。人々の声も聴こえてきた。手拍子の音も聴こえてきた。グラナダの夜の街は賑やかになってきた。野村はひょっとして、フラメンコダンスを見られるかもと思いを込め、街に出かけた。まずバレンシアの到着時間を確かめるためまず、駅に向かった。駅には昨夜の老観光案内人がいた。野村は、昨夜のメモを出して、バレンシアに何時に着くか聞いた。朝五時十分だった。さらに、バレンシアで降りたら、四日にニースに着くかと聞いたら、それは無理と言われた。野村は諦めて、賑やかなホテルの方に戻ってきた。

フラメンコダンスを一目見ようと、街のバーを覗いたが、陽気なスペインの男女がビールを傾けながら、騒でいるがフラメンコは何処でもやって無かった。バーそのものも、アメリカ風であり、アメリカ風バーとなっている店も有った。道路は若者達で溢れそれぞれ声を張り上げたりして騒いでいた。その一隅で中年の男が、フラメンコの手拍子の取り方とダンスの足の動きを若い女性に教えているのが目に止まった。彼はしばらくその様子を見ていたが、そのうち喉の渇きを覚えた。彼はホテルの近くにあった一軒のバーを思い

だしそっちの方に歩き始めた。歩きながら、スペインでもフラメンコは日常的な楽しみでなく特殊かされたダンスになってしまったと思った。いま流行っているのは日本と同じディスコティクなダンスだと思うとなんとなくさびしさを感じた。バーに入るとビールとハムを注文し、一人静かにグラナダの元旦の夜を過ごした。十一時を過ぎると街全体も静かになり、人も一人一人と減って行った。野村はグラナダのお目宛であった、フラメンコダンスに巡り会うこともなくホテルに戻った。

一月二日野村はホテル・ドン・ファンを後にした。この日は彼は綿密な計画を立てていた。昨日アルハンブラから見たあの白い家々を間近で見、昼には日本語で書いてあった美味しそうなレストランで食事をし、駅では弁当と水を忘れずに買い、万端を喫してながい旅に備えようと……しかしこの日はあいにくとグラナダのお祭りでメイン通りはすべて通行止めであった。野村は市街地から離れて住宅地の方を目指して歩いた。アルハンブラから見たおとぎの国の建物は現実に存在した。

どの家をみても白壁の可愛らしい建物。この建物の中でどんな生活が営まれているのだろう。一戸建ては平屋が多かった。中庭のあるアパルトマン、それは白い壁の二階建てで、中庭は小さな公園を思わせていた。そうした住宅地の中に真っ白な壁の教会が建っていた。野村はその前でぼんやりと眺めていると、馬車の通る音が背後でした。後ろを振り向くと馬に曳かれて行く馬車を見た。そういえばパリでもファギエール通りを通る馬車を一度見たのを思いだした。パリの時はろばだった。馬車を見送りながら野村は東京で馬車が走っていたのはいつだろうと思った。野村は馬に乗った人を外延で見たことはあるが、馬車は一度も見たことがなかった。彼は本当におとぎのくにの街中を歩いている気分で思わず微笑みが出た。更に丘の上の方を目指して歩いた。その頂に、お城のような教会を見つけた。それはアルハンブラと同じ赤い肌をしていた。丘の上に孤高として建っている教会を見て、野村は西洋の持っている不気味さのようなものを感じた。時計を見ると十一時を過ぎていた。野村は昨日から目を着けていたレストランに向かった。混雑したメイン通りを大きなバッグを背負って　路レストランを目指して歩いた。やっとのことレストランに着くと、時計はもう十二時を指していた。でも、野村は今日は絶対においしいものを食べようと、気は軽く心は弾んだ。何故？　そこのメニューは日本語で表示されていたから。中にはいると店はカウンターの方しか開かれていなかった。野村がレストランの方を指さすと、カウンターの中にいた男が頚を振って、「ノン、ウノ」と言って指を一本立てた。野村はその意味をすぐに理解した。レストランは一時にならなければ開かないと言うことだった。外に出て次のレストランを捜そうとしたが、通りは通行禁止であり、歩道は人で溢れかえり、身動き出来ないような状態だった。やっとのことで、もう一軒めのレストランにたどり着いたが、そこでもおなじ

「ノン、ウノ」と言う同じ答えだった。通りは殆ど身動きが取れなかった。時計は十二時半を過ぎていた。彼の計算によれば駅まで歩

いて四十分懸かる。しかしこの混雑では、四十分どころか、一時間みてもどうかな……しかし列車の時間は守らなければならなかった。確か、駅の近くにはレストランは無かった。時間もなかった。ともかく、駅の近くまで行かなくては……駅の近くまで行けば食事は何とかなるだろう……しかし混雑のため歩くことさえ困難であった。野村は公園の方にタクシーが止まっているのを思いだした。彼はタクシーで行けば間に合うと閃いた。彼は足を公園の方に向けた。駅と反対の方向である一抹の不安は有ったが……。

公園の方の通りは比較的すいていた。彼は急ぎ足でタクシー乗り場を目指した。公園の周りには沢山のタクシーが止まっていた。野村はその一台捕まえ「エスタシオン」と言った。車は出発したが、すぐに動きの取れない状態になった。そのうち運転手が野村に、話を仕掛けてきたが、彼は理解できず「エスタシオン」大声で答えるだけだった。運転手はそれでも盛んに野村に声を掛けてきた。車はメイン通りをはずれ、細い道を何回も、何回も曲がって走っていた。相変わらず運転手は野村に話しかけて来る。野村は頭を捻りながら「エスタシオン」と答えるだけだった。運転手の言葉をよく聞いていると、彼はその中にマドリッドとバルセロの言葉を聞いた。すかさず、野村は「バルセロナ」と大きな声でいった。運転手はニコッと笑って、車のスピードを上げた。どうやら野村の言うことを理解したらしい。細い道を何回も何回も曲がって、とうとう目的の駅に着いた。時は一時半を回っていた。運転手は、グラナダの駅の黄色で掛かれた『RENFE』を差しながら「RENFE　ESTACION」と言ってニッコリ笑った。ここで初めて野村は運転手の話そうとしていたことがわかった。嬉しかった。運転手の身振り手振りから『列車の時間は大丈夫だ！』と言ったようにおもえた。野村も運転手の顔を見ながらおもいっきり、感謝の笑みを返した。

駅にはマドリッド行きの特急列車が入っているのみで、バルセロナ行きはまだグラナダには入って無かった。時間は出発まで一時間ぐらいあった。焦りから開放された野村は急に空腹とのどの渇きを感じた。駅の周辺はやはりレストランは一軒もなかった。カフェバーの様なものが有るだけだった。野村はその内の一軒に入ってまず『セルベサー』を頼んだ。そして店内に飾って有る料理を指さしながら頼んだ。店の主人が他の客に大きな皿に米を炊いた料理をもって行くのを見て、野村はすかさずそれを追加注文した。レストランで食事をしそこねた替わり、久しぶりに米の味を味わってみようと思った。主人は自信ありげにその料理を皿に盛って運んで来た。野村は

「セルベサー」と注文しながら、米の料理を口に運んだ。

米の味は格別だった。カフェバーをでてから、駅の周りを歩きながら、食料品店でビスケットと水を買った。隣のカフェバーでサンドウイッチを二つ買ってそれをバッグに入れて、ポンと叩き「ヨシ」と独り言を言って駅に向かった。

再びバルセロナへ

一九八四年一月二日十四時五十分、野村由起夫はグラナダを後にして、長い列車の旅を続け再びバルセロナに向かった。彼のボックスは前がスペイン人の老夫婦で、彼の隣の席は空席であった。向い側に座った老夫婦は野村には農夫のように思えた。列車はモレダまでは来たときと同じだが、そこから別れて、列車は一路地中海の方に向っていた。外の風景は西部劇の映画でみた風景とそっくりだった。サンタバルバラ、カルフォルニア、だのダコダと云った西部劇でよくお目にかかる名前に出会った。考えてみればここはアメリカの本家みたいなものであった。列車にはバーが付いており、野村は買った水やサンドウイッチを食べる必要が無かった。彼はビールを買ってきて飲んだ。前の老夫婦も仲良くビールを飲んでいた。彼らの言葉は解らないが、その雰囲気を見ていると老夫婦の会話が野村には或る程度理解できた。夫が妻にちょいちょい叱られているのが解った。妻は夫に対して『お前はビールを飲み過ぎる』と怒っているのが野村にも手に取るように分かった。

列車は夜になると暖房を強くした。暑くなると異様な臭いがした。考えてみると、野村の後ろはトイレであった。それが暑さの影響で異臭を放っていた。臭いのため暖房を少し弱めると老夫婦の妻の方が寒いと言っているのが分かった。野村は老夫婦ともう六時間以上も一緒のボックスにいた。彼らは知らずのうちに、目と身振りなどで簡単な会話を行っていた。寒がる老女を見て、野村は老夫婦にホカロンを出して、プレゼントした。男は頭を下げて受け取ったが、女はうさんくさそうな目をして、受け取ることを拒絶した。男は興味ぶかげにそれを見ていた。野村は男に目で合図するように、ホカロンを揉んでみせた男もその真似をして、ものが暖かくなると何回も何回も頭を下げた。そしてホカロンを懐に入れた。老女は不思議な物でも見るようにいらないと拒絶を繰り返していた。

列車は混んで来た。野村達のボックスに若者が入れ替わり立ち代わり入ってきた。若者達は全てが全てウォークマンとカセットを持っていた。カセットをガンガン鳴らしているものもいた。野村達のボックスに三人の若者と、一人の兵隊が入ってきた。彼らは網棚に荷物を置くと、兵隊だけを残して出て行った。

夜は更けてきた、しかし野村は寝つけなかった。ビールでは駄目だった。彼はバーに行ってワインとサンドウイッチを食べた。しかし目は冴え渡り寝つけなかった。彼はもっと強い酒が欲しいと思ったが、バーのメニューからはどれが強いのか解らなかった。

夜も深くなり、老夫婦も眠りに着いていた。そこへ、酒を持って若者が戻ってきた。彼は兵隊と何か話していると、バッグを降ろし中からお菓子を出してみんなに進めた。同時に持っていた酒ビンを「ウイスキー」と言って兵隊に手渡した。兵隊は「ウイスキー」と云いながら、栓を外してラッパのみを始めた。飲み終わると彼はそれを野村に手渡した。くだんの若者は「ウイスキー」と言って身振りで飲めと言った。野村も同じにラッパ飲みをした。そのうまかったこと。日本を離れて以来一番旨い酒だった。さらに若者はお菓子とオレンジを出して食べろと言った。野村はこの親切が嬉しかった。いつかウイスキーは彼を夢の世界に導いてくれた。

野村はバレンシアで目を覚ました。外はまだ暗かった。彼は自分が靴を脱いで寝ているのに気が付いた。隣の兵隊は靴を履いたまま寝ていた。野村は文化の異和を感じた。この一瞬の感覚が忘れられぬ夢のように、野村の記憶の中に蓄えられた。彼は、また眠りに着いた。次に彼が目を覚ましたときは、もう日も高くなっていた。同じボックスにいた若者達は一人、一人と下車して行った。バルセロナに近づくと、兵隊も降りて、また老夫婦と三人になってしまった。

十一時二十六分。野村由起夫は明るい空のバルセロナに再び降りた。

彼は故郷に戻って来たような気がした。切符売り場に行ってニース行きの列車の出発ホームを確認した。彼のポケットには四千ペセダも残っていた。彼にはまだ七時間の持ち時間が有った。まずバッグを預ける所を捜したが、駅構内には荷物を預けるところも、コインロッカーも無かった。野村は仕方なく重い荷物を肩に掛けて行動することにした。彼は四千ペセダの使用方法と、前回旧市街をのんびりと歩いてないので、ガウディは今回棄権して……旧市街の方に向かった。と言っても明確な方角と自分の意志が有るわけでは無く、本来の勘と気まぐれなぶらぶら歩きに任されていた。

好運にも、どうやら旧市街地に出た模様であった。中央が歩道で左右が車道になっている街に出た。野村の記憶にスペインは中央が歩道で、その両わきが車道であると言う話を思いだした。いま、野村が歩いている道はその歩道で、そこにはいろいろな売店が出ていた。花屋あり、おもちゃやあり……何時かカタルニア広場に出ていた。野村はこのあたりが、スペイン市民戦争の戦場になったところだろうと勝手な想像をしていた。オーウェルやヴェイユもこの地にきてたのかと想像を膨らましていた。時計を見ると一時を過ぎていた。時間に刺激され急に空腹を感じた。グラナダで出会った建築家がバルセロナには日本料理店があると行っていたのを思いだした。彼は余ったペセダの処理に日本料理を食べることを選んだ。多分、日本料理は相当に高いと言うことが予測できた。在るとすれば、旧市街だろうと、彼の観で再び旧市街を日本料理店捜しに歩いた。細い路地や、レストランの密集しているところを丁寧に捜した。三十分も歩いたとき細い路地の一角に『東京』と書かれた漢字を見つけた。日本料理店だった。洞窟のようなところにあった。『ＴＯＫＩＯ』とスペイン語で書かれてあった。中に入ると一番奥まった座敷に十人程の日本人が酒宴を開いていた。店内は外からみたより広く、客も入っていた。それぞれ身きれいななりをし、野村が一番みすぼらしい姿をしていた。彼は店内の中央部のテーブルに席を取り、注文を取りに来るのをまった。ビールと日本酒を頼み、刺身の盛り合わせと酢の物、それからお新香とご飯味噌汁を注文した。ビールは日本製のビールであった。日本酒は格別に美味しかった。当然追加注文をした。日本の味は今までの旅の疲れを充分に癒してくれた。ほろ酔い加減でレストランを後にすると野村は再び旧市街を散策した。何時かジョアン・ミロの広場を通りバルセロナ・サントに戻ってきた。

野村はヨーロッパの地図とスペインの地図は持っていたがフランスの地図は持っていなかった。ニース迄となると必要を感じた。彼は駅構内の本屋に行きフランスの地図を求めた。その後本屋の中をぶらぶらと見回していると、ガルシア・マルケスの『百年の孤独』が飾って在るのが目に入った。自分の読んだ本が原語で飾って在るのは嬉しかった。本屋を出ても、夜七時迄はまだ充分に時間があった。

野村は駅の外の花壇の所に腰を落ち着け、いま買ってきたフランスの地図を広げながらこれから始まる長旅の準備をしていた。

野村はシャープペンを出して、まずこれから行くセルベーに印を着けた。それから地中海を上って行き、マルセイユ、ツーロンと印を着けていると、少女が野村に話しかけてきた。彼は、印付けを止め、少女の方に顔を向けた。少女は日本で云うと高校生ぐらいであった。少女が簡単なスペイン語を話しているのだろう、しかし野村には理解できなかった。

彼は少女のしぐさと表情をよおく観察した。不思議なもので彼女の問うている意味が解ってきた。『あなたは何人だ？あるいは、あなたはアメリカ人か？』そんな問いであることが解った。野村は自分自身を指さしながら

「ハポネス（日本人）……ハポネス（日本人）」と言った。少女は不思議そうな顔をしながら

「ハポネス？」と聞き返した。野村は

「シー（そう）、ハポネス（日本人）……ハポネス」と繰り返し、自分自身を指さした。更に

「スピーク・イングリッシュ？」と聞いた。少女は頸を横に振った。そして野村の広げているフランスの地図をのぞき込んで

「ハポネス？」と言って地図上に彼女の指を巡らした。野村には彼女がハポネスは何処だと聞いているのが解った。彼は

「ノン、ハポネスずとずと遠く」と日本語を交えて答えてしまった。少女は怪訝な顔をして

「ズトズト……」と繰り返した。野村は手で否定しながら

「ノン、ノン……」と言って、地図を広げて

「エスパニョール、フランス……」手で地図からはみ出すようにして

「ハポネス」と答えた。少女は意味を理解したらしく、立ち上がって遠くを指さしながら

「ハポネス」と言った。野村は

「シー、シー」と答えた。少女はニッコリ微笑み野村の傍らに腰を降ろした。野村も嬉しく少女の方に顔を向けありったけの微笑みを返した。ここから言葉の解らない同志の会話が始まった。

…………………

…………………

野村は何を喋ったか定かな記憶は無いが、彼女の理解できない言

葉と、その表情から精一杯の答えを見つけ交流を続けた。不思議なことに、二人の会話は成り立っていた。彼女がその場に別れを告げたとき野村は何とも言われぬ寂しさを感じた。良くみると彼女は冬と言うのにブラウス一枚であった。初めて寒そうな少女に気が付いた。

何か力になりたいと思った。ポッケトに残っていた一千数百ペセダのことを思いだした。少女にそれをプレゼントしようと考えた。一瞬のことではあったが……しかし止めた自分が惨めに思えた。彼女の様子に気が付かないほど野村を楽しみに熱中させてくれた、少女に申し訳ないと思った。少女は帰って行った。その後をずーと野村は見送っていた。感謝の気持ちを込めて、スペインで初めて交わした人と人との会話の楽しさを味わいながら……そして自分の卑野な考えを反省した。彼は一人駅の構内に戻った。歩きながらポケットのペセダに手をやりながら、本当は少女に何か買って下さいと素直にやった方が良かったかも知れないどうせ野村にはもう使い道のないペセダなんだからという考えが浮かんだ。どちらにしろもう手遅れだった。野村は自分にもう少し素直であったら、少女にもっと喜んで貰えたかも……と思いつつ……しかし、彼女に意志が通じるかどうかの自信も無かった。野村は十九時発のセルベー行きの列車が出発する十二番ホームに向かった。列車は定刻にバルセロナを出た。一路夜の地中海に沿ってセルベーへと向かった。

ニースへ

セルベーはスペインとフランスの国境の駅である。着くと乗客は全員列車から降ろされフランスに入国する者は、警察官監視の元、木で作られた枠で囲まれた細い通路を一人一人通された。出口でパスポートに印を貰ってフランス側に移動する。怪しげな者や荷物のやたら大きいものは、荷物の中を調べられていた。野村は簡単だった。ただパスポートにポンと印を押され通路の外に出た。そこはもうフランスである。売店があった。ビールだのビールとつまみのセットだのが売っていた。野村はビールを買った。ペセダはもう通用しない。フランでなければならなかった。野村はこの未体験が妙に楽しかった。日本では絶対に有り得ないことだから。一気に飲んだビールはさっきまでのセルベッサーとは少し違うような味がした。ニース行きの列車が出発するまでまだ二時間の間があった。野村はビールを飲みながら駅の通路の地下で三十分程休み、それから地下を抜けニース行きの列車が待つホームに向かった。そこは、人、人、人でごった返していた。ホームを夾んで、両側に列車が止まっていた。両方の列車とも、人、人、人で混雑していた。野村はどちらの列車に乗っていいか分からなかった。彼は一生懸命に駅員を捜した。やとのことで見つけると、切符を見せながら、手で列車を差しながらどっちかと尋ねた。駅員は左側の列車を示した。ホームは依然ごった返していた。右側の列車はもうじき出発のようであった。人々の動きがさらに慌ただしくなった。人各々が皆といっていい程大きな荷物を持っていた。アナウンスの声からどうやら右側の列車はジュネーブの方に行くらしかった。

野村は自分が乗る列車の横にたって、行き先の書かれた表示をチェックに、列車に沿って歩き始めた。先頭の車両はローマ行きだった。彼は頚を横に振ってこれは駄目だと分断した。次の車両は全く聞いたことの無い、と言うよりアルファベッドが読めない行き先だった。彼はそれを無視して次の車両に進んだ。その車両はマルセイユ行きだった。これは途中までしか行かないことはハッキリしていた。野村はうろうろし始めた。歩いて来る一人の男を捕まえて、再び切符を見せながら

「フォア・ニース……ホイッチ・トレイン？」と聞いた。男は切符を見ながら、分ったといった顔をして、野村を手招きして連れて、行き先の札のある車両まで来て、

「ビントミグリエ（Ｖｅｎｔｉｍｉｇｌｉｅ）」と言って乗れと意志表示した。そして男は去って行った。野村自然に

「サンキュー」という言葉が出た。グラシアス、メルシーといった言葉は出てこなかった。ありがとうも当然出てこなかった。しかし聞いたこともない行き先名に一抹の不安を覚え、列車に乗り込むや、横に立っていた若い男に再度尋ねた。自分の乗った車両を指さしながら

「フォア・ニース？」と言うと、男は頚を振って肯定の意志表示をした。すでに列車は混んでおり、野村は奥の方の座席に進むことが出来なかった。彼は出入口のよこっちょに席を占め、荷物を降ろして落ち着いた。しかし列車は益々混んで来てギュウギュウ詰めになってしまった。列車のギュウギュウ詰めは必ずしも日本だけでは無いと思った。車内はスペイン語が話され、フランス語の声がし、イタリア語が語られていた。日本語は勿論聞けないが、英語も聞けなかった。日本の帰省列車を思わせる列車は一九八四年一月三日午後十一時四十分、セルーベーを出発した。

野村は立ちながらバッグを抱えていた。出口の所にさっき野村が尋ねた若者がいた。野村は親しみを感じ目でエールを送った。しかし相手は気がつかなかった。野村はかってに彼をイタリア人と決めつけていた。走り出すと列車の混み具合いは益々人を不安定にした。野村は出口の方を見ながら、さっきの若者がこっちを見るのをじーと待っていた。夜の遅さと、混みかたのひどさから疲れが出ていた。列車がグルウンと横に揺れたとき、出口にいた、若者が身体を捻り、野村の方に向くと同時に、お互いに目と目があった。野村はすかさず頭を下げ有難う意志を示した。相手も頭を下げ目で応答をしてきた。野村はコミュニケーションが出来たと思った。野村はいつか立ちながら眠っていた。何度も何度も膝がガクンガクンと折れた。他の乗客達はそれぞれ床に腰を降ろし始めた。野村もバッグを抱えながら腰を降ろした。出口のイタリア人は依然立っていた。車内の奥の方では大きな声でスペイン語で話をしているグループがあった。大きな身体のスペイン人が周囲の人と色々話していた。その声は列車の混み具合いを和ませるよにあかるかった。声の大きさも気

にならず野村はバッグに頭をもたげ眠った。

野村が目を覚ましたのはマルセイユであった。マルセイユ止まりの車両が切り放されている作業の音で目を覚ました。人の呼びかう声だった。隣の車両から数人の乗客が、野村達の車両に乗り移ってきた。

混雑は益々ひどくなった。出口のイタリア人は車内奥の方に押しやられていた。野村はこれから先は寝てはまずいと思った。暗い人々の顔の風景を眺めながら目を開いていた。心の中ではもう混んでこないことを願いながら。しかし逆にマレセイユを過ぎると混み具合いは激しくなった。降りる人はなく、乗って来る人ばかりだった。野村は用意してきた水もサンドウィッチも口にすることが出来なかった。列車は一路ニースへ向かっていた。野村はただ目を開いてるだけで、気持ちはぼんやりとしていた。

マルセイユを出て三時間位立っただろう。車外もぼんやりと明るくなってきた。列車は大きな駅で止まった。野村は時計をみると、午前八時であった。彼はニースだと思ったが、車内奥で確かめることが出来なかった。セルベーから一緒のイタリア人を見て、

「ニース」と声を出して尋ねた。彼は頚を横に振って、違うだろうというそぶりを見せ、車内の奥に曳って行った。野村がぼんやりと見ていると、イタリア人が奥から出てきて、野村に目で合図をしながら
「ニース」とおおきな声を出してくれた。野村は慌てて扉の方に向い、戸を開けようとしたが、開け方が分らなかった。横にいた二人の男が開けてくれると、野村は車内に顔を向けて、イタリア人に、

「サンキュー」言って手を振った。イタリア人は手を振って答えてくれたが、その奥から大きな声で
「アディオス・アミーゴ」と言う声が聴こえた。その方に目をやると、昨夜から大きな声で話していたスペイン人が手を振って野村を送りだしてくれた。野村は再び大きな声で
「サンキュー・ベリーマッチ……バイバイ」といってホームに降りた。野村は無事ニースに着いた。時は一九八四年一月四日午前八時を過ぎていた。日は上りもう明るかった。

野村はまず観光案内所に行った。そこでニースの地図を手にいれた。彼は海がどの方向か調べた。距離は分らないが、方向は分った。メイン通りに出ると彼は海に向かって歩き始めた。五分も歩いたところに小さなカフェがあった。彼はそこに寄ってクロワッサンとコーヒーの軽い朝食を済ませた。海までは一本道であった。メイン通りでは梯子車が出て街の飾り付けをしていた。お祭りの準備のようであった。野村は立ち止まってしばらくその様子を見ていた。作業員は忙しく振舞っていた。赤い建物に、紺碧の青い空が何とも言えないコントラストをかなで美しかった。その場所はニースエトワールと言う場所だった。彼はエトワールを後にして海に向かった。

……海に出た。美しかった。小学四年生の時地理で習った、世界で一番美しく、世界の金持ち達が集まるニース、そのニースの海に野村は居た。きれいな海岸であった。でも野村には、自然な感じではなく、人工的な感じがした。しかし気候は真冬と云うのに、日差し

が強く、空は青々、しかも太陽はまぶしくない……これがニースかと思った。野村は階段を降り、海岸に出た。大きな石の壁の所に場所を見附、荷物を降ろし、腰を降ろした。海では泳いでいる人が何人かいた。彼は石の壁に寄り懸かりながら、靴を脱ぎ、靴下も脱いでボケーとした。顔は空を向け、目を閉じた。昨日のバルセロナからの一日が走馬燈のように、彼の頭の中をかけ巡っていた。所々で顔から笑みが洩れてきた。バルセロナの少女はあの後どうしただろう。物静かなイタリア人は本当にイタリア人なのか……あの「アディオス・アミーゴ」の大将は何処まで行くのだろか……彼らもまた、野村のことを、『あの、東洋人は今ごろどうしてるだろう』と考えてると思うと出会いの不思議を感じた。少女のことについては、確実に昨日と同じ場所で同じ様な生活を続けているだろうという確信が在った。そして、彼女とはどんなことが在っても二度とあうことがないと確信した。これが一期一会のことかと思った。かれは、心地よい暖と、長旅の疲れからいつかうとうとし始めていた。昼過ぎまで海岸で過ごし、その後、食事とホテル捜しに街に出た。街の人通りは少なかった。静かなレストランで食事をした。野村以外の客は居なかった。野村はこの旅の終着に近づくのを思いつつ考えさせられることが山ほどあった。まず自分自身がニースに居ることが不思議だった。野村がニースの名前を知った時には本人がそこに来るなど考えも及ばないことだった。自分がパリからスペインを回って旅行をするなど……しかも、たいした困難もなく遂行出来たとは……多分、自分が南側の人間、または日本がこれほど経済的に発展してなかったら……こうは順調に運ばなかったろうと思った。多分、本人が外国というものに、相当なコンプレックスと、それからくるプレッシャーに耐えきれないのでは……と思った。国家というよりもインターナショナルと考えていた野村も、今回の旅で、いかに国家（ナショナル）と云うものが彼に対して重く作用したか……一歩外に出ると、日本国家というものから離れて個人勝手に行動することが不可能かということを知った。静なレストランを出ると、彼は駅の近くまで戻り、ホテル捜しを始めた。ニースのホテルは高かった。スペインの二倍以上した。彼は駅の近くの星三つホテルを確保した。部屋に入ると、まず風呂の用意をし、二日間の旅の疲れを流した。時間はまだ早かったが、ベッドに潜り込む前に、ツーロンのブローデル氏に電話をした。予定では七日、ニースで落ち合うことになっていたが、彼らの都合で明後日、六日ツーロンで会うことになった。その確認をすると野村はベッドに入った。程なく彼は軽いいびきをかき始めた。

翌日は快い目覚めであった。ホテルを出ると、駅に向かいツーロン行きの電車を調べた。時間が分ると、駅からブローデル氏に到着時間を知らせる電話をした。用事が済むと、彼はメイン通りに出た。途中彼はジュースの自動販売機を見つけた。外国に来て始めてみる自動販売機であった。野村は不思議な気持ちになった。あんなに便利で、日本中溢れている自動販売機が、パリにもスペインにも全く無かったことが……そういえばあの便利なコインロッカーも無かった。野村はいつも大きなバッグ背負って、旅を続けていた。

なぜだろう……

彼は、昨日と同じようにまた海岸に行った。海岸の人は昨日よりは多かった。

老夫婦が海岸の階段を降りてきて、石の台に腰を降ろし日向ぼっこを始めた。野村はその光景をチラと見て、なんの変哲もない海岸をずーと歩いてみることにした。海岸の最先端のほうから飛行機が飛び立つのが見えた。海と空と飛行機この組合せが実に美しかった。野村は見とれてた。海岸線は目でみるには、最先端まで見渡せるが歩いてみると、けっこう大変広い海岸であることが分る。野村は途中歩くのを止めて海岸に腰を降ろして海をじーと眺めていた。岸辺に打ち上がる白い波が雪のようで美しい。しかし海原には波がなく水平線の平たい板のようであった。

十人ぐらいの集団がきて、海岸線の石の壁に陣を取り、それぞれ水着姿になった。二人一組の様になって泳ぎだした。海岸線に沿って泳いでる姿は、冬ということを完全に忘れさせてくれた。野村はその様子を暖かい光を浴びながら見ていた。そのうち二人を残して全員海から上がって、石壁の方に集まって行った。海の二人は平泳ぎからクロールに変えて、海岸線にそって、一列にならんで泳いでいた。野村はその光景を見ていて、つげ・よしはるの『海辺の風景』という漫画の一コマを思いだした。『あの場面は、雨が降っていたなー』と思いつつ。水泳の一団は引き上げて行った。野村もその場所を後に再び海岸線を歩き始めた。しばらく行くと、彼の背後で犬の吠える声がした。後ろを振り向くと、若者と白と茶色の斑の犬がお互いを追いかけるように走ってきた。野村の先五十メートルぐらいで止まった。若者が棒切れを投げると犬は喜び勇んでそれを取りに行っていた。そのうち、若者は棒切れを海の中に投げ込んだ。その様子を見て野村はそこに腰を降ろした。犬は勇んで水際迄行ったが、そこで考え込んでしまい、クンクウンとなくだけだった。諦めて主人の所に帰ると、犬は主人に叱られている様子だった。主人の顔を情けなさそうに見上げながら、一人と一匹は会話をしているようだった。犬は主人を連れて再び水際まで戻ってきた。主人は海に浮かんでいる棒切れを指して、犬に『そら、あれだ！』といってる様に野村には思えた。犬は主人の顔を見上げながらクウンと鳴いた。と思うと同時に、海の中に飛び込んだ。必死に泳いで、例の棒切れに向かった。追いついてそれを口に加えようとするがなかなかうまく行かなかった。ついに上から押さえつけるようにひと潜りすると、棒は口にくわえられていた。犬は必死に岸に向かって泳ぎ始めた。犬が棒をくわえて戻って来ると、主人は犬の頭を撫でてやった。野村は思わず拍手をした。この一人と一匹も海岸線に沿って歩いて行ってしまった。野村は海辺のボートを眺めていた。時計を見ると三時を過ぎていた。野村は昼食も済ませて無かったが、空腹感は無かった。海岸の人も随分と少なくなっていた。水際には、恋人と思われる、一組の男女が居るだけだった。野村は腰を上げ、海岸通りを昨日と別なルートを通ってホテルに戻った。

再びパリへ

翌六日野村はツーロンでブローデル氏夫妻に会った。ツーロンの駅もニースの様に天井が高く、大きな駅だった。ホテルはブローデル氏が予約してくれており、初めて旅行中、宿の心配をせずにすんだ。帰りの切符の手配もすんでいた。ブローデル氏の実家で昼間時間を過ごし、夜ホテルに戻った。今回の旅で一番落ち着いた夜であった。

翌、七日ツーロンの駅で待ち合わせ、彼ら三人はTGVで再びパリに戻った。彼らの乗ったTGVは丁度一週間前、カルロス一味に爆破された列車であり、警戒はものものしいものであった。車内での弁当も、水もブローデル夫人が用意しており、野村は安心しきっていた。パリに着いたときは夜十一時を過ぎていた。それでも久しぶりに吸うパリの空気は野村を喜ばした。彼はそんな空気を吸いながら『俺はパリという街に惚れてしまったな』と思った。

翌日から再びパリの生活が始まった。彼はいつも昼ごろから街に出て散策した。そのうちいくつかの散策ルートが出来た。一つは、モンパルナスからルネ通りを通り、途中フナックに寄り、本を眺めながら、時を過ごす。そんなとき、嬉しいことは、自分で訳本として読んだことのある本が、原書として飾ってあることである。フランスの本屋さんは値引いてくれる。彼は読めないフランス語の本を何冊か買った。値引きの感覚が何とも言えない心地よさを残した。日本では古本屋以外は、本だけは絶対値引きがないから。フナックを出ると更にルネ通りを歩きサンジェルマン・デュプレに出る。そこでルートは二つに別れる、一方はボザールの前を通り、近くの美術商のウィンドウを覗きながら、セーヌ河畔にて、橋を渡りルーブルの前に出る。ルーブルからカールゼル凱旋門を抜け、チェルリー公園を通り、コンコルド広場を過ごして、シャンゼリゼ通りに出、凱旋門まで歩く。凱旋門で少し時間を潰し、日によって、様々なルートでモンパルナスまで帰って来る。彼は殆ど歩きである。カルテ・オレンヂを持っていたが、バスや地下鉄を使うのは滅多になかった。

もう一方は、サンジェルマン教会のまえを右に曲がり、サンミッシェル通りまで出る。途中本屋さんや文房具屋に入り眺めたり、買物をしたりする。サンミッシェル通りとの交差点でまた、選択が二つに別れる。サンミッシェルをモンパルナスの方に下り、途中リュクサンブール公園に入り休息する。リュクサンブールは野村のお気に入りの公園であった。もう一つの選択はシテ島に渡り、ノートルダム寺院の前を通りポンピドーセンターに出る。ポンピドーセンターのまえの広場で大道芸のパフォーマンスを見、飽きるとポンピドーセンターに入り、図書館で本を見たりして時を過ごす。このような散歩を繰り返しながらも、日々新しい発見があった。野村はこれがパリかとつくづく思った。東京と何が違うのだろうと何度も考えた。東京も古い街である。しかし東京は何時も新しく変わっている。新宿など半年も行かないと、建物なり、道が変わってしまって、戸惑うことがある。パリにはそんなことはない、建物も道も昔のままである。しかし街は何時も新しく新鮮な感じがした。ある時こんなことがあった。ブローデル氏夫妻とサンジェルマン通りを歩いていて、昼食をするとき、青い壁のレストランに入った。そのレストランはロベスピエールとダントンが会食をしたところであると……確かに、レストランの入口にそんなことが書いてあった。まさに古くて新しい感じがした。フランス革命が現に生きていると思った。パリは野村に歴史上に起きた様々な出来事が、その時代に押し込まれず、現代に戻って、生き生きと息ずき現代の問題として考えられているような気がした。

日曜日、野村はブローデル氏と一緒に、モンマルトルに行った。二人は地下鉄で行ったが、野村はブローデル氏の後を着くだけで、何という駅で降りたのかも確認しなかった。それほど、モンマルトルは野村を緊張させた。モンマルトルの名前はよく聞いているが、具体的には、明確な知識は無かった。パリコンミユーンがあったとことか、画家が沢山集まったところぐらいの認識しかなかった。地下鉄を降りた後二人は幾っも階段を上った。ブローデル氏が色々とモンマルトルの名所を説明してくれるが、野村は半分も理解出来なかった。

サクル・クーレ寺院は白い建物だった。ノートルダムやサンジェルマン教会とは違った建物だと思った。しかし野村は中を見物しても、うわの空であった。寺院を出て広場に出ると、パリの街が一望できた。彼は思わず身体が震えた。そこからみるパリは絶景だった。こんなきれいな街が本当にあるのだなと思った。

モンマルトルの丘を後にして、二人はピガール通りに出た。そこは黒人が、アフリカ人が、アラブ人が忙しそうに歩いているかと思えば、のんびりと店を一軒一軒覗きながら歩いている人がいた。野村は、街全体が異様に汗くさい気がした。

歩道には、アラブ人やアフリカ人が二、三人で人かたまりになって、立ち止まり、手を広げて、なにやら呪文のようなものを唱えている姿は異様というより恐ろしかった。日曜の昼とはいえ、ネオンが毒々しく輝き、ＳＥＸ・ＳＨＯＰといった看板が目立った。商店には、沢山の商品が並んでいて、またその値段がとても安かった。ブローデル氏はここで買物をしてはいけないと言った。通りに立っている、アラブ人やアフリカ人は、内容は分らないが、何か商売をしていると言うことだった。不思議そうな顔をして野村がブローデル氏を見ると、彼は続けて、

「彼らにピストルがほしいと言えば、すぐにもって来るだろう。女が欲しいと言えばそれも調達してくるだろう。人殺しだって引き受けると思う。」と言った。ここは多くの密入国者が住んでいるし、中の実態は殆ど分らない。ここは昼間でも、フランス女性は絶対に入り込まないと云う。夜は一人で通るにはなお恐ろしいと。異様に汗くさい街だった……野村はアラブやアフリカの街もこんな風かと思った。不気味ではあったが、野村はなんとなく引き付けられる街であった。

夜、アラブ人やアフリカ人があんなにも多いのは何故かと聞いてみた。ブローデル氏の話ではフランスの植民地政策が終わり、昔の

植民地が独立をしたが、一人立ちがなかなか困難で、独立と共に、貧民がフランス本国に入国し始めた結果だそうだ。中にはフランス人もいて、フランス本国の人の中にはそうした外国人を軽蔑し同時に嫌った。そのことが彼らをピガール街のような所に閉じ込める結果になったのだろう。植民地に居たフランス人に対してはピーノワール（足の裏が黒い）と言って嫌っている。

しかし野村はフランスやヨーロッパが持っている凄さと云うものを感じた。日本は叶わないと思えた。彼らはどんな形であれアフリカ人やアラブ人を受け入れてしまう。そして労働さえ与えてしまう。その力は今の日本には無いと思った。いまでもフランスへの密入国者は後をたたないという……仕事を求めて……今はパキスタン人が一番多いという。しかしフランスはそうした人々をひっくるめて受け入れてしまっているのだ。

帰国

野村は帰国の飛行機の中で様々な体験の反芻をしながら、飛行機の窓の外に目をやっていた。パリでの思い出、バルセロナでの少女との会話。グラナダでの孤独な侘しさ、そしてカメラに納められた少年の悲しそうな顔。それを写真に収めたドイツ人の若者、まだ耳元に残っている『アデオス・アミーゴ』の元気のある声。『ニース』と言うイタリア人の声……アルハンブラの水と竹、アメリカ人の家族、ロベスピエールとダントンのレストラン。パリからバルセロナへの不安な夜行列車の旅、グラナダからの農夫婦との長旅……野村はいままで体験したことの無い出来事の二ヵ月であった。自分がいかに一人よがりであったか、しみじみと思った。自分のことも、日本のこともいろいろ考え直すことだらけだった。

日本と云う国が純粋培養の国のように思えた。日本はきれいで、清潔で、豊で、なにもかもがすばらしいと思えた。しかし他者を包み込む力のない、全く世界から孤立している国にも思えた。野村はパリの何でもかんでも、飲み込んでしまう雰囲気が大好きになった。パリはヨーロッパであった。だが、野村が考えていたヨーロッパとは違っていた。パリはヨーロッパであったが、野村からみると、ずーとアフリカだった。それより野村がアフリカを本当の意味で理解したことがないからであった。日本で持っていたヨーロッパ感覚がふっとんでしまった……野村は今度はアフリカ……サハラの国々、アラブの国々に行きたいと思った。

飛行機は何時か成田の上空を飛んでいた。野村は関東平野を見ながら、利根川の流れと、眼下にひろがった雪景色の日本の地を見ながら、森林と砂漠という考えに取り憑かれていた。特にアジアモンスーンの地帯に住んでいる人々は世界で最も生活環境に恵まれている人々ではないかと考えた。水気の充分に豊富な地域。日本人や韓国人、中国人が働き蜂の様に働くのもなんとなく理解できた。飛行機は何時か、成田に着いていた。野村は成田空港を離れ帰宅に向かうとき、ふと昔懐かしい太田明子の顔が浮かんだ。意識の奥の方で『外国に行ってきたよ』と報告した。迎えは無かった。しかし彼はいま徐々にではあるが自分が変わりつつあることを強く意識した。

レポート（報告）

野村が会社を設立したのは、ヨーロッパから帰国して、二年程たった四十歳の時だった。動機は安定した収入と、厳しいストレスのない仕事を行いたいと考えたことだった。当時、仕事は過酷で土日の出勤も当たり前のようになっていたし、社員同士のコミュニケーションも中々難しかった。

新人が入社しても三ヵ月もすると退職していく者が結構いた。それを見て野村は三人の友人と自分たちならば理想の環境を作ってストレスのない仕事ができると自信を持って話していた。ただ、資金が無かったのでいつも話だけで終わっていた。しかし野村は自分たちの手で会社の運営をして理想の会社をやってみたかった。今までの一〇年間に貯めたお金全部を野村が出資し友人二人も出資することにして設立させた。社員も少しずつ増していったが、そのうち内部抗争も起きた。三人で作った会社は二年後には、野村個人の経営になっていた。彼は必死に働いた。賃金、儲、営業……会社にかかわるあらゆることを経験し、十年間走り続けた。

会社の解散の話が社員や取引先に受け入れられたのは一九九六年六月中旬であった。社員は全員退職してもらい、取引先の仕事はA社に引き継いでもらった。A社は退職した社員のほとんどを引き受けてくれた。

会社の借金は野村が個人で引継いで少しずつ返済することにした。そうした意味で一応名目上会社は残ることになった。

土曜日の午後、野村は部屋の引渡しのため、現状復回の掃除に出社した。誰もいない部屋、机も椅子もロッカーもないガランとした部屋、折り畳み式の椅子が四台と不要になった書籍や書類が片隅に積まれていた。野村は広い部屋だと思った。

野村は広くなった部屋の床のカーペット上に横になった。そして両手、両足を広げ大の字になった。天井が随分と高く思われ、自分自身が谷底にいるような錯覚に陥った。目を閉じると十年間が走馬燈のように流れ思い出された。会社を設立した頃、幹部社員との確執、客の対応の難しさ、社員の不満、アルバイト社員の出退勤の悪さ……それらからくる不安と動揺と焦りと緊張……だが、今はそうした重しが解かれ野村の心身は緩んでいた。何年も何年も続いた緊張……今、野村は緊張から解放されたのだ。野村は起き上がると部屋の明りを消し、再び床の上に横になった。薄ぐらい明りと静かな空気が野村を眠りに誘った。野村は疲労が抜けて行くように静かな眠りについた。どれだけ時間が経っただろう………野村が眠りから覚めたとき、窓の外は暗かった。時計は六時半を回っていた。起き上がると、空腹と喉の渇きを感じた。

野村は部屋を後にすると、酒屋と肉屋にいき缶ビールとコロッケを買ってきた。暑い日など、社員達と飲んだ方法であった。今日は最後の酒をたった一人で飲むことになった。会社でたった一人で飲むビールはその日が初めてで、最後でもあった。最初の喉を通ったビールの味を忘れることは無いだろう。社員がいない寂しさと同時に社員から解放されたという喜びもあった。社員達とは妙な別れだと思いつつも、会社から解放された喜びの方が強かった。飲むほどに解放感は強くなって行った。野村が会社を後にしたのは夜も八時を過ぎていた。野村は会社の裏にある赤ちょうちんに入った。野村が顔を見せると奥から亭主が

「いらっしゃい」と元気な声を出した。カウンターに座ると日本酒を飲んだ。飲むほどに口は重くなって行った。口の重さの裏で野村は五月二十五日の深夜のことを思い出していた。あの、得も言われぬ寂しさが野村を襲った。飲むほどにその寂しさは重みを加えて行った。店を出るとき外は雨だった。野村は酔った勢いで雨の中を外に飛び出した。

野村は社員からも、友達からも見放され、社会から孤立した状態であった。それは多くの人たちとの別れであった。野村は遠い昔にもこのような別れがあったような気がした。

レポートI

＊　わが故郷の星　＊＊＊＊＊＊＊＊＊＊

誕生

四十六億年前、わが故郷の星は生まれた。激しい造山活動が展開されていた。その活動はどのくらい続いただろうか……。誕生から五億年たったころには、岩圏（地殻）、水圏（海）、気圏（大気）の区別がついたようだ。そう、わが故郷の青い海が作られた。生まれたばかりの海にはまだ生命の息吹は感じられなかった。しかし、わが故郷の星は、太陽の光を反射しながら、青い輝きを宇宙に向けて発し始めた。そう、われわれの青い星の誕生であった。

発生

さらに、生命の声がない時代が三億年続いた。わが故郷の星は無言で青い輝きを放射しているだけだった。三十八億年前、わが青い海に微かな生命の芳香が感じられた。その生命の香りがどこまで届いたかわからないが、青い美しい光の他にも、わが故郷の星は生命の香りを宇宙に向かって放射し始めた。その生の息吹は微細で、外からは静謐を保っているように思えた。生命の誕生以降の時代を先カンブリア時代といった。先カンブリア時代は四十億年続いた。六億年前、わが故郷の海はにわかに騒々しくなった。小さな単細胞から生物が生み出された。最初の生物は小さかったが、それは段々に大きな生物に進化していった。カンブリア時代の幕開けである。海は生物で立て込んでいった。でも、まだ生命の鳴き声は聞くことが

できなかった。カンブリア時代に三葉虫という生物を生み出した。

進化I

赤茶色の巨大な台地が出現したが、そこはどこまでも広がった赤い大地だった。風と太陽の光とに満ち溢れていた。生命の光は海を除いてはどこにもなかった。時は進化を促進させた。海の植物群が赤い大地に進出してきた。赤い土は、水分を含んだ緑の大地に進化した。そう、生命がたどり始めたのだ。植物から動物へと……ついに両生類が地上に進出してきた。両生類は地上に卵を産み、子供が生まれると、彼らは海にかえていった。両生類は酸素という猛毒の中で、受精する方法を学んだ。それは交尾という接触である。接触……触れ合いは地上に上陸した動物たちの最大の宝物であった。接触が、地上での生命の拡大と海に帰る必要のない生き方をもたらした。

いつかわが故郷の星は、赤い大地を生命の光と香りで満たしていた。爬虫類を産み、植物は美しい花を咲かせ、ついに巨大な恐竜時代を生み出した。恐竜時代は数千万年も続いた。だが、ある日彼らは忽然と姿を消した。その時のわが故郷の星はどんな風にあったのか誰も知らない。

恐竜が滅んだ後に現れたのが哺乳類である。わが故郷の星は不死身であった。哺乳類の時代は、海の青さ、大地の緑、そして極地の白さ……わが故郷の星は静かで、争いもなく、哺乳類と鳥類の奏でる歌声と自然が作り出す流れの音で満たされ、宇宙には青い星として輝いていた。こんなに静かで、素直な星の在り方は、わが故郷の青い星には今までなかったことであった。

神がいるならこの時の流れが永久に続くことを遂行しただろう。それとも、神はこの時代を退屈と考えたのか……変化があるのに変化がないと勘違いしたのか……この時代が終焉を迎える時がきた。

進化II

哺乳類が地上を支配していた七百万年前、一匹の猿が、類人猿を経て人類へと進化していた。われわれの遠い祖先である。哺乳類も霊長類も生存の連続性のため、発情期を持っていたが、新しい人類は発情期を持っていなかった。そう、常に発情していた。これは今までの哺乳類とまったく違っていたし、霊長類から別れ人類独特の道を歩み始めた。常時発情しているとは、雌雄が常に一緒にいるということである。それは対を作るという存在形態を生み出した。対でのコミュニケーションは触れ合い（接触）という様式で構成されていった。深い触れ合いは、性交（交尾）で新しい子孫（子供）を授かった。このとき子供は、母親だけのものではなく、父親も加わる存在の形をとり始めた。これが家族の原型である。父親、母親、子供の対のコミュニケーションは触れ合いという形で行われ進んだ。肌と肌のふれあいである。これは安心と楽しさをもたらした。さらに、この触れ合いによって、人は体毛を失っていった。皮膚と皮膚の触れあいは性交のふれあいと違い、他者を感じ始め、心というものを目覚めさせ始めた。子供が複数になるとそれは重要なコミュニケーションであった。他者と心の進化により、脳はさらに刺激を受けて、本格的に知性というものを生み出し始めた。子供を含んだ家族の世界は、触れ合いだけではコミュニケーションが困難になってきた。肌の触れ合いは所詮一対一のコミュニケーションであったから……心と脳の進化はついに言語を生み出した。言語を生み出した人類は遂に、複数間でのコミュニケーションの可能性を生み出した。言語は触れ合いとは違い、遠隔コントロールが可能なコミュニケーションの道具であった。言語は触れ合いという心の活動を愛情という新たな活動の形態に進化させていった。

進化Ⅲ

遠隔コントロールが可能な言語の発生は家族とは別な集団、共同体を生みだした。共同体は家族とは別な形で人に関係し重要な集団となった。人は共同体を生み、属する個人をコントロールすることによって、巨大な繁栄を実現させ、わが故郷の星を支配し始めた。共同体は家族を自己の集団に含んでいたが、直接に関係を持たなかった。共同体と直接関係をもったのは個人であった。ただし、家族という集団は血族という集団を作り、さらに部族……と進化し国家(共同幻想)を発生させた。家族の中で持つ個人の関係は触れ合い(性的)による非常にナイーブな愛情という形で作られていった。共同体と個人との関係性は権力という関数(ファンクション)で結びつけられていた。共同幻想、対幻想、個体幻想の存在の関係性が生まれた。権力はこのように自然発生的でよい権力とか悪い権力といったものではないが、その存在は多様性を持つ存在である。

共同幻想と個体幻想は権力という関数から社会という新しい関数空間を作る。社会における個体幻想と個体幻想の関係性は権力とは直接作用しない。社会における個体幻想間の関係は優越性という新しい関数(ファンクション)で結ばれる。優越性は社会と社会、社会と個人、個人と個人の中で作用する。共同幻想は空間的には権力と優越性を融合させ力を強くしていく、時間的には歴史を発生させる。歴史とは共同幻想における権力と優越性の強さの記録である。歴史は人類の社会の進化を記録し続ける。

問題

権力は具体的には共同幻想を代表する個体幻想によって行使される、このとき行使する個体幻想が権力としてでなく、優越性の関数として権力を行使したとき悲劇が起こる？

殺人

心の問題が、同類を殺すという生命発生以来の出来事を起した。心は美しく、優しいものではない。心の最大の力は他者を感じ認識することである。他者を感じると同時に自己を認識する。自己と他者が認識されたとき、社会が動き出す。心は広く全自然に作用するが、自己と他者の関係で最も強く作用するのは、優越性である。これが憎愛を発生させる。優越性、憎愛などは、社会という空間の中で作用する。社会という空間が同類を互いに殺すという事象を発生させる。殺人である。

殺人には個体幻想による殺人と共同幻想による殺人がある。

個体幻想の個体幻想に対する殺人が、通常言う殺人である。

個体幻想の共同幻想に対する殺人はテロである。

共同幻想の個体幻想に対する殺人は制裁としての死刑である。

共同幻想による共同幻想の殺人は戦争である。

戦争は最終的には個体幻想が個体幻想を抹殺する構造になっている。

最大の共同幻想：近代国家

国家とはある一定の領域の内部で、正当な物理的暴力行使の独占を(実効的に)要求する人間共同体である。一定領域内というのが、国家の定義の最も特徴的なことで、わが故郷の星には無数の国家が存在している。国家以外の全ての共同幻想は他の共同幻想または個体幻想に対しては、国家の側で許容した範囲内でしか、物理的暴力行使の権利が認められない。

国家にとって、この物理的暴力装置の行使は、他の共同幻想（国家）に対する優越性拡張の最大の武器となる。

個体幻想における物理的暴力装置の行使は、優越性の拡張とはならず、制裁の対象として作用する。

戦争（性と死）

戦争とは人間しか起こしえない。それは性と死の問題であり、性と死が背中合わせになっている。

国家共同幻想が複数発生して初めて戦争が生み出された。

戦争とは国家共同幻想による国家共同幻想の抹殺、融合、支配である。そこには優越性の関数が複雑に作用している。

その時空間における、個体幻想、対幻想の存在が大きな問題として発生する（?）。

戦争は、個体幻想の抹殺、支配を超越している。戦争による国家共同幻想の抹殺はその国家共同幻想に所属する個体幻想の抹殺で、当然、対幻想の崩壊をもたらす。

この争いは権力とは違い、勝者は常に正しいのである。

敗者となった国家共同幻想は悲惨で、奴隷制を生み出し、人間を商品化し、徹底した差別を作り出した。

しかし、この戦争はまだ人間に属していた。死と快楽（死と性）という形で、無差別的な集団殺りく、集団暴行といったものを、生命に属する事象が抑制に働き、終焉の方向に向かっていく。国家共同幻想によって、個体幻想、対幻想に、徹底的なダメージを与えるが人は性と死によって立ち直っていくすべを見出すはずである。バルカンクーリゲに見られるような集団無差別的死（戦死）に対する集団無差別的快楽が日常に発生することにより、戦争の抑止力として働くはずである。

ロボット戦争

われわれは湾岸戦争でコンピュータ戦争を眼のあたりに見た。バーチャル空間でのゲームのようであった。初めて具体的な戦争をテレビの映像でリアルタイムに見た。空間を飛び交うミサイルは当にテレビゲームの世界であった。

しかし、その先には現実の人間が存在し、戦争の犠牲として死んでゆくのであったが、コンピュータの戦争は具体的な悲惨なものをすべて包み隠してしまう。

戦争を通して、最もよく見えてくるのが、次のような現象だ。

『共同幻想と個体幻想は逆立ちした関係にある』

イラク戦争で、ブッシュはロボットの戦争参加を企画した。ロボット戦争の悲劇は計り知れない。

闘争（戦争）の過程には憎しみが存在するが、憎しみの過程は戦いの抑制の過程でもある。憎しみは接触（性・愛情）を原点にしている。そこには心の思いやりがあり、生命の疲労が現れると人と人のコミュニケーションを成立させている。

しかし、ロボット戦争には憎しみがない、単独で無性である。ロボット戦争の奥深くには、新しい戦争の要素が見え隠れしている。それは利益という新しい装置である。

利益という新しい装置

利益というと我々は企業における利益を真っ先に思い起こす。企業の使命は利益を上げることである。利益は権力のように共同幻想と個体幻想のコミュニケーションである関数の役割は果たさない。しかし、利益を追求していくと権力を包含していくような機能を保有している。

権力には、正しい権力や悪しき権力といったものはないが、利益は持てるものと持てないものの識別を明確にする作用がある。持てるものと持てないものの関係性は、優越性というファンクションで関係つけられる。

利益というもののデシジョンメーカーを追求していくと、国家以外の共同幻想の支配の始まりが見え始めてくる。

国家利益

国家は物理的な暴力装置を行使する唯一の存在であるが、利益装置も行使できる。但し、利益装置を行使できる、唯一の共同幻想ではない。

原則国家は直接利益を追求できない、してはならない。利益は間接的に享受する。それは国家が直接利益を追求するとは戦争に結びついていくからである。しかし、国家が得た間接的利益は国民に平等に配分されなければならない。（間接的な利益享受とは基本は国家規制に結びついていると思われる。）

国家は国民の安全を保障する義務がある。同時に、国民の生存インフラを獲得し、それらを平等に配分する義務がある。生存インフラの平等配分とは、民にやらせてならないものは官がやるということである。

『民ができることは民に』と絶叫した宰相がいた。これは危険である。民は何でもやる。利益と結び付いたものなら何でもやる。利益を生み出せなかったら廃止する。それが、国民の生存インフラにかかわっていても、利益を得られなければ、切って落とす。

A国とB国は同じ経済体制を共有するとしても、政治体制・政治状況の違いから利益には国家間の格差が発生する、同時に優越性も発生させる。経済のグローバル化（画一制度化）はこの危険を含んでいる。格差の実態は当該国民に跳ね返ってくる。

利益の分類

利益は時間的・空間的・人為的と多様性を持っている。利益には共同幻想の持つ利益と個体幻想の持つ利益があるが、それらの関係性についてはまだ十分に分かっていない。

共同幻想の利益は、国家共同幻想の利益と企業（非国家）共同幻想の利益が考えられるが、企業共同幻想の利益は複雑でこれから解明されなければならない。

企業共同幻想の利益の基本構成。

執行役員に報酬として支払われる。
株主に対して配当として還元される。
従業員に対し賃金として支払われる。
次の利益追求として、展開、実践を行う。
自己自身の存続の保証として多様な行動をとる。
個体幻想の利益は労働に対する報酬や個体幻想自身の株主としての報酬など多岐にわたる。
個体幻想の利益と企業共同幻想の関係は労働と配当で構成される。

限界性

国家の唯一の権力装置である、物理的な暴力装置は限界に来ている。その力は限定的にしか行使できない。核装置という最大暴力装置が限界にきているから……わが故郷の星を壊滅させるには十分である。

利益装置は無限である……利益装置の基本要素は情報と資源である。それらを確保できなかったときが限界であるが……資源はリサイクルという概念を充実させ、可逆過程の資源を無限に利用しようとする。不可逆過程の資源（基本的にはエネルギー）は太陽熱を利用しよう……情報は単調増加関数のごとく右肩上がりである。

利益のメカニズム

利益は人間の存在を変えていく。まず、生産と消費の構造が変化する。経済活動は需要供給のバランスで存在できなくなる。生産は具体的なもの（商品）が抽象的なもの（仕様）に移行する。消費の中には情報とステータスという概念が導入される。これらの関係は労働に大きな影響を与える。元来、労働は生産と消費から独立し人格的なものであった。

現在、利益装置の中では人格的な労働がはく奪され、商品化された労働に変化し始めている。人格的な労働は雇用により社会への参加・保障が確立される。それは国家共同幻想が権力として保持していたものである。

権力が保持を放棄したとき、人格的労働は商品化された労働と変化し、社会への参加保障が拒否され、（労働の村八分化）社会保障への参加は自己責任の元、自己負担しなければならない。

権利としての労働（正社員）と商品としての労働（非正社員）の分離、これは権利としての労働には利益の還元性があるが商品化された労働には利益の還元性がない。

物理的暴力装置は最終的には人命を奪う。利益装置は人の心を病ませ、人をメンタルなところから抹殺し、心を狂わせる。物理暴力装置はどこまでいっても具体的であるが、利益装置は抽象化されていき、人の目（五感）では見えにくくなる。利益装置を監視するには哲学（思想性）を高度に磨かなければならない。

野村はこれを記録すると、最後に「存在と未来のためのプログラム」と記した。

＊

父と母と野村の三人だけの生活が続いていた。静かな生活であった。朝、昼、夜と必ず三人が食卓についていることは遠い昔からのことであった。四〇代も後半でこんなのんびりした生活は初めてであったが三人を生き生きさせていた。しかし、次の仕事を探すことも始めなければならなかった。

大学を出た後の野村の生活は戦争のように忙しい日々だった。朝は両親がまだ起きる前に家を出て、帰りは両親が寝静まってから帰るのがずーと続いていた。朝は朝星夜は夜星と自宅ではいつも星を見ていた。土日だけが昼夜、両親と過ごす時間であり、食事のときだった。

朝、野村はいつも遅くまで寝ていた。彼はこの静かなときに半世紀も生きてきた人生を振り返ってみると、自分はずっとたたかっていたが、世界もいつも戦争で戦っていた殊に気が付いた。

レポートⅡ

＊＊＊　人生と戦争の記録　＊＊＊＊＊＊

第二次世界大戦

この戦争は知らない。野村は戦争終了後にこの世に生を受けたのである。話では聴いている。日本が負けたことも知った。なぜ、どのように始まったのかは今もってよく理解してない。敗戦と云わず終戦という。その言葉を聞くと、日本国民が戦争をしたのではなく、天皇を中心とした大日本帝国が戦って敗戦したので、国民は戦争が終わったという考えしかないと考えていた。**戦争は核兵器の使用という形で終焉した。被爆したのは日本だけで広島・長崎がどのように記憶されるのか？**

科学者という人物の立場が真剣に考えられ始めた。マンハッタン計画、ロスアラモスの科学者たちは原爆が使用され広島、長崎のことをどのように理解しているのだろうか。また、彼らにこの戦争がどこまで記憶として継続されていくか。

この戦争の始めたのは三人の人物だった。ヒットラー、ムッソリーニそして天皇。

天皇のみが戦争責任を回避した。それは重い何かがあるのだろう。天皇は形を変えて再び現れた。それは世界第二の経済大国日本の象徴であった。

この戦争は他国を侵略し支配する戦争に分類される。

中東戦争

野村はこの戦争を知らない。中学生になってユダヤ人のことを知った。アインシュタインもマルクスもユダヤ人だった。モーゼの物語十戒を映画で観て感動した。シオニズムの運動も知った。イスラエルが祖国の地に独立国を建国するのはいいことだと思っていた。しかし、現実の戦争は知らない。中学、高校時代の認識と判断であった。

これは独立戦争だろう。だが、アメリカの独立戦争などとは根本的に違っている。

別の位相からみればこれは割り込み戦争である。

これは、イギリス帝国の身勝手な権力行使とアジテーションの戦争である。

この戦争の流れは様々な形で現在も流れてい……永遠に収束しないかもしれない。

ネブカドネルザまで溯らなければならないほどの……怨念の戦争かもしれない。

朝鮮戦争

野村には微かな記憶があった。まだ、小学生にもなっていなかったが、景気がよくなったという言葉で憶えていた。そして、景気という言葉の意味を初めて自分なりに理解させてくれたのがこの戦争であった。三十八度線という言葉を知ったのもこの戦争であった。

これは代理戦争である。西と東の代理戦争である。現在もまだ続いている戦争である。

現在は停戦協定にある。ソヴィエトは崩壊したのにこの戦争は継続している。

それでも代理戦争……分からない！

スエズ動乱

野村は明確に記憶していた。小学五年生であった。夏であった、野村は夏休みであったかもしれない。

エジプトがスエズ運河を国有化するという事件だった。そうしたら、イギリスとフランスが出てきて戦争となった。何故イギリスとフランスが出てきて戦争になるのか野村は全く理解できなかった。

野村の関心はスエズ運河であった。スエズ運河を作ったレセップスについて学んだばかりであった。レセップスはフランス人であった。バスコダ・ガマが喜望峰（ケープタウン）を周ってインド洋に出た話を聞いて以来、何故、地中海と紅海をつなげないのかと考えていた小学四年生だった。それを実現したのがレセップスだった。野村にはレセップスは偉大な人物となった。レセップスはパナマ運河も通そうとするが失敗した。その時、野村は悔しかった。失敗は太平洋と大西洋の水位が違っていることに原因があった。

これは、帝国主義戦争とでも言うのだろう。でも、これは対戦国が対等な形には無い。見方を変えれば、抵抗戦争……反帝国主義戦争と言えるだろう。

野村が初めて現実の世界というものを観た戦争であった。帝国主義も抵抗戦争も知らなかった。しかし、世界で何かが動いているのをはじめて感じた時だった。それは野村には現実に自分が学校で習った人物と密接な関係があり、出来事が身近で具体的であった。多分、はじめて世界と対峙した時であった。

後年知ったことであるが、これは第二次中東戦争とも呼ばれた。イギリス・フランス対アラブの構図にイスラエルが加わると確かに見えてくる。これは、帝国主義戦争であり、独立戦争であり、侵略戦

争でも在る。だが、一番奥には民族戦争が、いや宗教戦争も見え隠れしている。

ハンガリー動乱

夏がスエズ動乱で動乱という言葉を自分なりに解釈したが、秋にまたハンガリー動乱という文字が新聞をにぎわしていたのを記憶している。巷には三橋美智也の「リンゴ村から」が流れていた。新聞の写真は街中が煙に巻かれ、戦車が映っていたのを鮮明に覚えている。

ニュースの大きさの割には理解が出来なかった。でも、西と東の意味がわかってきた。アメリカとソ連の構図が理解できた。

これは朝鮮戦争の類似でもないし、逆像でもない。反帝国主義戦争の構図であるが、ソ連と云うことを考えると複雑である。位相を変えてみるといろんなものが見えていたのかもしれない。後のチェコ、ユーゴスラビヤや更にはアルバニア、セルビアとボスニア戦争まで連綿と続くのか……

野村はハンガリーという国を憶えたし、アメリカとソ連の対立(冷戦)も知った。

ソ連を支持する人も、ニュースも観たし、結局は一時の反乱のように収斂した。

野村にとっては六〇年の安保闘争の判断の原点となった。

六〇年安保闘争

これは戦争ではない。日本に初めて起きた大きな大衆運動の闘いであった。野村は中学三年生であったが、はじめて自分の眼で現実の社会を観たような事件だった。これ以降、いろいろなものに眼を向けるようになって行った。**最大の驚きは一九六〇年六月一五日と一九日であった。一五日はデモ隊の女子大生樺美智子さんが死んだことである。また、学生が国会に突入したことであった。六月一七日の新聞はどの新聞にも全く同じ記事が出た。七社共同声明である。野村はこの記事をよく覚えていた。彼は朝日新聞と日本経済新聞、東京タイムスに全く同じ記事を観て不思議に思った。その内容は、「……いかなる政治的難局に立とうと、暴力を用いて事を運ばんとすることは断じて許されるべきではない……」この記事を観てデモ隊を暗に批判しているように感じた。樺美智子の死はデモの責任のように感じた。後にこの記事を観て「新聞は死んだ」と云う人びとがいたという話をきいた。あんなに烈しい反対があったのに、六月一九日自然承認された。その日は異様に静かな一日であった。これは戦争ではないが……安保条約は締結された。**

このの後凄惨な事件が起きた、浅沼稲次郎刺殺事件と翌年の嶋中事件を記憶している。浅沼刺殺の犯人は山口音矢、嶋中事件の犯人は小林孝一で共に一七歳であった。野村と二歳違いであった。

キューバ危機

野村が福田と出会って初めての話題はアインシュタインだった。アインシュタインがユダヤ人であったこと。シオニズムのこと。特殊相対論のE＝m×c×cのこと。アインシュタインのトルーマンへの手紙とレオシラードのこと。マンハッタン計画のこと。ロスアラモス研究所のこと。オッペンハイマーのこと。フェルミとオットー・ハーンのこと。原爆の実験のこと。広島と長崎の原爆投下のこと。ラッセル・アインシュタイン声明のこと。湯川秀樹のこと。パグウォッシュ会議のこと。福田の話は野村には未知の領域で新鮮であった。

野村が核戦争というのを具低的に認識した事件だった。核戦争は起きなかった。多分福田の話を聞いていなかったら、この事件を核の危機などとは考えも及ばなかったろう。世界中が緊張した一三日だった。野村はこの事件で二つのことを学んだ。

一つは、核戦争は一瞬にして人類を滅ぼしてしまうことが可能であること。そして人類が一瞬にして滅びたら、それに対して異議を申し立てる人はいないということ。一瞬にして滅びることは正義でも悪でもないこと。一瞬に滅びるということは善悪の範疇には入らないこと。

二つ目は今までの歴史上では個人の命は自然災害を除いて、基本的に個人のコントロールの範囲にあったが、核戦争の可能な現代は個人が今までの歴史上の在り方とは全く違った存在形式なってしまったということである。個人の命が国家……米国とソ連……核のボタンを握っている人物に完全に抑えられているということである。これはこれまでの歴史上にあらわれたどんな人類よりも特殊な存在形式にあると思った。核戦争は人間が作り出し人間が行使するのだから、自然災害による災難とは全く違っているのだ。

ヴェトナム戦争

野村がヴェトナム戦争に関連したニュースを最初に意識したのは一九六四年のトンキン湾事件であった。それはアメリカの北ヴェトナムへの報復としての軍事行動であった。翌年二月にアメリカの北爆で野村はヴェトナム戦争というものを明確に認識した。野村はヴェトナムという国について殆ど知識が無かった。ゴ・ジン・ジェムとか、グエン・カーンとかグエン・カオキと云った名前が頭に入ってたことを、今でも記憶している。ホー・チミンの名前は何度も聞いて記憶に残っていた。野村は二冊の本を読んだ。ウィルフレッド・バーチェットの「一七度線の北と南　上下」、岡村昭彦の「南ヴェトナム従軍記正続」そこで一七度線が三八度線と同じ意味のものであったことを知った。

バーチェットの本で、ヴェトナムがフランスの植民地であったこ

とを知った。一九五四デンビエンフーの闘いでフランスが敗れ撤退すると、ここも東の北ヴェトナム、西の南ヴェトナムに分かれ独立のかたちを取って行った。すでにこの時、野村が認識したヴェトナム戦争ははじまっていた。

最も長い戦争であった。大学時代はまさにヴェトナム戦争時代であった。野村が社会人になっても戦争は続いていた。

終結は一九七五年の四月サイゴン陥落だった。アメリカが唯一つ負けた戦争であった。

ヴェトナム戦争……これだけで一杯になってしまう。

湾岸戦争

ヴェトナム戦争以降、野村にとっての戦争は経済戦争が主人公だった。勿論、その間南米で様々な戦争でフォークランド戦争、イラン・イラク戦争と云うものがあったが、ヴェトナム戦争の影の様であった。当事者から遠く離れていたのかもしれない。そして突然勃発したのが湾岸戦争であった。

イラクのクウェート進行がリアルタイムにテレビに映し出されたのは驚きであった。

トマホークによる攻撃は……まさにバーチャル戦争の幕開きだった。テレビに映し出される映像はバーチャルではなく、ミサイルの先には人間が具体的に生活する空間が広がっていたのである。しかし、映像はそのことをテレビの前に座るものに伝わっては来ない。まさにインベーダゲームであった。

九・一一同時多発テロ

その日は台風の影響で交通機関は混乱していた。夜になり落ち着き、野村も一二時前には帰宅した。深夜のテレビにスイッチを入れると、とんでもない映像が飛び込んできた。映画でもこんなシーンは見たこともなかった。

ニューヨークの世界貿易センタービルのツインタワーが飛行機に衝突されたのである。誰もが事故だと思った。しかも、ツインタワービルごとに旅客機が追突しているのである。事故としてもすごいものだった。

民衆が事故のすごさに驚きおののいている間に、ペンタゴンに旅客機が追突した。ここで世界ははじめてこれがテロ行為であったことを認識した。戦争がテロという局地戦に展開されていった。

我々はオームによる松本サリン事件、地下鉄サリン事件という無差別テロを忘れてはならない。かつて、戦争は国家に属していた。だが、国家間の紛争ではなく、日に見えぬ、とらえどころのないテロという形に変わっていた。突き詰めると隣人は敵！

世界は変わりつつある。

イラク戦争

九・一一の報復として、イラク戦争は勃発した。ブッシュ親子による湾岸戦争とのペア戦争だった。戦争の形態に多様性が発生し、戦争を始める気になればどんな形からも、正当性を主張して開戦できる時代に入った。ヴェトナム戦争までは戦争は人類の範疇にあり人類での解決が可能であった。

湾岸戦争以降、戦争の環境社会は一変した。戦争は戦争固有の仮説をもち始めたのだ。戦争は人類のものから、別なもっと抽象的なものへと変化し始めた。

ドリーム・夢（眠りと死）

＊

神保町は昔の面影を残しながらも七〇年代に比べると随分変わってしまった。本屋の街の形は残っているが、大学の街の面影は大きく変わってしまった。大学そのものも七〇年代とは大きく変わったせいもあるだろう。神保町の交差点から三省堂までと、交差点から学士会館までの一角は土地が買い占められたらしく、大きなビルの建築ラッシュアワーであった。

野村は御茶ノ水から駿河台を下って神保町の交差点にかかる手前で、明倫館という古本屋を見つけた。高校時代福田と初めて入った古本屋であった。理系の本しかなく、当時福田がここにくれば科学の本は絶対に手に入ると自慢していた店だった。

中に入ると相変わらず数学や物理学の本がぎっしりと詰まっていた。天井の方を見上げると、端っこに懐かしい本があった。

「数学と自然科学の哲学」……遠い昔を思い出した。しかし、野村には興味の無い本ばかりで、そこを出た。

福田は長年探し求めていた「特性のない男」が再版されたのは知っていた。全六巻を一度に買うことは迷っていたが、本の装丁が気になり、神保町に出かけてきた。再版といっても、一〇年以上も前のことである。最初に見たのは高校時代で四〇年ほど前になる。彼は第一巻を小脇に挟んで九段方面から神保町の交差点に向かった。

野村が交差点を渡りきり、福田が交差点の信号待ちをしようとした、みずほ銀行前で二人は顔を合わせ、立ち止まった。

「福田！」

「野村！」

同時に声が出た。

約四〇年振りの再会だった。

＊

十二月、福田は十人会の宴会を終えて店の外に出た。彼は帰宅のため駅の方に向かった。その時ポンと肩を叩かれた。振り向くと片岡氏であった。

「福田さん、どうですかもう一軒……さっきの話の続きでも。」

「ええ、よろしいですよ、でも私は飲み屋さんをよく知らないので……」

「私に任せて下さい。居酒屋ですがね……いい女将がいて、料理がうまくて落ち着く店が有るんですよ。」

「御一緒します。」

「何時も一人で飲みに行くんですよ。」

「……」

店は一軒赤ちょうちん風で、片岡と福田が入って行くと、奥から女将が顔を出し

「アッ、いらっしゃい先生」と言って片岡に微笑んだ。

「やあ！」

「奥へどうぞ」と招いてくれた。片岡は常連らしく大事に扱われている様子だった。福田は片岡の後に続きセットしてくれたカウンターの席に着いた。女将が付けだしと一緒にメニューを置いて
「お飲物は何になさいます、先生……」と聞いた。

「ビール」と片岡は言って、福田のほうに目をやって
「福田さん、ビールはさっき飲んだから、酒にしますか？」

「ええ、酒でいいです」

「女将さん、ビールでなく酒にしてよ！」

「燗にします……それとも冷にします？」

「福田さん、ここの冷旨いんですよ……どちらにします？」

「片岡さんにお任せします。」

「じゃ、女将さん冷二つ。」

「ハーイ、かしこまりました。」と言って女将は奥に引っ込んだ。彼女は奥で酒の用意をしながら福田のことをじーと見つめていた。

二つのグラスを運んで来て、二人の前に置いてセットするときも彼女は福田を見つめていた。再び奥に入って一升ビンを抱えて戻ってきた。

「ハイ、先生」と言ってまず片岡の方に一杯注ぎ、終わると福田の方に顔を向けて
「ハイ、福田三郎さんどうぞ。」と言った。福田は驚いて女将の顔を見た。

彼女はニッコリ微笑んで再び
「福田三郎さん！」と言った。福田は女将の顔をしげしげと見ながら、半信半疑で
「太田さん……？」聞き返した。女将は頚を振ってうなずき、福田のグラスに酒を注いだ。福田は明子が酒を注いでいる間じーと彼女の顔を見ていた。

そして
「本当に太田さん！」と言った。注ぎ終わった明子はビンに蓋をしながら
「本当に福田さん！」と言って笑顔を福田に向けた。

店を出るとき、明子は外に出て二人を送ってきた。片岡も交えて三人で立ち話をしていた。

「福田さん、またいらしてくださいね。」

「もちろん……あの頃の貴女から考えると想像も出来ない仕事でした。……近い内に必ず来ますよ。」

「女将さん、福田さん二人とも積もる話が有るんじゃない？　私は帰るけど、福田さん残ってもう少し話してったら！」

「でも……」

「私のことはいいって……女将もその方がいいだろ。」

「はい、」明子は女学生のようにはっきり答えた。

「おかみの憧れが福田さんのような人じゃわたしも諦めがつく……福田さん話して行ったほうがいい……女将さん僕は彼を尊敬しているんだよ……素晴らしい人だよ、昔女将が惚れてたのわかるな……」

「先生、ありがとうございます。先生も素敵ですよ！　今日は今ま

でで一番素敵な先生でした。福田さんは高校時代の憧れの人ですから。」

「でも解る、素敵な人は十代でも五十代でも変わらないよ……まあ、外で話すのも、なんだから私も消えるし、二人で昔を語りなよ、福田さんも……」

「そうします。福田さん、中にいらして……」と言って女将は中に入って行った。福田は片岡に向かって
「それじゃすいませんがちょっと昔話でもしていきたいと思いますので……」

「ええ是非、今日は素晴らしい出会いですよ……四十年ぶり。私はお先失礼します。」

「今日はありがとうございました。」

「それでは……」と言って片岡は駅に向かった。

福田は照れくさそうに再び店に入った。女将は一番奥の彼女のよこに福田の席を用意して待っていた。

福田は座りながら『今日のことを野村が知ったらどんなに喜ぶだろうと思った。』明子が戻って来ると、

「このこと野村が知ったらよろこぶだろなー」と言った。明子は
「エッ、野村さん……野村さんとおつきあいあるんですか？」張りのある声で聞き返した。

「ええ、年に二、三回会うんですよ。去年は一回で、今年は会ってないけど」と福田が答えると、明子の顔は喜びと懐かしさに溢れた。そして福田の顔をじーと見つめつつ
「野村さん、何をなさっているのかしら……奥さんはどんなかたかしら……お子さんは何人かな……」

「野村の！」

「ええ」

「彼は独身で、今ビルの警備員かなんかの仕事をしてるって。」

「そう……福田さんはどちらにお住まい」

「板橋でカメラヤ屋をやってます。」

「カメラ屋……素適」

「……」

「福田さんと野村さんて宿命的なのね……別れたの昭和三十八年でしょう？」

「厳密に言うと、昭和三十九年の一月、電話で……」

「そうそう、卒業式の日福田見なかったて私の所に尋ねてきた。その後で野村さんと喫茶店で話したの……その時一月に貴方から電話をいただいたておはなししてました」

「野村と再会したのは、平成八年の秋だったと思う。神保町で偶然に……」

「……」

「彼のほうが私に気が付いて……でも、まさか野村とは思わなかったな……嬉しかったな……」

「でしょうね……、野村さん変わった？」

「孤独な感じがしたな……、その後三省堂の地下でビールを飲みながら話した。昨日のことのようだよ」

「野村さんにもあいたいなあ……」

「大丈夫、今度連れて来るから……」

「会いたいわ……」

「その店閉店まで居たな……野村はね僕と会ったころまで会社を経営していたんだて。バブル景気の崩壊で解散したんだって……倒産じゃなくって良かったといてた。それまでもいろんな事やったみたい。」

「……」

「解散には自分の責任を感じたと、しみじみ言ってな……」

「そう……会いたい」

「最後に会ったの、お茶の水の『丘』で待ち合わせたんだって」

「ええ」

「でも、逢えなかった……野村はお茶の水に来ると今でも貴女に逢えるんじゃ無いかと思うんだって……『丘』が無くなって随分たつよね、何時ごろかな無くなったの」明子は『丘』とか『コンサートホール』を思いだした。

「でもその時、貴女は久慈浜に居たんでしょう。」

「いいえ、その日私が勝手に行かなかっただけです。」

「久慈浜は?」

「そこはその後、母と一緒に引っ越した所です。その頃はまだ東京にいました。」

明子は三十数年前の野村とのことが思い出され
「野村さんに逢いたいですね……」しみじみと言った。


「今度、一緒に逢いましょう。連れて来ますよ……でも会社の経営者だなんて、エッ、と思った……一番想像できない分野だよ。」

「野村さんの社長、私もやっぱり想像出来ない、と言うより賛成できないわ!」

何時か店内は福田と明子の二人だけになっていた。時計は一時を回っていた。二人は思わず顔を見合わせお互いに微笑み逢った。三十数年ぶりの再会は二人の時間のたつのも忘れさせた。福田は店内をクルーと見渡すと自分達しか居ず、時計に目をやった。

「もう、こんな時間、電車が無くなってしまう」と言って、立ち上がった。

＊

野村が明子の店を訪れたのは、福田が来て二週間後の金曜日であった。一緒に来る予定でいたが、福田に急な用事が出来、野村一人で尋ねることになった。野村は場所を電話で確認していた。野村が店に入ると、明子は奥に彼の席を用意して待っていた。

二人は顔を見合わせそのまま沈黙が少し続いた。明子が先に口を開いた。

「いらしゃい……どーぞ」こころなし声が震えていた。

「久しぶりです……」と言って野村は席に着いた。

店は盛況で明子は忙しく動いていた。野村はただ黙々とカウンター越しの調理場を眺めながら酒を口に運んだ。

閉店近くになりやっと客が減り明子は野村の隣に座った。

「野村さん三十六年ぶりですよ……」

「そうなりますか……昭和四十年の七月でした……逢えなくて電話で……」

「東京オリンピックも終わってしまたし……」

「すみません……私食事をここでしますが……ごめんなさい。」

「あっ、どうぞ……」

明子は自分の食べ物の小皿などをカウンターの片隅に並べた。無言の内に食事を始めた。汁物を飲むと、野村の方を向き
「私も一杯頂こうかしら」と言って立ち上がり、篭の中からお猪口一つ取った。それを黙って野村の目の前に差しだした。野村は明子の顔を見てから猪口に酒を注いだ。注ぎ終わると二人はお互いに顔を見合わせ、微笑んだ。明子が猪口女将に上げげながら
「再会を祝して乾杯！」と言った。野村もそれに合わせて
「乾杯！」と言って、一気に飲み干した。その後二人には沈黙が続いた。多分話したいことは山のようにあるのに、三十六年間の空白が言葉を続けさせるのを困難にしていた。野村も明子もどの話からしていいか選択しかねていた。明子がやっと口を開き
「お仕事は？」

「ビルの警備員の仕事をしています。」

「二十四時間交代とかあるのですか？」

「ええ、もちろん……でも、なれないときは結構辛かったですが、慣れると楽なもんです。頭を使わなくて済むし、余計なことを考えなくてもいいですし……時間どおりにやっていればＯＫですから。」

「私もお店やってますので夜が主体になってしまいます。」

「……」

野村は明子の顔を見て微笑んだ。

「ママ、おあいそ！」

「ハーイ、ただ今、」と元気な声を出して明子はレジの方に向かった。

野村は何かを思いだそうと頭をチョット上に上げ、頚を捻った姿勢で外を見た。

明子と野村が二人きりになったのは十一半を過ぎていた。調理場の板前も帰り店内は静かであった。明子は冷酒をグラスに注ぎ二つ用意した。

「改めて乾杯しましょう！」と明子は言って、二人はグラスを目元まで上げて、酒を飲み干した。三十六年間の空白が酒と一緒にスーと喉もとを過ぎ消え去った。

「あれは、昭和四十年の正月だった、明治神宮にお参りに行ったの覚えてる？」野村が先に口を切った。

「ええ、今は和服ですが、あのときは洋服でしたね。」

「あのときの話だと僕はもう生きていないはずなのに……生きてますよ」

「そう、貴方が外国に行って、私が一人で迎えに行くなんて話していましたわ……あのときはまだ羽田空港でした……今は成田や関西空港ですもの。時代は環境を変えてしまいますね。」

「……僕はいま、生きていて良かったと思います。貴女と再会できるなんて……

考えても居なかった。福田と再会した時も大感激だったけど、貴女と再会できるなんて……感激とかそんなもんじゃないです……なんて言っていいのかな……ともかく嬉しい、生きていて良かった……」

明子は一生懸命に喋る野村の顔をじーと見ながら

「私も、嬉しいです……何か三十年まえの高校、大学時代に戻ったみたい」

「いや、時代は変わっても、人間なんて変わらないですよ……六十年安保から七十年安保にかけて高校・大学だった、いろいろあった。」

「……昔の話ですね……」

「原潜だのヴェトナム戦争だのやっている内に……高度成長、経済成長で働き蜂になってしまった……その挙げ句の果てバブル崩壊、リストラによりお払い箱……なんて人生かね……」

「……」

「何だったんだろうなあの時代は……あなたのヴェトナム戦争に対する考え、僕もあのころ学生運動していたが、凄く新鮮で、判って……でも何をしていいか判らなかったな……」

「……」

「僕は今も憶えています。一つの村がアメリカ兵によって焼かれた、大事なことは焼き払う一人の兵士はその人の意志によって焼き払うのです……すごく判って、判らない所です……その後今までの人生はその意志の連続のように思うのです。」

「……私が言うのもおかしですが……なんだったんでしょう……でも憶えています。その時はそんな風に思ったのです……あなたに何を伝えたかったのか、今はそれほど定かではないのですが……ただ、私が初めて当たった大きな壁でした。誰かに知っていて欲しかったのです。自分自身アリバイみたいなものだったのでしょう。でも、それはひそかに本当の自分を知っている人でなければいけなかったのです。自分をさらけ出してしまうのは羞恥が伴います。その時はあなたにしか書けなかった……いや今でもあなたにしか書けないです。だからあなたのこと一日たりとも忘れたことはありません……あなたと会うことはなくても、あなたは私の知らない何処かで生きている思うと、一日一回は思うのです……生きているて不思議ですね。」

野村は頭の中でいまいった明子の『生きているって不思議ですね』という言葉を何回も繰り返していた。

「お母さんは、ご健在ですか？」と野村は明子に尋ねた。

「いいえ、もう亡くなって十年になります……いま私の親類は妹の家族だけです。」

「………」

「野村さん、奥さんは？」

「独り者です。正確には両親と三人です……太田さんは？」

「今でも、太田と言うくらいですから……独りです……お嫁にいきそびれてしまいました。母が痴呆症になってからは、結婚なんて考えられませんでした。でも、最後の母の顔は美しかったです。私のこともよく判らなくなってしまいましたが……」

「……」

「母のこと独り考えても、生きているて不思議ですね。」と言って明子は立ち上がりお酒をもって
「野村さん、もう少し召し上がりましょう……私も嬉しくて……」

野村は空になったグラスを明子の前に差しだした。明子はそれに注意深くなみなみと注いだ。野村は明子が注ぎ終わるのを確かめると今度は明子のグラスを彼女の前に差しだした。明子はお酒をもとに戻すと調理場に入っていきお新香を持ってきた。

二人は並んで座るとお互い顔を見合わせグラスをあげて乾杯をした。

「あの手紙の中で太田さんは家族と言うものに随分こだわっていたようなきがするんですが……最も当時はあなたの悲しみが判って上げられない自分の未熟さしか判ら無く……年と共にあなたの手紙を何回も読みなおすうちに思ったことですが……だから福田からあなたのことを聴いたとき、素敵な家庭を持っていると思っていました。」

明子はただ微笑んで野村を見つめていた。

「弟さんが亡くなられたときはお母さんは大変だったのですか。」

「恐かった……あのとき人間とはなんなのだろうとつくづく思いました。人とは遠くの親戚より近くの他人といいますが、私は人間は『血は水よりも濃い』と言うことでした。その血の濃さは親子兄弟まででしょう……だから私にとって、最も大切な家族は妹の家族なんです。」


明子がグラスを両手に持ちながら、空を見上げるような感じで話しているのを、野村はじーと見ていた。明子がグラスを口元に運び一口飲むのをみて野村は口を開いた。

「太田さん、僕は、あなたが決めた様に一九八三年に外国にいきましたよ。砂漠の国では無かったが……ヨーロッパを回ってきました。フランス、スペインと……」

「エッ、素適……どれくらい？」

「約二ヵ月かな。」

「そんなに、楽しかったでしょう……私迎えにいけませんでしたわね！」

「羽田じゃなく成田でした。」

「私の勘も相当なものですね。」

「勘というより、あなたの手紙がそうさせたような気がします。」

「外国、行ってみたい気もしますが……飛行機がどうも。」

「僕は飛行機大好きですね。外国へ行くと人間のものを見る位相が違って来ます。」

「外国に行くこと自体が私達の考え方とか見方、反応の仕方を変えてしまうのでしょうね。」

「ええ、ショックでした。自分がいかに狭いとこに閉じ込もっていたかと思いました。」

「……」

野村がふと腕時計に目をやると一時を回っていた。

「電車がなくなってしまった。帰らなければ」と言って立ち上がっ

た。明子も立ち上がり帳場で勘定をしていた。野村は財布を出しながら

「遅くなってごめん。」といった。明子は

「いいえ、楽しかったです。また来て下さい。今度は旅行の話をしてください」

「また来ますよ。ぼくも久しぶりに楽しかった。どうもありがとう。」

「こちらこそ、ぜひまた来て下さいね」と明子はいった。野村は振り返りてを振りながら店を後にした。

野村は明子の店を出たが、すでにもう電車はなくタクシーを利用するしかなかった。タクシー乗り場には大勢の人が列を作って待っていた。その様子を見て野村は上野まで歩くことにした。二、三時間歩けば着くだろう、そうすれば始発電車で帰宅出来ると考えた。それよりも野村の頭の中は、明子と再会できたという感動で……一人でその感動をしみじみと味わってみたい気持ちで一杯であった。誰にも邪魔されたくなく、他人と逢いたくもなかった。お堀端に出て神田の方に向かった。深夜の通りを車は走っているが歩いている人は野村を除いて一人もいなかった。野村は冷たい冬の空気に触れながら、気持ちは和み、明子のことを思うと目頭が熱くなってきた。野村は生きていて良かったと思った。

会社を解散した日、生きている意味も理由も無くしていたが、明子と逢って死と云うことは安易に考えるべきではないとつくづく思った。明子と野村の交際期間は高校の三年間と大学一年間であった。五十五才の人生の中で四年間の出会いであった。三十六年の空白を経て再び交際が始まるというのがふしぎに思えた。十代の最後に人生というながれを共に流れてきながら、枝別れしまた再び合流する……明子との再会は好運であった。

野村はもう一人の女性のことを考えていた。彼女とはもう逢うことはないだろう、会社を解散した日、彼はその彼女へのメッセージとし、約束の本を書く決心をした。その本はまた明子に対しては手紙の返事とならなくてはならないと考えた。『ただ書き残すのではなく、誰かに、一人でいいから知って欲しかったのです。私が何を考えているかを……いろいろな人を想定しました。でも、やはり貴方に理解して欲しく筆を取りました。』この言葉を思いだしていた。

その日以来野村は明子の店に通った。初めの内は月に二度程であったが、一年も経つと週に一回となった。それは自然の内に野村に安らぎと寂しさを忘れさしてくれたから……福田と一緒だったり……別々に来て偶然会ったり。

そんなある日野村は遅くまで飲んでいると店の従業員も帰り明子と二人きりになった。季節は夏で生ビールの美味しい時節だった。野村は横に座った明子に向かって

「僕らが最初に生ビール飲んだの憶えてます?」とたずねた。

「ええ、憶えてます。場所は何処でしたっけ?……新宿だったかしら?」

「ううん、池袋、コンサートホールによってから西武の屋上で……不快指数が七十以上で異様に蒸し暑かった。」野村がいうと、明子は

「そうそう、私がご馳走するて約束してたんですよね!」

「ええ……懐かしいですね。」
「お互い、変わったかしら……とうぜんよね三十年以上も経ってるんですもの。」
「太田さんは随分変わったかも知れない……でも僕は変わりようがなかったような気がする。」野村は明子の顔をのぞき込むようにじーと見ながら話した。明子はそんな野村のしぐさにも気が付く様子もなく、うつむきかげんにテーブルを見つめていた。明子は顔をまっすぐに上げるると、野村に顔を向け笑みを浮かべると
「そう、私は本当に変わりました……野村さんが一番判ってくれるでしょうんね。」
「太田さんは僕らが経験しないようなとてつもない経験を若いうちからしていたから……」
明子は無言でまた顔をうつむき、テーブルをじーと見つめていた。野村は言葉が続かなくなっていていた。二人に沈黙が流れた。野村は生ビールジョッキを取ると残りのビール一気に飲み干し前方を見た。明子はジョッキを置く音に気がつき
「野村さんお酒？」と野村に顔を向けた。そのタイミングに野村は
「ええ」と答えた。明子は
「私もいただこう」と云って酒のグラスを二つ用意すると、調理場に入り一升瓶を抱えてきた。明子は野村のグラスに注ぐと、次に自分のグラスに注いだ。瓶を調理場の法に戻すと再び座り、グラスを手にもって
「乾杯！」といって野村の前に出した。野村もつられて
「乾杯！」と云った。
「三十六年前の生ビールのお返しとして、今日は野村さんにご馳走になりますね！」とあかるく元気に云った。
「野村さん、私が飲み屋の女将やってるの驚いているんでしょう。」
「確かに……学校の先生が似合っていたよね！」
「それは違うの、貴方とお付き合いしていた時代の話……人は変わるのよ！……大学出た後母と久慈浜にいたでしょう。その時で天文学の勉強や物理の勉強は終わってしまったの。母が良くなったら、その時また物理を学ぼうとは考えたわ……でも母は病気が進み……とうとう痴呆が出てきたの。」
「うん」野村は沈んだ返事をしてじーと下を向いて明子の話を聞き入っていた。
「なんて云っていいのかな……大変だったといえばそれで済んでしまうけど……悲しいわよ、私の母が私のことを忘れてしまうんですもの……さっきまで私のことを自分の娘と思って仲良く話していたの、突然私のことが判らなくなって……それは凄いのよ……喧嘩でした……そんな悲しくて寂しいことて無かったです。母にとって私は赤の他人なの恐い存在よ、私に取っては世界で一番大切な母親なのに……こんな関係性てなんなのでしょうね。」
「……」
「野村さん、お母さんもお父さんも御健在なのでしょう。」野村は下を向いたまま
「ええ、一緒に生活しています。」低い声で答えた。

「大切にしなければ……」

「うん……でも今もって親不孝だよ。」

野村は今の自分の境遇が両親に心配をかけていると思っていた。

「親不孝なんてそんなこと無いです。」

「……」野村は顔あげて明子を見た。明子は優しい眼差しで野村を見つめていた。

「もう十年経ちます。母が亡くなって……その二、三年前には私のことは全く判らなくなっていました。弟のことは頭の片隅に在ったみたいです、ときどき弟の名前を云ってはぶつぶつおしゃべりをしていましたから……不思議ですね、家族というか肉親はそんな母親の態度に初め私は亡き弟に妬きもちを妬きました……でも考えてみれば母がこのようになってしまったのも、元はと云えば弟の死に在ったのですから………でも最後まで私が母の元に付いていたことは本当によかったことと思っています。」

「あなたの手紙の最後よく憶えています。」

「……ありがとう。実行できて良かったと思っています……先ほど親不孝と仰ったが何故？」

「うまく言え無いけど……自分じゃ親不孝な気がするんだ。」

「地位とか名誉では無いんです。親子はどれだけ永く一緒に住むかということなんです。そうすれば自然と無償の行為がお互いを救ってくれるのです……私は母にはたとい私のことが判らなくても、もっと長生きしてほしいと思いましたし、いまでも思っています。」

「……」野村は明子の顔をみた、彼女は厳しい顔つきの中に、輝く様な眼差しをしていた。明子は野村の視線を意識すると、微笑みかけ言葉を続けた。

「野村さん御結婚なさればよかったのに……貴方ならお嫁さん候補沢山いたと思うけど。いまごろお子さんと御両親と全く違った生活をしていたと思うわ！」

「女性には縁が無かったんですよ……」野村は苦笑いをしながら云った。

「……何か事情が在ったみたいね！」

「何でもない、ほんと縁がなかっただけ。」

「ええ、こんな商売十年もやっていると、いろいろ判るんです。」明子は冗談ぽく笑いながら云った。

「太田さんこそこの商売しているんですか？……僕よりそっちの方がふしぎだ……」

「聞きたいですか？」

「ええ、……」

「別に特別なことってないんです……しいていえば二十二才で物理学の世界というより学問の世界とお別れでした。その後は母と二人きりの生活を守ること……というよりも、戦いの連続と云った方が正しいでしょう。その戦いが終わったのが十年前、四十五才になっていました。妹は結婚して幸せな家庭を持っていました。どんな戦いでも後遺症が残ります。半年休養しました。妹の家庭に二ヵ月くらい一緒に生活していました。それは楽しかったです。何度か妹の旦那にお酒のみに連れて云って貰いました。そこもまた楽しかったのです。お酒なんて、学生時代以来ですもの……そしてまた久慈浜に戻って静かな休養を取ったのです。静かさの中で今後の生活を考えようとしたのです。その時は遅蒔きながら学生時代やりのこした物理や天文の勉強でもしようと……でも妹の家庭と私と母の家庭とを比べて愕然としました。私達親子は二十数年の間社会から孤立していたのです。悲しいかな私たち二人の孤独な生活に気付いたのです。そうすると無償に人が恋しくなるのです。好きな人が欲しいとかいうのではなく、社会に交わりたいと思ったのです……自分は余りにも寂し過ぎると。妹夫婦に相談しました。そうしたらこの商売がいいだろうと推薦してくれたのです……何も考えずにこの商売に入りました。」

野村は下を向き明子の話をじーと聞いていた。

「この商売やってどうです？」

「楽しいです……もちろん嫌なこともあります……いつかシナリオを書いて見たいと思っているの。いろんな人がいらっしゃるでしょう。」

「小説でなくシナリオ？」

「ええそうなの、ここに来るお客さんは常連さんもふくめ、ストーリー性を持ってないの、その代わり、会話がバラエティーに富んでいるの。だからシナリオ……」

「今日は太田さんの空白の時が理解できた……ありがとう。僕はこれからもこのお店に通わしてもらうよ。」

「ええ、是非とも……今度は野村さんの旅行の話を聞かせて……それと結婚しなかった理由も……」

「よわったな……今日は帰りますよ。」

「はーい」明子の元気な声だった。

＊

ある土曜日、福田、野村、明子の三人が食事を取ることにした。場所は福田の方で用意した。その後で近くの喫茶店で話した。

「三人が一緒に集まるのは、高校以来じゃやない？」

「四十年くらいまえよ……もっとか」明子が云った。

「一年の時は三人とも一緒だったよ。」

「うん」

「担任だった飯島先生、どうしてるかな？」

「九十才位になるのかしら……私達いま五十七才でしょう……そうよ」

「野村、林間学校思い出すだろう！」

野村は、福田の顔を見て苦笑いをした。

「なに、何があったの？」明子が興味深そうに野村を見た。

「太田さんは知らなかったか……？」

「ええ、知らないは！」

「彼女は初め僕らのグループじゃなかったから。」

「そうか」

「何があったの？」

「飯島先生に野村が別室に呼ばれて、お互い正座して、先生が野村の両手を握りしめ、先生の膝のところに置いて、『野村さん、明日先生と東京に帰りましょう！』真剣言われたんだよね。」

「なんか凄いことだったの？」

「駈落ちかなんかだったらいいのに、林間学校に駈落ちも無いけど。」

明子は笑みを浮かべて、野村の顔を見ながら
「どんな悪さをしたの？」

「別に、僕は悪いことなんか何もしてないんだけれど……」

「先生から見ればとんでもないことだったんだろう……」

「福田も同罪何だけど、僕だけ槍玉にあがっちゃったんだ……飯島先生クリスチャンだったし……責任感があって厳しい先生だったよ。」

「……で、何をしたんですか？」

「帰ろうと云ったあとの言葉が良かったね。『野村さんあなたの行動を見ていると、とても危険で、心配でいたたまれません。一緒に帰りましょう。』だったよな。」

「うん、そんなとこだ……でもな、女の先生が考えることは理解できなかったよ」

明子は福田の方をみながら
「どんな危険なことをしたの？」

福田は野村の方を見て笑みを浮かべながら、頚を振って野村に答えるよう促した。

「あのとき、吾妻富士て登ったよね、僕らヨーイドンで走って登ったんだ、みんなが登ってきたとき、ヨーイドンで走って降りたの……それが原因。」

「ああ、そういうこと。」明子はなんの感動もなく聞いていた。

「それで、翌日こいつは朝日岳のぼるの辞めたんだよな。」と福田が笑いながら云った。野村は明子の顔を覗きながら
「翌日、一緒に桧原湖にいったよね！」

「ええ、憶えていますよ。……でもあれは、目的地に着かなかったんでしょう野村さん。」

「うん、まー……」

「あのときのリーダー野村さんですよね。」

「リーダーてわけじゃないけど、教頭……何ていったけ……忘れちゃったな。教頭……徳久、徳久が野村おまえ先頭をやれといたんで……ごめんなさい、あの時も謝ったけど、でも太田さん、僕が西瓜買ったでしょ、美味しかったでしょ。」

「美味しかった。林間学校で一番思い出深いです。」

「そうだ、西瓜食ったな……トランプもやった……僕はトランプ何も知らなかったな。」福田が照れくさそうに云った。野村は思いだし笑いを浮かべて
「それから、飯島先生のお見舞いに行ったの憶えている？」

「そう、みんなで行ったよな。先生電車の事故で入院したんだ。」福田がつないだ。

「ええ、野村さんが誘ってくれたんでしょ！　私は渡邊さんと参加したの沢山いたわよ。」

「あの時も男どもは木田さん誘えだの村山さん誘えだのうるさか

ったんだ。僕は貴方を誘いたかったの、木田さん派が多くて、福田はそういうこと関係無かったな。木田さんには断わられたんだ。それであなたを誘ったの。」

「ああ、そうでしたの……」

「飯島先生？　忘れられない先生だ……でもあの時からだ、太田さんと気楽に話できるようになったのは。」

「そうね。」

「四十年ぶり、飯島先生生きているといいね。内らの両親と同じくらいだったんだろな？」

福田が感慨深げに云った。

「一年の時だけだったでしょう……後は担任を辞めてらした。」

野村が明子と福田の顔を見ながら言った。

「コーヒーのお替わり貰おうか？」と野村が云うと、福田は
「俺、ビール飲みたくなったな」と言った。野村は手を挙げてボーイを呼んだ。明子は時計に目をやり、立ち上がると
「チョット電話してきます。」といて歩いて行った。

ボーイが来ると野村は
「コーヒー二つとビール一つ」と注文した。

電話から帰った明子が
「大切なお客さんが来てるの、九時まで……よろしければ後でお店に寄って！」

ビールとコーヒーがきた。福田が嬉しそうにビールに口をやると
野村が
「なああ、福田……前から聞きたいと思ってたんだが……」

「なに？」

「倒産のあと、連絡が全く無くなってしまったよね……僕のほうからは連絡取れなかったし、連絡する気なかった？」

「ううん、するきがなかったわけでなく、物理的に不可能だったんだろうと今は思うんだ。あの頃は逆にみんなに無性に会いたかったし、話も聞いて欲しいと思ってた。でもそれ所では無かった。それが現実だった……ただひたすら必死だった。今は……」

「いまは……なに」

「今はなんとなく、別れというのが判るんだ。倒産前までは、野村なんかとは生活環境を共有していたんだ。倒産という一つの現実によってその環境から出て行かなければならない状況となってしまった。なぜ出て行かなければならないかというと、物理的に住む場所が無くなってしまうんだから。次の生活する環境を捜さねばならない……この時が一番孤独を感じるな……連絡取りたい、でも出来ないんだ。最後の電話はその最中の抑えられない寂しさからだよ……」

「……」

「新しい環境に住む、そうするとその環境に馴染むのが最優先になってくるんだ。そうしないと生活が成り立たないんだ。そうするとさびしさは徐々に解消されて行く、その環境になれたときには過去の環境はあまり気にならない。過去の中に押し込められてしまうみたい。学校がそうだろ。小学校の親友が、中学校行くとかわてしま

う。学校が違えばもうつき合いって無くなってしまうよ。中学の友達が、高校が変わると付き合いが極端に無くなってしまう。環境を共有するネットワークが作れないんだ。大学とか社会人になると環境を共有するネットワークが作れるから、人と人の付き合いが長続きするのではないかとおもうんだ。だから、おまえと再会したときは、お互い三十年別な環境で生活したが、昔の環境を共有していたので、簡単に異なった環境どうしをつなげることが出来たのだと思う。もちろんお互い環境間のネットワークを作るだけの能力が備わってたことも事実だけど。」

「なるほど、でも劣等と言うか落後者と言うか敗北者と言った考えは無かった？」

「倒産したのは親父だから、敗北者とか落後者といた考えは全く無かった。しっかりしなきゃと思ってた。でもこれはあった。おまえは大学行ったろ、俺は働きに出た、このギャップみたいなものはあったな。今でもあるかも知れない。」

「学歴コンプレックス？」

「いや違う……差別みたいなもんだ。知的差別とでもいうか……社会的差別。」

野村は頚を捻って判らないと言った。明子はコーヒーカップを置き鋭い眼差しで福田を見つめていた。福田はさらに続けた

「高校の頃、共産主義や社会主義の話をしていて、僕が一番気になったのは分配の原理なんだ。能力に応じて分配するか？　必要に応じて分配するか？　の問題。僕は必要に応じて分配する方に賛成だったが……現実今のロシアこと昔のソ連、が実行していたのは能力に応じての分配だった。これは知的差別だと思うんだ……チョット脱線したかな、現在は富の形が変わりつつある過渡期と思うんだ、それが完成したら世界はまた全く変わってしまうだろう。持てる富が知性と言う富に変わって行くとおもうんだ。知性の富化が決定的になったのは一九九二年のソ連の崩壊だと思う。その徴候が現れたのはスプートニク打ち上げの頃と思うが……でもソ連の崩壊は決定的に世界のあり方を変えてしまった。それは広島の原爆投下に比適する、それ以上かもしれない。民族の問題を初め色々なことがヴィジアルになったが、目に見えない地下ではもっと恐ろしいことが起こっていると思う。世界はソ連崩壊に対する総括をしていないから……今もってどうするか判らないだろう。ソ連の崩壊はイラクやイスラム原理主義のイランを呼び起こしたが、政治的な問題ではなく、ペストのように、しずかーに潜行して　広がって行くデーモンを呼び起こしたと思う。それは企業資本主義の台頭と全盛だよ。企業資本主義は徹底した利潤追求と、競争原理に支えられている。これは恐ろしい、弱者切捨ての原理でもある。経済の脆弱な国家なら、アメリカ、日本、ヨーロッパの大企業に支配されてしまう、そんな時代が来ると思う。米ソの二極構造の政治が資本の暴走を抑制してきたが、今ではそれが取り払われ、何でも有りの世界になってしまった。サバイバル競争などと聞きように寄ってはかっこよく聴こえるが、それは全てを支配するゲームでしかない。企業組織が、国家組織を左右し、企業理念に会わないものは祁散らしてしまうだろう。

今は必要に応じて分配するは究極の資本主義のような気がする。知性資本主義とでもいうか一人の天才が一つの大企業を起こすことが可能なわけ。」

「……」

「……」

「今世紀に貧困とか戦争とか無くなるだろうと考えるのは無茶だと思うんだ。国家は依然存在するし、南と北の問題は益々激しくなるだろう。北は地球の食料の七十パーセントを押さえ、穀物市場が北によって支配される。一方人口は今世紀半ばには八十億人くらいに膨れ上がる。

このことから、富める者は益々富み、貧しい者はさらに貧しくなる。北の国の中にも南北問題が発生するかもしれない。高度の教育を受けた者に富が集中し、支配権を握り貧富の差が広がる。それは持てる者の勝利ではなく、知性という形で富が現れてくる。一人の天才が富を集中し、教育の低き者は南の民のように貧困に喘ぐ。今の教育がそれを暗示しているように見える。受験一辺倒の秀才と落ちこぼれ。知性は魅力的で正義の衣を纏って見えるから、僕らは無反省であったんだろう。そのしっぺがえしは僕らの子孫に来るのかな。もう一つ知性の恐ろしさは、核実験だろう。核の世界が僕らに徹底的に影響を与えたのは、自分の命が自分で始末できず、全く関係の無い人によって握られているということ。」

「福田のソビエト崩壊の総括とは？」

「うまくいえないけど、俺はマルクス主義の否定あるいは負北……ソビエトの崩壊はマルクス主義と全く関係ないんだと思うんだ。それを明確にしたい……」

「……」

「ソビエト崩壊後の経済至上主義が当然のように語られていることが……」

「大学に行けなかったことは？」

「あった、物理を勉強したかったから。今はカメラ屋だから何とも思わないが。当時は真摯な気持ちでいたし、物理の勉強が出来無かったら生きてる意味が無いと思ってった。今はそう思わないけど、人生思うように行かないとおもったのは、三十五歳過ぎてからだな……それまでは努力すれば絶対またおれは勉強出来ると思ってた。結婚して相当変わったよ」

「何だろうね、自分の人生を考えてみても、気持ちは夢の実現のほうにベクトル向けて居るんだけど、実際は思う方向に全く行っていない。」

「人生はペンローズの三角形よ。」

「ペンローズの三角形？」

「……二次元平面では存在する、しかし三次元で作ろうとすると、出来ないのペンローズの三角形は……ペンローズの三角形は人生そのものよ」

野村はうなずいてみせたが……明子は聞きながら野村と福田の顔を見

「ペンローズの三角形……そうね。私の人生はペンローズの三角形だわ……もう、行かなきゃ。皆さんまだ居るんでしょ。帰りに寄って下さい。」といって先に店を出た。

＊

明子が席を外した後、野村はボーイを呼び、自分もビールを飲み始めた。

「親父さんは？」

「亡くなって十年以上になるかな……倒産以来覇気をなくした感じだった。あれ以来酒が辞められなくなって、最後は肝硬変だった。おまえの所は元気なんだろう。」

「お陰様で……おふくろさんは？」

「五年前亡くなった。おふくろも苦労したけど、親父が死んだ後は老人会で旅行したりゲートボールして楽しんでたよ……どうだったんだろう二人とも幸せだったのかな。親父は倒産以後は真面目なだけだった。不満があっても何にも言わなかった。酒飲むことが唯一の楽しみだったみたい。」

「倒産のとき親父さん何歳だった？」

「四十八……俺はもうその年越えちゃったけど……」

「ふうん……そんな若かったのか？」

「親父を思うと……凄いと思うし、尊敬するな。何が楽しかったんだろう思うこともあったが、この年になると判るんだ。家族がいちばん大切だったんだと。その優しさがときたま今でも心に染みて来る。酒はよく一緒に飲んだ。俺と飲むと、戦争の頃話が出てきて、勉強になったよ。」

「……」

「肝硬変で最後は酒が飲めなかったのかわいそうだった。」

「でも、よく物理の勉強あきらめられたな。」

「金貯めて四年間大学行こうとか、外国行って勉強しようと色々考えたよ。」

「……」

「結婚するまで考えてた……結婚すると勉強出来なくなってしまうと考えてた。でもいまの女房と一緒になって、子供が生まれたらがらっと変わったね。勉強なんてすっとんじゃった。今の仕事と家庭のことで精一杯よ。」

「……」

「子供をもって親父が益々偉く見えた。母親は強いと言うけれど、親父も強いぜ。子供を見ると世の中恐いものなんてない。家庭の持っている力は凄いよ。人類にとって最も大切なことだよ。家族の世界が病んでいる居ると言うことは社会が病んでいると言うことなんだよ、勘違いしないでな、社会が病んでいるから家庭が病むんだよ、その逆は絶対にない。家族の世界は生命に直結した存在なんだから。」

「……家庭は暖かいよ、うちの家族も、両親とだが……昔は親父のためおふくろのためとエネルギーが湧いたけど……最近は駄目だな。」

「子供、女房の為には幾らでも湧くぜ……今は俺は学問や芸術で身を立てることも素晴らしいと思うが、家庭をもって子供を育てると言うことは、理にかなってもっとすごいことだよ。学問や芸術は所詮人工システム、親子は自然システムそんなふうに思うんだ。」

「人はやはり結婚すべきか？」

「普通にはそうだろう、必ずしも結婚しなければいけないわけでもない、現にレオナルドやニュートンは独身だった。ただ彼らは孤独に耐える強烈な精神力と何物かを解明したいと言う集中力を持っていたのだろう。彼らの子供はモナリザであり万有引力の法則だと思う。彼らには寂しさと言うものを突き抜けてしまう内的力が有ったと思う。野村生命とは寂しがるもんなのだよ！　だから男と女が生まれ、雄と雌が存在しているのだよ。」

「なぜ俺は結婚出来なかったんだろう？　向き不向きが有るんだろうね」

「野村は堅いから……」

「どういうこと？」

「拘りが有るんじゃないかな……昔の彼女はどうなったの？」

「三十五年も前の話しだよ……大学出てから殆ど女気の無いところで生活してた。」

「寂しくなかった？」

「あまり感じなかった……自分の夢みたいなこと追っかけてた。」

「なるほどな。今は、やはり寂しくない。」

「いや、五十過ぎてからやたら孤独を感じて、寂しいや、酒も寂しい酒になっている。」

「今も横にいた彼女は？　どう」

「太田さん……ライバルが多すぎて俺には無理だな。高校時代ならともかく、四十年位タイムスリップしないとな。」

「太田さんはいつでも魅力的だ。俺達と同じには見えないな……野村人を愛したら……」

「誰でも愛いっしゃうけど……相手が居ない分には？」

「今の女房と一緒になるきっかけはたあいのないことだった。でもいまでは一番素晴らしいことだった。千葉の白子海岸て知ってる？　そこ行ったとき。あそこは九十九里だから海岸線と海以外何もないわけ、海を見ながら話していたんだ、お互い顔も見ず。俺が『こうだったんだよ』というと、女房がね『そんなことしては駄目です』て言うと、俺は素直に『辞めよう』と気軽に言えたんだ。会話だから普通相手の顔を見るよな、でもその必要が無かったんだ。目をつぶっても二人は心の通う話が出来たんだ。感動だった。その会話を俺は空気の会話と名づけたの。その夜彼女の部屋で天井を見ながら寝ころがててやはり空気の会話をしていたとき、『結婚しよう』といたら、女房が『ええ』と気軽に空気の会話でこたえた、それで決まり。相手を見え透いたり、緊張して会話をするのでなく、どんな大切なことでも空気のようにすーと相手の気持ち入れることは大切だね。」

　野村は福田の話をじーと聞いているだけだった。ボーイが近づいてきて、

「十時で閉店ですが」と言った。野村は福田を見て
「帰るか」と言った。福田は立ち上がり伝票を取るとレジに向かっ

た。野村もその後に続いた。

　店を出ると福田は家に帰ると言た。野村は明子の店にいこうと強引に誘った。

「福田今日は高校の時のように歩きながら話そう。そんなに急いで帰らなくてもいいだろう。あの頃王子から新宿まで歩きながら話しだろう。真夜中だったよな。」

「ああ、憶えてる。」

「太田さんの店まで歩こうぜ。小一時間あれば着くよ、今日は最後までつきあえ。」

「判った！」

「福田、正直に言うと五十歳すぎたころから無性に寂しさと言うより無気力に襲われて。」

「……」

「高校の頃のように人生をもっと真剣に考えなきゃと。なぜ生きて居るんだろうと……笑ちゃうか……もう五十もとうに過ぎているのに……夢を持っていたんだ。夢が実現出来るなら寂しさなんて克服出来ると思っていた……でも駄目だった。寂しすぎるは……夢の実現には、能力も時間も足りなかった。人生てつまらないと思ってた。五十に成る前後だった。会社も解散し、いよいよ自分の時間が持てるとおもったが……金も時も無かった。」

「……」

「それまでの五十年が無駄におもわれて……」

「野村には今まで遊びと言うものが無かったんじゃないか……その辺の反動だよ……気にするほどのこともないよ。」

「どうなのかな、みんな遊び遊びと言ってるが、遊びにも色々あるから……俺自身は遊んでないと全然思ってないよ、今でも遊んでるし……多分世間で言っている遊びと俺の遊びとは違うのかな……芸人は女遊びをしないと云々て言ってるがおれは芸人でないし、そんなのほとんど興味ない……本当のところ遊べと言う奴ほど遊びがわかってないんじゃないかと思うな……俺は、ただ生きちゃったという脅迫観念に襲われてな……今だに寝つき良くないし、気が付くと外が明るくなってることが多いんだ……でも相当遊んでるつもりだよ……普通の人には解らないだろうけど。」野村は怒りを込めたように言った……俗な遊びは遊びじゃないよこれが野村の言いたかった本音で、怒りの形で現れたのである。

「……何とも言えんが、疲れているのと。」

「疲れなんかいるわけないだろう。自分でも何か判ってはいるんだ……福田あれほど憧れていた物理学勉強できなくて悔しくないか……遊びがなくなったんじゃないか……」

「二十代はそうだった、学問が出来なきゃ生きていてもしょうが無いと思ってた。しかし人生ってやつは色々有るんだ。学問だけが人生じゃないと思うんだ。」

「それはそうだ、でも物理学よりも素晴らしい人生であったか？」

「何と答えていいかな……そうだともいえるし、そうじゃないともいえるな……時間が経つ内妥協のものとなっているな……改まって言われると……若かりしころの夢よとでもいうしかないな……

でもあの頃は真剣だった、物理学を通せば全ては見えたし、全世界を手に入れることも可能と思っていた。でも、年と共に人は諦めを作っていかなければならないんだ。そして諦めの方法としてこんな事を考えたよ。近代西洋文明、日本を含めてだが……持っているものが唯一正しいと認識していることがおかしいんだと、地球には様々な宇宙があり西洋文明はその内の一つに過ぎないんだと。それなのにまるで全地球は西洋文明の世界だと考えていたから物理にムキになっただと思うんだ。アインシュタインの理論は俺たちには魅力あるものだったが、ニューギニアの奥地に住んでいる人々には何ら価値のないものなんだ。そう思うと物理学なんかよりもっと大切なものがあるって……今の俺は、家族と人生だ。ライフ　イズ　ドリーム、ドリーム　イズ　ライフ　て言葉知ってる？　人生は夢。夢は人生。とでも訳すのかな……俺はこの言葉好きなんだ。」

「そうかな……福田遊びが足りないじゃないの……義務と宿命ばっかりで……」

「……人生だな……と思ってしまう。人生は対の世界だよ！」

「対の世界？」

「家族だよ、家族！」

「家族か……家族はいいよ。男と女の出会いの空間だな。」

「家族が賞賛してくれれば、おれは何もいらない……将来は女房と二人きりになってしまうんだろうが。その時は女房が誉めてくれればそれで満足。男ていつも誉めて欲しいんだ。おかしな生き物だな。」

「それは、生命原理で生命の持つ不思議さだよ。」


「家族というのは負のエントロピーを作り出す力をもっているんだ。」

「負のエントロピー……ネゲントロピーと言うやつか。」

「人間が死ぬというのは、エントロピーが極大値になること、エントロピーは増えこそすれ、減りはしないから、でも家族はエントロピーを低くしてくれるんだ……家庭というのはオープンシステムか、開かれた構造になっている、それがエントロピーを低くすることができる。負のエントロピーを作り出すということ……類的存在の基本的要素として家庭は存在すると思うんだ！」

「……シュレディンガーだな……ネゲントロピーは今否定されていると聞いたけど……個体としての人間は負のエントロピーを作り出すことは出来ないのか？」

「いや、作り出すことは出来ると思う。学問や芸術を生み出した人は結果的に負のエントロピーを作り出したことと思う。ただそのエントロピーは対社会構造というものに対してだろうと思う。」

「生命じゃなくて外部ね……社会はオープンシステムなの？」

「それは何とも言えない……今の俺では分からない。どっちとも言えるんじゃないかな」

「でも、家庭が負のエントロピーを作りだし、家庭は社会の中に存在するのだろう……」

「とは限らない。社会が存在しなくても家庭は存在するさ！」

「……よくわからんな！」

「わからん？　個体は対の世界、家族の根には成るが、家族が社会の根に成っているとは言えない、基本は個人だと思う。しかし、対の世界は男と女の出会いの空間で、社会システムにはならないな。」

「恋愛は社会システムから離れている………。」

「そうじゃない、社会と家族は直結しないということまたそのその必要もないということだが、家族が最後まで残る生存の形だとは思う。個体は対の世界が存在しなければ、結果的に類的生命として生き延びることは出来ない。だから対の世界は負のエントロピーを作り出すのさ、個体そのものはほっとくと、死という消滅のほうに向かっていてしまうから。でも、個体や対の世界は社会の要素とは成りうる。社会システム対しては、個体や対の世界も負のエントロピーを作ることが出来る……」

「……どんな風に？」

「学問や芸術だから生命体としてではない。人間の知性、もっと極端にいって脳髄……社会を消滅させないで存続させる形として。例えばレオナルドのモナリザが社会に取ってどれだけ生気を吹き込んだか。」

「レオナルドか……まさにレオナルドが夢だったんだよ……」

「一人のレオナルド・ダビンチはかれの知性によって永遠の生命をえたのだよ。」

「レオナルド！」

「そう、レオナルドは子孫を残さなかったが、彼の知性は彼の後に生まれい出た人々の脳髄に刺激を与え、現在も彼の精神は生き続けているということさ。」

「レオナルドか……俺は一人のレオナルドに成らなければならないのか……」


野村がそういったとき、二人は明子の店の前にいた。

二人が着くと明子は奥に席を用意して待っていた。

野村と福田は用意された席にすんなりと座った。店は混雑し、明子は忙しく動いていた。張りのある明子の声が店の中を通り抜ける。その声を聞くと、店の空気がすごく新鮮な気がした。野村と福田が蒸しタオルで顔を拭いていると明子が
「お二人とも冷やですね……」と言った。

「冷やでＯＫ」と福田が言い、野村は頸を振って答えた。

それぞれのグループが談笑している。そのグループごとの声が共鳴しあって店内がグオーンという響きになっていた。酔いのまつわった野村にはその響きは心地よい雑音であった。福田と明子と野村の三人で乾杯した。

「私も！」と野村の横の男が三人の乾杯に割り込んできた。何度かこの店で顔を合わせた男だった。四人で乾杯をやり直して落ち着いた。

「先輩……景気はどうですかね！　戻りましたか？」と横の男が野村に話しかけて来た。野村は一瞬戸惑ったが、相手の顔を見た。福田は明子と談笑していた。

「景気は一見良さそうに見える。リストラが功を奏したかもしれない。でも本物じゃないんだ。」

「どうして？」

「本物の活動のところが殺されちゃっているんだよ！」

「どういうこと？」

「リストラ、リストラと言って四〇代、五〇代の男が職を失ってしまって、社会の隅っこの方で仕事をするようになってしまった。これが最悪だよ。壮年である四〇代五〇代が最前線で活躍していなければそれは、社会は活気が出ないよ。企業単独では利益が上がってほくほくだろうが、単に単純再生産を繰り返していて、高賃金者の頸を切ることによって生きているだけなのに……だから社会なんか活き活きなんかしてこないさ……とんでもないことが起きるかもしれないぜ！」

「……」

「やっぱり、俺たち……おじさんは五〇代半ば過ぎだけど、おじさんたちが元気ないと、本当の意味で元気とは云えないな……そうだろ！」

「うん、おじさんの言うこと分かる。やっぱ軸になる人が元気ないと……会社は良くても社会は良くないな。やはり社会在っての会社だもの……おじさん良いこと言うよ。」と言って野村に酒を注ごうとした。野村は慌てて
「私は冷やだから」と言って遮った。

「ごめん！」と言って男は自分の連れの方に顔を向けた。

野村は外を見ながら『健康な安楽死』という言葉が浮かんできた。自分はそんなことを望んでいたのかもしれないと思った。自分が自分で判断して死を選ばないと、人は大きな負担の中で生きて行かざるを得ないと思った。我々はあまりにも長生きし過ぎると思った。そして南の人はあまりにも若く死ぬと思った。

生きたいのに若くして死なざる得ない南の人々。死に向かっているのに、植物のようになっても生きている北の人々。野村がボヤーとしていると、福田が
「野村どうした、……飲もうと言った。」

＊

明子がベッドを離れたとき時計は午前十一時を回っていた。部屋の簡単な掃除と同居の猫たちに餌を与え、こざっぱりした格好をして、朝食兼昼食を取るため外に出た。

郵便受けを覗き、新聞と手紙類を持って部屋に戻った時は午後一時を回っていた。手紙の中には野村からの一通の手紙が在った。明子は新聞にも目をくれず、手紙を開封した。

手紙（返事）

前略、父が亡くなりました。十月十日朝でした。自宅で、最初の発見者は母でした。享年八十八歳でした。静かな死でした。父には忘れがたい思い出が数え切れないほどあります。その中でも何時も年のことが気になりました。私は父が三十歳のときに生まれました。

私の父に対する記憶は三十歳からです。私自身が三十歳に成ったとき自ずと、父の三十歳とどう違うか考えてみました。自分の幼稚さに驚きました。四十歳になっても、五十歳に成っても、父と同じ年齢を比較しますと私がいかに幼稚かと思いました。

父達の世代は歴史上希にみる複雑な世代だったと思うのです。江戸から半世紀後の世に生まれ、二十一世紀の超テクノロジーの世界で過ごしたのです。この変化は大変なことと常々考えていました。人間とはいかに柔軟に変化というものに馴染んでしまうかと感心もしてました。

昨日まで活発に動いていた父が死とともに全く動かなくなってしまいました。この動くか動かないという一つの現象が私には不思議でした。動かないことが非常な悲しみとなって、私にじわりじわりと浸透してきました。考えられていた死が具体的となったとき恐怖が走りました。昨日まで会話をしていた父が、全く言葉を発しないし、私を理解しようとしていた表情が、石のように沈黙のかたちを取ってしまいました。そんなことは判りきっているのですがそれが実際となると怖いです。私自身に取っては身内の死は初めてでした。あなたは何度か経験していますね。

死とは一体なんなのでしょう。それはまた生とは何なのかと考えるのと同一命題かと思うのです。父はごく当り前の市井の一人として生まれ生活しそして死にました。父の思い出は当分の間は近傍により支えられいくでしょうが、時と共に忘れ去られ唯一生き残るとすれば、それは父の子供や孫のなかにしか生きていかないでしょう。しかし、父の幸運さは家庭を持ち子供を持ったということです。父は連続的な生き方を選択したのです。父の生活は真剣で責任の強い人生でした。

死後父がどの様なかたちで忘れ去られていくのは良く分かりませんが、父の連続性が止まらないことが父が父であった素晴らしさです。明子さん、あなたや私は不連続な存在なのです。個体としての生命が終わったら、そこで私達の役割は終わりです。でも、私の父は違う。弟や妹を連続な分身として残したからです。でもこのことは一体何を意味するのでしょうか……

連続性とは人類の歴史ということなのでしょう。不連続性または断絶とは人生のことなのでしょう。人生とは一体なんなのでしょう？

或る夏でした。母は私が結婚し孫が出来るのをずーと期待していましたが、そのころから諦めた様子でした。あるとき母は私にこんなことを言いました。

「由起さんの命は止まったね！　私には功（弟）や八重子（妹）がいるからずーと続くが、あんたには子どもがいないから……」

私はその言葉を聞いてびっくりしました。私が今ここに在るのも連面と続いた生命の連続性の中に存在していたのです。母の命は弟や妹から更に流れていきますが私のは断絶してしまうのです。連続性の終えんです。個としての生命は限り在るものだが、類としての生命は連続し未来に向かっていると感じました。その一瞬に『ただ生きてしまった。』と言う観念に捕らわれてしまいました。まるで高校生のように『人生とは何か？』と思い悩むようになってしまったのです。なぜこんな古くさい事を覚えているのでしょう。

父は私の未来では無く過去だったのでしょうか。父の死と伴に思い出と言うものが間欠泉のように吹き出してきました。そして今思うことは、生前おもいっきり父を抱きしめたかったことです。

敬具

野村　由起夫

太田　明子様

拝

＊

野村は、久しぶりに映画を見に行った。N座は邦画の名作を上映している知る人ぞ知るの映画館である。映画は小津安二郎の「東京物語」だった。帰りに明子の店に寄った。とても寒い日であった。野村は席に着くなり「熱燗」といった。続いて「野村さん、熱燗！」元気のよい明子の声が店に響いた。野村は振り向いて明子の顔を見ながら笑みを送った。店内は混雑していた。野村は一人静かに酒を傾け、映画の思い出をたどっていた。昭和二八年に作られた映画だが五〇年経った今見てもなんら違和感など無かった。映画の持っているテンポのほうが、野村の現実生活のテンポより本物らしく思えた。古い映画は往々にして時代遅れに感じるのは、映画の持っているスピード感の違和感にあると思う。しかし、小津の映画にはそれが感じられなかった。明子は忙しく店内を走り回っていた。野村はそれを横目で観察しながら、『昔の飲み屋はもっとゆったりとしていて、こんな雑音の様な騒々しさではなく、店各々のリズムがあってたのしいものであった。』と思った。昔の飲み屋は一人で行っても知合いができ、たまり場といった雰囲気があり、そこで話されているぼそぼそ話は各々の旋律を持った音楽のように思えた。今の飲み屋の雰囲気は、リズムはあるが旋律がなく、会話やおしゃべりに個性がなくただ時間を食いつぶしているように野村には思えた。それは時代による時間感覚の認識の違いから来ていると思った。現代は移動する時間間隔の基準は自動車のスピードに依存しており、目でものを追う間隔はテレビやゲーム機のスピードで認識している。人間の歩くスピードや見てものを判断する時間といたことは過去のものとなってしまったのかもしれない。東京物語の持っている時間は昔の人の歩く早さに基づいたスピードだと思った。店の混雑は飽和状態になっていた。野村は一つのことをずーと考えていた。映画の最後の音楽は「春風」だった。あれは、フォスターの「主人は冷たい土の中に」という歌である。何故あの曲だったのか……野村は天井の明りを見ながら考えた。そのうち、鼻歌混じりに歌い始めた……ラーラララーラーラララーラララララーラと……そんな彼を隣の女客が見つめていた。彼は羞恥を感じた。しかし歌を続けて歌いたかった。立ち上がると

「帰ります」といった。

「ハーイ」と明子が言うと同時に

「もうお帰りになるんですか？」といった。

「チョット用事を思いだして……すみません」と帳場のほうに向かった。

明子は忙しそうにレジを打っていた。勘定を払いながら

「お話があるんですが、今度電話します。……自宅のほうに」と野

村が言った。明子は
「ええ」とうなずいた。店を出ると「主人は冷たい土の中に」を歌おうとすると歌詞が思い出せなかった。音階が記憶に残っていた
「ソーラソミレドドーラソミレド、ソーラソミレドドーララソミドミレドー」野村は上機嫌で旋律を歌いながら駅に向かった。頭の中ではこれは死者を葬る歌なのになんて明るくすがすがしい旋律かとおもっていた。

＊

翌日野村は夜明子に電話した。彼女は不在だった。留守番電話のはきはきした声がいつまでも野村の耳に残っていた。日曜日の都心は静かで薄暗かった。野村は孤独を感じた。明子が何をしているかがとても気になった。いつも居る明子が居ないとは、野村に嫉妬のような気持ちが走った。野村は無性に歩きたかった。日比谷公園を抜け、桜田門に向い三宅坂に出ると、野村の心に昔この道を歩いたような懐かしい記憶がよみがえってきた。学生だった頃、雪が積もっていたのを思い出した。七時過ぎの都心を歩いた。銀座のにぎやかさはなく、日比谷の静けさは無言の歩きに合っていた。日比谷公園を抜け、桜田門に向い、三宅坂、四谷見附に出て、イギリス大使館前を通り、北の丸公園を横切って、靖国神社にで、九段から神保町を経て、水道橋の白山通りに出た。野村は錦華公園に向かい、山の上ホテルの横にでて、さらに上り坂を歩き、アテネフランスの建物を左に視ながら、御茶の水に向かった。日曜日の駅前は疎らであった。野村は再び明子に電話をした。相変わらず留守番電話であった。野村は寂しい気持ちで腕時計を見た。九時半を回っていた。彼は切符を買うと吸い込まれるように改札口通り抜けた。

＊

翌日、野村はとても明子に逢いたかったが、夜になっても、明子の店には行きたくなかった。逢いたいのは山々だが、飲みには行きたくない妙な感情に捕らわれてしまっていた。野村は古い友人に電話をかけ、久しぶりに集団で酒宴をはった。その宴会は大いに盛り上がった。十時になっても盛り上がりは衰えず、野村は少し不安になってきた。この宴会の後明子の店に寄る積もりであったから。十一時になっても宴会は衰えなかった。野村の不安は募る一方だった。『これからここを出ても十二時だ、店は閉店かも知れない。』とかんがえると、居ても立っても居られなかった。野村は
「十一時過ぎたぜ、もう御開きにしようといった。」
「十一時、もうそんな時間か……よし、かえろー」と一人がいった。みんなが店を出たのは十一時十五分を過ぎていた。駅に着くと流れ解散のように各々がばらばらになった。野村は電話を捜した。明子はまだ店にいて、野村を待っていると言う返事だった。野村が店に着くと最後の客が帰るところであった。彼は奥の席に腰を降ろし
「お酒下さい」と言った。明子は
「だいぶお飲みになていますね……」といった。
「旧友四人で飲んでたから」と言う傍らで明子はコップに冷酒を注いでいた。
「電車はまだ大丈夫なの……」

「十二時三十八分……まだ大丈夫……」酩酊した口調で言った。明子は調場の中に入り洗い物をしていた。野村は静かにコップ酒をかたむけていた。洗い物を終えた明子が店に出てきた。野村はにらみつけるように明子を見た。明子が隣に座ると野村は彼女の手を握りしめ自分の頬に摺寄せた。明子は黙ってそれを見ていた。野村は「この手が好きなんだ、……この手がやさしんだ……」とわけの判らないことを発していた。明子はされるがままにしておいた。手を離すと一気に冷酒を煽り、立ち上がると

「帰る……勘定……」と大きな声を出した。

「今日は、勘定はよろしいです。」と明子が言うと野村は

「ごちそうさま」と言って店を出た。外は小雨がぱらついていた。野村は千鳥足で駅に向かった。とても寂しく、悲しい気持ちだった。目からは涙が溢れてきた。彼はきびすを返すと再び明子の店に向かった。店に着くと、奥の中央に腰を降ろして、明子が外を見ていた。野村は涙ながらになりながら、明子の前に立ち明子の手を握り「好きだよ！　世界で一番好きだよ……愛してる。」と泣き声で喋った。明子は、微笑みを浮かべながら、野村の行動をじーと見ていた。

「結婚しよ……結婚しようよ……」明子の手を強く握りしめて、哀願するように喋った。涙がとどめなく流れた。明子は黙っていた。

「六十でも七十でも待つよ……」すすり泣きながら喋った。

明子は、野村に手を握らせながら黙っていた。野村は手を放すと、すすり泣きながら出口に向かった。扉を開けると小雨の降る街中に出ていった。明子はガラス越しに野村の後ろ姿を見ていた。

明子の店での一件があってから、半年が過ぎた。明子は何も答えなかったし、野村は何事も無かったように、明子の店に足を運んだ。

＊

野村は沢山の夢をみた。

幽霊屋敷

三人で幽霊屋敷に行った。そこは遊園地などに在るお化け屋敷の様なものである。作りは貧相であったが、中は異様に明るかった。石の階段があり周囲は広い庭で中に一つの井戸が在った。我々は元気に井戸の方に向かった。先客に一人の若い女がいた。彼女は私の旧知の女性であった。彼女は私にゴム袋に詰められた液体を渡した。

「幽霊の魂です。」と言った。私は受け取った。

「それをあの井戸に向かって投げれば、井戸の扉は開いて私達は中に入ることが出来ます。」と女は言った。私は恐ろしくなった。女は「投げなさい」と言った。私は水状のそのゴム袋を井戸に向かって投げた。幽霊の魂は井戸のとったんに当り液体がパシャーと飛び散った。その一滴がわたしの衣服に着いた。恐怖のあまりそれをすぐ落とそうとしたが落ちない。井戸の口が開き私達四人は中に入った。石段がありそれは洞窟であった。私達はそこで引き返した。井戸の外に出たとき一本のロープが天井から垂れ下がっていた。そこでわたしは目が覚めた。暗闇であった。私の全身に鳥肌がたった。夜中

に一人で在ったことの方がもっと怖かった。

友人の家

私は友人Mの家を訪れた。彼の家は断崖絶壁の所に在った。私は恐れながら彼と話をしていた。どうした訳か知らないが、別の部屋に行こうと言う。その部屋は鉄柱で谷間に吊されている。その部屋は二人しか入れない。そこに行くにはその鉄柱を渡って行かなければならない。先にMが行く。その部屋はゴンドラ状で、吊されているだけだから、彼が先に入るとバランスが取れず左右に振られる。「おーい、野村、早く来いよ」と彼が叫ぶ。私は恐る恐る鉄柱を渡り始める。下を見ると谷間が見えた。そこは底なしの空間である。どうにかこうにか部屋に着く。私が部屋に入ると部屋はバランス良く安定を保つ。と、突然Mがその部屋を揺り動かす。私が「止めろ」と云うとMは「どうしたんだよ、この部屋に来たらこうして遊ばなければ」と云った。私は反論出来ずなすがままにしていた。この遊びに厭きるとMはTの家に遊びに行こうと言い出した。この近くだと云う。私たちは、またその鉄柱を渡り降りてきた。Tの家は川向こうであった。川を渡るのにさほどの困難はなかったが渡っても道が無い。Tの家も絶壁にあった。この絶壁を登ると言うのだ。私は「出来ない」と云うとMはわたしの尻を押して導きながら登り始めた。雨が降ってきた。やっとのことでTの家に着くと雨でビショビショだった。Tの家で旧知の女性に会った。Tの家は饅頭屋だという。Tの家で風呂に入り、その後で饅頭を食った。旨かった。

火事

私の家が全焼した。全て灰になってしまった。財産は全て無くなった。私は平静で落ち着いている。旧知の女性が来た。何かモゴモゴ話しているが、私は平静である。火元は私のところである。これで預金も無くなったと云いつつ私は平静である。

相互不理解

K舎の面々に会ったことは無いが、彼らは私にとって気になる存在であった。私はK舎のM氏にあった。M氏は私の旧知の女性と現れた。私は彼女がどうして此処に居るのか不思議でならなかった。このときとばかり、私はM氏にいろいろ質問を発した。しかし、M氏は黙としている。隣の旧知の女性はニコニコと笑っている。私は質問を続ける。依然M氏は押し黙ったままである。

「一体どうしたのです？」私は女性に尋ねた。彼女はニコニコ笑いながら頸を傾けて私を見つめながら
「たぶん、あなたの仰ることが解らないのです」と言った。

「そんな！　解らないのですか？」と私。

M氏は押し黙っている。私はさらに質問を試みた。しかしだめだ

った。女性にさらに「これは一体どういうことです?」と尋ねた。「あなたの言葉がさっぱり解らないのです。あなたの仰ることが馬鹿馬鹿しくてお答えにならないのです。」彼女はニコニコ笑っている。

突然M氏が彼女に声をかけた。彼は彼女に答えている。二人の会話が私には全く理解できなかった。彼ら二人は私が側に居ることを意識せずにニコヤカに語り合っている。

シモーヌ・ヴェイユ

明け方に旧知の女性の夢を見た。僕と彼女は並んで机に座っていた。彼女の前にシモーヌ・ヴェイユの本が有った。別れたとき「シモーヌ・ヴェイユの本を読みなさい」と僕が彼女に云ったという。そして、彼女の読書ノートを見せてくれた。彼女の姿は昔のままであった。何を話したかは覚えてない。彼女の妹がやってきた。僕らは集団に混じり別な建物に歩いて移っていった。

戦場

旧知の彼女の夢を見た。彼女は僕と別れた後、戦場に行ったという。顔かたちは昔のままであった。今でも僕を好きだという。二人でお茶を飲みながら、別れた後のことを写真に撮っておいたと言い、それを僕に見せてくれた。どれも昔の彼女の姿だった。

結婚

＊

旧知の彼女と再会するどこかの駅。広いところで待ち合わせる。彼女は手を振る。二人の目は結婚する事に同意していた。僕は実家に連れていく。実家の六畳間に家族全員が集まり食事の支度をしていた。僕と彼女はテーブルに着く。母が何か喋った。その返事として

「僕らは結婚する」という。みんな喜ぶ。僕らも喜ぶ。

最後に見た夢

僕が気がついたとき、僕は自分が夢の中に居ることに直ぐに気がついた。僕はその夢から脱出することを考えた。なぜか、夢は人を殺すことはしないが、恐怖のどん底まで人を落とし、寝汗一杯にして再度眠られなくする。自分が今夢の中に居るのだと意識した時は必ず死に関わる恐ろしい目に会うのが決まっているから。僕は夢からの脱出を試みた。

「目を覚ませ!」と自身に言い放った。でも、僕の身体は身動きも出来なかった。僕は夢の中の自分の居場所を確認しにかかった。それは部屋の中であることは間違い無かった。白い壁以外何もなかった。窓も、出入り口の扉も無かった。高い天井も白い壁だけだった。でも部屋は明るかった。僕は密閉された立方体の中に一人で居た。まさに恐怖のどん底が始まった。夢の中の僕は壁を叩く。そこは音

のない世界でもあった。夢の中で大声で
「たすけてくれー」と叫ぶが、音のない世界であった。そこは窓も扉もない、ただ白い壁の部屋に一人立っている世界であった。これは夢なんだ、夢なんだと音にならない言葉で自身に聞かせていた。

「目を覚ませ！」

「目を覚ませ！」ありったけの音のない声で叫んでる。目を覚ませ！　目を覚ませ！　これは夢なんだと……一瞬意識が朦朧としてきた。僕の恐れは倍増した。意識が無くなったらそれはもう死の世界だと思った。夢の中で……夢だから、早く目を覚ませ！　目を覚ませ！　夢の中の白い壁の部屋も僕も変わらなかった。夢の中の時間が停止してしまったようだ。僕の中の意識は恐怖で一杯であった。夢の中の僕は足下に黒い点を見た。それが遠くから夢の中の僕に近づいてくる。それは空間の穴だ。たぶん異次元への出入り口であろう。夢の中の僕はまずいと思う。恐怖はさらに募る。黒い出入り口は大きくなって夢の中の僕に近づいてくる。これは夢なんだ、これは夢なんだと繰り返す。目を覚ませ！　目を覚ませ！　大声を張り上げる。しかし夢の中に音は無かった。

「お母さーん！」と呼んだ。音がない。意識が朦朧としてくる。夢なんだ！　夢なんだ！　と言い聞かせる。

「お母さーん」……黒い空間が白い壁の部屋を包んだ。僕は意識が無くなる。スーとして何も感じなくなる。

＊

全ては止まった。野村の心臓も、頭脳も……二〇〇六年八月二三日の事である。死は眠りでは無い、しかし眠りは死も呼び込む。

アース（大地）

二〇一四年明子は六十八才になろうとしていた。四月、日差しは暖かく、桜は満開であった。高層マンションのベランダから外を見ていると、何処か遠い所から桜の香りがしてきた。明子はその香りに満足しながら、野村の墓が思い出された。墓石と納骨堂がありその後ろには大きな桜の木があった。明子はベランダから野村の墓の方を見当づけて見た。花雲りであった……ボヤーとしたビルの林の向こうに桜の花と野村の顔が思い浮かび出した。明子はベランダを離れ、電話口に出て野村の母に連絡した。野村の墓参りに行きたいと、その後で彼の実家に寄りたいと……是非いらして下さいと承諾を得、家をあとにした。

実家の駅に着くとバス停は花見と観光客でごった返していた。明子はちょっと距離が有ったが歩くことにした。裏通りはまだ昔の面影を残していて、結構緑が多かった。暖かい光を浴びながら、久しぶりに会う野村の母との再会に思いを巡らしていた。

＊

その頃はまだ明子も六十才に成っていず、身体ももっと自由に動いた。最も野村の葬式は行われず、人知れず埋葬されていた。明子は埋葬が終わって一ヵ月程して知らされた。通知は野村の母から直接お店の方に電話があった。


「野村由起夫の母ですが、太田明子さんですか？」

「はい、太田です！」

「突然の電話で驚きかと思いますが……先日、息子由起夫が亡くなりました。生前色々お世話になりました。ありがとう……」

「エッ、お母さん、何ですって、野村さんが亡くなられた……」

「はい」

「そんな、何時ですか？」

「八月二十三日です。」

「そんな前に……告別式は……」

「そのことでお電話差し上げたのです。本人の希望で献体として大学の方にお渡ししました。先日、遺体が戻りましたので、身内のみで密葬のかたちで埋葬いたしました。お墓も出来ましたので……もし太田さんにお墓参りしていただけたらとおもい……」

「ぜひ、伺わせて頂きます。で、お墓はどちらに？」

「私どものほうにお出かけ下さい。家のすぐ近くですから。」

「御実家の方でよろしいんですねえ。」

「ええ、住所は？」

「住所も電話番号も存じております。」

「そうですか。ぜひ、お待ちしております。まだ一度もお会いしたことがないのに、生前は由起夫が大変お世話になったそうで、ありがとうございます。」

「いいえ、私のほうこそ、お世話頂いて……ぜひ伺わせて頂きます。」

「お待ちしております。それでは、失礼します。」

明子は野村の母との初めての会話のことを鮮明に記憶していた。母と一緒に墓参りをした。その時桜の木の下だったのが印象的だった。

＊

それから十年近くが過ぎようとしていた。明子は途中花屋さんによって、花をかった。野村がどんな花を好きだったかは聴いていなかった……墓参りをする前に野村の実家に向かうことにした。

明子が野村の家に着くと、姉が出てきた。明子は姉と会うのは初めてであった。

二人は挨拶を交わすと姉が

「どうぞ、お上がり下さい。」と言った。

「まず、お墓参りに……」と明子は返した。

「そうですか、ちょっと、お待下さい。」と言って姉は奥に一端引込んだ。明子は花束を胸に抱きかかえ、姉の出て来るのを待った。玄関にはきれいな花が飾られてあった。明子は玄関を見回しながら、野村が生活していた環境と云うものに初めて触れる喜びを感じたような気がした。玄関の小さな空間から、野村のことを思いだしていると、奥から姉と母が現れた。

「お母さん、太田明子さん！　お母さんは前にお会いしていますよね、私は今日はじめてですよね……」

「お久しぶりです太田です。お母様にはご無沙汰しております。」

「いいえ、こちらこそご無沙汰いたしました。今日はありがとうございます。お墓まいりが済んだら、こちらにまたお寄りください、今日はゆっくりとして由起さんの思い出はなしを聞かせてください。」と云って、丁寧に頭を下げた。明子も深ぶかと頭をさげた。

「お母さん、行ってきますから、留守番お願いね！　玄関は一応鍵掛けとくわ。」姉はサンダルにあしを入れると

「行きましょう、お墓はご存知でしたね。」といって玄関の戸を開けた。明子はその後に続いた。お墓はちょうど野村家の裏の大きな寺だった。回り道をしたので十分ぐらいかかった。

道すがら、姉は五年前に夫を無くし、子供たちも独立しているので今は母親の面倒を見ながら同居しているという事だった。

石碑は大きな字で「土の中に」と彫られてあった。側面の石版に

『野村由造　一九一五年六月二十九日生まれ　二〇〇三年十月十日没』その横にさらに小さな字で

『江戸から約五十年後に生まれ二十一世紀の初めまで生きた人物。人類史上最も変化に富んだ時代を生きた人々の一人』

と書かれてあった。その隣に

『野村由起夫　一九四五年九月十五日生まれ　二〇〇六年八月二三日没』

明子は花束を墓石のまえに置き線香を花の横に置いた。姉が

「家のお墓チョット変わっているでしょう……父が亡くなったとき、由起さんが言ったの、墓は個人が安住できるところでいいよ。だから、野村家の墓なんてのは止めよう、家が入るのなく個人だから、ただの墓でいいよ。そしてこうなったの。」明子は無言でうなずきながら由起夫らしいと思った。墓石の『土の中に』という文字を

みてとても気に入ったと同時に懐かしかった。酔った野村が「春風そよふく……」と歌いながらみせを出て言ったのを思い出した。それは、野村が亡くなった年の早春だった。

＊

二人が墓参りから帰ると、母がお茶の用意をして待っていてくれた。

三人は母の入れたお茶を飲みながら、雑談に興じた。明子は姉と初めて会ったような気がしなかった。それほど、打ち解けた気持ちに満たされていた。明子の店で酔っ払った時の話や、逆に機嫌がいいとき、なにげなく明子の店で女性にもてた話をしていたといったことが話題になっていた。

「由起さんの部屋そのままになっているの、見てみます？」と姉の突然の提言があった。明子は、驚きと、嬉しさで

「本当ですか？　是非拝見したい……野村さんの生活てどんな風かよく考えていたんですよ。」明子は姉について立ち上がり歩き始めた。

「二階です。東京に居たときの荷物も有るんですが、そのままで今だに荷物の紐を解いてないのですよ。」

「……」

「どうぞ」といって姉が立ち上がると、明子もその後に続いた。

階段を上がると廊下があり右側が和室で左が洋室になっていた。野村の部屋は洋室で、広さは十畳程の広さだった。

部屋の中は机とテーブルと本箱と隅の方にパソコンがあり横にはＣＤ―ＲＯＭが無造作にかさねてあった。テーブルと机の上は段ボールの荷物が積んであった。壁には南太平洋の地図とチベッド曼陀羅が貼ってあった。掃除は行き届いてほこりは被って無かった。

「掃除だけはするんです、でもこの荷物や本なんかどうしようかと母とよく話ですよ……母は孫達が興味をもつまで待とうと言うんですが、私はどうなるものかと思ってるんです。」

「……」

「どうぞご覧になってください。」

「勝手にいろいろ見させていただいてよろしいですか？」と明子が言うと、

姉は

「どうぞ……私は下に行っています……勝手に見て下さい……段ボールを開けてもよろしいですよ。」と言って下に降りて行った。野村の生前の部屋に一人になって改めて部屋を見回した。彼女は懐かしさと同時に野村の内面に触れたような気持ちで感激した。肌にはさーと鳥肌がたった。明子は野村がどんな本を読んでいたか一冊一冊確かめるように本を見ていた。押入の下の隅に沢山のノートと段ボール箱に無造作に入った原稿用紙の山を見つけた。明子はそれらを手元に持ってきながら、生前、野村が『一冊の本を書くのだ』と行っていたのを思いだした。一体彼はどんな本を書こうとしたのか、それとも書いたのかと明子は疑問に思った。彼女はノートを片っ端から開いたがまとまっているものは無かった。原稿用紙も紐で綴じて有ったが一つの物語の様なものは無かった。

ノートの中から明子は興味深いことが書かれたノートを見つけた。わずか最初の五頁程しか記述されていなかった。

『ノート』

基本的には四部作とする。

一部　もの言わぬものの世界

ここで語られるものは地球の三圏分離から生命の発生そして人間の発生まで。

生命体から生命体がおりなすいろいろな伝達や通信

進化……言葉がなくてもそれぞれ意志表示があり複雑さを増して行く

原生体の声→魚類の声→両性類の声→爬虫類の声→昆虫の声→鳥類の声→哺乳類の声→直立二足歩行まで

彼女（地球の発生）

彼女は自分自身の誕生とその場所を知らなかった。

意識が生じたとき、母なる太陽が遠くに、近くには娘の月が在ったことは分かっていた。隣星の火星や金星のことも……しかし、太陽系全てについては明確な認識が無かった。他の惑星が自分の姉妹なのか、母娘なのかの認識もなかった。

彼女には夢のような遠い過去のおぼろげなる思い出がある。

光の塊のようなものが一気に弾け飛んだ記憶である。

その輝度はすさまじく高く、その伝達速度は想像を絶するものであった。

しかし、音はなく静かな爆発であった。

飛び散った光たちが、猛烈なスピードで駆け巡った。

それは一度に全宇宙の光がダンスを始めたようだ……

このおぼろげな記憶を彼女が何故持っているか、彼女自身分からなかった。

しかし、彼女は彼女の胸の内にこの思い出を『コスミックダンス』の思い出としてしまっておいた。

もの言わぬ物質の意識を人間という最後に現れた生物の言語でもって表現する。これは意識しておくべきである。

二部　表現の世界（もの言うものの声）

人類の発生。一人の一生と人類の全歴史を対比し物語は進む。そこでは、人類の歴史すなわち時間函数が物語れる。

三部　万華鏡

ここでは、地球上で起きた一週間の出来事が全て語られる。すなわち地球の空間函数の物語が語られる。これが、崩壊への発端となる。

四部　崩壊と再生

まさに人間の地球の崩壊。と思いきや地球は再生する。今までの酸素を軸とした生命体は全て消滅する。新しい生命体（？）の生成。

ここまで読んだとき、明子は野村が何を書こうとしているか想像できた。そして書いた物が残っていることを信じた。残っているとすればそれは積み上げられた段ボールの中にあると思った。明子は再び部屋全体を見回した。部屋の中にポツンと一人でいると彼女は野村に優しく抱きしめられているような気がした。それは触れ合いの感動というものであった。彼女は椅子に座ると再び部屋を見渡した。もし、野村の一冊の本が書かれて無かったら、彼が書き残したものから、彼女自身が何とか纏め一冊の本を完成させようと考えた。同時に彼女は、生前、野村が酔って、涙ながらに明子に結婚を迫ったのを思いだした。彼女はその返事を野村に返して無かった。この作業があの時の野村の求愛に対する返答だと思った。そのとき下から

「明子さん、お茶のみません！」と姉の声があった。明子は階下を降りて行った。

明子がテーブルに着くと、姉が

「整理されていませんが……どうでした。」と問うた。明子は頚を傾げながら

「野村さんとは高校生からのお付き合いですが、今日初めてあの人の私生活というか内面と言うか……そんなものを覗かせて貰ったような気がします。」

「ええ……」

「高校生のころは、研究者か先生に憧れていたのかと思っていました。大学のときまではお互い行き来が在ったのですが、それから約三十年疎遠になってしまって、五十歳過ぎてからまたお付き合いが始まったのですが……」

「……」

「野村さんは変わらなかったですね……別れてしまったが、大学時代好きな女性がいたらしく、そのうち彼女に対するメッセージとして一冊の本を書くんだとよくおっしゃてました。」

「うん……」

「ノートなども拝見させていただきましたが、何か書こうとしていたと思えるんです……段ボールの方に書いた物が在るかもしれませんね。」

「そうかしら……」と姉が答えた。

「分かりませんが……段ボールを紐解く必要がありますよ。」

「でもね、お母さん私達では……無理だね。」

「……うん、でも由起さんが亡くなってもう十年も経つのだ……残した荷物の整理もしてあげたいと思うがね……」

「そうね……」

三人の小さな沈黙が続いた。その沈黙を明子が破った。

「こんなことを申し出るのは僭越ですが、その役目を私にやらせていただけません……」

「明子さんが……お母さん、明子さんなら打って付けじゃない……お願いしましょうよ。」

「そうだね……由起さんも喜ぶと思う。」

「年金暮しで、時間を持て余していますので……通わせていただきます。」

「明子さん、ご家族は？」

「猫五匹と私です……独り者なのです。」

「お住まいは……」

「マンション！」

「よろしければ、ここで一緒に暮らしません？」

「え！」

「二階も空いているし、由起さんの整理もしてもらえるし……二人より三人のほうがにぎやかでいいでしょ。猫もいるともっと楽しいでしょう……どうかしら……」

「でも、……」

「なにか、問題あります？」

「……明子さんは身内のかたって妹さんご家族だけと聞いていましたが……」

「ええ……」

「それじゃ、気がるな気持ちでどうかしら？」

「ちょっと、考えさせて下さい……」

「急だから、即答は無理でしょうが、考えて下さい。内は母と私の二人だけですから、遠慮はいりませんよ……年取ると寂しくもなりますし……」

＊

それから半月後、明子は野村の家に同居することにした。明子に与えられた部屋は生前野村が使用していた部屋であった。部屋に入って明子は昔から生活をしているような懐かしさを感じた。明子は部屋を見回し、生前野村が使っていたであろう椅子に腰を下ろした。そして目をつぶり思案した。野村がどんな物語を書きたかったのか、かれの言動を思い出しながら……そしてどんな風に整理していこうか考えた。まず、段ボールを開けること、本をジャンルごとに分類すること。パソコンは全く操作が分からないので後回しにした。

「大理石」というタイトルの本が目に入った。彼女は手にとってページをめくった。いつか読書に没頭していた。その日は読書で終わってしまった。明子は明日から整理が楽しいものと成ることを確信した。じぶんの人生の最後を野村の心を開きながら、何かをしていくということに……生きていて良かったと思った。野村の母や姉と暮らす事も楽しいことであった。自分の母親には自分が思っていたようにはことをしてあげられず悲しいことの連続ばかりであった。三人の生活が始まると明子は野村の母を自分の母と思い、時には甘えたり、一緒に散歩をしたり、野村の子供のころからの昔話を聞き、一日一日が充実し楽しいものとなっていった。年代の近い姉は本当の姉であり、何でも相談できる気がした。

一年たち、二年たち、明子が野村の家に来て三年がたった。野村が何を考え何を人生に託していたか考えてみた。野村からの父の死の手紙を思い出しながら、彼がどんな風に死んでいったか考えてみた。そこには類としての存在が自分には無い、単独に死んでいくことを選択した寂しい野村自身がいた。類として生きられなかった野村の悲劇を明子も同じような気持ちになって受けとめていた。

類の広がりとは……野村がこだわったのは、類として生存できない自分のみじめさで、明子にきみもそうなんだよ！　と同類項で結びつけているように語っていると考えた。類の存在は時間を超越すると同時に意識を持続させることと明子は思った。類的な存在に意識は具体的には入り込んでは来ない……生命が発生と同時に獲得した、生命情報の継続でしかない……意識は生命情報とは直結したものではない……一個の個体が時間の中で獲得したその個体だけの情報である……しかし、世界という広がりは、歴史という広がりはその個体情報を普遍化させる作用がある。

それが、一つの文学作品であり、一つの絵画であるのかもしれないと思った。そういう類の世界に潜り込むような生き方もあると考えた。明子は野村に語りかけた。

「でも、貴方は類への意識の潜り込みも出来なかったはね！」

「……」

「時間が無かったのかしら？」

「…………」

「普遍化できる、意識のリソースが無かったのかしら」

「…………」

「まとめ切れなかったのかしら。」

「…………」

「貴方はどこまで行っても、無言ね！」

「……………」

「………………」

「…………………」

「貴方に代って、私が貴方のリソースから普遍的な意識……物語を組み立ててみましょう。どうかしら……。」

「…………」

「今は、もう応えてもらえないわね！　でも、私はやります。」

その春、明子は野村の色々な書き物からいくつかを組み合わせ分類し一つの物語を構成しようとしていた。その物語を明子は読み直し、壊しては組み合わせまた読み直しと何回も何回も繰り返していた。さらに年月は二年が過ぎた。相変わらず明子は崩壊と再構成と読み直しの作業を続けていた。その幻の作品に明子は『書かれなかった一冊の本』と命名した。明子がこの作業に携わって七年が過ぎた春の終わりに、明子は母と姉に物語が出来たことを伝えた。すると姉は
「読まして下さい。」と言った。明子は簡単に
「ええ、是非……きれいに清書していますから、それが終わりましたら。」と答えた。清書の作業は楽しかった。終わりに近づいてくると明子は姉との約束を思い出した。それを思うとなんだか、読まれる恥ずかしさという気持ちが強く出てきた。野村の物語であるが、自分の創作した物語のように思い、書くことの照れくささ、読まれることの恥ずかしさを強く感じた。明子は清書の完成のことはそのため伏せた。そしてパソコンが気になっていた。このパソコンの中

を覗きたいと思った。明子は一夏を潰してパソコンの操作を学んだ。十数年ぶりにパソコンに電源が入った。鮮やかな画面が表示され、明子は「野村」と書かれたフォルダーをクリックした。そこには沢山のファイルが在った。「崩壊」「オマージュ（五つの星・聖）」「空とぶ自転車」しかし、それらの中身は空っぽだった。メモのフォルダーを開くと、あの野村のノートのメモ書きが記録されていた。さらに「青い星」と表示されたファイルを開くと、文章が現れた。

明子は画面に目をやり文章を追いかけた。次画面、次々画面と追ったがついにめんどくさくなり、プリンタに打ち出した。印刷中に明子の胸は躍った。印刷が完了すると明子は丁寧に一頁ずつ読み始めた。

…………………

…………………

読み終わったとき、明子は手が震え、涙がどっと出た。それは紛れもなく明子が七年掛かってまとめた『書かれなかった一冊の本』と全く同じ物語だった。明子は感激のあまり動けなかった。

残暑の柔らかい九月、朝いつものように目を覚ました明子は一つの仕事をやり終えた満足でみちていた。そして、あの感激は母にも姉にも誰にも話さず自分の心に残しておいた。明子は野村の思想を読みとった気がした。

野村の人生に対する考え、『世界は生まれて始まり、死によって終える。』に至ったと思った。歴史の時間とは自分（個体）とは直結しないでも自分（個体）が生きた時間のみが真実なのだ。

明子は野村に報告をしたかった。

『貴方と私が類の世界に潜り込める作品を完成させました。私たちも類の存在になれますよ！』と報告したい気持で一杯だった。

三人で楽しい朝食後部屋に戻り一人もの思いに浸っていた。彼女が成したこの七年というものをいろいろたどっていた。野村が懐かしかった。野村の部屋での作業は、彼の彼女に対する見えない包含が彼女に満足いく仕事をさせたと思う。昼すぎに散歩をかねて野村の墓参りに出かけた。残暑の明るい光を受けて、墓は緑一面の様相をしていた。明子は無言の内に野村に話をかけるようにじーと立っていた。明子の顔や動作が色々変わるのが分かった。

私たちには見えないが明子は野村の姿を前にして会話を交わしていた。二人の沈黙の会話は私たちには聞こえないが、楽しい語らいであることは間違いなかった。

墓は静ひつで誰もいなかった。明子は生と死の入り交じった環境に不思議な思いで立っていたと思う。そして彼女は最後の報告をした。

『貴方と私が類の世界に潜り込める作品を完成させました。私たちも類の存在になれますよ！』わたしたちは共に類として生きて行きましょう。

彼女はその時初めて死を恐れなくなった。野村は明子の心の中に生きていたし、二人の結晶である一冊の本は永遠のものとなった。

墓参りから戻ると部屋に入り野村の使用した椅子に腰を降ろし

た。いつか静かな睡魔に襲われた。明子は机にうつ伏せになって深い睡眠に入った。窓から入る初秋の光に彼女の寝顔が優しく輝いていた。

何時間たっただろう、姉が二階に上がって明子を呼んだ。明子はまだ寝ていた。姉が明子の手に触れるとその手は死人のように冷たかった。日差しに微笑むように美しい顔を向け、その横には『書かれなかった一冊の本』と表題のついた原稿が積まれてあった。

＊

生命とは生殖細胞のリレーにあると言う人がいる。野村も明子もその細胞に乗り込むことは出来なかった。共に体細胞の集合体として一個の人生を終わった。しかし二人は一冊の本を作ることによって、二人の新しい生命体を結晶させた。

人はこうした未来に対する新しい生命を発見しつつあるのかもしれない。

冤罪と疎外

ところで現実に生活している個人は、大なり小なり自己幻想と共同幻想の矛盾として存在している。
ある個体の自己幻想にとって共同幻想が『欠如』や『虚偽』として感じられるとすれば、
その『欠如』や『虚偽』は『逆立』へむかう過程の構造をさしている。
だから本質的には『逆立』の仮象以外のものでは無い。

「共同幻想論」
吉本隆明

プロローグ

龍雄は高校二年生、まだ受験には時間的なゆとりがあった。二年生の授業には新たに化学と物理が加わり、世界史が始まった。龍雄の最も引かれた授業は世界史で一学期はエジプト、メソポタミヤといった四大文明とギリシャ、ローマ時代、更に漢から唐までで終了した。

龍雄の夏休み……、今年はアルバイトが二週間と短かったので、残りの夏休みに念願の『カラマーゾフの兄弟』を読破することに挑戦した。読み終わった時には、夏休みは終わっていたがその満足と快感は誰にも伝えようがなかった。でも、読破したことを誰でもいいから知ってほしいと強く思った。

一方物語については全体のストーリーは何とか掴めたが……一体この小説は、何を言いたかったのか、読者に何を知らせたかったのか、何を考えさせようとしているのか、分からなかったというよりも理解が追い付いていなかった。複雑で長い物語であるが、父親殺しの事件である。解説の中にこれはイワンとゾシマによる無宗教と宗教の思想性の対立という文書を読んで、思想性という言葉に強い衝撃を受けたが、思想性って？……また物語の思想の中核は『大審問官』にあるという解説に出あい、龍雄は大審問官のところを読み直してみた。

読み直しても、龍雄はこの物語が何を伝えたいのか理解できなかった。まして、キリスト教については全く無知と言ってよかった。カトリックという言葉は聞いたことがあるがギリシャ正教というキリスト教があるのをはじめて知った。プロテスタントがあることは宗教改革で知っていたが、それらがどう違うのかまったくわかっていなかった。

『人間はパンのみに生きることあらず』の言葉が唯一つ知っている『聖書』の言葉であった。だが、龍雄は『大審問官』のなかの、『いっそ奴隷にしてください、でも食べ物は与えてください』という文書に強くひかれた。この二つの言葉がどう違うのか考えてみた。

この膨大な小説が思想小説であることは何となくわかった気がした。書かれている言葉一つ一つを考えていくと分からないことばかりであった。分からないなりにも龍雄の心は思想という言葉にひかれていった。

『思想とは？　哲学とは？』龍雄は一生懸命に自分なりに考えてみたが、具体的なイメージが湧いてこなかった。しかし憧れは強くあった。この物語がすらすら読めるようになるためには何が必要なのだろうかと考えてみた。

「ドフトエフスキーは作家であるが、一人の思想家でもある。」龍雄は勝手なイメージを言葉にしてみた。ドストエフスキーの思想って何だろうと考えてみた。今まで読んできたドストエフスキーの小説を思い返しながら……ドストエフスキーの思想って何だろう。『大審問官』もその一つなのだろう、だがストーリーは追えたが、彼の理解というものからは程遠いものだったろう。『白痴』なら、ギロチンによる死刑囚の話が最も印象的だったし、ラスコリニコフの老婆殺しも勝手に納得して読んでいた気がした。その他の作品についても、個々の印象ばかりが残って思想性などは考えてもみなかった。

龍雄には哲学者といえばプラトンと言う名前が自然に頭に入っていた。何処で、誰に、どのようにして教えてもらったのか定かでないが、中学生時代から哲学者プラトンという憶えがあった。他方思想家というとマルクスのイメージがあった。哲学の本など今まで一つも読んだことがなかったが、ドストエフスキーをとうして哲学・思想という言葉にひかれ始めていた。まず、プラトンを読んでみようと思いプラトンの著作を調べて、まず読むべき著作は『ソクラテスの弁明』であるということだと考えた。岩波の百冊の本にも入っていた。『ソクラテスの弁明・クリトン』星一つの薄い本であった。二学期中、時間があると紐解いたが、さっぱり理解できなかった。一ページも進まぬうち睡魔に襲われた。眠りたいときはこの本を手にすればすぐに眠れた。

二学期に入った、ある日、龍雄は文学に詳しい友人と小説について語っていた。夏休みに『カラマーゾフの兄弟』を読んだことを話すと友人はそれはすごいと感心してくれた。さらに龍雄は、思想家ドストエフスキーを考えたが、哲学・思想の知識が必要と思い、『ソクラテスの弁明』を読んでいるが、さっぱり分らんことを告げた。眠るのにもってこいだと自虐的に自慢をした。友人はなるほどと云いながら、実存哲学とか不条理の哲学って聞いたことがないかと聞いてきた。龍雄は知らないと答えると、友人は、哲学者ではサルトルという人が有名で、不条理の文学では、フランツ・カフカという人がいて、彼は夏休みにカフカの『変身』と云う小説を読んだことを話してくれた。ある日突然ある人間が、毒虫に変わってしまうんだけど、その虫がどんな虫だったか、今でも思い出せないんだよな……と笑っていた。その時、龍雄はカフカと変身という言葉を頭に入れた。

中間試験の最終日、テストは午前中で終了し、帰り道駅近くの本屋に入った。文庫本の棚を丁寧に見ていると『変身』を見つけた。隣に『審判』も並んであった。何ら躊躇することなく本を手にするとレジに向かった。翌日土曜日は試験休み、翌々日は日曜日と考えると本を読むには充分な時間があった。フランツ・カフカ一体どんな小説を書いたのだろう。胸をわくわくさせながら帰宅を急いだ。

帰宅して部屋に入り『変身』を読みかかろうとするが、頭の中はまだ、中間試験のことが強く占めていて、気持ちが本に向かわなかった。部屋にいても何となく落ち着かない半日だった。本は明日から読もうと決め、その日は惰性でテレビを見ながら、十一時になって床に着いた。

翌日は、朝から『変身』に取り掛かり、夕方に読み終わった。

不思議な興奮が龍雄を襲った。龍雄は毒虫の正体を突き詰めたいと思っていた。形体からカブトムシのようなもの、芋虫のようなもの、ムカデのようなものといろいろ想像したが……毒虫でしかなかった。何故、虫なのか……それはどんなことを意味するのか？……

不気味であったが、明るく心温まる物語にも思えた。

　毒虫になったグレゴールの優しい気持ちが家族に伝わらず、家族の思いやりがグレゴールを不安とやりきれなさに導く、龍雄はカフカの短編の物語にさわやかな酔いを感じていた。グレゴールの死が……何故かぼんやりとして心に残った。父の投げたリンゴによる傷、間借り人の存在とグレゴールの存在の再確認。妹の兄と兄である毒虫に対する理解、その優しさと同時にやるせなさという立ち……。龍雄にはそうした言葉が受け取れたが、それをどのようにつなげてよいかは分からなかった。グレゴールの哀れな死、救いのある死とも思えた。これが不条理ということなのかと思った。

　冬休みに入り、余裕の時間が持て「ソクラテスの弁明」に再挑戦したが……しんどさは変わらなかった。それでも我慢して二日かけて一読したが、頭には何ものこっていなかった。ただ、ソクラテスの弁明のソクラテスが何となく横柄に感じられ、ソクラテスの絶対的自信のようなものが、全体に漂っているように思えた。三日目から気になったところには線を引きながら読みすすめた。そこで龍雄がキーワードとして見つけ出したのが、

『私は何も知らない……ということを知っている。』

『人生は生きることではなく、善くいきること』

『死刑……それも投票で行われ、ソクラテスの覚悟と決断の潔さ』

『最後に『神』の出現』であった。これらを元にして、現代から二五〇〇年前のギリシャ世界を照射してみた。だが、ボンヤリとして具体的には描けなかった。


理解できない龍雄にはソクラテスの弁明が全て否定的に存在してるように思えた。

これが龍雄の思想と哲学の出会いの第一歩であった。

一章　冤罪

その年は寒い日々で始まった。正月からの大雪は長距離列車を停め帰省に沸く日本全体を混乱に陥れた。岡本龍雄は新聞に目をやり、電車の混乱に足を止められている受験生に同情した。高校二年生も三月まで、来年四月の新学期は受験生である。

冬休みも終わり三学期のはじめての日曜日、懐には正月のお年玉がまだ残っていた。昼過ぎに新宿に行った。新宿は映画館が沢山あり、龍雄の好きな街であった。紀伊国屋の前に出て、日活名画座の看板を見、さらに伊勢丹の前の映画館街を見渡したが、観たいと思う映画は無かった。駅に戻り、武蔵野館に向った。『夜と霧』という映画がかかっていた。戦争の映画のようで龍雄はその映画館にはいった。それは、ナチスのアウシュビッツのドキュメンタリー風映画であった。劇映画のように戦闘場面があるわけでもないのに、龍雄に戦争の恐ろしさを強く認識させた。強制収容された人々の死後に残されたメガネの山には戦争の戦い以上の恐怖さえ感じた。シャワーのお湯の代わりの毒ガスを浴びて人々は殺戮されていったのである。

なぜ人はこのようなことが出来るのか……考えさせられた。さらに、収容者の髪の毛や皮膚から布や紙を作ったのには龍雄は考えが及ばなかった。

二月に入り二年生もあと一ヵ月半、三月の期末試験が終われば、三年生に進級である。そんな二月の末日の夕刊に大きなニュースが載っていた。

見出しは

『岩窟王の悲願実る』

『吉田翁は無罪』

といった一面トップの記事が掲載されていて龍雄は何が起きたのかと思い必死で目を追った。殺人事件の犯人が有罪から無罪になったという内容である。ある殺人事件で吉田という元被告が無罪を主張しながらも無期懲役となり服役し刑期を終了し釈放されたが、それでも無罪を訴え続けて再審を要求しその結果無罪となったというニュースであった。事件は大正の初期の事件でその古いのに龍雄は驚いた。何でそんな昔の事件が……とあっけに取られてしまった。

吉田翁の事件は次のようなものであった。

大正二年の八月愛知県で起きた事件で、マユを運んで帰る途中の農夫が何物かに頭を鈍器で殴られ死亡し、壱円二十銭入りの財布が奪われた。

翌朝午前零時過ぎ牛乳配達夫が被害者を発見、警察に届ける。聞き込み捜査からAガラス工業の二名の職工が逮捕された。

一日過ぎて二人が相次いで主犯はBガラス工業の吉田翁（当時三十四歳）であると自供した。

当日昼頃、吉田翁は勤め先のガラス工業で逮捕された。吉田翁は犯行を始終否認したが……。

吉田翁は一審で死刑、二人の共犯者は無期懲役、
吉田翁は無罪を主張し、控訴したが、二人の共犯者は控訴せず服役した。

吉田翁の死刑は一つの鑑定書（それは吉田翁の衣服についていた汚点について、一箇所だけが人の血液による汚点であったことが根拠となった。）

それと、目撃証言で内容は殺人現場を目撃したわけではなく、事件現場の近くを走って逃げるような男があったが、その後ろ姿が吉田翁に似ていたという証言だった。判決は、大正三年春のことであった。

無実の控訴は同年夏に無期懲役の判決で、上告棄却であった。

無期懲役の根拠になったのは、共犯の二人の供述書で、共犯者の供述には犯行の経緯について、被告人吉田翁の名前は全く見いだされなかった。

その夏には吉田翁は無期懲役の判決を受けていた。

翁はそのまま服役に入ったが、納得がいかず、大正七年第一回の再審請求を提出したが同年棄却。

翁は刑務所を転々とするが、大正十一年に第二回目の再審請求を提出するが、それも同年棄却。

昭和五年には、共犯者の二人が仮釈放となる。

さらに五年後の昭和十年には翁本人も仮釈放となる。しかし、翁は晴れ晴れとしなかった。


何が問題かと考えると、犯罪を犯していない自分が、刑期を終了するとは……。一体自分は何者なのか？

仮釈放と同時に知り合いになった三人の新聞記者に自分の内情を語り、彼らの協力を得て、共犯者の一人と対決し詫び状を取る。

さらに、もう一人の共犯者からも詫び状を取る。

それが、昭和十一年で、今度は、自分自身の無実を証明できると思い、昭和十二年、第三回目の再審請求を提出。

しかし、再審棄却も再審開始も何の回答も無く昭和十九年まで無回答であった。昭和十二年は盧溝橋事件が勃発し、日本は戦争へと進んでいった年であった。

十九年に再審請求棄却……日本が戦争で劣勢になっていく時期であった。

戦争と吉田翁の再審とは関係がないだろうが、戦争の影響で司法の業務が遅れていったことは間違いないだろう。そして、翁の無実の存在証明も遅れていくのである。昭和二十七年地元民の署名と供に当該地方法務局に調査要求。直ちに東京法務局に移送。

昭和三十年共犯一人と東京法務局で対決する。翁は自信を持って昭和三十二年第四回再審請求提出するも、昭和三十四年棄却。

同年最高裁、抗告棄却。

昭和三十五年名古屋高裁四部は第五回再審請求提出。

昭和三十六年再審開始決定。

昭和三十七年名古屋高裁五部開始決定を取り消す。

同年最高裁に、特別抗告。同年最高裁は五部決定を取り消す。自

動的に再審開始となる。同年再審開始。
昭和三十八年検察側、無期懲役求刑。同年結審。無罪。

龍雄はその遍歴を読んで驚いた。何故もこう迄、再審請求が棄却されたのか？　まして、服役を終えたあとも、再審請求をするということは『私とは何だろう』ということが判明するまで……いや、国家に認めさすまで死んでも死にきれない思いであったのだろう。

その記事を読んで、すぐに浮かんだのがソクラテスとの比較であった。

吉田翁の裁判の変遷は
『死刑→無期懲役→服役→出所→そして再審請求による無罪獲得』といった流れであった。
『死刑』のままだったらこの冤罪事件は無かったことになる。ソクラテス流に言うならば、正義は隠されたままに進行することになる。上告の『無期懲役』というのが、吉田翁の全ての存在証明の始まりとなった。しかし、事件は具体的な殺人事件であった。

一方ソクラテスは具体的な犯罪（殺人・障害）といったことを起こしていない。ソクラテスの罪状は「青年に害毒を与え国の認める神々を認めない」ということだった。

まず、この点が現代とギリシャ時代の決定的相違であった。抽象的なもの（ある思想性）が犯罪となるのは、現代ではその根拠を失っている。言論の自由とも関連している事柄である。吉田翁には、国家とか神とか大きな共同体の関係性は全く無く、ただ個人に関連した罪状だけだった。

龍雄は、ソクラテスの国家に対する考えと、吉田翁の国家（自分自身の存在）に対する違いというものが、漠然とであるが分かるような気がした。しかし、龍雄にはソクラテスの考えは受け入れにくかったが、翁の執念は龍雄にも理解できた。そう、現代は個体が主なのだと確信した。

「どんな気持ちって？　それは言葉では言われへん。長い間いうてしまえと、警察から責められたが、自分がやっておらんのに何をいうたらいいのかと……。

あの頃は神さまはおらんと思ったが、今日はいると思った。裁判官の「無罪」の声はよう聞こえた。いままでたくさんの人達がわしを助けてくれたが、この人たちはみんな神さまの化身だと思うとる。

誰が悪いといえば、それは最初に捕まえにきた警察が悪い。Ａ（共犯）のことはなにもうらまん。あいつかって自分の命がおしくてやったんやろうから。法廷で『ばんざい』をしたが、前から考えていたんだ。きょうの裁判でどんなことをいわれるかと心配していたんやないから」

という吉田翁の言葉を読みながら、龍雄は神様はやはりいるのかなと思った。ソクラテスは神は絶対的に正しい判断を下すのだという信念のもとにあった。翁も、自分の信念を神の判断にゆだねていた。神は絶対的に正しいと。

最後ソクラテスはアテナイの国家と問答し自ら死を選び彼はプラトンをはじめ彼の弟子達に今後を託す希望があった。

しかし、吉田翁の人生はなんだったのか？『請求できる国の補償百五十万円以上』これが一体何なのかと思った。自分の潔白を主張しようが、国？　社会？　お上？……なんだか分からない魔物のような力に押さえつけられ、死刑から無期懲役に這い上がってきたとはいえ、二十二年もの間服役し、身の潔白を示す為に五十年も掛かり……吉田翁はそれだけのために生きてきたようなものになってしまった。彼の夢の人生は『自分が自分自身であることの証明で終わってしまった』と……でも翁はまだ生きている。

＊

期末試験も終わり、三月二十日から春休みに入った。

映画の大好きな龍雄は足を映画館街に向けた。映画館街は人でごった返していた。見たい映画が沢山並んでいたが彼は既に見る映画をきめていた。それは黒澤と三船の話題の作品「天国と地獄」……上映館にスーと入っていった。

観終わって、映画館を出た龍雄は、複雑な顔つきをしていた。ドブ川と『鱒』の美しいピアノの旋律。バラックの集積した家々と水溜り。薄暗く、今にも崩れ落ちそうな、犯人の住まい。その住まいから見上げると、高台に堂々と建つ主人公の豪邸。その豪邸から見下ろす庶民の家々、街の明かり、街の大きな煙突から突然噴出すピンクの煙。龍雄の脳裏にはストーリーの記憶は薄くただ、映像だけが音と共に残っていた。

二章　公園

春の彼岸も過ぎ暖かさは一段と増し、正月の寒さが嘘のようだった。下町の小さな公園は子供達の遊び場であり、我が家の庭でもあった。

一人の幼い子が小さなバケツと水鉄砲を持ってにぎやかな公園にやってきたのは五時半頃だった。一人で水鉄砲遊びをはじめたが、うまく水を注入できないでいた。そこに年長の子が歩み寄ってきた。幼児は、彼の顔を見ると、

「あっつ、お兄ちゃん……水が入らない！」年長の男の子は、幼児の傍らに座り水鉄砲をなおそうとしたがうまくいかなかった。何時かバケツの水が無くなった。

「よっちゃん、水汲んできて！」といいながら男の子は水鉄砲をいじりつづけた。幼児はバケツを持って

「うん！」はっきり答えた。

洗面所に行ってバケツに水を入れようとしたが上手く出来ないでいた。それを木陰で見ていた若い男が幼児に近づいて、

「どうしたの？」と話し掛けてきた。幼児は男の顔を見上げこまった顔をして

「水がくめない。」といった。

「貸してごらん。」といって男は幼児から小さなバケツを取りあげて手洗の蛇口から水を汲んで、水の入ったバケツを下に下ろすと同時に幼児と一緒に歩き始めた。

男の歩きは足を怪我しているようなぎこちない歩みであった。二人は水鉄砲を直している男の子にちかづき

「どれ！」と言って男は横に座った。男の子は男を見ると、水鉄砲を渡して立ち上がり様子を見ていたが、しばらくしてあとを男に任せ立ち去った。「ほら、坊や！　なおったよ。」と言ってバケツを地面に置いた。幼児は男の顔を見てニコッとしバケツに水鉄砲を入れて水を飛ばし始めた。若い男は拍手をし

「上手い！　上手い！」いいながら一緒に遊んでいた。

「坊や、名前は何と言うの？」

「スズキヨシタカ」はっきりした声で応えた。

「何歳？」男の顔を見上げ、手で四を作りながら

「四歳！」と元気に応えた。

「家は？」幼児は立ち上がると、

「アソコ」といって公園の入り口の方を指した。男は指先の方に目をやりながら、周りを見渡し、『鈴木電気工事（有）』とかかれた看板を見つけた。公園は夕暮れになっていたが、子供とその親たちでにぎわい、たくさんの人がいた。子供の声が公園全体に漂っていて音楽を奏でているように聞こえた、が若い男と幼児が消えてしまったのは誰も気が付かなかった。季節は日も高くなり六時頃になってもまだ明るかった。

鈴木家では母親の弘子が忙しく台所で料理をしていた。七時には

夫の和孝と従業員が帰ってくるので、その準備に忙しかった。長女の京子は義母の千代に見てもらっていた。

弘子は戻らぬ義孝が気になり迎えに公園に出かけた。六時半ごろである。公園は閑散として、さっきまでの賑わいが嘘のように人が誰もいなかった。弘子はその光景を見て不安が胸をよぎった。

公園の植物の陰や水のみ場、トイレも中を開けて確認したが義孝はみつからなかった。近所の家も訪ね義孝のことを聞いたが知っている者はいなかった。

一人の子供が、義孝ちゃんが水鉄砲で遊んでいたことを教えてくれた。場所がトイレの脇と聞き弘子は再び公園に戻りトイレに向かい脇の藪の中を見ると水鉄砲とポリバケツが置いてあった。弘子は一瞬胸がドッキとすると、

「よしたかー」と大きな声を張り上げた。が、返事は無かった。

家には夫が職人と帰って来た。職人達はテーブルを囲み、和孝が冷蔵庫からビールを出し一杯やり始めて、乾杯をすると同時に母親に弘子のことを尋ねた。母親は弘子が義孝を迎えに行ったと答えた。

そのとき弘子の
「よしたかー」という声が聞こえた。弘子は一旦家に戻って帰宅している夫と職人たちを見ると
「どうした。」と和孝が言った。

「あなた、義孝がいないの！」と不安げな顔をした。職人の一人が
「何時からです？」と聞くと
「五時半頃公園に行ったきり戻ってこないの」

「……七時ですよ、親父さん警察に行ったほうが良いんじゃないんですか？」和孝はその職人の顔を見ながら
「ううん、そうだな、ちょっと遅いし気がかりだ。」

「事故かもわからんし！」和孝は妻に目配せをしながら立ち上がった。

「ちょっと行ってくるから、君らは一杯やっててくれ。ビールは冷蔵庫に入ってる。」

「ええ、分かりました。」と言って職人達は再びコップに手をつけた。鈴木夫妻は近くの交番に向かった。交番に行って状況を話すとおまわりさんは、署のほうに行ってくださいといった。二人はお巡りさんと一緒にＳ警察署に向った。同署は、迷子か事故ではないかと判断しその夜から翌日にかけて付近一帯の捜査と聞き込みに当ると言い、鈴木夫妻には一旦お引き取りくださいということだった。

鈴木夫妻が家に戻ると職人達がどうでしたと気にかけたが、二人の様子を見て、早々と立ち去った。

職人達が引き上げると鈴木家を何とも言えない静寂が襲った。夫婦も母親も誰も口を利かなかった。和孝は妻の痛々しげな様子を見て、

「警察も捜してくれてるから、お任せしてもう、やすもう……」と妻を労らった。弘子は肯いて静かに布団に横になったが眠れるはずも無かった。迷子になった我が子を想像すると、今なにしているだろう、食事はしただろうか、寝床は大丈夫だろうか、どこかの家に世話になっていれば良いのに……と思い巡らすと終わりが無かっ

た。事故ではないだろうかと、自動車に轢かれてそのまま連れ去られたのでは、あのどぶ川に落ちて溺死したのでは……義孝の死を思うと思わず声を張り上げたくなったが、じっとこらえていると目から自然に涙が溢れてきた。夫も眠れず必死に耐えているだろうと思うと、自分だけが取り乱すようなことがあってはならぬと弘子は必死であった。

いつか辺りは明るくなり夜が明けていた。二人とも一睡もしていない。弘子はいつもの通り、起きると布団をたたみ、顔を洗い家族の朝食の用意のため台所に立った。和孝は弘子の様子をジーと見つめていたが、自分も居てもたってもいられず居たたまれずいつもより早く起きた。二人は目で挨拶しただけだった。それが今の二人には最大限できるコミュニケーションであった。

朝の食卓に着いても家族は無言であった。それぞれがそれぞれの気持ちをよく分かっていた。

職人達がやってきた。和孝は年長の職人を呼び、昨夜からのことを話し、今日は自分は行けないが職人に皆の頭となってやってくれるように頼んだ。職人達は了解すると直ぐに車で現場に出発した。

八時にS署から二人の刑事がやってきた。迷子と事故の線から当たってみたが、事故の線は殆ど無いことが分かった。ただ、近くのどぶ川を今日昼間念のために掬ってみる捜査をするということだった。

事故の線が無いことは弘子をほっとさせた。しかし、刑事は昨日の六時前後に義孝ちゃんが三十才くらいの男と公園で話していたという事実を掴んだ事を知らせ、警察はこの男を変質者の犯行と考え行方を探していることを鈴木夫妻に伝えた。弘子は義孝が生きていると確信した。誰かに連れ去られた、誰かに面倒を見てもらっていると感じたのである。二人は刑事の話から、吉報を期待してその日を過ごした。しかし、和孝は誘拐のことも考えていた。刑事は日本では営利誘拐は少ないから、変質者の線が強いだろうと言った。

昼前に刑事達は一旦帰ったが午後になって再び二人が戻って来て、誘拐の線も考えられるのか郵便入れを見たりして脅迫状が無いか探していた。そして一人を鈴木家に残し、一人は聞き込みや捜査にいった。S署は誘拐の線から捜査本部を設けることはまだ取っていなかった。鈴木家の周りには人が集まりはじめた。新聞記者たちである。マスコミ関係の人が増えていくのを見て、鈴木夫妻は不安を感じていた。この事件は新聞やテレビ、ラジオではまだ一切報道されていないが、それは警察とマスコミとで報道協定を結んでいたからである。刑事は不安げな弘子の様子を見て声をかけた。

「奥さん、必ず見付かりますよ。」弘子は不安げに刑事を見返し、

「沢山の人が見えてますけど……」と寂しげな声で問うた。和孝ももっともらしく首を立てに振って刑事を見た。刑事は

「マスコミの人です。」と応えた。それを聞いて和孝はテレビや新聞に報道されて犯人が逆上しはしないかと恐ろしくなった。刑事は機敏に和孝夫妻の不安を察知し、

「大丈夫です。警察とマスコミと報道協定を結び、お互いが合意しなければこの事件はテレビや新聞には発表されません。」

三章　行方不明

義孝が行方不明になってからまる二日が経っていた。刑事が沢山来たが捜査の進展は無かった。弘子は義孝のことが思い浮かび何事にも集中出来ないでいた。和孝は朝の職人の手配と現場のことで、義孝のことを頭から消すことが出来たが、目の前に居る妻の弘子を見ると弘子の前から一時も離れてはならないと決心していた。しかし、明日はどうしても現場に顔を出さなければならない、夜就寝で横になりながら、

「弘子、明日はわし現場に行かなければならない……いいかな。」

「ええ、私は大丈夫です。」

「うん、すまぬが……明日だけだ。」

弘子は横になりながら、じっと天井を見つめていた。知らず、目からは涙が流れ出ていた。義孝のことを考えると涙が止まらなかった。

「あなた……」

「うん」

「何故、私達がこんな目に会わなければならないのでしょうか？」

「……」

和孝はなんと返事してよいか分からなかった。無言のまま天井をにらめていると、弘子のすすり泣く声が聞こえてきた。


五年前、弘子と結婚し家庭を持ち落ち着き、顧客の信頼を獲得し近所の人々にも頼りがいのある一家と受け止められていた。日本の経済成長の波に乗り事業も順風満帆であった。

弘子は何故自分達がこのような目にあわなければいけないのか、誰が自分や子供をこのようにしているのかと考えつづけた。和孝はこの困難な状況をどのように乗り越えるか……義孝のことは警察に任せざるを得ないが、妻と母の心の負担をどのように和らげるか……また仕事にとどこうりが起きないようにと必死であった。

＊

翌朝、職人達と一緒に現場に出かけたのを送った後、弘子は二歳の妹の京子を保育園に連れて行くと、気を取り直すかのように家の掃除を始めた。気を休めると同時に義孝が帰ってきたとき家がきれいになっているようにと。義母も弘子に微笑み義孝が帰るまで頑張りましょうと目で示し一緒に掃除に励んだ。すでに義孝が行方不明になって三日が経っていた。

夕方、五時過ぎに和孝をはじめ従業員が戻ってきた。職人たちは、弘子の明るい振る舞いにホッとした。職人の一人が
「今日は、事務所もさっぱりしてきれいになってますね。」と言うと
「義孝がいつ帰ってきてもと思って、お義母さんと大掃除を……」

突然電話がなった。傍にいた職人が受話器を取った。

「もしもし、鈴木電工ですが」

「坊やのことで……」

「え！」

「五十万、揃えといてください。」

「五十万？」

「うん、競馬場のとこ」

「駐車場ですか？」

「競馬場」

「競馬場？」

「新橋駅前の」

「新橋駅前の競馬場ですか？」

「うん……」ガシャーン
電話は切れた。従業員は慌てて
「犯人です。新橋の競馬場に五十万持って来いと」隣の部屋にいた刑事達が部屋に入ってきて、従業員に聞き返していた。従業員は興奮した面持ちで
「坊やのことでと言って、新橋の競馬場に五十万円もってこいと」

「場外馬券場か。」刑事の一人が言った。

「どんな感じでした？」

「どんなって？」

「若いとか、年取ってるとか……？」

「よく分かりません……若くはないな、老人でもない」

「中年か？　四十歳くらい？」

「ええ」

「時間は？」

「言ってませんでした」


「場所は？」

「競馬場」

「うん、……またかかってくるかもしれない。今後は奥さんか旦那さんが出てください。と言うより今後は奥さんか旦那さん以外は電話に出ないで下さい。」

「電話の逆探知はできないのですか？」和孝が言うと刑事が困ったような顔をして
「法律で出来ないことになってるんです。」

「そうですか。」と和孝は弱々しげに言った。リーダ格の刑事が
「場所と時間が明確じゃないが、ともかく五十万を用意して場外馬券場に行きましょう。」と言った。

「今、五十万はありませんが……」和孝が言うと、刑事は
「新聞紙で作って風呂敷に包んで持っていきましょう。」リーダ格の刑事がS署に電話し応援の刑事を頼んでいた。残りの刑事と鈴木家の人たちは五十万円のみせ金の札を作り始めた。用意ができると和孝夫妻と四人の刑事の六人で出かけた。新橋駅には更に三人の刑事が待機していた。場外馬券場の前には風呂敷を持った和孝夫妻が立ち十分、二十分……和孝は周りを注意深く見回していた。何時か弘子は和孝の手を握り締めていた。三十分、一時間……

二人には既に時間の感覚というものがなくなっていた。ただひたすら犯人に会いたい、義孝の安否が知りたいという事で頭の中は一杯であった。

更に一時間、和孝が刑事の方を向くと刑事が指で×を作り合図を

した。和孝はその意味を解し、首を横に振って拒否した。二人は更に二時間待った。時計は十一時を回ろうとしていた。馬券場前は酔客の帰宅で一杯だった。和孝は刑事の方を向いて首を縦に振り待機の終了を告げた。弘子は現れない犯人の悔しさにほろりと涙を落とした。和孝は帰りの自動車の中で、このことはいたずらでないことを確信していたが一方で、数年前に起きた歯科医師による誘拐殺人事件を思い出した。それは小学校一年生が誘拐され、犯人は身代金をせしめるのに失敗し、小学生を殺害し道路に放置した事件であった。犯人は大阪で銭湯に入っているところ逮捕された事件である。そして、妻がこの事件を思い出さないように願った。

＊

三月も終わり、春休みも残すはあと一週間であった。

龍雄は、新聞を取りに起き上がった。朝一番に新聞を見るのが日課だった。四月二日の朝刊の社会面は明かるいニュースより、事件のニュースで一杯だった。

『列車投石魔は少年だった』／『三十七件みな自供』

この事件は走行している電車に石を投げつけた事件だった。龍雄と同い年の十七歳の少年が乗車している電車でキセルが見つかって、途中下車をさせられたのを恨んでの犯行だという。三十七件も引き起こしていて犯人は知能が少し低いが、新聞をよく読み、公安や警察の警戒を注意深く観察し、そのスキを狙って犯行を重ねていた。捕まったとき、上着のポケットにまだ十数個の石が入っていた。

新聞では『少年は内気で、日雇いの父と塗装工の兄と三人暮らしで母とは幼いころ死別していた。家庭環境は良くなかった。』と載っていた。龍雄は家庭環境のせいではなく単純な、悔しさの仕返しで、全く個人的な逆恨みの行動だとおもった。家が貧しかったり、片親だったりすると、すぐに新聞などは環境の悪さをあげる。龍雄はこうした記事にいつも反発を感じていた。

『二人殺して逃げる。』／『公園入り口で数人連れ』

公園の写真から生々しい事件の様子が伝わってきた。死体に掛けられたシートと電柱、公園の草木が現実を語っている。喧嘩の事件、二対五の争いで二人組みが殺されたという構図である。こういった事件は、些細なことから、怒りが急速に増大し一気呵成にやってしまったのだろう。後になって、犯人たちは恐怖と後悔に悩まされているとすれば、そんなときは、自首してくるものだ。そうでないとすると、粋がり家で、五人組が自分達集団の力を誇示し、面白半分にやってしまったのかもしれない。犯行後も、彼らは、ざまーみやがれ、俺たちに逆らうとこうなるんだ。と今でも自慢気に笑いながら逃走しているかも知れない。

でも、こういう輩は一人になると、弱く、集団の結束は元々無かったことが明らかになると龍雄は思った。一人捕まると芋蔓式につかまるだろうと思った。

『男二人の水死体漂着』／『スパイ工作員か短銃持つ』

写真は無かったが、スパイと短銃に惹かれた。北朝鮮からのスパイ工作員らしい。死体から四百メートルほど離れたところにゴムボート一艘が漂白していたのが、スパイ工作員の判断となったようだった。さらに二人の死体はブローニングの拳銃と実弾を保持していたという。龍雄には全く異次元の出来事だった。北朝鮮と日本の関係がどんなものなのかわからなかったし、日本にスパイがいることが全く理解できなかった。

スパイという言葉はそれなりにわかるが、現実にそれが何を意味し、何を示しているのか理解できていなかった。

龍雄はアメリカ、ヨーロッパのスパイ映画でスパイがどんなもんかの印象があるが、ニュースのスパイは映画のようなイメージが全く湧かなかった。もともと韓国とか、北朝鮮、中国と日本との関係がどうなっているのか理解してなかった。

ただ、中国や北朝鮮が社会主義の国家であることは理解していた。話として、貧乏人や犯罪を犯す人間が全くいないと聞いていた。その話しを聞いて社会主義に対する漠然とした憧れを抱きはじめていたが、実際龍雄の日常はアメリカナイズされた生活を楽しんでいた。

『坊や、遊びに出たまま』／『誘拐？　そばにいた若い男』

新聞の中央に、写真添付で載っていた。四歳の幼児が家の近くの公園で遊んでいたのに夜になっても帰ってこなかった事件である。行方不明なのか？　誘拐なのか？　はっきりしない事件だった。

三十一日、夕方五時頃鈴木和孝さんの長男義孝ちゃんが、一人で公園に遊びに行くといったまま帰らないという事件である。義孝ちゃんは水鉄砲であそんでおり、そばに若い男がいたことが目撃されているが事件は二日前におきていた。

龍雄は幼児が遊んでいた公園の写真を見て不思議に思った。同じ公園の写真ながら、殺人事件の公園の写真と全く違って見えた。

公園の写真の左下に坊やの写真が添付されていた。幼児の写真には違和感が無かったが、公園の写真は空中に浮いているように思えた。義孝ちゃんの家をさしている矢印が現実感覚を喪失していて中央に立つ大きな木はまだ葉が出ず木のようには見えなかった。三人ほど写っている人間は人形のように見え公園の写真はマグリットの絵を思い出させた。重力が無く空中に浮いているような写真で鈴木家の全ての時間が止まってしまったことを象徴しているようにみえた。義孝ちゃんの一家が昨日まで近所の人たちと時間も空間も共有しながら広げてきた生活の時空が、義孝ちゃんの行方不明と同時に、鈴木家の社会との共有時間は消滅してしまい、空間に浮いてしまった。

日常の時空の生活空間は鈴木家以外には今までどおり流れていくが、鈴木家の時空は異常な時空に入ってしまったことを、新聞の写真は物語っているように見えた。

十七歳の龍雄がどのように思ったかは不明だが、彼がこの写真を見て、いつもの新聞のニュース写真とは違うと感じたのは事実であった。

四章　誘拐

鈴木家が義孝の行方不明を警察に届けた時、誘拐ではないかと話しがあったが、警察が実際にとった方針は迷子、事故の線であった。ひょっとして知り合いの誰かが連れて行ったと……鈴木家の不安に対し警察は楽観視していた気配があった。二日の新橋馬券場の件も、犯人らしき人物が全く現れなかったのでいたずら電話として考えていた。翌三日午後七時過ぎに犯人らしき男から電話が入るが、その男は昨夜の新橋の件には全く触れず

「三日以内に子供を返すから、金を用意しておけ。」という一方的な電話であった。警察はこれも悪質ないたずら電話と考えていた。鈴木家には常時三～五人の刑事が駐在していたが捜査本部は設置されていなかった。四日夜十時五分電話がなる。母親の弘子が出た。

「もしもし、鈴木でございます。」

「ああ、鈴木さんね。お金が欲しいんだけんど。」

「子供は無事ですか？」

「はあ？」

「子供です！」

「うーとね、元気でやっています。」

弘子は一瞬言葉が切れた。不安と喜びが混在したような心であった。

「本当ですか？……声が聞きたいのですが？」

「……」

「声だけでもいいですから、聞かせてもらいたいんですけど。」

「聞かせっから……スンブンガミさ包んで、用意しといて。」

「お金は用意して待っているんです。私、ほんとにどうしていいのか分からないのです。子供の声を聞きたいです。」

「だから、お金……聞かせっから、お金をどっか一定の場所に置いてもらいたい……」

「ああ、おいてあります。子供の……」

「お金を受け取ったら、お子さんを返すようにすっから。」

「……あの、確実に坊やがいることを私に知らせないと……ホントお金も上げられません。坊やの声を聞かせてください。」

「うっかり、こっから表なんか連れて歩けないよ。それができんなら声も聞かせられっぺ……なにも心配しねえで。」

「でも、確実にお宅ですか？」

「まつげえないよ！」

「間違いないですか？」

「ああ、まつげえないよ。」

そこで電話は切れた。弘子は犯人であることを確信し、同時に義孝が生きていることも確信した。弘子には犯人に対する憎しみを感じるより、電話の話からいい人に思えそれで義孝の生存を信じたのである。

この電話の件を知って警察は営利誘拐事件として初めて動き出

した。捜査本部の設置と同時に逆探知の導入も考えたが、しかし、逆探知については物理的には可能であっても法的な問題が残っていた。この事件のために郵政省を動かすことは困難であると判断した。

五日夜にも犯人から電話が入った。地下鉄の駅の指定場所にお金を持って来いとの話で和孝が指定場所に向かったが、犯人は現れなかった。

やっと『義孝ちゃん誘拐事件』の捜査本部が設置された。事件が起きてから五日目である。捜査本部の最高責任者は捜査一課課長木田正、彼を中心に二十名で構成された。木田の上司である玉川刑事部長は木田に対して『身代金を持って行くときは刑事を張り込ませるな。人質の救出が最優先だ。犯人はあとでゆっくり捕まえればよい。』と指示を出していた。

でも木田はそのことを自分の腹の中にとどめ、捜査本部の者には伝えなかった。

その内、前線部隊は警視庁捜査一課警部補鈴本毅、前線部隊の指揮官で捜査一課巡査部長の堀内伸太など五名から構成されていた。

鈴木家では四日以降悪戯電話をはじめ頻繁に電話が入っていたため、前線部隊の五名は鈴木家に常駐することになったのである。

残りの十五名はS署に八名、本庁に七名待機していた。五日目辺りから電話の呼鈴が多く鳴り、ヤマ場は近い状況であった。しかし、捜査は本部が出来た勢もあり、大勢の部隊名があり、更に新聞記者らに余計な情報を取られまいとし、六日十時にはS署の八名、本庁の七名は夜十時には解散し帰宅についていた。

鈴本も同僚の金田とS署を十時過ぎに出たが何か引っかかるものがあった。

二、三日前から電話が増え、中には犯人と思われる男から数回も電話があった。しかし、この夜鈴木家に詰める前線部隊の指揮官堀内が帰宅していたし鈴本はいっそう強く気に掛かっていた。

「気になるから私は被害者宅に泊まります。」と言って金田と別れた。道を換えて鈴木家に戻った時、時刻は午前一時を回っていた。鈴本が着くなり、待機中の刑事から義孝ちゃんの靴についてよく知った男から電話があったことを伝えられた。

「電話に出た奥さんは絶対犯人だ。」と言ってました。鈴本は深く肯いた。それから十五分と経たないうちに再び電話がなった。電話には妻の弘子がでた。

「鈴木さん。」

「はい！」

「今すぐ、お金さもって来てほしんだけど。」

「はい……。」

「警察には知らせねえこと。」

「はい……。」

「時間は、これから直ぐ……場所は船井自動車……その建物の横に車が五台止まってるから……前から三番目の……」

「ちょっと、待ってください。メモしますから……」

「はあ……いいけ？」

「はい、ゆっくりお願いします。」

「もう一回いうから……場所は船井自動車。その建物の横に車が五台止まってるから、前から三台目の小型四輪の荷台に目印として、義孝ちゃんの靴を置いてるから……」

「義孝の靴ですね！」

「うん、義孝ちゃんの靴を置いてきた。そこに金を置いとけ。」

「はい、くつんとこですね。」

「うん、鈴木電工の車で来てもいいが、車から降りるのは奥さん一人だけだ。お金を置いたら真直ぐ家に向かうこと。義孝ちゃんは金をもらった一時間後に返すから。」

電話は切れた。鈴木は予想以上の展開の速さに狼狽した。捜査員は鈴本を別にすると五名だった。そして、彼は六名の中で一番の上司であったが、指揮官ではなかった。だが、そんなことは言っていられなかった。五人の力量も定かでなかったがまず、お金を作らせ、それも新橋の時のように偽札ではなく本物で五十万円用意させ、鈴本は船井自動車がどこか和孝に尋ねた。船井自動車は鈴木家の前の通りを東に一直線に進み、広い通りに面した角だった。距離にして三百メートル。歩いて五分程度のところであった。鈴本は先ず何で行くか確認し、鈴木家のトヨエースで行くことにした。運転手は親戚の者がすることになって荷台に捜査員の一名をもぐりこませることにし、残りの五名は車で行くと目立つので、徒歩で行くことにした。裏道や隣家の物干し台を伝わって裏道に出て、そこから走っていくことにした。迂回コースだから距離にすると五〇〇メートルはあった。鈴木家の人々は焦っていた。一種のパニック状態であった。焦る鈴木家の運転手を静めるように荷台にいる捜査員に待つように指示しようと鈴木は右手を上げて運転手に待つようにと捜査員に合図を送ったが、運転手はそれを出発の合図と思い車を発車させた。弘子を乗せた車は七日午前一時三十六分に船井自動車に到着すると直ぐに指定された車を探し、見つけると弘子は車から急いで降り真直ぐに目的の車に向かった。荷台には確かに義孝の靴があった。弘子はその横に用意してきた五十万円を置くと靴を握り締めて、早足にトヨエースに戻った。戻るなり、運転手に向かい
「あった！」と靴を見せた。運転手は直ぐに車を出した。弘子の顔は義孝が生きていると確信に満ちていた。自宅に戻る途中、鈴本達捜査員に会うと荷台に載っていた捜査員は鈴本達に合流し、走りながら再び船井自動車に向かった。最初に船井自動車についた捜査員は午前一時三九分、捜査員全員がそろったのは午前一時四十一分。彼らはそれぞれ分担していた場所に散り息を殺して犯人を待った。三十分、一時間と経ったが何の動きも無かった。更に三十分なにも無かったので、鈴本は目的の車に近づいた。その車の荷台には靴も現金も無かった。捜査員達は呆然とした。鈴本の心情は尋常でなかった。更に追い討ちをかけるような失敗があった。一万円札のナンバーを控えていなかったのを思い出した。

鈴木家ではお金を置いてから一時間が過ぎたのに何の知らせも無いのに弘子は動揺し始めた。お金を荷台に置いてきた時の確信に満ちた顔が不安な顔つきに変わってきた。鈴本たちが鈴木家に戻っ

てきて犯人を取り逃がしたことを伝えた。彼らはお金が取られたことも鈴木家に伝えた。それでも弘子はお金がわたったのだから犯人から連絡が来るはずだと期待して待った。更に一時間たっても電話はなかった。

母親弘子は発狂するばかりの心情だった。声も出なくなっていた。指揮をとった鈴本も犯人からの電話を期待するように受話器の前に座りじっと見ていた。

鈴本はどのような行動を取ったのか記憶が定かでなかった。ともかく失敗したことは明白だった。犯人を取り逃がしただけでなくお金も失い、犯人からの約束の連絡は無くぷっつりと消えた。

鈴本はどう処理していいか迷っていた。これだけ大きな事件で決定的なミスを犯しているのだから……何が落ち込ませるのかわからなかった。

＊

七日に身代金を奪われてから、犯人からの連絡がぴったりと止まった。警察ではどのように処理すべきか上から下までその対処に苦悩していた。鈴本は得体の知れない怪物にでも襲われたように落ち込んでいた。夜、自宅に一人でいるとその孤独は寒々として彼を凍らせてしまいそうであった。同僚は、彼が精一杯やったことを認め、目に見えぬいたわりが彼を包んでくれていることが分かっていた。だが、鈴本は自分が正しいことをしたんだと認めつつも……圧力がどこから来るのか、耐えかねていた。それは警察という組織それ自体が、得体のしれない圧力に耐えかねているようにも思えた。この圧力を警察の組織力で分散させようとしたがその圧力は想像を越えていた。最高責任者である総監は個人的にはそれぞれの職員に信頼と期待を持っていたが、組織で考えると大きな力に屈しつつあった。

それから一週間後、警視総監はマスコミを通じて犯人に異例の呼びかけを行った。義孝ちゃんを返してほしい！

「罪を憎んで人を憎まずの気持ちでいる。犯人よ、どうか義孝ちゃんだけはどのような方法でもよいから返してほしい。」と悲痛な呼びかけを行った。捜査の状況を記者に問われると

「全力をあげているが手がかりはつかめていません。」と担当の部長刑事が答えた。更に総監は捜査の行き詰りと苦悩を隠さず

「ぜんぜん手がかりがつかめないのです。全力をあげてやっているのですが……」更に記者からの

「人を憎まずの精神をどう生かすのですか?」との質問に

「子供さえ返してくれれば警察としてはできる限り罪を軽くできるような措置を取ります。私達にとって最大の願いは義孝ちゃんが無事に帰ってくれることです。」更に記者から

「今までの捜査方法に反省することはありませんか?」と問うと

「勿論毎日反省しながら捜査をしています……私は義孝ちゃんが生きていると固く信じています。頼るのは犯人の良心と都民の協力です。」

そこで、今まで伏せられていた、七日の件のことも明らかにされた。鈴本の気持ちはゆれていた。総監や部長に感謝をしつつも、自

分の居場所が無いことに気が付いていた。許されない失敗をしたと思った。更に、犯人から全く音信が途絶えたということは義孝ちゃんがもう死んでいると思った。そう考えるといても経ってもいられない心境であった。自分では最大限の最高のことをやったのに最悪の結果となり、その圧力に押しつぶされそうであった。こころの隅で、若し義孝ちゃんが殺されていたら、七日の事件前であってほしいと考えた。鈴木は犯人に対する憎しみとか恨みとかより、自分自身のふがいなさに悩まされていた。

七日の件について記者から取材を自宅で受けていた母の弘子は嗚咽をこらえながら、当時のことを思い出し、記者に話すよりも、犯人に叫びかけるような言葉になっていた。眼には涙がうるんでいたが、必死にこらえながら

「靴を見たとたん義孝のものと分かりました。我が子のものです。間違うことは有りません。七日の最後の電話では本当に返してもらえると思っていたのに……もっとお金がいるのならなんとでもします。連絡をしてほしい……それだけが願いです……」

犯人はこうした一連のニュースの流れをどこかで見ていると思う。だが、彼の心は捜査員や鈴木家の言葉をテレビや新聞で知っても、自分とは全く関係無いことで他人の事のように思っているかもしれない。もし、子供が既に殺されてしまっていたら、犯人は自分の現在の状況からしか対社会にたいし反応しなくなっているかもしれない。誘拐したことも忘れてしまって、今自分は大金を手に入れた。借金が無くなる。一つ羽を伸ばそう……犯人にはマスコミから聞こえてくる声は上の空で、自分の生きている社会とは全く別な社会の出来事と考えているかもしれない。幼児を殺害した状況などは今の大金を見つめていると遠い昔の思い出のようなものになってしまっているかもしれない。

犯人の心情と対極にあるのが弘子であり、鈴木家の人々である。子供をひとり公園で遊ばせてしまったということから起こった事件のために、現実の社会状況から浮き上がってしまった家族であった。

犯人からは完全に無視された状態の警察は、デッドロックに入ってしまい全く動きが取れない状態であった。

五章　公開捜査

新学期に入りいよいよ高校三年生、受験生である。花見も終わり桜の木は緑の葉桜に変わっていた。盛春の暖かい風に乗り桜の香りが振りまかれていた。受験生はそれぞれの思いを込め志望校と合格の為の計画を練りはじめていた。しかし、龍雄は誘拐事件の公園の写真が頭から離れなかった。新聞紙面の社会からも遊離し、微動だにせず、空中に固定された写真。あの写真は何だろう。

事件そのものも進展が無くこう着状態であった。警視総監は犯人に対して、報道を通して呼びかけを行った。

「罪を憎んで人を憎まずの気持ちでいる。犯人よ、どうか義孝ちゃんだけは、どんな方法でもよいから返して欲しい。」こんな呼びかけは異例中の異例だった。さらに十九日には、誘拐犯に五十万円を持ち去られたことが発表された。その後犯人からの連絡がぷっつり途絶えたことも発表された。義孝ちゃんの靴や、取引の目印となった船井自動車の建物の写真が掲載されていた。

二十五日、全国民は朝七時のニュースに釘づけになってテレビを見ていた。龍雄もその一人だった。映像はテープレコーダが写りテープの声が聞こえてきた。

「もしもし、鈴木でございます。」

「ああ、鈴木さんね。お金が欲しいんだけんど。」

「子供は無事ですか？」

「はあ？」

「子供です！」

「うーとね、元気でやっています。」

「本当ですか？……声が聞きたいのですが？」

「……」

「声だけでもいいですから、聞かせてもらいたいんですけど。」

「聞かせっから……スンブンガミさ包んで、用意しといて。」

「お金は用意して待っているんです。私、ほんとにどうしていいのか分からないのです。子供の声を聞きたいです。」

「だから、お金……聞かせっから、お金をどっか一定の場所に置いてもらいたい……」

「ああ、おいてあります。子供の……」

「お金を受け取ったら、お子さんを返すようにすっから。」

「……あの、確実に坊やがいることを私に知らせないと……ホントお金も上げられません。坊やの声を聞かせてください。」

「うっかり、こっから表なんか連れて歩けないよ。それができんなら声も聞かせられぺ……なにも心配しねえで。」

「でも、確実にお宅ですか？」

「まつげえないよ！」

「間違いないですか？」

「ああ、まつげえないよ。」

そして、犯人との最後の電話となった、お金の受け渡し時の声が流された。

「鈴木さん。」

「はい！」

「今すぐ、お金さもって来てほしんだけど。」

「はい……」

「警察には知らせねこと。」

「はい……」

「時間は、これから直ぐ……場所は船井自動車……その建物の横に車が五台止まってるから……前から三番目の……」

「ちょっと、待ってください。メモしますから……」

「はあ……いいけ？」

「はい、ゆっくりお願いします。」

「もう一回いうから……場所は船井自動車。その建物の横に車が五台止まってるから、前から三台目の小型四輪の荷台に目印として、義孝ちゃんの靴を置いてるから……」

「義孝の靴ですね！」

「うん、義孝ちゃんの靴を置いてきた。そこに金を置いとけ。」

「はい、くつんとこですね。」

「うん、鈴木電工の車で来てもいいが、車から降りるのは奥さん一人だけだ。お金を置いたら真直ぐ家に向かうこと。義孝ちゃんは金をもらった一時間後に返すから。」


「これが、義孝ちゃん誘拐の犯人の声です。皆様にこの声に憶えがあった方は、警察の方にお知らせください。」

「もう一度、流します。」とアナウンサーが言うとテープは再び回りだし
「ああ、鈴木さんね。お金が欲しいんだけんど。」

と録音のテープが再度流れた。

龍雄はじーと画面を見ながら犯人の声を聞いていたが、学校に行く時間になった。電車に乗っても、龍雄の耳にこびり付いたように犯人の言葉が残っていた。

『まつげえないよ！』『ああ、まつげえないよ。』『今すぐ、お金さもって来てほしんだけど。』の三つの言葉が頭から離れず、授業の間も思い出したように出てきた。遠い昔に聞いたことのある言葉のように感じていた。

学校が終わって、家に帰っても今日のテレビのニュースといえばこのテープの音声の繰り返しだった。夕刊は公開捜査の記事が一面トップだった。巷間、この事件は映画『天国と地獄』を真似ているという噂が流れていた。しかし、龍雄は映画での犯人とのやり取りと比べて随分違うように思えた。この差異は何処からきているのか、映画での犯人に対する憎悪が現実の事件では、とくにテープを聞いてからは憎悪の気持が薄められた感じがした。それは、犯人の生活のにおいが会話からかもし出され、どこでも聞くことができる会話のように聞くものをさせていた。母親の必至な対応も、犯人の声を聞いているうち、龍雄は聞けば聞くほど、音声は田舎のおじさん

の日常の会話に聞こえ事件の会話のように聞こえなかった。

その話し方から子供が死んでるとは考えが及ばなかった。

夜、自室に戻り一人になると、事件のことはすーと頭から離れ、受験生の頭になっていた。来年の今頃は大学生か……と思うと自然勉強に集中していった。

世界史の教科書を開き、本にマジックペンで印を付けていった。今日はフランス革命の章からだった。線を引きながら、ロベスピエールが一番好きだと言っていた世界史の教師のことを思い出していた。早口で、どもりながらへたくそな大きな字を黒板一杯に書いていた所作を思い出しながら頁を追った。

十一時になった。龍雄は傍らにあったトランジスタラジオのスイッチを入れると同時に、イヤホーンを耳にあてた。

『夢のハーモニー』女性アナウンサーの声が響くと同時に、チェロの音楽が奏でられた。はじめて聞いたその音楽は、一気に龍雄を別世界に運んで行った。

チェロの音が少し弱くなると、女性アナウンサーが詩を朗読し始めた。その詩は中国の古代の詩であった。漢詩である。チェロと女性の声と詩文が三位一体となって龍雄を、夢の世界に導いていった。勉強は一時中断……ラジオに聴きいっていた。

約一時間、音楽がバッハ、詩は唐詩であることがアナウンサーから告げられると最後に
「担当は下重暁子でした。」というアナウンスとともに番組は終わった。ラジオを切ると、龍雄は世界史の本に向かったが、集中出来なかった。頭のなかには思想と哲学のあこがれが戻ってきた。

哲学とは古い学問であった。タレスから始まり、ピタゴラスも勿論プラトンも、いつの時代にも偉大な哲学者がいた。カント、ヘーゲル、ショウペンハウエル……聞いたことある名前は沢山あった。最近はサルトルという名前も聞いた。

だが、日本人の名前は余り聞かない。龍雄が知っている日本の哲学者は西田幾多郎で『善の研究』という本の名前しか知らなかった。

『なぜ日本人には哲学者がいないのか?』龍雄にとって不思議な疑問だった。

六章　受験生

龍雄は学校の雰囲気が受験体制に変わって来たのを感じていた。そんな中自分ひとりがあの公園の写真の中にいるように孤立を感じていた。しかし、龍雄の思想と哲学への憧れは日増しに強くなっていった。そろそろこれが最後かなと思いながら好きな映画を見に出かけた。映画は渥美清の『拝啓天皇陛下様』で、後は大学生になるまで映画を封印するつもりであった。この映画は軍隊のコメディで、ストーリーは正助という無学文盲の孤児が徴兵により陸軍に召集され、そこで知った軍隊の生活は正助にとって天国、今までの生活に比べると三度の食事は心配する必要はないし、仲間はたくさんいるし、さらにいろんなことを教えてくれるし、上官のイビリなんかなんてことなく世界にこんな好いとこが在ったのかと毎日夢をみてるような心地だった。ところが、戦争が終わりそうだという噂が耳に入ると、正助にとって軍隊を放り出されたらまた、もとのひどい生活に戻ることになり、それは大変なことで、そこで正助は習い憶えたミミズののたつくようなひらがなで天皇陛下に直訴の手紙を書くことにするという映画だった。

『はいけけい　てんのうへいかさま……』

面白いが悲しい映画であった。これは実際十数年前に起きた戦争をもとに作られた物語で、軍隊における兵隊の生活を描いた映画であった。観終わった時、龍雄は『夜と霧』を思い出し、同時期に起きた東と西の戦争を描いたものであるが、その捉え方、感じ方の違いに興味を抱いた。この映画にはドキュメンタリー風である『夜と霧』で襲われた恐怖は感じなかった。今でも頭に残っているメガネをブルドーザーで処理する『夜と霧』の映像の恐怖は忘れられないが、この『拝啓天皇陛下様』映像のやさしさと悲しみは龍雄にとっては現実で身近なもののように感じられた

＊

この映画を観て、龍雄は来年受験が終わるまで、もう映画鑑賞をしないことを心に決めたのである。

受験科目は九科目で哲学科は文科系になっていたが、数学Ⅱまであったし、理科も二科目選択で、龍雄は物理と化学とすることにした。社会は世界史と日本史……。

考えてみればピタゴラスは龍雄にとって数学者であったし、タレスも日食を予言したりして科学者のようでもあった。アリストテレスは哲学者の中の哲学者であったが、自然科学も何でも知っていた。アルキメデスは哲学者か……やはり数学者であり物理学者……デカルトは哲学者であるが数学者、パスカルは哲学者であるが数学もパスカルの原理で物理学者でもあった。龍雄は哲学が理系にあるのは理解できるが文系あるのは不思議に思った。そんなことを考えながら受験科目を決めていた。これが龍雄の受験勉強のスタートであった。

受験科目が決まると一週間の勉強のスケジュールの作成に取り

掛かった。授業との並行で進めていく、実際、日本史は三年生に始まっており、化学と物理も二年生から続いており、数学は数Ⅲであり、受験科目ではないが、微分と積分が中心なので知っておきたかった。

龍雄の苦手科目は英語と古文であった。この二つの科目の苦手な部分が共通していた。文法がよくわかっていないということだった。特に動詞や助動詞の関連と活用の意味がよくわかっていなかった。英語と日本の古文はことばであるが、品詞がほとんどおなじ名前なのが不思議であった。漢文には動詞も形容詞も出てこなかったし、また、現代文はわかるのに、古文は同じ日本語なのに文法的に解析しないと理解できないのが不思議というより龍雄に頭を混乱させていた。文法の勉強の仕方がわからなかった。龍雄は英語の動詞の変化がわからなかったし、現在、過去、現在完了、過去完了といったことがわからなかった。日本語では意識しないで使っているし、文法重視の古文にもそういった考えは入っていなかった。能動態、受動態も日本語では意識してなかった。言われると納得いくが、自分の中でうまく処理できないでいた。古文は助動詞の活用がさっぱり分らなかったし、未然、連用、連体、已然という言葉の意味はわかってもきちんとした形で理解出来ていなかったから、これも混乱の引き金となっていた。

それに比べると、世界史や日本史はとても楽しかった。ソクラテスを思い出し、ソクラテスはわからないが、歴史の中にきちんと存在するのが嬉しかった。

映画とは別に好きな本を読むことは二学期までは良いと自分で決めていた。

つぎに受験生として悩んだのが、勉強する場所と時間だった。

我が家は最も落ち着く場所であるが、受験生にとっては落ち着きすぎて、緊張感がなく、勉強に集中できない場所になりやすかった。また、家族の動きが意識されると今度は妙に落ち着かなかった。自宅ではみんなが寝静まり、夢のハーモニーを聞いた後一、二時間が勉強に最適な時刻だった。となると、授業が終わると図書館に駆け込んだが、図書館は立てこんでいて、知ってる顔も沢山あり、何となくそまじめそうな自分が照れくさく、恥ずかしかった。龍雄は我が家の駅から一つ先の区立図書館に行って、夕方六時までそこで勉強することにした。知ってる顔もなく、快適だった。しかし、受験科目が多く、どれからやるかとうまく始末がつかないのも確かだった。

龍雄は文庫本に『ドフトエフスキー』という本を見つけた。作者はアンドレ・ジイド、名前だけでなくノーベル文学賞をもらった作家であることも知っていた。早速、受験勉強を中止して本を借り、読み始めた。二学期まではいいんだと言い聞かせながら、頁をめくった。

『トルストイの巨大な山塊がいまなお地平を塞いでいる。けれども—山国に行くと、遠ざかるにつれて、一番手前の山の頂の上に、近くの峰にかくされていたもっと高い峰の姿が再三再四現れるのを思いがけず見ることがあるものだが、それと同じように—恐らく先駆者的精神の持ち主のうちの何人かはすでに巨人トルストイの背後に、ドストエフスキーがふたたび姿を現し、大きくなっていくことに眼を止めるであろう。まさに彼である。』

ここまで読むと、龍雄は鳥肌が立ち、思わず顔を天井の方に向けてため息をした。その先の文章に進めなくなり、再び最初の文章に戻り読みかえした。何度も読み返し憶えたい気分だった。

感動から覚め、読み進めると、分からない文言が次々と出てきた。『アンナ・カレニーナ』『戦争と平和』はしっているが『ツアラトウストラ』は聞いたこともなかったし、プーシキンやニーチェという名前も知らなかった。ともかくその日は受験勉強そっちのけで『書簡集におけるドフトエフスキー』の章を読み終えた。というよりも頁をめくったと言った方が当たっているかもしれない。分からない名前と文言の集積された本だったが、龍雄は満足に浸っていた。ドフトエフスキーってほんとにすごいんだ、俺はそれを読んだんだという、自尊が戻ってきた。次の章は『カラマーゾフの兄弟』だった。龍雄はそこで本を閉じ返還して図書館を出た。受験勉強よりももっと沢山の勉強をした気分だった。

翌日も図書館にいくと、ドフトエフスキーを借り、カラマーゾフの兄弟の章を読み始めた。十頁にも満たない文章だが、やっぱり理解できないことが大部分だった。

大審問官のことは出てなかった。知性イワン、情熱家ドミトリー、の意味はわかったが、神秘家アリショ……神秘家という言葉につまずいてしまった。神秘家ってどんな人なんだろう。龍雄は今日も受験勉強は進まなかった。頭の中には神秘家ってどんな人のことを言うんだろうと考え続けていた。

七章　休日

その日はメーデーであったが、朝からどんよりした日であった。山田二郎は兄と一緒に近所の屋根葺きの仕事の予定であったが、兄の友人が手伝うというので突然休みとなってしまった。丁度、昨日月末が給料で懐の具合が良かった。だが、水曜日という平日で遊び仲間もいないし、メーデーであったが、二郎には全く関係がなかった。二十五歳、家に一人ポツンといても楽しくなく、どんよりした外を見て、むさくるしい家よりいいと外に出た。二郎のすんでいる周りは都心からは離れ、最近になってアパートが立ち並び農業の地にサラリーマンがすむようになってきていた。普段は近所の若い連中と原っぱで野球をやったり、仲間が集まってワイワイやる遊びだった。今日は少しばかり違って、突然の休みで仲間は誰もいなかった。

一番近い街は池袋で東京であったが二郎は電車に乗るのもあまり得意でなかった。友達と一緒ならそれは楽しいが、一人では苦手であった。

しかし、その日は空模様とちがって、何となくこころがうきうきし、一人で行動し、街を歩いてみたい気分だった。何時か足は駅の方に向いて歩いていた。駅に着くと切符売り場に

「池袋」と言って百円札を出した。切符を手にすると改札を抜けホームにでた。彼はホームの真中を歩きながら、アナウンスに耳を傾けて心なしか緊張気味であった。

「一番線に池袋方面行きの電車が参ります。」というアナウンスを聞くと一番ホームに身を寄せ電車が入ってくるのをじっと待った。電車は空いていた。しかし二郎は座らなかった。外を眺め、電車が止まるたびアナウンスに耳を傾けていた。池袋駅に着いた。考えてみれば、池袋は終点だった。電車から吐き出された他の乗客と一緒に駅の外に出た。久しぶりに来た賑やかな街は前と変わってなかった。二郎は憶えの有る映画館街に向かった。知らない街は不安で仕方が無いが、勝手知った池袋は二郎にとっては自分の部落の次に落ち着ける町だった。映画館街を一人歩きながら、昔の嫌な思い出が脳裏に戻ってきた。中学生時代といっても二郎は学校に行かず、働いていたが叔父が始めて池袋に連れてきてくれた。映画を見ようということになって、叔父は何が見たいと聞いたので、二郎は西部劇が見たいと答えた。叔父は、丁度面白い西部劇をやっていると言ってジョンフォード監督の『荒野の決闘』を見せてくれた。だが、映画を見て二郎は直ぐに後悔した。映画が日本語でないのは直ぐに分かったが、字幕スパーがでてきて困ってしまった。そう、二郎は読み書きが出来なかったのである。彼は小学三年までしか学校に行っていず、その三年間も全く勉強をする環境になく、中学生になっても字が読めなかった、勿論書くこともできなかった。映画館を出たとき叔父が面白かったかと聞くと

「うん」と答えたがストーリーは全く分からなかった。ただ拳銃の

打ち合いとＢＧＭの愛しのクレメンタインのメロディーだけは頭に残っていた。だから、いま映画館街を歩いていても映画の看板は読めないのである。映画の看板を眺めながら歩いていくと一つの大きな看板に当たった。そこには渥美清の兵隊姿の看板だった。二郎にもそれが誰であるか直ぐに分かったし、好きな俳優だから彼は何ら躊躇すること無くその映画館に入っていった。映画は『拝啓天皇陛下様』であった。映画を観終わると、友達もいないので、池袋の街をぶらぶら歩き散歩した。空はどんよりし今にも雨が降りそうだった。時刻も四時半を過ぎていたし家に帰ることにした。

案の定我が駅に着いた時は、雨は土砂降りだった。二郎は駅の改札をぶらぶらしながら雨がやむのを待った。そうした雨宿りの人々が増えて改札の周りは混雑してきた。傘を持って迎えに来てくれる人もいたが、二郎にはそんな人はいなかった。彼はゴミ箱をあさり、読み捨てられた新聞を探した。うまい具合にスポーツ新聞を見つけ、それを頭にかぶって、自宅まで走った。知り合いと会うこともなく、二郎が家に帰ったのは七時近かった。兄は帰ってなかったが、親父とお袋は夕食を済ませていた。親父にどこへ行ってたと聞かれたが、生返事で答えた。親父もそれ以上は追及しなかった。夕飯を食うとやることは何も無かった。二郎の家にはテレビもまだ無かった。後は布団に包まって寝るだけだった。明日は一郎と仕事かと親父が聞くと二郎は

「ああ」とだけ答えた。

布団の中では今日見た映画を思い出していたが、所々面白場面、場面は出てくるが、しかし物語全体がどんな風であったかはよくわからなかった。正助が最後交通事故で突然死んでしまったのはかわいそうだし、映画の終わり方として驚きだった。そのうち寝入ってしまった。

……

随分遅くなって兄、一郎が帰ってきたことで目が覚めたのを憶えている。二郎は十二時だと思っていたが、実際は夜の十時だった。

八章　誕生日

田中晶子の心は晴れていた。五月一日は十六歳の誕生日だったのでクラブ活動も止めて、真直ぐに帰る予定にしていた。六時限の授業が終わると「オサキー」と友人たちに別れを告げ、まだ新しい自転車に乗って学校を後にした。授業の終了は三時十分だから彼女が学校を離れたのは、三時半ごろであった。空模様は雨が降ったり、止んだりのぐずついた天気であったがそんな天気も、ものともせず晶子は自転車を飛ばした。雨は四時半過ぎたころから本降りとなり町の人通りも少なくなり、雨の音だけが響いていた。次に晶子を見たのは、ガード下の出口のところだった。雨宿りをしているようでもあり、人を待っているようにも見えた。それ以降晶子を見ることは無かった。

晶子の家では、六時になっても、六時半過ぎても帰宅しない晶子を心配し、父勇人が長男喜一に車で学校まで様子を見てくるように命じた。喜一は蝙蝠傘を持ってまだ新しい小型のトラックに乗り込み晶子の通う学校に向かった。学校に着いたのが七時、既に夜間学校の授業が始まっていた。職員室はガラーンとして誰もいず、喜一は用務員室に向かった。

用務員室には四十歳後半の女性が一人で中をかたずけていた。喜一が声を掛けると、振り向きながら「何でしょうか?」と言った。喜一は「家政科の田中晶子の兄ですが、まだ帰宅していないもんで、学校かな……と、思って……」

「昼間の学生さん!　もう、夜間部の授業が始まっていますからいないと思いますけど……」と返事が返ってきた。喜一が不安げに彼女を見ていると、

「教室を覗いてきましょう、ちょっと待ってください。」と言って廊下に出て行った。間もなく戻ってくると、

「もう、どなたも居りません……行き違いだったのかも知れませんね。」と答えが返ってきた。喜一はここには居ないとおもい頭を下げて立ち去った。雨は一段と激しくなり、車のフロントガラスに打ち付けて雨音を立てていた。喜一が帰宅したのは七時半を過ぎていた。竈の前の土間のテーブルには勇人をはじめ次男の伝三、三男の昭二が次女の揚げる天婦羅を心待ちしていた。帰ってきた喜一が自分の席につくと同時に次女の登美子が天婦羅を山盛りにしてテーブルに置き、自分も座った。丁度晶子の座る場所がぽっかりと穴が空いたようであった。家族は一斉に箸を上げ夕食をはじめた。無言の夕食で、食べる音だけが家中を支配していた。いち早く食事を済ませた喜一が、タバコに手をやり、一服フーと煙を吐きながらガラス戸の引き戸に目をやると、合わせ目に封筒のようなものが挟んであるのが見えた。喜一は昭二の顔を見るや、あごをしゃくって

「しょー」と言いながらガラス戸の方に目をやった。昭二は喜一の目を追いながら箸を置いて食事を中断し、ガラス戸の方に進みはさ

んであった封筒を外し、喜一に渡し自分の席に戻って食事を再開した。喜一は渡された封筒を受け取ると、白い二重封筒に田中勇人と宛名が書かれ、開封されてあった。喜一は封筒に指を突っ込み中の紙を取ると便箋代わりに大学ノートを一枚破った紙が二つ折になって出てきた。二つ折の間をすり抜けるように何かがすべり落ちた。喜一は自分の膝元に落ちたカードを拾い上げるとそれは晶子の身分証明書だった。伝三が

「何？」と聞いたが喜一はその問いを無視して大学ノートの紙切れを読み始めた。妙な顔をした。内容がすぐには理解できなかった様子だった。不安な顔をしながら、紙切れから顔を上げ

「親父！　大変だ。」と言って立ち上り、父親に目で合図をし、土間を離れ玄関口に向かった。勇人も喜一に続いた。喜一はまだ紙切れに目をやって理解しようとしていた。勇人が不安げに喜一と並ぶと紙切れを覗き込むように顔を近づけた。

「親父！　晶子が大変なことになった。」と言って、喜一は紙切れを勇人に渡した。受けた勇人も紙切れの内容がすぐには理解できなく、じっと目を紙面に集中し立ち止まってしまった。

「兎も角、駐在所に行こう。」と喜一が言うと、父は喜一を見て首を振り「うん」といい喜一の後を追って玄関を出た。喜一はさっき戻ってきたばかりの雨に濡れたトラックに向かい車に乗り込むと反対側のドアを開け父を乗せ出発した。二人が家を出たのは七時五十分頃だった。

何事が起きたのかと、弟たち二人は父と兄が出かけた後外に出た。車が出て行った後の物置小屋の前には晶子の籠つきの女性用自転車が止まっていた。伝三は

「姉ちゃんの自転車だ。」と言った。外に出た二人の弟の跡を追って次女の登美子が

「何してるの、家に入りなさい！」と大きな声を張り上げた。二人は登美子の方を振り返って

「姉ちゃんの自転車がここにある。」大きな声で指差しながら登美子に訴えた。登美子は何かと思い二人に近づいた。確かに妹晶子の自転車であった。

＊

駐在所には、のんびりと巡査が椅子に座り、激しい雨の降る外を眺めていた。この辺りは平和で、事件など起こるような雰囲気は全く感じられなかった。突然、駐在所の前に小型トラックが止まり、慌しく二人の男が降りてきて飛び込んできた。父親の方は紙切れを大事に手に持って、

「事件です！」と喜一が大声で言って駐在所に入ってきた。座っていた巡査は立ち上がり何があったのかとおもった。喜一はまた

「事件です」といいながら駐在所の巡査に例の紙切れを渡した。巡査は紙切れに目をやったが、すぐには理解できなかった。横で喜一が

「誘拐だ！」と大きな声で言った。巡査は状況がなんとなく分かったみたいで、

「兎も角、署に行きましょう。」と云うと同時に喜一が

「内の自動車で……」と云うなり駐在所を飛び出した。勇人と巡査も続いた。T署に向かう途中三人は無言であった。勇人は何度も何度も理解できない脅迫状を読み返していた。巡査は先ほどののんびりした顔と違って緊張しきった顔になっていた。署につくと紙切れを持った巡査が署長の所に行っている間、父子二人は待たされていた。巡査が出てくると、二人を呼び会議室に連れて行った。そこにはその夜当直の三根巡査部長が脅迫状の紙切れを前に座っていた。二人が入ってくると立ち上がり

「どーぞ」と言って椅子を勧めた。二人が椅子に座ると新たに二人の刑事が入ってきた。全員で六名だった。巡査部長がおもむろに口を開き、

「これは脅迫状です……詳しい状況を聞きたいですね。」と言った。父親が喜一に目を配らし、説明しろと合図した。喜一は、晶子が帰っていないこと、学校に行ったが帰った後だったこと、ガラス戸にこの脅迫状が挟まっていたことを、順序良く話した。

脅迫状はこう書かれてあった。

このかみにツツんでこい

子供の命がほ知かたら五月２日の夜１２時に、
金二十万円女の人がもツてさのヤの門のところにいろ。
友だちが車出いくからその人にわたせ。
時が一分出もをくれたら子供の命がないとおもい。
刑札には名知たら小供は死。
もし車出いツた友だちが晴かんどおりぶじにか江て気名かツたら
子供わ西武園の池の中に死出いるからそこ江いツてみろ。
もし車出いツた友だちが晴んどおりぶじにかえツて気たら
子供わ1時かんごに車出ぶじにとどける。
くりか江す　刑札にはなすな。
気んじょの人にもはなすな

子供死出死まう。

もし金をとりにいツて、ちがう人いたら
そのままかえてきて、こどもわころしてヤる。

三根巡査部長は全員が席に着くと、

「これが脅迫状で、その中にいっしょには入っていたのがこの身分証明書、晶子さんのですね。」田中親子は首を振ってうなずいた。

「ところで、脅迫状の意味がわかりますか?」と三根部長が尋ねると、喜一が

「五月二日十二時に二十万円持って来いといってるのは分かります。」

「では、脅迫状をみんなで検討してみよう。」と言って部長は古ぼけた黒板の前に立った。チョークを持つと黒板に向かって脅迫状を写し始めた。黄色い白墨を取ると、

「このかみにツツんでこいに」線をひいた。

「この意味は判るよね。要するに金を包んで持って来いということだ。」そして今度は、ほ知かたらに線をひいた。

「これは、欲しかったらのことだ。」次に
「もツてさのヤの門のところにいろ」に線を引いた。
「これはこういうことだ、二十万円女の人が持って、佐野屋の門の
……と言うことだ……近所に佐野屋という所がありませんか？」父
親が
「ええ、戦前からやっている、何でも屋……万屋です。」
「成るほど、……次に車出は車でのことです。」
「刑札には名知たら小供は死。は、警察に話したら子供は死ぬ。の
ことである。要するに犯人は次の様に言ってるわけだ……きちんと
書くと次のようになる。」と言って、三根巡査部長は、横に彼が理解
した文章を書き始めた。それは

この紙に包んで来い
子供の命が欲しかったら、五月二日の夜十二時に、
金二十万円を女の人が持って佐野屋の門のところにいろ。
友達が車で行くからその人にわたせ。
時が一分でも遅れたら子供の命がないとおもい。
警察に話したら子供は死。
もし車で行った友達が時間どおり帰ってこなかったら子供は西武
園の池の中に死んでいるからそこにいってみろ
もし車で行った友達が時間どおり無事に帰って来たら
子供は一時間後に車で無事に届ける。
繰り返す、警察に話すな。
近所の人にも話すな
子供死でしまう。
もし金を取りに行って、ちがう人いたら
そのまま帰ってきて、子供は殺してやる。

「こういう文面になるとわかるだろう。」と三根部長は誇らしげに
言った。
「これは完全に誘拐による脅迫状だ。」と続けた。父と兄は無言であ
ったが緊張は増し、身体を震えさせた。刑事達も引き締まった面持
ちで黒板を見ながら、次に三根部長が何を言うのかと耳を傾けた。
「この文面からすると、犯人はかなり知能が低いと考えられる。そ
こで問題なのが、五月二日の夜十二時のことだ、実際は明日の十二
時だが、犯人は今日五月一日の夜十二時と考えているかも知れない
ことだ……そう考えると、今日十二時に張り込まなければならな
い。」父と兄は顔を見合わせた。おもむろに父が
「刑事さん、この時間では二十万円は用意できません。」
「判ってます。見せ金を作るのです。新聞紙を切って、それより問
題なのはお金を持っていく女性のことです。親族の女性である必要
がありますね。どなたかいらっしゃいますか？」父は即座に
「姉の登美子がいます。」と答えた。
「そうですか、それではすぐに準備に掛かりましょう、場所を田中
さんのご自宅に移します。」と云うと、会議は終わり、刑事達は慌し
く動きはじめた。三根部長は田中親子を呼んで

「あなた方は、すぐに戻って見せ金を作ってください。そして、娘さんを説得してください。」

親子は頭を下げて帰宅についた。二人が署を出たとき雨は上がっていた。

九章　取引

夜十二時、姉登美子は佐野屋の前に、小さな風呂敷包みを抱きかかえて立った。登美子の身体は県道の方を向き、どこに警官がいるのかと、視線が定まらなかった。県道を車が通るたびに緊張し、身震いがした。夜中の一時まで待ったが犯人は現れなかった。犯人がどんな風に現れるのか、犯人と何を話したらいいのか、このお金をどう渡したらいいのか、もしお金が紙と分かったら犯人は何をしてくるか……想像はどんどんふくらんでいった。

登美子の震えは止まらなく、今まで感じたことのない恐怖につつまれていた。

家に帰っても、登美子の緊張は解けず、身体が小刻みに震えているのがわかった。床に着いても恐怖のあまり寝付かれなかった。

こんな緊張と恐怖は今まで味わったことが無かった。心の中では、犯人が来なかったことが唯一ホットした救いであった。

＊

翌二日、この日が脅迫状に書かれた受け渡しの日である。三根巡査部長に代わって、別な刑事が現れた。刑事は今日の計画を簡単に話し、身代金は昨日作った見せ金を使うこととした。そして、登美子にもう一度受け渡しの場所に立ってもらうことを当然のことのようにお願いした。しかし、登美子は断った。

「婦人警官がいけばいいでしょうに……」と言ってかたくなに拒否した。埒があかず刑事は一旦、署に戻った。

舞台は佐野屋前だが、準備は極秘に進められたただ一つ登美子の件だけが残った。

午後になって中学校のＰＴＡ会長横倉が田中家を訪れた。彼は警察署長と長い付き合いの友人で署長から、登美子が今日も張り込み現場に行くよう説得するように頼まれていた。横倉と父、兄、登美子の四人が土間のテーブルにそろった。登美子の拒否はかたくなであった。父と兄は無言であった。

「婦人警官がいけばいいでしょうに。」と同じことを繰り返すだけだった。

横倉は

「婦人警官じゃだめなんです。関係ない人が立ったのでは犯人は、警察に知らせたことが判ってしまうのです。」

「なぜ、婦人警官だと分かるの……私だって婦人警官に見られるかも。」

「登美子さん、そうじゃないんです。親族の者が立たないと危ないんです。もしばれたら、晶子さんの命に関わることになります。」

「もう、ひょっとすると殺されてるかも知れない……。」と云うと登美子は泣き崩れてしまった。登美子の心はとんでもないことを言ってしまったと動揺した。三人は下を向いたまま無言だった。登美子は今、自分が発した言葉に驚いていた。なんてことを口にしてしまったんだろう……だが、昨日の恐怖感はぬぐいきれないでいた。昨日のあの恐怖はもう耐えがたいと……一人おもっていた。自分の発した言葉に今は横倉の『親族じゃ無ければならないのです。』の言葉が頭の中をぐるぐる回っていた。それが止まると、昨日のえも言われぬ恐怖感をやはり耐えなければという思いがしてきた。その繰返しに葛藤していた。他の三人は無言で、登美子の次の一言を待っていた。登美子にはものすごく長い時間だった。そして、素直にやさしい言葉で
「ええ、いきます。」と答えた。三人の顔に安堵の色がパッと広がった。横倉が
「登美子さん、私も貴女の近くに身を隠して一緒に行きます。」といった。
登美子は無言で頭を下げ席をはずした。
横倉は戦時中憲兵だったから、このような状況には慣れていた。

＊

夜十二時、登美子は再び佐野屋の前に風呂敷包みを抱えて立った。勿論、三メートルほど離れた生垣には横倉が身を潜めていた。
登美子は県道に面して立っていた。県道沿いには四十人もの警官が配置されていることが登美子にも知らされていた。
登美子は昨日ほどには緊張せず恐怖心も和らいでいた。だが、犯人が時刻通りに来ないのに苛つきがあった。心の片隅には今日も来なければいいんだがとの思いもあった。そこに、低い声で
「オーイ、オーイ」と呼ぶ声が県道ではなく茶畑の方から聞こえた。登美子はそちらに身体を向けると、また
「オーイ、おい、来てるのか」と今度は甲高い声で登美子を受け渡し人と確認するかのように声を掛けた。
「来てますよ！」と登美子は強い口調で答えた。なぜか犯人の声を聞いたら自分が婦人警官にでもなったような気がして、緊張しながらも恐怖心が一片に取れた。
「警察にはなしたんべ。」登美子が犯人をにらみつけるように押し黙っていると
「そこに人が二人いるじゃねか。」といった。登美子は
「私一人で来てます。ここまでいらっしゃいよ！」と落着いて答えた。犯人は
「本当に金持ってんのか？」
「持ってきました。」と登美子は風呂敷包みを顔近くまで上げた。そして犯人の方に数メートル歩いて近づいていった。
「あなたもこっちきなさいよ！」と強気になっていた。犯人の声を聞いてから、恐怖心が引き、犯人に対する憎しみよりもこの男を捕まえなければといった警官の立場になっていた。犯人は押し黙っていた。しかし、登美子の周囲を注意深く観察していた。登美子が元の位置に戻ると
「取れないなら、おら、帰るぞ」と云うと登美子が
「ここまで取りに来なさいよ」言った。それを聞いた犯人は
「おら、帰る！」と言って踵を返し茶畑の中を翻った。そのときピリピリ……と笛が鳴った。一気に警官達が飛び出したが、犯人の姿は茶畑の闇の中に消えていった。この一瞬の動きに登美子は犯人と

の対話のときとは違い、硬直し立ちすくんでいた。横倉が飛んできたときにはへなへなと倒れそうだったがしかし、耐えることができた。押し黙ったまま横倉とゆっくり歩き始めた。

＊

登美子は朝目がさめると同時に、昨夜の『オーイ、オーイ』と呼ぶ犯人の声が飛び込んできた。あの声は、遠い昔から、何度も聞いた声に思えた。だから、あの声を聞いたら、恐怖心が消え落ち着いてきたのを感じた。だから、『私一人でいます。ここまでいらっしゃいよ！』とすんなり言葉が出たのを思い出した。しかし、『オーイ、オーイ』の声を思い出そうとしたが、思いだせないでいた。声は何時までも登美子の耳に残っていた。その日から、暗い茶畑の声が何なのかを考えるのが、登美子の生活の一部となっていった。

昼過ぎに、横倉が登美子をねぎらいに訪れた。

「昨日は良く頑張ったね。犯人は必ず捕まるよ！」

「ええ、……」

「昨日は取り逃がしてしまったが、警察も必死だから……犯人は捕まる。」

登美子は『オーイ、オーイ』の声について、横倉に話そうとしたが、一瞬ためらった。何故だか分からないが、自分の胸の内に隠した。そこに父親が出てきたので、登美子はあとは父に任せ、奥に引っ込んだ。

十章　情況

五月三日は憲法記念日、良く晴れた日だった。明日はまた学校そして明後日は五月五日の子供の日、しかしその日が日曜なのは残念だと龍雄は思った。

五月四日、いつものように朝刊を取りに行ったが、一面を見て眼が釘付けになった。

『女高生、誘かいさる』、

『犯人また取逃がす』、

『身代金の指定場所　警官、目と鼻の先で』。

龍雄は熱心に記事に目をやり黙々と記事を読んだ。龍雄にとって衝撃だったのは、被害者が同じ高校生であったことである。誘拐とは幼い子供か大きくても小学生までぐらいと考えていたからである。高校生でも誘拐されるということはショックだった。新聞には、誘拐された女子高校生の写真も掲載され、現場地域の地図が描かれてあった。龍雄は被害者が同世代ということもあって、義孝ちゃん事件とは関心度が全く違った。記事には脅迫状も原文の形で載っていた。更に五月二日から三日の深夜の身代金受け渡しの指定場所での、被害者晶子の姉登美子と犯人のやり取りも乗っていた。実際に誘拐が起きたのは五月一日であることも分かった。社会面には身代金引渡し場所の写真も載っていた。

『荷台（被害者の自転車）のヒモを発見』と出ていた。この見出しを見て、龍雄は被害者は死んだと考えた。少なくとも、警察はもう死んでいると考えていると思った。三日前におきて、犯人との接触に失敗、極秘捜査を解除し発表したということは、幾ら警察が人命救助が最優先と唱えても、発表してしまったことは死んでいると考えるか、又は生きていても、深夜の犯人逃走で被害者が殺されても仕方がないと考えるのが正しいと思った。龍雄の哲学者としての立場から、何故このような事件が起こるのか？　貧しいからか？　生活が苦しいからおこるのか？　政治とか社会の仕組みが起こすのか？　それとも、犯人という全く個人の動機が起こすのか？……考えてみた。一面の誘拐事件の下に小さく『きょう自治相に辞意表明、警察庁長官』と出ていた記事に龍雄は気がついていなかった。

それはこれらの事件が、政治とは無関係でないことを意味していた。

＊

学校に行ってもこの事件のことが気になっていた。この日の授業は事件が気になってあまり頭に入いらなかった。十六歳にもなる高校生をどんな風に連れ去ったのかその方法が知りたかったし、高校生は全く抵抗しなかったのかと疑問におもったし、自分ならどんな抵抗をするだろうかと考えてもみた。だまされて連れて行かれることもあろう、だが被害者は自転車であった。止められて、暴行されたならば、自転車と高校生をどのように運んだのか。一人で両方を運ぶのはできないだろうとも考えた。ナイフかなにかで脅して連れ去ったとしても、自転車だけは犯人によって自宅に戻されていた。考えれば考えるほど分からなかった。さらに、自転車が返されたときはもう被害者は殺されていただろうということ思った。本人と一緒でない自転車は犯人が持ってきたとしか考えられない。とすれば被害者は殺された。被害者が生きていれば自転車はまだ被害者と一緒なはずだと龍雄は考えた。警察は知能が低い者の仕業だといっているが、自転車を返したり、被害者の自転車を運んだり、当然鞄も持っていたはずだ、それを一人で運ぶとは知能の低い者ではできないし、この事件は一人では不可能だと龍雄は判断した。

授業が終わり真直ぐ家に帰ると自室で寝転がっていたが何時か寝入ってしまった。夕方、学友が尋ねてきそれで起こされた。進路と彼女の悩みの相談だった。龍雄は三十分ほど、家の前で立ち話の格好で話していたがその横を新聞配達の兄ちゃんが通り抜けて行って

「ゆーかーん」と新聞を投げ込んでいった。龍雄は、友人の話より夕刊のほうがとても気になった。そんなことはお構いなしに、友人は更に三十分ほど悩みを打ち明けて帰っていった。龍雄はすぐに新聞ポストに向かった。

＊

夕刊を取ると、一面トップに
『晶子さん死体で発見』
『自宅付近、埋められ』
『〝誘拐された〟女高生』
『絞殺後に身代金要求県警発表』と大きな見出しが目に飛び込んできた。やっぱりと思いながら新聞をむさぼり読んだ。

発見された場所は自宅からほど近いT駅から五、六分の麦畑の農道に埋められていた。犯人は暴行した後、被害者宅から金を騙し取ろうとした。犯行は暴行殺人に営利誘拐の含みを持った恐喝未遂事件に切り替えた。手と足は荒ナワで縛られ、その上から紺色のカーテンかシート地のような布で包まれていて死体はうつぶせに埋められていた。

現場から約二十メートル離れた麦畑の中に白地に「寿」の赤文字を入れた風呂敷が発見された、これは鉢巻をするようにガッチリ縛った跡があったことから『これで絞め殺したもの』と捜査本部はみていた。その風呂敷は晶子さんのものであった。

死後三日を経っているものと思われ捜査本部では、殺害の犯行時刻は一日午後三時から四時までとしてそのあと死体は発見場所に埋めたと考えていた。しかしカバンはまだ発見されていなかった。

犯人は身代金の取引現場で、家族と交わした言葉に土地の訛りがあることから、同市内に住むものの犯行とみて追及している。
『犯人の足跡みつかる』
『十文半ほどの地下タビ』
午前十時すぎ、犯人のものとみられる十文半ぐらいの地下タビの足跡が同市内の山道のわきで見つかった。

夕刊には、脅迫状の実物が写真で掲載されていた。翌五日の新聞には

『絞殺は出会った直後』

『解剖結果から当局発表』

『「顔見知り説」強まる』と大きく見出しが出ていた。

　死体解剖の結果、足にわずかな傷跡が認められるほかは特別な外傷も無く、抵抗のあとも全く無かった。このため、晶子さんと顔見知りの者による犯行という見方を更に強めたもの。


　龍雄は考えた。事件の目的は何か？　何故、このような事件が起こるのか？　犯人の心は……どんなおもい？

『ソクラテスは事件を起こさなかった。彼の行動が社会に悪影響を与えるとして、毒を食らわされた。彼は、国家に抹殺された。』

『グレゴールは事件を起こさなかった。事件に遭遇した？　突然の病（変身する）にあってしまった。事件であって事件でないが、彼は家族を守るために、死にいたった。何から家族を守るのか？　社会からか？……』

『義孝ちゃんは事件に遭遇した。犯人に狙われた。それは、偶然であった？　しかし、義孝ちゃんの生死は不明で、鈴木家は社会から浮き上がった状態になっている。』

『晶子さんは死んだ。事件にあった。それは、偶然ではなく、明確な目的を待った事件である。その証拠が、脅迫状と自転車の犯人による返還によって明らかである。』

　こうしたことを考えてまとめてみた……しかしこれはどういうことだろうとおもった。


　三月三十一日の義孝ちゃん事件以来、新聞には毎日のように誘拐の事件が載った。まるで一種の流行の様であった。それがさらに増幅されるのではとも考えた。

十一章　訪問

晶子さん事件から、十日以上がすぎたころ横倉が田中家を訪ねてきた。広い縁側に腰を下ろした。主人が出てきて、横倉の正面に座ると

「お世話になります。」と深々と頭を下げた。横倉も頭を下げながら、

「登美子さんはどう？」と主人の顔を見た。

「ええ、元気です。……、登美子！」と父親は大きな声で呼んだ。

登美子が縁側の方に顔を出すと、父は

「横倉さんが見えている。」彼女の方を向いた。登美子はさらに縁側の方に出てきて横倉を見た。横倉が、会釈をすると登美子は

「いらっしゃいませ。」と丁寧に挨拶をした。横倉は、微笑みながら

「元気そうだね！」と登美子の顔をみた。登美子は挨拶を済ますと、奥に引っ込んだ。父と二人きりになると、横倉はおもむろに口を開いた。

「田中さん、新聞にも出ていたので、ご存知と思いますが、以前お宅で世話になっていた奥村信之、先日井戸に飛び込んで自殺しました。」

「え！　自殺のことは知りませんでした……運送屋に行ってから落ち着いたので、結婚するという話は聞いていましたが……何で？」

「ノイローゼということです。結婚のことで大分悩んでいたそうです。とっさに飛び込んだそうです。」

そこに登美子がお茶を運んできた。登美子は奥村の名前と、自殺という言葉を聞いてしまった。

「どうぞ。」と言って、横倉と父にお茶を差し出した。そして、茶菓子としておせんべいを置くと、横倉の顔を見ながら

「奥村さんが自殺？」と聞き返した。横倉は

「うん、本当だ。新聞にも出ていた……警察も晶子さん事件と関係あるかと調べたが、奥村にはアリバイがあったとして関係ないと判断したそうだ。」登美子は目を見開き、唇をかむように

「お嫁さんになる人が可哀想。」と言って奥に引込んだ。

登美子は台所の前に立つと、奥村のことを思い出そうと……奥村は車の運転が出来、運転手兼作業員として田中家に住み込みで働いていた。晶子は運転手、奥村になつき、何時も車に乗せてとせがんでいた。時には希望が適えられ、二人でドライブに行っていたのを思い出した。登美子は奥村と直接話したことは殆どなかったが、晶子が大きな声で、奥村と話していたのはよく憶えていた。それを思い出すと登美子は一瞬ドッキとし、顔から血の気が引いていくのが分かった。お盆を持ったまま、台所から父と横倉の居る縁側に戻ろうと引き返した。そのとき横倉は立ち上がり父に向って

「国家公安委員長が『犯人に死なれてはたまらない、必ず生きたまま捕らえる』と発表したそうだ……必ず捕まりますよ！」と別れの言葉を言っているところだった。登美子はそれを聞いて躊躇し、横

倉をただ見送る形になった。横倉は登美子の姿に気がつくと手を振って

「登美子さんも頑張ってください。」と言って、家を離れていった。登美子は横倉の後姿をじっと見ながら自分が重い心の中に沈んでいくのが分かった。そして、自分に言い聞かせた。奥村は死んだのだ。

登美子は一人になると、新聞を持ち出し、奥村の記事を探した。今までは自分が不安になったり、思い込みで人を疑ったり、恨んだりしそうなので、新聞の記事は一切見ないことにしていたのである。しかし奥村の自殺の話を聞いて新聞で確認したいと思ったのである。奥村の記事は直ぐに分かった。

『容疑線上に三人の男―晶子さん殺し―』の三面トップの記事のあとに、小さく

『作男が結婚前に自殺』と出ていた。横倉が話していた通り、古井戸に飛び込んでの自殺だった。ただ飛び込んだのではなく、農薬も飲んでいて、遺書もあった。記事を読んだあと、登美子はぼんやりと辺りを見回した。自分がわからなくなっていた。三人の男の記事も目を通した。よくわからなかった。思い当たる人物も浮かばなかった。翌日の記事も、三人の男と奥村についての記事が掲載されていた。三人の男については、登美子は殆ど興味が無かった。奥村については、晶子さんと顔見知りであったことが載っていた。さらに、血液型を調べたら、晶子の体内から検出された犯人のものと思われる血液型と同型であった。しかし警察は、奥村については最初から捜査線上には上がっておらず、調べたことも参考人として事情を聞いたことも無いとの見解であった。これが、アリバイがあることなのだろうと登美子は理解した。奥村の記事を読んでから登美子は心が空洞のよう担ってしまった気がし、何も考えられなくなったし、考えたくもなかった。

横倉が話さなかった、もう一つの自殺の事件があった。これは、新聞にも出ていない。武田という男の自殺だった。

武田は晶子さん事件について、現場付近で怪しげな三人組の男を見たと情報を提供した。警察はこの情報に非常に興味を持ち、任意取調べを行ったが、聞き取りは一日ですまなかった。武田はいつか自分が犯人として尋問を受けてるように感じて、憤慨し怒っていた。

しかし、奥村の自殺を知るとノイローゼになってしまい自宅に引きこもってしまった。遂には、包丁で心臓を刺し自殺してしまった。武田は奥村と同い年だった。二人が知り合いであったかどうかは誰も知らない。警察はこの自殺も事件とは関係ないと判断した。

国家警察には、犯人は生きて捕らえなければならない宿命のようなものが漂っていた。

十二章　環境

晶子さん事件が起きた地域は、元々は農村地帯であり、ローム層の地層は豊かな農家を育てた。そんな中でも田中家はこの地域の豪農であった。この地域から少し離れたところに四丁目といわれる地域が有った。警察ははじめこの地域の若者を捜査の対象として調べていた。約七十戸の所帯数で、被差別部落であった。ここの若者は、ワルと言われていて、かっぱらいや、窃盗、恐喝等をなんとも思わない連中だった。そんな四丁目で、ワルの溜まり場として豚屋とよばれた養豚所があった。豚の臭さはもとより、得体の知れない若者が何時もわいわいやっているので四丁目以外の住民からは嫌われていた。警察は事件発生と同時に、この地域に捜査の糸口を向けた。豚屋の主は若い連中を集めては窃盗などを唆しそれで得た品物を横流ししては儲け、若者に儲けの一部を分けまいとして配ばり、いっぱしのやくざの親分気取りだった。しかし、厳しい規則なんか全く無く、そのため捜査を進めても組織として掴まえ所がなくおもうように進んでいなかった。

その豚屋の捜査方法に大転換が起きた。そのきっかけは、晶子さんが遺体として発見されてから一週間して、一本のスコップが発見されたことに始まる。遺体発見場所から百二十メートル程のまだ丈の低い麦の根元で農作業中の農婦によって見つけられた。偶然にも、高橋養豚所からスコップの紛失届が警察に出されていたのがそのスコップであった。警察の目は自ずと四丁目地区の豚屋に注がれていったというより、中に犯人がいると確信した。

警察は豚屋に対する思考の論理を変更した。それまで、豚屋は悪の溜まり場というところから捜査の視野を広めていったが、豚屋のスコップの発見はその方法を根底から変えてしまった。

スコップは穴を掘る道具である。穴を掘る作業は、一般的ではなく、特定された作業である。（具体的な用途が無ければ作業として発生しない。）

スコップは何処の家にもあるものではないし、常に持ち歩くものでもない。晶子さんは、埋葬されていた。

埋葬するということは、穴を掘るという作業が不可欠であると同時に、スコップが必要である。

晶子さん事件で、事前にスコップを用意することはありえないが、現場の近くにスコップがあった。それが、埋葬に使用されたのは、自明である。そのスコップを使用したものが、晶子さん事件の犯人であると考えた。

スコップは豚屋のものであった。ということは、犯人は豚屋のワルの誰かである。警察は豚屋を徹底的に洗い出し、犯人を燻り出す方針にした。

晶子さんと豚屋のワルとの接点、脅迫状と晶子さんの自転車とワルとは全くつながらなかった。しかし、犯人を挙げるのが最優先であったし、犯人は豚屋の悪の中にしかいない。どんなことでもあげなければ……犯人の居場所はわかってる。

取調べを受けたもの百名以上、筆跡鑑定をされたもの二十数名、タバコの吸殻から血液型を鑑定されたもの十数名。義孝ちゃん事件と並んで、世の注目を受けており、絶対に犯人を挙げなければならない状況に県警察は追い詰められていた。義孝ちゃん事件が迷宮入りの様相をなしてき、警察庁長官も辞表を出したとなると面目躍如であった。警察には死人の犯人は必要なかった。どんなことをしても生きた犯人を捕らえなければならない状況に陥っていた。

警察の目が四丁目に向けられたという話はすぐに四丁目住人全体に広がった。何時ものことだという者もあれば、又かようんざりする者もいた。事が起これば先ず四丁目というのが警察の常套手段あった。それは、被差別部落の宿命でもあった。

山田二郎も豚屋に出入りしていた。兄の一郎にうるさく言われていたが、夜になると仲間を求めて豚屋に顔を出していた。山田はこの車で仲間と何回となく窃盗を行って捕まったこともあった。

二郎は兄一郎の仕事を手伝うようになってから、豚屋には一ヵ月以上出入りしてなかった。それも兄一郎は人のいい二郎はああいう悪い連中と付き合わせると、簡単にだまされると考えていて、ワルとの付き合いを止めさせようとしてのことであった。その日も、兄と兄の仲間と一緒で、とび職の手元として働いていた。そこへ、珍しく父の忠衛が尋ねてきた。忠衛は一郎と二郎を手招きして呼び寄せた。

「知ってると思うが、この前の事件で警察が四丁目をかぎまわってる。二郎、一日は何してた？」

「ああ、俺一人で遊びに行ってた。」

「そうか……面倒だから、警察に何か聞かれたら、兄貴のとこで仕事してたと答えとけ。」

「ああ。」と二郎は言い、一郎は黙っていた。それだけ言うと忠衛は帰っていった。

十三章　飲み屋

有田正巳は放送局に勤めていた。義孝ちゃん事件の犯人の声を聞いてこの録音から年齢が分かるかどうか、わかるとすればどんな風にすればよいか気になっていた。声は年にもよるが、元々は持って生まれたものに依存するのではないかと考えていた。そのため同じ地方出身の人の声を録音してみたいと思っていた。

ある日、有田は行きつけの飲み屋の主人が東北出身であるのを思い出し親父に聞いてみようと出かけた。

「親父さんは東北の出身でしょ……あの声を聞いてどう思います。」

「旦那さん、わしらもっと北で、ずーずー弁です。あれは福島か茨城か栃木の方の訛りです！　わしらとは違います。」それを横で聞いていた、三十歳前後のサラリーマン風の男が、有田の顔を覗き込むように

「この前、あの話し方とそっくりな男に会いましたよ！」と言って店の主人の方に顔を向けた。

「そっくり！」と有田が男の方に向くと、

「ええ、まさか犯人ではないでしょうがね。」

「どうして？」

「たまに行く飲み屋でね、そこに行くと必ずいるんですよ。噂だと、そこの女将と出来ていて、一緒に住んでるようなんですよ。犯人なら、女将に分かるだろうし……あんなにのんびり飲んではないでしょ。」

「ふーん、その飲み屋は何処ですか？」

「日暮里の荒川区よりで、駅からだいぶ離れた小さな飲み屋ですよ。」

「詳しく教えてくれませんか？」

「ええ、構わないですが、あなたは？」

「ああ、ここの親父さんに聞けば分かりますが、あやしい者じゃないです。有田と云います。放送関係の仕事をしてますので、この前の録音の放送が気になりまして、あの訛りを私も記録してみたいと思ってんです……」

「店の名前は『とも』といいまして、女将一人でやってる店です。その男は、正確な名前は知りませんが、やっさんと女将はいってました……まあ、話し方が似ててびっくりしましたけど……」

「そうですか、その店はどう行けばいいんですか？」男は割り箸の袋をひろげて駅からの地図を書いてくれた。有田はお礼を行って店を後にした。店を出るやすぐにでも日暮里に向かおうとしたが、急いてはことを仕損じると思いその日は、黙って自宅に帰り改めて、きちんと用意して出かける事にした。

＊

有田が『とも』を訪れた時、客は誰も居なかった。店は五人ほどが入るカウンタと四人がけテーブルが二つあった。有田はカウンタに座ると、熱燗といって、店を見渡した。つまみのメニューがカウ

ンタの上に無造作に置いてあった。有田はそれを取ると、塩辛とさつま揚げを注文した。割り箸とお猪口が置かれると、初めて女将は「いらっしゃい」と言った。そしてまたカウンタの奥に引っ込むと、次に塩辛に大根卸しをそえて熱燗と一緒に運んできた。女将は目で有田にお猪口を取ってと言って酒を注いだ。注ぎ終わるとまたカウンタの奥に入って、さつま揚げを火であぶり始めた。有田はカウンタ越しに女将に尋ねた。

「やっさんは今日はこないの?」女将は後ろを向いたまま

「まだですけど、お客さんは?」と問い返してきた。

「いや、初めてなんだけど、ちょっと紹介されたので……」

「旦那さん、時計でも壊れたんですか?」と女将が言うと

「いや、そうじゃないんだけど、ちょっと聞きたいことが有って……」と言って、自分で手酌して一気に飲んだ。

「今日は遅いかも知れませんよ。」といいながら顔をこちらに向けて薩摩上げを運んできた。有田は

「女将さんも一杯如何」と徳利を手にもつと、女将は

「ちょっと待って」と言ってお猪口を持ってきた。有田は女将に注ぐと、自分のお猪口にも継ぎ足して、

「乾杯」と言って二人とも一気に飲み干した。女将の顔をみて、

「もう一本」といった。後の引き戸がガラガラとなった。女将は顔を上げると

「ああ、やっさん、お客さん!」と云うと同時に有田が振り返った。有田の顔をみると、やっさん、は戸を閉めて駆け出した。有田は、その後ろを追っかけた。

「まってくださーい、変なもんじゃないです。」しかし、やっさん、はスピードを緩めなかった。有田が追いつくと諦めて止まった。肩で息をしていた。有田も大きな息をしながら

「怪しいものでは有りません。」といって内ポケットから名刺入れを出して、「有田と云います。放送関係の仕事をしています。」名刺を差し出し、それを見ながらやっさん、は首をぴょこんと下げて挨拶した。そして

「安岡です……」といった。

「ちっとお話を聞きたくて」と有田が言うと安岡は

「はあ?」とだけ答えた。

「兎も角お店まで戻りましょう。」と有田が言うと、安岡は並んで歩き始めた。安岡はびっこを引いていた。

「今の走りで、足をひねったかしましたか?」有田が聞くと、安岡は

「いや、元々足が悪いんで……」と答えた。二人が店に戻ると、女将は

「どうしたのやっさん?」と心配そうに安岡に尋ねた。

「いや、この前も知らねえ人に話がしてえと追っかけられたんで……おら知らない人が苦手だっぺ。」そして、さっき有田から貰った名刺を、しみじみと見直しながら有田の顔を見ながら……

「どんな話で……」

「放送関係の仕事をしていて、この前の義孝ちゃん事件の放送聞い

たと思うんですが、私も技術者として、あの声、特に方言について調べているんですよ。たまたま、有楽町の焼き鳥やで飲んでましたら、お客の一人が、あの方言とそっくりな人が居ると言って、この店と安岡さんのことを教えてくれたのです。その方からはやっさんという人だと聞きまして、突然ですが今日、尋ねてきたというわけです。」

「ハー」と言って有田の顔をみていると、カウンタの向こうから女将がビールとコップを持ってきて、

「はい！」と言ってビールを注いだ。コップに受けると安岡は、一気にグーと飲み干した。そして、有田に向かって

「いいよ！」と答えた。その返事を待つと同時に、有田は

「もうひとついお願いがあるのですが、安岡さんと私の話を録音させて欲しいのですが。」それに対しても安岡は

「ああ、いいよ。」と答えた。そして、女将にコップを差し出した。

有田は録音の用意をすると早速話し始めた。

「安岡さんの出身は？　どちらで？」

「知ってかな……矢祭町といって福島だ。茨城と接してるんだ。」

「というと、鉄道は？」

「水郡線で、水戸と郡山をつないでるんだ。おれげの方は郡山まで行かなくて、奥久慈、久慈川の上流だ。辺鄙な町さ。」

「知らないです。」

「東京の人はしらねっぺ」

「いつ頃から東京に……？」

「二十歳のとき、丁度十年だわ。」

「足はどうして……」

「ガキのころ、足からばい菌さ入って手術したんだ。四年生のときだ。二年休んだかな……」

「学校を？」

「うん」

「……」

「それで、足が曲がって、いじめられたな。入学したときの友達は皆卒業していねくて……ほんと、ビッコ、ビッコといっていじめられた。皆よっかのろまだったから、石さぶっつけられたが、仕返しできねんだ。」その様子をみていると、今でも悔しそうだった。

「うちは山のほうで、学校さ遠くて、行くのがてえ変だったよ。皆より遅れて、何時も一人だけになっちまった。」有田は、気の毒そうにうなずいた。

「今のお仕事は……」

「時計の修理……御徒町の宝石街のお店から、時計の分解掃除の仕事を貰ってんだ。」

「はあ、技術屋さんですね。」

「技術でなく、職人だな……足が悪いから、親が普通の仕事は出来ねえからといって、時計屋に丁稚奉公したんだ。」

「……安岡さんとしては、義孝ちゃん事件の犯人の声を聞いてどう思いました。」

「……」

「例えば、方言なんか……。」

「うん、似てるわな。」

「犯人はどんな人だと思います？」

「……」

「上手く、身代金も取ってしまったし……」

「お金を取ったのは、緻密だったからだと思う。法律なんかも詳しいと思うんだ。ま、教養というの、教養のある人だと思うが、ああいった、残酷なことはしないと思うが。」

「残酷というと、お金を取ったこと？」

「うん、それもあっけど、親御さんを悲しませて……子供はもう死んでんじゃないの？」

「なぜ？」

「金を貰ったら、生きてりゃ返すべ、一緒に居てもしょうがねっぺ。」

「やっぱりな……」

「皆もそかんがえてんじゃねえの？」

「安岡さんがあの声を聞いて、年齢どのくらいだと思います。」

「声は人によって違うから、それにあの声は幅が広かっぺ、あれは年で言うと三十から五十くらいだっぺ。」

「誘拐にしては身代金が五十万円というのは少ない感じがするけど、どう思います？」

「お金のことはなんとも言えね、お金を持ってない人だと、五十万円というのは大金だと思う。俺に取っちゃ大金だ。」

「この前の方が、やっさんは、何時も大金を持っているといってましたよ。この前も数十万の札びらを切っていたと……」

「でたらめだっぺ。おれも仕事で金を持つが、いいとこ二〜三万だな。千円札でもてば二〜三十枚だ……」と言って安岡は笑いながら女将を見た。女将は全く無視していた。有田は一瞬躊躇した。再び安岡の顔をみながら、

「子供はやはり、死んでると思いますか？」

「……」沈黙が続いた。

追い討ちを掛けるように、有田が
「やはり、足手まといなんで、殺したのか？」と天井を見るとそのとき、安岡が
「俺、もうけえるは……」と立ち上がった。有田は話を続けることが出来なかった。安岡が勘定をしようとすると、有田は
「今日の勘定は私に持たせてください。」といった。安岡は
「いいんですか？　それじゃごそさん。」と言って出て行った。有田はテープを止めた。

「女将さん、まずかったかな？」

「いや、何時もああですから。」

「それじゃ、全部含めて勘定してください。」

店を出ると、我が家に急いだ。確かに声、話し方は放送のものと瓜二つだった。しかし、どうしても犯人には思えなかった。

十四章　テープ

公開捜査を四月十九日に踏み切ってから、警察に寄せられた通報は一万件を超えていた。殆どはすぐに違うということがわかったが、五百数十件については丹念に調査した。結果は全てシロだった。別の通報として、月末にある男が愛宕署を訪れた。対応した警官はその男と話しているうちにその男が犯人そのものではと疑ったくらいテープの声に似ていた。その男の話をよく効くとテープの声はその男の兄ではないかと言うのである。彼らは、福島県の矢祭町出身であった。そして、兄は事件が起きた地域の地理に詳しいとも言っていた。兄の名前は安岡保であった。情報は直ちに捜査本部に報告された。

捜査本部は任意出頭の形で、安岡に出頭を申し入れ、約二週間に亘って調べたが、安岡ののらりくらりとした答弁には、警官も辟易していた。まるで壊れたレコード盤のように同じ事を何度も何度も繰り返し、話が煮詰まってきたと思ったら、また元に戻ってしまうという繰り返しだった。三週間目になり、警察は安岡を逮捕することを諦めた。アリバイの裏を取っていて、それがシロと出たからであった。最終的に次のような結論を下した。

『テープと比較したが、訛りは似ているが、声が似ていない。テープの声のほうは四十～五十代に聞こえるが、現実の安岡の声は、年齢も三十で若々しかった。安岡は見た目にも分かるくらい右足が曲がっており、歩き方が何時もビッコを引いていることから、身代金を持ち去った犯人の敏捷さが考えられなかった。最近金回りが良いという弟の情報に対しては、密輸で二十万稼いだと言っていた。時計職人で、御徒町の宝石店街に出入りしていた安岡なら密輸のようなことで儲けることもあるだろうと判断した。しかし、何よりも決定的だったのはアリバイだった。安岡は、三月二十七日から四月三日に掛けて、故郷の矢祭町に行っていたということだった。安岡の話に従って、アリバイの裏を取りに、刑事が矢祭町に飛んだ。一週間に亘って調べたが、アリバイは成立した。三月三十一日、四月一日、安岡は東京には居なかった。安岡が東京に戻ったのは四月三日の午後であることが分かった。』

安岡は、完全に警察から解放された。

有田は家に帰って、『とも』での事をずっと考えていた。女将と安岡の振る舞いからは彼らが犯人とは考えられなかったが二つのことが何度も何度も繰り返し思考された。一つは、安岡が足が悪いのに異様に早く走れることだった。有田が追いつくのに困難であったこと。もう一つは、義孝ちゃんの死に対する反応だった。何の疑問も無く素直に『子供はもう死んでじゃないの』『なぜ？』『金を貰ったら、生きてりゃ返すべ、一緒に居てもしょうがねっぺ』このやり取りを何度も考えた。自分もこんな風に聞かれれば、こんな風に答えただろうと思って疑いをやめたがしかし、あまりにも自然な言葉の出方にも悩まされていた。あの言動には、金を取る前に既に殺されていたということが暗示されていたようにも思えた。最後にもう一度確認するように聞いたときの沈黙……有田の心は、安岡が犯人だ、安岡が犯人だ、と繰り返していたが……素直にインタビューに応じた安岡、彼と女将とのやり取りを考えると否定的な考えになった。自分が聞かれても、安岡の答えと五十歩百歩だろうと思った。堂々めぐりは続いた。有田は俺は刑事ではない、一介の放送技術者だ。犯人を捕まえるのは警察の仕事と思うと彼は今日取ったテープを抽斗の奥にしまった。

十五章　逮捕

連日新聞は誘拐事件が発生したことを伝えていた。龍雄が関心を持っているのは晶子さん事件である。被害者が同世代人であり、非常に興味を持った。

しかし、世間がみるような誘拐事件とは思ってなかった。

記事を追うと、三人容疑者が上がっているが、決め手がないと報じていた。更に、晶子さんの所持品でカバンや腕時計がまだ見つかっていないという。龍雄の疑問は、なぜ十六歳にもなる女性が、自転車に乗っているのにも関わらず、誘拐されてしまうのかが最大の疑問であった。犯人が車か、自転車なら捕まえることが出来るが、そうでないなら、自転車に乗っていたら逃げられたはずだろう。歩行者が自転車に乗っている人を捕まえたり、脅したりするのは、偶然や、すれ違い様の突然でなければ難しいと思えてならなかった。さもなければ、自転車から降りて、歩きながら自転車をひっぱっているときなら襲ったり、脅したりは出来ると思った。

＊

一方。四丁目を中心に、別件逮捕のからめて戦法に方針を変えたばかりの警察は、記者会見で犯人逮捕は間近いといっていたが、中々犯人には到達しなかった。

警察は限りなく黒い人物は、山田二郎と考えていた。なんと言っても、筆跡の鑑定で科学捜査班から脅迫状の筆跡は山田二郎のものと同じ筆跡と考えて間違いないだろうという答えを得ていた。しかし、どうしても確証が無かった。警察は、あとはアリバイを崩すことだけと考えた。二十一日に山田二郎を警察署に呼んだ。五月一日のことを何度も何度も聞いたが、答えは同じだった。昼間は兄貴の仕事を手伝っていて、夜は家族と一緒にいた。九時に寝た、という答えだった。警察は、二郎の『上申書』を取ることにして、もう一度アリバイの洗い直しすることにした。

山田二郎の上申書

『じょうしんしよ

T市本町四丁目五八番地

山田二郎　　二十四才

はたくしわほん年の五月一日のことにツいて申し上ます

五月一日わにさの一郎といツしよにきんじょの水村しげさんのんちエやねをなしにあさ8時ごろからごご4時ごろまでしごとをしましたのでこの日わどこエもエでません。でした　そしてゆはんをたべてごご9時ごろねてしまいました

昭和38年五月21日　　　テけいさツしよちようどの

右　山田二郎』

この上申書を取ると、警察はアリバイの裏付け調査に入った。そ

の日の夕方、重要な証言を得た。一郎と一緒に作業した仲間の一人が、その日二郎はこなかったと証言した。警察は色めき立った。担当刑事は
「筆跡とアリバイで完璧だ。」と叫んだ。明日逮捕だと一同確信した。そのニュースをつかんだ記者がいた。
記者は翌日、兄一郎の下で手元として働いていた二郎の所を訪れた。屋根に上がっていた二郎に記者は大きな声で
「ヤ　マ　ダ　ジ　ロ　ーさんですかー」と声を掛けた。二郎は声の方をみて
「あーあー、俺がそうだ！」
「オネガイがあるんですがー」
「ああー、マテや！」と言って二郎は屋根から下りてきて、記者の前に現れた。記者は二郎を見るや
「一枚写真をとらせてください」と云うと、何の疑問ももたず
「ええよ。」といった。
「そのスコップを持って。」と足元にあるスコップに目を送った。二郎はスコップを取るや、
「こうか……」とポーズをとった。記者はシャッターを切った。そのポーズは右手にスコップを持ち、左手を腰に置き、目の微笑が印象的だった。

＊

警察では、逮捕状を取った。やはり、四丁目の人間山田二郎の逮捕状だった。その線は数日前から敷かれ始め、それが先日の新聞社のカメラマンによる、二郎の写真として現れた。逮捕の準備は着々と進められていた。二十二日の深夜から捜査本部は実行動に乗り出した。二日真夜中の犯人取逃がしの失敗に懲りて、数人の刑事を山田の家の周りに張り込ませた。今度は取逃がしの失敗は絶対に許されなかった。二十三日の朝、四時四十分麦畑が暗い光の中に姿を現すころ、小型のトラックと乗用車が山田の家の前にピタリと止まった。トラックからは十数人の警官がばらばらと飛び降りた。乗用車からは四人の刑事が降りてきた。四人は顔を見合わせると山田の家の玄関へ向かって歩き出した。トラックから降りた警官たちは山田の家をグルーと取り囲むように配置した。四人刑事の一人が玄関の戸をたたきながら、

「警察のものですが」と云うと、中から母親のたけが出てきて、戸を開けた。

と同時に
「山田二郎はいるかね。」と母親にたずねると、数人の警官がどやどやと玄関の中になだれ込んできた。母は一瞬何が起きたのか分からなかった、山田二郎と聞いて、反射的に二郎の寝ている布団を指差した。刑事は、憎しみのこもった力で、二郎の寝ている掛け布団をひっぺがえした。二郎は何が起きたのかと、寝ぼけ眼の目を開いた。上から三つの顔が、六つの目が二郎を見下ろしていた。

「山田二郎だな」と怒鳴りつけるように、上から逮捕状をかざすと、二郎は目を腕で擦りながら起き上がった。と同時に手錠が掛けられた。横にいた二人の刑事が右、左のお互いの腕を取り玄関のほうに

引き立てていった。

「なに、やってんだ！　ズボンぐらい穿かせりゃいいだろ！」と一郎が大声で叫んだ。二郎はパンツ一丁で寝ていた。緊張しきっていた刑事達は、一瞬ひるんだ。追いかけるように、一郎が

「なに、やってんだ！　こんなちっぽけな家だ、お前たちもこんなにいるだろ、逃げるわけねえだろうが。」主任刑事はばつが悪そうに二人の刑事に目配せして、ズボンを穿かせろと指示した。二郎は兄一郎の作業着のジーパンを穿き、ランニングを着た。それでも、二郎は何が起きてるのか、現実なのか夢なのかわからなかった。着終わると、二人の刑事が両腕を抱え、主任の刑事が再び、逮捕状を二郎の目前にかざした。二郎はキョトンとした顔つきをした。二人の刑事に引きずられるように玄関口にひっぱっていかれると、入り口に母たけがいた。そのとき初めて二郎は正気に返ったかのように

「かーちゃん、すぐ帰ってくるからな……」と言った。玄関を出ると、一斉にバシャ、バシャ、バシャとフラッシュの音がして、一面が光の火花のように飛んだ。二郎は、目の奥まで光の火花が入ってきたと思った。光が消えると、薄明かりのいつもの初夏の朝もやの風景が現れた。二郎は二人の刑事に押し込まれるようにして、車に乗せられた。

　山田二郎の罪状は『窃盗、暴行、恐喝未遂』であった。それにしては仰々しい捕物劇だった。それが殺人事件に対する別件逮捕であることは明白であった。

＊

　朝刊に『女高生誘拐殺人事件』の有力容疑者の記事が出ていた。

『四丁目の男に逮捕状』『暴行・窃盗の容疑で』龍雄は、今日にでも逮捕劇があるのかなと思いつつ、学校に出かけた。龍雄の最大の関心は、自転車に乗っている女高生をどのように拉致し、誘拐するのか。もし単独犯としたら、そんなことできる男はどんな奴だろうと興味を持っていた。さらに、脅迫状を送り届けるのは分かるが、自転車を返したという行為が龍雄には理解できなかった。晶子が死んでいることを示しているようにも思えたから……

　昼過ぎになって、『女高生誘拐殺人事件』の犯人が捕まったというニュースが学校中に広まった。犯人がどんな風であるかは全くわからなかった。龍雄は夕刊を見るのにわくわくしていた。三時二十分に六時限の授業が終わると、真直ぐに帰宅した。彼が、家に着くと同時に新聞配達のお兄ちゃんが、夕刊を配っているところだった。手にとると、先ず三面記事を開いた。

『晶子さん殺し、有力容疑者「山田」』

『脅迫状の筆跡一致』

『四丁目の自宅で逮捕』

『窃盗など認める。脅迫状は口にごす』

『山田に確信あり』

『県刑事部長が言明』

　龍雄は逮捕時の写真を見て、

「エッ、これが犯人？　まさか！」と思った。小柄なのが分かった。その表情が犯罪を犯したようには思えなかった。よく見かける善良

な若者にしか見えなかった。目が生きていた。龍雄には、彼が悪さをするとは全くもって考えられなかった。人にそそのかされれば、人のよさからしぶしぶ盗みなんかもするかもしれない。しかし、この男は何をやっても自分から率先しては出来ない、誰かについて行く事しか出来ないと思った。彼の目は正面からカメラを見え透いていた。その目ににごりは無かった。龍雄は義孝ちゃん事件の時の公園の写真と比べ、この犯人の写真はありきたりの日常生活の平和な一コマに思えた。それに比べると、公園の写真は世界から浮いてしまったように、重力を感じない、異次元の世界のように見えた。罪状は窃盗、暴行、恐喝未遂で恐喝未遂が田中家に対する、脅迫状の件である。誘拐、殺人の容疑はまだ入っていなかった。龍雄にとって、

『一見、子供みたいな男だった。』と云う友人の言葉が印象的だった。警察の逮捕理由を見て、関心があったのは三つだった。アリバイがあいまいであること。競輪好きなこと。これらは犯行の実証ときっかけになると思った。しかし、疑問は警察が繰り返し繰り返し言っている、田中家に投げ込まれた脅迫状と山田の筆跡が一致していると言うことであった。筆跡が同じであるとはどのようにして調べ、その違いを誰が何を基準に判断するのかということだった。龍雄は、自分の字でさえ、同じ筆跡とは思えないことがしばしばあった。

被害者の遺族の談話が出ていた。

「犯人が同じ地区の人でなくて良かった……都会と違うのでもし同じ地区の人であったらこれから先、その家の人たちとどんなかたちで顔を合わせればよかろうなどとそんなことばかり心配していたんです。それにしても警察の方々には本当によくやって頂いて何も云うことはありません。」

同じ地区でなくてよかったといってるのは、犯人が四丁目の人間だと言っていることだった。新聞や、テレビで一番感じたことは、容疑者が『女子高校生誘拐殺人事件』の容疑で逮捕されたわけでもないのに、警察もマスコミもその事件の犯人として扱っていることであった。遺族も既に犯人と考えていた。容疑者は唯一、恐喝の件で殺人事件とつながりを持つが、それについては容疑者はきっぱりと否定していた。更に、警察が有力なこととしている、筆跡鑑定であるが、一般の人々にも分かるような表示が無かった。義孝ちゃん事件の犯人の声については、様々な意見や調査が一般からも出、新聞もこぞってそれらを取り上げたが、筆跡鑑定については、ただただ警察の発表を垂れ流しているだけだった。それは、新聞などマスコミが、自分で調べるということを怠り、山田二郎という犯人が捕まったと確信しているからであるに違いないと思った。あるいは、自分たちで調査する能力が無いくせに、言われたことを鵜呑みにして発表しているからであるとも思った。容疑者は『女子高誘拐殺人事件』は無関係な罪状で逮捕されているのである。しかしマスコミは殺人犯として報道しているのである。

逮捕時の写真から、龍雄は山田二郎に味方したい気持ちになっていた。殺人犯とはどうしても信じられなかった。

＊

ある新聞に、田中家の長男喜一の自作の詩が掲載されていた。

晶子の位牌の前で犯人逮捕の報をきき、線香を上げている写真が掲載されていた。

登美子は犯人の写真を見て驚いた。会ったことも無ければ、見たことも無い男の写真だった。この写真の男の声なんか想像できなかった。

「オーイ、オーイ」という言葉がこの男から発せられるなんて、考えられなかった。この男に、懐かしさも、安堵も感じなかった。登美子は自分の記憶と現実との違いに落ち込んでいった。登美子は心の奥底で、私の聞いた声は何だったのか疑問が湧き上がってきた。同時に、簡単に犯人が捕まるはずがないと思った。

十六章　取り調べ

　山田二郎の取調べは、本人にとっても、警察にとっても困難なものとなった。そして新聞をはじめとするマスコミの表現も一気に変わった。山田二郎が逮捕された容疑は『窃盗・暴行・恐喝未遂』であったが、ニュースは全て晶子さん殺しの殺人容疑者としての扱いだった。窃盗や暴行について語ったニュースは皆無だった。警察の取り調べも、窃盗・暴行については全く無く、端から恐喝未遂と殺人のしらべだった。山田はあっけに取られていた。今まで、豚屋にいたころにやった、窃盗の類を考えていたがそれについての質問は殆ど無かった。逮捕されたその日、九時前に警察署に到着したが、指紋やら写真やらを撮られ、落着いたのは十時過ぎだった。それからコッペパン二個とジャム、マーガリンを貰い昼食となった。食事が終わると早速取り調べが始まった。取調べは二人の刑事で行われ、豚屋時代の窃盗や暴行について質問されると山田はあっさりと罪状を認めた。一つだけ、基地からパイプと電線を盗んだことは黙っていた。窃盗についての刑事の追及はそれ以上無かった。それからは、恐喝未遂と殺人の調べが延々と夜九時まで続いた。留置場に戻ると、さっきまで取り調べにカリカリしていたが、一気に疲労に襲われた。渡された毛布で寝床を作り、すぐに寝入ってしまった。四六時中天井には明かりがついているが山田はいびきをかいて寝てしまった。

　朝、起きると朝食前に留置場の正面に立ち、点呼があった。二郎は元気よく

「はい」と答えた。朝の食事は留置場では銀シャリといい麦は入っていなかった。一汁一菜の簡単なものだが、味噌汁がはらわたに染みとおるようにうまかった。二郎は朝食をきれいさっぱりたいらげた。

　取調べが始まって、一日しかたってないのに、新聞の論調はさらに変わってきた。

『底知れず不気味な山田』
『常識外の異常性格』
『取調べにも平然』
『残忍性ある山田』
『仮面の下に凶暴性』

　これらの言葉がどのようにして発せられたのかは、記者に聞いてみなければ分からないし、なぜ発表したのかは、新聞社の意向を確認しなければ分からないことである。ただ、いえる事は、新聞社を初めとしたマスコミは、山田を完全に犯人として扱っているということであった。いや、犯人でなくても犯人に祭り上げるような、ベクトルが作用していると感じられた。これらの記事を一般の読者が見たら、殆どの人々は山田を犯人と考え、彼が自白しないのは往生際が悪いと考えてもおかしくなかった。しかし、山田はまだ犯人ではなく容疑者の取調べ中であったしまして殺人の容疑者ではなかっ

た。

今日は、刑事が三人ついた。取り調べから聞こえてくる声とマスコミの声が波長を合わせるように聞こえてきた。山田の容疑には晶子さん殺しの容疑は含まれていなかったが、漏れてくるニュースは晶子さん殺しの話ばかりだった。山田は自分が犯した窃盗や脅迫について素直に自白した。しかし、尋問はいつも晶子さん殺人事件に還っていった。警察のバックボーンとなった証拠及び決め手は次の五つに絞られていた。脅迫状の筆跡。犯人と同じ血液型。晶子さんの両手を縛っていた手ぬぐい。死体を埋めようとした穴を掘ったものと思われる現場付近にあったスコップ。アリバイ工作。五月一日の屋根葺きの件と五月三日のお茶畑での捕物時のアリバイが明白でないこと……。

警察はそれらを丹念に追及していったが彼らの思うようにはいかなかった。それと符丁をあわせるようにマスコミは山田について窃盗犯とは思えないような文言を新聞紙上に撒き散らしていた。それは、殺人容疑者に向けられたような言葉であった。

しかし、記事を注意深く読んでみると、卑劣さの中に滑稽さが見えてくる記事もあった。

「近所の人からはまじめな働き者で通っていたが、仮面の下は凶暴な顔を見せていた。あるときは、生きた猫をパン焼きの大きな釜に入れた。」と一件読むと残忍のようだが、ここには猫を焼き殺したのでもなければ、死んだ猫を入れたのでもない。良くあるいたずら、火の入ってない釜に猫を掘り込んだ、掘り込まれた猫はこれ幸いと逃げ出したであろう。近所の子供が楽しげに話しているのを聞き出した面白話しをいかにも残忍な殺人犯と思わせるような記事に仕立てて書いていた。マスコミも警察も生贄を知らず知らずのうちに作っていたのである。義孝ちゃん事件以降警察が国民に信頼を失っていったのは誰にでも明らかであったし、一日でも早く犯人を挙げなければと思うことは当然であった。だが、警察は真犯人を上げなければならないことは当然でそれが彼らの仕事である。疑わしきは罰せずという言葉は現代の世の中の一つの金言でもある。だが、警察は名誉か何か分からない圧力に押されてか、早く犯人を挙げることを至上としていた。真の犯人を挙げるという気持ちより、早く犯人を挙げるということに警察全体の考えが流れていた。それは何処からくるのだろうか……真犯人を上げるのに最大のチェック機構であるマスコミは、その権利を放棄して、警察の考えに便乗し彼らの流す情報に一喜一憂しては、自分たちのでっち上げに近いような記事も流していた。何とかして犯人を作り上げようとしているのが、二つの大きな権力が協力しているかのような流れに見えた。一般大衆は、マスコミの流れに沿って自分たちも一喜一憂していた。たかが、窃盗犯に過ぎない人物をいつ殺人犯に代わるかと期待をもっていた。窃盗犯が殺人容疑者の様に扱われ尋問されるのもなんとも思わなかった。そうした状況がマスコミを更に増徴させた。彼らの書いた記事が、一般大衆から支持されているという傲慢さも生まれてきていた。そうした相乗効果の中で、山田一人が全てのものから孤立していった。しかし、彼自身はそんなこと微塵も意識してないし、考えも及ばないことであった。俺は正直に述べている。必ずきちんと俺の言い分を聞いてくれる人がいると……山田は警察に捕まったことは自分自身にも分かりきったことで、自分がやったことも分かっていた。しかし、弁護士が出てきたりしたときは、それが何なのかよくわからなかった。弁護士の話しを聞いて、まだ自分が本当の犯人ではないことも、それが裁判で決まることも知ったのである。だから、彼は自分の犯した犯罪は素直に述べる気になったし、裁判官が輝いて見えもした、自分のした行為に対してごめんなさいと謝りたい気持ちであったから、山田が窃盗など自分が犯した犯罪については素直に自白したのは当然であったし、彼の性格をあらわしていた。しかし、晶子さん殺しについてはガンとして否認していた。これも彼の単純な正直さの現われであった。やってないもの、知らないものには答えようがないのだ。

—筆跡

これについては、警察庁科学警察研究所の報告で、山田の筆跡と同じである可能性が高いということだった。この見解に警察は山田に対する自信を深めた。だが、取調べ中、山田に字を書かすと、殆ど漢字が書けなかった。ひらがなも判読するのに苦労するような字であった。これをきっかけに警察は脅迫文を故意に誤字、ひらがな交じりに書いたものとの考えを捨て、あくまでも山田が真剣になって書いたものと考えるように方針を変えた。当然マスコミもそれに同調した。

—血液型

犯人と同じ血液型というのは、山田の取調べ中に彼が残した吸殻から割り出した。両切りのタバコでは、唾液が上手くつかないので、フィルター付きのハイライトを上手くすわせて採取した。

しかし、血液型はA型なら日本人に二人に一人はA型である。犯人も山田もB型であった。五人に一人はB型である。

—手ぬぐい

手ぬぐいは近所の米屋が配ったもので、総数二百本あった。山田の家でも一本貰っていた。

—スコップ

豚屋に有った物であった。しかし、そのスコップからは山田の指紋は全く発見されなかった。

—アリバイ

五月一日の件は、警察が重視していた。屋根を葺くといっていたのが、崩れたからである。山田がその後池袋で「拝啓天皇陛下様」を見たことを言ったが、認められなかった。山田には映画の題名が読めなかったのである。

「あつみきよしの映画を見た。」といっただけだった。

拝啓も天皇陛下様も読めなかったので言いようがなかったのである。五月二日、三日のアリバイは家族しか立証しようが無かった。

＊

山田の取調べは朝九時に始まって、昼一時間休んで、午後は取調官も一人か二人入れ替わり夜は九時まで続いた。日によっては十時、十一時となることもあった。山田にとってつらいことは同じことを何度も何度も繰り返し聞かれることであった。それは晶子さんに関わる事件であった。晶子さんなんて人は知らないし、会ったことも無い……山田は何度も、何度も同じ返答を繰り返した。

「俺は知らない、俺は知らない……」と突っぱねた。

「嘘なんてついてない！」

「俺は嘘なんか付くものか？」

「嘘発見器というのが有るのさ……」と取調官が言うと、山田は即座に
「それで俺が嘘をついてないのが分かるのか？」と聞くと
「ああ、」と返事が返ってきた。

「それで俺が嘘をついてないことを調べてくれ」と嘆願した。

「よし、……嘘発見器に掛かってみるか？」

「ああ……宜しく。」二郎はほっとした顔をした。その日はそこで取調べが終わり、自分の房にかえされた。夜、寝るときになっても興奮は冷めなかった。これで俺が嘘をついてないことが証明されると思うと本当に嬉しかった。だが、嘘発見器がどんなものであるかは全く考えなかったし、嘘をついている、ついてないことをどう判断するのかといったことは山田の思考の範囲外であった。俺は嘘をついてない、だから嘘発見器は人間のように疑わないから、俺が嘘をついてないことを正直に話してくれると単純に考えていた。

翌日、嘘発見器が用意され、山田のポリグラフ（嘘発見器）による取調べが始まった。

ポリグラフの結果は警察に自信をつけた。山田は、窃盗などの件に付いては平静であったが晶子さん関連になると興奮し怒りの顔に変化していった。それは、ポリグラフの反応としては決して良い反応ではなかった。しかし、自分が正しいのに、あたかも不正のように言われるのを嫌う人は往々にしているのである。山田は単純で正直であるが故に自分が話してることを否定されると怒り心頭に来るタイプなのかもしれない。警察はポリグラフの反応とアリバイのあいまいさに自信を深めた。だがまだこの件だけで山田を殺人、誘拐で起訴するのは難しかったのである。公判を維持できない、それは殆どが状況証拠であったからである。山田の拘留期限は差し迫っていた。もう少し山田を取り調べたいこれが警察の本音であった。山田の自白した窃盗などを別件起訴として提出し、一日でも多く山田を確保しておく方針を考えたが……

山田の罪状は八項目に亘っているが、単独犯のものは一件だけだった。友人の作業着を盗んだということであった、よく調べると、それは一晩だけ借りたものであった。被害金額の合計が五万円に満たなかった。罪状を弁護士から聞いた山田は諦め顔になったが、裁判だと聞くと、笑顔に戻った。やっと、正直に言ったことが聞いてもらえる。これで俺が嘘を言ってないことが分かるはずだと思うと裁判が待ちどうしかった。

＊

裁判所は拘留期限の切れる山田を保釈することに決めた。罪状から言ってこれ以上身柄を拘束しておく必要が無かった。担当の弁護士三人は喜び、山田の家に知らせた。山田の家では父が迎えに行く

ことに決まった。気の強い母もほろりと涙を見せた。山田本人にも知らせたが、意味がよく飲み込めないようだった。裁判もしてないのになぜ家に帰れるのだろうか……と？

弁護士は保釈金を決めるのに裁判官に会見を申し入れた。裁判官は快く会見し承諾し弁護士に対して

「鶏二、三羽を盗んだとか、友人の上着を持っていたとかはたいした問題にはならないし、本人も認めてることだから……」と云う裁判官の話しを聞きながら、弁護士は保釈金について聞いてみた。

「先生、保釈金は三万円くらいですか？」と弁護士が言うと裁判官は笑顔で

「もう少し見て措いてください。」といった。弁護士は五万あればよいと思った。保釈は決定的であった。ただ保釈にはお金が掛かることを山田の家族に伝えた。五万円と聞いたが、今の山田の家では苦にならなかった。兄の一郎の収入が家族を支えていたのだから。

翌日、午後山田の父は弁護士と一緒に警察署出向いた。保釈を待っていたのである。二時過ぎに、山田は係員に

「釈放する！」といわれた。その意味がピンとこなかった。

「家に帰っていいんだよ。」といわれて係員を見ながら

「ええ」としかいえなかった。係員はこっちに来て荷物をまとめるようにといわれ、手錠を外してもらった。山田は初めて本当に家に帰れると思った。急いで荷物をフロシキに詰め込むと、草履のまま玄関口に向かった。そこには弁護士と父が待っているはずだった。風呂敷包みを胸に抱え、玄関口が見えた。そのとき、三人の私服刑事に呼び止められた。

「山田二郎、強盗、強姦、殺人、死体遺棄で逮捕する。」と云うと同時に目の前に逮捕状が突きつけられた。山田は何がなんだかわからずボーとしたが、一人の刑事に手錠を掛けられ、二人の刑事に腕を取られ、玄関とは反対の非常口から幌つきのジープに乗せられた。山田の頭は真っ白であった。待っていた弁護士と父は、急に今までカメラを向けていた記者たちがザワザワと動き出したので周りを見渡した。

「再逮捕だ！」

「こっちだ！」と云う声があがった。弁護士は近くにいた係員に

「何があったんですか？」と尋ねた。係員もきょとんとして何が起きているのか分からなかった。新聞記者たちはみな外に飛び出し、走り行くジープを追っかけた。

十七章　再逮捕

山田は何が起きたのか全くわからなかった。手錠を外されたと思うと、直ぐにまた手錠を掛けられ、車におしこめられた。車が何処に行くのかも全く分からなかった。二郎の頭は思考停止の状態であった。横にいる刑事も、前の席で運転をしている刑事も、自分の社会と、遠くはなれた人たちに思えた。車は全速力で走っているが、二郎にはずいぶんゆっくりとした走りのように思えた。時たま、カーテンの隙間から見える外の風景もゆっくりした動きで動いていた。世界が自分から遠く離れて行ってしまってる感覚に襲われていた。思い出したように遠くから「裁判！」と弁護士の声が聞こえてきたよう思えたが直ぐに立ち消えてしまった。車が着くとそこは頑丈な門を通り抜け、建物もがっしりとして、古い建物であった。二人の刑事に支えられるように房の入り口に向かった。第四号房と書かれた留置所の前にくると、手錠が外され、房の中に入れられた。ほっと、一息つくと現実に帰った。でも何が起きているかはさっぱり分からなかった。床に腰を下ろすや否や、刑事がやって来て、

「山田、取り調べだ！」と言って房が再び開けられた。二郎が房を出るとまた、手錠が待っていた。更に、いつものようにロープが手錠の輪をとうして腰に巻きつけられた。後からロープでひかれながら前に進んでいった。山田は何時もの時間が流れ始めたと思った。

取調室に入ると長身の刑事が座って待っていた。初めて会う刑事であった。刑事は

「今から、晶子さん殺しについて聞く！」と宣告した。二郎は、長身の刑事をまぶしそうに見上げた。再び長身刑事が

「晶子さん殺し……」と言い終えるのを、遮るように、二郎は

「やってない！」と大声で遮った。そして腰を下ろした。いつもと同じ取調べの質問が続いた。山田は今日の突然の変化に疲れが出始めていた。刑事の取調べの声が遠くなっていった。刑事の質問にいちいち答えるのが苦痛になってきていた。眠気も起きてきていた。刑事が

「三人でやった事件が有るんだって！」と聞くと山田は我に帰った。

「ええ、それはここではいえません！」

「なぜ？」

「二人は家庭もあり、子供もいますので……」

「何処で言うんだ？」

「裁判所で……」

刑事はこの山田の発言を聞いて、晶子殺しのことだと直感した。

「ここでいうのも、裁判所で言うのも同じだろう。」と刑事は続けた。二郎は

「いいえ、違います！」と言ってそれ以上口を開かなかった。三人でやった事件というのが刑事達を奮い立たせた。

晶子殺しは、三人組の仕業という構図が描かれ始めた。取調べは夜十一時まで続いたが、二郎の答えは同じだった。

二郎が房に戻った後も、刑事達は三人組の犯行ということに思いを巡らしていた。それぞれが三人組の犯行のストーリーを考え始めていた。こうして二郎に対する容疑者の線を確立していった。三人組の犯行の件を検事に知らせた。

一方、二郎は混乱が混乱を呼んでいた。弁護士はどっかに行ってしまった。裁判は本当なんだろうか？　弁護士に対する不信が芽生えていた。

弁護士たちは、マスコミの人たちの協力の下、山田の行き先をやっとのことで突き止めた。それは最初言われていたK署ではなく更にその十キロ先のK署の分室であった。交通の便がよくわからず分署にたどり着いた時は夕方になっていた。分署は頑丈な門が取り付けられていて門を通り潜り戸の中に入ると大勢の警官がいた。その一人に尋ねた

「弁護士だが、山田容疑者がこちらに逮捕されているが面会したい。」と告げると

「待ってください。」と言って中に引っ込でしまうと戻ってこなかった。一時間たっても何の反応も無く、別の警官にその旨を尋ね返すと、

「担当が見当たらず、分からない。」と云う答えだった。時間はたち、埒はあかず、うやむやのうちに門前払いとなってしまった。

弁護士たちは、戻るなり裁判所に『準抗告』を提出した。

＊

翌朝、若い検事がこの辺鄙な警察署の分室にやってきた。二郎の三人組の事件は、鉄パイプを盗んだことであったが、検察庁、警察署ルートは晶子殺しと考えていた。検事の頭には三人組の犯行のストーリーが描かれてあった。

「三人組でやった事件とはなんだ、ここでいってしまえ。」

「ここではいえません。」と二郎が答えると、若き検事は突然片足を机に乗せて

「なぜ、いえないんだ。」と怒鳴った。

二郎はだまって検事の顔を見ていた。検事は更に

「三人ってのは誰だ！」と大きな声を出して乗せた右足で机をたたいた。

「一人は私で、後の二人については言うつもりは有りません。」と答えた。

「それをやった場所は何処だ？」

「それはいえません。それを言ったら直ぐに分かってしまいますから。」

検事は突然乗せていた足をおろし、物静かに

「一緒に事件をやった二人の名前をなぜいえないの？」と聞いてきた。

「さっき言ったでしょう。」と二郎が言うと、検事は立ち上がり机の前を左右に歩きながら……

「子持ちだけでなく、親族が入ってんじゃないの？」と言った。二郎にはその意味が理解できないでいた。検事は追いかけるように

「一人は金山でもう一人は兄貴の一郎だろ……」と怒鳴った。

「何が！」二郎の顔は怒り顔に変わっていた。検事は
「三人組は、お前と金山と兄貴の一郎だろ！」と大声で言った。二郎は「なに！」と云うと同時に目の前にあった湯のみ茶碗を手に取った。隣にいた刑事がとっさに二郎の手を抑え
「落着け！」と山田に向かっていった。山田は震えていた。検事は更に
「三人で死体をどうやって運んだんだ？」山田はもう完全に混乱していた。
死体……それがなんだかわからないでいた。検事は更に
「自動車で運んだのか？」とたたみ込んできたが、二郎は答えの術をもてなかった。
「……」
「誰が最初にやったんだ、お前の兄貴か？」
「……」
「どうして、殺す気になったんだ！」
「……」
「もう何もいえないか……。」
「……」
「今日はこれで終わろう。」と言って若き検事はいま二郎との間に交わされた調書を読み始めていた。二郎は聞いていたが、内容を全く理解していなかった。死体だの強姦だの言葉が耳に入ったが全く理解していなかった。読み終わると、検事はボールペンを二郎に差し出し、署名するよう促した。二郎は、検事の顔を見たまま、ボールペンを握らなかった。隣にいた刑事が
「山田、署名！」といったが、二郎は首を振って拒絶した。納得した刑事は
「今回は、これで終わり。」と云うと手錠を掛け、ロープを腰に巻いて、取調室を出て行った。
房に戻り一人になると、さっきの検事とのやり取りが思い出されてきた。特に、共犯として兄貴のことが上がったことであった。
あんちゃんは、今まで悪いことなど一度だってしたことが無かった。それは、二郎なりに尊敬と誇りを持っていた唯一のより何処であった。検事の「お前が、言わないんなら兄貴をしよっ引いてもいいんだよ！」と云う言葉がいつまでも残っていた。
一郎は、山田家を守っていた。それがしよっ引かれたらとんでもないことになる。そんなことはよく分かっていた。金山が一緒に組んで悪さをしたのは承知のうえだった。ただ、兄貴のことを言われたことが怒りを生むと同時に、不安も二郎に生み出した。

十八章　待遇

待遇も一変していた。取り調べもそうだが、食べ物もそうだった。二郎前の留置所と違いここの食事は箱飯といってとても臭かった。二郎には食べられる代物では無かった。二郎は、箱飯の代わり、三食ともコッペパンにしてもらっていたがコッペパンだけでは、若い二郎には足りなかった。時には、警察官と同じ弁物を取ってもらってもいた。

検事の取調べは二郎を精神的に追いやった。取調べが終わった夜、やっと弁護士が現れた。弁護士も必至で二郎との面会を捜していたが思うように行かなかった。やっと、接見できたとき、精神的に疲れている二郎を見つけた。彼らは裁判のことも保釈のことも懸命に話したが二郎の反応は無かった。再逮捕の件も、可能性として話しておいたが、彼の頭には残っていなかった。裁判所のことで一杯だったし、裁判さえすれば自分の正しいことがわかると確信していた。その裁判がなくなってしまったこと、そして検事の言った兄貴が犯人の一人だと言う話しは二郎を精神的に責めるのに充分であった。弁護士は二郎の待遇のことも聞いたが、彼は何も答えなかった。取調べが深夜に及ぶことも話さなかった。二郎の弁護士に対する信頼は完全に冷えていた。弁護士は話すこと全てが一方通行であるのに大きな不安を抱えた。山田と別れた後も、遠い道のりを東京に向かった電車の中で二人の弁護士は沈黙したままであった。山田に何が起こったのか？　そしてこの遠い留置場は彼らを更に不利な状況へと追いやった。単純で素直で正直な二郎のような人間にとって、信頼が一度に崩れると取り返しのつかないことになる可能性を彼ら二人は認識していた。二人とも、二郎との間の信頼関係をどうしたら戻せるか考えていた。それにしても警察のやり方は巧妙でしたたかであった。彼らにしても、山田を逃したら犯人はもう上げることが出来ないことは分かっていた。警察にとって犯人は山田二郎以外いなかったのだ。ただ、証明する明白な証拠が無かっただけだった。

山田は房に戻ると検事の兄に対する言葉が何度も何度も思い出された。『あんちゃんが犯人？　あんちゃんが犯人？』反芻していた。同時に二郎は自分が孤立していくのを感じていた。ここの取り調べ官は前の人たちよりも厳しかった。言葉にしろ、時間にしろ、食べ物についてもそうだった。思ったような調書が取れないと、とぼけて二郎の弁物の注文を勝手にパスした。そんなときはコッペパンとジャムとマーガリンだけで我慢した。相変わらず箱飯はのどを通らなかった。

＊

三日目の連行役は二郎の親父の年代くらいの四十代後半の刑事であった。手錠を掛け、腰にロープを掛けられ歩きながら、二郎は何時ものように

「刑事さん、お昼また弁お願いします。」と言った。

「丼？……なんで？」

「箱飯が臭くて……ちょっと……」

「臭い？……」

「ええ、ちょっと、あの臭さは腹を壊すのでは……」と言いかけたとたん、

「臭いというなら食うな！」と怒鳴られた。更に
「俺なん軍隊で何日も食わないことがあったんだ、水だけで過ごした……」と
「……」

「大体、食うものが臭いなんていうのは生意気だ！」二郎はムカッと来たがこらえて、腹の中で『じゃ、食うもんか！』と売り言葉に買い言葉、決意した。その日から二郎のハンガーストライキが始まったのである。このハンガーストライキは二郎に更なるダメージを与えていった。肉体的にも精神的にも。空腹のため取調官の言っていることが上の空であることが多くなってきた。夜は相変わらず十時、十一時まで取調べが続いた。いつも同じ質問に、違う！　知らない！　と答えていたものが、いつか肯定的に答える場面も出てきた。特に、兄貴の犯人説を否定しながらも不安は増幅していっていた。もしや本当では……

十九章　再取り調べ

山田が再逮捕されて、三日目に山田家に三度目の家宅捜査が入った。山田の兄一郎は呆れ顔で刑事に毒舌を吐いた。
「真犯人は別にいるさ……金を取りにきたとき犯人を捕まえずに、二郎を無理やり犯人に仕立てようとしているんだ。もう、俺のとこ捜しても何も出てくるはずがないさ！」
「二郎さんが、鴨居のところを見てくれと……」と言って一郎をかき分けるようにして鴨居に手をやると万年筆が出てきた。女物であった。これ見よがしに、一郎に向かい
「これは、お兄さんのじゃないですよね！」と言って、別の刑事に無造作に手渡した。一郎は黙って見ていた。心の中では、何で今ごろ見つかるのだろう？　と疑問で一杯だった。この鴨居は家に入ってくると誰にでもよく見えるところであった。今までの家宅捜査で見つからないのが不思議であった。捜査は二十分も掛からなかった。万年筆が出てくると捜査員はすぐに引き上げた。
山田の方の取り調べは厳しくなる一方だった。弁護士も前のところほどは頻繁に行かれないと思っていた。なにしろ遠いところであったから。しかし、弁護士は何とか二郎との信頼関係を修復しようと躍起になっていたし、少しでも面会しなければと一生懸命だったがそこに裁判所から接見禁止の命の通知書が送られてきた。
二郎はハンガーストライキが徐々に効いてきて心身ともに疲れていた。弁護士のことはいつか忘れていて頭は検事が言った兄貴が犯人と言うことが妄想となって二郎を襲っていた。さらに長時間の取調べは、二郎を孤独に陥らせた。二郎に味方は誰もいなかった。取調べが終わり、係官の
「ご苦労さん、今日は大変だったな、ゆっくり休んでくれ。」と掛けられた言葉が天子の声のように聞こえたこともあった。取調官の中心人物が長谷川といい警察功労賞を貰った老練な刑事であった。

＊

二郎が再逮捕されて四日目に地元の警察官関根が尋ねてきた。何時もは交通事故の処理係が専門であったが、山田の逮捕があって以来、晶子殺人事件にかかわりを持つようになっていた。関根は山田と事件以前から顔見知りであった。二人の間を取り持ったのが野球であった。二郎たちは四丁目ジャイアンツと言う野球チームを持っていたが彼らのチームは被差別部落の人間で形成されていて、中々試合の相手チームが見つから無かった。たまたま、休みに二郎たちの練習を見物しているのがきっかけで、彼らに試合の相手チームを見つけてやる約束をし実現させた。

そうしたことから、関根と四丁目ジャイアンツの付き合いが始まり、メンバーの山田も互いに知るようになったのである。その事実を知ると署長は関根に特命を命じこの事件に協力するように指示を出した。

山田が再逮捕されて四日目の夕方、

「山田君元気かい！」と取調室に関根巡査部長が入ってきた。山田は関根の姿を見ると安堵の顔を表し、久しぶりに会う仲間に気持ちが緩み心から懐かしくうれしかった。一方、弁護士は初回の面接以降きていなかった。接見禁止になっていたのである。孤立無援の四日間は山田の精神状態を徹底的に破滅に追いやった。関根はそこに現れた救世主であった。山田は疲れていたが関根には満面の笑みを返した。

「どうしたの？　山田君やつれたように見えるが……。」

「……」

長谷川警視が、

「山田は飯を食ってないのです。ハンガーストライキというのをやってるんです。」と関根に向けて答えた。

「飯を食ってない！　山田君それは良くない。飯だけは食べなきゃ……」

「飯を食わなくてもいいんだ、やせて死んだほうがいいんだ……」

「なに、馬鹿を言ってるんだ。飯を食って元気出して自分のやったことを正直に話さなければ……そして早く家に帰れるように……」

「……」

「帰ってから、お宅に君の様子を知らせようと思ってたのに、飯を食わないでやせ細っちゃってますとはいえないよ！　飯を食って元気をつけてくれ。」

「飯を食わなくていいんだよ。俺はやせ細って死んでしまったほうがいいだ……」

「馬鹿なことを言うな、そんな君を見ると私がここにきた意味が無いじゃないか？」

そして関根が席を立とうとすると、長谷川が先に立ち上がり、関根を抑えるように座らせながら、

「山田、関根部長と二人きりで話したらいいだろ。俺たちは退席するから……関根さん、山田の話しを聞いてあげてください。宜しくお願いします。」と云うと長谷川を先頭に取調官が部屋を出てゆき、部屋は関根と山田の二人になった。沈黙が続き下を向いていた二郎が顔を上げると関根と目が合った。関根が口火を切った。

「山田君、飯を食べないのはいかんよ！　そして知ってることを全部正直に答えれば……長谷川さんはいい人だよ！」

「関根さん、兄貴が！　兄貴が！」

「うん、兄貴がどうした？」

「兄貴が……家はどうなってしまうんだ！」独り言のように、絶望の淵に立っている人のように嘆いた。

「兄貴がどうした……兄貴が共犯者じゃないかと言う話しも出てるな！　殺人現場にあった地下足袋の大きさがお前のあんちゃんのと同じだと言われてる。」

「そんなことは無い、あんちゃんがするわけが無い。金山はやっても、あんちゃんがするわけが無い。」二郎の身体は震えていた。両手を拳骨に結び慢心の力をこめていた。今にも破裂しそうであった。関根はその様子を警察官の冷静な目で見ていた。

「関根さん、俺は晶子なんてしらね、しらね者殺しなんてできねえ

だろ……」
二郎は涙をポロリと落とした。山田は両手を硬く握り締め、無念さと悔しさで爆発しそうであった。だが泣き崩れることは無かった。
「あんちゃんは、あんちゃんは何もしてない！」と静かに自分に言い聞かせるようにして自身を落ち着かせようしていたが、二郎は怒りと悔しさで何度も身体を武者震いさせてた。
「山田君、正直に言ってしまえばいいじゃないか。正直に言ってしまえば……山田君！」
「……」
「山田君……あんちゃんはどうなの……」
そのとき、山田は兄貴を救わねば、俺が十年がまんすれば……俺があんちゃんの身代わりになれば言いと考えはじめた、そしてぼそぼそと話し始めた。
「ほんと、晶子なんて知らないし、手紙なんか知らない……」
「それじゃ、あんちゃんが……」と関根の言葉を聞いて、それをさえぎるように
「いや、俺は殺してねえが、手紙さもってた……」小さな声で答えた。
「そうか」といって関根は更に
「手紙を持ってたのか……」といって
「正直に言うことはいいことだ……」と結んだ。二郎は関根の言葉に昂揚して
『関根さん、俺は晶子さんを殺してないんだ。手紙を書いて持ってったのは俺だけど、おまんこしたのは一丁目の友達で殺したのは七丁目の友達なんだ。』と言い始めた。関根は口を割った、チャンスだとおもい更に追い討ちをかけるように
「うん、それで……」と言いながら、次の二郎の言葉を待った。
「……」二郎が沈黙すると
「スコップを盗んで持ってきたのは君だろう、穴を掘ったのも君か？」と関根が山田の顔を覗き込むようにいった。
山田は考えていた……あんちゃんを救うには……関根さんの言ったようにすればいいんだ……俺が犯人にならないと、あんちゃんがつかまっちゃう……山田は再び話し始めた。
「スコップを盗んで持ってきたのは俺だけど、穴を掘ったのは知らない。俺は手紙を届けにそこを離れたから……」と山田の話を聞きながら関根は、ここでストーリーをまとめておこうと考えた。
「ちょっと、山田君整理して初めから言ってくれ。その日五月一日はどんなだったんだ。そこんところからもう一度さらってみよう……一日は休みだったんだな」
山田は関根の顔をまっすぐに見ながら
「五月一日は一人で池袋に映画を見に行ったんだ。渥美清の映画……二時頃帰ってくると、名前は言えないけど、一丁目の友達と七丁目の友達にあったわけ、三人で駅前のパチンコ屋に入ったが、皆三十分ぐらいでスッてしまってそこを出て歩いていたら、一丁目の友達が、今日は晶子さんの誕生日だから、やらせてくれるべから行くべと、三人で歩き出したんだ。晶子て誰だと聞くと、一丁目の友達

が、俺は前にやったことがあるんだ。今分校に通ってると言ってい
た。俺たちは納得して三人で氷川神社の方に歩いていったんだ。途
中腹が減ったのでアンパンを六つ買って一人二個ずつ食べたんだ。
氷川神社はお祭りで結構人がいたよ。」
「何人くらいいた？　誰か知り合いにあった？」
「五十人以上はいたと思う。知り合いには遭ってね。一丁目の友達
と晶子ちゃんは何度もおまんこしてたらしく、その日も帰り道会う
約束をしてたんだ。」
「何で？」
「晶子ちゃんの誕生日だからだろ……それから俺たちは氷川神社
から新しい山の学校のほうに歩いて行って、山学校の前で一丁目の
友達が俺はここで待ってると言ったんだ。そこで会うことになって
たんだ。俺と七丁目の友達は山の上の方で待つことにして上の方に
上って待ってたんだ。そしたら、一丁目の友達が晶子ちゃんを連れ
て山の方に登ってきたんだ。晶子ちゃんは自転車をひっぱっていた。
それを見て、俺は下に下りてって晶子ちゃんの自転車を引っ張って
やって俺は三人の跡からついていったんだ。」
　関根は二郎の言葉をさえぎって
「晶子さんと会ったのは何時ごろ？」
「晶子ちゃんをとっ捕まえたのは三時半ごろかな……それから四
人で山の中をお寺のほうに行って、そこでいろんな話しをしたん
だ。」
「どんな話をしたの？」

「一丁目の友達はやらせろと中々いえなくて、学校の話とか、七丁
目の友達のこととか話してたみたい。俺は晶子ちゃんの自転車を借
りて、そこ辺回ってくると言って皆から離れてたんだ。一時間ぐら
い離れていたと思う。戻ってきたら、山の中に晶子ちゃんが死んで
いて木の葉がかけてあったんだ。『何したんだ』と聞いたら二人が
『騒いだから遣っちゃった』と言ったんだ。『なんて』と言うと、七
丁目の友達が、『一丁目の友達がおまんこして、今度俺とすっぺいと
言ったら騒いで暴れだしたので、殺ちゃった。』だから俺はやってね
んだ。」
「すると、晶子ちゃんを殺したのは七丁目の友達か？」
「そういってたから……」
「一丁目の友達はどうしてたのかな？」
「わからない……別なとこにいたのかな……俺は離れてたから…
…」
　関根は
「殺したのは七丁目、一丁目のことはわからないか……それからど
うした？」
「三人で逃げべと言うことになったが、誰も金を持って無いんで、
そしたら一丁目の友達が晶子ちゃんちは金持ちだから、だまし取ろ
うということになったんだ。三人とも賛成して手紙を書くべと言う
ことになって、一丁目が俺が書くとまずいと言ったので、『字を教え
てくれれば俺が書く』といったんだ。そして、七丁目の友達が文章
を考えて俺が書いたわけ。そのとき晶子ちゃんのノートとボールペ

ンで書いた訳。手紙は俺が届ける事にして、二人は晶子ちゃんを埋める場所を捜すことにしたの……俺は晶子ちゃんの自転車で晶子ちゃんちへ行ったんだ。手紙と自転車を置いてきたわけ。帰りに豚屋からスコップを盗んできた。豚屋はよく知ってから。

三人で誰が捕まっても言いっこなしと言うことにしてるので友達の名前は言わない。

関根さん、俺疲れちゃった……」確かに二郎は疲れた顔をし、声もだんだん小さくなっていった。関根はハンガーストライキからくる疲労であるとおもい

「今日の取調べは終わりとしよう、山田君、飯食わなくちゃだめだよ……今聞いたこと調書に取ってあるから、読むから訂正があったら言ってくれ。」関根は自分が取った調書を読み上げた。山田は神妙な顔をして自分が話したことを聞いていた。読み終わると、

「おかしいとこあったかな?」と山田に向かって聞いた。二郎は首を横に振って答えた、彼は空腹でものを考える力がなくなっていた。腹減った、あんちゃんが無事ならどうでもいいやと思った。すると、関根は『右の通り録取して読み聞かせたる処誤りの無い旨を申し述べ署名右指印した。』と書き加えた。その証書を山田に見せ

「山田君ここに署名して、母印をくれ」と言った。山田は素直に関根の言葉に従った。調書を取り保管すると関根はリラックスした態度を示した。

「山田君、すっきりしたかね! あんちゃんは犯人じゃないよ!」と関根が声を掛けると、山田は安心と不安の混じった複雑な表情をした。その様子を見て取って関根は笑顔を作りながら山田に向かった

「警察は敵じゃないから、……長谷川さんたちの言うことをよく聞いて、本当のことを言えば味方だし、困ったことは何でも相談に乗ってくれるよ!」と言った。調査が終わるとカレーの出前が待っていた。二郎はむさぼりつくように食べた。久しぶりの食事だった。そこに再び関根が現れ

「山田君、カレーは僕のおごりだから……早く全部話して楽になろう。」

と言って出て行った。

二十章　自白

山田が三人組の犯行を自白したニュースはどの新聞にもでなかったし、テレビも報道しなかった。山田の再逮捕、三度目の家宅捜査はニュースとして全国に流れたが、三人組の犯行自白は何も無かったようにニュースにはならなかった。関根ははじめて殺人事件の自白調書を取ったことが大きな自信となった。今までは交通事故の調書しか取った事の無いものが、殺人事件の自白調書を取ったと言うことは、気分的にも関根を誇らしく思わせた。

一方、自白したと思っている山田は『これであんちゃんは大丈夫』と考えていた。翌日、取調べの前に山田は昨日はなしたことをもう一度思い出しながら考えて見た。不安のないと思った話に問題があることが分かった。一丁目の友達と七丁目の友達に付いては何にも話してなかった。そして、彼らが殺人の実行犯であることから徹底的に追及されることが分かった。そうすれば、あんちゃんが挙げられるかもしれないという大きな不安に襲われた。

案の定、関根巡査部長の調書を元に一丁目の友達と七丁目の友達の厳しい追求が始まった。言わないことにしていると約束を元に突っぱねたもの、その追及は手を変え品を変えて行われた。勿論、それなりの裏付けも徹底して行われていた。

「山田、一丁目の友達と言うのは宇佐美と言う男か……他に一丁目にはお前の友達はいないだろ！」

「言わない！」と二郎が突っぱねても、取調官は落着いて

「その、宇佐美にも聞いてみたが、一日はお前となんかあってないって、そして彼にはアリバイが有ったよ！」二郎は取調官の言葉を全く聞いてないように無視した。

取調官は更に

「七丁目の友達と言うのも嘘だろ！」

「……」

「三人ほど、お前の知り合いがいたが、三人ともアリバイがあったよ！」

「……」

「三人でやったというのは、嘘だろ！　もしほんとなら後の二人を言ってみな！」

「言わねえことにしてる。」とか細い声で言った。

「お前の、あんちゃんの地下足袋と同じ形の足跡が現場にあった。共犯はあんちゃんか？」二郎の顔が怒りに変わった。

「あんちゃんは関係ね……」刑事はあんちゃんというと二郎がむきになるのを利用した。兄の一郎にはアリバイが有ったので完全にシロであったが、そのことを取調官は何にも言わなかった。

「そんじゃ、後の二人は誰なんだ！」

「それは言わないといってんです。」

「言わないじゃ、このヤマは解決しないよ！」刑事は強引さを強めて二郎を圧迫してきた。そのとき、隣のもう一人の取調官が

「山田君、本当は三人組でなく、君一人でやったのではないのか？」

「……」強引な刑事が
「三人でやったという方が楽だし、刑も軽くすむからな！」

「山田君、本当は君一人の犯行じゃないの？」再び同じことを聞いてきた。

更に
「山田君、我々刑事は君の敵じゃないんだよ、味方なんだよ！　関根さんもそういってたんじゃないの！　だから君は昨日関根さんにありのまま話したんじゃないの。」そのやさしい言い方に二郎の心はゆれていた。

「昨日、関根さんになんと言われたの？」

「刑事さんは敵じゃなくて、味方で仲間だよ。」と山田は応えた。

「そうだよ、我々刑事は君の仲間だし、君のことを心配しているんだよ。」

強引な刑事が後をとって
「山田、お前が本当のことを正直に言えば俺たちは救うことができるんだ、刑の事だって……でもお前が黙ってちゃ何も出来ないよ。」

「山田君、関根さんと同じように我々を信じなよ！　悪いようにはしない……君は単独で犯行をしたんじゃないの？」山田は黙ってしまった。二人の刑事も山田に合わせるように沈黙した……二郎が口を開いた。

「関根さんが、長谷川刑事さんの言うことを聞いてたら上手くいくよと言ってました。本当のことを言います。自分ひとりでやりました。」山田が言った。

「そうか……やっと本当のことを言ってくれたか、……刑のことは心配するな。」と長谷川警視は言った。山田は二人に話し始めた。

＊

翌日の新聞の一面は山田の記事がトップだった。

『晶子さん事件ついに解決』、

『山田、殺害を自供』、

『事件発生から五四日目』三面には更に
『かたくなで陰険、山田という男』、

『全く責任感欠く』、

『放任していた家族』、

『難航続きだった捜査』、

『でも、帰ってこぬ娘』

『特捜本部、厳しい警戒の中、静かに苦労話』新聞の記事は華々しかったが、三人組の件の記事は一度もニュースとはならなかった。読んでいくと山田は犯罪を起こすのが当然の人物のように描かれていた。

登美子は山田の自白に混乱していた。何が起こったのか想像できなかった。私はどの犯人と対峙したのか！　あの声は……混乱は解けなかった。

二十一章　夏休み

龍雄は朝の新聞の一面は晶子さん殺しだろうと予想していた。昨日、学校の帰り駅で号外をわたされていたからである。新聞の記事も見出しだけ追いかけて、中身は追わなかった。この事件についての座談会の記事が六面に載っていたのでそこだけは丁寧に読んだ。自供中心主義とか別件逮捕とか、たらいまわし捜査とか新しい言葉を覚えると同時に、その内容もなんとなく理解できた。一つの犯罪が解決したときの記事は、社会における我々の位相というものの規範を示してくれていた。龍雄はそれを、事件と言う記事を通して自然に身に付けていった。この事件を新聞記事を中心にここ二ヶ月間見てきたが、新聞の表現の変化に驚きを感じていた。新聞の書く見出しや記事の内容が事件の当事者たちは勿論、社会の流れを左右していくのがわかった。二週間ぐらい前に友人が今の世の中で一番権力を持っているのはマスコミだといていたのを思い出した。吉田茂はマスコミによって、総理大臣を辞めさせられたとも言っていた。そのときは、友人が言っていることがよく理解できなかったが、この晶子さん殺人事件のニュースを思い出しながら、友人の言った言葉が実感として捉えられていた。

もう一つの事件義孝ちゃん事件は、連日犯人らしき人物像が記事になるが、依然として解決には遠かった。相も変わらず、誘拐事件は多発していた。だが、龍雄は晶子さん事件を覚めた感性で見ながら、他の誘拐事件、誘拐事件と騒いでいる事件も、たいした事の無い事件なのにいかにももっともらしい事件のように誇張して記事にしているものも有ると考えるようになっていた。古文の時間に、芭蕉は流行を重んじていた、流行は悪いことでなく流行が新しいものを生み出し、それが年月をかけて定着すると古典と言うものになるのだとの教師の芭蕉考を思い出していた。記事にも流行があるのだろう。記者はよく読まれる記事を書きたいだろう。今時、よく読まれる記事は誘拐事件と絡ませば必ず読まれると考えているのだろう。しかし、新聞記事の書き方は流行となり、書き方の古典となる可能性はあろうが、ニュースそのものはそんな風にはならないだろうと考えていた。ニュースの流行とはいったいなんだろうとニュースに流行は無いだろうと龍雄は考えたいがニュースに流行があるとしたら、それはニュースの真実とは全く関係の無いところに存在しているのだろうとおもった。

＊

暑い夏がきた。今年の夏休みは何時もの年なら夏休みのアルバイトが待っていたがアルバイトは勿論ないし、予備校の夏期講習が待っていてそれに参加した。予備校の夏期講習は活気があった。毎日満員の教室で龍雄も真剣に取り組んでいた。中学時代の友人にも数名会ってそこで交わされる受験の話は更に活気を帯びていた。負けたくはないと勝負の気分が湧きあがってきた。みんな志望校は話題にしないが志望学部は明確にしていた。理系と文系は受験科目が違ったし。

龍雄は中学時代の友人二人と話す機会をもった。一人は文系で法学部志望、もう一人は理工学部志望であった。龍雄が哲学科志望というと二人ともへエーという顔をした。そしてそろって
「哲学を学んで卒業したらどうするの」とさらに
「仕事は？」と聞いてきた。龍雄は答えようがなかった。大学入学のことは考えているが、卒業のことなどかんがえていなかった。文系の友人は
「一応、弁護士に挑戦してみようと考えているが、駄目だったらサラリーマンだな」

と明確な目的意識をもっていた。理系志望の友人はエンジニアを目指していた。

「岡本、哲学科じゃ社会科の教師か研究者だな！」龍雄をからかった。

「大学にも入っていないのに卒業のことなど考えていないよ！」と切り替えした。

そんなことがあった日、予備校の帰りセミの鳴く声を聞いて歩いているとせみの死骸を踏みつけそうになった。それを避けると同時にグレゴールの死体！　と愛しさを思い出した。

予備校の夏期講習はおわった。そこで哲学志望の受験生には出会わなかったが、龍雄は真剣に受験勉強に取り組みはじめた。同時に二人の友人のように大学卒業後の進路について自分も考え始めた。

夕刊で『吉田岩窟王の話』が演劇として上演されるのを知った。どんな風な物語になるのだろうと空想しながら、

『自分が岡本龍雄だと言うことを証明することのみに人生を送る』と言う命題をたててみた。それは、耐え切れないほどの孤独と疎外に囲まれた時間となるだろうと予測できた。自分が岡本龍雄と証明できない間は何らかの形で拘束され、自由が剥奪されるということは、その人の生活を破壊してしまうのは勿論、思考、感性といった人間に生まれながらに備わっている、こうしたものも破壊してしまうのだろうかと考えた。毒虫になってしまったグレゴールは人間であることを証明しなければならなくなるのだろう。

二十二章　初公判

九月二学期、学校と我が家の往復の生活が始まった。四日の夕刊に

『晶子さん事件初公判』、

『山田あっさり罪状を認む』と記事の見出しがあったが、龍雄の関心をひいたのは

『山田に泣きすがる母親』の記事だった。

『この朝九時過ぎ山田の母たけさん（五七）は

「わが子に一目会いたい」と長男の一郎さん（二六）と義兄の山田仙蔵さん（四七）に伴われ、人目を避けるように地裁の正門から庁内に入った。たけさんはかけよる報道陣に囲まれながらヒバの木陰にうずくまった。あびせかける報道陣の質問に対し、たけさんは消え入るような声で

「あの子は一番親孝行でしたよ」と泣きじゃくった。公判を終わって看守に抱きかかえられるようにして出てきた山田に母親たけさんは

「二郎やこれ二郎」と泣き叫びながら追いすがった。

看守たちが裁判所内の廊下でしばし山田の足の運びをゆるませたとき、たけさんは息子の背中にすがり

「二郎やしっかりしなよ」と励ますように叫んだままハンカチで顔をおおった。』

この記事は龍雄をホロとさせた。母親というものはこういうものだろうなと思いながら、自分の母のことを思い出した。しかし、簡単に罪状を認めた山田が、あれだけ自白にとまどわせたのはなぜだろうとも思った。

もう一方の事件義孝ちゃん事件は迷宮入りの様相を呈してきていた。

＊

十月も後半になってから、数日雨が続いた。下校後も何処にも出ず家に閉じこもっていた。受験のことはあまり気になら無かったが、人生のことには気になっていた。大学卒業したらどんな仕事につくの？　二人の友人の言葉が龍雄には衝撃的であった。

一体自分の人生はどうなるのだろう？　哲学を学んでもそれが自分の生活にどれくらい役立つのかわからなかった。人生と言うのは何か目的があると考えてきたが、何か必至に生活し生きていくだけで終わってしまうようにも思えた。

今は自分自身の遠くの将来は見当がつかないが……いずれにせよ何時かは死ぬということはわかっていた。

ソクラテスの話しや吉田岩窟王そして小説の中のグレゴール・ザムザの物語をおもいながら、死に行くもののはかなさと言うか何かボンヤリとした気持ちが続いていた。自分の両親や自分も死ぬということはわかっているが、それまでに何が起こりどう過ごしていくのか不安が生まれた。しかし、義孝ちゃんも晶子さんもそんなこと

を考える時間のない間に死を迎えてしまった。そのことはまたどう考えていいのか龍雄にはわからなかった。二人の犯人のことについては新聞・テレビいろいろ情報を得ているが、死んでしまった二人のことは死んだという事実だけがあって止まってしまった。それは龍雄だけが感じたことではなく、社会という大きな共同体が受け入れていることであった。

龍雄は彼らの将来・未来というものは何になるのだろうかと不思議な気持ちになった。自分自身の将来を考えると混乱してきた。

二十三章　倒産

その日は冬晴れの良い日だった。龍雄は試験休みでただ一人遅く起きた。父も母も工場に出ていたし、姉は会社、弟と妹は学校だった。十時に起きて試験中の緊張から開放された一日が始まった。お昼になって父と母と三人で食事をした。父も母も無言だった。龍雄は父の緊張した心を感じていた。父は母に

「昼からは機械止めるから」と食事を終えると父は直ぐに工場の方に戻った。

「母さん何か有ったの？」と母に尋ねと、母は厳しい顔をして無言だった。

龍雄は胸騒ぎがした。工場から父が二階の事務所に戻ってきた。事務所には社長のおじさんはいなかった。父は別の人と話していた。一時過ぎても機械は動かず、乾燥室の重油バーナーに火は入れられなかった。工場に降りると従業員はみな仕事をせず休んでいた。異様な光景に、龍雄は再び二階の自分の部屋に戻った。父が事務所から出てくるのを待って

「親父、何かあったの？」と聞いた。父は女事務員と話していたようだった。父の後について女事務員が事務所を出て行った。父は龍雄の顔を見て、

「工場がつぶれた。」といった。更に

「通りの入り口に、今朝から見張りがついてるんだ。お前も気をつけるように。」と云うと父は工場に降りていった。龍雄も工場に降りていった。父は皆に落着くように話していた。社長のおじさんは朝事務所に顔を出した後、出かけたまま連絡が取れなくなっていた。そこに、協和ゴム工業の社長の野田さんがきた。父は野田社長を事務所に案内し、

「宮本社長が朝から行方不明で、東信商事の者というのが来て、工場のものは一切動かすなと言われた。よく分からないので、事務員に聞いたら、倒産だそうで……社長は見つからない……」

「岡本さん、それは大変だ！」

「私も寝耳に水でどうしていいか分からないでいるですが。従業員を動揺させないように、事情があるので工場をストップするように指示したとこです。」

「岡本さん、どうする！」

「どうもこうも無いです！皆に話して今日は帰そうかと思って……」

「……それがいいでしょう。二十日にもう一度皆にきてもらうよう言ったほうがいいです。」

「じゃ、直ぐに……」と言って龍造は再び工場に降りていった。全従業員を集めて、龍造は事情を話した。しかし、話している龍造自身何が起きてるか分からないでいた。肝心かなめの社長は行方不明、女子事務員だけの話しだが、彼女も倒産したとだけ龍造に告げて外出してしまった。従業員は事情が飲み込めなかったが、倒産したこ

とだけは皆理解した。龍造と片腕の永田を残して全員三時に帰した。

　従業員と話したあと、龍造は直ぐに事務所に戻った。野田社長が待っていてくれた。

「岡本さん、原料のドラム缶有るだろ、何本有る?」

「手がついてるのが一本と手がついてないのが十一本あります。」

「十一本をうちに運んじゃおう、少しでも金になるものは確保しないと……会社の車よこすから?」

「入り口に見張りがいますが?」

「ドラム缶だから大丈夫だろう……兎も角運び出そう。」

「ありがとう御座います。」

「それと、製品どれくらい有る。それをどっかに隠さなきゃ!」

「天井の倉庫に二十ケースぐらいあります。」

「それを、どこかに運びこめないか……」

「結構な場所取りますよ!」

「何とか捜して運び出そう。少しでも金目なものを確保して、従業員に保証しないと……」

「はい……ちょっと相談してきます。」

「岡本さん、製品は原料のようには表から運びだせないよ!」

「分かります。」龍造は製品の保管場所を永田と考えていた。永田は自分が知っているあらゆる友達に連絡し、数人の家に分けて確保することが出来た。龍造は龍雄を呼び、永田と二人で製品を運び出すように指示した。但し、裏口からだった。裏口は狭く、二輪車しか入れなかった。龍雄は永田の指示で製品を運び出した。終了したとき夜十時を回っていた。龍造は野田社長のアドバイスで何とか急場を凌いだ。

＊

　翌日、龍造は女事務員から従業員に関する事務書類を受け取り、先ず職安に飛んだ。事情を話し全従業員が直ぐに失業保険が受けられるよう話しを進めてきた。岡本家の家族たちは何時ものように生活を続けた。工場は機械が止まり、工場には従業員も無く閑散としていた。債権者の人間が二人来た。龍造は工場にある資材の全てについて説明した。また自分の家族がここで生活していることも話した。債権者が言うには二十二日までにここを明け渡せということであった。それまで四日しかなかった。

　龍造と妻は先ず自分達が住むところを考え、親戚を含め知り合い全てに連絡を取ったが、棲家は確保できなかった。日にちは迫っていた。七人家族の荷物も大変な量だった。龍造夫妻は寝泊りするところは兎も角、荷物を預かってもらうところを探した。荷物も人も先ずは妻の弟のところにお願いできることとなった。荷物は弟の知り合いの倉庫に置くことにした。弟の所に龍造夫妻と下の子供二人、姉たちは友人の家に泊まることにし、龍雄も友達の家に止めてもらうことを考えたが、互いに受験期なので、別な方法を考えなければならなかった。

＊

　二十日に全従業員が集まってきた。龍造は皆に倒産のことをはっきりと話し、全員で職安に行った。龍雄は従業員を見ると、一瞬工場がまた動き出すのではないかと思った。職安に向かう前に龍雄は従業員一人一人に最後の挨拶をした。誰もいなくなった工場は閑散として静寂だった。たった一人での留守番役の龍雄は工場のあまりの静けさと、広がりに怖さを感じた。二階に上がり自分の部屋で両親の帰るのを待った。勉強どころではなく、自分の荷物をどうまとめるか考えていた。二時過ぎに母だけが帰ってきた。それでも龍雄はほっとした。引越しまで二日しかなかった。

「母さん荷物はどうするの？」

「花屋で、倉庫を見つけてくれたのでそこに一旦置く」

「寝るところは、花屋に世話になるが姉さんとお前はどこか捜して欲しいんだ。」

「うん、敏ちゃんとこと片岡の家にとめてもらえる。」

「永田の敏ちゃんとこは大丈夫みたいだからそこにいてや、同級生じゃ肩身が狭いだろ。」

「そーすっか！」

「自分の荷物はまとめときな！」母の言葉に素直に従った。

「ところで、親父は？」と云うと母は

「花屋さんに寄って、引越しの件を相談してるよ。」

二十一日は岡本家の家族は全員休んで引越しの準備に掛かった。永田の敏ちゃんも来てくれた。それぞれが自分の物をまとめるのが先決で後は全員で荷物の選別をしたが、工場のものには一切手を触れないよう父親からのお達しが出た。昼過ぎに協和ゴム工業の野田社長が見えた。龍造と二人で事務所に入った。

「原料の代金と製品の代金、製品は工業用のゴム手袋しか売れそうも無いんで、……後は岡本さんが自由にしては……全部で三十万円あります。お渡しします。」と龍造に現金の入った袋を渡した。龍造は戸惑った顔をした。それを見て野田社長は

「岡本さん、立退き料とか貰ってないんでしょう、あなたがそれとしてもらいなさいよ！」

「でも、まずいのでは……？」

「社長も行方不明だし、あなたの権利を持っていくとこがないんだから……知ってるのは私とあなただけ。原料はうちで引き取ったし、手袋はうちの商品として混ぜてしまうから……あなたもこれから大変でしょう！」龍造にとってはありがたい話しであった。自分たち家族の生活は全く考えていなかった。これから棲むとこも決まってないし、更に仕事があるかどうかが心配であった。龍造は四十八歳になっていた。新しい仕事をするなんて考えられなかったし、この仕事につくとしても年齢が心配だった。今は、一時の退避場所に専念しているが今後のことを考えると不安で一杯だった。失業保険も半年しかもらえない、こんなとき三十万円はありがたいことであった。龍造は野田社長の言葉に従った。話しが済むと野田社長は直ぐに工場を後にして帰った。龍造は母を呼び、野田社長との話しを伝え、現金の入った封筒を渡した。母親は大切にそれをしまった。夕方には荷物の整理も終わり、今夜が最後の夜だった。明日は朝一番の八時に車がつく、それに乗って棲み慣れた家を離れるのである。

二十四章　家族の歴史

龍蔵が生まれたのは、大正四年あの吉田翁が犯人として捕らえられて二年目のときだった。江戸時代からまだ半世紀しか経っていなかった。龍造は宇都宮の山のほうで生まれた。十一人兄弟の十番目の子供として生まれた。子供の頃から活発で運動神経が優れていたし、勉強もよく出来た子であった。何時もリダーシップを取っていて学校では人気者であった。しかし五年生のとき、腕立て臥せをしているとき、友人に体ごと乗られ、右腕と右足の骨折をしてしまった。通学することが出来ず、約半年間学校を休んでしまったその半年の間に龍造は自分の境遇について色々知った。一方学校の授業には付いて行けなくなっていた。自慢の運動も、骨折の後ではままならなかった。

「除けっつ子」龍造が何回も耳にした言葉だった。それがどんな意味をしているのかは全くわからなかった。彼より二才したの長女の娘武子は兄弟のように仲が良かった。そして、怪我した龍造に一番やさしかったのは次女であった。長女と次女は人がうやまうほど仲が良かった。

「除けっつ子」そして次女のかいがいしいまでの龍造に対するやさしさ。人の言葉で龍造の本当の母親は次女であると聞いた。龍造は何も言わないが、本当だろうと信じていた。しかし、龍造は母子のように接したことは一度も無かった。父については全く見当が付かなかった。龍造は幼い少年ながら、次女を本当の母親と信じていた。しかし、そのことを誰にも言わなかった。龍造は中学には進学しなかった。最も、当時中学に進学するのは途轍もないことだった。家族のことも考えたし、次女の実母のことを考えると、進学するなんてことは問題にならなかった。小学校を終える龍造は丁稚奉公に出た。炭屋への丁稚奉公だった。龍造にとっては苦にならない仕事だった。一つ心残りだったのは、実母である次女にあえなくなることだった。龍造は兄弟のような武子の家によく遊びに言った。長女は龍造をよくかわいがった。そして、いつの頃からか龍造が武子の家に遊びに行くと、次女が必ずきているようになった。龍造は嬉しかった、しかし次女に決して甘えることはしなかった。あくまでもお姉さんであった。三年で年季奉公が終わった。龍造は十五歳になっていた。武子の母から、年季奉公があけたら、池上町の東京街道沿いある、ガソリンスタンドで働くように進められた。次女もそのことをとても喜んだ。龍造は二人の姉の言葉に素直に従った。ガソリンスタンドは、龍造を含め五人いたが、一番えらい人が関口さんといって四十歳くらいの人だった。龍造には全く新しい世界だった。炭屋でリヤカーをひいてるのとは違って、自動車を操るのであった。バスとトラックが殆どで、乗用車と言うのは珍しかった。機敏で動きの良い龍造は客に直ぐ気に入られた。いつか、客の教えに従って、トラックの運転も覚えてしまった。すると、客は龍造を見ると鍵をポンと投げてガソリン入れとけ言うだけだった。心得た龍造は自分でトラック運転し、ガソリンも一人で入れてしまうのだった。バスの運転手とも仲良くなった。笑顔で、どんないやな仕事も平気で受け入れこなしてしまう龍造は人気者になってしまった。龍造が町を歩いていると、急にバスが止まって、
「龍ちゃんのって！」と駅でもないのに止まってしまうのだ。おおらかと言えばおおらかな時代であったのかもしれない。交通機関として路線バスが貴重になり始めた昭和初期の時代であった。一七歳のとき、次女が嫁いでいった。その話しを長女の武子の母から聞かされた。大谷の大工さんの家に嫁いだと言うことだった。武子の母に誘われ三人で実母の嫁ぎ先を尋ねた。次女は殊のほか喜びご馳走をしてくれた。亭主の大工さんはいかつい顔をしていたが、やさしい人だった。何も知らない龍造に大工道具の話しを楽しげに語っていた。龍造もその話しは面白い話しだった。龍造は帰り際大工さんに
「小僧、また遊びにこいや！」と言われた。天にも上るような嬉しさだった。
「おじさんありがとう。姉さんまた遊びにくるよ！」と大きな声でさよならの挨拶をした。かえる三人の後ろ姿を実母の次女は姿が見えなくなるまで見送っていた。心のなかでは
「あの子が本当にまたきてくれるといいのだけれど」と思っていた。龍造はこんなに美しく、優しい母を見たのは初めてだった。大工さんの言ってた通り休みごとに来てやろうと思った。このときの母の美しさを、龍造は生涯忘れることは無かった。

それ以来龍造は休みのたびに大工さんの家を訪問した。いつか、大工仕事についていろいろと知識をつんでいた。特に龍造は大工道具の研ぎについて素晴らしい才能を発揮していた。大工さんも龍造が砥ぐ鑿や鉋に驚いた。鉋は凸に砥ぎ、鑿は凹に砥を完璧に守っていた。大工になれば相当な大工になると思っていた。大工は先ず道具を作れなければだめだというが、龍造はいとも簡単に道具を作った。鉋の台も鑿柄も、のこぎりの目立てまでできるようになっていた。一方ガソリンスタンド方も軌道に乗って関口さんを中心に五人はよく働いた。仲でも龍造は器用なのと、てきぱきとした仕事振りでどんな運転手にも気に入られた。
いつの頃からか、社長と呼ばれ男が顔を見せるようになった。龍造はどっかで会ったような気がしたが、思い出せなかった。社長は関口さん以外の者とは口を利かなかった。何時も落着いていて物静かな人であった。十七歳になったとき、龍造は病に倒れた。盲腸から腹膜を患い生死をさまよった。三ヵ月の治療のあと一命を取り止めた。その過程で社長が自分の本当の父親であることを知るのだった。父はバス会社の重役であった。かれの手術室の隣には棺箱も用意されていた。父と知ったからといって龍造は何の感動も無かった。退院し再びガソリンスタンドに戻って、以前のように元気に勤めていた。しかし、退院後関口氏の龍造に対する態度が変わっていった。龍造は関口と対立することがしばしば発生した。他の従業員に対するより自分に対して観察が厳しくなると同時に、個人的な生活にもいちいち口を出してきた。龍造はなぜだか分からなかったが、彼の

もちまえの明るさが耐えさせていた。ある時、店の売上金のことで龍造と関口の間でトラブルがはっせいした。龍造は関口の言い分を決して認めなかった。関口の話し振りから、将来この店は龍造が継ぐことが分かってきた。夜、家に帰って龍造は考えた。自分はまじめに、自分なりに考えて仕事しているのに、自分の知らないところで自分のことについて何かがうごめいているのに何か怖さを感じていた。自分の母親のことも、父親のことも、自分が関与しないところで動いていた。龍造はある決意をした。自分ひとり単独で生きていこうと。そして宇都宮を出よう……東京に一人で行こうと龍造十七才のときであった。時代は大正から昭和に移っていた。昭和七年の夏であった。彼は当分宇都宮の土は踏まないと決意して東京に向かった。最初、本郷菊坂の酒屋の丁稚になった。一年後に社員千人にもいる大きな会社の職工となった。会社名は国華工業ゴムといったゴム会社であった。ゴム会社の仕事は熱く危険な仕事であった。そんななか龍造はめきめきと頭角を現していった。社内の運動の方でも目立っていた。秋の会社の運動会は神宮で開かれ、龍造をひときわ目立てさせた。彼は会社の野球部にも所属した。仕事も生活も宇都宮時代に比べると充実していた。いつか彼は班長に抜擢されるまでになっていた。東京に来て十年……ある時会社の顧問の塙氏に呼ばれた。彼は中野の塙氏の屋敷に言って美しい娘とあった。龍造の見合いである。相手は塙氏の親戚の娘で時の総理大臣の秘書官家で女中をしていた娘だった。会社の方針で、班長にもなったし、会社にとっても重要な社員に育った龍造を身を固めさせ、大いに働いてもらいたいということだった。

龍造は、二つ返事で承諾した。結婚式を終え、初めて妻冨子を連れて宇都宮に戻った。十年の歳月が流れていた。龍造は先ず、実母の所を訪ねた。母は大変喜んでくれた、大工の亭主も無口ではあったがとても喜んでいるのが分かった。母は龍造夫妻を連れて、ある屋敷に行った。そこは大きな屋敷だった。飯村と表札がかかっていた。奥で待っていると、そこの亭主が入ってきた。龍造の実父であった。話しの内容を理解している様子で、喜んでいた。龍造がはじめて正式に面会する父であった。父は和やかに冨子に龍造のことを語った。それは龍造がはじめて耳にする話しであった。

最後に父は冨子に頭を下げ

「宜しくお願いします」と龍造のことを頼んだ。龍造には考えられないことが起きた。二人の生活は中野の塙の屋敷の一角の部屋で始まった。龍造はそこから、品川まで通った。時代は昭和十六年、日本は戦争に突入していた。十二月八日、日本は太平洋戦争に入っていった。龍造の会社は、軍による完全な国策会社となっていった。ゴムは戦争に無くてはならないものであった。龍造は一番電車で家を出て、終電で帰るという生活に入っていった。十七年の春に長女が生まれた。同時に龍造に赤紙が届いた。龍造は宇都宮の師団に配属された。二等兵である。師団で半年訓練を受けて、実践に配属されるのである。秋になり、冨子は長女を連れて、龍造を慰安に訪れた。久しぶり見る長女が愛らしかった。龍造は冨子に来年春ごろに南方行きになりそうだと語った。冨子は東京に戻ると、その旨塙のおじに伝えた。おじの話しでは、龍造は会社に必要な人間なので、訓練の後、会社に戻すように申請しているということだった。冨子はそのことを手紙で龍造に知らせた。龍造は師団にえらくなった小学校の同級生や、龍造を知っているえらい人たちが結構いて、師団の生活もいじめられることも少なく過ごしていた。ある時、大尉になっている小学校の先輩に呼ばれご馳走になった。そこで、会社の申請の話しをすると、会社名を聞き、国華工業ゴムなら申請は直ぐに通るだろう、調べといてやると約束をしてくれた。それから数日後、大尉は正月には帰れるよとしらせてくれた。龍造は妻に直ぐにそのことを手紙に書いた。

昭和十八年の正月、龍造夫妻は中野で正月を過ごした。正月が過ぎると龍造はまた、品川までの通勤が始まった。

春になって、前から申し込んでいた都営住宅の募集に当たり、龍造一家は荻窪に引っ越した。通勤は少し遠くなるが、龍造には苦にならなかった。戦争が激しくなると龍造は空き地に防空壕を掘った。大切なものと食料品は壕に貯蔵しておいた。

仕事はフル回転だった。会社は武器もつくるようになっていった。龍造は戸山の陸軍学校にも仕事の関係で出かけたりした。戦争は激しくなっていった。龍造の会社には地方の女子学生が女工として入ってきた。龍造は一日も休まず働いた。その間に次女が生まれていた。十九年、二十年に入ると戦火は激しく、三月には東京大空襲があった。品川の会社も大空襲で焼けてしまった。同時に妊婦の強制疎開が公布された。妻は三人目の子を身ごもっていた。会社も焼けてしまい、龍造家は、宇都宮に疎開することに決めた。実母の家に親子四人で転がり込んだ。母にも大きな子二人いた。一人は十歳でしたの子八歳だった。疎開して半年も経たないうちに日本は敗戦となった。天皇のラジオ放送を部落中で聞いた。泣くもの、ため息をつくもの、悔しがるもの……様々の表情があった。龍造は戦争は終わったと確信した、そして直ぐに家族の生活のことを考えた。国華工業はもう無かった。彼は宇都宮で再出発することに決意した。生まれ育った土地、ここならこれからの困難を乗り切れるだろうと考えた。先ず、家族が一緒に住む家を建てることであった。龍造は寺の裏の土地を借りた。そこに岡本の家を建てることにした。大工さんと自分そして実母の子供達を使って立てることにした。秋になって三人目の子が生まれた。長男だった。正月は新しい家過ごしたいと考えていた。計画通り昭和二十一年の正月は新しい家で過ごすことが出来た。次は定職だった。疎開以後は義父について大工の手伝いをしていたが、宇都宮の街に出てちゃんとした職に付くことだった。色々な仕事があったが、出来たらゴム関係の仕事をしたいと考えていた。正月に妻の二人の妹が龍造を尋ねてきた。妻の実家では妹達二人だけで生活していると言うことだった。北浦の近くで、物騒なことそれに、実家の田地田畑を親戚や知人に貸しており、このままでは農地改革で皆取られてしまう。龍造一家に妻の実家に帰ってもらい守って欲しいということだった。妻は反対した、家も建てたし新しい生活をはじめようとしているのに……兄貴はどうしているのか。兄は宮内庁に勤めていて、今の時期抜けて帰るわけには行かないということだった。戦争の後始末がついたならかえるということだった。次男は養子（婿）に入ってしまい戻ることは無理だった。三男は戦死し、四男はまだ十二歳で兄貴のところで生活していた。どうしても長女一家に帰ってきてもらいたいというお願いだった。龍造は即答を避けた。二人の妹には一晩泊まってもらった。龍造は一週間後には返事をすると云うことで二人を帰した。龍造には本当の意味で兄弟と言うものはいなかった。妻の兄弟が自分の兄弟だと思った。ガンとして反対する妻を説得するのはむつかしかった。でも、妻の兄弟が自分の兄弟だと思うと何とか助けてやりたかった。丸二日かかって妻を説得した。一月一杯引越しの準備をし、龍造家は昭和二十一年二月北浦の先端の町鉾田に引っ越した。先ず、龍造がやったことは貸していた田畑を返してもらうことだった。それが済むと農作業だった。龍造は農業を一度もやったことが無かった。畑は兎も角、水田の作業は初めてだった。妻や妻の妹達に教わりながら農業をはじめた。たちまち一年が過ぎ、それなりの収穫をあげ、安定した生活のリズムを取り返しつつあった。昭和二十三年の春、長男一家が戻ってくることになった。龍造一家は本家を明渡し、同じ敷地内にある、隠居やに引っ越した。家族は次男も生まれ六人家族となっていた。妻の実家の田畑は一家族が暮らすには充分な収穫であったが、二家族が生活するのは不十分であった。龍造は食うことの壁にぶつかっていた。仕事を探さねばならなかった。だが、辺鄙な田舎町に仕事は無かった。龍造は便利屋そのもの、頼まれればなんでもやった。宇都宮で家を立てた経験が、大工仕事として大変重宝がられた。しかし、大工仕事は二ヶ月も三ヵ月も家を空けなければならなかった。龍造夫妻は東京に戻ることを考えていた。東京で仕事を捜す決意でいた。東京での仕事ならゴム関係が一番であった。妻の遠い親戚にゴム手袋の町工場をやっている人がいた。昭和二五年夏、龍造はその人を頼って東京に出た。それから二年、死に物狂い働いた。そして昭和二十七年十二月二十二日龍造一家は東京に戻った。家族はそのとき七人になっていた。四畳半一間で始まった生活は三部屋の生活空間に広がり、五人で始めた工場は二十人を越していた。十年後の話しである。十年目にして住みなれた家を出て行った。龍造の家族達であった。その日は昭和三十八年十二月二十二日であった。家族は固まっていなかった。

二十五章　新しい生活

二十二日朝七時には家族全員朝食を済ませ、車の到着を待った。その騒々しさに何が、あったのかと隣の家族が出てきた。

「何があったんです？」と聞かれると龍雄と姉は

「工場がつぶれたのです。」と答えた。

「引っ越すんですよ！」と龍雄が付け加えた。隣の奥さんは

「全く知らなかった」と驚いていた。そこに債権者が数人の職人を連れて現れた。同時に引越しの自動車も来た。工場の前は人で賑わい騒々しさを増していった。近所の人達がみな外に出てきて何があったのかと興味深げに見守っていた。工場がつぶれ、岡本一家が引っ越すのが知れ渡った。皆は同情を持って見ていた。父が債権者と何か話していて終わると、手招きして龍雄を呼んだ。

「事務員の江川さんとこに、東信商事さんを連れて行ってほしいんだ。」

「場所は四丁目のとこだよね！」

「うん、東信商事さんが来たといえば分かるはずだ。」龍雄は東信商事の人を連れて事務員の家に向かった。

「こっちです。」と龍雄が言うと東信商事の人は黙ってついてきた。ずーと沈黙が続いていたが、東信商事の人が龍雄に

「あなたの部屋かな、天井に模造紙が張ってあったが、勉強用でしょ？」

と聞いてきた。

「古文の助動詞の活用表です？」

「受験生？」

「ええ、古文が苦手で寝転がっても勉強できるようにと作ったんです。」

「そう、頑張りやなんだ！」龍雄はその社員に誉められて嬉しかった。昨日までは憎々しく思っていたが、なんとなく嬉しかった。事務員の家に着いた。尋ねると事務員は寝巻き姿で出てきた。東信商事の人を見ると、ちょっと待ってといってまた中に入っていった。もう既に顔見知りのようであった。事務員は再び顔を出すと、袋を持ってきて、中身を社員に見せて何か話していた。社員はその袋を受け取ると龍雄とまた一緒に工場に向かった。工場に着くと、二階は職人達の手で解体がすすんでいた。龍雄は自分の部屋の見納めと階段を上がると天井がまさに壊され様としていた。天井に張った模造紙が半分から破れ垂れ下がっていた。十年棲んだ我が家との最後の別れだった。

龍雄と父を残して家族は車と一緒に花屋のある錦糸町に向かっていた。父は東信商事の人に挨拶をして工場を後にした。龍雄と二人駅に向かった。これが最後の工場との別れだった。その後ここに顔を見せることは二度と無かった。

龍造父子が花屋についたとき、引越しの荷物は近所の倉庫にしまわれて、岡本の家族は皆花屋の居間にいた。龍雄は父の跡について

いった。姉達はお店の手伝いをしていた。龍雄は何もすることがなく、ただ父の跡をついて歩くだけだった。両親は次の落ち着き先を必死で探していた。それは一時的な落ち着き先である。仕事も決まらないのに、アパートを借りて棲むということは出来なかった。どんなところでも良いから、次の仕事を考え、住むための一時的な家族の住居が必要であった。龍造は自分は家族以外のすべての物を失ったと考えていた。立て直すためには仕事が必要であった。しかし、年の瀬の押し迫ったこの時期、仕事はおろか、住む場所なんて簡単に見つかるものでは無かった。

＊

十二月二十四日一人の人物が父龍造を尋ねて花屋にやってきた。花木ゴム株式会社の菅原さんであった。龍造は近くの喫茶店に誘った。菅原さんの話しは仕事のことで龍造の会社が納めていた製品が欲しいと言うことだった。花木ゴムは工場を持っていなかったので、小さな工場を建てたいという話しだった。龍造は前の従業員は誘えないことを話した。やるとすれば龍造夫婦の二人ではじめることになるだろうと話した。大きくなれば人を入れることも可能でしょうとも話した。菅原さんは龍造の申し出に納得した。菅原さんの希望は四月には始めたいと言うことだった。工場はこれから探し、龍造と相談していくことに決めた。菅原さんと別れた後、龍造は一番大きな問題が解決したと思うとほっとしたよりうれしかった。花屋に戻るなり、妻に菅原さんの話しをした。妻にもいい話しが入っていた。彼女の従兄妹からの紹介で、近所に近く取り壊す予定の家があり、半年ぐらいなら棲んでも良いと云う話だった。ただ、取り壊す家だからかなりひどい建屋だということであった。家は六畳二間に3畳一間とお勝手があるということだった。龍造は運が向いてきたと思った。明日、妻と二人でその家を見に行くことにした。

翌日、龍造夫妻は妻の従兄妹を尋ねた。菓子折りを二つ持って、従兄妹は龍造たちの思いがけない不幸に同情をかけてくれた。早速大家さんの家に案内してくれた。気さくな人だった。ちょっとひどい家ですが、役に立つなら使ってくださいとのことだった。家賃なんか取れる家ではないので、気にしないで下さいといった。二人は、大家さんの案内でその家を見に行った。古い普通の家だったが中に入るとかび臭かった。畳はゆがんでいたが、台所もあり、今の龍造夫妻にとっては素晴らしい家だった。妻は、また家族が一緒になれると思うと直ぐにでも引っ越したかった。大家は、鍵を龍造に預け、いつから使ってもいいですよと言ってくれた。夏に壊すことにしているので、それまでは自由に使ってくださいとも言ってくれた。

二人は深く頭を下げて別れた。

花屋に戻るなり、岡本夫妻は弟夫妻に新しい住まいと、引越しの話しをした。二十七日は龍造が花木ゴムに出向き、社長と会う予定になっていたので、二十八日を引越しにすることにした。姉達も二十八日から正月休みに入るので好都合であった。

龍造は、正月前に引越しが出来るので気持ちも落着いてきた。夕方龍雄が花屋に来るとその話を知った。龍雄は少しでも勉強しなければとおもっていたので喜んだ。

＊

二十八日岡本家は引っ越した。引越しが終わると、龍造、龍雄、弟の富雄と三人で銭湯に出かけた。龍雄は親父の背中を流した。親父の背中が心持小さくなったように感じた。家に戻ると、母が久しぶりに酒の用意をしていた。一七日の倒産以来龍造は一滴も酒を口にしていなかった。家族全員がそろい十日ぶりの一家団欒だった。龍造はちびりちびりと酒を口に運んでいた。安堵の顔つきであったが、目は厳しさを表していた。年が明けたら菅原さんと工場探しをいの一番にやろうと考えていた。家族の本当の住まいも探さなければならなかった。家はまだかび臭く、畳は湿気を含んでいてコタツが離せない家だった。隙間風が入ってくるし、そこにはテープをはり、隙間風を凌いだ。畳は波打っているようにゆがんでいたが家族が一緒に住めるということはなにものにも勝っていた。龍造夫妻ばかりでなく、子供達全員がそう考えていた。どんなに貧しくなっても家族全員で過ごしたいと……

＊

翌日、見知らぬ男が龍造を訪ねてきた。彼は前の会社武蔵ゴム工業の社長を尋ねてきたのだが、行方がわからず龍造を探し当て訪ねて来たのであった。龍造の知らない男であった。龍造は龍雄を誘ってその男と近くの喫茶店に行った。借金の返済のことだった。龍造は社長の行方がわからない、自分こそ社長に会いたいものだ、自分は現場の責任者であって、経営については全く知らないし、役員でもないので、あなたの借金についてはなんとも答え様がないといったが、相手は簡単にひき下がらなかった。あわよくば、龍造から返してもらえないかといわんばかりであった。龍造は、社長の自宅には社長婦人と社長の義理の息子さんがいるから、そちらと話してくださいと社長の自宅の住所を教え話しを打ち切った。龍造はああいう手合いが倒産後尋ねてくるのがいることを龍雄に語った。交渉ごとや外部との折衝は苦手で、できるならこれからこういうことがあったら一緒にいてくれと龍雄に言った。龍造は自分が現場仕事なら何でもできるが、経営に関することや、外部との折衝は苦手なこと、一人だと自分の弱さが出てしまいそうで、息子でも一緒にいれば、変に弱くならないだろうと考えていた。龍雄にも親父の立場と得手不得手があることが分かった。

父は家にいるときは新聞を隅から隅まで一日中読んでいた。龍雄は紐解いた参考書で勉強をしようとするが、気分が乗らなかった。三時になると、親子三人そろって銭湯に行くのが日課になっていた。

＊

大晦日はこんな状態ながらもおせち料理つくりで、母、姉達が忙しく働いていた。男達は何もやることがなく手持ち無沙汰で終日テレビにかじりついていた。夜は年越しそばも用意され、楽しい夕餉が始まった。父はここに引っ越して以来二度目の酒の用意がされていた。龍造は昔から、外で酒を飲むが、どんなに遅く帰っても家で最後の一杯を飲まないと寝なかった。龍造にとって一番美味しい酒は、家族に囲まれて飲む酒だった。飲むほどに楽しい酒で、適量飲むと外に出て軽く引っ掛けて、夜十時過ぎに帰ってくる、そして寝る前の一杯で就寝と言うのが今までの生活のパターンであった。今日は家族を前にテレビを見ながら酒を酌んでいた。何時ものようにおしゃべりもなく、静かな酒だった。突然、

「皆、聞いてくれ！」と言って、正座した。家族の顔を見ながら、

「こんな目にあわせてすまない。」と頭を下げて家族にあやまった。目には涙が流れていた。それを見て、姉や妹が泣き出してしまった。父は
「すまない！」と言って頭を下げたままであった。泣いているのは誰にも分かっていた。龍雄と富雄の目にも涙が溜まっていた。感窮まったのか龍造はすすり泣きながら家族に対し
「すまない！」と謝っていた。母を除いて女達は声をあげて泣いていた。この二週間は岡本家の歴史で最も困難な日々であった。

「お父さん、もういいじゃないの、ここまできたんだから、皆お父さんの苦労と努力は分かってるんだから、後は皆で頑張るだけよ。」と母が口を利いて、父もやっと顔を挙げた。泣いた女達も泣き笑いになって、

「お父さん頑張ろう。」といった。龍雄は涙がポロと落ちたが無言のままだった。

「九時から紅白を見るんでしょ。」と母が言って皆は再びテレビの画面に目をやった。「お父さん！」と言って母は父に酒を継ぎ足した。龍造は悔しさ一杯であるが、家族にありがとうと心で叫んでいた。どんなことがあっても負けないぞと思った。

一日過ぎると正月だった。今年も雑煮で始まったが、社長のおじさんにおめでとうを言うことはなく、お年玉もなかった。父は何時ものとうり年一度の朝酒であった。子供達はテレビに見入っていた。軽く酒を飲んで、男達は朝の銭湯に向かった。龍雄はこの二週間の激変で受験のことを全く忘れていた。激しく騒々しかった暮に対し静かな正月であった。誰も出かけるところが無かったし、誰も尋ねて来る者もいなかった。

＊

正月が過ぎ、学校も始まった。龍雄は勉強に集中できないでいた。父は菅原さんと新しい工場の物色に出かけたり、見知らぬ訪問者相手で忙しかった。龍雄は学校を終えると、真直ぐ帰宅し父親と一緒にいた。見知らぬ訪問者が来ても一緒だった。大学の受験の受け付けが始まっていた。父達の工場が見つかった。小岩だった。龍造は家族の住む家を見つけなければならなかった。三十万円を元に小岩近くの物件を毎日探し求めた。三月、新小岩に小さな一軒家を見つけた。家賃も安かった。三月半ば岡本家は小さな一軒家に引っ越した。龍雄も受験を終え結果を待つだけだった。父は落着くと、四月から仕事がはじめられるように準備をしていた。夫婦二人での門出だった。一方龍雄の合格発表があった。不合格だった。龍雄は一気に落ち込んだ。父も母も何も言わなかった。父は、先のことは自分で考えるように、働けとは言わなかった。だが、予備校行くことは考えられなかった。不合格だった友人達はみな予備校に行った。龍雄は自宅で頑張ろうと考えていた。予備校に行かなかった友人達は自宅学習で頑張っていたが、それぞれ途中で大学を断念していった。

父達の仕事は軌道に乗っていった。昔と違って、夜の帰りも早かった。母は五時には仕事を終え、六時前に買い物袋を担ぐようにして帰ってきた。父も遅くても七時には帰っていた。姉達が一番遅い帰宅であった。

岡本家の新しい生活が回転しはじめた。

二十六章　忘れられたテープ

有田は安岡との会話のテープを抽斗に仕舞ったままにしていたが、気にしていた。友人の新聞記者と暮に一杯酌み交わしているとき、義孝ちゃん事件の困難さを聞いた。そして、同じくらい難しいと思っていた、晶子さん殺しが解決したのは不思議なくらいだと語っていた。両方とも初動捜査で大失敗を起こしているのに、晶子さん殺しは容疑者が特定されたのに、義孝ちゃん事件は未だに容疑者が特定されないし義孝ちゃんの安否についても実際はわかっていなかった。都会に起きた事件と地方に起きた事件の違いかなと語り合っていた。有田は友人に安岡の件を話してみた。

「ああ、声が似てると言う人ね！」

「うん、声は似ていたが、会って話してみると犯人かなとも思えるんだが、でも人柄を見ると違うなと思ってしまうんだよ。」

「ああ、よく憶えている。彼は何回か捜査の対象になったが、この件に関してはシロみたいだが……金に困ってるのは事実らしいよ。夏、八月だかに神社の賽銭泥で捕まったそうだ。それで懲役一年六ヵ月、執行猶予四年の判決を受けたが、この十二月にまた、窃盗の容疑で築地署にしょっ引かれたよ。」

「なに、執行猶予で、また窃盗？」

「うん、爆弾を抱えての犯行だから、今度は実刑だな……しかしまた義孝ちゃん事件で調を受けてるらしい……」

「なんで？」

「やはり、相当に灰色臭いんだろう？」

「そう聞くと……なんとなく分かるな？」

「だけど、奴にはアリバイが有るんだよ。三月二十七日から四月三日まで、東京にいなかったんだな。」

「その、アリバイは確かなの！」

「うん、田舎、故郷に行ってたみたい。田舎の人が何人か彼を目撃しているんだ。」

「彼の故郷は福島の矢祭町て云ってたな、そこは日帰りは出来ないの？」

「無理だな、あれは水郡線と言って、水戸と郡山を結ぶローカル線だから……」

「でも、声は似てたな……」

「田舎の言葉って、皆似ちゃうんじゃないかと思うことが有るんだが……」

「いや、安岡の声はテープの声と似ている。俺はそう思うな。」有田が強調した。

「でもこの事件も迷宮入りくさくなってきたな。八月末に捜査本部の部員を半分に減らしているんだ……公開捜査のあと一般からの情報は一万件を越す程あったそうだが、殆ど白だったらしい。」

「ふーん……」

「晶子さん事件は初期に容疑者を特定できたから、上手くいったのかもしれないね。」

「うん、義孝ちゃん事件は？」

「公開捜査に踏み切った後、あまりにも情報が多すぎて、絞込が難しかったのかもしれない。あと、証拠品、義孝ちゃん事件は物的なものが何も無い、クツぐらいかな、それも身代金と交換みたいなもんだよ……そこへ行くと晶子さん事件はそれなりに物があった。自転車、脅迫状、カバン、ノート……それに遺体。」

「そうか、義孝ちゃん事件は義孝ちゃんそのものについてもわからないんだ、生きてるのか死んでるのかも……」

「うん、突破口になるものがないんだよ。唯一、犯人との電話の声だけだろ……声を特定するのは難しいのではないかな……筆跡の方がまだ相手を責めやすいと思うな。声が似てる人は結構いるが、特定するのは難しいじゃないのかな……筆跡は指紋まで行かないが個人独特な気がするし、識別しやすいのではないかな……」

「言われてみるとそうだな……特に方言だとよけい似ているように聞こえる。」

「例えば、外人の英語なんか聞くと皆なおなじに聞こえちゃうだろう。」

「まあ、でも声の高さや声色は違うんだろけど……」

「勿論、でも自分がよく知らない外国語、まあ、方言もそうだけど、似て聞こえちゃうんだ……」

「晶子さん事件が解決して、義孝ちゃん事件の捜査員達にはあせりは無いのかな。」

「当然、有るでしょ……でもどうしようも無いよね。」

「晶子さん事件で逮捕や取調べに問題があるといってるが！」

「別件逮捕とか、たらい回し取調べとか……あの事件は、山田を逮捕した容疑は窃盗などで、晶子さん事件と関係が有るのは唯一、脅迫状の筆跡だけなんだよ。しかし、取調べは窃盗なんかの取調べはなく、ほとんど晶子さん事件の取調べばっかり、山田も窃盗などは簡単に認め自白したが、晶子さん殺しについてはガンとして否定していたそうだ……」

「と言うことは殺人についても追及していたということ？」

「当然だろうね！」

「でも、罪状と違うものを取り調べていいの？」

「だから、別件逮捕といわれるんだよ……俺達の間でも、この事件は再逮捕の後、急転直下な展開な形で解決したので驚いているんだよ。」

「ふーん、どんな風に？」

「山田は拘留期限が来る前に釈放されることになっていたんだ。彼は、起訴事実に対してはすべて認めていたし、裁判所も証拠隠滅なんてないと考え、釈放が決定していたんだ。ところが、釈放のそのとき今度は殺人容疑で再逮捕されてしまったんだ。山田サイトは寝耳に水で驚いた、更に何処に拘留されたか分からなかった。弁護士がやっと捜し当てたら、とんでもない辺鄙なとこだった。接見を試みたが警察から無視され、準抗告と言う形でやっと接見できたらしい。……だけど驚いたのはそのあとすぐに事件が解決したことだ…

…」

「ふーん」

「しかし、解決直前まで弁護士は山田と接見禁止になってたんだ……」

「なぜ？」

「分からんが、裁判所からの命令だな！」

「……」

「再逮捕になってから四日で自白したんだ。いままでかたくなに否定してたのが突然というか、急にというか？……不思議といえば不思議か……」

「……警察がとてつもない情報を出したとか……」

「うーん……分かんない……もう一つ不思議な噂が流れてるんだ？」

「なに？」

「本当は山田は再逮捕されて二回目ぐらいに吐いていてるらしいんだ、そのときは三人のグループでやったと自白してるらしいんだ。確証は無いけどそんな噂が出ている。兄貴も三人の中に入ってると言う噂もあるだ。しかし山田の兄貴ははっきりしたアリバイが有るので問題はない……なんで兄貴の名前が出てきたのか……」

「三人説……、三人ぐらいいないと難しい事件かも……」

「どうして？」

「だって、自転車に乗ってる高校生を見知らぬ男が強姦して殺してしまって、更に穴をほってうめて、脅迫状まで届けて、自転車まで返してる……一人なら一日でできるか……実際は彼女が下校してから脅迫状を届くまで四、五時間だろう……一人じゃ難しいんじゃない……俺は不可能とおもうが？」

「うん、ま……そういわれるとそうだよな……三人説をとりたくなるな……それは裁判を待つとして……その三人説は、警察から発表もされてないし、新聞やマスコミにも全く出てないんだ。ミステリーと言えばこれもミステリーだな？　それから二日後、山田は単独犯行を自白するんだ。」

「何か、解決したけど……なぞめいた事件になるね。」

「まあ、解決の仕方が謎めいているんだけど、自白してるんだから……公判は維持できるだろう。多分、求刑は死刑だろうな……」

「いや、自白というのが謎めいてるな……ところでなぜ死刑なの、無期にはならないの？」

「この事件と、義孝ちゃん事件の犯人は死刑だろうな……世の中を騒がせたし、警察を翻弄しつづけたからな。」

＊

安岡は窃盗の容疑で再逮捕され、更に拘留期限一杯、義孝ちゃん事件について追及を受けた。だが、アリバイが確かであり、いかに安岡の声やしゃべり方が似ていようと、アリバイが成立すれば逮捕は出来ない。しかも爆弾を抱えた犯行は実刑のみであった。安岡は翌年四月に実刑二年が確定し前橋刑務所に収容された。

二十七章　死刑

三月十日、山田を担当弁護士が訪ねた。明日十一日が判決の日であった。弁護士としては考えたく無かったが、可能性として死刑の判決もあることを伝えておきたかった。控訴という手続もあることを示唆しておきたかったが、それよりも、死刑の判決が出た場合の心の準備もしてもらいたかった。弁護士と接見しても、山田はいつもと同じ態度であった。なんとなくよそよそしく、弁護士には何も期待していないような態度だった。

「あなたは、やったと自白してますが、私達からみると、証拠品一つとっても自白が正しいとは思えないんですが……」

山田は、話しを聞きながら何ら反論する様子は見せなかった。弁護士には山田に何か思惑でも有るのではという思いを抱かせた。

「……明日が判決ですが、判決では死刑にされるかもしれません。」山田は弁護士の話を聞きながら彼らを見ているだけだった。そして「いいんです。いいんです。」と云いながら笑顔を作った。弁護士は計り知れない闇の中に陥ってしまったような気がした。依頼人とはいえ、遥かかなたに存在している依頼人であった。彼は我々を信じてない……悔しい思いだった。

＊

三月十一日、地裁は暗いうちから傍聴人の列が並び、混雑していた。

十時、法廷は開廷した。裁判長が席につくと、部屋一杯に緊張が走った。裁判長は

『主文』を後回しにして、『理由』から朗読をはじめた。山田に対する生い立ちから、環境、そして犯行に至るまでが、延々と述べられていった。傍聴者にはそれらのメモを取るものもいた。そして、裁判長が

「被告人、主文を読み上げるので前へ」山田は立ち上がると、前に歩数を進めた。カーキ色のジャンパーと作業ズボン、足袋にゴム草履といういでたちで裁判長の前に進み出た。部屋全体に緊張が走った。完璧な沈黙と静寂だった。

「被告人を死刑に処す。」

裁判長のはっきりした声が通ると、部屋はどよめきの波で一杯になった。山田はうな垂れている様にもみえるし、普段と変わらないようにも見えた。ただ、裁判長の目をジーと見ていた。それは何かが終わって、ほっとした様子にも見て取れた。

「被告人は何か言うことは有りませんか」裁判長の声だった。

「そのとおり、まちがいありません。」山田の声だった。

裁判長は、穏やかな目で山田を見ながら、控訴について話した。

裁判長が退廷すると、山田は二人の刑務官に挟まれて護送車がくるまで、待つことにした。山田の担当の二人の刑務官は死刑判決を受けた被告をそれぞれ、今まで一人ずつ体験したが、一人はうな垂れたまま何日も言葉を発しなくなった。別な被告は、恐怖に駆られ

人格がかわってしまった。山田は、別な刑務官達が今日のプロ野球の話しをしているのを、興味深く聞いているような気がして担当刑務官はこいつは頭がおかしいのではないかと思ったという。

拘置所に戻ると、この死刑囚はほっとした表情で、拘置区の区長に皆と一緒に雑居房にしてくれるようお願いした。区長は山田がさびしがりやであることを知っていたし、前から希望していたことだからと死刑囚を雑居房に入れた。

山田が入ってくると房の仲間達は心配そうな顔をしながら、

「馬鹿だな！　お前、本当に死刑にされるんだぞ！　控訴しろ！」

と口々に言った。

山田は、みんなの言葉が信じられなかった。山田の脳裏には長谷川刑事の姿が映っていた。

「ちゃんといえば十年で出してやるよ！」そんな言葉だけが彼の頭を占めていた。

「あんちゃん……良かった！」と……山田はその日ゆっくりと休んだ。

＊

翌日は、すっきりした気持ちであった。誰が見ても死刑を宣告された者には見えなかった。午後に運動場に出ると数人の仲間が寄ってきた。山田と裏腹に心配顔で

「お前、死刑にされるんだぞ！　馬鹿だな、お前控訴しないのか？頭おかしいじゃないの」と昨日と同じことを雑居房の囚人たちに言われた。山田は、「そんなことは無い、十年だよ！」と皆に言いたかったが一人だけでなく全員が言うので不安に襲われた。区長さんなら本当のことを知っているだろうと、区長に面会に出かけた。

「皆から、お前は死刑だぞ、お前は死刑だぞと言われんですけど、ほんとですか？　俺、本当に死刑になるんですか？」と尋ねた。

区長は、何を言ってんだと一瞬たじろいだが、気を取り直し、

「東京（東京高等裁判所）に行けば大丈夫だ！」と言って控訴の仕方を教えてくれた。字のかけない山田は区長の書いた控訴状を丸写した。弁護士に相談もせず、彼は翌日控訴した。控訴の事実を新聞記者から教えられた弁護団は戸惑った。

それから一ヶ月半後、山田は巣鴨拘置所に移された。

＊

龍雄の新しい生活は自宅で終日孤独な生活だった。不合格は彼を相当に落ち込ませ、予備校に行けないということも不安とともに彼をいらだたせた。引越しも落着き彼は三月からの新聞に目を凝らしていた。彼は三月十一日の夕刊を探した。それは山田の判決の記事が三面を独占した時のニュースの記事だった。十一日に見たときは、不合格の発表前だったがそのとき龍雄は新聞の

『悪虐非道の極』

『かお引きつらす被告』

といった見出しどおり当然と受け止めていた。死刑は当然と考えていた。しかし今、不合格発表後に同じ記事を見ると、龍雄には以前と違って見えた。最初に目に入った見出しは

『別件逮捕などの違法性』

『弁護側の主張退ける』

犯人に対して同情的な見出しだった。自分の不合格により弱者に対する気持ちが強く同情的になっていた。龍雄自身も、その弱者の側にいることを自覚したのだろう。彼は丁寧に記事を読み出した。

……「死刑」を宣言した。瞬間、紅潮した山田の顔が青ざめ、ひきつるような表情でうなだれ、頭を二、三度こきざみにふるわせたが、それは判決にうなずくというより恐怖の態度だった。

その記事を読んで、龍雄は当然だとおもった。ただ分からないのが「死刑」と言われたときの気持ちだった。不合格とは訳が違っていた。完璧にこの世界から消えてしまうのである。その恐怖ははかり知れないだろうと思った。同時に、何故今世界から消えてしまうのが怖いのだろと考えた。

……裁判官が退廷すると「死刑」の重みに耐えかねたのか、抱きかかえる看守にもたれるようにして手錠をかけられ、足早に退廷、それでも廷外でテレビカメラの列に出会うと、きっと顔を上げ山田の性格の一面を見せつけるようなポーズをとった。

掲載されている写真から見ると龍雄には山田がうな垂れているようには見えなかった。殺人犯の顔にも見えなかった。「死刑」に脅えている様にも見えなかった。淡々とした顔だった。山田の性格の一面とは何だろうと考えてみた。それはこの淡々とした顔の中にあるのではないだろうかと考えた。顔は殺人者の顔ではなかった。これが『悪虐非道』と言うことなのだろうか考えた。龍雄に最も分からなかったことは、何故この様な犯行を犯したかという謎だった。

つぎに龍雄は『判決要旨』の記事に目を移した。弁護側の別件逮捕という不当性に対する回答は成るほど考え方一つだと思ったが次の要旨に興味をそそられた。

……被告人は死刑になるかもしれない重大犯罪であることを知りながら公判廷では一貫して犯行を認め、脅迫状の筆跡や身代金を受け取りに来た茶畑付近の足跡は被告人のものと認められる。被害者の体内の血液型も被害者の者と一致する。犯行に使われたスコップ、タオルなどを被告人は入手できる立場にあった。

「死刑」を前提にしたような事件の場合は、犯行を否認するのが当然なように裁判長が認めているように思えた。正直に犯行を認めたほうが人間らしいと龍雄は思った。確かに死刑の怖さから、俺がやったのではない、俺じゃないと言うのはあたりまえのようだが、正直に話す勇気は刑の判断を超えている貴重な行為であり自分の犯罪に対する最も深い反省だとおもったがそれを、否定するのが当然のような裁判長の考えは龍雄には納得できなかった。

……晶子さんを街道から雑木林の中に連れ込んだ後の一連の犯行、まさに鬼畜の仕業ともみられる。無抵抗の晶子さんを松の木立に後ろ手に縛り、目隠しをし、所持品を奪い、救いを求めるに構わず、首をしめながら乱暴したうえ殺した。ついで死体を芋穴に運び細ヒモと荒縄で死体の足首を縛って逆吊りにした後、脅迫状を投げ込み、その後で近くの農道に手足を縛り、目隠しをし、荒縄をかけたまま土中に埋めた仕業に至っては、一片の人間心さえ見出すことが出来ず極悪非道の極みといわねばならない。

この事件ついて、龍雄が一番納得がいかない部分であった。自転車に乗った高校生を、普通の人間が捕まえ強姦すると云うことは非常に難しいことと思えてならなかった。走っている自転車を止めることは、合意の上でなければ不可能にちかいだろうし、たとえ止めても両方が何らかの怪我をすると考えられる。そうでもなければ止められない。龍雄の想像からは相当な抵抗にあい、まして衣服を脱がすなどとは、意識のある人間に対しては考えられなかった。相手を何らかの形で、多分腕力や暴力の類だろうが失神でもさせないと、相手が女性でも困難に思えた。更に、死体をつるしたり、穴を掘ったり、死体を数百メートル運んだり、更に脅迫状を出しに行くとは至難の業である。それも行き当たりばったりの人間に対してするのだから……龍雄は複数の人間での犯行か、顔見知りの犯行以外考えられなかった。警察はどんな調や実証をするのか興味があった。高校物理の知識があれば、力積を知っていれば走っている自転車を止めるのがいかに危険で困難か一目両全であった。人間の死体を運ぶのがいかに難しいか、これも明らかだった。あるとき父が言っていたことを思い出した。今まで一番大変な荷物運びはサツマイモのカマスだと言ったのを、薩摩芋はカマスの中でごろごろしていて米俵に比べると二倍以上の時間が掛かったといっていた。サツマイモは重心が一様に定まらないから……人体も同じである。山田を新聞の写真で見ると、小柄だし、力があるとは思えなかった。龍雄は、山田は複数の仲間と犯行を実行したと考えていた。ただ、今回の死刑判決を見て、死刑でも守りたい仲間とはどんな人間だろうと考えた。龍雄にとって、死刑になっても守りたい仲間は父と母以外なかった。

……またこの犯行は義孝ちゃん事件が騒がれた最中に行われたため、全国民に極度の恐怖と不安を与えたことも無視できない。被告人の家庭が貧しく家庭的な愛情に恵まれなかったこと、逮捕後既に自白、深く反省、後悔し晶子さんの追悼を祈り遺族にも謝罪の意を表していること、まだ二十五才の若者で前科が無いことなど被告人に有利な情状も有るが本件犯行の手段、対応、結果の重大さなどから見ると極刑を軽くすべき情状とはいえない。

龍雄は犯罪とは犯罪そのものであり、それに対しての判決でなければならないと考えていた。しかし、判決は犯行を犯した環境というものに左右される可能性があることに気が付いた。山田が犯行を実行した時、彼は義孝ちゃん事件を意識していただろうか？　彼の犯行は、義孝ちゃん事件とは完全に独立して起きたことである。それなのに判決の裁定の中に当該事件とは全く関係ない要素が加味されると言うことは裁判そのものに龍雄は疑問を持った。義孝ちゃん事件が、映画『天国と地獄』の影響からだろうとは考えられるが、晶子さん事件では全く関係がないと考えるべきで、義孝ちゃん事件の裁量を加えるべきでないと思った。

貧しさというものがどんなにつらいものであるかは、龍雄は身にしみて感じていた。この暮からの倒産の一連のこともよく分かっていた。今貧しさに襲われているのが岡本家であった。しかし、家庭的な愛情に恵まれないことは無かった。むしろ、貧しさが深い愛情の絆をいっそう強めたのが、倒産事件である。山田も貧しかったが、愛情に恵まれないことはないと確信した。龍雄は昨年九月の公判の記事の山田の母親を思い出していた。山田の家も岡本家と同じ様に貧しいが故に深い愛情で結ばれていたのかもしれない。貧しさに勝つのは、家族の愛情であることは龍雄はよく認識していた。裁判官は、貧しさ→家庭の愛情の欠落→犯罪の温床と短絡的に考えているのではと思った。『龍雄の思想性』から考えるとこの裁判は欺瞞ではないかと思えてきた。貧しくとも、家庭の深い愛情で結ばれていても、犯罪が起きてしまうという本質を追求していないと感じた。この裁判官の話しと要旨から、裁判はこの事件を独立した事件とし徹底的に事件の背後にあるものを暴きだしているとは考えられなかった。新たに、人間の合意の上人一人が死ぬのだよという重い出来事なのだ。龍雄は、更に裁判官の話しを聞いて山田に味方したくなった。

自分が弱者に優しくなっているのが分かったと同時に、自分が不合格という弱者になって、初めて山田に対し、優さしい判断の心が目覚めたのを感じた。

裁判官が弱者になることはあるのだろうかと思えてきた。

……社会的反響の大きかった事件だけに、皆に納得してもらえる判決という事に全力を尽くした。そのためこれまでの例を破って弁護人の主張した別件逮捕、再逮捕の問題にもできる限り親切に答えておいた。

この談話を聞いて、龍雄は愕然とした。皆に納得してもらえる判決、これを見て、裁判官は裁判を拒否していると思った。これは一つの事件であり、事件に関わった当事者の問題である。社会は存在しても、この事件とは全く関係が無い。裁判官が全力を尽くさなければならないのは当該事件に関わった人たちが納得する判決でなければならないはずだ。哲学が必要だと思った。ソクラテスも死、山田も死に行く、それを決める裁判官、裁判官は哲学が絶対必要と思った。いや、すべての人に哲学が必要と思った。

裁判長の談話の上の記事は『西口初公判開く』、殺人鬼西口彰の初公判の記事だった。

隣の紙面には、晶子さんの父と茶畑で山田と身代金のやり取りをした、晶子の姉登美子が晶子さんの墓をお参りしている姿が載っていた。紙面を渡って、過って、夜の茶畑で言葉を交わした者どうしが新聞という空間で写真という媒体で対峙していることが、龍雄を不思議な気持ちにさせた。

二十八章　反響

　夜になっても、死刑という言葉が頭から離れなかった。「白痴」を本箱から取り出し、寝床に潜りながら何かを探すようにページをめくった。探していとこを見つけた。ムイシキン公爵が侍僕と話す場面だった。


『……ここでは今裁判のことがなかなかうるさいようですね』

『ふむ！……裁判。裁判といえばその、なるほど裁判でございますよ。ところで如何ですか、あちらじゃ裁判はこちらよりは公平に行っているのでしょうか、どうでしょうね？』

『さあ、僕は知りませんねえ。僕はこちらの裁判についてはいろいろ評判をききましたね。ほら、例えばこちらには死刑が無いでしょう。』

『あちらでは死刑をやるんでございますか？』

『ええ、僕はフランスで見ましたよ、リオンでね。シュネイデルがつれてってくれたんです』

『吊るすのでしょうか？』

『いいや、フランスではみんな首を斬るんです』

『どうです、喚くもんですか？』

『どういたしまして！　ほんの一瞬間ですよ。人間をその場に据えると、こんな幅の廣い刃物が、ギロチンと言う機械仕掛けで、どさっと、勢いよく落ちてくるのですよ……。目をぱちりさせる隙もなく、首から吹っ飛んでしまいますよ。それに取り掛かるまでが大変なもんです。判決文が読み上げられると、いろいろ準備があって、縛られて、断頭台にひっぱり上げられる、ここのところが恐ろしいんです！　人が集まって来る。あちらでは女が見物するのを嫌がっていますけど、女までがやってくるんです』

『女の出る幕じゃございませんよ』

『そうですとも！　その通りですとも！　あんな苦しみを！……罪人は悧巧な、恐れを知らぬ頑丈な、中年の男でした。レグロと言う名でしたがね。それがね、君が本当にしようとしまいとどっちでもいいけど、断頭台に上がっていきましたよ……見るとないているんです、紙のように蒼白な顔をしてね。こんなことがあっていいもんでしょうか？　ねえ、恐ろしいことじゃ有りませんか？　ねえ、誰が怖いからって泣くもんですか？　子供ならともかく、今までに涙を流したこともない大の男が、四十五にもなる大の男が、恐ろしさに泣き出すなんてことがあろうとは僕は考えても見ませんでしたよ。その瞬間その胸の内はどうだったんでしょう、どんなにひくひくとひき挙ったことでしょう？　魂への侮辱です。それ以上の何ものでも有りません！『殺すこと勿れ』と言われています。それなのに彼が人を殺したからと言って、彼を殺すべきなのでしょうか？いいえそれはいけません。僕なんかもう一ヶ月も前にそれを見たんですけど、今でもまるで眼の前にそれを見ているような気がします。

五度ばかり夢にみましたよ』

公爵は話しをしながら生き生きとさえしてきた。その言葉つきは相変わらず物静かであったけれども、ほんのりとしたくれないがその蒼白い顔に上ってきた。侍僕は共鳴する興味をいだいてかれの言うことをきいたので、どうやらわきを離れたくない様子だった。ことによると、彼もやはり想像力に富思想的なものを求める人間であったかも知れない。

『それでもまだ、首が飛ぶときに』と彼は指摘した。『苦しみが少ないだけよござんすね』

『ねえ、いいですか?』と公爵は熱くなってその言葉を引き取った。『君は今それを指摘しましたね。しかしそのことはみんなが、君とまったく同じように気のつくことなのです。また、そのために機械は工夫されたのですよ、ギロチンは。でも僕にはそのとき、でもことによるとこれは却ってよくないのじゃないだろうか? という一つの考えが、ふと頭に浮かんできたのです。これは君には滑稽でしょう、君にはこんなことが奇怪に思えるかも知れない。けれども考え方によるとそんな考えも頭に浮かび上がって来さえするのですよ。まあ、考えて御覧なさい。例えば拷問ですね。この場合には苦しみも傷も、肉体的な苦しみなのです。そこでしたがって、それらのことはみんな精神的な苦しみを脇にそらしてくれます。そこで死に至るまで、ただ傷だけで苦しむばかりなのです。ところが肝心な、一番強い痛みは、おそらく傷に有るんではなくて、そらこの、一時間たったら、次にはもう十分たったら、やがて後半分立ったら、それから今こそ、そらこの瞬間―魂が身体から抜け出し、もう二度と人間ではなくなるのだということを、しかもそれはもう間違いの無いことなのだと、確実に知っているその点なのです。肝心なことはこの確実ということです。ほら、こうやって頭を刃物の真下に置いて、その刃物が頭の上でするすると音を立てるのを耳にする、この四分の一秒こそ何にもまして恐ろしいものなのです。これは何も僕の空想ではなくて、多くの人がそういっているのだということをご存知ですか? 僕は自分の考えをそんまま君に言ってしまうほど、このことを信じて疑わないのです。人を殺したからと言ってその人を殺すのは、そのもとの罪にくらべて比較にならないほど大きな刑罰です。判決文を読み上げてする殺人は、強盗の殺人に比べれば比較にならないほど恐ろしいことです。強盗ども殺す、森のなかかどこかで夜の夜中に斬殺される人間は、その最後の瞬間まで助かるものと、必ずまだ望みをいだいているものです。もう、咽喉を切られているのに、本人はまだ望みをいだいて、逃げ出すか、命乞いをしているという例が、よくあるんですよ。ところがここでは、それをいだいて死ぬほうが十倍も楽な、この最後の望みを根こそぎ、確実に奪ってしまうのです。ここには判決があります。そして確実にもう逃れられないというところに、あらゆる恐ろしい苦しみがあるのです。しかもこれ以上ひどい苦しみはこの世にはないのでしょう。兵隊を連れてきて職場の大砲の真前に立たして、それをめがけて射って御覧なさい。彼はそれでもなお一縷の望みをいだきつづけるに相違ありません。ところがこの同じ兵隊に向かって判決文を確実に読み上げて御覧なさい。そうすれば彼は気狂いになるか泣き出すかどちらかです。人間の天性というものはこれを発狂せずに耐え忍ぶことができるものだなどとは、誰が一体言ったことなのでしょう？　何だって一体こんな乱暴な、不必要な、理由の無い侮辱を与えるのでしょう？　でもことによると、判決文を読み上げられて、しばらくの間苦しまされて、そのあげくに『さあもう行け、お前は許されたんだ』と言われたような人がいるかもしれません。そういう人ならあるいは話して聞かせることができるかも知れませんよ。このような苦しみについて、またこのような恐ろしさについて、キリストも言っておられます。そうです、人間をそんな風に扱ってはならないのです！』

（ドストエフスキー「白痴」小沼文彦訳）

龍雄は昔読んだ小説の一説を何度もくり返し読んだ。死から生き返った人間それはドフトフスキーその人であった。

一夜明けた、昨日の山田のニュースと読み返した白痴の物語を考えていた。死とは人生最大の問題であると当然のように考えたが……よく考えてみると何が最大なのかわからなかった。死の哲学、死の思想といった命題を作ってみたがそれが何なのか……死とは意識も存在も完璧になくなってしまうものなのだとは理解した。死者本人は残った者がどう語ろうと、本人には全く関係のないものになってしまうのだ。自己の存在が無に帰してしまうことが恐ろしいのか？　それとも生きている楽しさを失うのが恐ろしいのか？　吉田翁は自分が自分であるのを証明するのが楽しかったのか？　死刑とは完璧に死を迎えることである。助かるということが絶対にない刑罰であることも理解できた。龍雄は死と死刑を考えると混乱してしまった。ただ、自分はまだ、死刑の判決は受けてない、不合格という状態だが、死には襲われていない、まだ生きる望みは確実に有ると考えた。

哲学と思想の勉強をしたい思いは強くなっていた。予備校に行きたいとも思った。夏休みが終わったら予備校に行こうと考えた。アルバイトをして予備校に行くお金をためようと決意した。

＊

登美子は刑務官に支えられながら、裁判所を出る山田の写真を見て、やはり真夜中に会った犯人とは思えなかった。頭を丸めた山田は逮捕時の写真よりは大人ぽく見えたが、『オーイ、オーイ』の声と写真の顔相とは一致しなかった。『オイ、来てるかい』『警察に話したんべ』このような言葉を発する、顔には見えなかった。真っ暗闇で相手が見えなかったとはいえ、会話は登美子に相手の体型、服装などを想像するのに充分であった。畑作業から帰ったあとは、ぼんやりしながら、『死刑』という言葉に取り憑かれていた。農作業がにわかに忙しくなってきたが、登美子は何時もぼんやりとして遠くを見つめていた。自分に大きな重しが乗っかってきているように感じていた。思考が停止してしまっていた。人と話をするのがおっくうになってきた。一日中誰とも口を聞かないこともあった。四月に入っても同じだった。死刑という言葉を聞くと、その圧迫は計り知れないものになってきていた。自分の部屋に引きこもっているのが多くなっていった。

五月になった。晶子さん事件から一年がすぎたことになる。登美子は自然な気持ちで昼間、佐野屋の前のお茶畑に来ていた。夢遊病者のように……茶畑は、お茶摘みを待っていて、黄緑の鮮やかな新茶が芽吹いて、空気が美味しかった。真っ暗闇の茶畑と違って緑の一面は登美子をほっとした気持ちにさせたが、遠くを眺めていると、『オーイ、オーイ』と言う声が聞こえてきた。実際、畑は五月の日を受けながら、静寂の中にあった。しかし、登美子の心的世界は、犯人が登美子を目掛けてオーイ、オーイと呼びながら小走りに向ってきていた。登美子は一瞬目がくらみそうになった。恐怖の冷や汗が全身を伝わった。茶畑の空間が、真っ暗闇になってしまったと錯覚してしまった。気が付くと五月の明るい日差しの中、シーンとした静謐の世界にいた。登美子は急ぎ足で自宅に戻った。

犯人の山田さんが死刑になるとは、死ぬということである。晶子は山田さんに殺されたことになるが、山田さんは誰に殺されるのだろうかと考えた。一年前、奥村が農薬を飲んで、井戸に飛び込み自殺したが、奥村は、自分自身に殺されたのか。しかし、今の登美子には、奥村は誰に殺されたのだろうともう一度考えてみた。登美子の思いは日増しに奥村の死と山田が誰に殺されることになるのか、重くのしかかってきた。

二十九章　出会い

山田は東京拘置所（巣鴨拘置所）の死刑囚の舎房に身を落着けていた。死刑囚の房は自由だった。房には鍵が掛けられてなく、囚人同士の行き来も自由だった。

山田が巣鴨拘置所に移って初めて彼の房を訪ねてきたのは、竹内という男だった。山田は竹内について何も知らない。

「竹内です。」と言って山田に一礼をした。山田はきょとんとして、頭を下げた。竹内は手に数枚の新聞の切抜きを持っていた。

「山田さんの弁護士の方が、山田さんを無罪と、おっしゃっていますが、ほんとうですか……私もそう思うので……」山田はそうだとも、そうでないともいえない態度だった。竹内は痩身の額の広い顔であったが、目はやさしかった。その目で山田を見つめながら、

「私も無罪なのです。でも、死刑を宣告されました。もっと、前からきちんと無罪なら、無罪と言っとけばよかったんですが……山田さんは私の考えでは完全な無罪だと思います。」と言って、持ってきた新聞の切抜きを広げた。それは山田に関する新聞報道のほとんどの切抜きだった。見せられても、字の読めない山田は竹内の行為を理解できなかった。

「無罪ですよね。」と竹内は再び山田を見つめて言った。山田は、自信のなさそうに、しかしはっきりと首を肯定的にふった。

「やっぱり、そうですか。お互いがんばりましょう……今日はこれで失礼しますが、明日またお尋ねします。山田さんのことをお聞かせください」と一礼して、自分の房に戻っていった。山田は何か不思議な感触に触れたようなきがしたし、ここの生活にも慣れるような気がした。

＊

竹内とは竹内景助のことで、三鷹事件の犯人で死刑を宣告されていた。下山事件、松川事件と共に怪事件といわれているものであった。これらの事件は、戦後国鉄の大量解雇事件と関連があった。一九四九年七月中央線三鷹駅で無人の機関車が暴走し、商店街まで突っ走るという事件だった。犯人として七名が逮捕され、六名が共産党員で竹内のみが非共産党員だった。竹内は国鉄の大量解雇の中に入っており、次の就職先として消防署の面接を受けていた。七名の容疑者は一審判決公判で共同謀議は空中楼閣とされ、竹内の単独犯行とされ、六名無罪、竹内無期懲役の判決だった。さらに二審では死刑が宣告された。しかし、事件当日竹内が銭湯に行っているのを何人もの人が目撃していたがそれは取り調べの対象にはならなかった。アリバイが消されたのである。竹内の無実を証明するのはもう本人しかいなかった。そうした、自分の経験から、山田に興味を持ち、自分と同じにならないように彼に関心を持ったのである。

＊

翌日も竹内は山田を訪ねた。山田は昨日よりは竹内に打ち解けていた。竹内が驚いたのは、山田が死刑を宣告された人間には見えな

かったことであった。まるで、死刑は冗談で俺には関係ないといった態度だった。

「でも、山田さんは無実ですよね！」と竹内が強くたずねると、山田ははっきりと

「ええ」と答えた。

「それでは、弁護士に相談して、訴えていかないと」

「俺、弁護士は信じてないんです！」

「え！」

「……警祭が親切にしてくれるから……」

「どういうことです……弁護士を信じない……」

「ええ、いろいろ事情が……」

「事情……でもわれわれの味方は、弁護士以外考えられないが……死刑囚ですから……」

「……ええ、でも多分……」と山田は口篭もった。彼は『ええ、でも俺は死刑にはなりませんから、十年で出られることになってるんです』と言い出しそうになったのであった。竹内は

「われわれは、弁護士を信じ、冤罪を勝ち取らなければ、犬死にもなりませんよ」山田は竹内の言葉をまったく理解しなかった。冤罪の意味もわからず、犬死も犬が本当に死んだくらいにしか考えられなかった。

山田二郎の頭には、兄一郎を救った気持ちと、兄がいるから家は大丈夫だと一人考えていた。

三十章　面会

実際は山田の判決の後、父も職を失い妹や弟も職を失った、ただ一人兄一郎だけが独立してやっていた、鳶の仕事の収入で家族を支えていた。一郎の仲間が同情して皆でカンパをし、五十万円ほど集めた。それを仲間は、親父に渡してくれと一郎に手渡した。『がんばれて』と言って、一郎は涙が出るのをこらえるのが精一杯だった。声も出なかった。それをもって一郎は

「親父、おめえの友達はやくざみたいな野郎だと怒っていた、そいつらが、親父に渡してくれとよこしたよ。今は大変なときだろうが、頑張れよと言ってたよ。親父がやくざみていな野郎だといってた仲間だ、刺青やろうもいたが、やくざじゃ金を持っててもくれはしねえよな」親父は目の前にした袋を見て泣いた。そして、べそかき声で

「ありがとう」といった。収入の無い山田家では、それは命の金だった。親父は、何時も俺達が助けられるのは、金持ちとかえらい人でなく、俺達みたいな貧乏人だな……とつくづく感じた。一郎は何とかして仕事を作らねばと必死だった。今まで弟の二郎を現場で使っていたのが、それがいなくなってしまったのも大きな痛手だった。

一郎はどう考えても、弟があんな事件をしでかすとは考えられなかった。普段現場で会う以外は一緒にいることは無かったが。一度二郎に会って、本当のことをきいてみたいと思った。

＊

一郎が金網越しに待っていると、二郎が対面に刑務官につれられて入ってき、一郎の前に座ると刑務官は部屋を出て行った。

二郎の顔をマジマジと見ながら、

「元気そうじゃないか」といった。二郎は

「うん」と言葉短く答えた。

「二郎……どう考えても俺はおまえがやったとは思えないだが……本当のところはどうなんだ……」二郎は一郎の目を見ながら

「あんちゃんが……」

「俺……俺がどうした?」

「アンちゃんがやったと思ったから、認めたんだ!」

「なに!　俺が犯人!　なに、馬鹿言ってんだ!このやろう。俺にはアリバイもちゃんとあるんだぞ……、いいかげんにしろ!」と怒鳴るや、椅子をけって出て行ってしまった。入れ替わり刑務官が入ってきた。一郎は「ふざけんな!　馬鹿やろう!」と怒鳴っていた。二郎はうなだれていた。刑務官に連れられて房に戻った。

＊

弁護士の接見があった。控訴審に向けての手続きの書類の用意のためだった。この日初めて、山田は弁護士に素直に対応した。そして兄のことを尋ねてみた。

「あんちゃんは犯人でないんですか?」

「ええ、アリバイもはっきりしていますし、違いますよ。」それを聞

いて山田は奈落のそこに落ちて行った。全身に鳥肌が立ち、顔が真っ白になった。

「どうしました?」弁護士は、青ざめた山田を見て声をかけた。山田はわれに帰り、

「大丈夫です……先生、冤罪ってなんですか?」と聞いた。

「冤罪?　どうして?……、冤罪は無実の罪のことです。」

「……その人に会いました。」山田は自分のことを言わずに、竹内のことを言って言葉を濁した。

「竹内景助さんですね!」と弁護士は答えた。山田は、弁護士が竹内のことを知っているのに驚いた。

三十一章　さまざまな出来事

鈴木家では、一年が過ぎてしまった。警察は必死に捜査を続けていた。犯人の声を公開してから、すでに一万件を超える情報が寄せられていた。一件、一件丁寧に捜査を行なっていたが、犯人には届かなかった。あの、鈴木刑事はこの事件からはずされていた。鈴木は何時も背中で

「鈴本が取り逃がした。あいつさえしっかりしていれば……」という無言の言葉を聞いていた。鈴本にすれば、あの状況で必死にやった、確かにとりにがしたが……いつも無念さと一緒に過ごしていた。鈴木家には申し訳ないが……この転勤で心を切り替えようと誓った。だが、背後の言葉は消えなかった。組織というものの、ありがたさと残酷さを身をもって感じていた。

鈴木家には時間と言うものが存在しなくなっていた。存在しないと言うより、昨年の三月三十一日に止まってしまって進んでいなかった。家族は空中に浮いたまま、一年を過ごした。下に下りることも上に上ることもできなかった。時間のみか鈴木家の人々は思考停止、判断中止の状態のまま一年を過ごした。和孝はせめて、義孝の生死だけでもわかれば……犯人からは何の連絡もなくなった、死んでると考えるべきだろうという考えがよぎった。正気にもどると、その発想を否定した。妻弘子は、『お母さん、逃げてきたよ！』と肩で息をしながら、裸足の義孝が玄関に飛び込んでくる夢を何回も見た。鈴木家にとって、義孝のものは何もなかった。唯一の犯人とのつながり品の義孝の靴は警察に証拠品として納められていた。弘子は、義孝の靴を思いっきり抱きしめたいと何度も思った。世間は、義孝ちゃん事件とその犯人には関心を持ちつづけるが、鈴木家のように重力を無くした浮遊の家族の心には徐々に無関心になっていくのであった。

＊

四月になった、本来なら龍雄にとっては新学期である。新学期のない四月に悶々としていた。晶子さん事件の山田の死刑判決を知って、哲学への志向はさらに強くなっていたが、しかし気持ちはすさんでいった。死刑、この言葉が重く龍雄の中に存在し始めた。そして、死、誰にでも訪れる死、いまここで自分が死んでしまっても嘆き悲しむ人はいないだろうと考えていた。死というよりも、生きている時間を考えるとさらに不可解であった。自分は十九歳まで生きてきて、死ということを考え始めたと同時に生きる期間と言うものも強く意識している。それが、哲学を学ぶと言う生のベクトルを生んでいるのだと思う。もし、死を意識しないうちに死んでしまったらどうなるのだろう。恐怖というものは存在しないのだろうか？恐怖と言うものは、後天的な本能なのだろうか？　昨年起きた四歳の坊やの誘拐事件、解決してないが、坊やがもし殺されていたとしたら、坊やは犯人に恐怖を感じただろうか？　四歳の坊やは死を意識していなかったと思う、もちろん生きる期間などはまったくもっ

て意識していないはずだ。彼は、殺人と言う凶悪なものにさらされながらも安らかに死んでいったのだろうか？　山田は今、死の恐怖に襲われて脅えているだろう。だが、四歳の坊やは安らかな死を迎えた。恐怖とは死によって発生するのだろうか、それとも生きる期間を意識して発生するのだろうかと考えた。そして、山田に死刑を宣告した裁判官は『死刑に処す』と言う言葉を発して恐怖を感じただろうか。

＊

山田は兄一郎の面会のあと、何も考えることができなくなっていた。『俺にはアリバイもあるんだぞ！』『違いますよ！お兄さんにはアリバイもありますし』、取調べ中も何度も出てきた、アリバイと言う言葉、山田は今それがどんな意味を持っているのか考えた。しかし、答えは出てこなかった。アリバイとは何だろう？

竹内が尋ねてきた。

「山田さん、元気ですか！」落ち込んでいる山田を見て、竹内は声をかけた。

「ええ、竹内さんは？」

「……なかなか私の訴えが上に届かなくて、いらいらしますね！えらいさんは、いつも同じですよ！」

「竹内さんはアリバイは在ったんですか？」

「アリバイ、ええ、共犯とされた六名はあったので無罪になりました。私も、事件発生時銭湯に行ってたんですが、そのときは事件には犯人がつきものだし、まあ死刑にはならず、有期刑だろうと考えていて、アリバイについてはいいかげんにしていたんですよ。ところが、私たちの事件は証拠品がまったくなく、アリバイのみが判断の基準だったんです。私だけがアリバイ不成立と言うことで、無期懲役、そして死刑の判決を受けたんです。私には銭湯に行っていたという、確実なアリバイがあったし、目撃証人も何人かいたのですが、取調べでは無視されたんですよ！」

「……」

「山田さん、アリバイで何か？」

「アンちゃんにはアリバイがあったんです。」

「そりゃそうでしょう……アリバイがなければあなたの共犯……アリバイが一番大切なことです。犯罪が起きたとき、別なところにいたわけですから、証拠がどうのこうの言ったって、現場にいなけりゃ犯罪は犯せないんですから。」

「そうですよね……」と山田は答えた。

夜になって、考えていたアリバイの意味がなんとなくわかった。そのとき犯罪現場に自分がいたかどうかのことだ。そのとき、誰かと別なところにいれば、絶対に犯行は犯してない。山田は俺にはアリバイがあると、俺は映画を見に行っていたし、晶子が殺されたときは俺は池袋にいた。佐野屋のときは、家でみんなと寝ていた。だが、映画の題名がわからなかった。難しい漢字だったことは分かる。主役が渥美清だったのも分かる。なのに、俺は犯人、アリバイがあるのに犯人……竹内さんもアリバイがあるのに犯人これはなんだろう……。

＊

暑い夏がきた。田中家でも農閑期に入っていた。登美子は、充分自分の時間を持っていた。夏になっても、奥村は誰に殺され、山田さんは誰に殺されるのだろうかと考えつづけていた。暗闇とはいえ、犯人に会っているのは自分ひとりだったし、犯人と話をしたのも自分ひとりである。

登美子はそう考えると、自分自身が怖くなると同時に、責任の重みを強く感じた。

もし、あの時警察に私の感じたことを話しておいたら、翌日、横倉さんだけにでも話しておいたら、こんなことにはならなかったのでは……

奥村の死はともかく、山田さんの死刑は、自分にも責任があるのではと考え始めた。登美子にはどう考えても、茶畑で会った犯人と山田さんとは一致点が全く無かった。奥村の自殺を聞いたとき、一瞬であったが、あの声は奥村だと思った。私が黙ってしまったために、奥村は自殺してしまったのでは……山田さんの死刑は私が下したようなものだ。私は何者なのだ！　もう生きてはいけない。登美子は強い脅迫観念に襲われていた。

暑い日だった、東京ではお盆だった。登美子の町では、一月遅れの来月がお盆である。登美子は、農作業用の物置倉にいた。奥村が農薬を飲んで自殺したことを思い出した。登美子も農薬を呷った。彼女は帰ってこなかった。これが、彼女の山田に対する謝罪だったかも……真相は誰も知らない。登美子が自殺したと言う事実だけが残った。

三十二章　俺は殺してね

九月十日は山田の控訴審の第一回目の公判だった。前日、弁護団は山田と接見した。明日の弁護の方針を確認しておきたかったのである。弁護団は、控訴しても、死刑を無期懲役に変えるよう、情状酌量の訴えをするしか方法がないと考えていて。それを納得してもらおうと山田に説明した。相変わらず山田は上の空のようで「ええ」と答えるだけだった。弁護士にとって、控訴するには本人にその意思があるのかと疑問に思えてきた。目をそらすように上を見ていた山田が

「先生、俺法廷で言いたいことがあるんですが？」

「そう、何を言いたいの？」それに対して山田は何も返答せず、相変わらず上を見ながら何か考えている様子だった。

「本当は、第一回公判では被告に発言の権利はないんですが、いいたいことがあったら言いなさい、裁判長も聞いてくれるでしょう。」と言うと、山田はまだ上を見ながら、首を振って納得しているようだった。改めて弁護士が

「何を言いたいんですか？」と問うと、

「いいんです。」といつもの答えが返ってきた。主任弁護士は、

「明日の方針はいいですね！」と山田に再確認した。山田は首を肯定的に振った。

接見の帰り道、弁護士の一人が

「何が言いたいんでしょうかね、変なことにならなければいいですが？」

すると主任弁護士が

「これ以上、変になることはないですよ……ただ、彼はまだわれわれに心を開いてないね。」と言った。

＊

翌十日十四時に山田の控訴審第一回の公判が始まった。山田は草履にワイシャツと言う簡素ないでたちで出廷した。弁護団は情状酌量の線は崩していず、『原判決の基本的誤り』『本件捜査の違法性』『自白の信憑性』と三つの基本的陳述を作成しており、はじめ主任弁護士が『原判決の基本的誤り』を朗読し始めた。朗読が終わると、山田が右手を高く上げ

「裁判長様、ちょっとお願いがあります。」と被告席から発言した。裁判長は

「被告の発言は禁止されています。」と一言いうと、

「次の陳述を……」と言って弁護側を見た。弁護士は『本件捜査の違法性』を述べ始めた。山田は、仕方なく被告席に戻って弁護士の朗読を聞いていた。三人目の陳述が終わると、山田は今度は立ち上がって、

「裁判長、俺は晶子さんを殺してね！」と大声で訴えた。

看守と弁護士が山田を抑え、

「落ち着いて！」と言って座らせた。裁判長は

「何か言いたいことがあるのか！」と山田に向かって発した。

「俺は、晶子さんを殺してね！」立ち上がろうとしたが、看守に抑えられた。裁判長は山田を見ていたが、何も言わず弁護士の方を向いて

「弁護人、これはどういうことですか！」と厳しい顔で問うた。弁護人は「とりあえず休廷にしてください。」としかいえなかった。休廷中に、次回の公判予定日が確認され閉廷となった。

山田は自分の房に帰るとすぐに竹内の訪問を受けた。竹内は真実を言ってよかったと山田をたたえてくれた。そして、唯一の味方は弁護士なのだから、何も隠さずすべて弁護士に相談しなさいと忠告してくれた。山田は初めて信じるものができたような気がした。そして自分が胸の内に秘めていたことを、全て話そうと思った。竹内は房を離れるとき

「山田さん、絶対うまくいきますよ！　お互いがんばりましょう。」と言って自分の房に帰っていった。

＊

一方、弁護団も新事実に驚いた。彼らが何ヶ月も掛けて作成した情状酌量の陳述はご破算となった。それにしても、山田の唐突性には手を焼いた。もう一度事件全体について、山田と話してみる必要性があった。次回の公判は翌年三月の予定であった。情状酌量どころかこれは冤罪でいけると方針を変えた。半年では時間が短すぎる、忙しくなるのは分かりきっていた。そんな弁護団に対して、一通の手紙が届いた。弁護団を解任すると言う通知だった。弁護団は何が起きたか分からなかった。それは山田の父忠衛から出ていた。彼らは、すぐに一郎に連絡をとった。一郎は血相を変えて弁護事務所に駆け込んできた。主任弁護士から通知書を見せられた。

「うちの野郎らはどこまで馬鹿なんだ！」と怒鳴った。怒りをなだめながら主任弁護士が

「同じものが裁判所にも出てるはずですから、われわれはもう山田被告に接見できません。再選されるとしても一、二週間かかると思います。その間は本人と会えません。」

「すいませんです。」

「われわれも冤罪の方向で弁護を進めようと協議したところに、これが舞い込んできたのです。」

「もちろん、先生方に続けて弁護をお願いいたします……あいつは俺を犯人だと思ってたんです。馬鹿だから！」

「ええ、分かってました。しかし裁判は本人が動かないとどうにもなりませんから。」

「あいつは、字もろくに書けない馬鹿なんです。先生たちに頼るしかないんです。今後ともお願いします。」

「再選任の手続きお願いします。」

「はい、すぐにいたします。」と言って一郎は弁護士事務所を出た。

一郎が家に帰ると、親父はタバコを吸ってのんびりしていた。

「親父！　弁護士を解任するとはどういうことだ！」一郎のあまりの剣幕に親父はきょとんとしてしまった。

「どういうことなんだ！」再度の一郎の怒りに

「萩原先生が……」

「萩原がどうした、こんなでたらめやるなら俺は手を引くぞ……」

「……」

「うちの連中は馬鹿ばっかりで、何も考えないからこんな目にあうんだよ！」

「……」

「二郎は死刑なんだよ！　わかってんのか……おまえらが二郎を救えるなら、おまえらが勝手にやれ……俺はしらね！　無報酬でやってくれていた今までの弁護士には、俺が謝るは！」無言で、怒りの一郎をじっと見ていた父は
「すまね。分かった。おまえに任すよ。」といって親父は一郎の前に手をついた。やっと弁護団は元に戻ったが、二週間かかった。

三十三章　予備校

龍雄は四月、五月をぼんやりと過ごしてしまった。受験勉強はまったく進まなかった。友人たちも尋ねてくることがなくなった。六月に入り新聞に目をやると、大学生のアルバイトの募集がいくつも出ていた。龍雄はそのひとつに電話をしてみた。浪人生でもよいと言うことだった。高校二年以来久しぶりのアルバイトだった。出版社の取次店の仕事で、返品となった本を回収するきつい仕事だった。朝八時から夕方五時までみっちりと働いた。残業はなかったがその疲労は家に帰って、風呂に行って、食事をして、テレビを見ていると自然に眠くなった。しかし、慣れてくると、生活のリズムが楽しみに変わってきた。

暑い夏も過ぎ、八月の二十日にアルバイトは終わった。実際の大学生にも会ったし話もした。彼らは九月から前期の試験に入っていくので、アルバイトを続ける者はいなかった。龍雄は、学生の一人に『予備校に行ったほうがいいよ』といわれた言葉を忘れなかった。アルバイトで得た三万ほどのお金を元に両親に相談し九月半ばから予備校に行くことにした。選抜組の募集はなかった。一般組であったが、高校の友人たちが通っている予備校に通い始めた。彼は水を得た魚のように勉強に没頭していった。成績はトップグループに入っていた。

龍雄の予備校での勉強は順調だった。秋口のテストでもよい成績が収められた。そして十一月、十二月と過ぎ、正月を迎えた。去年の正月とはまったく違っていた。小さいながらも暖かい我が家だった。正月が過ぎ、再び予備校が始まるとその雰囲気は年の瀬とはまったく違っていた。緊張がピーンと張っていた。その緊張に射られたかのように、龍雄は集中心がなくなっていった。机に向かっていられなくなった。何時もそわそわしていた。そして、世の中のことが異常に気になった。まるで、昨年の倒産がトラウマとなってかえってきたようだった。予備校に行くのがおっくうになってきた。予備校に行っても授業をサボることが多くなった。終日喫茶店に入り浸りのこともあった。受験の申し込みも緊張がなかった。気持ちは、やらなければ、やらなければ……と何時も先走るが、実態がついていかなかった。

二月になり、追い込みがさらに厳しくなるのに、まるで気持ちが乗らなかった。

案の定、受験は失敗した。龍雄には始めから分かっていたような気がした。今年に入ってから自分がとても孤独であることを感じていた。受験勉強に集中できなくなったのが何故だか分からなかった。でも、受験は失敗するだろうと前々からわかっていたような気がしてならなかった。

＊

龍雄は昨年の倒産事件をきっかけに『優越性の哲学』と言う言葉

を自分の新しい命題として持っていた。それは、人は平等で相手のことを思いやるのも、また相手から思いやられるのも自由で公平なことと考えていた。しかし、倒産の事件の中でそれを否定する思想に惹かれていった。人は、常に相手があり、其の相手に対して有利であるか不利であるかということが大切なことである。常に比較の中で生きている。其の比較の根本思想は、相手に対して優越であるか否かと言うことが決定的である。倒産前までは龍雄は学友達に対して、勉学や知識において、優越な立場を維持していたはずだ。相手もそう認めていたはずであった。ところが昨年の受験失敗は彼が友人の中で持っていたあらゆる優越性を剥奪されてしまった。彼は予備校に通いながらも、昨年の失敗が取り返しのつかない失敗だったことに気が付いた。彼が志していた哲学と言う学問は自分ではできない運命にあると考えた。そうした中で自分が大学にこんな無理してでも進みたいのは、『優越性の哲学』をまもりたいからだと考えはじめた。相手より自分が優位になるとはどういうことだろう。夏休みのアルバイトがこの考えに拍車を掛けた。同じアルバイトで、現実の大学生と浪人生では心の優位性に大きな隔たりがあるのをかんじていた。

　今年の不合格も悔しかったが、自分の価値を考えると複雑だった。大学とは、哲学とは、優越性の哲学を実践するひとつの過程ではないかと考え始めていた。そしたら、去年ほどの悔しさはなかった。夏休みのアルバイトの感触が戻ってきた。仕事についている両親を見ながら、去年の正月は仕事のないつらさを身にしみて感じていた。夏休みのアルバイトは金を稼ぐことがいかに大変なことか身をもって感じさせてくれた。大学に行くということは、金を楽に稼ぐ方便なのかな？　哲学するとは、金を稼いで生活をするのとどんな関係にあるのかな？　ともかく、龍雄は働きたかった。アルバイト以外の正式な働き口を見つける方法を龍雄は知らなかった。雇ってもらえることがよく分かっていなかった。龍雄はどうしても四月から働きたかった。龍雄の気持ちを知っていた姉が魚河岸の仕事があることを教えてくれた。龍雄にはどんな仕事か見当もつかなかった。魚河岸の店舗で売り子として働くことだった。朝が早く、五時には店に入る。しかし、昼には仕事は終わりとなる。龍雄には考えてみてもない仕事だった。彼はその仕事を受けた。三月末に店に出向き四月一日から勤め始めた。

　そこで年内いっぱいアルバイトの形で仕事をした。十月になるとまた大学への憧れが戻ってきた。来年一月になったら三度目の正直してまた、大学を目指すことにした。哲学はやはり大学に行かないと学べないと考えていた。

　しかし、今回も二月に入ったら急に受験勉強の意欲が無くなり、倒産のトラウマが

　戻ってきた。

　三月……やはり受験は失敗した。

三十四章　再捜査

三月の予定だった山田の二回目の公判は七月に延期になった。どんでん返しの展開の影響だった。

この年も、鈴木家には何の情報も届かなかった。義孝ちゃん事件は二年目に入り迷宮入りの様相を益々呈してきた。三月三十一日捜査本部は解散となった。完全に解散になった訳ではなく、新たにFBI方式と名を打って従来携わってきた四人の刑事を残し捜査を続けることにした。さらに警察史上前例のないこの捜査グループに今まで参加していなかった新しい刑事を参入させ、事件を頭から洗いなおすというものだった。それは従来から携わっている刑事にとっても、新たに参加することになった刑事にとっても戸惑であった。犯人を挙げることが唯一の生きがいで、上下関係が厳しい警察にあって、この方式は逆に捜査グループをめちゃめちゃにしてしまいそうにもおもえた。新しい捜査員には落しの久兵衛と言われた、大塚が入ってきた。あたらしい捜査官は総勢十八名、全員で洗い直しの会議の中で持ち上がってきたのは、安岡をもう一度調べると言うことだった。しかし、刑事部長は許可しなかった。二度まで調べ白となっている。三度となったら人権問題が発生すると考えていた。さらに、また白だったら、完全にマスコミにたたかれると思っていた。従来から、参加していた刑事たちも安岡に対してはアリバイがはっきりしているから無駄だと言う意見だった。久兵衛の考えは違っていた。安岡は執行猶予中の窃盗で、二年前から前橋の刑務所に入っていた。そして、犯人からの動きがとまったのもそのころだった。久兵衛は犯人が刑務所にいれば、事件が動くはずがないと考えていた。だが、刑事部長の許可は下りなかった。そのときから、すでに混合部隊は亀裂が入り始めていた。刑事というのはわがままで身勝手で独善的である。その様相が表面に現れてきた。

＊

大塚は橋本刑事を相棒に選び、安岡のことを徹底的に調べなおした。二人がはじめにやったことは安岡の三月二十七日から四月三日までのアリバイの洗い直しだった。その前に、安岡のかっての恋人、飲み屋『とも』の女将を尋ねた。女将は素直に調べに応じたが、新しい事実も教えてくれた。安岡が密輪で儲けて二十万円を女将に預けたことは前と同じだったが、そのとき安岡は弟に三十万円の札束を切って見せたということだった。大塚と橋本はピンときた。二十万と三十万で五十万、身代金の金だ！　彼らは、安岡が犯人と確信した。こうなったからには、アリバイを崩すことが一番だった。大塚と橋本は安岡のふるさと矢祭町に向かった。三月二十七日からの安岡のアリバイをしらみつぶしに調べなおし、アリバイを崩すことであった。

＊

三月二十七日安岡は矢祭町の駅で従兄弟に会ったと言っている。大塚たちはその従兄弟をまずたずねた。この地域はほとんどが農家で従兄弟は畑に出ていたが、家のものが刑事だと聞くと、畑まで迎えに行って連れてきた。

「安岡さんの従兄弟さん？」

「へえ」

「前にも別なものが伺ったと思いますが、安岡さんのことでお尋ねしますが」

「へえ！」

「昭和三十八年の三月二十七日、駅で安岡さんに会いましたか？」

「ああ、あの時のことね。会いました。」

「何時頃です？」

「夕方、よりちょっとまえ、彼は三時二十四分の汽車できたと言っていた。だから三時半過ぎだったと思う。」

「三月二十七日というのは？」

「部落の寄り合いの日だったんでよく覚えているんです。」大塚は安岡のアリバイが正しいことがわかった。

次に二人はわらぼっちで寝たという松村さんの家を訪ねた。松村さんは安岡がわらぼっちで寝ていたのを覚えていた。朝九時ごろわらぼっちからおきだすのを目撃し追い出した。松村はまたこいつを利用されては物騒なことと、その日のうちにわらぼっちを崩してしまったと言った。大塚と橋本は顔を見合わせた。安岡の三月三十一日の夜はまた、松村さんとこのわらぼっちで寝たといっている、完全にアリバイが崩れたことが分かった。さらに二人は安岡の実家をたずねようとしたが、日も暮れたし、宿も探さねばならなかったのでその日はそれで終えた。近くに宿はなく、棚倉まで行かなければならなかった。

翌朝、二人が安岡の実家を訪ねると長女が出てきた。昨晩のうちに、安岡のことで、刑事が調べていると言ううわさが部落中に広まっていた。長女は丁寧に大塚たちに対応した。三月二十九日についてたずねた。

「安岡さんは二十九日に、ここにきて土蔵に掛けられていた落しかぎを木の枝であけ、なかの水餅を食べてここで寝たといってますが、そのとき安岡さんがきたことが分かるようなものは何か残してませんでしたか？」姉は大塚の顔を見ながら、首を傾け
「そのとき、土蔵のかぎは壊れててかからなかったはずです。去年・一昨年と水餅はつくってなかったです。」大塚は
「ホントですか？」と聞き返した。姉ははっきりと
「ええ、間違いないです。」と答えた。大塚はやった！と思った。二人は深々と頭を下げて安岡の実家を後にした。彼らが横道に出ると、田んぼの中から手を振りながらこちらに向かってくる老婆がいた。二人は老婆が田んぼから這い上がってくるのを待った。老婆は二人の前に出ると、突然土下座をし、

「私は保をそんな犯罪を犯す人間に育てた覚えはないが、もし本当に保がやったんなら、はやく真人間になって本当のことを言うようにいってやってくだせ。」頭を地面につけ、涙声だった。安岡の母だった。大塚たちはなんと言っていいか分からなかった。母は涙声で「おねげえします。」と頭を地面に擦り付けたままだった。やっと、

大塚が腰をおろして
「おかあさん、顔を上げてください。」と言って母の腕を取った。

「ええ、解りました。お母さんの思いは保君に伝えます。安心してください。」

大塚の言葉に母は泣きながら歯を食いしばっていた。

次に二人は、四月二日に会ったという、トラをたずねた。トラは確かに安岡と会ったと答えた。

「安岡は四月二日に会ったと言ってますが、本当ですか?」トラは思い出すように頭をひねって、

「ありゃ、四月じゃない、寄り合いの次の日だった。」

「と言うことは三月二十八日ですか?」

「寄り合いの次の日だった。孫を病院につれてくときに遭ったんだ」と確信をもって答えた。二人は顔を見合わせた。

「二十八日、完全にアリバイが崩れた。」と橋本が大塚に言った。二人はすぐに東京に向かった。上野につくと、橋本はすぐに警視庁に向かおうとしたが、大塚が
「橋本、待てもう一人いる。」と言った。安岡は四月三日午後一時ごろ上野の前川とあっている。其の確認だった。確かに前川は其の日午後一時ごろ安岡と会っていた。二人はおおきなお土産を抱えて警視庁に向った。

＊

有田が新しい捜査グループの話を聞いたのは五月の連休明けだった。有田は抽斗の奥にしまった、安岡のテープを取り出した。二年ぶりのテープだった。それをもって有田は専従捜査班の巡査部長堀田に深夜、夜回りを掛けた。安岡が大塚達によって再調査をされると聞いて、旧捜査陣が安岡をどんな風に思っているかを見てみたかった。旧捜査陣には、安岡をいまさらやってもしょうがないと言う意見があったからである。テープを差し出すと、堀田は古びた録音機を持ち出してきて有田と二人きりで聞いた。聞き終わると堀田は有田の顔をジーと見つめて、冷静さをよそうように、静かに
「有田さん、これ少しの間貸してくれないか?」と言った。有田は
「ええいいですよ!」と答えた。さらに堀田はこのテープを取ったときの様子を聞いてきた。

「飲み屋でと言うがどこの飲み屋で……」

「ええ、安岡の愛人がやっていると言う飲み屋です。」

「……」

「日暮里……荒川区……店でだいぶ待ってたんですが、なかなかこなくて……」

「……」

「来て、私を見ると逃げ出したんですよ!」

「ほお……どうして……」

「分からないです。結構、足が早いんです。五十メートルくらい必死で追っかけましたよ。」

「足が悪いんだろ?」

「ええ、びっこ引いてましたが、足は速かったですよ。」

「ほんと!」堀田は何かをかんじた様子だった。

「有田さん、テープ借りますよ！　ありがとう、また連絡します。」

と言って急ぐように奥に入っていった。堀田たちは、有田のテープを大学に持ち込み声紋の解析を依頼した。一ヵ月後、テープはソナグラフで解析され犯人と安岡の声がよく似ていると結論した。

三十五章　尋問

一方、大塚たちは安岡のアリバイを完全に崩した。安岡がふるさとにいたのは三月二十七日から三月三十日までだった。この情報は部長刑事も動かした。安岡の取調べが許可された。期間は六月二十三日から十日間で、それも任意取調べだった。大塚はこの十日間に全てを掛けた。安岡は、取調べのため前橋刑務所から巣鴨拘置所に移された。

安岡は前橋刑務所から巣鴨拘置所に移送すると知らされたがその理由は具体的にはなんなのか伝えられてなかった。だが、安岡には見当がついていた。安岡の頭には、今度で三回目であることが強く記憶された。どんなことがあってもゲロってはならないと肝に銘じていた。幼いころの母のイメージが脳裏に焼きついていた。三回目ということは新しい事実でも入ったのか？　でも、当の本人は刑務所に居たんだから俺の周辺から新しい事実は出てゆくわけがない。とも子にしたって、二十万円の話はついてるし、後は何も知らないはずだ。アリバイは確実だし……あの件ではないかも……約三時間の護送中に安岡はさまざまに思いをめぐらし、真実を忘れ去り、彼が作り上げた供述の内容を必死で思い出していた。これを乗り切れば完璧だと考えていた。安岡が巣鴨拘置所に着いたのは夕方六時ごろだったが、日は明るかった。

＊

翌朝、安岡が取り調べ室に入ると、大塚と橋本がすでに部屋にいた。机の片隅には電話が一台置いてあった。手錠がはずされると、安岡は丸い椅子に座るように指示された。首を引っ込めるように卑屈に挨拶をし、丸椅子に腰をおろした。安岡は今までの取調官とは違い、初めて見る刑事達だった。

「よく眠れた！」大塚が口を開いた。安岡は、返事代わりに首をちょこんと振って答えた。

「前橋刑務所と比べてどうだ？」大塚が聞くと、

「刑務所はどこでも同じだっぺ！」

「なるほど！」と大塚が答え、取調べは大塚が中心になって行なうことが分かった。

安岡は、大塚の動きをジーと観察しながら、ふてくされた態度をとった。

「故郷は福島だって！」

「はい。」

「会津じゃないな、浜通り？　中通り？」

「浜通りだ。」

「東京にきてどれくらい？」

「十年になるっぺ。」

「仕事は？」

「時計の修理工。」

…………

…………

淡々とした会話が始まったが、事件の核心にはまったく触れなかった。朝九時に始まって昼には取り調べは終わっていた。大塚は安岡の出方、其の人なりを観察するのが、今日の仕事だった。大塚はふてくされた野郎だと思った。追い詰められたと黙ってしまうと聞いているが、どんな態度で出てくるかいろいろ考えをめぐらしていた。大塚が今日の調べの様子から決断したのは、ああいった男にはどんどん責めまくり、新しい事実をぶつけるのがいい方法だと考えた。

一方、安岡は大塚と対峙して、今までの取調官とは違うとかんじていた。大塚ってどんな人間か房の中で考えていた。

＊

次の日は朝九時から取調べが始まった。取調べの中心は大塚であった。

「安岡、賽銭泥棒をして、爆弾を抱えてたのに窃盗を働いたとは、ずいぶんとしんどかったんだな？」

「はああ……」

「でも、おまえさんは捕まる数ヶ月前は密輪で二十万円も儲けたそうじゃないか？」

「そんなもん、すぐ借金で消えちまっぺ！」

「借金でね……」

「……」

「君には弟が居るね！　どこにいる？」

「居るけど……」

「どこに居る？……東京か？　福島か？」

「東京に居るけど！」

「よく、会うのか？」

「シャバに居たころは……」

「おまえは、その二十万円を『とも』という飲み屋の女将に一時預けたよな」

「はああ……」

「本当に二十万円だけなのか？」

「うんだ。」

「その時、弟がそばに居なかったか？」

「舎弟が？」

「そこは飲み屋だろ、弟がいっしょに飲んでなかったか？　と聞いてんだ。」

「よく、覚えてねえ……」

「そこの、女将も弟のことは知ってんだろ？」

「はああ……」

「弟とはそこでよく飲んでいたんだ。」

「うん……」

「そのときも、弟が居たんだな！」

「なんで？」

「『とも』の女将さんがね、その時弟さんと一緒に飲んでいたと言うんでね。」

『とも』の女将が……いうじゃ、いっしょに飲んでたべ……おら憶えてね！」

「そこで、ともの女将に二十万円渡したんだな？」

「……」

「そうだろ……どのようにして渡した……」

「……」

「あの店はカウンタの店だよな。」

「……」

「カウンタ越しに渡したのか？　それともカウンタの外に女将を呼んで渡したのか？」

「……」

「二十万の大金だ、弟をつれてったのは証人のためじゃないのか？」

「……」

……………

安岡は丸椅子にずっと座っていて、小柄の彼は足が床にきちんと着地していなかった。背もたれもなく、体がきつくなってきた。体を左右に振っていると、横から橋本が
「きちんと座れ！」と大声を出した。安岡は其の声に驚き姿勢をピーンと張った。

「安岡、どうやって渡した？」

「……カウンタ越しだ。」

「数えて渡したのか？」

「………」


「数えてあった、札束を渡したのか？」

「………」

「二十万と言う大金だ、ポンと渡すわけもないだろう、受け取るほうも心配だわ！」

「……」

「女将に上げたんではなく、預けたんだよな？」

「ああ、借金の返済金なんだから……」

「じゃ、数えないと女将も納得しないだろう。」

「うんと、女将と舎弟の目の前で数えて渡した。」

「どうやって？」

「カウンタ越しに。」

「その時、女将と弟に数を確認したんだろ？」

「はああ……」

「もうひとつ札束を持ってたよな、二十万より厚い札束を」

「………」一瞬、安岡の顔が苦痛にゆがんだ。足と腰の筋肉が硬直していた。

「その、厚い札束を弟に見せただろ……」

「……」

「其の札束切って、数えて見せただろ？」

「数え終わって、一枚弟にやったよな！」安岡の顔はゆがんでいた。もう、椅子に座っているのが耐え切れなかった。

「そして、女将の顔を見て指三本立てたよな！」と大塚が言うと、安岡は突然椅子から降りて右手を頭にのせ、左手をだらりとしてエ

テ公の真似をしてキキキーと声を出しながら部屋中を歩き回った。足の悪い安岡にとってエテ公歩きは絶妙な味のある歩きだった。刑事達は一瞬、其の光景に見とれてしまった。横に歩いたり、正面に歩いたりして、最後に机の脚にかじりつくように抱きついた。やっと、橋本が

「何やってる！　座れ。」と大声を出したが、安岡は机の脚にかじりついたまま、橋本を小ばかにしたように見つめあげた。大塚が

「安岡、疲れてるのか、今ので少しは楽になったろう。ちゃんと座って続きを話そう。」と静かに言った。安岡は大塚の顔を見て、

「キキキー、キキ」と言って机の脚から離れて再び椅子に座った。汗が全身から流れ出た。其の汗を着ているものの袖口でぬぐっていた。大きな息をつきながらも全身の硬直が取れたのか、リラックスしていた。大塚は安岡が落ち着くのを見ると再び口を開いた。

「指を三本立てたと言うが、それはどういう意味だ。」

「……」

「三本指は何の意味だ？」、安岡はズボンのポケットに手を突っ込みふてぶてしい態度になった。大塚の目を一瞬見ると、横を向いたままだった。

「安岡、まじめに答えろ！」大声で橋本が言った。安岡はこの大声にも無反応であった。

突然、電話が鳴った。橋本が出て、なにやら話していた。話は安岡に関する話のようだった。

「安岡、望月警部がおまえと話したいそうだ。」と言って、受話器を安岡に向けた。安岡はとぼけた顔をして、ポケットに手を突っ込んだまま横っちょを向いた。橋本が

「安岡、ほれ！」といったが安岡の態度は変わらなかった。それを見ていた大塚が

「安岡、話だけ聞いてやれよ……そして俺達も話を続けよう。」静かに言った。安岡は大塚を見て、手を橋本の方に出した。橋本は受話器を渡した。受話器を受け取ると安岡は耳に当て

「わかったんべ！」というと電話を切った。大塚はヤバイと思った。安岡は電話の声を調べられていると考えたに違いないと思った。大塚は電話に関しては何も言わなかった。自分達の話に引き戻そうとした。

「安岡、女将が言うには三十万のことだって……」

「……」

「そうなんだろう、あと三十万の札束を持っていたんだろう。」

「……」

「弟さんにも聞いたよ！　弟さんも三十万だと言っている。」

「……」

「どうなんだ、安岡……」

「…………」安岡は、このあと一言もしゃべらなかった。丸椅子で体をくねらせたり、大きなあくびをして何時間も黙ったままだった。大塚もだんまりを決め込んでいた。しかし、大塚は安岡がこの長時間のだんまりの間何かを真剣に考えていると思っていた。

「安岡、女将に預けた二十万、弟に見せた三十万あわせて、五十万、

これは義孝ちゃん誘拐の身代金と同じだ……」
「……」
「……おまえがやったんだろ。本当のことを言ってしまえよ。楽になるから。」
「……」安岡は無反応だった。今日の取調べはこれで終了した。

＊

安岡は自分の房に戻ると看守に言った。
「看守さん、夜、眠れねんで睡眠薬さほしい！」
「バカなこと言ってんじゃね！」看守の怒声が飛んだ。さらに
「寝ねえで、起きてやがれ！」と言われるととぼけたつもりの安岡も緊張した。

大塚が考えたように、安岡は黙秘を続けている間、別のことを考えていた。それだからこそ、長時間の沈黙に耐えられたのであった。彼が考えていたのは、幼いころの村八分のことだった。実際に村八分に出会ったのは小学校三年生のときだった。村八分がどんなことか知ったのは十五歳のときだった。

安岡の育った村は辺鄙なところであった。小学校は村から一時間ほどかかった。戦前だから履物は草履か下駄であった。村の小学生達が集団になって登校していた。山道を朝は一所懸命に歩き、帰りは寄り道をしながら帰ってきた。子供達は一時間掛けて学校に通うことを当然のように思っていた。安岡保の同級生にA君がいた。A君は、保より大きく勉強が一番できた子だった。保ととても仲がよく学校の行き返りはもちろん、学校でも村でも何時もいっしょだった。ある日、保はA君と遊んではいけないと父親に言われた。また、A君の家の近くに行ってはいけないといわれた。そのときから、A君はみんなと一緒に学校に行かなくなった。帰りもみんなから遠く離れ一人ぼっちだった。保は何が起きたのか分からなかった。あるとき、学校で一人ぼっちのA君に声を掛けると、それを見ていた他の生徒達からはやし立てられた。A君は走り去っていった。保はエンガチョ、エンガチョとみんなにいじめられた。其のことを家に帰って母親に話すと強くしかられた。夜、父親にはさらに厳しくA君と話してはならない、A君を見てはならないとしかられた。

保の幼い目にもA君の家の周りが変わったのに気が付いた。村の人が誰も寄り付かなくなった。田植えや稲刈りのとき近所どうし手伝いに行くのに、A君の家だけは誰も行かなかった。Aくんの家の人は昼間出歩くことがなくなった。A君の家族はお祭りにも出てこなかったし、A君もお祭りを遠くから見ていた。記憶に深く刻まれたが保には何が起きてたのか分からなかった。ある日突然、A君一家がいなくなった。どこかに引っ越したらしかった。村の人は誰もA君の家族がどこに引っ越したか分からなかった。それでもA君の家には近づくなと言われた。A君ちの田んぼも畑も草ぼうぼうになったが、村の人は無関心だった。

十五歳のとき、保は兄からA君の話を聞いた。A君の家が村八分にあったということだった。保は初めて村八分と言う言葉を知った。何故村八分にあったかというと、A君の父親の弟が東京で殺人事件を起こしてしまったからだった。保はこの話を、鮮明に覚えていた。

安岡は黙秘の間このことを考えていた。村八分にあわせてはならない、俺がゲロたらお袋たちは村八分に会う。舎弟や女将がしゃべっていることから、俺はゲロうことはないが、事件はヤバイと考えていた。俺が犯人になる前に死んでしまえばいいと考えていた。しかし、ここでどうやって死ぬのか、始終監視され、首をくくりたくてもベルトはもちろん紐もない……不眠じゃ死ねない！　でも絶対にゲロらないことだ。

三十六章　葛藤

取調べは三日目にはいった。安岡の態度は覚悟ができたから、のらりくらりと埒が明かなかった。椅子に疲れるとエテ公の真似をしてリラックスしていた。これが出た時は大塚も苦笑せざるを得なかった。そして、四日、五日と経ち、今日は八日目に入っていた。大塚は、五十万の線で突破口を開こうと日にちを重ねてきたが、安岡の口は堅かった。最後の砦、アリバイの線で責め始めた。

「安岡、ともの女将とは長いのか？」

「……」

「人のよさそうな、いい女じゃないか……おまえが金を預けるくらいだから、信頼でききんだろうな。」

「ああ、俺にはできすぎだったかも。」

「どこで知り合った？」

「そんなこたよかっぺ、あいつも貧乏人に生まれた子だ、だからやさしいのかもしんね！」

「ほう、おまえがそんなことをいうのか……今でも、差し入れなんか来るのか？」

「もう、とっくに切れてっぺよ！」

「君らはどこに住んでたんだ。」

「福島だ！」

「いや、友の女将とだよ。」

「千住」

日にちは大塚と安岡の距離を多少は詰めていた。事件に関係のない話になると安岡は大塚の話に乗ってきた。それは沈黙を通すということの苦痛に対する反動でもあった。

「南も北も千住あたりは、戦後の名残が残ってるだろう。」

「……どうなんだか……」

「君は戦争中はどこにいたの？」

「田舎だっぺ……俺ら戦争があったなんてしんかった。」

「そんなことはないだろう。」

戦争がはじまったのは、安岡が小学校二年生の冬だった。安岡にとっては戦争よりも冬の学校への通学のつらさだった。冬はことさら寒かった。彼らは足袋に下駄というでたちで、毎日一時間掛けて通学していた。足袋に穴があくと悲惨だった。そこから皸が始まる。皸の痛さは子どもにはつらかった。皸と同時にしもやけが出ると其の痒さは皸の痛さに負けなかった。

「田舎は……俺達子どもらは戦争があったときだども、兵隊に取られた家だけが戦争をしてたんだっぺ。」

「ほう、どうゆこと。」

「兵隊にいがねえ家はいつもとかわんね。戦争に行ったとこだけが死でか、生きてかけえてくるかと心配してた。そんなこたあ……」

「君のお父さんは戦争に行かなかったのか！」

「いかね、年とってから、ねえちゃんとあんちゃんが郡山の工場に行ってた。」

「なるほど……」

「俺ら、子どもはジャンボコの手伝いをさせられた。」

「何だ、そのジャンボコというのは？」

「葬式のことだ、田舎の葬式は死人を家から墓まで鉦と太鼓をたたきながら旗を立ててガン桶を担いで持ってくんだ、墓穴が掘ってあっから、ガン桶を入れる前に藁を燃やして墓穴を清めんだ、そしてガン桶を入れて土をかけんだ。」

「ほう、よく覚えてるね。」

「でも、戦死者の場合は違った。死体がないから、ガン桶の中に石ころとか、死んだ人の形見を入れてた。石ころは戦死した場所の石ころだと言ってた。」

「ほう、安岡は頭がいいんだな、よく覚えてること。」

「いや……」と安岡はふてくされ顔をやめてうれしそうに笑った。

「ところで、俺もこの前おまえのふるさとの福島に行ってきたよ。いいところだった、山間に行くとそこいらじゅうから水の流れる音がしてきた。のどかな田舎だった。」

「あそこは、久慈川の上流と阿武隈川の上流にはさまれてんで、水が豊かなんだ。」

「そうか……、ところでおまえ一昨年、三十八年の三月二十七日から四月二日までふるさとに居たそうだが、本当か？」

「……ああ、本当だ、前にも話したぺ！」

「もう一度、本当かどうか話してくれ。前にも話してんだからいいだろ。」

「ああ、何度でも話してやっぺ。」

「何で、ふるさとに戻ったんだ？」

「何で……借金にいったんだ。密輪の金が入るのは分かてたが、何時はいるかわかんなかった。だから借金返済のためそれを担保に借りにいった……」

「借金は何時までに返すことになってた。」

「四月十日。」

「密輪の金は何時入ることになってた？」

「四月五日。」

「じゃ、田舎に借金に行かなくても、密輪の金が入ってくるんだから、田舎に帰ることはないじゃない」

「初めての取引の男で……心配で。」

「でも、入金予定の五日後なら余裕だろう。初めてでも……」

「……」

「本当は行ってなかったんじゃないの。」

「行ってた！　借金はできんかったけど……うまく密輪の金も入ったし、うまくいったんだ。」

「ふるさとに帰る金はあったんだ。」

「借りてったんだ……」

「何時にむこうついた？」

「二十七日の三時過ぎ、前も行ったが従兄弟と会ってる。」

「会ってるというのは、借金のためにあったのか？」

「うにゃ、そうじゃね、俺がそこにいたことを証明してくれるんだ。」

「ああ、アリバイな、彼は証明してくれた。でも、従兄弟には借金を頼まなかったのか？」

「そんな、弾じゃね！」

「それから……」

「……うちの部落まであるいたさ、……」

「ほう、どれくらいかかた？」

「暗くなってた、六時は過ぎてたろ……」

「で、実家に向ったのか？」

「いや……野宿した！」

「なんで……借金は？」

「実家には何回も借りてるし……借りるのが忍びなくて……」

「でも、実家で借りるしかないだろ……」

「お袋を思うと……また心配すっぺ……」

「じゃ、借金はどうした……」

「次の日に考えようと……ねたよ！」

「どこで？」

「松村さんとこのわらぼっちの中だ……寒さも防げるし……」

「ほう、わらぼっちね！　そこで寝てたというのを証明してくれる人はいるか？」

「松村さんだよ。朝、たたき起こされた。」

「ふーん、でその日はどうした。二十八日だ！」

「いろいろ、当てを考えて小学校の同級生の家を訪ねようと思った。」

「……」

「昼頃、パン一個買って食べた。それから友人の家を訪ねた。」

「友人てのは誰だ？」

「それは、いえね。」

「何で？」

「相手もいろいろ事情があって、言ったらかわいそうだっぺ。」

「そんな人に借金できんのか？」

「ああ……」

「それで、その友人に会えたのか？」

「ずいぶん山奥で遠かった。」

「会えたのか？」

「会えんかった？」

「なぜ！」

「家族全員で引っ越してた。」

「何故、わっかた？」

「隣の人に聞いた、夜逃げだそうだ。」

「夜逃げするような人に金を借りようとしたのか、それから。」

「また、部落に戻ってきた。」

「夜はどうした？」

「松村さんのわらぼっちで寝た。」

「わらぼっちは在ったったのか？」

「在ったよ！」

「そのことを誰か知っているか？」

「あさ、松村さんの娘さんが学校に行くのとであった。」

「ほう、学校ね！　どんな学校。」

「どんな学校て？」

「小学校とか中学校とか……見当つくだろう」

「高等学校だと思う。」

「そうか、その日そのあとはどうした、借金はできなかったな……」

「うん、……実家に向かったよ。」

「実家は当てがあったの？」

「いや、腹さへったから、蔵にへえって中の水餅をかっじったんだ。」

「家には？」

「いがね。」

「それじゃ、その日二十九日に東京に帰ったのか？」

「裏山の方を歩いて、借金のことを考えたさ。」

「当ては……」

「………」

「借金の当てだよ、あったのか？」

「……ねえ……」

「じゃ、ふるさとに居る理由がなくなった訳だ！」

「街の、昔世話になった時計屋に行べと思ったが、夕方になってしまった。」

「また、泊まったのか？」

「ああ、」


「どこに？」

「俺げの土蔵にだよ！」

「ふーん、それを証明する人は……」

「証明する、証明するてうるせな、そんなこと証明するひとなんて在るわけねっぺ！」

「その日は、三十日だ、時計屋に行ったのか？」

「行ったよ！」

「どうだった？」

「つぶれてた。」

「それで……どうしたんだ？」

「いろいろ考えたさ！」

「東京に帰らなかったのか？」

「帰れねーべ……」

「どうして？」

「おら、金を作りに来たんだぞ！」

「でも、金が作れなかった、そこに居てもしょうがねーだろ。」

「……考えることが在って……」

「その日はどうした？」

「松村さんちのわらぼっちで寝た。」

「わらぼっちで？」

「ああ、俺げの土蔵は寒くてかなわんかった。わらぼっちの方は暖かくて……」

「それを……」

「いねえよ！」

「そうか、三十一日だ！」

「………」

「その日は？」

「………」

「東京に帰ったのか？」

「うるさいな、けえるわけねえだろ！」

「うじゃ、どうした」

「昔、世話になった仙台の時計屋さんを訪ねよう考えたんだ」

「仙台の時計や？」

「ああ、おら仙台の時計学校を出てから、初めて就職した時計屋だ！」

「ほう、仙台の時計屋ね！　行ったのか？」

「電車賃がねんだよ、……」

「電車賃がなければいけねえわな……」大塚が少し小ばかにしたように言った。安岡の沈黙が始まった。

………………

………………

「仙台には行ったのか？」

「………、いかねえよ！」

「三十一日はどうした。」

「……郡山まで歩こうと……」

「郡山？……またなんで」

「仙台に近いだろ……でも石川まで行って引き返した。」

「それで、……時間は？」

「ひっけしたときはもう夕方で……また、わらぼっちで寝た。」

「わらぼっちか……わらぼっちはおまえの住処になってしまったな、今でも在るといいんだが？」

「在るわけねっぺ！」

「そうだね、保君！　次の四月一日は、誰かわらぼっちで寝てたのを知ってるか？」

「誰もしらねえ！」

「そうか、誰もしらねーか！　一日はどうした。」

「仙台行きを考えて、電車賃なら実家で借りられるかと……」

「それで、実家に行ったのか。」

「ああ、」

「実家で誰に会った！」

「実家まで行ったら、庭でお袋とあねさんが仕事をしてるのを見たら、いけんかった。」

「何時ごろ？」

「一時は過ぎてたな……」

「それで、……」

「引返したさ！」

「わらぼっちにか？」

「ああ、……」

「また、泊まってたんだな！」

「ああ、」

「今度は、四月二日だ！」

「ああ、そうだね」

「その日は、どうした？」

「街に出て、密輸の相棒に電話した。」

「なんて？」

「金の件だ！」

「相棒はなんて言った」

「四月五日の入金の予定は崩れてねえと。」

「ほう、いい話だ！　それで、君はすぐに東京に戻ったのか？」

「もどらねえ。」

「なんで？」

「実家のお袋のことが気になって、相棒には三日午後帰ると言って……」

「お袋には会ったのか？」

「年取った姿を見ると会えなくて……」

「年取ったからこそ会いたいんだろ？」

「おら、親不孝もんだから……俺が顔出すとお袋はとても心配すっぺし……」

「で、会わないで帰ったのか？」

「ああ、」

「それでまたわらぼっちか？」

「ああ、……途中、多田さんとこのばーさんにあった。」


「多田さんとこのばーさん、名前は？」

「多田とらだ、おとらばーさんと言ってぺ。」

「わらぼっちでまた一夜過ごしたわけだ」

「うん！」

「で、東京に戻ったのか？」

「うん、」

「何時ごろ？」

「上野に着いたのが、一時過ぎてた。」

「ほう、で！」

「その足で、相棒の所に行った。」

「東京に帰るお金はあったのか？」

「手を着けず持っていた。」

「そうだわな！　東京に帰れなくなってしまうもの！」

「………」

「それで。」

「……ああ、五日に密輸の金が二十万はいったんだよ！」

「義孝ちゃん事件というのはしってたか？」

「しらね。」

「二日にはニュースが出てたが？」

「新聞よまねーから！」

「そうか……、密輸の金が入ってよかったな、といいたいが密輸も犯罪だし……」

「俺達貧乏人はしょがなかっぺ！」

「調書、読んで安岡に確認してもらおう。」と大塚が言うと、橋本が「これから、読むからおかしいとこがあったら、直すから、よく聞いて。」

橋本が調書を読み返した。安岡は下を向いて神妙に聞いているようだった。読み終わると
「間違いないか？」と橋本が言うと、安岡は首を下げて間違いないと示した。

安岡をゆっくりとみながら大塚が静かな口調で話しはじめた。

「安岡君、私も先日君のふるさとに行ってきたよ。ここに居る橋本刑事とな……君のふるさとはのどかな村だ……」

「刑事さん、どんないい村かしんねえが、おれたちゃあそこで食ってけねんだ。」

「それは、わかる。でも、おめえさんのふるさとに出会うと、心がほっとするね。」

「そおけえ……そらよかった。」

「松村さんにもとらさんにも会ってきたよ！」

「……」

「そう、おまえの従兄弟、益子と言ったな、それにも会ってきたよ！」

「……」

「従兄弟は、三月二十七日の三時過ぎに、おまえと会ったと言ってた。だから、おまえの言ったことは嘘じゃなかった。」

「………」

「松村さんにも会ってきた。三月二十八日の朝、わらぼっちで寝てたおまえに会ったとさ！」

「……」

「だが、松村さんは確かにおまえに会ったといっていた。おまえは見つかって松村さんに叱られただろう。松村さんは、おまえがわらぼっちで泊まったのを知って、無用心と思って、その日の内にわらぼっちを崩してしまったそうだ。」

「………」

「おとらおばさんにも会ってきた。安岡、君は四月二日に会ったと行ってたが、実際は三月二十八日だそうだ。」

「………」

安岡は徹底した沈黙の世界に入ってしまった。

安岡の耳には大塚、橋本の声は入ってこなくなってしまった。彼は二人に対し言葉も心もふさいでしまった。安岡の頭は己の思い出の中での懐かしさとやさしさに浸っていた。安岡が生まれたのは昭和八年、日本が日中戦争に邁進するころであった。彼は十番目の子として生まれた。山間の貧しい農家に生まれた。貧しくとも母親のやさしさと兄弟の助けによりそれなりの楽しい幼年時代を送った。小学生になって一時間の山道の通学路を楽しみながら通っていた。安岡の最初の不幸は小学校三年生のときに起きた。彼らは夏場はほとんど裸足であったし、履物は下駄が中心だった。暑い夏場は苦にならなかったが、冬場の山道は大変だった。足袋に下駄、足に寒さに耐え切れなかった。冬になると顔はいつも赤ら顔になり、手は霜焼けと皹切れでかさかさし痒かった。安岡はその寒い時期穴のあい

た足袋で通学していた。それが元で足に皸ができ、そこからばい菌が入って骨髄炎に罹ってしまった。忙しいとはいえ、足袋の穴も縫って上げられなかった母は悔やんだ。骨髄炎は手術をしなければならなかった。手術はうまくいったが、そのせいで足が曲がってしまい、歩行が困難となった。そこで長期のリハビリが行なわれた。やっと、松葉杖なしで歩けるようになったときは、すでに二年が経っていた。しかし、彼は歩けるようになった自分を見て、父や母に感謝した。家族に対する思いはまったく変わらなかった。

第二の不幸は学校にあった。リハビリのため安岡は二年休学してしまった。当時はリハビリを受けながら学業を進めると言った施設はなかった。学校に戻ると二つ上、おのずと級友たちから浮き上がっていった。そこで味わったのが孤独感である。友達ができなかった。学校を休みがちになり、万引きなどをするようになってしまった。母親は人一倍気を使った、万引きの時には厳しく叱った、休むときはなんとなく許してしまった。学校を終えたときは戦争は終わっていた。両親は、足の悪い息子を不憫に思い、近くの町の時計屋の店員として住み込ませた。しかし、その店はまもなくつぶれてしまった。父と母は足の悪い息子のことを案じ、一人でも、座っててもできる仕事とを身に付けるのがこの子一生のものと思い、時計の修理工にすることを選んだ。一六歳の時、両親は安岡を仙台の身体障害者職業訓練所で時計の修理を学ばせた。このことを安岡はずーと感謝していた。こんなことを思い出していると、母親のため、父はもうなくなっていたが絶対にゲロすることはできなかった。村八分の恐ろしさも彼の自白に抑制を掛けた。安岡は、一人孤独の世界に入り考え込んだ。

「安岡、黙っていちゃ分かんないよ。おまえが嘘ついてるのか、松村さんが嘘ついてるのか……どっちなんだ。」

「……、二十九日は松村さんのわらぼっちじゃないかもしんね。」

「……松村さんじゃない、それじゃどこのだね。」

「わかんね？」

「わかんないじゃ、すまないよ！」

「あの辺、わらぼっち、いっぺえあったぺよ。」

「……じゃ、どこのわらぼっちなの？」

「……わかんね……。」

「君は、翌三十日に松村さんの娘さんに会ったといってるよね。」

「はあ」

「と、それも嘘か？」

「いや、高校生には会った。」

「おいおい、いいかげんなでっち上げを言っちゃだめだ、その女学生とは誰だ？」

「わかんね。」

「わかんないじゃ、君のアリバイは成り立たないだろう？」

「……」

「三十日には東京にいたんだろ！」

「……いや、ふるさとに居た。」

「それじゃ、おまえの泊まったわらぼっちの場所を、松村さんちともうひとつを、地図に書いてみろ。」と大塚が橋本に目配せして合図を送った。橋本は紙と鉛筆を用意した。安岡はどう書いていいか分からず、いかにも思い出してる風にずーと天井に目をやった。大塚が

「安岡、松村さんちからの地図で良いよ。」と言って、指を白紙の紙において、

「ここを松村さんちとするとおまえが泊まったわらぼっちはどこだ？」安岡は地図を書き始めていた。

「ここだ！」

「松村さんちのわらぼっちは、どこ？」

「ここ……」

「ほう、すると二つは離れてないな……」といいつつ、橋本にその地図を渡し、目で合図した。橋本は、うなずくと地図を書いた紙を持って、取調室を出て行った。残った大塚が言った。

「明日になれば、おまえさんの言ったことが事実かどうかわかる。そこに泊まったかどうかは分からんが……」

「……」

「何故、おまえは松村さんのわらぼっちといったんだ？」

「そう思ったからだ？」そこに橋本がもどってきた。

「明日には分かるそうです。」安岡はふてくされた態度をとり始めた。

大塚はキーと安岡をにらみ、

「今日はエテ公の真似なんぞするんじゃねえぞ！」とドスの聞いた声で言った。安岡のひるんだ様子が大塚にはわかった。こいつはでたらめを言っていると確信した。大塚は今度は静かな口調で話し掛けた。

「安岡君、君が会った女学生と言うのはどんな風だった？」

「……どんな風て？」

「髪がおかっぱとか、セーラ服を着てたとか、自転車に乗ってたとかだよ」

「髪はおかっぱでセーラ服を着てた、自転車じゃなく歩きだ。」

「ほう、かばんは？」

「赤いかばんだ。」

「ほう、しかしだ安岡君三月三十日の話だ、その日はまだ春休みで学校はやってないよ。その日に登校する学校はどこもなかったよ！」

「……」

安岡はまた黙秘をはじめた。

「安岡君、黙秘は君の権利だからいいとして、次のことには答えてよ！」

「……」

「おとらばーさんに会ったと言うが、君は四月二日と言ってるが、何故四月二日なの？」

「……四月二日だからさ！」

「へーえ、おとらばーさんは三月二十八日だといってるよ！」

「そら、ばーさんが間違ってんだ。」

「ほう、でも君は四月二日には東京に居たんじゃないの？」

「何で……俺はふるさとにいたさ！」

「おとらばーさんは、君と会ったのは孫娘が節句のご馳走を食いすぎて医者に行った日だと、節句は三月二十七日だったんだ。だから、君が会ったのは三月二十八日、松村さんに叱られた日、君は二つのことをちゃんと覚えているから、はっきりと会ったと言い張るんだよ。」

「……」

「会ったことは正しいが、会った日にちはでたらめだよ！　君は嘘をついてる！」

「……」

「また、黙秘か！　君の権利だから……君は嘘がばれそうになると黙秘を使う、まあ、明日は君のわらぼっちの件もはっきりするし、これ以上君の黙秘を相手にしていても埒が明かない、今日の取調べはここら辺にしよう。明日は、八時から取り調べる。」

と言って大塚は取調べを終了した。大塚が持っている時間はあと一日だけだった。だが、大塚は安岡の心の動きと表情をがっちりと把握していた。絶対に明日は落としてやると。

房に帰った安岡は落ち着かなかった。表面はふてぶてしく振舞っていたが、内心は穏やかでなかった。最後の、大塚の自信に満ちた尋問が彼を相当に弱気にした。さらに、わらぼっちの地図を書いてしまったことを後悔した。寝床につくと不安は不安を呼んだ。絶対ゲロってはならない。苦労した、皺だらけの母親の顔が思い出された。ここで、俺が死んだほうがましかも……犯人にはならないから、村八分はないだろう。生きていたいと思ったが、事件がばれて自分が死刑になるのではと、はじめて考えた。それは更なる恐怖だった。安岡は事件の犯人と分かったら、死刑になると……そして、それは自分自身のことだった。彼はもう何も考えられず、床についた。

三十七章　アリバイ

　朝、七時になっても安岡は起きなかった。看守は房に入ってきて、安岡を起こした。

「起きろ！　起床だ！」安岡はパッチと目を開いた。頭がすっきりしていた。熟睡したのである。ふと、昨夜のことを思い出した。しかし、今日の取調べを考えると憂鬱が襲った。

　八時、安岡の取調べが始まった。安岡が取調室に入ると、大塚と橋本はいつもの席に座っていた。安岡が丸椅子に座るや、大塚が「昨日はよく眠れたか！」と聞いてきた。

「……」

「今日は顔色も良いし……目もしっかりしている。」

「……」

「どうだ、おとら婆さんのことは思い出したか？」

「……二日です。」と小さな声で言った。

「おとらさんはそうはいってなかったよ！　君の話と違う……どうして……君が嘘をついているからよ。」強い調子で大塚が言うと、安岡はひるんだ。

「おとらさんは三月二十八日だと言ってたよ……おとらさんには根拠があるが君はただ、四月二日だとしか言ってない。何故、四月二日？」

「……」

　安岡は大塚の言葉を無視して、沈黙の世界に入ろうとしたが、寝覚めのよさが、大塚の言葉をひとつひとつ吟味させ、心の動揺をかすかながら表していた。大塚はそのことに気が付ついていた。昨日の後半から、安岡が少しずつ顔の表情に心のかげりを表し始めていたのにも気が付いていた。だから、彼は昨日責めきらないで、余韻を残して調査を終了させたのであった。そして最後の『君は嘘をついている』ときつく言ったのは安岡に対する脅しでもあり、彼の心を動揺させる作戦であった。沈黙の世界の入り口で戸惑っている安岡に対して、大塚はさらに責めた。

「おとらばーさんのこともそうだけど、三月の春休みに学校に行く女学生に会ったとか、君の世界は頓珍漢な世界だね！」

「………」

「四月二日と言うと、前の日が四月一日で、四月バカだ、君は狐にでも化かされて、頭のよかった安岡君が四月バカになってしまったじゃないの。」

　安岡はムッとした。唇にかすかな震えを見せそして

「……俺は頭なんかよかね！」と下を向いてしまった。大塚はさらに「君は子どものころのことをよく覚えていたし、賢いよ！　それがつい最近、二年前のことを忘れるなんて、四月バカにかかってしまったとしか思えないね。」

「……」

　そこに、取調室をノックして、別な刑事が入ってきた。大塚と打

ち合わせながら、書類を渡した。安岡はそれをジーと見つめていた。大塚は書類を受け取ると、それに目を通した。目の輝きが違ったように安岡には見えた。

　刑事が
「では、よろしく。」と言って出て行くと大塚は
「ご苦労さん。」と言って刑事の後ろ姿を見た。安岡は不安だった。

「昨日の、安岡君のわらぼっちの件の調査結果が届いた。」と口調は物静かだが、鋭い目で安岡をにらみながら言った。安岡は下からひょいっと顔を上げたが、大塚の鋭い目にすぐに下を向いてしまった。やさしい言葉で
「安岡君、君が言ってた家は近藤さんというだそうだ。近藤さん所では、わらぼっちは作るが、稲刈りしたあとの田んぼに作るんだそうだ。家の近くでは火が出たとき危ないんで田んぼに作るそうだ。君はここでも嘘をついたね！」安岡は完全に窮地に入ってしまった。沈黙の世界へ沈黙の世界へと必死だった。それを読み取った大塚は
「また、嘘か……ところで安岡君わらぼっちて簡単に燃やせるものなの？」

　と聞いてきた。安岡にとって救いだった。事件と関係がない話だ。下から、大塚を見上げるとやさしい目で安岡を見ていた。安岡は小さな声で
「簡単じゃねえです？」

「そうだよな、あんなもの燃やされたら危ないよな！」

「火の粉がすごいんで。火の粉が農家の屋根に飛ぶとそっから火事になってしまうんだ。」

「そうだろな……」

「だから、普通は田んぼで燃やすんだ。」

「そうだよな、わらぼっち一個燃やすのは、家一軒燃やすのとおんなのようなもんだよ！」

「うんだ。」初めて安岡に安堵の気持ちが流れた。そのとき大塚が
「火の粉と言えば、日暮里の駅前の火事はすごかったな……火の粉がぼんぼん飛んでたよ。」

「ええ、わらぼっちの火の粉もあんな感じだ。」

「見た！」

「ええ、日暮里の電車から……」

「ほんと、あれは怖かった、安岡君も見たのか？」

「ええ」

「安岡！　その火事は三十八年の四月二日だ！　おまえはおとらさんとふるさとにいたんだろ。」

　安岡は手を口に持っていった、しまったと思うと同時に顔面が蒼白になっていった。大塚は安岡の様子をジーと見つめていた。安岡の同様の激しさが手にとるように分かった。おもむろに再び口を開いた。

「保君、私が君のふるさとに行ったとき、もう一人大切な人に会ってきたよ。その人は田んぼで仕事をしていたが、われわれを見ると手を振って、田んぼから私の方に歩いてきた。私は待ったよ。田んぼから這い上がってくると老婆だった、その人は私に『刑事さんで

すか』と聞いた。ええと答えると」そこで大塚は言葉を切った。そして、安岡の前に進み土下座をした。

「こうして、私の前に土下座して『私は保をそんな人間に育てたおぼえはねんですが、もし、保がやったんだら、早く真人間になって本当のことを言うように言ってください』と涙を流していってた。君のお袋だ。」

「……」安岡はさらに顔を下に向けたままだった。大塚は起き上がると、自分の場所に戻り静かに安岡の反応をまった。

…………………

「刑事さん、私がやりました。」安岡の小さいが素直な声だった。大塚は一言
「うん……わかった。あとは昼飯を食ってからにしよう。」大塚の声だった。

安岡は落ちた。

日暮里の火事は、一晩大塚が練りに練ったことだった。ひょっとして、その火事のことを覚えていると……しかし、見ていたとは望外であった。

三十八章　白骨死体

　午後安岡はとり調べ室に入った。そこには大塚と橋本がすでに待っていた。安岡は今までと違って丁寧に二人にお辞儀をして着席した。

　大塚が口を切った。

「まず、仏さんをだしな。」安岡は素直にうなずいた。橋本が紙と鉛筆を差し出し、安岡は思い出すように鉛筆を取り、地図を書き始めた。終わると大塚にそれを見せた。

「お寺か？」

「はい！」

「……どうやってお寺に連れてったか話してみな。」

「公園で水鉄砲で遊んでいるうちに、水がうまく出なくなって……そこでおじさんちにもっといい水鉄砲があるからあげるよ、取りに行くべというと、喜んでついて来た。おれは身代金をとろうと思ったから、ちょうどいい、自分の家に連れてこうといっしょに歩いていったんだ……お寺の前を通ったとき坊主に見られたと思った。」

「……」

「そこで、寺に入って墓場のところで二人で休んでたら……子どもがおかあちゃんとこに帰りたい、おうち帰りたい、というもんで、……ああいいよおくってってあげっからといって、おんぶしなというと素直におんぶしたので、あやすように墓場を歩いていたら寝てしまったんで……」

「……で、」

「池田家というちょっと広い墓があったんでそこに腰をおろすと、子どもはまだ背中でよく寝てた。」

「……」

「背中からおろしてもまだ寝てたんで、ひざに抱きか掛けて寝せた。そのうち、足でまといに感じて、そのままおっぱなそうとしたが、顔も見られてるし、びっこも分かってしまうんで、殺すことを考えた。寝てる子の首をキューとしめると簡単だった。そして死体をその池田家の墓の中に入れたんだ。墓石は意外と簡単に開いた。そのとき、身代金要求のため、子どもの靴の片方だけを脱がして持ってきた。」

「これが、その寺の地図か？」

「うん、墓場はたぶんこの辺だと思うが……墓の持ち主は池田家となってた。」

「わかった！」地図を持つと橋本に合図して渡した。橋本は地図を持ってとり調べ室を出た。とり調べ室には安岡と大塚が残った。大塚は調書を取り再び安岡から供述を取り始めた。一方橋本は署員の部屋に戻るや、地図を待機していた刑事に渡し、場所を教えた。三十分打ち合わせをした後、橋本も取調室に戻った。

　残った刑事は松田といい、義孝ちゃん遺体捜査を指揮した。全員で五十名の編成であった。彼らが仙光寺についたのは八時を過ぎていた。安岡が犯人であることはマスコミに流れていた。捜査集団は後方に待機し、五人の刑事が仙光寺に向った。
　住職が出てくると、松田は安岡の書いた地図を見せて、
「ここは仙光寺ですね！」とたずねた。住職はためらわず
「ええ、うちが仙光寺です。」と答えた。彼らは中に入って説明をした。住職は驚きを隠せなかった。
「お宅に池田という墓はないですか……犯人はそこに入れたといってます。」
「うちには五墓ほど在ります。」
「分かりました、ご協力お願いします。」というと隣の刑事に合図をした。住職は
「分かりました……義孝ちゃん事件……」
「ええ、そうです。ぜひともご協力を。」、合図を受けた刑事は走り去った。
「ご案内いたしましょう。」と言うと同時に、突然サーチライトが輝き、墓場を照らした。同時に十数人の刑事が集まってきた。
　彼らは、住職のあとに続き墓場に散らばった。一人の刑事が手を振りながら
「ここだ！」と大声を張り上げた。住職と松田のグループはそこに駆けつけた。到着すると住職が
「これは違う！」といった。
「何故？」と松田が聞き返すと、住職は
「あなたは埋めたといわず、入れたといいました。何かを入れるとするなら、カロウトと呼ばれる型のお墓です……線香差しの部分が外れて、墓石が起こせるようになっている型です。」
「……なるほど」と松田がうなずいてるとこに、別な方から
「ありました！」とおおきな声が起こった。住職と松田はその声の方を確認し、走りながら向った。住職は
「確かにカロウトです。でも墓石がないからまだ作成中です。卒塔婆だけが差し込んであります。これは納骨室を空け安いです。」松田に向って話しながら、松田が開けやすいように場所を空けた。しかし、松田は
「住職、われわれは令状がないんで……」住職はすぐに納得した。
「分かりました。私がやりましょう。」というと、腰をおろした。松田が大声で
「ライト」と叫んだ。ライトが照らされると、住職は一気に納骨室の扉を持ち上げて、中を見たと同時に
「アッ！」声をあげてふたをしてしまった。松田が
「風呂敷包み？」と住職に聞くと、住職は首を横に振って
「子どもです！」といった。松田の背筋に寒気が走った。落ち着いて住職は再びふたを空けた。明らかに子どもの白骨死体であった。洋服はきたまま、靴下も履き、靴だけが片方なくなっていた。白骨死体の目のところから一本の植物が芽を出して伸びていた。納骨室の下はコンクリートではなく土のままだった。

三十九章　マスコミ

朝のトップ記事は義孝ちゃん事件のニュースであった。二年三ヶ月ぶりに犯人が逮捕された。犯人は安岡であった。七月五日の発表以来新聞は、義孝ちゃん事件を毎日出し続けていた。


『義孝ちゃんは殺されていた』

『安岡ついに自供』

『二年三ヶ月ぶり解決』


『殺害の悲報とどく』

『三たび執念の捜査』

『次々に新事実で押す』


『わっと泣き伏す両親』

『雨の中つめかける人々』

『足手まといと思って』


『借金苦から計画』

『無残、墓石の下に』

『人間無視の異常性格』

『刑事にもツバ』


『繰り返すまい義孝ちゃん事件の悲劇』

『実った捜査陣の信念』

　翌日の新聞には
『日暮里大火見た』

『アリバイ一挙崩壊』

『事件後は作り声』

　翌々日は
『安岡全面的自供はじめる』

『抱いて寝かせ殺す』

『声なきただいま』

『義孝ちゃんの遺体帰る』

『棺をかき抱く母』

『二度と繰り返さないで　義孝ちゃんの両親が手記』

　二十日が経って
『安岡が手記を発表　身を切られる思い　獄中で聞く「帰してくれ義孝ちゃん」の歌』

　そして
『安岡保を起訴』

　龍雄には忘れがたい事件であった。二年以上が経っており、あの大学受験の年の出来事であった。龍雄はすでに大学を二度失敗し今は魚河岸のあんちゃん、売り子として働いていた。龍雄は丁寧に新聞の記事を時系列的に追い始めた。

　安岡と新聞社の問答の記事が出ていた。龍雄は驚いた。新聞社とはなんと横柄なところなんだとまず思った。こんなときに犯人との一問一答が何の意味があるのだろうと思いつつ記事を追った。記事には捜査官を通して、一問一答の形で安岡に手渡してもらい回答を得たということだった。

問　義孝ちゃんの家族に対して今どう思っているのか――

答　心から申し訳ないと思っている。

問　犯行後ずっとかくしてきたことについて――

答　二年間自分の胸の中に押し殺してきた非常に苦しかった。

問　最後まで犯行をかくし通せると思ったか――

答　最初から義孝ちゃん事件の関係で調書をとられた。今度の調べには非常な圧迫感をおぼえた。調べが進むにつれて、今度は隠し切れないのではないかという不安が一日ごとにつのってきた。

問　自供する直接のきっかけは――

答　三日夜、金のことと、アリバイをずばりつかれたときこれは耐え切れないと観念した。

問　義孝ちゃんについては――

答　義孝ちゃんの遺体を一刻も早く家族の手にもどしてあげるのがいま自分にはせめてものザンゲのみちだと思ったので、まず仙光寺の場所を地図に書いて捜査員に渡した。

問　殺すつもりで連れ出したのか、誘拐のヒントは――

答　黙秘

この問答を読んで龍雄はしらじらしいと思った。犯人が白々しいのではなく、記事そのものが白々しいと思った。こんな記事を出すマスコミが白々しかった。こんな記事を出す意味があんのかと思った。語られることは誰もが予想している言葉しか考えられなかったし、事実そうであった。こういった問答を出すマスコミに放漫と嫌悪をかんじた。

その後、鈴木家の手記や安岡の手記が新聞の一面を飾った。しかし、龍雄に取って一番関心を惹いたのは安岡の母の死であった。ほんの数行の記事であったが、龍雄は目頭が熱くなるほど、気持ちが引かれた。心労で死ぬことがあるという事実に驚いた。どんなことがあっても人は気持ちの落ち込みで死ぬとは考えられなかった。何らかの肉体的な欠落が生じない限り、死ぬことは無いと考えていたことが、覆された。その心労とは、龍雄には考えが及ばなかった。人は何を思い悩み死にまで至ってしまうのか？　母の死を知った安岡のことが知りたかった。母を自分の犯した犯罪により、死にまで至らしめた息子の心情とは……

龍雄はもう一方の事件のことも思い出していた。晶子さん殺人事件の山田のことであった。この事件も、山田の死刑判決後、山田が無実を訴え始めてから、どうなったかは分からなかった。あの事件も二年を過ぎていた。

四十章　無知

　山田の裁判は奇妙な形となってしまったが、裁判は続いていた。弁護側は冤罪という切符を手に入れて張り切っていた。山田が自白し、判決も出たのにそれを覆す無罪の主張をしたのは、山田なりの主張があった。元々山田は裁判とか弁護士と検察とか裁判の仕組みをよく理解していなかった。警察のことや取調べのことは豚屋の件もありそれなりに理解はしていた。しかし、今までは取調べまでは分かっていたが、弁護士が出てきりとか裁判とかにはならず、厳重な注意で放免されていた。殺人事件となると全く勝手が違っていた。拘留も長期になり、裁判で結審するまでは娑婆に出られない。さらに弁護士なるものが現れ、自分の味方のようではあるが、胡散臭く信頼できないでいた。取調べが進むうちに関根など知り合いの警官が現れ、弁護士よりも警官の方に親しみをかんじるようになっていた。かといって刑事の言いなりになっていたわけではなかった。心情的に弁護士より刑事に頼っていた。山田のような人間は素直で正直なので、自然に人を信じるとその人を全面的に頼ってしまう。山田は豚屋時代に仲間と窃盗をしたことは素直に認めたし、罪を償わなければならないと考えていた。山田自身は自分の罪を十年ぐらいに考えていた。普通の人では十年なんて考えも及ばない。それだけ山田が正直でさらに無知で独り善がりの考えに固執していたのである。無知が弁護士をはじめとした、より深い知識をもった人たちとのコミュニケーションを取るのを困難にしていた。だが、自分がやってない晶子さん殺しはガンとして跳ね除けていた。そのときの刑事は親しみよりも恐ろしさと恐怖の塊に山田をさせた。山田にはものをじっくりと考えるという習慣もなかったし、人に相談することもなかった。自分の育ってきた環境から他人に対しては一歩距離を置いていたのである。山田が何の気兼ねもなく話ができるのはあんちゃんぐらいで親父はおっかない存在だった。一方、刑事達も山田の晶子さん事件に対するかたくなな拒否に業を煮やしていた。彼らの意識は事件の真実を解明するより、犯人を挙げるということであった。犯人を挙げることが事件の解決と考えていた。しかし、事件の本当の解決はそんなものではない。事件の背後にあるどろどろした人間関係、共同体と個人の関係を解明しなければ解決ではないのだ。しかし、長谷川、関根といった刑事達は犯人を挙げることに躍起になり、成果がでないことに大きなプレッシャーを感じていた。そのプレッシャーがどこから来るのかは本人達もわからなかった。長谷川たちは山田を脅したり、なだめたりして、晶子さん殺人事件の自白を取るのに必死だった。彼らが犯人を挙げるという名誉欲に取り付かれているからばかりではなかった。関根巡査が訪問したとき、山田は深く落ち込んでいた。刑事たちの言動が彼を混乱させていた。

　自分の本当の味方は弁護士なのか、刑事なのか……

　あるとき取調べで山田は

「君の罪状はどれくらいだと思う？」

「罪状？」

「そう、懲役とかだよ……」

「うん、八年から十年ぐらいかな？」

「どうして？」

「友達の知り合いが、車を盗んで懲役八年と聞いた。俺は罪状が多いから、その人とよりは多くなるんだろうと思う。だから八年から十年……だな」

長谷川がニヤとしたのに山田は気がつかなかった。顎に手をやりながら「妥当な線かな……」と思わせぶりに答えた。当然、長谷川は重すぎる罪状であることを理解していた。長谷川は山田の弱点を掴んだ思いがした。

「十年なら出所しても三十五、六ですから、やり直しも聞くし、親父、お袋に孝行もできると思うんです。」

「そうだな……」と言ってその日の取調べは済んだ。

それから山田に対する調査の方法が変わっていった。長谷川は山田の兄も容疑が、かかっていることを強調し始めた。それは山田がもっとも信頼している人物だからだった。さらにあんちゃんは山田家の大黒柱でもあった。翌日の取調べで長谷川は兄、一郎の容疑をほのめかすような言辞を吐いた。そして山田の反応を窺っていた。案の定山田の心配は予想以上であった。さらに
「山田君、十年て言っていたが、こんな状態が続いていたら何時になっても埒が明かないよ！」

「……どういうこと？」

「はっきりしないと、何時までも取調べが続き……埒があかないということだな」

山田にはよく理解できなかった。あんちゃんのことといい十年のことといい、不安と恐怖ばかりに襲われ夜も眠れなくなっていた。そして、ものの分かったような言い方の長谷川の言葉はさらに彼を圧迫していた。

「十年で出してやってもいいんだよ。君がはっきりすればな！」

「……」

「警察官は弁護士と違って嘘を言ったりはしない。約束したことは必ず守る。刑事だから……」

「……」

山田には何がなんだか分からなかった。弁護士との接見も途絶えていた。山田は単純であったから自分さえ正直に話せばなんでも分かってもらえるし、ものは解決すると考えていた。しかし、この孤立は彼を迷わせ、恐怖へと導いていった。長谷川が心底怖くなっていた。彼は今の状態から抜け出したいと考えるようになっていた。長谷川が十年で出してやる。刑事は約束は絶対守るといった言葉が光のように思えた。弁護士のことは忘れていたし、信頼の外にあった。といっても、弁護士達は接見を何度も試みたが、裁判所の許可が下りなかった。山田の孤独感は深くなっていった。そんなときに起きた取調べだった。

「山田君、晶子さん殺しをやったといってくれれば、間違いなく十

年で出してやるよ。十年って長いと思えば長いし、短いと思えば短いんだよ。」そんな取調べをしているとき、関根が来て自白したのであった。山田は長谷川との十年の約束を頑なに信じ、死刑の判決を受けても判決を信用せず、長谷川、関根の約束を信じていた。それが、周りから、「死刑だよ、死刑だよ」といわれさらに死刑囚の房に入って初めて、竹内とあい、死刑が本当で長谷川たちの言葉が嘘なのが自分でも分かった。それが、判決後の再審で無罪を主張したのである。当然弁護側は冤罪の線での戦略に切り替えたし、山田本人ももうおびえるものは何もなく、自分に正直に進んでいった。だが弁護側の思惑と違って、裁判は思うように進んでいないのも事実であった。山田はこうした結果になってしまっているのは、自分の無知のせいだと考えるようになってきた。彼は猛烈な勢いで字を習い始めた。必死で自分なりに戦っていた。

四十一章　思想

龍雄が安岡の死刑判決を知ったのは二十歳の三月だった。安岡は控訴したが三回の公判後高裁でも上告を却下、更に最高裁で死刑が確定した。安岡の逮捕はともかく、母の死亡は衝撃的だった。心神の耗弱で死亡することがあるということが龍雄を驚かせた。龍雄は人間は肉体的病で死ぬだけではなく、精神的な苦痛でも死ぬということをこのとき理解したのだ。そして、倒産の時、父の心痛を思うと、今一緒に暮らしていることがありがたいし、感謝していた。

新聞の記事で裁判官と安岡の言葉のやり取りが印象的だった。

「分かったね！」と裁判官

「分かりました。」と安岡

龍雄は分かりましたとはどういうことか考えてみた。

＊

死と生のことを考えると昔の思いがよみがえってきた。安岡の死は死刑という絶対的な死である。ソクラテスの死も死刑という絶対的死であった。ソクラテスと安岡については同じ絶対的死と言っても龍雄には違和感があった。

病死にしろ、事故死にしろ、死刑による死にしろ、死とは個人に現れる事実である。山田の死刑判決・安岡の死刑判決・吉田翁の冤罪(死刑からの回帰)・グレゴールの死は龍雄には個人におけるという点においての死として理解は出来た。グレゴールが毒虫として死に行くことも、人間の死と同一に感じられたのである。

しかし、ソクラテスの死刑は理解しがたかった。個人の死のように考えられなかった。死とは個人に関する理由で発生するのに、ソクラテスは国家のためとして死刑を受け入れていった。それも平然と……

龍雄はソクラテスに近い死（死刑）は戦争によって観ることが出来るのではないかと思った。戦争に参加した兵士は自身の死を自分の意志でコントロールできないから死刑囚のような位相にある、ただ絶対的な死ではない。その死は戦場といった空間に左右されるからである。

また兵士が戦場に出向く様は平然としているように思え、ソクラテスが死刑を平然と受け入れたのに似ていると思った。兵士たちが国のため国民のためと戦い戦死していく様はソクラテスが毒を呷ったことと同じに見えるが……実際は兵士たちはソクラテスのように平然とはしていないで最後は個人として死んでいったのではないかと考えた。それは死の直前の兵士は『おかあさん』と叫び『国家万歳』とは言わないだろう……さらに、ムイシキンの言う、一縷の生への望みを抱いていったであろうと思えたからである。

龍雄はソクラテスの死というものは特殊な形の死と考えるべきだと考えていた。特殊とは？……時代（歴史）によって死の考えは異なり、環境によって死の観念は変わるということだった。ギリシャ時代の死を現代と同じように考えることは出来ないだろう思った。ギリシャ時代は霊魂は在ったし、正義は歴然と存在した……が現代は霊魂は存在するか、存在するならそれは何か？……正義とは何か？……現代の感覚では霊魂も正義もギリシャ時代と同様には理解できないと思った。

霊魂や正義に依存するギリシャ時代の死は現代の死とは区別して考えるべきだと思った。戦場での個人の死の観念は、プロポネソス戦争の時代の考えと、現代たとえばヴェトナム戦争の兵士と同等なのだろうか？　プロポネソス戦争の戦死した兵士は『アテナイのために』『スパルタ万歳』と言って死んでいったのだろうか？　それは違うような気がした。やはり一兵卒は三千年前の戦争でも現代の戦争でも、兵士の死は普遍的な死の観念として存在していると思った。それは一兵卒の戦死と言うものは個人的な死であることは現在も三千年前も同じだからである。

戦争とは普遍的なものだろうかと考えた……戦争は普遍的な事象ではないというのが龍雄の考えだった。実際、プロポネソス戦争は歴史として龍雄の前に現れた。そこで起きた事象は現代的に取り扱うことがきわめて困難である。文化的、社会的、科学的環境がちがうのは勿論、現代と比較できるような具体的な内容を把握するのが難しく、現代で理解するのが不可能な事象もあるだろう。現代のヴェトナム戦争とプロポネソス戦争を戦争と言うキーワードで論ずることは出来ないと考えた。戦争と言う概念は普遍的な概念として理解するより、歴史的概念として理解すべきであると考えた。龍雄は日本の戦争の歴史を考えた時、自分たちが戦争と言う現実的な話をするとき、それはつねに太平洋戦争であると確信している。日露戦争や日清戦争、豊臣秀吉の朝鮮戦争古くは白山江の闘いは歴史的な事実としては語るが現実的な問題としては語らない。これを考えた時、歴史的な事象はマルコフプロセスの性質をもっていると思い普遍的な事象にはならないと思った。普遍的な事象は全事象を対象にしていると考えることだからと考えていた。

更に龍雄は死刑による死はより普遍的で時代を超越した死であると考えていた。それは人間の考え出した制度と言う概念を基礎にしているからだと思った。

龍雄はソクラテスの論争に興味を持って、他の書物も読んでみたが、ついていけなかった。ただ哲学とは論争に勝つため、相手をやっつける為に在るように思えてならなかった。また『優越性の哲学』をギリシャにおける『超人の思想』の中に見つけたような気がした。要約すると次のようなものになるのだった。

『法律を定めているのは人間のうちの弱者たる多数者なのであって、彼らは自分達の利益になるよう法律を定めているのだ。彼らは自分達よりも強くて、自分達よりも余分のものを占有する能力のある人間をいたく恐れてそういうことがおこらないように人より沢山とるのは、みっともないことだ、不正だ、などと言っている。彼らは力が劣っているから、平等の分け前に預かればありがたいわけなのだ。だから、法律の上では世の多くの人たちよりももっと多くを所有しようとすることはみっともないこと、不正なこと、と称されている。多くを持ち能力あるものが無能なものよりも多くを取ることこそ正義だということなのだ。』

龍雄が倒産の後考えた『優越性の哲学』をどんな風に克服していくか……

『人間の社会で考えるなら、人は社会という集合の中で、一要素でしかない。要素には優劣は無い。社会の構成上それが、発生するのは、人間が生き物であるからである。生きるものは、エネルギー源（食物）を取得し無ければならない。これらは、人それぞれであったが、獲得する量が様々であった。それらを平均化するために社会が発生したと思う。社会の構造が発展進化するうちに、優れたものとか劣ったものとかが存在してきた。しかし、社会の構造は人間の思想性により変化発展してきたのだから、在るのではなくどのような変化が必要なのか考えるのも方便である。優劣ではなしに、全てのものが平等に生存していくのが最もよい思想である。

しかし、平等とは？　これもさまざまな事象の中で変化していくのである。たとえば地域により……歴史により……主義主張により……』

龍雄が安岡の死刑判決から考えたことである。だが、『優越性の哲学』を克服するにはまだまだ遠い道があった。

同時にもう一つの事件、『晶子さん事件』の犯人山田の死刑のことも決して忘れることはなかった。自分が人生で最も不幸な時代に遭遇した時の二つの事件と龍雄に多くのことを考えさせていた。冤罪を言い出した山田がその後どうなっているのか今の龍雄はよく分からなかった。控訴していることは知っていた。自分は無罪であると言い出しだのを思い出した。その時龍雄は山田が吉田翁の記事を読んでいたら今とは違った展開になったと思った。しかし、彼が文盲であることも思い出した。

四十二章　労働

龍雄は三度大学に失敗し、自分には大学は縁がないという考えにとらわれた。何か無性に働きたかった、正式な労働者として働きたかった。そして働くのならアルバイトで九ヵ月やった魚河岸がよいとかんがえた。三ヶ月振りに行った伏作の店長は龍雄が正式に従業員で働きたいと申し出た時とても喜んでくれた。仕事もなれていたし、即戦力でもあるし、若いし、一つ返事で採用が決まった。しかし、龍雄には本格的な職業となると妙な気負いが生じた。自分の立場というものがアルバイトの時のようにうまく定まらなかった。働くということは自分自身独立し、社会で単独で生きていくことが出来るようになることである。

職業となる仕事場の秩序は、高校生活の秩序とは決定的に違っていた。学生には学ぶという平等性のほかに何の秩序もなかった。龍雄たちの学校や家庭での日常生活も画一化されて、平等の範疇であった。彼らの差別は、勉強ができるかできないかぐらいであったろう。勿論年齢も平等であった。職場は決定的に違っていた。まず、年齢はまちまちであった。教養や教育もそれぞれ異なっていた。知識も……

仕事ができる人がえらいかというとそうではなかった。仕事ができるということがそもそも複雑で難しい問題を孕んでいた。仕事はさまざまの仕事に分類されていて、さらにそれぞれの仕事の関連を考え理解することが絶対必要であった。龍雄は職業としての仕事をスタートさせた。

朝四時に目を覚ます。すばやく着替えると静かに階段を下りていった。両親もまだ寝ていた、彼は洗面所に行き歯を磨き顔を洗うと、玄関に下り長靴を履いて家を後にし急ぎ足で駅に向う。一番電車に乗らなければならなかった。四時二十分が一番電車で電車は空いていて必ず座れた。秋葉原で地下鉄に乗り換え築地に向う。地下鉄に乗ると、長靴を履いた人間に多く出遭うが彼らは全部が全部龍雄と同じく魚河岸に向う人々だった。魚河岸で働く人、魚を買い付けに来る人……こうした人たちだった。少し混んだ地下鉄は築地でガラガラとなる。龍雄は本願寺を抜けて、河岸の橋をわたり店に入る。龍雄の勤めていた店は小物屋で伏作といった。右隣がマグロ屋、左隣が貝屋であった。五時半には店舗に入り、売り場を作る。生け簀をセットし終わると氷屋に行って氷を仕入れてくる。氷を砕き塩をたっぷり入れて生け簀に水を張る。それが終わるころ、軽子がやって来る。軽子は着替えて店に入ると、車を出して競り場に出かける。二人は競り場に出ると魚のたるを覗き「伏作」と書かれた紙切れが入っているたるを探す。軽子が店の主人を見つけると、買ったもののメモを預かる。龍雄と軽子は魚の樽を車に積み店に運ぶ。運び終わると店舗の水槽に魚を並べる。大きな樽物は店頭にそのまま置く。並び終えると開店である。軽子がもらったメモには売値が書いてある。龍雄は売子として店頭に立ち、軽子は運送係として裏手に回る。

主人が店に戻るころは店は活気を帯び始める。六時半頃から客足が忙しくなる。帳場に女の子が入り、約三時間地獄のような忙しさになる。十一時にはほとんど魚は売り切れ店じまいとなる。店長と帳場の女の子は現金を持ち、自宅に引き上げる。龍雄と軽子は店の後かたづけをして店を出る。いつも昼前である。龍雄は一時過ぎには自宅に帰って来る。誰もいない自宅でまず、今日の新聞から読み始める。たっぷりと時間を掛けて読む。受験生でない今は勉強の必要もない。四時ごろに妹が学校から帰り、夕方に弟が帰宅し、五時ごろになると、母が買い物袋を抱えて工場から帰宅する。六時に父が工場から帰り、姉達を除いた家族そろう。父が帰ると弟と三人で銭湯に向う。銭湯から帰ると夕食の支度ができており、テレビを前に夕餉が始まる。父は晩酌を欠かさない。九時過ぎになるとテレビを切り上げ龍雄は二階に戻る。

こうした一日が何の疑問もなく繰り返されている。それは一つの安定であり、安堵であった。龍雄は睡眠薬の変わりに本を読む。自然と眠りにつく。

明日も四時起床である。

いつか秋、真っ盛りとなった。河岸の休みは日曜と祭日だけ。恒例、秋の旅行が催された。参加人は店長の家族と龍雄、軽子、帳場の女の子と店長の弟で二台の車で秋の伊豆に出かけた。龍雄は修学旅行以外ではじめての旅行だった。従業員になって初めて温泉旅行を経験した。ビールを飲んだのも初めてだった。家族旅行のようであったがそうではなく小さな会社の慰安旅行であった。その感動は龍雄にさらなる労働意欲を掻き立たせた。こうして働くことにより賃金も得、自分の生活の様子も受験生時代とは変わってきた。それが半年一年と繰り返されてくると龍雄にグレゴール・ザムザの物語がより、深く理解出来てきるようになった。

『変身』を読んだ当時、龍雄に一番興味を持たせたのは変身した虫がどんな形であったかということだった。しかし、この物語はもっと複雑で深い問題を投げかけていた。グレゴール・ザムザが一家の働き手で在るのに、一匹の毒虫になってしまった。その毒虫は思考は正常で、当然のことのように今日の勤務と仕事のことを心配していた。自分が毒虫に変身しているとは思っていないのである。しかし、自分が毒虫に変わってしまったことを認識すると、何も出来ないことが分かる。自分が、正常な思考を持っているのに、家族に話し掛けているのに、言葉にはなっていなかった。毒虫語は人間には通じなかった。虫であるが為に、実践的なことは何も出来なかった。家族にとってはグレゴール以上に大変なことであった。ザムザが毒虫であることは認め、今まで同じように接することは出来るが、働き手を失うという危機に遭遇することになったのである。家族は、一瞬にして、不安と苦痛の嵐に襲われた。先ず、経済上の問題を解決しなければならなかった。また、ザムザの変身は、家族が新しく持った秘密ともなった。経済上での不安とはまた違った不安を発生させたのだ。家族は秘密がばれる不安というものも感じていたさらに秘密がばれた時どんな問題が派生するかの不安もあった。

第一に解決しなければならなかったのは経済上の問題であって

家族は部屋を貸すという行為に出た。ザムザ家の生活環境は今までの家族だけの集団に第三者が入ることにより、一変してしまった。ザムザ家は家族の集団から社会的な集団に変身していた。そこにはどんなメカニズムが働くのか、誰も知らなかった。家族は家庭に入った社会構造（第三者）に多少の戸惑いと混乱を発生するが、社会的契約として、ザムザ家が大家で第三者が間借り人という、ザムザ家に有利な関係に見えた。しかしザムザの秘密がばれてしまった。すると情況は一変してしまった。大家と間借り人の関係が逆転してしまった。ザムザ家は社会的な優位者でなく、社会におけるただの家族集団にすぎなくなっていた。この情況を解決するには、ザムザの死と家族の変身が必要であった。そういった問題を含んだ物語と理解するようになっていた。

龍雄にとって労働は楽しいものになっていった。慣れが出てくると、自分の思う道理に仕事が進んだり、たまに失敗して落ち込むが受験の失敗のような重苦しさはないばかりか、次の仕事がもう待っている。収入も安定し増えてゆき好きなものも買え自由にお金を使えるという満足に浸っていた。いつか、伏作が大切な存在になっていた。愛店の精神が生まれてきていた。仕事がますます楽しくなってきた。冬場の厳しい冷たさもつらいと思わなくなっていた。

四十三章　仲間

拘置所で死刑確定囚が収容される区域は『ゼロ番地』と言われた。それは死刑囚の収容番号の末尾がゼロだからであった。当時、東京拘置所には処刑台が無く死刑確定囚は宮城刑務所に送り出されていた。俗にいう『仙台行き』である。

死刑囚の処遇は各拘置所の所長の判断に任されていた。ここでは自由な行き来が出来た……山田二郎がよく訪ねたのは竹内景助の房であった。最初は竹内の方から訪ねてきたが、冤罪のことを教えてもらってからは山田の方から訪ねる方が多かった。山田は竹内から様々の世の仕組みのことを教えてもらい、勇気も貰った。竹内も冤罪を訴えていたがその件は思うように進んでいなかった。そんな中、元来身体の弱かった竹内は病に倒れ拘置所の病棟に移っていった。

竹内が病に倒れてからは山田が行き来したのは正田であった。正田は『メッカ殺人事件』の犯人で死刑が確定していた。何時も物静かで自房で何かしら書き物をしていた。山田は彼の静かな振る舞いを見ると自身も落ち着き親しみが持てた。正田は山田が来ると無言で静かに迎えた。正田は死刑確定後小説を書き始めた。一度は投稿した原稿が最終選考まで残ったことがあった。文字の書けない山田にとって、正田は眩しい存在でもあった。

「山田さんも何か書くといいですよ！」

「……」

「冤罪提訴中でも何か書いていると気も安まりますし、新しい考えも起きてきますよ！」

字の書けない山田はただ、黙って頷くだけだった。

「今、獄中記のようなものを書いているのです。」

山田は獄中記の意味が分からなかった。笑顔で首を振って対応はした……

「私が人を殺してしまったことは事実ですが……刑が決まってからまだ、生き延びているのは落ち着かないですね……自分を反省するというか……死が確実に決まっているのに……反省……恐いですね。」

正田は山田に話すと言うよりも、自分自身に聞かせるように話していた。山田には正田の犯罪に対する深い悲しみの気持ちが汲み取れなかった……

「山田さん、竹内さんがいないと寂しいでしょう。」

このとき初めて笑顔で

「ええ！　寂しいです。」と山田は声を出した。正田の顔にも微笑みがあった。微笑みの顔から正田は静かに語った。

「何をしても申し訳ないという気持ちしか湧いてこないんです……先日、神父さんに進められてマルコによる福音を訳しているんです……」

山田はマルコも福音のことも知らなかった。

＊

山田が自房に戻ると一人の若者が待っていた。『少年ライフル魔事件』の死刑囚片桐操であった。彼はまだ未成年であったが死刑囚であった。片桐は山田になついていた。兄貴、兄貴と言って慕っていた。未成年がここにいるということは特異なことであった。片桐は少年であったがゆえに山田の無垢というものを見抜いていたのかもしれない。或いは、山田の純粋な心に慣れていったのかも知れない。山田は誰も拒否しなかった。正田や竹内と会い自分の無知蒙昧さに自信を失いながらも明るかった。そういう意味でも片桐とはうまが合った。片桐は山田に会うとライフルの話を一所懸命何時までも話していた。その時はまるで自分が死刑囚であることを忘れているように思えた。山田は何時も黙って片桐の話に頷いていた。

＊

山田が竹内の病死を知ったのは正田からだった。

「再審開始が決まりそうだったのに……無念だったでしょうね。」と正田がぽつんと言った。正田は死刑囚でありながら病死となったら……楽か……と考えてみたが……複雑な気持ちだった。竹内の場合はさらに無実と信じながら判決で死刑になり、冤罪の抗争中の病死は……無実を晴らすことができず、死刑囚として死んでいく無念さを思った。竹内の胸中を考えてみると、こみ上げてくるものがあった。泣きたい気持になった。山田は竹内の死を聞いて、自分はどんなことがあっても、竹内のためにも無念を晴らさなければならないと考えた。

山田は字が書けないという最大の欠陥を直さなければならないと決意した。刑務官を教師とし、山田の学習は始まっていた。

山田は正田や片桐と話していて、彼らが人を殺すと言うことが信じがたかった。山田には人を殺すと言うことがどんなものなのか全く想像できなかった。人を殺していない自分が死刑囚としてここにいるのも解釈不可能であった。心のそこで竹内のためにも……と思った。

＊

正田は生々しい殺人現場を思い出すと怒りが込み上げてきた。それが、現に今起きている現実に思えてきた。反省をする考えは全く持ち合わせていなかった。今、ここで処刑を宣告されたら逆上し、死の恐怖に襲われ暴れてしまうだろう。それが入所したころの正田の心境であった。そうした怒りを静めるために物を書き始めたのである。何時か物を書くことによって平静を取り戻していた。正田は自分の殺人現場を客観的なものとして見、考えるようになっていた。

同時に、初めて被害者という他者が見えてきた。『すまない！』という反省の気持ちが湧き上がってきた。『償い』の重さというものも感じ取った。自分にはその重さをどうしようもできないこともわかってきた。そのとき初めて自分が死刑になるのが当然であると思い受け入れることができるようになったのである。何時だったか、正田が山田に向って言った言葉がある。

「山田さん私は人を殺しましたし、死刑になりましたが……約四年間処刑を免れてきました。それは自分の死刑が当然のことだと受け入れるための時間だったんです……自分の死刑の意味が理解しえたとき処刑というのは何とも……ええ……でも処刑が決まっても取り乱すことはないと思います……貴方は冤罪です。無罪を勝ち取るまで頑張ってください……」

正田の処刑の日の行動はいつもと全く変わらなかった。静かに「行って来ます。」と言っただけだった。

＊

片桐はライフルを持って林を歩いているとき、警官に呼び止められた。高圧的な警官の言動は許せなかった。片桐の怒りは増していった。警官に対する憎しみが増幅し、限界を超えてしまった。そのとき発砲した。警官の死を確認するや憎しみと怒りはさらに膨らんでいった。憎悪の対象が一警官から一般人、世間と広がっていった。憎しみは腹の中で沸騰していた。後は何がどうなったのか定かな記憶はない。一つ一つの事象に対し対応し反応していただけだった。

「兄貴、その時の憎しみと怒りはどうしようもなくて、腹がたつは、むかつくはで……」

「……」

「被害者に対しては申し訳ないと思うが、何も俺は出来ないし……今でも銃が大好きなんだ……だから俺には死刑が一番ふさわしいんだ。兄貴！　俺の人生は死刑だよ……」

片桐の人生は二十五年であった。

＊

安岡はお寺で「おうち帰りたい」という義孝ちゃんを支えていると、彼の胸の中で眠ってしまった。眠った子どもは暖かく気持ちのよいものであった。安岡にはこのような幼い記憶が無かった。それを思うと安岡自身も子供と一緒にいるのがつらくなってきた。自分は一人になりたい、そう思いはじめると子供を帰すべきかどうか心の葛藤が始まった。いつか安岡の手は子供の首にかかっていた。

子供は何も言わずグッタリとした。安岡は無意識に墓石を開けると子供を横たえた。墓石を閉じると起き上がり歩き始めた。重い荷物を手放してホッとした気持ちになっていた。安岡自身おうちに帰りたかったのだ。

安岡は逮捕され自白し死体遺棄の場所を教え、そして死体が発見されたとき全身に寒気が走った。それが白骨化していたと聞いたときは震えがきた。さらに着物を着たままの白骨死体と聞いたとき、泣き崩れそうになった。

自然死でなかった義孝ちゃんの総体は一気にあらゆる器官が停止した。更に火葬されることの無かった義孝ちゃんの死体は壊死し始める。肉体を構成していたあらゆる有機体が腐敗し自然に帰っていた。残された義孝ちゃんの痕跡は白骨化した形でしか残らなかった。腐敗することのない衣類はそのままに残されていたのである。安岡は死体を遺棄したときのことは思い出せるが、洋服を着た白骨死体はイメージできなかった。義孝ちゃんの肉体の総体を最後に見たのは安岡だけだった。洋服を着て片方靴をはいた白骨死体は通常想像できない光景である。

この残酷さはどのようにも表現は出来ないであろう。

四十四章　準備

死刑囚の世界は「死刑」という国家権力により作りだされた罰（拷問）を受けた者の集合体である。罰（拷問）の原因はそれぞれ違っていた。個人としての囚人は死を免れたいという生命意思により国家と逆立ちした関係（対立した関係）にあるが国家権力は自己の権力を完全なものにするために鉄槌を下し更に時間をかけて、死刑囚が逆立ちした関係（死刑は否だ）を否定するようにさせようとするのである。

「自分が死刑になるのは当然である。速やかに死を受入よ！」といった観念を植え付けさすのである。

時間をかけても逆立ちした関係性を解消出来ない者がある。そうした死刑囚は実際に処刑に望んだときに逆上するのである。しかし、その実体は少数の限られたものしか知らない。

安岡が自白してから、九ヶ月が過ぎた。安岡の胸には様々のものが去来していた。

安岡が不安な眠りから朝、目を覚ますと直ぐに思い出すのは義孝ちゃんの眠りの暖かさと、「おうち帰りたい」ということば、それに続いて「私は保をそんな人間に育てた憶えは無いですが、もし保がやったんなら直ぐに真人間になって本当のことをいうように言ってください」と母が大塚刑事に言った言葉だった。言葉を発した二人は現世にはすでに存在しない。安岡保は言葉を思い出すたびに何でこんなことを……と悔しさがこみ上げてきていた……。

やっと、最近になって田舎を出てから義孝ちゃんを殺害するまでのことが冷静に考えられるようになった。足が悪くバカにされながらも、時計修理工の仕事をコツコツやってきたのには何の不満もなかった。ただ、時期悪く借金をしてしまったが返さなかったらどうなったんだろうと考えてみた。土下座して謝ればもう少しましだったかも、借金を返さなくとも俺が殺されるようなことにはならなかったろう。乞食になっても俺は生きていけただろう。刑務所にぶち込まれようが……実際この前まで刑務所にぶち込まれていたのだから。義孝ちゃんの手を引いて歩いているときは殺人なんて全く頭に無かった。墓場でも殺人なんて考えが及ばなかった。貧乏なんて何度も何度も経験してきた。なのに何故……脅迫状も考えなかった。義孝ちゃんの「おうち帰りたい」の言葉を聞いたとき、自分も家に帰りたかった。そう考えると義孝ちゃんが邪魔な荷物に思えてきた。この余計者がいなければ帰れる思ったとき、手が無意識に義孝ちゃんの首に行ったのを思い出した。

自分がどう償っていいか分からなかった。義孝ちゃんのように墓の下に入って死に行くしかないと思った。明日の判決は「死刑」を当然のことと受け入れよう。心の底で、『お袋、真人間になるよ』つぶやいたことは誰も知らない。

＊

安岡と山田が顔を合わせたのは、安岡が死刑判決を受けて、死刑囚房に入ってきてからである。二人が会話をはじめて交わしたのは運動場でであった。事件についてはお互い何も話さなかった。山田にすると、安岡はおとなしく、物静かな男に思えた。また、世の中のいろいろなことをよく知っていた。音楽と映画には特に詳しかった。好きな映画は「七人の侍」だと言っていた。安岡は山田が冤罪を訴えていることは知っていた。自分は確定犯だが、山田は無実ということだった。安岡は何故無実なのに死刑を宣告されるとは、不可解であった。山田は安岡と話をしていて、五月一日に観た山田の映画は渥美清の「拝啓天皇陛下様」であることが分かった。山田は刑務官について必死に文字の勉強をしていることを告げた。安岡は頑張れよ、字を覚えて本を読み、自分で日記を付けたり、歌をつくったりすれば、環境が変わるよといってくれた。安岡も今は、短歌をつくっていた。雑誌に投稿することによって、自分自身を癒していた。まねをして山田も短歌を作るようになっていた。短歌は自分の内面を表現するのにもってこいだった。かといって、お互いの短歌を見せ合うということはしなかった。安岡は、山田の作る短歌は自分のものとは全く違うものと思っていた。自分の短歌は自責と悔やみそして自分自身に対する癒し、憐憫といったものだった。しかし、山田の短歌は、戦う短歌、自分自身を昂揚させる歌になるだろうと思っていた。

四十五章　社会

龍雄は仕事も楽しいが三年目の河岸の仕事は慣れの中に解消され、日々の繰り返しが物足りなく、時にはうんざりするようになってきた。物を考えたい。ものを学びたいという気持ちが強く働き始めていた。グレゴールの死、ソクラテスの死そして安岡と山田の死刑……その対極にある生命、生きるということは人間にとって働くということと同義であることが、倒産時の父の姿といま伏作で働いていて分かった。こうしたことをもっと深く知りたいと思った。龍雄は再び大学に行きたい、これらの苦悩に付いて学びたいと考えていた。

今は貯金もあり、自分の力で稼ぎ出す自信も身につけていた。工場の倒産も思い出すが、あの町工場と魚河岸の労働を経験し、働くという環境、その中での労働者の意識、意味というものを学んでいた。その根本は、労働は商品ではなく、権利と義務という、法的に守られた人間個人々々に存在するものであるということだった。

龍雄は殺人と死刑と労働を頭の中で組み合わせてみた。倒産により働く権利を一時とはいえ失った父龍造の苦悩、死刑囚として死に行く運命にある安岡、冤罪の戦いをはじめた山田……。グレゴールの死は殺人でもなく死刑でもない、だが毒虫に変身しまったことで働くことが出来なくなってしまった。これは人間の世界では生命を断たれることにつながる。カフカはそのことを知ってグレゴールを人間のまま死なせずに毒虫として死なせたのではないかと考えた。カフカは人間は直接的な死を与えなくても人間を殺すのは可能なのだと知っていたにちがいないと確信した。働くことをうばってしまえば……人を直接に殺さなくても社会的な死の状態に陥れればそれが個体の死につながることを知っていたのだと……

三人の苦悩をそれぞれに見ると三人三様であった。父は順調に社会に参加して生活を送ってきた。それが倒産と言う事件で苦悩を抱えてしまった。最大の悩みは仕事を失って路頭に迷ってしまったことである。家族を失うという危機を感じていた。菅原さんの出現で社会復帰が出来た。それは社会的な死刑（追放）を解放されたことである。ムイシキンの死刑の言葉を社会的死刑（働くことの略奪）と変えて読んでみたらどうなるかと考えてみた。

安岡はあの借金さえなかったら……借金の原因は龍雄には解らないが、もう時計の分解掃除だけでは食っていけないことはわかっていた。仕事がどんどん減っていった。……どう働いていいか分からなくなっていた。義孝ちゃんとの出会いは安岡にとって……か？

山田は殺しなんかしてない……しかしあんちゃんが犯人だったら……山田家の経済は破綻してしまう。と考えると龍雄は三人とも事件にかかわる前に社会的な死刑に近い何らかの事件に遭遇しているのだと思った。

こう考えた時龍雄は大学に行くことを決意した。哲学を学びたいと強い力が龍雄の中に芽生えた。夜間大学でもよいと思った。しかし今は貯金がある、この貯金を全て大学で学ぶ資金にしようと考えた。両親に相談し、伏作の店長にも相談した。みんな龍雄の申し出を納得しはげましてくれた。翌年三月龍雄は大学に進学した。

四十六章　検証

龍雄が今一番興味がある話題は、山田の事件だった。山田には冤罪を晴らさなければならない大仕事が控えていたから。吉田翁が冤罪を勝ち取るために、全人生を掛けたこと。山田も同じ方法をとらざるをえないだろうと考えていた。長生きするのも冤罪を勝ち取る重要な要素であった。龍雄は図書館に行き山田の事件の流れを追ってみたいと思った。流れからどうしても山田が殺人を犯すとは思えなかったし状況から言っても、山田本人の性格から言っても龍雄には犯人とするのは無理なように考えていた。ただ、彼が文盲であったことは、大きな弱点であると龍雄は思った。騙され易いということである。文盲であると、言葉でどのように論理的に述べてもそれが正しく記述されているかは確認できないはずである。

調べていくうちに、龍雄は意外なことに気がついた。被害者の周囲で異様な事件や事故がおきていることだった。それらは関係者と思われるような人々が自殺或いは事故で亡くなっていることだった。龍雄は時系列的に不思議な事故を書き出してみた。

五月一日
十五時三十分　晶子下校（誕生日）
十八時五十分　晶子帰宅せず。兄、様子を確認に学校へ行く。学校は下校済み。兄帰宅。
十九時四十分　脅迫状がガラス戸にはさまれているのを発見する。脅迫状の内容『五月二日十二時、佐野屋の前に二十万円持って来い』
警察に届ける。
五月二日
二三時五十分　佐野屋の前で晶子の姉二十万円の偽装紙幣を持って指定場所に立つ。
〇時十分　犯人現れる。姉、犯人と会話する。警官が張り込んでいたが取り逃がす。
五月四日
晶子の強姦殺害遺体発見。以下のコメントあり。
暴力による性交で無い可能性もある。
晶子は処女でなかった可能性がある。
五月六日
運送会社従業員の奥村健男（三一）が農薬を飲み井戸に投身自殺。
奥村は晶子の家で住み込みで働いていた。
晶子と交際があった。
血液型はB型で、晶子の膣内の残留液と同じ血液型。
奥村は翌月に自分の結婚式を控えていた。
アリバイありと捜査打ち切り。
五月十一日

五月二三日　怪しい三人組を見たと警察に届け出た武田昇（三一）はノイローゼになり包丁で心臓を刺して自殺。警察に情報提供したが、逆に犯人扱いされたと悩んでいた。

五月二五日　山田逮捕。（晶子事件ではない。）（ポリグラフ使用）

六月一七日　晶子の遺品発見される。

六月二三日　山田晶子事件で再逮捕。

七月十四日　山田、単独犯行自白。

翌年（一九六四年）　山田死刑判決。

晶子の姉、精神に異常をきたし、自殺。

一九六六年
十月二四日　山田の勤務先の養豚場の経営者の兄、踏み切りで電車に轢かれ死亡。

晶子事件の参考者リストに載っている。

警察、自殺と断定。

脅迫状の筆跡の信ぴょう性の明確な根拠は？

登美子が暗闇とはいえ犯人と会い話をしているのに、山田との面接は行わなかったのか？……なぜ……？

晶子と山田は全く知らない存在……しかし晶子の家に脅迫状と自転車まで返されていた。なぜ？……これは山田単独で可能だろうか？……事件の関係者の周囲に自殺者が複数名居ること……なぜ？　偶然にしては多いのでは？……奥村はもと晶子の家で働いていて晶子も登美子も面識があった。なのに白で関連なし……なぜ？……奥村は死んでいる……警察は死んだ犯人は必要ない、生きて必ず捉えると……なぜそのような発言が？

登美子から犯人の様子、声……さまざまな個人情報を得られたはずである。でも暗闇だからか何もしていない……なぜ？

最大の不可解は、登美子の自殺……登美子は犯人を知っていたのでは？

龍雄が気が付いたなぜ（謎）だった。最後に龍雄は脅迫文を読んでみた。

このかみにツツんでこい
子供の命がほ知かたら五月２日の夜１２時に、
金二十万円女の人がもツてさのヤの門のところにいろ。
友だちが車出いくからその人にわたせ。
時が一分出もをくれたら子供の命がないとおもい。
刑札には名知たら小供は死。

もし車出いツた友だちが晴かんどおりぶじにか江て気名かツたら
子供わ西武園の池の中に死出いるからそこ江いツてみろ。
もし車出いツた友だちが晴んどおりぶじにかえツて気たら
子供わ1時かんごに車出ぶじにとどける。
くりか江す　刑札にはなすな。
気んじょの人にもはなすな
　子供死出死まう。
もし金をとりにいツて、ちがう人いたら
そのままかえてきて、こどもわころしてヤる
「友だちが車出いくからその人にわたせ。」と
「もし車出いツた友だちが晴かんどおりぶじにか江て気名かツたら」
「もし車出いツた友だちが晴んどおりぶじにかえツて気たら」
の三つの文章に注目した。これは共犯者がいるということを示唆しているわけである。龍雄が事件が起きた当時から単独では出来ない犯行だという考えが、脅迫文に示されていることだった。更に三人組の怪しい人間を目撃したという武田は、自分が犯人のように取り調べられたとし、奥村が自殺した直後に自分も自殺してしまった。更に養豚所経営者が自殺した。三人組の犯行が事件当初から言われていたが……

　検察と警察はこの事件の犯人は山田と特定し生きた犯人を捜し出したが、この事件の本質はまた真の犯人は捕まってないと龍雄は確信した。だが、社会は裁判によってこの事件を解決するのだろう

……なぜこのようなことが起きるのか……龍雄の謎であった。

四十七章　疎外

大学の生活は瞬く間にすぎ龍雄は就職をした。会社は魚河岸の伏作時代とは全く違っていた。伏作というお店は従業員は常に全体像が見渡せお店としてのイメージができた。家族のようなイメージだった。みんなが仲よく生活していく場を作っていく……もっといえば従業員の生活が見えるような雰囲気を醸し出していた。

一方、企業は組織の塊で会社の全体像を見ようとしてもなかなか難しかった。龍雄は、新人の研修を二ヶ月受けて部課に配属となり一つの開発プロジェクトに参加することになった。プロジェクトのスケジュールは長期であり、リーダは三十代半ば過ぎで明るくて元気があった。龍雄も張り切っていたが、最初は勉強することが多く残業して頑張ることも無かった。プロジェクトの同僚ともなれてきた。ベテランの社員は連日、残業だった。話に聞くと八時前に帰ったことがない社員が殆どだった。自分も早くそうなりたいと考えていた。三ヶ月過ぎたころから担当をまかされおのずと、責任を持つ仕事感覚が嬉しかったし誇も感じた。

半年過ぎたころには、九時前に帰ることは無かった。日本の産業界も週休二日制が定着し始め土曜と日曜はやすむことが出来た。リーダは不規則な時間ながら土は必ず顔を出してる様子だった。いつか龍雄にはプロジェクトのことしか分からなくなっていた。しかし伏作の時代とは別な仕事の楽しみも分かるようになってきた。少しずつ知らないことを知るということ。このときの喜びは楽しいものだった。同時に残業は苦にならなかった。そして仕事をしたらしただけの成果が具体的にあった。つぎに新しい仕事と……これは伏作では得られなかった新しい仕事の魅力であった。龍雄はこの仕事の喜びは何だろうかと考えはじめていた。

プロジェクトに参加して半年、十二月のある日、安岡が死刑執行されたという記事を目にした。それは小さな数行の記事だった。一瞬死刑は絶対に死ぬという言葉がよぎったが、仕事優先の生活は、龍雄を殆ど無関心にしていた。

それから、さらに三年がたった。龍雄は新しいプロジェクトに参加していた。ぎこちなかった新人のころに比べて、何でも自分のことはこなせるようになっていたし新プロジェクトにもすぐになじめた。そんな中、元気なチームの象徴的なリーダが倒れた。うつ病で入院してしまったのだ……話によれば、彼は二年前から鬱の薬を飲んでいて、ついにドクターストップがかかったという。

リーダは強制的に休まされ、プロジェクトから離れていった。

それを機に龍雄は自分の仕事の技術を磨き向上することの楽しみを憶え、一生懸命だったが周囲を見るように変わっていき、個々人を観察するようになった。個人的な仕事の技術以外に周りが見えてきた。気になったのは同期生と後輩が退職したことであった。仕事の厳しさと長時間の残業のため、体調を崩し、仕事に嫌気がして退職したという話の一方、結果が出せずグループから浮いてしまって、退職せざるを得なくなったという噂も聞いた。それは、組織からのパージ……追放と同じであった。

いや、それだけではなかった、外注の派遣労働者がやはりうつ病に罹りグループをリタイヤしていった。仕事が出来る彼は過重な仕事を背負わされ責任まで持たされていたという。彼もやはり組織からの追放者と言っていいだろう。派遣の労働者がその後どんな扱いを受けているかは、龍雄には分からなかった……だが、こんな噂が流れていた。今は仕事をやめ、自費で病院に通っているということだった。復帰は分からない。復帰しても前のように使ってもらえるかは非常に難しいだろうという話も龍雄の耳に入ってきた。

龍雄には派遣労働者と言うのがよくわからなかった。病気の治療を自費でするというのがわからなかった。仕事上で起きた病気なり怪我なら労災があるだろうし、治療後に現場復帰が当然だろうと思った。聞いてみると派遣労働者は個人事業主の形でやっており仕事上の契約のみで健康保険・厚生年金・労災保険と言った労働者の基本的な保証から除外されて、個人で国民年金や国民健康保険に加入していて、労災や雇用保険にも入ってないのがふつうであるという……

派遣労働者の病気のことを通して龍雄は、会社という共同体あるいは組織がどういうものであるか気になってきた。会社の最高責任者はいるが、龍雄にとっては見えない存在であるのは入社五年経った今でも同じである。龍雄たちが、明白に認識していることは、仕事を完成させ、成果を上げること……成果を上げるということは会社の利益を上げるということに通じていた。当然と言えば当然である。しかし、自分達がそのためどのような対応を取るべきか分からないながら、常に何らかの指示が出されていることも確かなことであった。龍雄は見えない……全体が見えないと思った。

伏作のような仕事場でうつ病患者が出るとは考えられなかった。何故？　と考えた時伏作の作業はたいていルーチンワークで個々の作業は変わっても、基本は変わらない作業だった。重要なのは慣れの作業で、慣れの作業をいかに磨くかということが現場としては大切であった。経営的には店長が全責任を担っていたが、店長の考えは、儲けることは大切だが、仕事の継続性と従業員の継続が最も重要であった。龍雄流に考えるなら、共同体……コミュニティーのように思えた。それは共同体全員が末永く生きていけるという考えである。

一方、いま龍雄が携わっている大企業においては会社として共同体の形をしているがこれはコミュニティーと全く違って組織化されたものである。大きな組織がトップダウン方式によって子の組織、孫の組織……と系列的に組織化し、それぞれを独立したものと識別している。組織には明確な目的が示されている。それはある期間に対して、与えられた仕事をこなし成果を上げるということである。役目が済めばその組織は解体される。こうした構成で成り立っているのが巨大企業である。その成果とは利益のことである。龍雄は多分企業というものは利益のためなら何でもやる、利益が上がらぬ組織は、切ってしまうというのが、企業の企業たる存在価値だと考えるようになった。

その組織に従事していた雇用者は組織の立ち上がりで集められ、組織の解体で追放される。では、成果物の利益は誰のものか？　かつて日本の企業は会社に所属する役員、従業員によって運営される会社の運営費であった。しかし今は利益は株主のものと考えはじめられている……

企業は巨大化していた、国境を越えて、他国で生産をはじめた。一定領域内という国家の定義さえ、企業は飛び出してしまった。龍雄は、伏作のような企業は無くなっていくだろうと思った。

伏作のような共同体は血縁のようなもので成り立ち……大企業のような共同体は利益縁で成り立つと漠然と考えてみた。どちらの共同体も個々人で成り立っていた。

人類における社会性を考えると組織とか機関とかを考えるよりも尚一層プリミブなのは共同体（コミュニティー）である。

人類が生物進化の限界にきたとき人は社会的進化に方向を転換した。人類は集団生活（バンド）をはじめたとき根本に捕食（餌）の問題があったがバンドの中に自然な形での社会集団を形成していった。

それは捕食の問題を解決する最善の方法のように見えた。

共同体（コミュニティー）家族（人類がはじめて作り出した集団）そして個人……この三つの要素を元に類としての捕食の問題を解決していった。


そこに現れる共同体の構造はフラットな構造をしていた。共同体の成果（目的）は共同体が永遠に続くこと。そのために共同体は捕食の実践に変わって労働という作用を導入した。労働は人間の知恵が生み出したものである。

人類は捕食行為を労働という行為に社会進化させたのである。この進化した社会集団の構成は次のような構成になっていた。個人……家族……共同体……その位相は包含関係にあるがフラットな関係でも在った。

労働の導入は剰余を生み出した。この剰余が更に社会進化を促進させた。『労働剰余を生む個人・家族・共同体……』『過不足のない生産を生む個人・家族・共同体……』『不足しか生み出せない個人・家族・共同体……』この社会進化の結果は各個人間……各家族間……各共同体間に『優越性の哲学』を生み出した。

優越性の哲学は集団の構造を変えていった。フラットであった社会集団はピラミッド型に構造を変えていった。構造を変えることによって社会集団の要素も変わっていった。

共同体は共同幻想に家族は対幻想に個人は固体幻想にとこの幻想構造は労働と融合して組織というものを生み出した。

組織化の構造はピラミッドを創るだけでなく、部分組織や融合組織といったダイナミズムも持っていた
こう考えたとき龍雄は学生時代から何度も読み直したが今でも混沌の理解の中にある『共同幻想論』とは社会集団の進化のことを記述解明した本ではないかと考え長い間の謎が目から鱗が落ちた

ようにわかったような気がした。

この関係性はフランツ・カフカもわかっていたと思った。グレゴールの物語が共同体に付いての物語ならば『Kとクラムの物語である城』は共同幻想の物語である。

龍雄はこう結論し共同幻想と労働の問題に興味を持ち始めた。

龍雄は巨大企業で働くこと（労働）の先に戦争に匹敵する破壊を持った暗い闇を見た思いがした。

龍雄の困難な時期に起きたもう一つの事件の判決が迫っていた。

晶子さん事件の山田の控訴審の判決である。検察側は次のようにコメントしていた。

「判決結果は控訴却下だろう。万が一破棄になっても、認定が一審の殺人から婦女暴行致死などにおち、それが量刑に影響するという程度だろう。」

弁護側は次のようにコメントしていた。

「細部まで自白の矛盾を明らかにした控訴審の審理で、自白の信用性は音を立ててくずれ去った。」

これを読んで龍雄は弁護側は無罪を信じていると思った。検事側のコメントにはちょっと驚いた。量刑に影響するというところだった。死刑と死刑以外の刑は決定的に違っていると思った。この裁判の流れから、殺ったか殺らないかのオールオアナッシングと龍雄は考えていた。やったら死刑。やらなかったら無罪と。それを量刑をいじることで済まそうとするのは、国民を欺く行為だと思った。ましてそれを発言するとは、すでに決まっているかのようにも思えた。

判決は出た。
「無期懲役！」死刑は免れた。今朝の検察側のコメントと一致した。山田にとって、死刑と無期懲役は雲泥の差であった。彼は生きてまだ戦えると思った。
裁判長の無期懲役の理由は
「殺害行為は偶然の重なりあったものだ」ということだった。脅迫状まで存在するのに偶然が重なり合うとはおかしいと思った。脅迫状は殺人をほのめかしていた。これは被害者にとって居たたまれない言葉だろうと思った。ましてや、要求された二十万円を用意し犯人を手元まで引き寄せたのに、何十人という警官が取り逃がした。偶然とはこのことをいうのだろうか。しかし、数十人が張り込んでいたのは偶然でなく、必然以外の何者でもないと思った。
弁護側の山田の犯行に対する疑問点については
「矛盾があるから、被告の犯行とはいえない」であった。それに対し、裁判所側の見解は
「矛盾があったとしてもそれだけでは被告の犯行ではないとは言い切れない」であった。それでは何が犯行の決め手なのかと龍雄は聞きたかった。数学に背理法という証明方法がある。それは矛盾を見出して偽とする論証である。龍雄はそれを思い出した。
この事件で、龍雄と同じ見解を評論していた人（弁護士）がいた。彼の見解は次のようであった。
この事件が私を含む一般世人に異常な印象を与えていることは、
①山田被告が第一審判決中、自供を撤回しなかったこと。

②この事件の発生直後の数日間に、被害者の周辺の人物が、二人も自殺し、そのうちの一人は「犯人らしい三人の男を見た」と警察に注進した重要証人であったこと。
③被害者の姉が第一審判決後に自殺し、
④証拠物提出関係者の一人も原因不明で自殺していること。これらの死因については、捜査権なき弁護側の究明できない事項であるが、これらの深刻な異常は、誰も犯罪と無関係とは考えられまい。

山田はまさに吉田翁を追随しているようだ。残りの人生を罪を晴らすことにかけるしかなかった。それが終わらないと山田の存在は無に等しい。

エピローグ

この物語はここで終わった。生き長らえた山田が、今後どのように生きてゆき戦っていくか、龍雄が破壊のどんな闇を見出すのかは別な物語になる。

最後にフランスの哲学者の言葉で締めくくろう。

現在のように産業化された西欧社会では

「だれが、どのように、誰に対して、実際、権力を行使しているのか」という問が、日々生活していく上できわめて切実になっていることは間違いありません。十九世紀に付きまとっていた、「この生活の苦しさは何とかならないか」という窮乏の問題は、わたくしたちが生活している現在の西欧社会では、もはやまず第一に突きつけられる深刻な問題ではなくなりました。それにかわって、「誰がわたしのかわりに決定を下しているのか、だれがわたしにあることをやるのを禁じ別のことをやれと命じているのか、だれがわたしの時間の使い方、一挙手一投足までプログラム化しているのか、だれがわたしにどこそこの場所に住みどこそこの場所で働くよう強いているのか、わたしの生活時間はある決定によって完全に区切られているが、そうした決定はどのように行なわれているのか」――現在ではこうした問全てが、根本的なものになっているように思えます。しかも、

「だれが実際に権力を行使しているのか」という問に答えるには、同時に「具体的にどのようにそれが行なわれているか」という問にも答えなければならない、と思うんです。なるほど、責任者を探しだそうとするだけなら、議員とか大臣とか官房長とかに問いあわせればいいわけですね。でもそんなことをしたってなんになるのでしょう。たとえそうした連中、つまり決定を実際に下した人びと(decisions makers)すべて探し出したとしても、実際のところそれだけでは

「なぜ、またどのようにして、決定が行なわれたのか。どのような経緯があって、だれがその決定を受け入れるようになったのか。そして、その決定はあるカテゴリーの人びとを、具体的にどのような具合に害することになるのか」等々といったことは明らかにはならないわけです。

――ミッシェル・フーコー

短編集

吉上洋助の手記

ぼくは二十歳だった。それが人の生で一番美しい年齢などと誰にも言わせまい。
「アデンアラビア」
ポール・ニザン

一月

ショーペンハウエルの読書論を読んだが、さっぱり分からなかった。Yと明治神宮に初詣に行く。Kから手紙がきた。彼の言うことも分かるが、俺には俺の夢がある。ところで俺の夢は何だろう？ 今年になって考えた。有名大学ばかりが大学ではない。

今年も僕は一つ歳をとっていく、僕が一つ歳をとっていくというのはどういうことなんだろうか？ 成長には違いないが、死へと一歩近づいたことになるだけだ。僕が死んだらどうなるだろうなどと考えるのは無意味のようだが、人間にとって最も重要なことである。僕はどうして存在しているのだろうか。生きることと死ぬこと違いは何だろう。わずかな物理的作用の違いにしか思えぬが。僕は決して虚無的になっているのではない。新しく生き返ったような気持ちになっている。僕はここで無理をしなくても、もっと先で無理を必要とするときにその力を放出すればよい。少しのんきになりすぎて正月気分丸出しのような気がする。年賀状は少なかった。四枚、明日はもっとふえるだろ。Kが僕と一緒に仕事をしたい気持ちが分からないでもない。しかし、彼は少しこのことを簡単に考えすぎたようだ。僕としては嬉しいが、しかし僕にも一つの夢がある。彼の夢よりもっと素晴らしいと思っている。友達と離れている寂しさにたえかねているからとてそのような安易な考えはいけない。離れているとて友情に何らヒビが入るわけでもなし、彼と同様に僕だってその寂しさは同じだ。最も彼のほかにも僕の周りには友人はいるが、しかしKという友人はいない。Kも出発前の気持ちでやれ。僕も協力するようになるかも知れないが、今はそんなことは少しも考えたくない。自分に夢を実現させるボタンを手に入れる可能性があるからには僕はそっちに集中したい。

昨日は友人達とあまりにも多くのことを話しすぎた。もうよそう。今年も大学は無理のような気がしてきた。Fから年賀状がきた。うれしい。昨日はいやな夢をみた。僕は作家になろう。シェークスピアのように。昨日のハムレットの映画はよかった。

大学がどうして大切なのだろう。猫も杓子も大学々々。大学なんかなくてもよい。ともかく残された人生を精一杯生きよう。たとえ生きていてどんなに名誉を得た者も死んでしまえば名も知らぬ者と何ら変わらない。名前だけは長く残ろうが、土と化し、分子となり、原子となる。僕の身体の一部分にはアインシュタインを形成していた分子が存在しているかもしれない。再び生きることのない人生だ。悔いなく生きよう。

二月

　私にとって運命の日がいよいよ迫っている。今となっては紙一枚のテストによって自分の運命が定まるかと思うと情けなくなってくる。自分の能力にあれほどまで自信を持っていた者がその自信を失う。それは死も同然である。私は今なんとも言われぬ不安に襲われている。芥川のような不安かもしれない。自殺肯定論を内面で非常に強調している。何の不安だろう。僕は努力してよい成績を取った者をばえらい奴だと常々考えることにしている。しかし、努力の差によって、僕が或る友人Aに敗れることを考えると決してそんな気持ちにはなれない。勉強しなかった。遊びすぎたといって成績が落ちていく、勉強が向上しないのをいかにも誇らしげに友達の前で語る自分が憎い。俺は高校時代の自分と違っているはずだ。高校生のとき自分の能力が学校で授業を聞き、試験のときチョチョッとやってどこまでついていけるだろうか実験したことは認める。しかし、今考えるとそんな実験は努力からの逃げ口上でしかない。それが浪人になっても続いてる。俺は親になんといったらいい。死んだって死に切れるものではない。

　友人Iが東大に合格することを喜ぶ以上に彼が落ちることを望んでいる。これは絶対に否定できない僕の真理だ。卑劣かもしれない。しかし、真実なのだから仕方がない。これが一概に悪いといえるだろうか。果たして僕だけがそのように考えているのだろうか。しかし、彼が合格したとき真実喜びを持つのも確かだ。矛盾である。しかし、その矛盾が僕の肉体の中に存在している。僕は二重人格者などでかたづけられる人間ではない。こんなにまで陰険である僕が友達の前に出ると楽しくないのにも楽しそうな雰囲気にいるかのように振舞ったり、好きでもない人間に己の真実を語ったり、最もその時においてのみ真実なのである。僕はどんな時でも自分の内面を話すときは真実以外は語らない。その真実は時間的空間的地点において矛盾だらけかも知れないがその地点に置いては真実なのである。僕には絶対座標軸はなく、すべて相対座標軸の原点に位置をしめている。だから、他からみるといかにも薄っぺらに見えるし座標系内においては中々語る男だとか考える男だとか思わせることができるのだ。もしも、他人がこのような僕の内面的生活をしったら僕に猛烈な非難を浴びせるだろう。ずるい奴だと言うかもしれない。しかし、僕が口外しない限り絶対もれるはずはない。まさか自分の墓を掘ることもあるまい。

　読書は僕にとって虚栄心と優越感の他の何者でもない。誰がなんといおうと事実は事実なのだ。僕が小説を書いたとしたらそれは金を得ることと売名の他の何者でもない。僕の書く小説は人に感動を与えるような本に仕上がることは間違いない。それが目的に最も近いからである。僕が有名大学に入ろうとするのもそれだ。受験勉強でいい成績を取ろうとしたのも他人に対する優越感の他何者でもない。しかし、それを肯定しつつも否定していたことは悲しいばかりか情けない。私は高校生生活以来今まで途中においていろいろと優越感を味わってきた。しかし、結果において敗れつつある。不勉強の一語のために。

しかし、僕にとってもひとつだけ僕の肉体から求めるたった一つの真実がある。数学や物理学の自然科学の世界に住むことだ。そのただ一つの真実も敗れようとしている。もし、敗れたとき真実のない僕はどうして生きていったらいいのだろう。今でさえ、生きることの無意味さを感じているのに。

＊

憂鬱な一日だ。試験も間近なのにどうも落ち着きすぎる。自信は全然ない。僕は秀才ではないんだ。暗記の天才ではないんだ。僕は物事を考える力は相当に持っているつもりだがそれも怪しいものだ。僕が、現代物理学をはじめ自然科学を理解するのは到底不可能なのだろう。世の中の締め出し者のような気がしてくる。今年の入試に失敗したら人生の敗北者なのだろうか。現代科学の勉強をする権利が奪われてしまうのだろうか。僕は元来怠け者の傾向にある。この性格が直るとよいのだが。僕は有名大学へ行きたいが今はそれ以上にどんなぼろ大学でもいいから自然科学の勉強がしたい。こんな些細な希望も社会が受け入れてくれないかと思うとやっぱり憂鬱になり生きることの無意味さが分かる。誰だって死ぬのにどうしてみんな生きたがるのだろう。僕は生きることも死ぬことも何ら怖くはないのだが。

＊

今、ヴェートヴェンの四番を聞いている。芸術家はいい。特に音楽の作曲家は素晴らしい。僕にその才能がないことを残念に思う。戸外は風が強い。妹が風邪で寝ている。相当に高い熱である。時たま、熱にうなされて寝言を言うが聞き取れない。苦しい気持ちはわかる。しかし、どうしてやることもできない。死ぬことは無いと思う。死ぬことなんてありゃしない。明日、医者に行けばよい。そしたら治っちまうよ。

だけどいやだ。親、兄弟から病人が出るのは。僕は病気になるとみんなを心配させたい、心配させたいという気持ちが強くなって大げさに振舞いたくなる。その気持ちを知っているから妹のうわごとが作り事のように思えても腹はたたないが可哀相になる。病人ほど孤独な人間はいないようだ。周りにどんなに親しい友人や家族がいようともあの、何ともいえない苦痛は分かってもらえない。表面上はおおぜいと一緒にいるが、内面では全くの孤独である。僕はその気持ちを病気するたびに感じる。僕にとって苦痛ほどいやなことはない。それは内面的より肉体的な苦痛である。苦痛を耐えるよりも死の方がいいと考えたことが何回かある。

＊

現在の僕は無の状態だ。生きることに飽き飽きしている。何ら、夢も希望も消滅していく。あんなに自信にあふれた希望が懐かしい気もする反面、なんとつまらない理想を考えたものだろう。僕も何時かは死ぬ。刻々とそのときの来るのを待っている。この気持ちが今まであんなにも苦しかったのに今は何ら苦しみはない。人間の内面の苦しみなんてものは肉体的苦痛に対すれば微々たるもののようだ。内面の苦痛は強烈な痛みではないし、必ず時間という絶対の医者がいて治してくれる。あの肉体の急激に襲ってくる苦痛は耐えられない。時間のような治療法はない。時間はむしろ触媒の作用でしかない。医者の返答はことごとくあいまいである。肉体の苦痛において絶対の医者となりうるのは死以外には何も存在しない。死は果たして完治の意をなしてるだろうか。死による治療は最悪を意味しているかも知れない。

近頃僕は音楽を聴いたときでさえそのときにおいて感動するが、終わった瞬間に何ともいえぬ空虚感に襲われる。そのむなしさが長く続く。こんな大事な時というのに受験に対しては悪いとしか思われぬ余計な考えや言葉が出てくる。今日夕刊の日曜版に長野県のS君の「出世のため一流大学は結構」を読んだ。君に一言いわして貰う。君が高校二年でまだまだ一年も余裕があるからそんな大きなことがいえるんだ。僕らの立場になったら惨めだぜ。僕だってかってはそうだった。浪人までしてこんなにダラダラするとは……。君の友人が書いていたね。「外観はわかるが内面は分からない、そのためには成績書がいいと」笑わせるんじゃないよ。憶えりゃ成績書は自然よくなるよ。多分記憶において僕は君に敗れるかもしれないが創造や思考じゃ君なんかに負けやしないよ。ところで出世ってなんだ。僕は資本主義においては金を多く握ったものと思う。

僕がいつも電車に乗るときや街を歩くとき思うのだが、あんなに多くの人々がいるのに知人は一人もいない。そんな時僕は孤独というものを痛烈に感じる。目の前に数万もの人間がいるのに知人は二、三人、一人もいないことさえある。僕は一人で部屋にジーと居ることや、灯台守のようにただ一人で住むことを決して孤独とは思わない。僕は多くの民衆の前で一人でいるとき本当にもの侘しさ、孤独感を強烈に感じる。そのためか、友人とでなければ殆ど出かけたことがない。今はその友達も誘えないから家に閉じこもりがちなる。しかしそのとき僕は街で感ずるようなもの侘しさに襲われたことはない。街にたった一人でいるより家にたった一人でいる方がどんなに楽しいことか。僕は街を一人で歩いているときほど恐いことはない。僕の一挙一動恐く感じる。孤独だから一人でも友人がいると僕は強くなる。周りを全然意識しなくなる。僕は孤独を恐れている。一人でいると本屋さんさえ入ることができなかった。僕だけがこんなに孤独なのだろうか。東京は人口が多すぎるからいけないのだ。僕は東京という怪物に殺されそうだ。

＊

ヴェトナム戦線がどうやら落ち着きを取り戻したらしいという記事があった。しかし、僕には戦争に行って戦死した人々の心理が分からない。最もそういった兵士達も好んでヴェトナムに出向いたわけではなかろう。結局は軍部・大統領の命令一言で死んでいったのだから惨め過ぎる。しかし、ジョンソンは決して殺人犯として訴えられることはない。これ世界の不思議なり。他人の命を七、八割も握っている大統領は痛快であろう。僕はそんな人になりたくない。そのうえ一、二回の報復爆撃ではアメリカでは素晴らしい反響をよんだのだから。彼は大量殺人を犯して英雄となったのだから。ヒットラーだけを憎めない。ヒットラーだって勝っていれば、アレキサンダーやシーザー以上の英雄とたてまつられたかも知れない。戦争はいつの世においても嫌なものだ。しかし、僕らはその戦争のため毎日生きているかと思うと生きることにも疑問を感じる。やっぱり時間を超越しなければいけないね。浪人生活も後、一、二ヶ月で終わるとよいのだが。

＊

或る男が銃で一人を殺し、二人に重傷を負わせた。さらに電車に火薬を詰めた段ボールを置いてきた。しかも中には火のついたカイロが入っていた。このように殺人は日常茶飯事に起きている。僕らはそれに対してどのように考えたらよいのか。

教育者が生徒を殴り入院させ、父兄の前でも反省の色を見せず、反対に脅かすようなことをいって告訴された。こんなことがおきてよいのだろうか。僕がその父兄だったらその教師野郎をぶっ殺してやりたい。最近は人間の命が安っぽくなっている傾向にあるのではないか。

或る芸能人が密輸のピストルを持っているのではないかと疑いを掛けられ家宅捜査された。だいたい芸能人は生意気だと思う。うちの親父が一ヶ月働いて四万円ばかりの月給をもらうのに、彼らは番組に出れば一回で親父の給料程度もらうし、中には何倍ももらうものもいる。世の中は狂っている。

政府は政府で首相の判断のあやふやなこと。昨日はこうだと言ったかと思うと今日は、そうじゃないと言い出す。ばかばかしい。あれで政治といえるのか。

僕らの生活は経済がどんなに成長し、一等国になろうが数年前より脅かされているのは確かだ。値上げになると始めは好ましくない好ましくない、しかし結局はやもうえないで決まってしまう。

＊

世界中で最もいいのはシベリアだ。極寒なんて言葉なんて生易しい表現かもしれない。魅力だ。世界最長のシベリア鉄道、延々一万キロメートル、日本、なんと五往復縦断する距離。退屈の山積かもしれないが乗ってみたい。シベリアは雄大だ。無人の中で黙々と開拓する。ああ、なんと素晴らしい夢か。あの純白な平原が無限に続いている。コチンコチンに凍っている川。シベリアは死んでいるのではない。まだ命を与えられる前の状態なのだ。おなかにいる赤ちゃんと同じ。生まれたら自分自身の手で健康で優秀な人物になろう。己の手でシベリアの成長を手助けできたらどんなに素晴らしかろう。死期に近づいたら身体ごとシベリアの大地に突っ込んで僕の肉体は永遠のものとなる。

＊

一日中よい天気であった。半日テレビで過ごした。今、風が相当強くふいている。試験まであと一週間と迫った。気力が湧かない。落ちてもいい。

＊

哲学が物の見方、物の考え方であるならば哲学とは自然科学の一分枝に過ぎないと思う。僕は世の中全ての現象は自然科学によってその真理を明らかされると信じて疑わない。たとえば、人間が物を食べたいと思うことや、思考の不思議さも解明してくれるであろう。しかし、その解明の手段として我々は思考を充分に活用する。この点において循環している。しかし、自然科学が完成するまでには相当に長い時間がかかる。現在の自然科学は分析という過程において大きな力を得ている。完成においては総合ということが重要である。現代の自然科学は分析→総合の過度期である。そんな時期に生まれてきて自然科学を研究できる人間は最高に幸せだと思う。僕もその一人になりたい。

三月

大学は今年も駄目だった。もう一度もがいてみようと思う。ショーペンハウエルの「女について」読む。

僕達が階級に悩むのは全て経済に依存しているからだ。人間を差別するのに最も適しているのは経済力である。もちろん皮膚の色や民族による差別もあるがその根底には経済力が支配しているのだ。南アフリカにおける日本人を見よ。ヴェトナムでは相変わらず戦争が続いている。人間の生命など安価なものなのかもしれない。日本には永久に社会主義革命は起こらないかもしれない。貧富の差は益々激しくなろう。そんな中に生きていく自分がみじめに見える。僕らは何をすべきなのか。

＊

朝からよく晴れたが寒かった。なんとなくやりきれない気持が持続している。本を読んでも頭に入らない。ヴェトナムは益々深刻になっていく。人間同志が争うなんて。僕は現在の日本に絶望している。特に政治には憎しみを感じるほど絶望している。近頃の日本全体はいい加減だ。その代表が政治だ。僕も今年から選挙権を持つ。しかし僕は現在の政治に絶望しているのだ。

五月

今日からアルバイトをすることにした。仕事は知人の紹介である商店の店番である。

勤めはつらい。金銭に関することだから余計につらい。学力がかなり低下している。一人の人間の極限状態を考えてみよう。たとえば僕が或る見知らぬ人と海の中に二人きりのまま放り出されたとする。二人は筏に乗りビア樽に半分の水とわずかの食料しか持っていない。その海は赤道の近くで非常に暑い。一週間過ぎても雨は一滴も降らず、途中船に出会うこともない。二人の飲食の配給は全く公平に行われて来た。しかし水が底をつきはじめたとき二人はどうするか。二人ならばあと一日、一人ならば二日分の水となる。僕は多分相手を殺すだろう。だってその間まで雨は降ってないし、船も発見出来ない。だからこれからも船を発見し、雨が降る確率は少ない。二人より一人の方が生きのびる確率は大きい。もし僕が殺したとして、一日目に船に救助されたなら僕は殺人者だろう。二日目に救助されたならば一つの人命は救ったが、一つの命は殺したことになる。これは殺人になるだろうか。僕は勿論ならないと思うし、むしろ賞賛があってよいような気もする。なぜなら三日目だったから二人とも死ぬのだ。しかし社会は僕に対してこのような論理を絶対に認めまい。しかし僕は罪にはならないかもしれない。そして人から後指をさされるだろう。社会における人間関係もこのようなものではないだろうか。

七月

参議院選挙で与党が敗れ、都議会選で社会党が第一党になったのは嬉しい。近頃勉強もはかどらないし本も読めない。

吉展ちゃん殺しの犯人小原が自白した。何故自白したのか。あのままなら決定的な証拠もなかったのに。不思議でならない。小原大悪党となる。彼の母はそれがもとで死んだのだろう。あれだけ騒がれ、あれだけ悪質であったのだから。判決は下ってないが結果は明らかだ。死刑である。ましてや小原にとって死刑以外に考えられなかったはずだ。それなのに何故小原は自らを明らかにしようとするのか。誰が考えても逃げ廻るのが当然だ。最終的になって彼は自白した。もう少し待てば自白せずにすんだかもしれないのに。苦しかったのだろう。彼の発言からもそのことがうかがえる。何故に彼がこのような犯罪を犯さなければならなかったのか。僕らにとって重要なのはこれなのだ。犯人がわかって、彼が死刑になるということではなく、小原が我々と同じ人間であったということ。そして彼をここまで追いやった圧力。これは何なのか。これが僕に負わされた最も重要なことなのだ。僕らと小原は、彼が死刑を言渡された瞬間にもう同じ人間でなくなってしまうのだ。その答えは「白痴」のムイシキンの死刑因の話の中にあると思う。僕は小原に爪の垢ほども同情したいと思わない。周りがどうであれ自分で蒔いた種なのだから。

八月

不安、竜之介はこれが原因で生命を絶った。僕は虚無的だ。家の者誰もがわずらわしい。自分一人の生活がほしい。一人の生活がほしい。本を読み知識を求めることが一体何なのだ。学問が何なのであろう。科学の研究に憧れる。それが何なのだ。しかし僕は大学へ行きたい。そして学生運動がしたい。学生運動が何なのだ。全ての人が満足のゆく生活を送ることは可能なのだろうか。経済的満足は得られるかもしれない。しかしそれで人間は幸福か。僕は一体何者なのだ。人間とは何なのだ。僕は一体この世に何にしに来ているのか。

九月

八海事件の裁判やオランダのバラバラ事件。いつも新聞は人の生命を絶つ記事にこと欠かない。永遠の平和は永久に来ないかもしれない。僕は生きたい。学問の研究に生きたい。シュバイツァーが死んだ。死ぬべくして死んだのであろう。僕は何とも感じない。

十一月

アルバイト終わる。しかしその間は空白であった。アルバイトに何を発見したろう。何もないと答えるのが当を得ている。僕は今まで思い出と夢の中で生活してきた。だが今僕に最も必要なのは現在に生きることだ。現在を意識して生きねばならぬのだ。未来は僕の力ではどうしようもない。今、自由になるのは現在だけだ。しかし不満が充満している。なんとも言えない淋しさに襲われる。坂本が来るだけだ。彼と僕とは一体どんな関係なのだろう。話はいつも取り止めもないことだらけだ。それが友達なのか。僕は慰めてくれる友人がほしい。一人で机に向かっているとどうしていいかわからなくなってくる。

俺は一人でいるのがこの上もなく大好きだ。だが今は違うんだ。多数の友人と集まってメチャクチャ騒ぎたい。こうした二つの矛盾が俺を苦しめている。それでも今年の俺は落着いている。乱れずに三月までいけそうな気もする。だがその前に窒息死してしまいそうだ。なんでもいいから思い切りぶちまけたい。大学への焦りと劣等感。一人室に居ると大声を出して助けを呼びたくなる。今、俺に必要なのは勉強である。わかっている、だけど出来ない。俺は自分のいう器にあまりにも深く入り込んでいるのではなかろうか。そうだとしたら這い上がりたい。しかし一人の力ではどうしようもないくらいの深みなのかもしれない。

俺は見栄坊だ。虚栄心が強いんだ。自信は失ってないつもりだ。それは外面だけで内面はすでに脱殻のように空っぽなんだ。今の俺は充実している。しかし中身は空っぽなんだ。虚栄がそのようにするだけだ。努力したってどうしようもないのだ。

＊

先日の劇「罪と罰」について。ラスコリニーコフの偉大な思想。世の中は全て弱肉強食でしかない。出来るなら俺は最後まで食する人物でありたい。ヴェトナムの戦争は激しくなる一方だ。ジョンソンは強気だ。何故に奴があうも強気になれるのか。奴が一兵士としてベェトナムに派兵されたなら奴の強気も無くなろう。代わって出兵を命ずる者が再び現われる。これが選ばれた者か。やはり選ばれた者は人を殺すのも自由なのか。

我々の存在はごくありふれたものである。我々無力者は強大な力を持った者に踊らされている。俺もその一人なのだ。

「生きる価値」。「生きている価値」とは何だ。人間はただ死を待つのみだ。その間に出来ることは死の恐怖をいかにして忘れるか。このことのために人は働き快楽を求め苦痛を求めるのだ。ただ死の恐怖から逃れんがために。

俺の平和論、

絶対にこの世は平和でなければならない。

大学。いっそうのことやめちまって就職しちまえ。

＊

死ぬのが怖い。土に埋めないでほしい。人間社会は複雑すぎる。

人の前に出るのが怖い。俺の周囲はどうしてこう恐怖ばかり漂っているのか。俺が世の中に生き続けて人類はどんな益があるのか。俺自身にはどんな益があるのか。生きるとは一体何だ。

実験

某月某日、吉上洋助死す。自殺。

翌日の新聞を開くと三面の隅の方に「受験生自殺」と見出しが出る。あとは日時や死因を述べ原因は受験勉強の疲れのため発作的にやったか、大学入試の失敗を苦にして、と出る。父は泣く。母は黙りこくる。友人も泣く。二ヶ月たって、両親もやっと気を取り直す。友人達は普通と変わらぬ生活を送り、何人か集まったとき吉上が死んだことを思い浮かべる。社会は全く反応を示さず、毎日毎日似たようなそれでいて全く違った日々が流れてゆく。吉上洋助なる男は存在してもしなくとも社会には無関係なのである。身近の者が悲しむだけなのだ。その悲しみも時間が解決してくれるのだ。

自慰

焦るな。人生の時間は有限だ。ましてやどんなにしたってあと三ヶ月。ただ焦らずにやれば目的は達せられる。わからないこと。生きているということ。最近自分自身発狂するとよいと思う。気が狂って精神病院に入りたい。自分が発狂した姿を想像すると心に安らぎをおぼえる。俺の目的が達せられなかったら今の自分は発狂かそれに近い状態に陥るように思われる。自分は孤独が大好きだ。しかしそれが何よりも恐ろしいもののように思える。一人で居る時不意に襲ってくるあの何とも言いようのない淋さが恐ろしいのだ。

＊

日曜日だ。一日中よい天気だった。それでも俺は家から一歩も外に出なかった。昨日の夢は恐かった。俺は夢うつつのなかで自らを殺してしまうのではないだろうか。人生への絶望。俺はまだ絶望してない。だが現在の立場は不安定だ。何をするにも熱中できない。熱中するなら勉強が一番だ。学問を除いて人生に意味があるものが在ろうか。だが熱中できない。

永平寺にでも入門したいと思う。道元の「正法眼蔵」が読みたい。岡潔が言っていた。最も日本人らしい日本人。俺は神も宗教も信じてない。精神も肉体の付随物としか考えてない。しかし精神が統一できたら素晴らしかろう。寺の周囲の静けさが常に自分の周りに満ちていたら素晴らしかろう。

＊

いよいよ明日から十二月。俺の一生もあと三ヶ月で決る。ともかくやるだけやろう。最善をつくすだけだ。最後の追い込みはどうやるか。ともかく意志をしっかり持つことだ。弱い人間だから気を十分に張りつめて他の事を一際考えない方が良い。強くなれ。強くなれ。一日で午後がいけない。午後には何か満たされない気持ちになる。その不満が午後に急激に襲ってくる。強くなりたい。人の助けを借りてはならない。一人で生きてゆくのだから絶対に他人の慰めをたよるな。慰めてもらわなくとも生きてゆけるはずだ。自分は弱い人間だ。同情されるとそのまま崩れて駄目になってしまう。弱い人間である。よく自覚しておけ。しかし励ましがほしい。自分で自分を励ませ。一人角力に過ぎないがそれでもいいではないか。自分は一人なんだから。孤独なんだから。これからの三ヶ月は死闘のようなものだ。死闘だよ。この弱い人間が自分の励ましだけで生きていけるのだろうか。だから強くなれと言うのだ。誰が何と言おうと自分は一人なんだ。生涯一人なんだ。そんな運命に生きてきたんだ。その運命に踊らされないように強くなれと言うのだ。強くなれ。しかし我利であってはならない。内側から強くなれ外面は今までどおりでいい。明朗でな。しかし内面はもっと強くなれ。夢を追ってはならぬ。現実をよく見ろ。他人がどんな生活をしようがそんなことは笑顔で見返せ。絶対に我利であるな。愛情とか幸福とか甘い言葉に迷わされてはならぬ。ただ不変の真理のみを追究せよ。慈悲は忘れるな。犠牲もだ。人生は長いようだが短い。ただこの三ヶ月は死にもの狂いの闘いだ。弱いと自覚してはならぬ。人類で最も強い人間であると考えてもならぬ。ただその途中に在るのだ。一番苦しい道を登ったら頂上はすぐそこまでしかない。頂上は一つだけではない。無限の拡がりを持っている。強くなれ。愛情とか幸福とか甘い言葉に迷わされるな。誰も見てやしない。幸福は自分で捜すのだ。しかし一人では無理だから協力しろ。ただ無駄に生きるな。そのためにも強くなれ。

「どうみても君はあらゆる悩みを受けていながらまるで何の悩みもなかった人のようだから。」

ハムレット

十二月

俺はまだ強くなっていない。それだから他人の前で堂々と振る舞えないのだ。外に出て強くなれ。とにかく三十億の人間が生てるんだ。正義感が持ちたかったら強くなれ。正義とは何だ。へ理屈は言うな。強くなれ。人間は平等なんだ。ああ、美しい女性と話がしたい。くだらんことを考えるな。しかしそれが人生ではないか。しかしお前の場合違うんだ。お前はまだ女のことを口にしてはいけないんだ。能力で勝つまでは。それがお前の哲学ではなかったか。自然に帰れ。人間本来の姿だ。それが自然だ。自然に帰れとは存在しなくなることだ。死ぬことである。だが俺は自然に帰るつもりは毛頭ない。ただ前進あるのみ。前進とは何だ。他人への攻撃力が増し自己防衛が強力になること。そのためにも学問が必要だ。人間教育によって自然物から人工物へと変って行くのだ。

＊

寒かった。外出はしなかった。今はかなりいいペースで進んでいる。これが続けばよい。「女について」再読する。現在の立場。全て欲望は一点だけに絞るべきだ。勉強の欲望。人生は全て欲望で成り立っている。意義なんてないのだ。その多くの欲望から一つだけ選び出して徹底的に追求することは意味のあることだ。それに全肉体をぶちあてよ。そうすれば運命は拓かれるだろう。

死刑について。

絶対に廃止すべきである。人間には人を裁く権利はない。しかし人を殺してよいという本質が備わっている。だから俺も生きている。

潜在意識

人間が常日頃どんなに一生懸命に考えてもその考えは一部分に過ぎない。たとえ全能力を出し切ったとしてもそれは一部分でしかない。潜在意識がもう一つの部分を成している。人類が潜在の奥深くからも引き出すことが出来たらそれは文明にとって一大改革となるであろう。

藤村操

彼は哲学自殺で名を売った。別の人が言う。失恋自殺だと。失恋でもいいではないか。恋愛は歴史を造ったのだから。

「はじめて知る。大いなるホラは売名に一致することを」

これを巧みに使ったのがヒットラーだ。

売名に何の価値がある。生命のあるときならまだしも死んでからは利用したくとも出来ないではないか。すでに死者は存在しないのだから。死して生きる。

＊

こんなにも積もりつもった悩み。解決するのに誰が助けてくれようか。唯、在るのは自分による解決方法だ。

人生観。

人生観とは何だ。それが人生観だ。

厳頭の感。

不可解。全ては不可解を基礎として成っている。理論整然とした科学でも最終結論は不可解である。夕刊に小さく高校生の心中が載っていた。女子高校生は死んだ。若者よ何故死を急ぐ。僕は死を求めない。死を恐れてもない。ただ死が僕を迎えに来るのを待っているだけだ。

二十年間。

生きてきた。思い出はどんないやなことでも全て美しい絵画となって現れる。要は思い出は美しいことばかり。みにくいのはただ現実だけ。しかし生きているのがわかるのも現実だけである。

愛情。

愛は恋よりずっと強いものだ。だから俺には恋なんて必要ない。


今日、勉強が全く出来なかった。

今日は一時間も勉強をしなかった。

月日のたつのは早い。時間はのんびり構えた人間にかまわずどんどん過ぎて行く。昨日は久振りに楽しかった。今日からまた孤独の生活が始まった。一人の淋しさは一人で何日も家に居た人間でないとわからない。俺は一人で居ることを非常に楽しく感じる。だが恐ろしく人が恋しくなるのだ。ああ人が恋しい。人間は全く一人で生きてゆくことは出来ないのだ。

目的

俺が目的について考えたのは中学の時だった。人生は目的がなくては生きていけないと感じた。俺は何か目標を立てそれに突進しなくては生きていけないと思った。

＊

焦り。どうしてまあこんなに焦るのか。大学生活がほしい。俺は敗北者だ。この劣等感をどうしたら追い出せるか。生きている意味がわからない。あんなに難しい入試の数学が解けなければ大学の勉強にさしつかえるのか。俺にだってロールの定理や平均値の定理ぐらい理解できる。それなのに何故あんなに難しい問題を解かなければならないのか。俺の数学に対する才能は皆無なのか。数学が出来なくて何になろう。俺から数学の才能を取ってしまったら生きる屍体だ。生きていて無意味だ。俺の才能はこんなはずではなかったはずだ。自分自身で駄目にしてしまったのか。この焦り。数学の解けなくなった今はもう絶望があるだけだ。何者かにすがりたい。あの数に対する満々たる自信はどこに行ってしまったのか。もう自信なんかいらない。何者かにすがりたい。その何者かがほしい。竜之介は言った。「死にたければいつでも死ねるからね。それではやってみたまえ」だけど俺には出来ない。ストリンドベリも自殺できなかった。俺もストリンドベリと同類なんだ。生きていて何がある。竜之介は言う。「恋は死よりも強し」、いや名誉欲や食欲や性欲も死より強いと言っている。俺はそうは思わない。死は何者よりも強いのだ。唯、死と同一なのは知欲だ。俺は知恵がほしい。知性欲だ。俺は全能なる神になりたい。中途半端な知性は人間を悲しませる。神が俺に最大の知性を与えてくれたら俺は嬉で死んでやろう。俺は死を恐れていないから。

もし俺がダ・ビンチのような大天才なら黙々と自分の道を歩めるのだが。この平凡な男この男は自分の凡才を素直に認められないのだ。凡才とわかったときこの男はどうしたらいいのか。今この男が自殺したら受験の苦しみのためという一言でかたづけられてしまうのだ。そのためにも死ねない。生きる価値。俺にはあるのか。俺はともかく生きよう。

「今は何もかも終わったのです。ただあるのは前進のみです」

十七才の女子高生の手記である。こうして死んでいった。自殺したのだ。来世を俺は信じない。代わりに彼女が自然に帰ったということを信じている。幸福とか不幸とか全く煩わしいものはなく一つのエネルギー単位に帰ったのである。俺はまだ終わってない。前進はあるが終わってない。絶対に死ぬもんか。

頭脳

人間には心が存在しない。ただ頭脳だけである。脳の科学。これが発達して誰もが天才のような頭をもったらどんなに素晴らしかろう。人間がたった一人で生きていくのは苦しすぎる。一人が好きだという人間はいつも生きているのが幸いと感じている。そのために他人の代わりに死をいつも伴っているのだ。友達とは一体何だ。愛とは何だ。ただ解るのは死だけだ。

＊

無気力。焦り。スランプ。絶望。死。存在。才能。発狂。発狂してしまいたい。名誉。何になろう。名声。何になろう。学問。苦痛だ。だがこの素晴らしきもの。スランプからの脱出。何時のことだ。ただぼんやりして過すとき。アアもったいない。時は金なり。何をすればいいのか。希望。何の意味もない。

焦り。焦り。焦り。焦り。

この焦りをどうしたらいいのか。

存在。

俺の存在とは。

発狂しそうだ。

どうしてこう俺は悩みが多すぎるのか。

悩み。大学への憧れ。

運命の日まであと二ヶ月ある。

＊

自衛隊をなくそう。俺達が真から平和を願うなら自衛隊をなくそう。人間は武器をもつとすぐに争いを起こしたがる。誰も武器を持たなければいい。

＊

願書受け取る。ものすごい寒波。あまり寒いと俺の頭の動きが止まってしまう。

人間は記録に対して異常な興味を注ぐ。寒さのため重たい物で頭をたたかれたように頭がクラクラする。英語のやる気が起こってくる。十二月になって読んだ本、雑誌五分の一。どうしても今年は入らなくては。やりたいことも出来やしない。あさってはいよいよ「第九」を聴きにいく。一人で。シベリウスの交響曲もいい。

反省。予定通りに進まない。

今年もあとわずか。運命の日は刻々と迫って来る。一週間風邪で寝込む。添削の英語をみて、一層恐ろしくなる。試験が恐い。元来頭が悪いんだ。自信がもてない。全く自信がない。出来るだけの努力をしたのだから落ちても悔いはない。はたして心の底からそう思えるか。そんなことはない。ただ目前にある数学と物理への野望。俺の生涯は人生という舞台で自分のやりたい役を一回も演じることなく終わってしまうのだろうか。努力してるつもりだ。それなのに自信はない。もっともっと利己的にならなければ。残念だ。落ちたら死んでも平気か。

二月

二月となった。学問への憧れ。俺の希望は一つ一つ破壊されていく。今までの人生二十年は破壊の一語につきる。幼少の頃の憧れ。小学校中学校の時にあった夢。高校で抱いた夢。夢はあくまでも夢であった。坂本の言った言葉「夢は実現できないこと。」その言葉に誤りはなかった。まだ頭の片隅に残っている一握りほどの夢。その夢もあと一ヶ月で夢となって飛び去ったまま再び俺のところに帰って来ない。反省、反省が残るだけ。いや反省も残りやしない。ただ後悔の一語が残るだけだ。後悔。俺は後悔しない人間であったはずだ。しかし残るのは後悔と過ぎ去った日々の思い出だけである。俺のような人間が歴史上何人いたろうか。数えきれない数字だろう。これから先の人生をいかに送ったらいいのか。ただ魂の脱穀だけが存在するのか。人間の存在とは。肉体だけの人間の存在が在っていいのだろうか。心のない、精神のない人間が存在してよいのだろうか。俺のような人間の存在が許されるのだろうか。生きたい。しかし夢のない人生は「恐ろしい」の一語だけが残る。芥川竜之介は死を選んだ。「尾生の信」を読むがよい。彼は今の俺のような状態にあったはずだ。

＊

何か気分が落ち着かない。気分を晴々としたい。そんな苛々はしない。しかしやってやろうという気分が盛り上がって来ない。諦めがあるのか。どうしてこう人生は自分の思い通りにならないのか。何か晴々するような雰囲気がほしい。力が盛々湧くような刺激がほしい。学問研究の野望は完全に消火してしまったのだろうか。二年間の空白は大きい。まして三年となったら。何でもいいから熱中出来るものがほしい。何もすることがないので「未完の告白」再読する。

ソ連が月九号によって月への軟着陸に成功した。人類にとって宇宙は神秘だ。しかし人間にとって最も神秘なのは生命だ。今迄の科学は分科した科学でしかなかった。数学は数学。物理学は物理学として発展して来た。だがこれからの科学は縦の連なりだけでなく横の連なりをもった科学に変らねばならない。俺はやりたい数学と物理を基礎に生物をそして生命の神秘の研究を。俺は数学や物理なら大学の勉強に追いついていけると思う。俺が大学に入学出来たら数学と物理学への異常なまでの欲望が爆発するであろう。

＊

生きる意義、僕にとって幼なければ幼なかったほど人生はバラ色であった。成長とともにその鮮やかな色は一枚一枚と褪せてゆき、今にも枯れ落ちそうな状態にある。花が完全に散ってしまっても俺はやはり生きて行かなければならないのか。何のために生きる。その必要性とは何だ。ただ両親や友人を悲しませないがために生きるのか。死とはそれほど悲惨なことなのか。納得出来ないことはしない方がよいと思うが。

僕の自然に対する憧れと挑戦は命在る限り永遠に続くであろう。

しかし自然に対するこの感情をただ憧れや夢でのみ過して永久に手に触れることの出来ない自己を発見した時、僕の人生は終わりのはずだ。僕は自己の目的を達せんがためにどうしても通らねばならぬ関門に三度目の挑戦を望む。しかし敗れたら人生の絶望へと追いやられるのだ。

＊

俺は貴重な時間を無駄にしようとしている。人間が生きているとは一体何か。俺にはもう生きていることが無意味としか思われない。自らの希望するところの目的に突進したが、何なく潰されたなら俺にとって人生は何ら欲望を感ずることはない。

すなわち人生はもう必要でないのだ。

世の中はあまりにも不条理だ。

生物の存在そのものが不条理だ。

人間の能力がどうしてこう違うのか。

＊

寒さが振り返している。試験に対する恐れもなければ自信もない。ただ本の頁をめくっているのみ。自分の事を今さら考えることもなかろう。俺は十六の時から自分の才能を信じていたのに。焦り。あと一週間後に控えた試験を前にして焦らない者があろうはずがない。しかし僕はただ微々たる前進を続けるのみ。焦ってはならぬと思いながら時として襲ってくる劣等感と不安と恥。しかしこの四日間ほど充実した日は今までになかった。今の俺には合否なんてたいしたこととは思えぬ。本当は俺は勉強が好きなんだ。だが俺の勉強は優越感以外のなにものでもないのだ。人より自分の方が出来るという満足。人前で恥をかきたくないという自尊心。俺はこの虚栄の上に建った優越感がこの上もない喜びであった。

しかし今の俺には劣等感と不安しかない。

これは俺の虚栄の落し子か。

三月

理想と行動は混り難いのかもしれない。エンクルマにしてもスカルノにしても同じだ。また俺も彼らと同じだ。俺はスカルノを支持していた。しかし彼も理想と行動が一致しなかったのだ。それ故に失脚している。エンクルマしかり。

暴力による革命は絶対にあってはならない。

しかし暴力とは何のことだ。

軍部によるクーデターがいたる所に発生している。

こいつは暴力か。わからん。

日本では自衛隊の海外派兵が問題となっている。

憲法違反の自衛隊が戦力なき軍隊となりいつの間にか海外派兵の自衛隊となろうとしている。軍隊や兵力が人間の幸福のために必要なのか。

＊

俺は今でも自分の存在価値に疑問を抱いている。俺がいま消滅したとしても世界の動きは止まりやしない。どんな天才であろうと英雄であろうと彼らの死んだ後でも世界は変化しないだろう。

今の俺の社会での立場は宙ぶらりんだ。

俺は小さい時から本能的に死を恐れていた。

父母の死を考えては怖くなった。

俺は永遠の生命がほしかった。

今の俺は表面上かもしれないが死を恐れない。自分の存在性を考えれば考えるほど死を恐れなくなった。歴史上に現れた何十億という人達は自己の存在性を考えた時、答は何と出たのであろうか。死ぬ事と生きる事の違い。それは何であろう。生命あるものは本能的に生命を存続させようと努力している。人間も同じだ。しかし知恵ある人間においてさえ戦うのである。何のため。生きるためにか。

一方において少しでも命を助けようと医学の研究がある。

一方は多数の死者を製造するために戦い。

地方は多数の生命を救くおうと戦っている。

矛盾だ。

一方で戦争を起し、他方で平和を求めるのだ。個人一人一人に戦争と平和のどちらを望みますかと問うと、全部が全部「平和」と答えるのだ。それでも戦争は止まない。戦う人は言う。平和を得んがために戦争するのだと。はたして戦争によって平和が得られるのか。一体平和とは何なんだ。今の日本が平和か。とんでもない。今の日本は平和じゃない。戦争はないが平和じゃない。自衛隊が在ろうが、他国から攻撃を受けようが受けまいが平和ではない。戦争の出来る状態はたとえ戦っていなくとも平和ではないのだ。

全て希望は夢となって消えた。残された生涯はただ川の流れに逆らわず流れる木の葉と何ら変わりはない。惰性で生きるのだ。かつて、俺は惰性で生きることを否定した。惰性で生きるのなら死を選ぶことになんら悔いはなかったはずだ。俺は今、夜中の一時に眠れないがために飛び起きて書いている。この浮島のような俺の心を何とかしたい。俺は死を選ばない。残された人生にたった一点でいいから光を捜せるかもしれないということを信じたい。しかしそんな灯りはどこにもないんだ。俺は生きることに執着している。だが俺の人生はもう絶望しかないのだ。

大学のことを考えると泣きたくなる。誰にもつらく当たりたくない。その理由もない。しかしどうしていいかわからない。

俺にはもう興味のあるものは何一つ無いのだ。小説を読むことも、政治や社会について考えることも……。

俺は何事にも集中出来ない。死ということにも集中出来ない。俺の文学や政治や社会に対する関心は大学へ行って学問をするという上にあったのだ。俺は真理の探究から離れねばならぬのだ。独学は現代の社会で出来っこもないし、しようとも思わない。

人が酒を飲むのも何一つすることがないからかもしれない。

人間が目的を失ってただ湖上の船と化してしまうことがどんなに恐ろしい事かわかった。しかし時間を再び過去へ戻すことは出来ないのだ。すでに俺の人生から得るものは何物もない。ただ敷かれたレールの上を走る電車にすぎない。俺は自己を天才と信じたかった。十才を越した頃何か意味のあることをしたいと思った。人間が一つのことに熱中してやれば出来るという自信もあった。

自然科学は俺にとって神であった。俺は科学を全身で信じていた。しかし信ずることを許されなくなった人間はどうしたらいいのか。俺は思う。自らが人間として生きたことを不幸と思う。

俺は神が存在して生命を与えてくれたのなら一つの植物か小さな動物であってほしかった。人間のように未来や過去を空想したり回顧したり、思考したり批判したりする力を持たない生物でありたく思う。

自己の抱いた希望が途中で切れてしまうことはこんなにも悲しいものなのか。俺は誰かにすがって思いっきり泣きたい。どこが間違っていたのか。惰性で生きるのか。人は一人で泣きたくなることがあるのだということを今知った。

俺はもう中身のない人間なのだ。ただ流れる川の中の一枚の葉に過ぎないのだ。

今日は俺の人生の再出発だ。しかしその出発は絶望に満たされたものだ。一点の明かりも見出すことの出来ない出発だ。惰性で生きることに対して俺は人生の経験などは言いたくない。ただ流れるままに流れるのだ。

四月

芥川竜之介

僕は今誰かに自分の気持ちを伝えたい。そこで僕は貴方を選んだ。以前から話をしたいと思っていた。ただ、貴方が僕がこの世に現れた時にはすでに過去の人であったのが残念でならない。僕は今「アイネクライネナハトムジューク」を聴いている。その少し前には「舞踏への勧誘」を聴いていた。

僕はここ一ヶ月というもの尾生と同じ魂の脱穀であった。しかし貴方はその脱穀のまま何年か生きることが出来た。僕はこの一ヶ月を耐えたのは苦しいなどと形容するのは生容易しいほどに悩みに悩み抜いた。

僕は惰性で生きることは出来ない。死も考えたがしかし死ぬのは怖い。貴方と僕の精神力の差と思う。そこで僕はもう一度自分をためしてみようと思う。しかしそこには大学も学問の研究もない。人間が求めるのは何なのであろうか。我々は常に幸福とか平和とか叫んでいる。一体それはどういうことなのか。

人類の歴史が始まって五、六千年の文明が咲いた。歴史の事実が我々に訴えているのは一体何なのか。アレキサンダーやカエサルの出現が何を意味するのか。彼らが過去の人類の英雄であったことを歴史は僕に物語っている。歴史という時の流れは一体何か。カエサルの出現が我々に及ぼした影響を考えることはちょっと出来ない。カエサルはあの時代のローマ人の英雄であったのだ。生きるということ自身が疑問なのだ。全人類が一瞬の内に消滅したなら、それに対する意義をとなえる者は誰もいないのだ。

僕は自分を不幸とも幸福とも考えない。しかし人間が三十億も存在することは不幸である。この世で最も不幸な人間はごく平凡な人間だ。考えてみたまえ。

俺は二年間大学へ進学することについていつもあっぷあっぷしていた。試験日が近づいて運命の日だの、生涯が決まるのだと言って、そして落ちては後悔していつも合格することしか考えていなかった。これが人生なのか。よくもまぁあきずにそんな人生を送っていられたことか。これが茶番でなくて何だ。これが喜劇でなくて何だ。人生には意義もなければ欲望もない。人生は狂言回しの連続だ。俺達には神もなければ人生論もない。俺達に在るのは茶番劇だけだ。俺が虚栄や偽善から逃れられないものなら死ぬまで虚勢を張って偽善者として去って行こう。

俺は徹底的に茶番を演じよう。

新しい茶番劇の始まりだ。まず何から演ずるのか。俺の門出だ。さあ茶番を演じに出かけよう。代助のように職を捜しに出かけよう。それから俺の生活の始まりだ。こんなノートともおさらばだ。さあ茶番を演じよう。

エピローグ

二十歳の時、ポール・ニザンはアデンアラビアにいた。ランボーも二十歳のときは詩作を止めて、アデンで商売をしていたと思う。二十歳で、最も印象的なのは、ガロワである。「二十歳で死ぬためには、ありったけの勇気が必要なんだから」と言って決闘の露となった。ニザンは「番犬たち」の中でガロワを語っている。

これはぼくの二十歳の記録である……四十年前の二十歳の影である。

現代の二十歳はどうなのだろう。覗いてみたいもんだ。

二十歳という年齢が歴史上重きを持ったのは何時のころだろうか？

二十歳というだけでさまざまの思いが語られそうだしかし、私の興味は二十歳にはない。

それより年齢というものに興味が湧く。

昭和の時代は人生五十年といっていた。

今は、人生八十年、何が変ったのだろうか？

兼好法師の時代なら四十年、今の我々は法師の倍の人生を生きていることになる。

だが、人生は鎌倉時代の人生も我々現代の人生も変わりはないはずだ。鎌倉時代の人生は非常に密度が高く、きびしいものだったことが感じ取れる。

我々の現代は間延びした、のぺーとした人生のように思える。生きるということに基本的なところの緊張がなく、思考が緩慢になっていく。だらしなくなっていくのだろう。それが、現代の考えられないような事件を起こしている原因になっているのではと考えてしまう。もう一度法師を思い起こそう。

＊

あだし野の露消ゆる時なく、鳥部山の煙立ち去らでのみ住み果つる習いならば

いかにもののあわれもなからん。世は定めなきこそいみじけれ。

命あるものを見るに、人ばかり久しきはなし。かげろうの夕べを待ち、夏の蝉の春秋を知らぬもあるぞかし。つくづくと一年を暮らすほどだにも、こよのうのどけしや。飽かず、惜しと思はば、千年を過すとも、一夜の夢の心地こそせめ。住み果てぬ世にみにくき姿を待ちえて、何かわせん。命長ければ辱多し。長くとも、四十に足らぬほどにて死なんこそ、めやすかるべけれ。

そのほど過ぎぬれば、かたちを恥ずる心もなく、人に出で交じらん事を思い、夕べの陽に子孫を愛して、さかゆく末を見んまでの命あらまし、ひたすら世を貪る心のみ深く、もののあわれも知らずなりゆくなん、あさましき。

（徒然草）

コンサート

一

目が醒めると外は雨だった。事務所の窓から外を眺めると、木が風にゆれ雨の瑞瑞しさとマッチし男の目には美しく見えた。昨夜の酒は残っていずさっぱりとした気分であった。そういえばタクシーに乗ったところまでは記憶にあったが、そのあとはポツンと抜けていた。風にゆれる樹木はまるで踊っているように生き生きとしていた。二日酔いではないが、なんとなく無気力に襲われた男は樹木と自分とが全く異次元の世界に存在しているように思えた。じーと眺めていると無性に腹立たしく怒りがこみ上げてきた。

「なんだこいつらは、最もらしい面を見せ付けやがって」

男は腹のずーと奥の方で音声に成らない言葉をはいた。樹木はそんな男の視線など全く無視して地球の大気の流れに身を任せていた。良く見ると枝と枝の間を二羽の鳩が戯れていた。

五月と十月が男の一番好きな月であった。だが今日は異様に腹だたしく内臓の奥のほうから怒りが湧き上がってきた。その怒りは樹木の風に煽られガラス窓を通して男に向けられた。男はガラスにぼんやりと浮かんだ自分自身の姿を見嫌悪を感じた。「自己嫌悪か」声にならない声を発した。男は窓から離れ自分の席に戻った。ここ二ヵ月間携わっていたシステムの設計を続けようとしたが、ワープロの画面を見ると怒りと同時に嘔吐を感じた。彼は画面を前にして沈黙を守っただけであった。嘔吐をじっと耐えるように、しかし指を動かそうとはしなかった。男は腕を組んで画面に写された設計書を、じーと見つめていた。外から見ると設計書を一生懸命にレビューしているように見えた。三十分程して男は含みのある自嘲的な笑みを漏らした。その笑みは長くは続かず、無造作に右手の人差指を出しスクロールキーをポンポンと押下した。最後はイライラが最高潮に成ったらしくバチン、バチインと叩くようにキーを押した。

部屋には男以外誰も居なかった、男は誰にも聞かれないように無言の言葉を発していた。

「これが何なの？　これで何をしようとするの？　これがお金に変わると思っているの？……」

イライラは怒りとなって現れてきた。男は頭の中で独り呟いた。

「今日はもう仕事にならんわ！」男は再び椅子から立ち上がり窓に立った。時は午前十時このオフィスビルもにわかに活気づいてきた。近隣の部屋からは電話の音が鳴り響き、通路からはドアの開け閉めの音がひっきり無しに聞こえた。男はそんな騒音を全く無視し窓から樹木を眺めていた。木立は地球の水滴の流れと大気の流れを体全体にうけいれた。木立はさっきの動きと全く変わらないのに男には違って見えた。

「これはコスミックダンスの共振だ！」小さな声で言った。

じーと窓外の木立を眺めていると、木立の動きは男を催眠術でも掛けてるように彼は睡魔に襲われた。それでも男は窓の外を眺めていたいと思って椅子を二つ並べ片方に腰を降ろし、もう一方には足を乗せた。雨と風の中木立のコスミックダンスは続いていた。男は時々うつらうつらしながらも木立を眺めていた。

突然電話が鳴った。男は受話器を取った。

「……」

「ハイ、私です。……」

「……」

「ええ、火曜日ならよろしいです。三越前……時間はまだ未定ですね。はい、わかりました。宜しくお願い致します。……失礼します。」

男は我に帰った、一瞬にして部屋の雰囲気がいつものように変わった。そこは仕事をする場所だった。彼は再びワープロの前に座った。しかし、顔は冴えなかった。午後人と会う約束があったことを思いだした。そして一言
「午前中は止め！」と言って席を立った。

窓際に立ってまた木立が風にゆれるのを、じーと見続けた。オフィスの騒音も外の自動車の走る音も男の耳には入って来なかった。彼は何も考えず木立の風になびく姿を眺めていた。

…………

どのくらい時が経ったか？　男が入口の方に顔をやると時計は十一時半を過ぎていた。


上着を着ると部屋に鍵を掛け外にでた。昼飯を喰う意識は有るのだが何にするのか全く考えつかなかった、しかし彼の足は通りを越した商店街に向かっていた……

空腹であったが食欲が湧いてこなかった。普通空腹と同時に何を食べたいかという気持ちになるが今日に限ってはそのような事が起こらなかった。

「とんかつ赤尾」とのれんのでている店に入った。食事を済まし外にでた。男は初めてここに来て食べた時の美味しさを忘れていなかった。しかしこれ程の空腹なのに今日は殆ど味というものを感じなかった。何故何だろうと考えながら頚を捻った。味は能で考え、空腹は内臓が意識するのか？　いや、空腹も自立神経を通し頭脳で意識しているはずである。全て意識や感性は脳髄によって引き起こされる、空腹と美味しさとは全く別な意識下で働くのだろう。男は勝手な解釈をしていた。

風混じりの小雨が彼の頬を打った。冷たさが彼を気分よくさせた。男は「無気力か！」と呟いた。空腹でも食欲がなく、今までとても美味しいと思っていた料理が何の感動も生まないことが有るのだ、それは無気力のせいだと思った。事務所に帰る道すがら彼は午後に会う約束の事を考えていた。

『今日は無気力だな、適当に流しゃえ！』そんなことを考えながら急ぎ足で事務所に戻った男は事務所に帰り椅子に腰を降ろして窓の外に目を遣った。突然彼の頭に昨夜の酒飲み場での幾つかのボキャブラリーがよみがえってきた。帰りぎわに微笑んだ女将の顔が目

にうかんできた。

時計を見ると午後一時に成ろうとしていた。男は身を整えて約束の場所に向かった。

駅に出る交差点に来ると男は必ず上をみて電線に鳩がいないかどうか確認した。彼は駅前に群がっている鳩を苦々しく思っていた。鳩は地上で中老年の男の回りをかこんでいた。風菜の上がらないみすぼらしい男がパンを与えていた。彼はその男を軽蔑した眼差しで一瞥し駅に向かった。

電車の中で彼は何も考えなかった。何かを考えようとしても男の頭の中は思考中止の状態であった。男は車内の現実空間と自分とがかい離してると感じたが不満は全く無かった。まるで人々の動きが映画のスクリーンの上のように見えた。どんな行動をみても感性の反応はなかった。

M駅に着くといつものように騒然としていた。自動清算所の前は相変わらずズラーと人が並んでいた自動清算所の混雑も愉快ではないが、清算の準備をしてない列の人にぶつかると腹立たしく思った。男は今日もイライラしながらその列に並んだ。お客さんは彼を待っていた。久しぶりに会う客の笑顔を見て彼は安堵を感じた。『仕事はまだ切れてない！』男はさっきまでの不機嫌や無気力がまるで嘘のように顔に笑みを浮かべ深く頭を下げた。男に椅子を進めながら相手の男は
「今日、予定していた資料が入らなかったのであまり話先に進められないね。」と言った。「それじゃ、私も夕方用事が有りますので簡単に予定だけ打ち合わせて終わりますか？」と男が応えた。

相手はあいづちをうちながら話を始めた。

…………

早く終わる予定の話が長引いた。男が客先を出たのは五時半を過ぎていた。でも彼の顔は午前中と比べると生き生きとしていた。何がそうさせたのかは解らない。しかし、男が今まで電話で話したこと以外何も話していなかったのは事実であった。事務所に戻った時は辺りは暗く風も静かであった。窓の外の木立は黒く、じーとたったままであった。男は窓の外など全く意に介さなかった。

二

午後六時に男がマリオンの前に到着した時丁度時計台が音楽を奏でていた。人混みの中を彼はキョロキョロしていた。そこに女が現れ
「こんにちわ！」と明るい声で挨拶をした。

「まった！」と男が聞き返すと、女は頚を横に振り否定した。久しぶりにこの女性に会って男は思わず微笑んだ。

「元気！」女は頚を折ってうなずいた。

「よかった！　さて、どうやって行こうか……僕も初めてなんだ……地下鉄だと築地だな、……歩いてもいいんだよな……歩いて行くか！……貴女はこの辺の地理良く解らないだろう」女の方を見ながら力強く言った。

女はニッコとしながらうなずいた。

「よし！　歩こう……」と言って歩き始めると女も後に続いた。

彼らは晴海通りを銀座通りの方に向かって歩き始めた。

「B社って憶えてる？」

「目黒にあった会社ですか？」

「ううん、貴女に手伝ってもらった保険会社の仕事をしたとこ」

「ええ、憶えてます。」

「そこの社長が死んでね……B社六月で閉鎖するんだって……。」

「…………」

「俺、仲良かったんだよね、死ぬ一ヵ月前に会ってるし、一月には一緒に酒飲んでるし……。」

「…………」

「解らないね、……この不景気は相当深刻だね……。」

「…………」

銀座通りを横切り、三原橋を越し昭和通りをつっきり高速道路の上にでた。そこは工事中で仮設の橋をわたらなければならなかった。二人は蠍やペガサスといった星座が橋いっぱいに描かれている奇妙な通路を通った。通路を抜けたところは東劇の前であった。男はそこで立ち止まり方角を確認していた。国立癌センターの標識を見つけた。

「癌センターの隣と言ってたからこっちだね」二人は癌センターに向かって歩き始めた。癌センターの正面に出ると左先に朝日新聞の看板が見えた。二人は目的地のホールに着いた。まだ開場はしていなかった。待ち合わせのソファーは誰か人が座っており、積めて二人を座らせてくれるようなところは無かった。二人は中央にあるテーブルと簡易椅子の所に行きその椅子に腰を降ろした。

「何時もと客層が違う感じがするね？」

「？」

「オペラなんかの客となんか違うじゃない……ほら」

と言って男はズダ袋を下げた髪の毛を後ろで束ねた男の方を指し彼女の顔を見た。確かにオペラや普通のクラシック音楽のコンサートとは雰囲気が違うことを彼女も感じていた。「グバインドーリ

ナって、友人から大分前に聞いて気にはしていたんだ。ＣＤも買って聞いたけど善いと思ったよ……即興演奏なんだって、ＣＤでは即興かどうかは判らなかったけど……貴女が気にいるかどうかは……？」

女は黙っていた。

………………

開場となった。二人は三番目ぐらいに入場した。席も前の方で良かった。舞台はパーカッションのセットがあり、舞台の三分二程をテーブルが占めその上には二人とも見たことも無かった沢山の楽器が並べて置かれてあった。

「あれはバラライカかな？」と言ったが女は頚を傾げるだけだった。二人はそれぞれ演奏会場の入口でもらったパンフレットを読んでいた。女は勿論男もグバインドーリナについては詳しくは知らなかった。時間がくると場内は暗くなった。その時女は男をのぞき込むようにして、はにかみながら、小さな声で

「関係無い事だけど、私、結婚するんです。」と言った。男は一瞬、戸惑ったが

「そお！」と言って女の方を振り向いた。女は恥ずかしそうに下を向いていた。同時に拍手がおき演奏が始まった。

………………

演奏が終わったとき時計は九時を回っていた。

その日は二人で飲みに行く約束になっていた。二人はグバイドーリナの音楽を耳の奥に残しながら銀座方面に向かって歩き始めた。

来たときはこんな絵本に出て来るような絵を描いて工事現場の人は結構気をつかっていると思っていた橋が夜になると光を受け実に幻想的で美しかった。二人は天空の星座の中を歩いてる様な気がした。二人も同時に

「きれい！　きれいだね！」と声を発した。歩きながら男は女に話しかけた。

「今日の音楽は即興なんだよね！……でもなんか舞台の仕掛と言うか、舞台の演奏の様子ばかり気になって音楽を聴くどころでは無かったね。ＣＤで聴いた時は結構良かったんだけど……。耳で聴くと言うより、目で演奏を見ちゃったと言う感じだった。」

「それで途中から目をつぶって聴いていらしたの？」女が言った。

「うん……もうひとつ感じたんだけど、彼女の音楽は普通の音楽、何ていうのかな、秩序だった音楽ドレミハソラシドではなく、日常そこいら辺に転がっている音、ほら、今、歩いている街の音、雑音……これを集大成した様な音楽に思えたよ。……ＣＤではもっと音楽的だったように思ったけど。……」

「……」

「……街の音って以外と音楽的なんだよ……」

「……あの、コップを使っていたのは？」

「あっつ、あれね……音を共鳴させているんだよ……よく隣の部屋の音を聴くときコップを使って聴くでしょ……あの原理……弦楽器だったでしょ、普通に弾くと音が通らないんじゃないかな？　だからコップで弾いて共鳴させてるんですよ。僕はそうおもったけれ

ど……！」

「……」

「街の音がいいと言ったけど、グバインドーリナは高所恐怖症の原理を音楽に応用したとおもったね！」

「？？？」

「どうして高所恐怖症が起きるか知ってる？」

「いいえ？」

「高所恐怖症というのは全てが見えてしまうことなの。全てが見えるとはどういうことかと言うと……普通人間はものを見るとき必要なものしか見ていないの……ところが山に登ったり、高い塔に登ったとき自分に取って必要な物以外も見えちゃう訳、そうすると人間は心理的に動揺して恐怖を感じるわけ、ところが誰でもそうなる理由じゃ無いの、人は訓練によって必要なものしか見ないように成れる理由、鳶なんかまさにそうだよね！　だから彼らは高いところでも平気な理由。二百メートルも下に有るものなんか殆ど視野に入らないじゃないのかな、だからあんな高いところでも平地と同じように仕事が出来るのさ」

「ふーん」

「これを僕は高所恐怖症の原理と言ってるんだ……結構日常生活に有るんだよ……例えば貴女が或デパートに初めて言ったとき美しさと言うか新鮮さと言うか凄く感動することがあるよね、ところが二回、三回と行くうちに感動が薄れ、別な感動に変わって行く、……またね初めて会った女性はものすごく美しく、魅力的です。こういう事は高所恐怖症の原理なのです。ただ恐怖が感動とか新鮮さに変わっただけなんだよね。二回、三回になると人ってさ、必要なものとか興味あるものにしか注意を払わない理由。」女は男の顔を覗きにらみつけ、そしてニコッと微笑んだ。男は左手を上げながら
「いや、その二回目以降はその人の持っている個別性の美しさが全面的な魅力になるんですよ」男は照れ笑いをしながら話した。

「グバイドーリナに戻ろうよ！……今日の彼女の演奏は高所恐怖症の原理の応用だと思うんだ。彼女の音は日常的ある雑音を誰もが聴けるようにアレンジしていると思うんだ。例えば今歩いているこの晴海通りでの音は確かに雑音だろう、そこの所を彼女はうまく料理しているなーと思ったの。」女は黙って聴いていた。男は更に続けた
「料理とはどういう事かと言うと、現実の雑音は発散してしまって楽音でなく雑音なわけ、聴いてて心地よくないんだな。それは繰り返しと言うのが無いからなんだ。グバインドーリナはそこをうまく料理していると思うんだ。」女は少し退屈そうで有ったが一所懸命に聞いていた。男は女の顔を覗き彼女の会話に疲れた様子に気付き今日の演奏の感想を喋るのを止めた。同時に彼女に笑顔を送り話を変えた。

「ビックリしたけど結婚おめでとう。」

「ありがとうございます。……ちょっと、急にばたばたと決って、……」

「いいじゃない、前から結婚したいと言ってたし、僕とは違います

からねと……でも、これから行く飲み屋の女将、貴女に素敵な人を紹介するから連れて来いと言われていたんだ。……でもおめでたいことだもん、お祝い考えといて、何時？」

「十月に予定しているの。」歌舞伎座の前を通り三原橋に向かっていたが、男の頭の中はさっきの演奏会のことが占めていた。銀座通りに近づくと通りは混雑してきた。二人は混雑をかき分け有楽町のガード下に向かった。

＊

無言の歩行の間中も男は今日の演奏会とソフィア・グバインドーリナについて思いを巡らしていた。CDで聴いた時の音の斬新さは無く舞台で繰り広げられたパフォーマンスにばかり興味がいってしまった。男は日常生活の雑音と意識し、真夜中のコンピュータのプリンタの印刷する音を思い出した。まさにあれはプリンタと言う機械が奏でる雑音であるが、真夜中にマシン室でそれを独りで聴いていると機械が演奏している音楽に聞こえるのだった。当時彼の仕事は地獄の様なもので三ヵ月もの間帰宅できず、マシン室に泊り込んでいた。疲労と焦燥が彼を痛めつけ、あらゆる物を放棄し、逃げだしたいような、そのうち倒れて死ぬのでは……、いや発狂するのでは……と落ち込んだ考えに襲われていた。そんなとき真夜中に独りでプリンタの印刷音が音楽を奏でている要に感じられてきた。一瞬その旋律とリズムは彼を心地よくした、彼はなぜそんな風に聞こえるのか考えた。プリンタは決まりきった、数十種文字を打っているのであるから当然音楽の様に聞こえるはずであると……、その音は彼を和ませたのは確かであった。しかしそれは次第に彼に吐き気をもようし、心の中は怒りに燃えてきた。当時彼はその原因は仕事の辛さと夜中まで独りで仕事をしている惨めさ、怒りをどこにも吐くことの出来ない苛立ちさ、寝ることの恐怖と言った諸々のことが原因と考えていた。しかし、今日ソフィア・グバインドーリナの音楽を聴いてその解釈が多分間違っていただろうと思った。それは、純粋な楽音と雑音の相違によるものだと思った。肉体的な負の環境からのみ来るのであればプリンタの音を聴いて不愉快になるのは矛盾すると思った。なぜならプリンタを使用すると言うことは作業が終了の方に近いということであるから、楽しくはあれ怒りを生じる事はないと思った。その答えは今日のグバインドーリナの演奏にあった。プリンタの作り出す印刷物は秩序正しい、しかし作り出す音は様々なゆらぎを含んでおり、音楽としての秩序性が破られていく、破られる回数が増えていくと音は楽音から雑音に変化して行くはずである。それは人間の心身を狂わせるであろう。コンピュータによる印刷は全く同じものが繰り返されることがある、それは音について言うなら同じ旋律が同じリズムで繰り返されることである。これも又人間の心身のバランスを狂わすのである。ラベルのボレロにしても繰り返すとはいえリズムに微妙な緩急を付けている。グバインドーリナの雑音パフォーマンスは本当は計算され、非常に秩序性のある音楽だと思った。彼女の音楽と高所恐怖症の原理とはどんな関係にあるのかな……？もう一度グバインドーリナの音楽を聴きたいと思った。

連続と不連続

ポケットの中の一片の紙切れ

昭和三十年の秋、浅草松屋の劇場で、少年少女向けの一つの劇が上演された。劇の主人公はステーブン・フォスターであった。東京のある小学校では四年生以上の生徒二十人を観劇に参加させることにした。参加資格は放送委員と云う条件だった。四年一組は杉山君と諸橋さんが委員だった。参加者達は他の生徒より早めの給食をいただき、十一時半に学校を出た。引率は美術担当の教師鈴木先生だった。生徒達は山手線で上野に行き、そこから地下鉄銀座線で浅草に向った。殆どの生徒が初めて乗る地下鉄だった。諸橋さんも杉山君も興奮気味で、列車でトンネルをくぐるのとは随分違った気分だった。諸橋さんも杉山君も映画は何度も観たが、実際の演劇は初めてだった。生で演じる劇は学芸会以外では観た事が無かった。今日は本物の劇場で役者が演じる劇を見るのだ。ブーという、ブザーの音がなると、会場は暗くなり、幕が開き、舞台に明るい光が当り始まった。学芸会とは違って本物の俳優が演じる劇は場面、場面一生懸命に観ていても、驚きがさきに立ち、二人とも劇が終わって出てきたときは、そのストーリーを殆ど忘れていた。ところどころの場面を断片的に覚えているだけだった。それでも素晴らしかった。

諸橋さんはフォスターが貧乏でピアノを金貸しにもっていかれる場面が一番印象的だった。子供が「フォスターさん、もう作曲が出来ないじゃない」というと、フォスターが「いや、僕にはこれがある」と言って、フルートを取り出しそれを奏でる……その時のフルートの音色の美しさに、諸橋さんは感激した。諸橋さんはその時初めてフルートという楽器を知ったのだった。杉山君は劇中で歌われたフォスターの歌が良かった。中でも知っている歌が歌われると自分も一緒に謡だしたくなった。『オオスザンナ、草競馬、故郷の人々、……オールドブラックジョウー、……春風』……諸橋さんはそれ以来、フルートの大ファンになったと言う。

＊

スティーブン・フォスターは一八二六年七月四日アメリカ独立記念日の日にローレンスヴィル（現：ピッツバーグ）に生まれた。

彼はアメリカのシューベルトと呼ばれたが、シューベルトはフォスターが生まれて二年後に死んでいる。シューベルトは六百曲以上の歌曲を作ったが、フォスターも二百曲以上の歌曲を作っている。

シューベルトとの違いは、フォスターは歌詞も殆ど自作である。フォスターの音楽の勉強は若い頃に基礎的な課程を学んだに過ぎなかった。一八四一年アテンス・アカデミーの学校で催した学芸会にフルートを吹いて自作の『ティオガ・ワルツ』を演奏した。一八四四年十八才のとき最初の歌『窓ひらきたまえ』が出版された。

一八八五年フォスターは結婚したが、彼は家庭を守るような男ではなく、結局各地を放浪して歩くような生活をし、最後はニューヨークで死んだ。一八六四年一月十三日、フォスターはニューヨークの貧しい病院に収容され三十八才の短い生涯をとじた。彼の洋服のポケットには三ペニーと三十五セントの仮証券と鉛筆書きの一片の紙片が入っていた。紙片には『親しき友と優しい心の人たち』と走り書きしてあった。

フォスターについて我々が持っている情報は彼の作った多くの曲と一片の紙片である。フォスターの時代すなわち十九世紀には死と直面することが当然な時代であった。一九九四年、二十一世紀を迎えようとしている今、我々は死という言葉は知っているが、死そのものについての認識が非常に希薄である。具体的な死に実際上直面することが無い……ましてや死体を見ることは殆ど無い。しかし一方現代はフォスターの様な死も、戦争の死も、殺人による死も……あらゆる死について映像と云う形でとらえ何となく認識してしまっている。死というものについて、感情移入が無いのが我々の時代である。でも、フォスターの時代は違う、死は具体的で、日常的な出来事であった。ましてフォスターのような生活ならば常に死と裏腹に生きていたはずである。

フォスターは連続性の無い個体の最終的な死を認識していただろうか……。

彼の家族達は……どうだったのか。彼には子供がいたのか？

子供がいたならば、類としての連続性は続き、死の恐怖は多少は安らいだろ……。

彼の個としての死は地球生命体から断絶しても、彼の個としての記録は、彼の創造した音楽により、人類という類が存在する限り残る。彼の生命としての連続性が絶たれても、彼の頭脳の産物は永遠に残る。でも彼は死の直前にはそのように考えはし無かったろう。やはり、フォスターは個として死ぬより、類として連続性を残して死を選びたかったのだ。

それは、一片の紙片の中に表現されている。『親しき友』は生命でつながった連続性では無いが、フォスターが人々の心と一緒に作り上げた観念の連続性の存在と考えられる。さらに『優しい心の人たち』は象徴的である。彼の観念が作り上げた連続性の本質なのかも知れない。フォスターは最後にはピッツバーグに帰り、昔懐かしい人々に送られながら、死を迎えたいと考えたに違いない。そのことはフォスターの遺作『夢路より』が暗示している。彼は故郷に帰ることを夢みつつ、親しさの心の類として死を全うしたかったに違いない。それは十九世紀の話である。今、二十一世紀にならんとする我々の世界では、観念としての類の連続性も絶たれようとしている。

閉じられた一冊の本

その日フェルマーは、何時になく身体の調子がよく、法律家としての仕事を早めに終わると、散歩に出た。散歩の中彼はこんなにも体調が良いなら、パリに出て、パスカルに会い、数学の話を交わしたいものだと……。パスカルなら私の話を良く理解してくれるだろうし、新しい発見が得られるかも知れない。散歩から帰ると、書斎に閉じ込もり、一冊の本を開けいつものように、書き込みを始めた。この作業が、健康に優れない彼の唯一と言っていい楽しみだった。この一冊の本とは、ディオファントスの『算術』と言う本であった。フェルマーがこの本をどの様にして入手したかは分らないが、それはバシエ版の『算術』であった。この本を読みつつそれに書き込みを入れていくのがフェルマーの楽しみであり、安らぎであった。その日は何時になく本に没頭し、周囲のことが気にかからなかった。彼はドアのノックの音で我に帰った。妻であった、彼女の運んで来た熱いカフェオレを口にしながら、再び思考に没頭した。何時間たっただろうか……彼の頭脳は夢を見るような気分になっていた。全ての事象は彼の脳髄においてトリビアルであった。彼には全ての世界が淀みなくみえ、世界は彼の手中にあった。彼の気も心も身体も全て最高であった。ディオファントスは彼の頭脳の中に砂に注がれた水のように吸い込まれていった。コツコツ、二回目のノックだった。それは彼の就寝の時間を知らせていた。彼は妻の入室を意識しながら、本の余白にメモを始めた。

『立方数を二つの立方に、二重平方を二つの二重平方に分かつこと、一般に、平方より大きい任意の冪を二つの同種のものに分かつことはできない。私はそのことの真に驚くべき証明を発見したが、この余白はそれを書くには狭すぎる。』（フェルマーの最終定理）フェルマーはディオファンタスの算術の本の余白にメモを記すとベッドに入った。その日彼は夢を見なかった。しかし、彼のメモはさまざまの人に数百年の間夢を見続けさせた。

＊

フェルマーは一六〇一年八月二十日トゥールズ付近の商家に生まれた。法律学を修め弁護士となる。一六三一年トゥールズの高等法院の参事官に任命される。一六三一年六月一日にルイーズ・ド・ロンと結婚し、二男三女の父親となる。彼は生涯のほとんどを、トールズとカルストで送った。

一六六五年一月十二日フェルマーは永眠した。生存中彼が読みふけったディオファントスの算術の本は閉じられた。この本が再度開かれたのは一六七九年彼の息子によってである。

彼の『ディオファントスの算術』は一六七九年著作集として出版された。その後今までその本は閉じられていない。それはフェルマーの最終定理があのメモ書き以外にどこにも証明されていなかったからである。しかし、一七八〇年天才数学者レオンハルト・オイラーはｎ＝３のときについてその定理が正しいことを証明した。その後ｎ＝５、７、１３の場合について定理が正しいことが証明された。フェルマーは別な所でn＝4のとき定理が正しいことを示した。十九世紀になるとクンマーが現れ、彼はフェルマーの定理の証明に人生を賭けた。彼はその研究を元に代数的整数論という一分野を切り開いたが、定理を完全に証明することは出来なかった。何時か、フェルマーの定理は数学の歴史の中に組み込まれ、若き数学少年達の憧れの問題となり、定理そのものの証明に生涯を賭けると言う数学者は殆どなかった。しかし、証明されてないディオファントスの算術の本は開かれたままであった。

＊

一九九三年六月、一つのニュースが全世界を走った。『三百五十年の余白が埋まる。フェルマーの予想解決』、解決者はプリンストン大学の数学教授アンドリュー・ワイルズ氏であった。

イギリスのオックスフォード大学神学者の息子アンドリュー・ワイルズは十才の時町の図書館の本で初めてフェルマーの最終定理に遭遇した。その本のタイトルも著者も忘れてしまったがその時の印象は鮮明に記憶しているという。彼が数学者になりたい、この問題を解きたいと思ったのもそのことがきっかけだった。

「十代の頃にはこれを解こうとして頑張った。それはいつでも僕の心の奥にあった。」と語っている。フェルマーの最終定理は単純であるが故に数学の本流からは疎んじられたようである。専門家の興味は薄れ、素人数学者に気にいられたようである。ワイルズ教授についてコーチャン博士は次のように語っている。

「もし、彼がフェルマーの最終定理に取り組んでいると言ったら、人々は不審な目で見るだろう。更に、数学の専門家にそんなことを話始めたら、彼らとの共同研究は終わりになる。彼は一人でやろうと思ったのだ。」

一九八〇年代ドイツのザールラント大学のゲルハルト・フライ博士が、フェルマーの最終定理は（一見無関係に見える）ある命題が正しいことがわかれば自動的に正しくなることが示唆された。それは谷山・ヴェイユ予想と言う命題で知られ、フェルマー自身によっても深く研究された。

その後、七年前にカリフォルニア大学バークレイ校の数学者ケネス・リベッド博士が、フライ博士の示唆を定式化し谷山・ヴェイユ予想の決定的な部分が証明出来ればフェルマーの最終定理は証明出来ることを明らかにした。

ワイルズ教授はフライ博士とリベッド博士の結果を知ると、ある決断をした。

「僕は、フライとリベッドの結果を知ったとき、風景が変化したことに気が付いた。彼らの成果が僕にとって問題を心理的な意味で完全に変化させたことは確かだった。この時までフェルマーの最終定理は、何千年間もそのままで解かれることがなく数学が殆ど注目することが無い数論の他の『離散的かつ趣味的な』ある種の問題と同じなものに見えてきた」とワイルズ教授は語っている。ところが「フライとリベッドの結果によって、フェルマーの最終定理は、数学が無視することのできない重要な問題の結論という形に変貌したのだ。多くのことがその問題に依存している。未来の問題に関するある全体構想がその問題に依存している。ぼくにとって、そのことはこの問題がやがて解かれるであろうということを意味していた。そして、いったんそうした確信に到達すると、ぼくは挑戦せずにはいられなくなる。」とワイルズ博士は言い添えた。ワイルズ博士がリベッド博士の結果について耳にしたまさにその日に、彼は自分の人生を、それを使ってフェルマーの最終定理を証明することに捧げようと決意したのだった。

彼はチューダ様式の家の三階にある貧弱な屋根裏部屋に座して、この秘密の計画に取り組んだ。コンピューターは必要が無い。完全な静けさを手にするために、電話も排除した。

プリンストン大学の数学教室のメンバーの中で、何が進行しているかを知っていたのはたった一人の人物だけだった。

それはニコラス・カッツ博士である。彼は、ワイルズ博士のために聞き役となることに同意していたのだ。でも、彼は秘密を守ことを誓わされていた。

「初めの数年間に進展があった。そして一貫性のある戦略を作り上げた。」と、ワイルズ教授はいう。

その後、今から二年前に、問題をある計算に還元する中心的なアイデアに到達したのだともいっている。この計算は「他の人たちが試みてうまくいかなかったものとよく似ているが、何とかなるもんだいであった。」と語っている。ワイルズ博士は熱心に取り組んだ。

「基本的に、僕は自分自身を仕事と家庭だけに限定した。これに関する仕事を中断したことは無いと思う。それはいつでもぼくの頭を離れなかった。いったん、何かの答えを死に物狂いで手にいれたいと思ったら、忘れることなんかできるはずがない。」とワイルズ博士は述べている。

こうしてついに、証明の中のある決定的な場合を除いて全てを解決することができた、とワイルズ博士はいう。最後の障害は、六週間前、ワイルズ博士がハバード大学の数学者パワー・メーザー博士の論文を読んでいるときにクリアーできた。

「なぜその論文を読んでいたのかさえ思い出せない。」と、ワイルズ博士は語る。とにかく彼は、ある構成方法に関する記述に関心を向けた。

「この構成法を使えば、たどり着いた最後の障害を取り除くことができるはずだと、ただちにはっきりと見えた。」とワイルズ博士はいう。

この構成法は最近初めて出現したものではない。十九世紀に起源をもっていたのだが、ワイルズ博士はいままでそれを聞いたことがなかったのだ。それに遭遇するやいなや、ワイルズ博士は「やった」と感じた。七年間にわたる追求とフェルマーの最終定理の証明を終えることができた。（以上：数学セミナー　一九九三年九月号）

こうしてフェルマーの所有するディオハントスの算術の本は彼の息子によって開かれて以来三百五十年ぶりに閉じられることになったのである。

九月にはワイルズ博士の論文が発表される予定だった。論文は二百頁とも五百頁ともいわれた。しかし九月を過ぎても発表されなかった。十二月に「証明に不備が見つかった」とワイルズ博士から発表があった。

こうして、フェルマーの所有するディオハントスの算術の本は、閉じられなかった。しかし翌年一九九四年ワイルズ教授は、一人の人の助けをえて再度論文を発表した。その論文は検討され確実なものとなった。ついに、フェルマーの本は閉じられた。フェルマーの本はこれから思い出の中に旅立つことになるだろう。

連続と不連続

フェルマー、オイラー、クンマー、谷山、ヴェイユ、ワイルズと連面とつながった、一つの定理は人間の生存の類としての存在を意識させる。彼らのその数学とフォスターの音楽はどの様に異なっているのだろう。

フェルマーの定理における、n＝4の証明、n＝3の証明、n＝pの証明はそれぞれ類的である。

たとえそれらが忽然と現れたとしても、それは類として連面と引き継がれる。

フォスターの音楽はどうだろう。フォスターの音楽はフォスターで終わってしまう。しかしフォスターの残した音楽は、人間の類としての存在がある限り残るのだ。それはフォスターの頭脳というより、彼の心の贈物といったほうが良いだろう。

フェルマーの数学は、各々が独立であるが一つの流れとして存在している。

フォスターは、音楽という不連続点のなかの一点として、それは天上に輝く星のように自分自身で光続ける。私たちは一個の個として生まれ、個として死に絶えていくのに恐れを感じる。その恐れからの解放として家族を持ち類としての永続性を手に入れる。個は……連続性を断たれた個はどのように光り輝くのか……？

芸である。芸とはまさに孤立点の個の輝きである。類的存在を意識させる連続性の観念は何をつくったか……？

学である。フェルマーもオイラーも連続性の流れの中にありながら個としての断絶も意識した。しかし、類的存在にあった彼らはフォスターほどの悲しみは感じられない。

ひょっとして、人間の精神の産物として、学問は流れであり隙間が無いが、芸術は不連続点で隙間だらけの存在なのかも知れない。

歴史とは？

記録とは？

記憶とは？

一体何であろう。

歴史の固有性は認められる。日本史があれば中国史もあり、フランス史もある。

では記録には固有性があるのだろうか。記録は類と個の中間点であろうか。

記憶に至ってはそれは全く個に属するものである。

記憶……個に属するもの。

記録……類（集団）に属するもの。

歴史……集団における相互関連の時系列。

個人には記憶がある。但し人間として地球の記憶は存在するのだろうか？　動物の記憶はある。それは動物がそれぞれの生活をしていることが証明している。記憶なしに生活は不可能だから。

記録は……？

個人はそれぞれの記録を持っている。家庭も記録を持っている。

一家の写真集は記録の宝庫である。個人の日記は記録であり、一家の献立の記録は食事の記録である。学級の記録も在れば、会社の記録もある。しかし、動物には記録はない。それは時間をひっくり返す記憶がもてないから、と言うよりも、そのような表現方法が無いから。

だから、記録は人間のものと云える。しかし、町の記録や国の記録と言うことはあまり良い表現ではない。それは歴史と云うべきである。記録と歴史とはどう違うのか？

記録は滅んでゆくことが分明しているものの記述である。歴史は滅亡しても、滅亡する可能性が予測外の時点に在ると言うことである。

ここで、歴史は類的なものであり、記録は個的なものである。我々は記録を積み重ねてそれを歴史に変えていく存在でもある。

私と他者

静かな雨が降っている。窓を開けると雨音のリズムはより鮮明になった。私は、ただじーと雨音のリズムを追っているだけだ。リズムはピアノを奏でている様でもある。一九九六年の秋、雨音はベランダの金属に当たる時はまるでピアノの音のように聞こえた。雨のサーサーという音はバックのオーケストラの演奏の様にも聞こえた。私はその音を前にして椅子にもたれているだけである。私とは何なのだろう……。**私とは何者なのだろう……。これが私の脳髄を駆けめぐっている。**

思い出すならば、幼い頃私は雨が大好きであった。雨に濡れた木々の美しさは生きているという感動であった。

雨の日は孤独になれる日でもあった。長靴を履いて傘を差し一人道ばたで遊ぶ私。何時もは汚いドブ川が透きとうた透明の水を勢いよく流し、私はその流れの中に長靴ごと入る。水の流れと水圧で長靴が凹み私の足に吸い付いてくる。その時の心地よい違和感であった。ともすると長靴の上を乗り越えて生き物のように水が長靴の中に入ってくる。はじめは気持ちが悪いが、大量に水が入ってくると何ともいえない安心と心地良さを覚えたものだ。そして、独りぼっちの私はその心地良さを誰に伝えることもなく、私自身のものとしていた。

雨の日の散歩は独りぼっちが一番良く似合う。スーツを着たまま大雨の国道を真夜中に一人歩く。雨はスーツを透し、下着を透し、身体にまで滲み透てきた。それは心地良い私が私であった一コマであった。その時の私は、今の私で在ったのだろうか？　それとも今の私の君すなわち他者だったのだろうか？

年を取るとともに、というよりも身体の水分が少なくなっていくにつれて、人は雨に濡れることを嫌いになっていく。そう思いませんか？

＊

夜の雨の外を見ていると私には遠い思い出が甦ってくるような気がしてならない。三五億年前の出来事が……。それは私の本当の誕生の時であった。そう、この地球上に初めて細胞という生命が誕生した時であった。私は意識も、視覚も、聴覚も無く、在りのままの地球という星が在ったことだけは確かな時だった。今私は地球を意識し、認識している。

しかし本当のありのままの地球が存在したという過去があったことを思いつつ……その時の地球は今の地球なのだろうか？

私の誕生者は少しずつ、少しずつ、ゆっくりであるが進み始めた。何に向かって？　変化というものに向かって……それは一つの流れの始まりであった。流れが始まった時誰もそれが生命で在ることは意識しなかった。いや、意識できなかった。唯、生きるという流れの中に浮遊していた。それは、孤独で寂しいことであった。その時から生命は孤独と寂しがることを意識した。

生命とは私（自己）であり、寂しがるものなのだ。

＊

私（自己）が私（自己）であることを自覚したのは何時いかなる場所であるかは不明である。ただ、母親から離れた時からだろうと考えることはある。私は母の胎内にいるとき多くの夢を見た。いや、それは夢と云うより体験であった。三五億年前に始まった一つの流れの体験であった。その体験は私が誕生したとき身体には記憶として残っていなかった。その長い旅は、細胞から始まり、ウイルスとなり、鯉となり、蛙となり、蜥蜴となり、雀となり、狐となり、チンパンジーとなり、人となって世に出た。私は全てを忘れた。ただひたすら母の近くに在り……　それが永遠に続くことを思いながら。しかし、存在は私の願いをかなえてくれなかった。私は母から離れ、意識というものを持つようになった。私の胎内での記憶が甦って来た。それは脳髄の中に、反射脳として、大脳辺縁系として、新皮質として、三階層に亘って脳に閉じこめられていた。　私たちは今、地上生物の最終変化物（進化）の生物として発生してきた。私の脳は魚時代の記憶があり、爬虫類時代の記憶がある。言うなれば、私はそれら他の生命に対し包含した関係にある。私はその包含のなかで様々の区別を作ってきた。

区別における通信は言語だけでは無い。犬は犬同志、犬と猫も、昆虫と犬も、トンボや蝶と遊ぶ犬を思い出せばよい。それは同胞と云う区別によって起こる。

私（自己）が私（自己）であることを自覚して人となった。人に至って区別が差別を生み、差別は富をはじめ複雑な構造を生み出した。人はその場所を社会と言い、時の流れを歴史と言う。

＊

宗教という自己がある。自然科学という自己が在る。宗教は自然科学の言語で語ってはならない。自然科学は宗教の言語で語ってはならない。お互い明確に自己―他者の関係にある。宗教の持つ論理学と自然科学の論理学は背反の関係にある。宗教は奇跡を確信する。自然科学は奇跡を認めない。「神はサイコロを振らない。」「神は経験的に積分するからね。」といったことが少しわかってきた。自然科学は具体的であり具体的な物を生み出す。宗教は超越的であり観念を生み出す。宗教の持つ具体性は私（自己）の肉体のみである。それ以外の具体的な物を使用してはならない。そうしなければ、宗教の超越性は失われてしまうだろうし、自然科学に飲み込まれ包含されてしまう。宗教と自然科学は背反なのである。宗教の中にＤＮＡや脳波を取り込み、自然科学の論理を持ち込んだ一派があった。彼らは自然科学の具体的な成果物を使用した。信者に……修行として。しかし、それが、大衆に対して使用されたとき、最大の悲劇を生んだ。

＊

私は沢山の夢を見た。犬も沢山の夢を見た。しかし、犬は犬までの夢しか見ない。人は人間までの夢を見る。私はまだ出会ったこともない蛇の夢を見る。なぜ？……それは遠い爬虫類時代が脳に在るから。そう私の脳の爬虫類が見る夢なのだ。犬も蛇の夢を見るのだろうか？

自己とは？　アダムとエバのこと？

自己の区別　他者との境界　空間的　免疫
人体の個別性　時間的　記憶

他者と融合　性　生命的
言葉　社会的

人間は多様性で生きている。人間の存在は共同幻想にはない、そこは生活の場である。
人間は生活を超えたところにしか存在しない。

＊

私はあなたの喜びは同じように喜べるのだが、あなたの悲しみは同じように悲しめない。私はあなたの喜びを共有出来るが、あなたの悲しみを共有出来ない。共有するということは、私とあなたが一つの同じ感情になると云うことだ。私は私としての全体を持ち、あなたはあなたとしての全体を持っている。共有するとは……。

動物は涙を流す。犬も、猫も。でも笑わない……笑いは喜びの基本。犬も猫も笑わない。笑いは大脳新皮質の作業。涙は反射脳の作業。喜びの共有は新皮質に在り、あなたとのコミュニケーションが可能。でも、反射脳はあなたとのコミュニケーションが不可能、他者との融合に困難がある。だから、私とあなたは悲しみを共有するのが困難。動物たちが集団で悲しむのは想像できる。それは、個々の悲しみの集合であり、共有はしない。しかし、動物が集団で喜びをあげていることはありえない。それは、喜びが新皮質に在るから。

＊

私が私でありながら、私の中に住み込む他者、それは　私の中の他者私の中の多重人格。切れ切れの記憶。海馬の縮小は切れ切れの記憶をつくる。幼児期の虐待が多重人格をつくる。怒りと過去への統一化された記憶。それは一本の時間の流れの中にある。他者への極端な不信が自己の多重性への変化となる。バラバラにされた時間（歴史）の中の個人体験と相互の拒否。トランスパーソナル志向。自己と非自己の統一。ブラフマンとアートマン。記憶の断片性。再分割されることにより、さらに人は記憶を無意識に作り出してしまう。

一才、二才の記憶が残ることは在るまい。最小三才頃である。トラウマ（幼児期の心の傷）

酒飲みと多重人格と記憶。

海馬の限界。通常の中でも多重人格的な様子をする。これは海馬の限界それとも海馬の遊び。全ての記憶が残っていたら私の存在は身動き出来なくなってしまう。

＊

自己系達の融合が新しい生命体と考えられているようだ。細胞ネットワーク、ニューロネットワーク。

地球規模のネットワークが一つの集合体になって新しい生命体になる。

インターネットは新しい地球規模のニュウロネットワークとなる？　人と人のコミュニケーションが新しいシナプス効果であり、人がニューロンであり、あるサブネットがあたらしいニューロン野である……。こんな風にうまくいくだろうか？　そんな風には絶対ならない。

＊

一九九六年「火星に生命があった」という発表がＮＡＳＡからあった。これが事実なら地球史上最大の記録すべきことである。人は初めて他胞である他者と出会う可能性が出来たのだから。

真の他者との出会いの希望が生まれてきた。そのとき私（自己）とは……。

【著者紹介】

小倉力男（おぐら・りきお）
東京理科大学理学部卒業
職歴：ＩＴ技術者として、２０１１年まで従事

# 不連続性のジレンマのなかで、きみに贈る四つの物語

2023年1月6日発行

著　者　小倉力男

発行者　向田翔一

発行所　株式会社 22 世紀アート
〒103-0007
東京都中央区日本橋浜町 3-23-1-5F
電話　03-5941-9774
Email: info@22art.net　ホームページ：www.22art.net

発売元　株式会社日興企画
〒104-0032
東京都中央区八丁堀 4-11-10 第 2SS ビル 6F
電話　03-6262-8127
Email: support@nikko-kikaku.com
ホームページ：https://nikko-kikaku.com/

印刷
製本　株式会社 PUBFUN

ISBN：978-4-88877-139-9